T0332192

Los secretos de Old Castle

Los secretos de Old Castle

Arya S. Winter

Penguin
Random House
Grupo Editorial

Primera edición: noviembre de 2023

© 2023, Arya S. Winter
Autora representada por Editabundo Agencia Literaria, S.L.
© 2023, Penguin Random House Grupo Editorial, S. A. U.
Travessera de Gràcia, 47-49. 08021 Barcelona

Printed in Spain – Impreso en España

ISBN: 978-84-666-7611-3
Depósito legal: B-15.763-2023

Compuesto en Llibresimes

Impreso en Black Print CPI Ibérica
Sant Andreu de la Barca (Barcelona)

BS 7 6 1 1 3

Para mis padres.
Papa, mama,
gràcies per tot,
us estimo

No temas a la oscuridad.
Teme dejar que tu propia luz se apague.

Prólogo

Esa noche nevaba.

Los copos caían de forma lenta y silenciosa sobre la campiña y engalanaban de blanco las almenas, los jardines y los senderos de los terrenos del castillo. A pesar de las obligaciones de algunos trabajadores, la mayoría de los residentes pasaban el rato en la sala común o en sus dormitorios, y el resplandor de esas estancias ocupadas se proyectaba a través de las ventanas.

Parecía un viernes de invierno como cualquier otro, pero no lo era.

Un joven se había colado en uno de los anchos pasillos que albergaba la muralla principal del castillo y deambulaba por la planta baja con el corazón roto; las esculturas y los relieves esculpidos en las paredes de piedra eran los únicos testigos de su infracción.

Aunque tenía prohibido estar allí a esas horas, no le importaba. Necesitaba estar solo para alejarse de la humillación pública que había sufrido tras el rechazo. La única persona con la que le apetecía hablar de lo sucedido estaba ocupada en su particular noche romántica y no quería estropearle el plan, así que, haber hallado esa puerta abierta había sido su mejor vía de escape.

De pronto, se extrañó cuando oyó voces procedentes de la

sala de teatro, era demasiado tarde para que hubiera algún ensayo. Agradecido por la distracción, se aproximó a la puerta y abrió una rendija para poder ver el interior. Para nada esperaba encontrarse esa escena. Se quedó paralizado unos segundos y tuvo que reprimir una exclamación de sorpresa. En un lateral, identificó a dos trabajadores que estaban discutiendo con voz baja, sin embargo, lo que hizo que su corazón latiera como un loco fue descubrir que, en la pared de la muralla, se había abierto una puerta oculta tras una estantería. Se podía intuir un túnel de piedra iluminado tenuemente.

No se lo pensó, se metió de puntillas en la sala y se escondió entre las hileras de butacas. Las voces no le llegaban claras y sacó un poco la cabeza para seguir observando. La conversación no parecía amistosa, pero a él eso le traía sin cuidado, había localizado otra entrada secreta y estaba eufórico.

Se agachó de nuevo, sacó el móvil y lo puso en silencio. Después envió un mensaje a su amigo. Esperó unos segundos, confiando en que él leyera el texto enseguida, pero pronto se dio por vencido. Escribió un par de mensajes más para decirle que, debido a una chica, se iba a perder algo grande, y guardó el móvil.

Entonces, dirigió su mirada a la pulsera de cuero que le había regalado su abuela hacía tanto tiempo. Ella y su mejor amigo eran de las pocas personas que lo conocían bien. Acarició el unicornio de metal y sonrió: si conseguía entrar en el pasadizo secreto, mañana lo celebraría por todo lo alto; después de todo, los misterios eran su debilidad.

Sin embargo, a la mañana siguiente, el muchacho ya no estaba.

1

Un sábado de lluvia

El Audi negro tomaba las curvas con suavidad, casi sin que los ocupantes notaran el serpenteo continuo de la carretera. La lluvia empapaba los cristales y no dejaba que Norah pudiera apreciar el hermoso paisaje por el que avanzaban.

Ese primer sábado de septiembre había amanecido nublado, con un cielo plomizo cargado de agua, y también frío. Mucho más frío del que Norah estaba acostumbrada. Cansada de intentar ver algo más que el salpicadero del coche de su padre, apoyó la cabeza en el cristal y dejó que su vista se perdiera entre las gotas que, con insistencia, intentaban atravesar la ventana.

—Ya falta poco, solo un par de kilómetros más. —La voz grave de Matthew Halley se oyó por encima de la música instrumental que sonaba por los altavoces.

Era un hombre de porte elegante y aspecto cuidado. Ese día vestía su habitual indumentaria de traje y corbata y conducía con calma, sin apartar la vista de la carretera.

—Ya verás, el lugar te va a encantar.

Norah no respondió. Cerró los ojos y contó hasta diez. Luego, dejó escapar el aire poco a poco, sin hacer ruido, intentando calmar esa quemazón que sentía en el pecho. Y, cuando la punzada se amortiguó, se felicitó mentalmente.

Con diecisiete años, Norah había aprendido que la vida tiene su propio propósito y que, por más que luches en contra, hay sucesos que te arrollan sin piedad. Hacía meses que eso que creía seguro se había desvanecido por completo y los planes de futuro que había imaginado no eran más que pedazos rotos imposibles de volver a unir. Un diagnóstico inesperado, una enfermedad fulminante y una lucha perdida de antemano se llevaron demasiado temprano a su madre, la mujer que hasta ahora había sido su refugio permanente.

Así que, por necesidad, la muchacha se había convertido en una experta en retener dentro, muy adentro, eso que le quemaba en el pecho, también eso que le cerraba la garganta y le provocaba picor en los ojos. No quería que nadie, ni siquiera su padre, se diese cuenta de que el dolor seguía allí, escociendo igual que el primer día.

Cuando el Audi negro tomó la última curva, el bosque dio paso a una suave colina verde con la silueta de un majestuoso castillo erguido a lo lejos. Movida por el inevitable aguijonazo de la curiosidad, Norah estiró el cuello para poder ver mejor aquella construcción. No lo logró del todo. El frío y la humedad del río, que bordeaba parte del terreno, levantaban una tenue bruma que desdibujaba sus formas.

La muchacha había oído cientos de historias de ese lugar. Hubo un tiempo en el que deseó visitarlo de la mano de su padre. En secreto, quería formar parte de todo eso que él le contaba cuando ella era pequeña.

Pero ahora no.

No así.

Ni en esas condiciones.

Y mucho menos para quedarse tanto tiempo.

Dejaron atrás el asfalto para seguir por un camino de tierra con pequeños charcos en los que las gotas repiqueteaban sin cesar. Unos metros más adelante, se detuvieron ante la puerta doble de hierro forjado que daba paso al interior del recinto. Un muro de piedra envejecida por el tiempo delimitaba el perímetro de la que, a partir de ese día, iba a ser su nueva casa. Norah se dijo a sí misma que con un poco de esfuerzo sería capaz de trepar y atravesarlo y perderse en el bosque, incluso era probable que pudiera llegar a Oxford en menos de una hora; la ciudad se encontraba apenas a cinco kilómetros de distancia. Encima de la verja, una inscripción con letras grandes y muy trabajadas daba la bienvenida a los visitantes: «Welcome to Old Castle College».

—Parece una cárcel —murmuró Norah después de fijarse en el par de cámaras de videovigilancia que apuntaban al coche.

Matthew abrió la boca con la intención de repetir a su hija, por enésima vez, su charla ensayada sobre las razones por las que eso era lo mejor para ella; en realidad, para los dos. Sabía que no iba a ser fácil, pero quedarse en Barcelona tampoco lo hubiera sido.

Una luz roja parpadeó en los dispositivos de vigilancia después de leer la matrícula del coche y la verja se abrió de forma automática. Matthew desechó la idea de volver a replicar. Estaba todo dicho y hecho. Ya no había vuelta atrás. Puso el coche en marcha de nuevo y se adentraron en los verdes y húmedos terrenos del castillo.

Al cruzar la entrada, Norah no pudo evitar que el corazón se le acelerara y puso toda la atención en lo que iban captando sus ojos. La insistente lluvia agitaba las hojas de los grandes y solemnes robles que bordeaban el camino y, al atravesar la bruma, la fortificación apareció con claridad ante ellos.

El castillo era más grande de lo que le había parecido desde lejos. La parte central de la muralla se unía a los torreones laterales; toda su estructura dejaba patente que era un lugar majestuoso, con mucha historia a sus espaldas. Todo él era de piedra gris y algo manchada, con almenas en la cima de los torreones y a lo largo de toda la muralla, como si desafiara con altivez el frágil mundo de los mortales.

Entre los bloques de piedra se abrían paso los famosos ventanales de estilo gótico del castillo, con formas delicadas, arqueadas y acabadas en punta, que indicaban las estancias y los pasillos principales. «El castillo de las mil habitaciones», le había dicho cientos de veces su padre. Aunque nunca le había llegado a confirmar que realmente tuviera tal cantidad de estancias.

Debido a la lluvia, la bandera con el escudo del castillo ondeaba de manera brusca y errática en lo alto de una de las torres.

Aunque el edificio parecía salido de otra época, una que ya había quedado muchos siglos atrás, a Norah le sorprendió que ese aire arcaico que rezumaba el complejo combinaba con maestría con la modernidad.

Su padre le había contado que, a pesar de las múltiples reformas que había sufrido la fortificación, siempre habían priorizado mantener las antiguas estructuras, como la muralla y las torres, y se habían intentado adaptar al estilo medieval, ya fuera con la elección de los materiales utilizados o con el tipo de construcción, y todo ello sin renunciar a las innovaciones ni al lujo más modernos.

A cierta distancia del torreón oeste, se fijó en el parque deportivo que se extendía hasta el principio del bosque. Vio un campo de fútbol al lado de uno de *rugby* y, un poco más lejos rodeado de árboles, divisó el edificio de la piscina cubierta.

Cuando notó que la chispa de la ilusión prendía en su interior, la apagó sin dudar. Norah se había acostumbrado a guardar bajo llave todo lo que sentía; y le funcionaba bien así. Además, no quería sentir ilusión.

—Hemos llegado, cariño.

Matthew aparcó el coche en uno de los sitios libres del aparcamiento principal, entre un Rolls-Royce plateado y un Aston

Martin azul marino. Dejó escapar un suspiro antes de mirar a su hija.

—¿Qué te parece? ¿Te gusta?

Norah se encogió de hombros. No quería darle la satisfacción de que supiera que la primera impresión había sido buena. Tampoco es que creyera que ese dato fuera importante. Por más interesante que le había parecido el lugar, no era donde quería estar.

Miró por la ventana. Seguía lloviendo y el aparcamiento estaba lleno de coches. También de padres, madres y adolescentes de todas las edades que abrían los paraguas, sacaban las maletas y se dirigían con apremio hacia la entrada principal.

—Norah, ya sabes que esto es lo mejor... —empezó a decir Matthew.

—¿Mejor para quién, papá? —le cortó Norah intentando contener la rabia—. Eso es lo mejor para ti, no para mí. Mi vida estaba en Barcelona. Y, con la mala excusa de un estúpido ascenso en Londres que no necesitabas, me has quitado lo único que me quedaba.

No esperó su respuesta. Abrió la puerta, salió del coche y cerró con un portazo. Con pasos lentos se dirigió al maletero mientras dejaba que la lluvia le cayera por el cabello y le calara la ropa. La cazadora oscura de piel se le llenó de gotas transparentes y dejó que el ambiente frío la envolviera y la ayudara a calmar su estado de rabia.

Se esforzaba en entender las razones de su padre, sobre todo después de haber oído, sin querer, esa conversación telefónica en la que él se derrumbó y dejó salir más de lo que Norah estaba preparada para escuchar. Pero le dolía. Le dolía saber los motivos y también ver que su padre no era el hombre valiente que ella siempre había admirado.

Abrió el maletero y sacó la enorme maleta de ruedas. Luego, se colgó el bolso y una mochila de deporte en la espalda. Cuando su padre llegó a su lado, ella ya lo estaba esperando de pie, con su media melena oscura mojada, ligeramente encrespada, y con la vista fija al castillo.

—Norah, cariño —la voz ronca de Matthew vaciló, su hija se parecía mucho a su mujer y a él también le seguía doliendo la pérdida prematura de su esposa—, venir a vivir a Inglaterra era lo mejor, en Barcelona ya no nos quedaba vida.

—A mí sí, papá, a mí sí.

Sin intercambiar más palabras, dejaron atrás el aparcamiento y siguieron el camino que llevaba a la entrada principal del castillo.

2

La residencia Bridge of Sighs

Norah no podía dejar de mirar las paredes ni los arcos ni las columnas y tampoco cada una de las ventanas de estilo gótico del ancho corredor por el que avanzaban. Todo era de piedra caliza esculpida al detalle, como si los artesanos que habían trabajado esas rocas se hubieran propuesto insuflar vida en el interior del castillo.

Levantó la barbilla y se fijó en que el techo abovedado estaba recubierto por una pintura decorativa elegante que combinaba un patrón de círculos y estrellas dorados, blancos y grises. A cada pocos metros pendían unas hermosas arañas de cristal que aportaban un poco más de luz a ese día tan nublado.

«¿Dónde me has metido, papá?», se dijo.

Norah sabía que el Old Castle College era uno de los internados más prestigiosos del Reino Unido, y que, con lo que su padre había pagado para que ella cursara allí su último año de instituto, podría haberse comprado un coche nuevo y no uno de los baratos. Pero una cosa era saberlo y otra muy diferente verlo con sus propios ojos.

El dinero nunca había sido un problema en su familia. Sin embargo, ella siempre había vivido como cualquier chica corriente de su edad, sin lujos innecesarios, ni ropa de precios desmesurados, ni colegios exclusivos para los que se consideraban una élite aparte. Su madre quiso enseñarle el valor del trabajo y del esfuerzo, el valor del dinero que uno gana con lo que hace y no el que se obtiene gracias a una tarjeta de crédito sin fondo.

Pero ahora ella ya no estaba. Norah bloqueó ese pensamiento y repitió su propio mantra salvavidas: «Un año. Solo un año. Luego regresaré a Barcelona y podré empezar de nuevo».

Siguió avanzando detrás de su padre y la directora, Evelyn Foster. El sonido de los tacones de la mujer sobre el suelo de madera oscura resonaba de forma rítmica y los pasos de su padre se oían más amortiguados. Norah tenía la sensación de estar recorriendo el pasillo de un museo y no el de un internado. Había visto fotografías del interior del castillo antes y su padre le había contado infinidad de anécdotas, pero la realidad superaba con creces lo que ella había imaginado.

No pudo resistir la tentación y se detuvo al lado de uno de los pilares esculpidos que se elevaban hacia el techo y terminaban en forma de arco. Acercó los dedos a la piedra caliza y acarició uno de los grabados. Incluso si no conociera la leyenda, comprendería a la perfección lo que contaban las escenas representadas a lo largo de todo ese pasillo: la construcción de un castillo destinado a proteger un valioso tesoro.

—La primera vez siempre es un poco abrumadora —dijo la directora, que, junto a Matthew, se había acercado a ella.

La señora Foster contempló a Norah con una mirada aguda y una sonrisa indulgente. Sabía el efecto que causaba el castillo en los visitantes y le gustaba deleitarse con ello. La mujer se arregló con pulcritud su cuidada melena teñida de rubio y, con un gesto inconsciente, retocó la posición del collar de perlas que adornaba el discreto escote de su camisa de seda blanca.

—Es un lugar único, pero te acostumbrarás enseguida —siguió la directora—. Además de ser uno de los mejores internados del Reino Unido, el castillo de Old Castle tiene un gran valor arquitectónico.

—Recuerdo un año en que el internado acogió a un historiador que quería documentarse sobre las leyendas del castillo y estuvo varias semanas estudiando los grabados —explicó Matthew—. Cada uno de los relieves que verás en los pasillos están esculpidos con la intención de contar el pasado de esta antigua fortificación.

—Así es. Las esculturas y los grabados nos relatan los acontecimientos más destacados de Old Castle, pero, sobre todo, nos cuentan la historia del primer castillo que se irguió aquí mismo muchos siglos antes de que se construyera el actual —puntualizó la directora.

—La leyenda del Grial. La recuerdas, ¿verdad, Norah? —dijo Matthew mirando a su hija.

Ella asintió de forma breve, pero enseguida se dio cuenta que el gesto no había sido suficiente para que los adultos dejaran el tema de lado. Quizá hubiera sido mejor enfatizar el gesto con un «Sí, y cerrad la boca de una vez».

—La mayoría de los relieves que verás tienen relación con la leyenda del Grial —explicó la directora—. En esta parte delantera de la muralla, tenemos los que nos hablan de la llegada de sir Galahad, la construcción del castillo para esconder el Grial y cómo tres objetos quedaron impregnados de la magia de la santa copa.

—El espejo hechizado, el velo translúcido que cubría el cáliz y la armadura de sir Galahad —enumeró Matthew. A Norah se le pusieron los ojos en blanco al oír el tono emocionado de su padre.

—Los tres objetos se perdieron cuando el poder del Grial destruyó el castillo y sir Galahad tuvo que buscar un nuevo lugar para esconderlo —siguió contando la mujer—. Todo esto se cuenta en las esculturas del jardín interior y las galerías de la planta baja.

—En nuestra época todos queríamos encontrar los objetos perdidos para ver el reino de las hadas, tener más sabiduría o adquirir poderes sobrenaturales —dijo Matthew con voz soñadora—. Yo era uno de los que deseaban conseguir la armadura y tener poderes —añadió con una sonrisa.

—Una fantasía que sigue estimulando la imaginación de nuestros estudiantes —rio la mujer—. Si quieres apuntarte, querida, mañana la señora García, la profesora de Historia de secundaria, tiene preparada una visita guiada al castillo para las nuevas incorporaciones.

—Me lo voy a pensar, gracias —se forzó a decir Norah, que empezaba a estar harta de tener que aguantar tantas formalidades con la directora.

—Tiene un acento perfecto, Matt —elogió la señora Foster.

Desde la breve reunión de bienvenida en su despacho, era la primera vez que oía decir a la muchacha algo más que monosílabos.

—Lo sé —Matthew cogió la mano de su hija y le dio un apretón lleno de orgullo—. Ella y yo siempre hemos hablado en inglés.

—Y aquí podrá profundizar todavía más en el idioma —aseguró la directora.

—Estar de nuevo en este castillo… —Él levantó las manos para señalar a su alrededor—. ¡Me trae tantos recuerdos! ¿Cuántos años han pasado desde la última vez?

—Demasiados —rio Evelyn Foster.

Norah dejó de prestar atención en el mismo instante en el que empezaron a compartir más batallitas de juventud. Ya se sabía la historia básica: su padre y la directora habían estudiado juntos en el Old Castle College; los demás detalles no le importaban lo más mínimo.

Siguió a su padre y a la señora Foster a lo largo del pasillo sin dejar de examinar todo lo que veía a su alrededor. Dejaron atrás un par de ventanas de estilo gótico, ambas con un amplio banco festejador de piedra pulida y con unas cortinas de tela fina y suave recogidas con un cordón dorado. A través del cristal de las ventanas pudo observar que la lluvia seguía cayendo sin cesar sobre el césped verde y tupido de la explanada delantera del castillo.

Entre los pilares y las columnas esculpidos con escenas cotidianas de la construcción de un castillo se fijó en la escultura de un artesano con un cincel en una mano y un mazo en la otra, y también identificó un escenario en el que un caballero con armadura montaba a caballo y entre sus manos sujetaba un cáliz reluciente cubierto por un velo transparente. Le dio un escalofrío cuando en la siguiente escena vio la misma copa brillante, pero sin el velo, y con decenas de calaveras a su alrededor.

Enseguida entraron en un corredor más estrecho con una decoración más austera y se cruzaron con un par de trabajadores, que los saludaron con cortesía. Por el uniforme, Norah dedujo que no eran profesores, sino que se trataba del personal de la limpieza. Llegaron al pie de una escalinata de piedra, donde se detuvo en el primer escalón al oír unos pasos fuertes detrás de ellos. Por instinto se giró y el corazón le dio un vuelco al ver un hombre armado y vestido de negro que avanzaba hacia ella.

El sobresalto le duró un parpadeo y se sintió ridícula porque se percató de que el sujeto era un guardia de seguridad. Recordó que no podía olvidar que no solo era un internado en el que iba a cursar el último año de instituto, sino que también era una escuela a la que asistían los hijos de la gente más rica e importante del Reino Unido y, por lo visto, los vástagos necesitaban de canguros armados para sentirse protegidos.

El guardia pasó por su lado sin apenas mirarla y subió la escalera. Saludó a la señora Foster con un gesto seco de cabeza y siguió su camino.

—¿Los vigilantes patrullan los pasillos? —preguntó el padre de Norah, que tampoco estaba acostumbrado a este tipo de situaciones.

—Este año hemos reforzado la vigilancia. Ya sabes que entre los estudiantes tenemos algunos de apellido muy importante y nos tomamos muy en serio su seguridad —le respondió la directora.

—Pero ¿esto no inquieta a los alumnos? —Matthew seguía dudando de la medida.

—Los niños se acostumbran a todo y te puedo asegurar que los padres están más que de acuerdo con la medida —ratificó ella, y con el siguiente comentario dio por finalizada la conversación—. Vamos, Norah, que ya llegamos a tu residencia.

No tardaron en detenerse delante de una puerta rústica de madera y llena de clavos de hierro con la cabeza más grande que un botón de abrigo. Cuando la señora Foster giró el pomo metálico, apareció ante ellos una estancia circular muy espaciosa.

—Estamos en el torreón oeste del castillo y esta es la sala común de tu residencia —le explicó la directora mientras entraban—. Tendrás una habitación para ti sola, pero compartirás los espacios comunes con tus compañeras. Este año seréis treinta y ocho chicas en la residencia.

Había mucha agitación en la sala común de la casa Bridge of Sighs. Amigas que se reencontraban después de mucho tiempo sin verse y compartían, entre risas y chillidos, las mejores anécdotas del verano. Chicas que cargaban con alguna maleta y se dirigían a la habitación que ese año tenían asignada. Algunas ya se habían acomodado en los sofás, que estaban repartidos por toda la estancia, e incluso un par de ellas tenían una taza de té encima de la mesita central. Todas las residentes eran muchachas que ese año cursarían primero y segundo de bachillerato, por lo que Norah no se sorprendió de que la mayoría de ellas tuvieran un aspecto muy refinado y vistieran ropa elegante.

—Disculpen.

Norah se apartó y dejó paso a una joven de tez blanca y cabello largo y rizado del color del azafrán.

—¡Señora Foster! ¿Qué tal el verano? —dijo la chica con

una sonrisa cuando se dio cuenta de que pasaba al lado de la directora.

—Hola, señorita O'Brian —le saludó ella con amabilidad—. Muy bien, gracias. Tu madre ya me ha contado que el vuestro fue maravilloso.

—No se lo puede ni imaginar —suspiró la chica de rizos pelirrojos—. Nueva York es...

—¡¡Tawny!! —Una voz interrumpió lo que la muchacha quería decir y, sin añadir nada más, Tawny O'Brian corrió a los brazos de la chica que había gritado su nombre.

—El primer día siempre es así. Los adolescentes siempre estáis montados en una montaña rusa de emociones, ¿verdad? —Guiñó un ojo a Norah, pero ella simplemente se encogió de hombros.

Los siguientes diez minutos fueron un caos de idas y venidas para Norah. Evelyn Foster les enseñó a ella y a su padre la distribución básica de los espacios comunes, les presentó a la señorita Yumi Matsuda, una joven de rasgos asiáticos de veintiséis años que trabajaba como encargada de vigilar y atender a las alumnas residentes en la casa Bridge of Sighs, y les acompañó hasta la habitación de Norah para que pudieran dejar dentro la maleta, que un trabajador ya había subido hasta la cuarta planta del torreón.

Norah seguía las explicaciones sin demasiado interés. Puede que en otras circunstancias hubiera estado encantada de conocer a todas esas chicas, explorar más a fondo su nuevo hogar y probar el colchón de su nueva cama. Sin embargo, lo único en lo que pensaba era que ya quedaba un día menos para terminar.

—Y creo que esto es todo —dijo la directora, y le dio a Norah el llavero metálico identificado con el código de la habitación: «029 BS»—. Sé que es mucha información, pero no tengo ninguna duda de que enseguida te adaptarás.

—Sí, estoy segura de que sí —afirmó Norah con un ligero tono irónico que pasó desapercibido.

—Bueno, Matt, debo atender algunas familias más —la señora Foster puso una mano sobre su hombro—. Ya sabes, estás en tu casa.

—Gracias por todo, Evelyn.

—Estamos encantados de volver a tener a un Halley por aquí.

Se acercó a su oreja y le susurró:

—Vete tranquilo, aquí va a estar bien, vamos a cuidar de ella.

Matthew asintió con la garganta cerrada por la emoción. Creía estar haciendo lo correcto y sabía que Old Castle College era una de las mejores escuelas del país. Pero ese aguijonazo de culpa que durante semanas había intentado obviar, ahora picaba como un hierro ardiente.

—Norah, cariño. —Matthew se acercó a su hija después de ver marchar a la directora—. Sé que ahora no lo entiendes, pero dentro de unos meses te darás cuenta de que esto era lo mejor.

Puso la palma de las manos en sus mejillas y acarició con ternura su piel.

—Yo también la echo de menos, mucho, a todas horas —continuó él, y Norah tragó saliva al ver los ojos humedecidos de su padre—. Nos hizo prometer que siguiéramos adelante… Este cambio de aires nos ayudará, ya lo verás.

El abrazo la pilló desprevenida. Su padre se aferró a ella como lo hace un niño pequeño a su muñeco preferido cuando tiene miedo por las noches. Los brazos de Norah tardaron algunos segundos en responder, pero, al final, rodeó su espalda y enterró la nariz en su pecho.

Era en instantes como estos en los que se odiaba por estar tan enfadada con su padre, y también con su madre. Era un sentimiento que estaba allí, que le arañaba las entrañas desde hacía mucho tiempo. Ni siquiera sabía en qué momento había tomado una forma tan fea y desagradable.

—Te voy a echar de menos, cariño.

Matthew deshizo el abrazo para volver a mirar a su hija. Norah no respondió, no tenía claro si su padre la iba a echar de menos de verdad. Tampoco si ella también lo haría. Era algo que descubriría en las próximas semanas.

—Aprovecha este año. Muchos harían cualquier cosa por tener la oportunidad de estudiar aquí.

Matthew le dio un tierno beso en la frente a su hija y se dio la vuelta.

—Una gran oportunidad... ¿Qué más puedo pedir? —murmuró Norah con sarcasmo.

Bloqueó en sus recuerdos los abrazos que ya nunca más tendría, y el sitio en el que los días eran cálidos y soleados y donde no tardaba más de seis paradas de metro para que el aire oliera a sal. Y, a pesar de que era lo último que quería hacer, entró otra vez en su nueva habitación, abrió la maleta y, con el corazón encogido, se instaló.

3

Normas para novatas

Eran las nueve de la noche pasadas y Norah se encontraba hundida entre dos de sus nuevas compañeras en el cómodo asiento de uno de los sofás de la sala común. Como todas, atendía al discurso inaugural que daba la encargada de la residencia. O eso intentaba, porque cuando Yumi Matsuda empezó a hablar del honor, la buena educación y los estudios, desconectó de inmediato.

No quería reconocerlo ante nadie, pero la casa Bridge of Sighs le había gustado. La sala común era un lugar agradable y con una decoración elegante, aunque menos ostentosa de lo que había esperado. Lo que más le impresionó fue que era una gran sala circular delimitada por las paredes del torreón y que tenía columnas y pilares esculpidos. No se había fijado con detalle, pero la mayoría de los relieves eran motivos vegetales combinados con cruces celtas. En cierta manera, tenía la sensación de estar metida en un cuento de hadas en el que, por un error inesperado de guion, se hubiera colado mobiliario contemporáneo en el interior.

Entre los pilares, había varios sofás de color gris claro con cojines de tonos turquesa y frambuesa, y, delante de cada tresillo, una mesita baja de vidrio. No faltaba el televisor de pantalla plana de grandes dimensiones, un rincón con una despensa, nevera incluida, y algunas mesas para que las residentes pudieran reunirse para comer algo o tomar el té.

Para estar más juntas durante la reunión, las chicas se habían apiñado en los sofás, y las que se había quedado sin sitio habían acercado las sillas de la despensa o se habían sentado en el suelo sobre las mullidas almohadas de colores.

Yumi seguía hablando y Norah continuaba algo distraída observando la sala. Contó hasta siete ventanas de estilo gótico en la curva exterior de la muralla, en las que colgaban de forma elegante unas cortinas vaporosas de color burdeos. Pero detuvo el recuento cuando escuchó que la señorita Matsuda empezaba a hablar de las normas que debían seguir.

—Venga, chicas, ahora toca hablar del reglamento y después ya daremos por terminada la reunión.

La frase captó el interés de Norah porque, para ese curso, ella no quería estrechar lazos con nadie ni tener que relacionarse demasiado. Y, para conseguirlo, necesitaba averiguar cuál era la mejor manera de integrarse en ese extraño mundo sin llamar la atención.

No se llevó ninguna sorpresa cuando Yumi informó de que la violencia entre alumnos se castigaba con una falta muy grave, e incluso con la expulsión. Tampoco le extrañó que estuviera prohibido fumar en el interior y consumir drogas y alcohol. Lo que sí le pareció fuera de lugar fue la norma de tener que esforzarse para sacar como mínimo un notable en todas las asignaturas. La prohibición de invitar a un chico a la habitación era más que previsible, pero lo que consideró absurdo es que unas chicas de dieciséis y diecisiete años tuvieran que notificar a la responsable cuando invitaban a un compañero a pasar el rato en la sala común.

Aunque la mayoría de las normas le traían sin cuidado, porque ella pensaba que apenas le afectarían en su día a día, había una que la molestó en gran medida: no poder salir de los dormitorios a partir de una hora determinada. Para Norah, tener un toque de queda era asfixiante, y tenía claro que buscaría la manera de saltarse esa ridícula y abusiva regla.

—Yo no soy la que pone las normas, chicas, ya lo sabéis —dijo la señorita Matsuda cuando se oyeron las quejas por todo el salón—. Los viernes y los sábados es hasta las doce de la noche, y el resto de los días, hasta las once. Como cada año, vamos.

La mujer suspiró porque empezaba a perder la paciencia. Sabía que las chicas la ponían a prueba, pero era su segundo año y ya conocía sus tretas. Yumi se despidió, no sin antes recordarles que a las doce en punto iría ella misma a comprobar que ya no quedaba nadie en el salón, y, tras desaparecer por la puerta rústica de los clavos metálicos, se oyó el chasquido de una llave al pasar el cerrojo.

—¿Nos han encerrado? —preguntó una muchacha de ojos grandes e inocentes.

—Por la noche siempre cierran la puerta este, no quieren que nos colemos en la parte principal del castillo —respondió otra, y varias compañeras empezaron a hablar al mismo tiempo.

—¡Chicas! ¡Un momento! —exclamó una muchacha con un maquillaje intenso y el contorno de los ojos ahumados y muy delineados.

—Sarabeth ya quiere dar la nota —murmuró la que estaba al lado de Norah.

Sarabeth Hamilton se puso en pie y señaló a Norah y a la chica de primero que había hecho la pregunta.

—A ver, ahora las verdaderas normas para las novatas: Si no te pillan, las normas no existen. ¿Lo he resumido bien?

Las risas resonaron por toda la sala.

—Olvidaos de la salida este —continuó—. Para las escapadas nocturnas tenemos dos opciones: la puerta de emergencia del sótano, la que da al jardín, pero esta no es la mejor opción porque la puerta queda cerrada por fuera y pasadas las diez apagan las luces del jardín.

—En invierno hace demasiado frío para pasar la noche fuera —añadió otra.

—Y luego tenemos la buena, la puerta sur —siguió Sarabeth—. Es la que nos permite salir al pasadizo que conduce a la biblioteca, a las aulas y, lo que más nos interesa, a la residencia de los chicos.

Otro coro de cuchicheos y risas exaltadas se oyó en el salón.

—¿Y podemos utilizarlas por la noche? —preguntó la novata de primero.

—Puedes hacer lo que te dé la gana. Si algo está prohibido, pues que no te descubran. Y, si te pillan, asumes la cagada tu solita. Aquí no queremos chivatas.

En cierta manera, y a pesar de su encierro forzado, a Norah le pareció cómica la situación. Chicas de su edad, en teoría todas ellas orgullosas de estudiar en un sitio selecto y muy lujoso, atrapadas en el torreón de un castillo y debatiendo, desde el primer día, la manera de escapar de él.

—Lo que Sarabeth quiere decir es que somos un equipo y nuestro deber es protegernos unas a otras —intervino una chica con una voz suave y melosa y una preciosa melena dorada—. Y siempre les pedimos a las nuevas que asuman esa lealtad.

—Ahí está Chelsea, siempre tan fina y diplomática —rio Sarabeth.

Chelsea Rogers sonrió con dulzura, aunque a Norah le pareció ver un rictus rígido en sus labios. La rubia no dejó de evaluar la expresión de las novatas y Norah no pudo evitar torcer un gesto de fastidio: los tejemanejes de sus compañeras le traían sin cuidado.

—A ver, chicas, os recuerdo que todavía tenemos que charlar de un tema importante —dijo una joven que lucía unos mofletes sonrosados y una larga trenza lateral.

—¿Estás hablando de nuestra fiesta clandestina, Jenna? —preguntó Sarabeth con un tono burlón.

Jenna Cadwallader puso los ojos en blanco antes de contestar.

—Ya sabes que no, ese tema es todo tuyo y lo vamos a dejar para el final. —Antes de seguir, toqueteó su bonito collar con los dedos—. Primero hablemos de las extraescolares.

Cuando Jenna empezó a comentar las actividades, Sarabeth se acercó a una de las ventanas del torreón, la abrió y el aire fresco nocturno entró. Nadie se quejó. El contraste era agradable porque en la sala común de la casa Bridge of Sighs la temperatura siempre era cálida, como si un verano perpetuo se hubiera instalado en el interior.

La joven sacó un paquete de tabaco y con un golpe seco hizo salir un cigarrillo. Con un mechero encendió el pitillo y exhaló una bocanada de humo al exterior. Hacía apenas quince minutos, Yumi les había advertido que no se podía fumar dentro del castillo. Estaba claro que Sarabeth seguía su regla de: «Si no te pillan, las normas no existen».

Norah desconectó de la conversación cuando sus compañeras empezaron a hablar de cómo conseguir más papeles en la obra de teatro de Navidad, ganar los duelos del club de debate y quedar en primera posición en las competiciones de tenis. Ella no tenía ningún interés en las extraescolares del centro.

Bajó la cabeza mirando hacia su regazo y desbloqueó el móvil. Contestó el mensaje de su tía Lidia, la hermana mayor de su madre, que le preguntaba cómo le había ido el primer día. Nunca había tenido una relación demasiado estrecha con ella, sin embargo, desde el fallecimiento de su madre, estaban más en contacto.

El chat que tenía con sus amigas de Barcelona volvía a estar plagado de nuevos mensajes. Para ellas seguía siendo verano y estaban organizando una salida para pasar el domingo en la playa. Deslizó el dedo por la pantalla hasta encontrar la única referencia a ella, un triste mensaje de «Lo siento Norah, es una lástima que no estés aquí», seguido de un «Te echamos de menos. Por cierto, ¿quién se encarga de las cervezas?».

Le dolía que mostraran tan poco interés por ella. Sin embargo, tenía asumido que, en gran parte, ella misma era responsable de esa situación. Los últimos meses se había encerrado demasiado en sí misma porque el dolor y la rabia le pesaban igual que una de esas gruesas lápidas de piedra que había visto en el cementerio de Montjuïc. No tenía ganas de salir ni de hablar con nadie y mucho menos se sentía con el ánimo suficiente para seguir el ritmo de diversión de su pandilla, y sus amistades se habían resentido. Ahora que se había visto obligada a dejar su antigua vida atrás, solo deseaba regresar a Barcelona para intentar empezar de nuevo.

Apagó la pantalla y sonrió con tristeza. Se dijo que, como mínimo, en el mundo real seguían existiendo personas que organizaban una salida normal con sus amigos y no trazaban un plan de fuga nocturna de un torreón de un castillo medieval.

—Bien, ahora que sabemos que tenemos un equipo ganador —dijo Sarabeth con sarcasmo—, ha llegado el momento de hablar de la fiesta de inauguración.

Norah, que estaba sumergida en sus pensamientos, levantó la vista del móvil para mirar y escuchar a la muchacha.

—Tenemos que organizarnos. Necesitamos a un grupo que se encargue del alcohol, otro de los refrescos, otro de la comida y otro de la decoración. ¡Ah! Y, por supuesto, otro que se ocupe de las invitaciones. No queremos que los chicos del King's Arms se extravíen. —Sarabeth torció una sonrisa descarada—. Chicas, vamos a hacer que este año el Bridge of Sighs deje huella en esta escuela.

—Pero... —La novata de primero vaciló—. La señorita Matsuda acaba de decir que nada de alcohol. ¿Podemos dar ese tipo de fiestas?

Algunas chicas se rieron de la pregunta. Sarabeth suspiró

y sacudió la cabeza como si no diera crédito a lo que había oído.

—Un consejo, novata: no hables de esto con nadie y déjanos hacer. Boca cerrada hasta el sábado. Ya te la dejaremos abrir por la noche para beber licor.

4

Las leyendas del castillo

Ya era noche cerrada y el cielo de la campiña inglesa estaba cubierto por espesas nubes negras que descargaban agua sin cesar. A esas horas, en los terrenos de Old Castle College todavía había luz. Las farolas exteriores seguían encendidas y un cálido resplandor salía de muchas de las ventanas de estilo gótico del castillo. Las gotas repiqueteaban de forma constante en los cristales, sin embargo, la mayoría de los residentes estaban más pendientes del primer encuentro con sus compañeros de residencia que del mal tiempo y de la penetrante negrura del exterior.

En la sala común de la tercera planta del torreón oeste, las chicas del Bridge of Sighs seguían discutiendo la mejor manera de preparar una fiesta semiclandestina en la que no faltara el glamour ni una provisión abundante de alcohol.

Norah seguía sentada en el sofá y se debatía entre dos opciones: aguantar los soporíferos planes de sus nuevas compañeras, aunque ella no pensaba asistir a dicha fiesta, o levantarse y largarse a su habitación. Ambas posibilidades le parecían malas. Elegir la primera significaba caer en una espiral de cursilería cara, rociada con nombres de licores selectos que desconocía. Escoger la segunda opción era dar la nota y, después de ver el proceder de alguna de sus compañeras, intuía que se convertiría en un blanco demasiado fácil y no le apetecía en absoluto ser el centro de atención.

—Bien, tenemos una semana para prepararlo todo —dijo Sarabeth cuando por fin llegaron a un acuerdo en el tipo de decoración—. Recordad que debemos ser discretas y no hablar más de la cuenta.

—¡Que sí, pesada! ¡Tú, tranquila! ¡Va a ser una gran fiesta! —rio una de las chicas, y Sarabeth le sacó la lengua.

—Chicas, nos quedan dos horas libres antes del toque de queda. Podríamos aprovechar para hacer algo todas juntas —propuso Jenna.

—Y así nos vamos conociendo con las nuevas —añadió Tawny, la pelirroja que había hablado con la directora al entrar en el Bridge of Sighs.

A Norah, la propuesta de Jenna le pareció la peor idea del mundo, pero entonces un ruido, como de algo duro arrastrándose, silenció todos los murmullos que había en la sala. Norah intentó localizar el origen del extraño sonido, pero no vio nada que lo pudiera haber ocasionado.

—¿Qué ha sido eso? —preguntó la novata de primero.

—¿El viento? —sugirió una.

—Pero parecía venir de dentro —dijo otra.

—Chicas, ya sabéis lo que es —susurró una muchacha con la voz temblorosa—. Cada año ocurre lo mismo y siempre intentáis buscar explicaciones lógicas. Pero no las hay.

—Quizá son los chicos del King's Arms, que se han acercado para hacer una broma —insinuó Jenna, mientras daba una vuelta con los dedos a su trenza.

—¿Qué ocurre Jenna, tienes miedo de admitir que vive un fantasma en el castillo? —rio Sarabeth.

Norah puso los ojos en blanco, ya solo le faltaba que sus compañeras también creyeran en esas cosas.

—No tengo miedo, conozco la leyenda desde hace años,

pero perdona si creo más en las explicaciones racionales que en los cuentos.

—¿Como que vive un fantasma en el castillo? —La novata de primero había palidecido.

—Quizá, lo primero que deberíamos hacer es contar a las nuevas las leyendas del castillo —dijo una joven de tez oscura, con el cabello negro y rizado.

—Carlien tiene razón —dijo otra—. Así podrán decidir por ellas mismas si creen que los ruidos los hace Henry Duval.

—¿Y quién es ese señor? —preguntó de nuevo la novata.

—Que lo cuente Chelsea, que se le dan muy bien las historias —propuso una chica.

La aludida sonrió, despegó la espalda del sofá y se incorporó hacia delante para tener una visión más amplia de su público. Esta vez, Norah se fijó un poco más en Chelsea Rogers y vio que era una de esas chicas a la que uno es incapaz de encontrar alguna imperfección superficial, ni siquiera un pelo del cabello fuera de lugar. Sus rizos rubios caían en cascada por su espalda y su maquillaje era suave y delicado.

—Si insistís… —dijo ella con su habitual tono cálido y meloso.

Se oyeron algunos cuchicheos y la joven esperó a que su público guardara silencio.

—No podemos hablar de Henry Duval sin antes explicar cómo empezó todo. La Universidad de Oxford es la segunda universidad más antigua del mundo, dicen que existe desde hace más de mil años. —Chelsea gesticulaba con suavidad, con una postura casi teatral—. Cuentan que, allá por el siglo XIII, hubo una revuelta de estudiantes. Se enfrentaron a los habitantes de la ciudad porque querían construir residencias universitarias.

—¿Por qué una revuelta? —preguntó la novata de primero.

—Hubo un incidente en una taberna. Un estudiante atacó al dueño y la tensión política que hacía tiempo que había entre la universidad y el pueblo estalló —continuó Chelsea.

—Ni Oxford tenía el prestigio de ahora ni tampoco los estudiantes eran tan bien acogidos —intervino Carlien Ruis, la chica de los rizos oscuros y desordenados—. En esa época...

—Todo se reducía a quién tenía el poder —interrumpió Chelsea tomando de nuevo la palabra—. La universidad y los estudiantes estaban alcanzando más poder del que el pueblo quería. Además, si lograban construir las residencias estudiantiles, las posadas que alojaban a los estudiantes perderían a sus clientes.

Norah ya conocía la leyenda, pero la voz cautivadora de Chelsea la mantenía atenta como si estuviera escuchando la historia por primera vez.

—La revuelta duró tres días. Fueron tres días de violencia, sangre y muerte en la ciudad. El segundo día, cuando la batalla era más cruenta y feroz, un grupo de estudiantes se vinieron a refugiar al castillo —explicó Chelsea—. En esos tiempos era un castillo medio en ruinas, de una época todavía más antigua.

—Otra leyenda de Old Castle cuenta que este castillo fue construido en la época del rey Arturo. —Se entrometió una chica de manera un poco precipitada—. Y que, durante un tiempo, aquí se escondió el santo Grial.

—¡Maldita sea! —ladró Chelsea—. ¡Estás estropeando la historia!

Norah parpadeó, confusa por la inesperada reacción de la rubia. Fue como si de repente le hubiera estallado en la cara una reluciente burbuja de hermosas estrellitas y sus púas se le hubieran clavado de forma hiriente en la piel.

—Además, esta era la siguiente leyenda y ahora la has echado a perder —dijo con rabia.

—Yo solo quería... —empezó a excusarse la otra chica.

—Anda, cállate y déjame continuar.

Norah abrió los ojos como platos. Miró a su alrededor y se

dio cuenta de que todas sus compañeras estaban calladas, incluso Sarabeth, que se observaba las uñas con atención como si nada de eso fuera con ella.

—Pues, como decía, se refugiaron en nuestro castillo. —Chelsea recuperó su expresión afable en un abrir y cerrar de ojos—. Querían construir una residencia aquí mismo, a pocos kilómetros de la ciudad, sin tener que pelearse con sus habitantes por el derecho a tener una morada propia.

Chelsea hizo una pausa dramática y miró a su público. Norah se percató de que nadie se atrevía a intervenir de nuevo.

—Ahí es cuando entra en escena nuestro famoso Henry Duval. Era un estudiante, como nosotras, pero demasiado ambicioso —rio de forma lúgubre—. Para ganarse el favor del alcalde de la ciudad, delató a sus compañeros y condujo a un grupo armado de pueblerinos hasta aquí para aniquilarlos.

—¡No! —exclamó la novata de primero.

—Sí, eso hizo. Pero le salió mal la jugada porque fue una carnicería, dicen que nadie quedó en pie.

—Si nadie sobrevivió, ¿quién contó la historia? —preguntó Norah interviniendo por primera vez.

No entraba en sus planes meterse en la conversación, fue la primera en sorprenderse, pero le había superado la irritación que sentía hacia esa chica y su tono de voz embaucador.

—Bueno, seguramente los que hallaron los cadáveres —contestó Chelsea con una sonrisa de plástico—. La leyenda cuenta que localizaron el cuerpo de Henry Duval mutilado y sin cabeza. La buscaron por el bosque y por las ruinas del castillo, pero nadie encontró la cabeza de ese pobre traidor desgraciado.

—Uf, vaya historia más tétrica —dijo la novata de primero.

—Pero no termina aquí —continuó Chelsea—. Dicen que, desde entonces, la cabeza y el cuerpo de Henry Duval vagan por el castillo, intentando encontrarse; se buscan porque se necesitan, pero nunca logran el reencuentro. Por las noches, cuando el silencio invade el castillo, se oyen los pasos desorientados de su cuerpo y los tropiezos de su cabeza tambaleante en una búsqueda interminable y desesperada.

—Madre mía —musitó la novata—. Me has puesto los pelos de punta.

—Pues espera a encontrarte, en un día oscuro y de tormenta, con la cabeza mutilada de Henry Duval buscando su cuerpo por tu habitación —rio Chelsea.

—O mejor aún —intervino Sarabeth mirando a la novata con una sonrisa un tanto perversa—. Apuesto que el ruido de antes ya era el fantasma arrastrando su pesada cabeza por tu dormitorio.

La muchacha gritó: «¡No, eso sí que no!», y las jóvenes de la casa Bridge of Sighs estallaron en carcajadas.

—Es una leyenda, Laurie —le dijo Carlien a la novata—. Sarabeth te está tomando el pelo.

—Chicas, ¿y si ahora les contamos la leyenda de la dama perdida? —sugirió otra joven.

—Si también da miedo, paso —dijo Laurie Meier, que todavía no se había recuperado de la impresión.

—Tranquila, la historia del pasadizo secreto de lady Annabel suele gustar a todo el mundo —aseguró Carlien.

—A mí es la que más me gusta —comentó una joven de primero—. Una mujer que desafía las normas de la época para poder estudiar en una universidad de hombres y que, cuando la pillan, consigue burlarlos a todos y escapar.

—No sabemos si se escapó, solo que desapareció sin dejar rastro —objetó otra.

—Pero la leyenda dice que encontró un pasadizo secreto y por eso no la volvieron a ver —insistió la primera.

—¿Y si explicamos la historia de Aaron McNeal? Es muy parecida a la de lady Annabel —intervino Sarabeth con una sonrisa torcida.

Norah notó que, de repente, el ambiente cambiaba y se enrarecía, como si la diversión de momentos antes solo hubiera sido una mera ilusión.

—Ahora no es el momento, Sarabeth, nos lo estamos pasando bien… —dijo Carlien.

—Pues yo creo que debemos contarles lo sucedido. Además, es muy posible que su historia pronto se convierta en leyenda: el chico que desapareció sin dejar rastro.

—Sarabeth, ¡basta! —dijo Jenna de forma tajante.

—Tesoro, se van a enterar igualmente —intercedió Chelsea—. Es una historia verdadera. La vivimos todos el curso pasado.

Norah se fijó en la tensión de los hombros de Jenna, en sus puños cerrados, su mandíbula apretada y sus mofletes todavía más colorados. A su lado, Tawny estaba tiesa como un palo.

—¿Qué sucedió? —preguntó la novata.

—El año pasado un chico de segundo de bachillerato desapareció sin dejar rastro. Ni sangre, ni huellas, ni nada. No dijo nada a nadie, no se llevó nada, ni su cartera ni una triste chaqueta, encontraron todas sus pertenencias en su habitación —continuó Chelsea—. Simplemente se desvaneció.

La revelación dejó a Norah perpleja y algo asustada. Aunque había prestado poca atención a los preparativos que hicieron durante el verano antes de trasladarse a Inglaterra, estaba segura de que su padre, en ningún momento, le había comentado que, el curso anterior, había desaparecido un estudiante.

—Durante días hicimos batidas de búsqueda por todo el complejo, tanto dentro de los edificios como por el exterior, y no encontramos ni un leve rastro de Aaron —dijo una chica con la voz algo temblorosa.

—Fue como si el castillo se lo hubiera tragado —susurró Carlien.

—La policía tampoco encontró nada —añadió otra.

—Nadie sabe lo que pasó.

Un inquietante silencio cargado de temor y malestar se propagó entre las residentes del Bridge of Sighs. A Norah le recorrió un escalofrío por la columna vertebral. Inspiró profundamente y contó hasta diez antes de dejar salir el aire e intentar apaciguar la angustia que sentía en el pecho. Pasaron unos largos segundos hasta que una estudiante de primero se atrevió a romper la tensión y dijo:

—Mis padres estuvieron a punto de cambiarme de internado, pero la señora Foster les aseguró que había sido un incidente raro y aislado. Dijo que la policía estudiaba la hipótesis de que su desaparición fuera debida a causas que no tenían nada que ver con Old Castle.

—Además, este año han reforzado la vigilancia —añadió otra—. Eso fue lo que logró tranquilizar a los míos.

—Yo sigo teniendo miedo —murmuró una chica que se abrazaba a un cojín turquesa—. ¿Y si algo de las leyendas es cierto? ¿Y si... yo qué sé, encontró la armadura de sir Galahad y su magia lo desintegró?

Se oyeron algunas risas en tono bajo en el salón, pero estas se disiparon enseguida.

—Por favor, esto no son más que tonterías —intervino Chelsea—. Las leyendas solo son eso, historias para entretener a los crédulos. Con casi dieciocho años ya deberías saber que los fantasmas no existen, la magia tampoco y el pasadizo secreto de lady Annabel es una romántica fábula para dejar con la boca abierta a los críos.

—Pues yo creo que cuando el río suena, agua lleva.

—A ver, seamos realistas —insistió Chelsea—. Todas sabemos que la familia de Aaron McNeal no es como las nuestras. El chico vivía con su abuela en una casucha cualquiera y era su tío rico el que le pagaba la matrícula aquí.

—¿Y eso qué tiene que ver? —preguntó Jenna con rabia en la voz.

—Mira, no te enfades, pero sabes que tengo razón —siguió Chelsea—. Aaron era pobre y los pobres tienden a cometer locuras para tener un poco de dinero. Quizá estaba metido en algún lío y eso le pasó factura.

Aunque hacía rato que Norah había puesto a Sarabeth Hamilton y Chelsea Roger la etiqueta de «personas a las que ignorar y mantenerme alejada», con el último comentario de la rubia le hirvió la sangre y se reafirmó en su posición de que ella no tenía nada que ver con todos esos jóvenes pudientes.

—No tienes ni idea de lo que hablas —masculló Tawny.

—¿Y tú sí, tesoro? —rio Chelsea—. Que estuvieras con Rhydian no quiere decir que conocieras bien a Aaron; ni tú tampoco, Jenna. Seguramente ni siquiera Rhydian, que era su mejor amigo, lo conocía de verdad.

—Pues yo sigo pensando que se fugó —manifestó Sarabeth—. Estoy de acuerdo con Chelsea en que su vida seguramente era una mierda. Sin padres, un tío que apenas veía y una abuela muy mayor a la que cuidar... ¡Venga, ya! El chaval debió de ahorrar el dinero que le daba su tío y, cuando tuvo suficiente, se largó en busca de algo mejor.

—Te estás pasando, Sarabeth —La rabia en la voz de Jenna era más que evidente, también el color rojizo en sus mejillas—. Aaron era un chico feliz, le gustaba estudiar aquí, quería ir a una buena universidad y siempre bromeaba y estaba de buen humor. Y te puedo asegurar que quería con locura a su abuela.

—¿Y qué hay de lo que sucedió con Mariah? —preguntó otra chica.

—Yo no hice nada... —dijo Mariah Campbell con los ojos llenos de lágrimas.

—Le rompiste el corazón delante de todas, que no es poco, y quizá eso fue el detonante de su fuga —metió baza Sarabeth.

—Buscar culpables entre nosotras no es justo, chicas —dijo Carlien, y pasó un brazo por los hombros de Mariah, que estaba sentada en el suelo a su lado—. Esto solo son teorías que ya debatimos mil veces el curso pasado y que podrían estar todas equivocadas. En realidad, nadie sabe lo que ocurrió.

5

Habitantes nocturnos

Norah se despertó con el corazón enloquecido, rebotando dentro de su pecho como una pelota desorientada y fuera de control. Abrió los ojos y palpó el colchón hasta dar con una pared. Cuando su cerebro reconoció que estaba en su nuevo dormitorio, suspiró. Dejó que esa sensación asfixiante de desamparo se fuera calmando y se enjugó las lágrimas de la cara. Ese día, la pesadilla había sido muy intensa, y se preguntó si las historias de la noche anterior habían tenido algo que ver.

A tientas, buscó el despertador; su mesita de noche era una balda de madera al lado de la litera. Pulsó el botón del led para ver la hora. Eran casi las cuatro de la madrugada.

Ni una noche de tregua. «Esta vez es mucho más temprano que otros días», pensó. «¿Y qué creías, Norah? ¿Que dormir en un castillo te quitaría las pesadillas?», se dijo.

Nunca recordaba los sueños, las imágenes se desvanecían antes de que pudiera darles un sentido. Desde la muerte de su madre, hacía ya más de nueve meses, se despertaba a media noche con una ansiedad que la desbordaba. Norah suponía que lo que la desvelaba eran las pesadillas, sin embargo, no lo sabía con certeza. Lo que sí tenía claro era que, luego, le era casi imposible volver a dormir.

Ya completamente despejada, encendió la luz del cuarto y se quedó con la mirada fija en el techo sin saber muy bien qué hacer. Quería retomar la rutina de siempre: vestirse y salir a correr hasta olvidarse de las lágrimas y de la opresión en el pecho. Pero ahora estaba en un lugar desconocido, no sabía moverse por los pasadizos del castillo ni tampoco conocía los senderos del exterior. Además, seguía muy inquieta por la historia del chico desaparecido. ¿Cómo alguien se esfumaba sin dejar rastro dentro de un internado vigilado?

Norah nunca había tenido miedo a la oscuridad ni tampoco a salir sola por la noche, pero ahora estaba asustada y, justamente, eso era lo que le impedía levantarse y hacer lo que tanto necesitaba.

—No puedo permitir que Old Castle también me quite esto —dijo en voz alta—. No lo voy a permitir.

Así que, a pesar de la sensación de angustia, se levantó y bajó por la escalera de su litera.

Su habitación estaba situada en la última planta del torreón oeste y, desde la ventana, veía el jardín delantero y el bosque. Era una sala más bien pequeña y estrecha, con un armario al lado de la puerta y una litera con una cama superior para que debajo cupieran el escritorio, la silla y una pequeña butaca. Su padre ya le había advertido que su dormitorio sería de los menos lujosos; solo habían pagado la matrícula básica. Pero a Norah le daba igual cómo fuera este porque en el único lugar donde ella quería volver a dormir era en su cuarto de Barcelona.

Buscó entre su ropa y se vistió con unos *leggings* negros, una sudadera con capucha y se calzó unas zapatillas de deporte. Luego, metió el móvil y la pequeña linterna de escapadas nocturnas dentro del bolsillo delantero y salió de su habitación ignorando la espesa bola de temor que todavía tenía dentro del pecho.

Aunque tenía claro que, en ese momento, no podía salir a

correr, quería aprovechar el desvelo para conocer mejor su residencia explorando a sus anchas y sin toparse con ninguna de sus compañeras. Incumplir el toque de queda le daba igual porque, desde su punto de vista, el instante después de la pesadilla era cuando para ella terminaba la noche.

Cerró la puerta de su cuarto sin hacer ruido y salió al pasillo, que estaba a oscuras. Encendió la linterna y el haz de luz blanca barrió el corredor y localizó la escalera de caracol con rapidez. De puntillas, intentando que no se le escuchara, empezó a bajar los escalones.

Al llegar a la tercera planta, unos sonidos inesperados procedentes de algún lugar de la sala común la sobresaltaron. Aunque, en un primer momento, no reconoció bien el ruido, no esperaba encontrarse con nadie y menos en esa situación; fue demasiado tarde cuando su cerebro puso un nombre al rumor de la fricción y a los jadeos y suspiros bajos y entrecortados. Ellos se dieron cuenta de su presencia antes de que tuviera tiempo de apagar la luz.

—Te dije que teníamos que ir a tu habitación —gruñó una voz masculina.

—¡Venga ya! Si es que son una panda de pervertidas. —Norah reconoció la voz de Sarabeth.

Se quedó plantada en el rellano, con la luz apuntando al suelo, sin apartar la mirada de uno de los sofás del salón. En la penumbra, pudo distinguir dos cuerpos enredados. El chico iba sin camiseta, con los pantalones medio bajados, y, debajo de él, vio una falda arrugada y unas piernas largas. Desparramados por el suelo, había una camisa y unos zapatos de hombre y unas botas altas de mujer.

La pareja empezó a moverse y Norah recuperó el aplomo. Antes de que le pudieran decir nada más, se dirigió a las escaleras que llevaban al piso inferior.

—A lo vuestro, como si no estuviera —dijo con la voz menos firme de lo que pretendía—. Yo... ya me iba.

—Eh, eh, eh, espera.

El chico se levantó y con un par de zancadas se interpuso en su camino. Era alto, muy apuesto, con el cabello rubio o quizá castaño muy claro; a oscuras, Norah no lo podía apreciar bien. Seguía con el torso desnudo, sus abdominales marcados no pasaban desapercibidos; ni siquiera para ella que tenía un interés nulo en ese chico. Se había subido los pantalones, pero estos permanecían abiertos, con una descarada insinuación.

—No te conozco, ¿eres nueva?

Norah dudó unos segundos. No tenía claro si lo mejor era responderle o simplemente pasar por su lado como si no estuviera.

—Sí, también está en segundo. ¿A dónde vas? —Sarabeth se adelantó a la respuesta. La muchacha recogió su top del suelo, se lo puso por encima del sujetador y se acercó a ellos—. ¿El primer día y ya buscas romper las reglas? —se burló.

—Estaba pensando… —El chico vaciló. Después, repasó con la mirada la silueta de Norah y torció una sonrisa canalla antes de continuar—. ¿Quieres apuntarte? Hay sitio para uno más. —Señaló el sofá con un gesto de cabeza.

La propuesta pilló desprevenida a Norah, que abrió los ojos como platos. El muchacho lanzó una carcajada ronca y baja. Abrió un brazo como dando paso de forma elegante al lugar indicado.

—Eres incorregible, Chester —dijo Sarabeth con un tono aburrido—. Venga, decídete, que no tenemos toda la noche.

Norah no sabía si le sorprendía más que un desconocido le hubiera propuesto acostarse con él y su chica en el salón del torreón de un castillo medieval o que a su acompañante de roce no le importara.

—Gracias por la invitación, chicos, es tentador —dijo con ese tono mordaz que utilizaba cuando se sentía acorralada—, pero mis fechorías las hago en solitario.

No se tomó la molestia de volver a mirarlos. Siguió su camino hasta la escalera y empezó a bajar.

—Esto quiero verlo. —Oyó Norah que decía Chester Davies arrastrando la voz.

Mientras descendía dejó de escuchar los murmullos de la pareja y se dio cuenta de que su corazón seguía latiendo más deprisa de lo normal. No estaba acostumbrada a vivir ese tipo de situaciones. En su mundo, lo normal era salir con chicos o chicas o tener algún lío. Para ella, estaba fuera de toda lógica verse metida en un trío, casi por casualidad.

No tenía ningún plan, solo había salido para explorar con tranquilidad el torreón de su residencia y los corredores más cercanos, pero volver a la tercera planta ya no era una opción. Así que bajó hasta los dormitorios del segundo piso, que tenían la misma distribución que los de su planta, y descendió un poco más hasta llegar a la lavandería de la primera planta.

Allí se entretuvo un rato enfocando con la linterna todos los rincones, aunque enseguida dio por terminada la exploración. Más allá de lavadoras y secadoras industriales, mostradores con una plancha para acicalar la ropa y estanterías para dejar la ropa limpia y pendiente de doblar, no había nada más, solo un par de puertas cerradas.

La única puerta abierta era una pequeña salida al final de la lavandería y, desde allí, bajó otras escaleras que la llevaron hasta el sótano.

Este sí que le pareció un buen lugar de entretenimiento. La planta baja del torreón era un enorme almacén lleno de armarios y estanterías donde se tomó su tiempo para explorar. Encontró herramientas y productos de limpieza, sábanas, mantas, almohadas, varios cacharros básicos como platos, tazas y vasos, y también paquetes de café, té y otros productos que las chicas consumían en la sala común. Además, se llevó un par de sustos con las sombras que su haz de luz creaba entre las figuras del almacén y otro sobresalto más cuando las paredes del sótano crujieron. Aunque no lo quisiera reconocer del todo, seguía algo inquieta y asustada.

Llegó un momento en el que empezó a aburrirse con tanto material del hogar y se plantó delante de la puerta de emergencia preguntándose si ir fuera era una buena opción.

No le apetecía regresar a la cuarta planta, ni siquiera cuando la voz de la prudencia le insistía que encerrarse en su cuarto era lo más seguro. Y todavía tenía menos ganas de pasar por el salón y ver otra vez a la pareja a media faena. Puso una mano sobre la barra metálica y la anticipación le hizo cosquillas en la barriga. Empujó para abrir la puerta acristalada y el aire del exterior la envolvió por completo. Aunque ya no llovía, el ambiente era húmedo y fresco, y un agradable olor a tierra mojada le llenó los pulmones. La decisión estaba tomada y salió a la libertad, fría y oscura, que le daban los jardines del exterior.

Tal como le contaron sus compañeras de curso, ya no pudo abrir la puerta desde fuera, pero no le importó. No tenía intención de volver antes del amanecer por lo que ya se preocuparía más tarde de encontrar una entrada abierta.

Se puso la capucha para protegerse del frío y la humedad y empezó a caminar por un sendero de tierra que transcurría entre árboles y setos ornamentales. Con la luz de su linterna, las sombras del jardín parecían extraños seres fantásticos que la observaban sigilosos. Ella apretó los dientes y se hizo la valiente, no quería dar marcha atrás.

Avanzó por los caminos de los jardines del flanco oeste hasta entrar al parque deportivo, que estaba desierto a esas horas. O eso creía ella, porque cuando se acercó a las pistas de tenis, a lo lejos, vio el movimiento de unas luces blancas. Se detuvo en seco, persiguió el brillo con la mirada, pero enseguida perdió el rastro en medio de la oscuridad.

—Vigilantes, supongo… —murmuró. Y, aunque continuó con el paseo de exploración del complejo, ahora lo hacía más alerta e inquieta que antes.

Empezaba a clarear cuando Norah dio por terminada la escapada nocturna. Al llegar al pie del torreón oeste, todavía era temprano y decidió rodear el castillo por la parte trasera e intentar encontrar una puerta de entrada. Esta vez fue por el sendero de la muralla y pasó de largo algunas puertas cerradas hasta llegar a la escalinata de la biblioteca, toda ella hecha de piedra, muy regia y majestuosa. Fue allí, por primera vez en toda la noche, donde sus labios se curvaron en una sonrisa sincera al ver tres gatos jóvenes remoloneando en el césped, cerca del camino.

Norah se sentó en el segundo peldaño de la escalinata y, cobijada tras el muro lateral, se entretuvo un momento observando jugar a los felinos. Algo punzante se le clavó en el pecho. Después de las bajas calificaciones del último curso, dudaba de que su media fuera suficiente para poder cumplir su sueño de estudiar veterinaria.

Al cabo de un rato, uno de los gatos dejó de jugar y se acercó a ella. Se fijó en que el animal tenía un ojo más cerrado que el otro, como si algo le impidiera abrirlo del todo. Su pelaje negro, salpicado de manchas blancas por todo el cuerpo, algunas más gruesas que otras, le daban un aspecto un tanto feo, como algo desordenado y poco agradable a la vista. Sonrió. Ella no tenía ningún reparo con la fealdad. Amaba a los felinos sin importar su aspecto.

—Hola, Pequeño Bandido —susurró y estiró una mano, invitando al gato a acercarse un poco más.

Pero un ruido como de pasos lo sobresaltó y huyó veloz. Norah también dio un respingo y se levantó de golpe.

A pocos metros de la escalinata, se hallaba un chico de porte atlético vestido con ropa de deporte. Igual que ella, también llevaba puesta la capucha de la sudadera, que le ocultaba parte del rostro. El muchacho ejercitaba el cuerpo para calentar y, cuando detectó la presencia de Norah, se detuvo. Ambos se observaron durante unos largos segundos, sorprendidos. Ni uno ni el otro esperaban encontrarse a otro estudiante en los jardines a esas horas de la mañana.

El chico intentó escudriñar el rostro de la desconocida, pero tampoco podía ver bien su cara.

—Buenos días —murmuró él al fin y, sin esperar respuesta, emprendió su carrera.

Norah observó su partida hasta que desapareció por uno de los senderos del jardín; un borrón negro en medio de una pintura de tonos verdes, marrones y grisáceos. Cuando volvió la vista hacia delante, dejó de pensar en ese encuentro porque el gato jaspeado estaba de nuevo a los pies de la escalera y la miraba con unos ojos verdes musgo muy vivos.

—De toda esta gente, eres el único que me vas a caer bien —le dijo Norah, y se acercó a él con una sonrisa.

6

Los otros

Norah se pasó el domingo entero evitando a los residentes e inspeccionando los exteriores del complejo. Con la luz del día, la sensación de intranquilidad por la desaparición de aquel chico quedaba oculta por la curiosidad y el descubrimiento constante de nuevos lugares. En la parte trasera del castillo encontró el huerto, un invernadero y varios almacenes con suministros, herramientas y material, y, en el flanco este, se paseó por una bonita zona fluvial.

Entró dentro del castillo por la cocina, situada en la planta baja del torreón este, y allí conoció a la señora Bennett, una mujer rolliza con cofia y delantal blanco muy amable que le indicó cómo llegar al comedor.

No asistió a la visita guiada, así que se perdió el tour por los pasillos del castillo y por las aulas, el laboratorio, el teatro y la biblioteca. En cambio, volvió a pasear por el flanco oeste y se entretuvo jugando con lo único que la hacía sonreír: el joven gato jaspeado del jardín.

Durante todo el domingo, también ignoró los mensajes y las llamadas de su padre. Sabía que este comportamiento era de niña pequeña, pero era extrañamente placentero hacerlo sufrir un poco. Ella padecería todo el año debido a sus decisiones unilaterales.

Llegó la noche y Norah se sentía satisfecha de haber pasado un día relativamente agradable y haber conseguido no relacionarse con sus compañeros. No era una ilusa y sabía que, al día siguiente, cuando empezaran las clases, no tendría más remedio que codearse con ellos, pero estaba convencida de que podría esquivarlos la mayor parte del tiempo.

Aunque, quizá, sí era un poco ingenua porque, al entrar en la sala común, tres de sus compañeras la abordaron sin contemplaciones.

—Norah, ¿verdad? —Carlien le sonrió con una bonita hilera de dientes blancos—. Yo me llamo Carlien y ellas son Jenna y Tawny —añadió mientras señalaba a las aludidas—. También somos estudiantes de segundo.

—¿Dónde te has escondido? —rio Tawny—. Llevamos todo el día intentando dar contigo.

—¿Por qué querríais dar conmigo? —preguntó Norah con suspicacia, y las tres muchachas soltaron una carcajada.

—Somos voluntarias del Comité de Bienvenida y durante los primeros días damos apoyo a los nuevos —explicó Jenna—. Solo queríamos presentarnos y decirte que puedes contar con nosotras para lo que sea.

—Oh… Eso, gracias. —Norah se quedó sin nada más que decir.

—Hemos oído que esta noche te has tropezado con la fiesta privada de Sarabeth y Chester —comentó Tawny. Norah miró a la pelirroja sin entender muy bien qué esperaba que respondiera ante esa información—. Sarabeth está un poco molesta, pero creo que a Chester le has gustado.

—No seas maleducada, cotillear no entra entre las funciones del Comité de Bienvenida —rio Carlien.

—Es una chismosa, pero tiene buen corazón —añadió Jenna.

Norah no quería contestar, ni tenía interés en alargar la charla, así que tomó la vía rápida y les dijo:

—Supongo que mañana nos veremos en alguna clase. Me alegro de haberos conocido, buenas noches.

—¿Quién lo diría? —La voz de Sarabeth sonó tras su espalda—. La chica mirona se va a dormir temprano. No te esfuerces en levantarte de madrugada, hoy no habrá espectáculo, ayer perdiste tu oportunidad.

Carlien, Tawny, Jenna y algunas de las chicas que estaban a su alrededor se rieron.

Norah clavó la mirada en los ojos de Sarabeth; iba igual de maquillada que el día anterior, con los ojos ahumados y delineados. Pensó que podría tener unas facciones delicadas si no fuera por esa permanente sonrisa un tanto retorcida.

—Tienes razón, Sarabeth, yo tampoco creo que me merezca el esfuerzo —soltó Norah.

Se había formado un corro a su alrededor y se oyeron más risas. Norah arrugó la frente, no tenía claro si se reían de ella o de la expresión desconcertada de Sarabeth.

—Pero, bueno, avísame si un día el espectáculo realmente vale la pena —añadió.

Se arrepintió de inmediato. Las carcajadas inundaron la estancia y llamaron la atención de las que todavía no estaban presenciando el duelo. Norah cerró la boca y se mordió la lengua. Mientras, por dentro, se reprendió a sí misma por su mordacidad. A veces, las ganas de soltar lo que se le acumulaba en la garganta la vencían y esta no era la mejor manera de pasar desapercibida.

Mantuvo el desafío de miradas con Sarabeth, esperando una réplica punzante que ya había decidido encajar sin más, pero esta no llegó.

—No sé si me gustas o me disgustas —dijo Sarabeth entrecerrando los ojos—. Pero te tomo la palabra, te avisaré cuando la ocasión lo merezca.

—Ve con cuidado, Norah —dijo Tawny medio riendo—. Sarabeth es capaz de invocar a Henry Duval e invitarte a una sádica bacanal en las mazmorras del castillo.

Sarabeth se mordió el labio y frunció el ceño, como estudiando en serio esa posibilidad. Las carcajadas volvieron a resonar en el salón y los comentarios subidos de tono se expandieron como el fuego prendiendo la pólvora.

—La verdad, prefiero una bacanal con chicos macizos de carne y hueso, y que sean todos para mí... —Sarabeth movió las cejas de arriba abajo—. Por cierto, quien quiera ver a tíos buenorros sin camiseta, las pruebas de bienvenida del King's Arms acaban de empezar. Chester me ha enviado un mensaje que ahora salen de la sala común.

Norah se vio arrastrada por el grupo de chicas que tenía a su alrededor. Carlien la cogió por el brazo y, después de susurrarle: «Los chicos hacen una competición muy divertida y es un espectáculo que no te querrás perder», tiró de ella. Pero Norah tenía muy claro que sí se lo iba a perder, aunque prefería escaquearse cuando sus compañeras no le prestaran atención y estuvieran embelesadas con el pecho desnudo de esos muchachos refinados.

Dejó de pensar en el espectáculo y en los chicos esnobs cuando salió por primera vez al pasadizo de la tercera planta en la muralla oeste. Era un corredor muy ancho, iluminado con lámparas de cristal y decorado con columnas y pilares de piedra parecidos a los que ya había visto en otros pasillos, pero, en este caso, lo que narraban los relieves era una historia de seres fantásticos.

Redujo la velocidad para poder fijarse mejor en las escenas esculpidas: hadas de bosque, ninfas de agua y extraños seres medio humanos y medio animales; también árboles caminantes, elfos tocando instrumentos musicales, monstruos desfigurados y, según lo que le pareció, unas mujeres enloquecidas bailando en torno a unas llamas.

—Espectacular, ¿verdad? —dijo Carlien, que seguía a su lado.

—¿Qué representa? —Norah no sabía cómo relacionar toda esa fantasía con la historia de Old Castle.

—¿Conoces la leyenda del Grial? —Ella asintió—. Pues representa Avalon, ese lugar donde Morgana vela el descanso eterno de su hermano, el rey Arturo.

—El reino de las hadas —murmuró Norah—. El mundo que hay al otro lado del espejo hechizado por la magia del Grial.

—El mismo —rio Carlien—. Si un día quieres, te acompaño a la muralla del flanco este para ver el pasillo de la fortaleza de Camelot, también es espectacular.

Norah no contestó y siguió a la comitiva de muchachas. Las jóvenes charlaban animadamente entre ellas y, a medida que avanzaban, se oían más altas y claras las exclamaciones y risas masculinas del fondo del pasillo. Pasaron de largo una escalinata de piedra con el indicador de «Biblioteca», y unos metros más adelante apareció una escalera de caracol de madera en la que, en los barrotes del rellano, se podía leer la inscripción: «Residencia de King's Arms».

Ahora los gritos eran más fuertes y la algarabía resonaba por todo el pasillo. Las chicas se apresuraron para llegar al lugar donde se desarrollaba la prueba y Norah vio su oportunidad de escaqueo. Echó una mirada rápida al grupo de chicos, que en ese momento se esforzaban en hacer flexiones con una mano, y empezó a deshacer el camino.

Cruzó al otro lado del pasillo para pasar cerca de las ventanas de estilo gótico y observar los relieves de ese costado. Sin embargo, un movimiento le llamó la atención y, a varios metros de distancia, divisó una solitaria figura masculina que se acercaba a la escalinata de piedra que descendía a la biblioteca, se apoyaba con los codos a la balaustrada y mantenía la vista fija en la ventana que tenía ante él. Norah siguió avanzando, con la intención de pasar de largo y continuar hasta su residencia, pero, cuando les separaban un par de metros, el muchacho la sorprendió.

Se miraron durante unos largos segundos, casi como si se estuvieran evaluando mutuamente. Norah se fijó en que iba vestido con unos vaqueros desgastados y una camiseta suelta, y que su pelo era castaño y lo llevaba un poco más largo por encima que por los costados. Era un par de palmos más alto que ella, tenía las cejas anchas, la nariz recta, con algunas pecas claras sobre los pómulos, y la mandíbula marcada. Era muy guapo, pero tenía una expresión un tanto sombría y la miraba como si fuera ella la culpable de haber interrumpido su momento de soledad.

Dio un paso más y pudo apreciar que sus ojos eran verdes y pensó que eran muy hermosos.

—¿No te gusta el espectáculo? —preguntó él.

—Prefiero los relieves —contestó ella, y se sorprendió al advertir un atisbo de sonrisa en los labios del chico—. Y tú, ¿no compites?

—Yo ya no tengo nada que demostrar... —musitó el muchacho.

Norah no terminó de entender la respuesta, pero le dio igual. Se encogió de hombros, dispuesta a continuar su camino, pero un nuevo comentario la detuvo.

—Aunque ellos no te gusten —dijo en voz baja, y señaló con un gesto de cabeza el lugar donde se agrupaban los chicos y las chicas de bachillerato—, procura no ir sola por los pasillos del castillo.

—¿Y tú sí puedes? —espetó Norah, un poco enfadada con el consejo paternalista—. No me importa perderme, siempre hay una salida.

Él torció una sonrisa burlona, aunque esta enseguida se convirtió en un gesto adusto.

—Perderte sería lo de menos —dijo con la voz algo ronca—. Eres nueva, ¿verdad? —continuó sin esperar la respuesta—. Yo ya te he avisado.

Dicho esto, volvió a mirar al frente, hacia la oscuridad de la noche, más allá de la ventana. Norah sintió que el corazón se le aceleraba y el recuerdo de la desaparición del estudiante regresó a su mente. Retomó el camino de vuelta con mucha más celeridad, sin apenas admirar los relieves porque en ese momento se le antojaban más siniestros que bonitos.

Tenía la sensación de que ahora las hadas parecían tener una expresión más maliciosa que antes, los elfos semejaban estar en un trance maligno, hipnotizados por la música, igual que las mujeres desnudas, y, con el rabillo del ojo, vio que de entre los relieves aparecían muchos más monstruos y criaturas desfiguradas en los que no había reparado con anterioridad.

Entró en la residencia Bridge of Sighs con el corazón agitado y sintió un escalofrío al darse cuenta de que la sala común estaba completamente desierta. Por primera vez, quiso que alguna de esas odiosas muchachas estuviera parloteando por el salón.

Empezó a cruzar la estancia y con sus pasos crujió levemente el suelo de madera, pero también escuchó un fuerte ruido que atravesó las paredes circulares del torreón. A este sonido le siguió otro más lejano parecido a un golpe duro. Aunque no era la primera vez que oía restallar las paredes del castillo, esta vez el crujido junto al golpe le puso los pelos de punta. Se dio la vuelta con la esperanza de que hubiera alguien más en la estancia; notaba esa desagradable sensación de sentirse observada. Aguzó el oído, esperando escuchar los pasos de alguien, casi aguardando a que el chico solitario del pasillo entrara en la sala común y se riera de ella por haberla asustado.

Pero nadie apareció.

Tampoco escuchó pasos ni oyó nada más allá del silencio del salón.

Sin perder más el tiempo, subió a la cuarta planta y se encerró en su habitación.

7

Inicio de curso

Ese lunes, el primer día del curso, Norah también se despertó sobresaltada. Como cada madrugada se enjugó las lágrimas y apaciguó con una serie de respiraciones la ansiedad que le había provocado la pesadilla, aunque esta vez no logró calmar el miedo que había arraigado en ella desde la noche anterior.

No entendía la advertencia del chico solitario: «Procura no ir sola por los pasillos del castillo», «perderte sería lo de menos», «yo ya te he avisado». Sus compañeras habían insistido en que, tanto la dirección del internado como la policía, consideraban seguro vivir en el Old Castle. ¿Por qué entonces ese extraño aviso? ¿El muchacho quiso asustarla para reírse de ella?

Norah estuvo media hora tumbada en la cama con la sábana cubriéndola hasta las orejas. Aunque, después de darle muchas vueltas, terminó por convencerse de que aquel chico había querido meterle miedo y que ella había sobrerreaccionado. Se justificó diciéndose que los relieves de los seres y las criaturas mágicas la habían impresionado y estaba demasiado susceptible.

No podía dejar que todas esas fábulas se metieran en su cabeza. Tenía que seguir con su plan y su rutina: salir a correr cada mañana, estudiar lo justo para aprobar, evitar a sus compañeros y terminar el segundo peor año de su vida para poder empezar de nuevo.

Así que se vistió con su ropa de deporte, comprobó por la ventana que en el exterior llovía y se puso una chaqueta impermeable. Esta vez bajó hasta el sótano sin encontrarse con nadie y salió al jardín con el corazón algo encogido, pero también dispuesta a demostrarse a sí misma que todos esos miedos eran infundados.

La primera media hora de carrera fue un espanto. Se metió por los senderos del jardín y cada chasquido, cada ráfaga de aire y cada sombra inesperada le parecían amenazantes. Estuvo a punto de apagar la linterna, para no asustarse de su propia sombra, pero lo descartó de inmediato; temía más quedarse a oscuras al completo. Sin embargo, poco a poco se fue relajando, sobre todo, porque los crujidos siempre eran del mismo tipo y el aire solo traía un poco más de lluvia, y pronto se fue acostumbrando al juego de luces y sombras de su linterna.

Después de más de cincuenta minutos de carrera, las primeras luces del día asomaban por el horizonte con una tímida claridad grisácea, como si un foco con poca potencia intentara iluminar los nubarrones.

Regresó al pie de la muralla oeste y se detuvo ante la majestuosa escalinata de piedra. Dobló la espalda y puso las manos encima de las rodillas mientras respiraba por la boca con cierta dificultad; tenía el rostro empapado, una mezcla de sudor y de lluvia. Cuando recuperó el aliento, se incorporó y se bajó la capucha para que las gotas frescas de agua terminaran de despejarle la cabeza y disolvieran los últimos resquicios de inquietud.

Sin casi darse cuenta de lo que hacía, observó los senderos del jardín. «¿Habrá salido a correr el Chico de la Capucha?», se preguntó.

Recorrió con la mirada los parterres más cercanos en busca de una silueta masculina. A luz del día, los jardines eran muy bonitos: arriates poblados por delicadas flores de colores y árboles de hojas verdes que, pronto, cuando llegara el otoño, cambiarían su tono. Cerca del camino había un rincón muy cuidado donde una fuente de piedra y un par de bancos esperaban, pacientes, la visita de algún caminante fatigado.

Se dio por vencida enseguida y buscó refugio en los peldaños más altos de la escalinata de la biblioteca. Se sentó en el último descansillo, justo debajo del pórtico con techo de madera, y sacó el móvil para revisar las últimas notificaciones. Ignoró de nuevo las llamadas de su padre y solo le envió un mensaje diciéndole que todo iba bien. Luego, contestó a su tía Lidia y leyó los nuevos comentarios del chat de su pandilla. Quiso escribir algo, pero al final desechó la idea. Pensar en lo que había dejado atrás le ponía de muy mal humor.

Levantó la cabeza y apartó la vista del aparato cuando oyó un maullido a sus pies. Una sonrisa sincera, una de esas que tan solo le salían en muy contadas ocasiones, se le dibujó en el rostro. Aunque ella no lo supiera, sus ojos brillaban con la misma calidez de tiempo atrás.

—Hey, Pequeño Bandido, ¿de vuelta por aquí?

El gato jaspeado la miraba con la cabeza un poco ladeada; el domingo, mientras jugaba con él, había descubierto que era un macho.

—Ven aquí, anda, que te estás empapando.

Como si lo hubiera entendido, el animal subió de forma ágil y elegante los escalones. Se acercó a ella y restregó el suave y húmedo pelaje contra su mano.

—Qué fácil soy... —murmuró para sí mientras le rascaba con ternura la barbilla—. Ya me has ganado, bandido.

En ese instante, la alarma que Norah se había puesto en el móvil sonó y, tanto el animal como ella, se sobresaltaron. El gato brincó hacia atrás, sin alejarse demasiado.

—Y esto es lo que ocurre cuando uno vive entre humanos. El aburrido mundo del instituto me llama.

Norah se levantó, bajó los escalones con el gato pisándole los talones y se agachó de nuevo para acariciarle entre las orejas.

—Mañana nos vemos a la misma hora, no me des plantón.

Emprendió el camino para dirigirse al torreón este, a falta de conocer otras entradas, esperaba volver a colarse por la cocina, y sonrió satisfecha cuando vio que el felino la seguía.

Cuando ya casi habían llegado a la esquina, los dos oyeron unos pasos lejanos. El gato se detuvo y Norah se dio la vuelta. El muchacho deportista de la madrugada anterior se había detenido cerca de la escalinata de la biblioteca. Iba calado de arriba abajo y, aunque de nuevo escondía sus facciones debajo de una capucha, intuía que la miraba a ella.

Norah dudó. Por unos instantes estuvo tentada de acercarse a él... «¿Qué le vas a decir, valiente?», se preguntó. «¿Hola? ¿Quién eres? ¿También sales temprano a correr?». Se recordó a sí misma que no quería tratar con nadie y descartó esa idea tan absurda. Así que, simplemente, lo saludó con un leve movimiento de cabeza y prosiguió su camino.

Sonó la campana del primer cambio de clase y los pasillos se llenaron de estudiantes uniformados. Norah quería llevarse las manos a la cara y medio taparse los ojos para no ver lo que, para ella, era una aberrante escena: cientos de jóvenes vestidos igual, o casi igual, como si fueran internos de una prisión glamurosa que no toleraba la ordinariez en sus reclusos.

En realidad, no eran cientos, ya que, en los pasillos de bachillerato, entre los alumnos de primer y segundo curso no llegaban a los noventa alumnos, pero ella sabía que, si sumaban el alumnado de secundaria de los pisos inferiores, eran muchísimos más.

El uniforme del Old Castle College era un conjunto tradicional, de americana y falda para las chicas y americana y pantalón para los chicos, que combinaba los colores blanco y negro. La única nota de color del conjunto era el emblema del castillo en el pecho de la americana, un escudo rojo con un libro antiguo bordado y las almenas de una torre coronando el emblema como si fuera una tiara.

La primera vez que Norah vio el uniforme, no le disgustó. Había buscado información por internet y esperaba algo mucho peor. Lo que de verdad le fastidiaba era verse obligada a llevarlo cada día. Se sentía incómoda por tener que ir siempre con americana, aunque esta fuera sobria, negra y se ajustara bien a su cintura. La prenda que más le gustaba era la camisa blanca, que estaba hecha con un material muy suave y cómodo. Y, aunque la falda plisada negra no estaba mal, porque no era ni muy larga ni demasiado corta, le daba mucha rabia no poder combinar el atuendo también con pantalones.

Comenzó a caminar hasta la siguiente clase, resignada con el uniforme, ignorando a sus compañeros y esperando que la próxima asignatura no fuera tan aburrida como las dos anteriores. Sin embargo, al llegar a la entrada del aula, se quedó inmóvil. El chico solitario que había querido asustarla la noche anterior estaba apoyado en el marco de la puerta y la observaba con los ojos entrecerrados.

«Qué suerte la mía —se dijo—, también es alumno de segundo».

Se enfadó al recordar lo sucedido y también sintió algo de temor; por lo visto, no había conseguido deshacerse del todo de la inquietud. Cuando sus miradas se cruzaron, percibió de nuevo una nota sombría en la suya. En sus ojos notó una mezcla profunda de dolor y de tristeza que la aturdió un poco porque, de alguna manera, la relacionaba con todas las emociones que ella tenía encerradas bajo llave. Aunque, lo que más la molestó fue que, a pesar de todo, en lo único en lo que podía pensar era que seguían siendo unos ojos muy bonitos.

Una figura se interpuso y rompió el contacto visual entre ellos. Advirtió que el sujeto en cuestión era el rubio apuesto medio desnudo del sábado por la noche. Con el uniforme de la escuela, parecía un respetado estudiante y no el chico arrogante y demasiado descarado con el que hubiera preferido no tropezarse. Chester Davies le guiñó un ojo a ella y luego se dirigió al joven solitario.

—Lárgate, Rhydian, que apestas a alcohol —dijo con un tono ofensivo, y torció una sonrisa cruel—. No sabes las ganas que tengo de ver otra vez cómo te arrastras entre tu vómito.

Norah apretó los puños. No tenía ni idea de qué iba todo aquello, pero el tono humillante del rubio la enfadó.

—Déjame en paz, Davies —masculló Rhydian Cadwallader y cruzó una última mirada sombría con Norah antes de entrar en el aula.

—Imbécil —bufó Chester, y con un gesto seductor se dirigió a ella—. Hola, Norah, nos ha tocado en la misma clase.

—¿Y? Tengo clase con otros diecisiete desconocidos más —soltó con un tono de rabia por lo que había presenciado segundos antes.

Eso no era del todo cierto, pero a Norah le traía sin cuidado. También le había tocado compartir las clases troncales con Carlien Ruis, Jenna Cadwallader y Sarabeth Hamilton. Sin embargo, para ella, todos seguían siendo unos extraños.

El chico parpadeó. Su expresión era de desconcierto, como si no terminara de entender que esa chica no lo recordara. Norah se mantuvo impasible, aunque disfrutó por dentro dando en la diana del orgullo del muchacho.

—Yo no soy un desconocido. Soy Chester Davies, nos conocimos… —Dudó unos instantes antes de poner una sonrisa canalla— en vuestra sala común.

—Ah, ¿eres tú? —dijo ella con cierto hastío—. No te he reconocido. Ya sabes, la ropa cambia a las personas.

Chester vaciló unos instantes. Estaba acostumbrado a tener la atención de quien quisiera, sobre todo de las chicas. Era un chaval carismático y sabía que tenía ese algo que las volvía locas. Así que le descolocaba que esa chica en particular se mostrara tan fría y desagradable. Sin embargo, se dio cuenta de que eso lo estimulaba.

—Vaya, eres dura. —Con su sonrisa canalla de vuelta, el muchacho dio un paso adelante—. Y bueno, creo que eso también me gusta.

Norah soltó un resoplido. Su estrategia no estaba funcionando, así que tomó un atajo:

—Mira, Chester, ni me gustas ni quiero ser tu amiga, ¿vale? —Norah percibió que sus palabras volvían a desconcertar al chico—. No te lo tomes de forma personal, simplemente, no me gusta la gente.

Se dio la vuelta sin esperar su respuesta, aunque le llegó por la espalda:

—Creo que me acabo de enamorar —dijo él en tono guasón.

Los hombros de Norah se tensaron y maldijo por dentro cuando oyó la risa del muchacho por detrás.

8

El Chico de la Capucha

Los días transcurrieron más rápido de lo que se esperaba Norah y la rutina de salir a correr, las clases, los deberes y la tarea diaria de intentar relacionarse lo mínimo posible con sus compañeros eran sus principales ocupaciones. Después de casi una semana tratando de adaptarse a la nueva situación, había conseguido arrinconar el temor de los primeros días y empezaba a sentirse más confiada.

Así que, cuando llegó el primer viernes, volvió a salir a correr temprano sin apenas inquietarse por los ruidos dispersos que se oían en el jardín y el parque deportivo, que a esa hora todavía estaban en penumbra. En pocos días, la madrugada se había convertido en su mejor momento del día: correr a través de los senderos del complejo, con el olor a naturaleza húmeda y con el aire frío y cortante de primera hora, era uno de los pocos alicientes de su nueva vida. Aunque había un factor más que hacía que ese instante fuera su preferido: el encuentro con su nuevo amigo, el gato feo jaspeado. Se solían reunir en la escalinata de la biblioteca, aunque, a veces, el felino la buscaba entre los caminos y trotaba con ella el último tramo.

Norah se había acostumbrado a llevarle sobras de la cena del día anterior envueltas en papel de aluminio y el Pequeño Bandido siempre se le echaba encima para pedir, sin modales, el contenido del paquete plateado que llevaba en el bolsillo. El primer día fue jamón dulce; el segundo, un trozo de pescado de *fish and chips*; el tercero, un par de croquetas, y ese viernes, la rebanada de *haggis,* que ella no se había atrevido a probar y con la que sabía que su amigo se relamería los bigotes.

—Pero qué asco... —dijo Norah con diversión, mientras el animal le lamía los dedos para apurar el contenido grasiento, mezcla de intestino, pulmón, hígado y corazón de cordero.

El sonido de unos pasos no la sorprendió. El Chico de la Capucha también había entrado a formar parte de su rutina matinal. Nunca se cruzaban en el mismo sitio porque Norah no tenía un horario fijo, su jornada empezaba cuando la ansiedad nocturna la despertaba.

El martes se habían vuelto a ver de lejos, cuando ella ya se marchaba hacia la cocina. El miércoles, él la adelantó en uno de los senderos del parque y el jueves casi chocaron al girar al mismo tiempo, pero en dirección contraria, en una curva. Norah recordaba su risa grave después de recuperarse de la primera impresión.

En cierta manera, tenía la sensación de estar jugando al gato y al ratón y eso le gustaba. No sabía si era porque el Chico de la Capucha formaba parte de su burbuja matinal o por algo más, pero le apetecía encontrarse con él cada mañana y jugar a adivinar en qué sitio se verían.

Norah levantó la cabeza y observó que el muchacho se detenía a cierta distancia de la escalinata. El pecho le subía y bajaba debido al esfuerzo. Él seguía con la cara hundida dentro de la capucha. De hecho, nunca lo había visto sin ella. A veces miraba a sus compañeros de curso buscando, entre ellos, al desconocido de la capucha. Pero desistía enseguida. Podía ser cualquiera, incluso algún alumno de secundaria.

Ella lo miró sin disimulo. Cuando se percató de que él la

localizaba con la mirada, lo saludó como el primer día, con un pequeño gesto de cabeza. Él hizo el mismo movimiento. Se mantuvieron la mirada más tiempo de lo que podría considerarse normal, hasta que el gato maulló y Norah giró la cabeza para prestarle atención.

—Eres un goloso, ya no tengo más —dijo cuando el minino acercó el hocico al bolsillo delantero de su sudadera.

Unos pasos volvieron a llamar su atención y se dio cuenta de que el Chico de la Capucha se acercaba a su escalera. Norah arqueó una ceja, esta vez con cierta sorpresa. No esperaba que él rompiera el acuerdo tácito de mantenerse a distancia.

Siguió sus movimientos mientras subía los escalones de la ancha escalinata de piedra y se sentaba en el mismo nivel que Norah. «Si estirara el brazo —se dijo—, podría bajarle la capucha». El felino bufó y se puso delante de la chica, como si fuera su más fiel guardaespaldas.

—Creo que no le gusto a tu gato —dijo él para romper el hielo.

Norah se quedó inmóvil, con la espalda rígida. Esa voz… Miró al muchacho y entrecerró los ojos. Antes de que él pudiera reaccionar, Norah estiró el brazo y le bajó la capucha. Ante ella, apareció el rostro del chico solitario, que la miraba con el cabello revuelto y sudado y una expresión un tanto cortada.

—Así que eras tú… —masculló con cierta decepción al ver que era ese chico llamado Rhydian.

Desencantada con el descubrimiento, tomó el gato en brazos y empezó a acariciarle las orejas. No sabía cómo encajar que el chico solitario fuera su Chico de la Capucha, la misma persona con la que había estado jugando a perseguirse cada mañana.

—Esperaba que te sorprendieras… —dijo Rhydian—, pero no hasta el punto de sentirte engañada.

—Me viste sin capucha. Desde el lunes sabes quién soy, ¿verdad? —Norah recordaba el encuentro antes de entrar en clase. Él asintió—. ¿Cómo quieres que me sienta?

Rhydian se encogió de hombros y desvió la vista hacia el frente. Se había acercado para pedirle disculpas por lo del domingo por la noche; aunque, ese día, su intención había sido noble, reconocía que se había comportado como un borde. Un error más a su larga y desastrosa lista de desaciertos.

En realidad, llevaba toda la semana intentando encontrar el momento adecuado para hablar con ella y, por lo visto, ese ya no lo era. El lunes había estado a punto de acortar los dos pasos que les separaban y decir un simple: «Lo siento, a veces soy un capullo». Pero Davies se había cargado su oportunidad.

Luego... Luego tuvo que aguantar más comentarios humillantes y, en clase, su mala leche fue creciendo. Así que había pensado que, quizá, sería mejor por la mañana, cuando ambos se encontraran solos en los jardines del castillo. Sin embargo, había tardado varios días en coincidir con su horario y alcanzarla.

—Quería hablar contigo el martes, pero, cuando llegué aquí, tú ya te marchabas y no te he alcanzado hasta hoy —se excusó, mirando hacia los setos del jardín.

—También nos hemos visto en clase —masculló Norah, aunque no iban a la misma clase, sí compartían las optativas de Lengua Extranjera y Tecnología—. Me podrías haber dicho que eras tú a quien me encontraba cada mañana.

Se calló que, si lo hubiera sabido, no se habría permitido el desliz de divertirse con él durante esos breves momentos.

—¿Y por qué tenía que decírtelo? —Rhydian volvió la vista hacia ella—. Por las miradas que me has lanzado estos días, sabía que estabas cabreada conmigo.

—Vaya, además de borde, eres muy sagaz —se burló ella.

Y lo siguiente que pasó la dejó fuera de juego: Rhydian se echó a reír y el sonido se metió dentro de su barriga lo que le provocó unas cosquillas agradables que terminaron por deshacer su enfado y la hicieron sonreír.

Cruzaron una mirada y Norah se dio cuenta de que la expresión del muchacho se había suavizado. Le gustó el cambio y se quedó unos instantes abstraída por sus bonitos ojos verdes. De tan cerca que estaba, podía ver que, alrededor de la pupila, el verde era mucho más claro que en los bordes.

—¿Qué te hace tanta gracia? —preguntó con suspicacia, pero con tono divertido, cuando dejó de prestar atención a sus ojos verdes.

—Que tienes razón y, aun así, sigues aquí como si nada, acariciando tranquilamente un gato y hablando conmigo como si nos conociéramos de toda la vida.

—Ahora empiezas a gustarme. —Norah se rio cuando vio que ahora era él quien la miraba a ella con suspicacia—. El hecho de tener yo razón es un buen comienzo.

El comentario se ganó otra carcajada de Rhydian y ella se sintió extrañamente satisfecha.

—Pues empiezo de nuevo —dijo él con tono divertido—. Lo siento, tienes razón, el domingo me comporté como un capullo, ¿vale?

—Bien, un capullo y un borde —enumeró Norah, y luego torció los labios con una sonrisa socarrona—. Anda, sigue, por favor, que me estás regalando los oídos y seguro que hay más.

Rhydian negó con la cabeza mientras se reía de nuevo. La muchacha ya le había arrancado dos carcajadas, quizá tres, y eso era nuevo para él. Era la primera vez en meses que conseguía relajarse un poco y reírse de verdad.

—Hay mucho más, te lo aseguro. Pero, señorita Norah Halley —Rhydian sintió un agradable cosquilleo al pronunciar su nombre—, deberías saber que existe un cupo diario para los insultos y, hoy, tú ya lo has gastado. Mañana más.

—Eso no vale.

—Claro que vale —insistió él.

—Oye, ¿y cómo sabes mi nombre? —preguntó un poco confusa.

Se había esforzado en mantener un perfil discreto y esperaba que, aparte de sus compañeras de residencia, fueran pocos los que la conocieran.

—No es que sea un secreto —respondió él—. En los pasillos se habla bastante de ti.

—¿De mí? Pero si apenas trato con nadie.

—Eres una de las novedades, claro que se habla de ti.

—Lo odio. ¿Sabes si dejarán de fijarse en mí pronto?

A Rhydian se le estuvo a punto de escapar un «lo dudo», porque él mismo quería seguir fijándose en ella.

Ya lo intuyó el domingo por la noche, cuando la vio alejarse del grupo, pero, después de una semana observándola, había confirmado su teoría de que era una chica esquiva y distante. Apenas se relacionaba con los demás. Bueno, esquiva, distante y también muy bonita. Aunque había ignorado esa sensación durante toda la semana, ahora, estando a su lado, no podía hacer caso omiso al hecho de sentirse atraído por esa chica. Además, después de charlar y reírse con ella, se dio cuenta de que, debajo de ese frío y bello hormigón, había mucho más, y también le gustaba.

—Depende —continuó él—. Has empezado con fuerza, todo el mundo habla de tu encontronazo con Sarabeth y corren varias historias sobre tu cita nocturna con Davies.

Un extraño quejido ahogado salió de la garganta de Norah y Rhydian se rio antes de continuar:

—Has dejado el listón muy alto. Si quieres menos atención, deberías ser más discreta.

—Lo he intentado, no te creas —dijo con un suspiro. El gato ronroneaba entre sus piernas y siguió acariciándolo de forma distraída—. Son malos, ¿verdad? Los rumores, me refiero.

—Hay de todo.

—Ya, algo he oído…

Norah se encogió de hombros y sonrió al sentir que, en realidad, no le importaba en absoluto. Ese año era un trámite, algo pasajero que dentro de un tiempo solo sería un recuerdo.

—No sé cómo tomarme tu sonrisa —dijo él—. O bien no te importa o bien no son ciertos.

—¿No podrían ser ambas cosas?

Rhydian sonrió ante su respuesta y preguntó:

—¿Son las dos cosas?

—Sí, en el caso de Chester. Con Sarabeth... creo que en el fondo lo disfruté.

Se rieron y algo en el pecho de Rhydian se aflojó, como si el hecho de no haber caído rendida a los pies de su compañero lo aliviara.

En ese momento, algo que se movía por el camino llamó su atención. Ambos alzaron la vista y divisaron que, por el sendero de la muralla, se acercaba un *buggy* silencioso ocupado por dos guardias de seguridad.

El vehículo eléctrico se detuvo delante de la escalinata, y el copiloto, ataviado con gorra, uniforme oscuro y un cinturón con una porra y una pistola a la vista, se apeó. El movimiento espantó al gato, que saltó del regazo de Norah y se escabulló.

—¿Qué hacéis aquí? —preguntó el hombre cuando se detuvo ante ellos.

A su lado, Norah notó que Rhydian se tensaba.

—Charlar —contestó él.

—¿Sois estudiantes? —Norah asintió—. Estas no son horas de estar fuera, es por vuestra seguridad.

—¿Quiere decir que salir temprano del castillo es peligroso? —preguntó Rhydian con un deje de rabia en la voz—. Según el comunicado que envió la directora a mis padres, vivir en el complejo es completamente seguro. ¿Estaba equivocada? ¿Debo notificarlo a mis padres? ¿O es mejor que cuente en mis redes sociales que no puedo sentirme seguro en Old Castle College?

Pasaron unos largos y tensos segundos antes de que el guardia respondiera:

—El complejo sigue siendo un lugar seguro, nos ocupamos de ello. No lleguéis tarde a clase.

El vigilante subió de nuevo al vehículo y ambos permanecieron en silencio observando como el *buggy* se alejaba sin apenas hacer ruido.

—¿Qué ha sido esto? —preguntó Norah cuando desaparecieron de su vista.

—Algo que prefieres no saber —masculló Rhydian.

—Pues, en realidad, sí quiero saberlo —insistió ella.

El joven se levantó y, cuando la miró, Norah se apenó al ver que su expresión volvía a ser sombría.

—Nos vemos luego.

Sin añadir nada más, Rhydian se marchó.

9

Los consejos de Carlien

—El trabajo lo tenéis que entregar a final de mes, ¿de acuerdo? —dijo en español el profesor de Lengua Extranjera cuando sonó el timbre que marcaba el fin de las clases.

El ruido de sillas arrastrándose y de las voces entusiasmadas llenaron la clase; oficialmente empezaba el fin de semana.

—¿Quedamos el jueves para hacer el trabajo? —preguntó Carlien; los rizos oscuros de la chica salían disparados por todas partes.

Norah asintió mientras ambas recogían sus cosas. Entre que las amigas de Carlien iban a la otra clase y que la muchacha se tomaba muy en serio su papel en el Comité de Bienvenida, Norah siempre tenía pareja para hacer los trabajos en grupo.

—Esta tarde iremos a Oxford para comprar el material de mañana —añadió en voz más baja—. ¿Quieres venir?

Era la segunda vez que Carlien la invitaba a ir a la compra de patatas, aceitunas, cacahuetes y todo tipo de guarrerías para la fiesta semiclandestina del sábado.

—Creo que me voy a quedar. Esta tarde...

La excusa de Norah murió en sus labios cuando Rhydian pasó por su lado sin apartar la vista de ella. El muchacho la saludó con la cabeza e intentó esbozar una tímida sonrisa; esa mañana se había marchado de malas maneras y esta era su forma de compensar el desaire. Norah sintió un extraño alivio al verlo sonreír de nuevo. Lo que había ocurrido la tenía un poco preocupada y tenía muchas preguntas para hacerle. Siguió sus pasos con la mirada hasta que él salió por la puerta.

—Se te ha puesto la cara de boba —rio Carlien.

El comentario hizo que Norah se diera cuenta de que sus labios estaban ligeramente curvados y que se había desconectado del todo de la conversación con su compañera.

—No es verdad.

—Sí lo es. Te has pasado la clase mirando en su dirección y ahora se te ha puesto una sonrisa tonta.

—Solo nos hemos saludado.

—¿Os conocéis?

Carlien ya tenía los libros y el estuche metidos dentro de la mochila y esperaba paciente a que Norah terminara de hacerlo con los suyos. Eran las últimas, ni siquiera quedaba el profesor.

—Creía que no conocías a nadie del internado.

—Nos hemos visto por aquí —dijo Norah sin dar más detalles y terminó de recoger sus cosas.

—Rhydian es repetidor, ¿lo sabías? —apuntó Carlien mientras se dirigían a la puerta de salida—. Dicen que todavía no ha superado lo del año pasado. No es un chico de fiar.

—¿Por qué?

Pero Carlien no pudo responder a la pregunta. Cuando llegaron al pasillo, vieron que un grupo numeroso de estudiantes bloqueaba el paso. Más que bloquear, Norah se fijó en que Chester y cuatro chicos más intentaban cortar el paso a Rhydian. El brazo del rubio rodeaba los hombros de este; la tensión del ambiente dejaba claro que aquel no era un gesto amistoso. Como ella, eran muchos los que se estaban congregando alrededor de la escena para no perderse detalle de lo que pasaba.

—¿Sabes? Estuve todo el verano preocupado por ti —dijo

Chester con un tono suficientemente alto para que los que estaban cerca lo oyeran.

—Aparta el brazo, Davies —ordenó Rhydian con la voz grave y ronca.

—Leí en internet que tres meses no suelen ser suficientes para superar una adicción —continuó el muchacho.

Los amigos de Chester se rieron, y también lo hicieron algunos espectadores. Norah sintió que la rabia le estallaba en el pecho y apretó los puños. Estaba clara la intención de su compañero: humillar a Rhydian delante del grupo.

—Por eso me ofrecí a la directora para ayudarte. Le dije que podía revisar cada semana tu habitación y tirar todas las botellas de ginebra que encuentre.

—Aparta el brazo, Davies —repitió Rhydian con la voz cargada de desprecio.

—¿O qué? ¿Me vas a pegar? —preguntó en voz más baja.

—Puedo hacer cosas peores que pegarte —masculló Rhydian—. Eres un mierda que no sabe perder. ¿Recuerdas?

—Hijo de p…

—Déjalo ya, Chester, viene un profesor —le avisó uno de sus amigos.

Como por arte de magia, todos los alumnos se apartaron de inmediato del ruedo y dejaron el pasillo despejado. Norah parpadeó un par de veces porque no terminaba de asimilar lo ocurrido. Todo había vuelto a la normalidad en un pestañeo. El pasillo volvía a ser una marea tranquila de estudiantes uniformados.

—¿Qué diablos ha pasado aquí? —preguntó Norah— ¿Esto es habitual?

—Bueno… No es habitual, pero a veces ocurre. Pelearse delante de los profesores nunca es buena opción —le explicó Carlien—. Es como una norma que hay entre los estudiantes: las discusiones y las peleas deben darse fuera de la vista de los adultos. Si no lo saben los profesores, nunca ha pasado.

—Genial, más normas extraoficiales —masculló Norah.

—Ahora ya sabes por qué Rhydian no es de fiar —dijo Carlien—. Era uno de los chicos más admirados de bachillerato: buen estudiante, titular del equipo de fútbol y caía bien a todo el mundo. Era muy agradable. Y, bueno, tenía mucho éxito entre las chicas. Es muy guapo, solo hace falta mirarlo. Si lo vieras sin camiseta y en pantalones cortos, te subiría la temperatura del cuerpo. —Soltó una breve carcajada—. Pero el año pasado se descontroló, fue terrible.

Norah buscó a Rhydian con la mirada y lo vio apoyado en una pared, seguía tenso y con una expresión ensombrecida. Tawny estaba pegada a él; la joven parecía estar muy interesada en el cuidado de su americana porque no dejaba de frotar con suavidad la solapa. A su lado, Jenna le decía algo, aunque él apenas le prestaba atención.

—¿Qué ocurrió?

—La desaparición de Aaron McNeal. Esto lo cambió todo. A todos nos impactó, por supuesto, pero a él lo destrozó. Ellos dos eran muy amigos —explicó Carlien—. Rhydian quedó muy afectado y empezó a beber. También, a pelearse con todo el mundo y a suspender, algo que se considera una deshonra para un alumno de Old Castle. Le abrieron un expediente y lo apartaron del equipo de fútbol. Sus padres lo sacaron del internado a finales de primavera, antes de que lo expulsaran de forma definitiva. Este año repite segundo. Y no sé, creo que, en parte, Chester tiene razón, yo también he oído que sigue igual de perdido.

Norah empezó a atar cabos. Con esta información, alguno de los extraños comportamientos de Rhydian comenzaba a tener sentido.

Podía entender por qué el muchacho se había derrumbado. A su manera, ella también lo había hecho. Conocía de primera mano el dolor profundo que provocaba la pérdida prematura de un ser querido. Lo difícil que era sobrellevarlo sin romperse. La ansiedad que causaba la sensación de tener unas garras afiladas arañándote el pecho y el corazón. Así que, más que sentir temor por lo que Carlien le contaba, le despertó todavía más curiosidad.

—Si te lo preguntas, estuvo saliendo con Tawny —añadió Carlien—. Y, bueno, también tuvo algo con ella. —Señaló con la cabeza a la muñeca de rostro angélico y cabellera dorada que cruzaba con paso decidido el pasillo principal de bachillerato.

—No puedes faltar mañana, Rhydian, te estaré esperando —dijo Chelsea sin detenerse.

El muchacho levantó la vista y Tawny dejó de limpiar la tela y echó una mirada furibunda a la espalda de la chica.

—Mira, hay dos cosas que todavía nadie te ha contado y creo que deberías saber —dijo Carlien—. La primera: evita provocar a Sarabeth. Eso, tú ya lo has hecho y no te ha salido mal del todo. Pero… no tientes a la suerte. Y la segunda: no te metas en el camino de Chelsea.

Norah buscó de nuevo a Rhydian. Jenna y Tawny seguían hablando con él o, como mínimo, lo intentaban, porque él no parecía estar escuchando; su mirada sombría apuntaba a Norah y estaba cargada de rabia y vergüenza. Por unos instantes, deseó acercarse a él e intentar borrar el pesar que destellaba en sus ojos. No supo muy bien lo que la llevó a hacerlo, pero esbozó una leve sonrisa y subió una mano para saludarlo rápidamente.

Rhydian levantó las dos cejas y Norah sonrió aún más al advertir que lo había sorprendido. El muchacho le sonrió de vuelta y ese simple gesto provocó que ella sintiera un cosquilleo en la barriga. Una extraña sensación de satisfacción le vibró dentro del pecho y se felicitó por el logro; había conseguido borrar ese destello sombrío sin ni siquiera desplazarse.

—Un tercer consejo no te vendría mal —continuó Carlien—: En bachillerato tenemos chicos muy guapos e inteligentes. Rhydian no vale la pena, con él solo te buscarás problemas. Después de lo que hizo el año pasado, yo no me atrevería a confiar en él.

—Sí, ya lo sé, papá.

Norah suspiró mientras la voz crispada de su padre seguía con la reprimenda. Se cambió el teléfono de oreja y con la mano libre rascó la barriga del gato jaspeado, que estaba tumbado sobre el césped junto a ella.

—Cuando el coordinador me lo comentó, todavía no lo tenía decidido. Además, pensaba que no era obligatorio.

La voz de su padre volvió a la carga con un «Es que no me escuchaste cuando…», y Norah medio desconectó porque ya sabía lo más importante: no podía escaquearse de las extraescolares.

Echó la cabeza hacia atrás para que la calidez del sol le diera en el rostro. Era sábado por la mañana y Norah estaba contenta por poder pasar todo el día vestida con *leggings* y sudadera y vagar por los jardines del castillo junto a su nuevo amigo sin preocuparse por nada, ni tener que cruzarse con nadie. Aunque esto no era del todo cierto, había una persona con quien sí quería cruzarse: Rhydian. Pero esa mañana no se habían visto y Norah no podía evitar sentirse un poco decepcionada.

La joven percibió un cambio en el tono de voz de su padre, de estar enfadado pasó a un tono más cansado, y eso llamó su atención.

—Necesito que me cojas el teléfono —decía Matthew casi suplicando—. Y, si en ese instante no puedes, que me devuelvas la llamada en otro momento. Hacía una semana que no hablaba contigo…

Norah notó que una bola espesa y amarga crecía en su garganta. Le había enviado un par de mensajes a su padre para decirle que todo iba bien, pero no le había devuelto ni una de sus llamadas diarias.

Seguía enfadada con él. Esa rabia acumulada continuaba ahí, arañando por dentro. Sin embargo, durante esa semana se había dado cuenta de que, en realidad, evitaba llamar a su padre porque hablar con él le recordaba todo lo que había perdido.

Allí, en ese rincón remoto de la campiña inglesa, nadie la conocía. Nadie la miraba con pena, ni le preguntaba cómo se encontraba, ni le decía que pronto pasaría y que algún día todo volvería a la normalidad. Nadie le hablaba del pasado, y en cierta manera era liberador, aunque no sabía si eso era bueno o malo. A veces, se sentía culpable por no pensar tanto en su madre ni en su padre, pero, al mismo tiempo, esos eran los momentos en los que podía respirar mejor.

—Necesito tiempo, papá —dijo Norah, intentando sonar serena—. No es fácil, ¿sabes? Todos estos cambios... No conozco a nadie, la exigencia del internado y odio llevar uniforme...

—Por mensaje me dijiste que todo iba bien. Puedes llamarme para hablar de lo que sea, Norah. Si necesitas desahogarte...

—No es verdad, papá —le interrumpió ella con la voz cortante—. Y lo sabes, mira la bronca que me has echado hoy.

Matthew se quedó callado al otro lado de la línea, con un silencio tenso.

—Lo siento. Lo siento, cielo. Yo solo quiero lo mejor para ti —susurró al fin, sin apenas voz—. Para mí también está siendo difícil...

Esta vez fue Norah quien enmudeció.

—¿Sabes? Ya tengo el calendario —le dijo su padre para cambiar de tema—. Te vendré a buscar cada tres fines de semana e iremos a casa de los abuelos, les gustará pasar el día contigo.

Norah permanecía callada porque no tenía ganas de pasar ningún fin de semana en Londres.

—¿Norah? ¿Sigues ahí?

—Sí, te he oído —dijo al fin—. Lo hablamos más adelante, ¿vale? Tengo que colgar, papá.

—De acuerdo, cariño. Disfruta del fin de semana. —Ella empezó a abrir la boca para despedirse, pero las palabras de su padre se anticiparon a las suyas—. Norah, te quiero, lo sabes, ¿verdad?

El nudo de la garganta de Norah creció hasta convertirse en una pesada piedra de granito. En el fondo sabía que su padre la quería, aunque a veces lo dudara o no entendiera su forma de quererla.

—Te llamo dentro de unos días, cariño —dijo Matthew con la voz abatida después de unos largos segundos de incómodo silencio.

Norah sintió un tremendo alivio cuando su padre colgó el teléfono. Se dejó caer de espaldas al césped mullido. Todavía estaba un poco húmedo y el rocío le mojó algunos mechones negros.

El gato jaspeado se acercó a su rostro y, haciendo honor a su apodo, le mordió con suavidad la nariz y saltó hacia atrás. Con sus patas empezó a jugar con la sudadera de Norah como si estuviera metido en una lucha feroz.

El juego inocente del felino hizo sonreír a Norah.

—Soy una hija horrible, pero a ti no te importa, ¿verdad, Pequeño Bandido?

10

Un juego sin reglas

Eran cerca de las ocho y media y la sala común de la casa Bridge of Sighs ya estaba casi lista para recibir a sus invitados. Las jóvenes residentes habían decorado la estancia con guirnaldas plateadas y doradas que pendían de forma elegante entre las columnas y los relieves de piedra, también habían colgado globos transparentes con confeti y gigantes plumeros blancos recubiertos de purpurina, y algunas luces de colores.

Norah se sorprendió al ver que todas sus compañeras iban enfundadas en vestidos demasiado elegantes para una sala común estudiantil y, además, maquilladas como si tuvieran audiencia con la mismísima reina.

Las mesas ya estaban preparadas con el piscolabis que el grupo de Carlien había comprado el viernes por la tarde. Pero no había rastro del alijo de alcohol que sabía que la cuadrilla de Sarabeth había comprado; según había oído estaba escondido en las habitaciones.

Era sábado y tenían hasta las doce para celebrar la fiesta. Por lo que le había contado Carlien, habían pedido permiso para que los muchachos del King's Arms también pudieran asistir. Lo que no sabía Norah era cómo iban a alargar la juerga hasta altas horas de la madrugada, ni cómo iban a sacar el alcohol para emborracharse sin que los responsables de las casas lo detectaran.

A pesar de sus dudas sobre el desarrollo de la fiesta, ella ya tenía decidido que se quedaría estrictamente el tiempo justo para no dar la nota con una partida demasiado prematura. Después se encerraría en su habitación.

Norah no tardó mucho en descubrir el arma secreta que sus compañeras utilizarían para lograr su propósito. Cuando la señorita Matsuda apareció por la sala común para recordarles que estaba prohibido irse a las habitaciones con los chicos y que, cada media hora, iría a comprobar cómo iba el desarrollo de la fiesta, varias muchachas, dirigidas por la voz melosa de Chelsea, insistieron en que Yumi se quedara un rato con ellas para tomar la última taza de té del día.

Perpleja, y también horrorizada, Norah vio que, después de que la mujer se tomara la bebida, empezaba a bostezar y algunas de sus compañeras se apresuraron a acompañarla a su habitación, situada en el corredor de las hadas.

Cuando regresaron y confirmaron que la señorita Matsuda dormía como un lirón, subieron el volumen de la música y fueron a buscar el alijo de alcohol. Norah se quedó paralizada, sin saber qué hacer ni cómo reaccionar. En absoluto esperaba que drogaran a la responsable de la casa para tener vía libre en la fiesta.

—¿Todavía no te has cambiado? —le preguntó Carlien, que se había acercado a ella—. Los chicos ya están en camino.

—¿Cómo podéis estar bien con eso? —logró preguntar; era en lo único en lo que podía pensar.

—Algunas chicas han insistido en hacerlo porque el año pasado funcionó, todo fue bien… —Carlien titubeó, y Norah se percató de que ella tampoco se sentía cómoda con lo que acababa de pasar—. El padre de Chelsea tiene una empresa farmacéutica muy importante y ella dice que es un somnífero inofensivo.

—Pero esto no está bien —insistió Norah.

—Lo sé —murmuró Carlien avergonzada—, pero es lo que hay.

Entonces la puerta sur se abrió y empezaron a entrar los chicos de la casa King's Arms; Norah dedujo que el responsable de su residencia también estaría tumbado en la cama, ajeno a todo. Algunos iban muy arreglados, otros más informales, aunque la mayoría tenían ese aire esnob que, inevitablemente, transmiten las camisas almidonadas y los suéteres de golf.

—Ya no podemos volver a atrás, Norah —le dijo Carlien—. Venga, vamos a disfrutar de la fiesta.

Norah no quería disfrutar de la fiesta, y menos ahora después de lo que había ocurrido. Echó un vistazo rápido por la sala y sintió una gran decepción al comprobar que Rhydian estaba también entre la comitiva recién llegada. En el fondo, esperaba que él no participara de semejante locura.

El muchacho, que vestía unos simples vaqueros oscuros y una camiseta, charlaba con Jenna y Tawny; la pelirroja lo tenía agarrado por el brazo, medio abrazada a él. Sintió una nueva e inesperada punzada de desencanto y decidió que, para ella, la fiesta ya había terminado.

Se dirigió a la escalera de caracol que subía a la cuarta planta del torreón y, cuando puso el pie en el primer escalón, una conocida voz grave y masculina la hizo detenerse en seco.

—Norah, Norah, Norah…

Por acto reflejo, se dio la vuelta.

—¿Ya te vas a la cama? —le preguntó Chester con un tono insinuante; su pelo rubio relucía debido a la gomina y su camisa se le ajustaba al cuerpo y definía sus músculos.

Desde su último encuentro en el pasillo, Norah había ignorado todos y cada uno de los intentos del muchacho para acercarse a ella; y le había ido bien así. Por eso, decidió continuar con la misma estrategia y se imaginó que el rubio era el cuerpo etéreo de Henry Duval que vagaba confuso y perdido buscando su cabeza fantasma en medio de una glamurosa fiesta clandestina. La chica contuvo una sonrisa divertida y, sin prestarle más atención, continuó con su ascenso.

—Eh, eh, eh, Norah.

El falso Henry Duval la agarró del brazo para detenerla y la fantasía de la chica cayó por su propio peso. Los dedos de Chester le rodeaban el antebrazo haciendo una presión imposible para ser un espectro.

—Solo quiero hablar contigo.

Norah se giró de nuevo con brusquedad. Bajó la vista hacia la mano que la tenía cogida y la volvió a subir hasta fijarla de forma desafiante en los ojos de Chester. El chico la soltó de inmediato.

—Por eso me gustas —dijo él mientras escrutaba su expresión—. Sin maquillar, distante, con la mirada encendida si alguien se pasa un pelo contigo.

—Por eso no me gustas, Chester, no sabes cuál es el pelo que no debes sobrepasar.

El chico soltó una carcajada.

—Y, además, eres muy graciosa.

Norah soltó un bufido.

—Venga, déjate de halagos vacíos. ¿Qué querías decirme? —El muchacho levantó las cejas—. Has dicho que querías hablar conmigo. Suéltalo ya y así terminamos con esto.

—En realidad, te quería invitar a una copa.

—Vaya, qué amable por tu parte —dijo con ironía, sobre todo porque tanto la comida como las bebidas eran gentileza de las chicas del Bridge of Sighs—. Me pregunto qué te ha hecho pensar que me muero por tomar algo contigo: cuando he pasado de ti o cuando te he dejado claro que no me gustas.

—No me creo que no te guste ni un poco —intentó rebatir él—. Les gusto a todas.

—Supongo que todo lo que te sobra de engreído te falta de listo —masculló Norah entre dientes—. Te lo repito poco a poco para que lo entiendas: vete-a-la-porra.

No esperó su respuesta, ni siquiera se fijó en su expresión desconcertada, se dio la vuelta y empezó a subir la escalera más veloz que en otras ocasiones. Sin embargo, cuando casi llegaba al último peldaño, oyó que unos pasos fuertes y secos ascendían tras ella con rapidez.

La rabia le empezó a burbujear por dentro y le subió hasta el pecho como lava hirviente a punto de estallar.

—¡Te he dicho que me dejes en paz!

Norah se giró y plantó los puños en el duro pecho del chico que había alcanzado su posición. Unas manos fuertes la sujetaron por los brazos. Norah se dio cuenta de que su adversario no es que le impidiera lanzar más golpes, más bien intentaba estabilizar a ambos para que no cayeran escaleras abajo. Alzó la vista y detuvo su ataque al encontrarse con los bonitos ojos verdes de Rhydian.

—Supongo que esta podría considerarse mi primera pelea del curso. ¿Lo dejamos en tablas?

—Creía que eras otra persona.

—Ya, lo sé, te he visto discutir con Davies. ¿Estás bien?

—Sí, sí, estoy bien.

Ella dio un par de pasos hacia atrás y el muchacho subió el último peldaño.

—Lo siento, ¿te he hecho daño?

—No te enfades, ¿vale? —Rhydian curvó los labios con una sonrisa divertida—. No me has hecho nada, pegas como una chica.

—Es que soy una chica —dijo Norah sin poder ocultar su sonrisa.

—Pues eso, que a las chicas también os tendrían que enseñar a pegar unos buenos puñetazos. Así os sería más fácil dejar fuera de juego a los gilipollas como Davies.

—A lo mejor lo que necesitamos es que no existan gilipollas como él —repuso Nora.

—No te diré que no tienes razón, pero ahora, por desgracia, eso está muy lejos de la realidad.

—Punto para ti.

—Me encanta ganar, ¿a qué jugamos? —rio Rhydian.

—No estás ganando, solo has sumado un triste punto. De momento, yo soy la que va por delante —dijo Norah con retintín fingido—. Y no te diré a lo que jugamos, si quieres ganar, tendrás que descubrirlo.

—Eres una tramposa de cuidado.

—Toma nota, puede que sea una de las reglas del juego.

El chico dejó escapar una carcajada mientras negaba con la cabeza.

—Esto... —Rhydian vaciló antes de preguntar—: ¿Ya te ibas a la cama?

—Sí, no quiero volver a la fiesta, es una mierda de fiesta.

Él asintió, aunque Norah no supo si era porque le daba la razón o porque la instaba a continuar.

—Estoy bien, de verdad, puedes regresar —dijo Norah, a medida que pronunciaba las palabras sentía que no quería que se fuera porque se moría de ganas de charlar con él.

—En realidad... —Rhydian vaciló y luego sonrió, casi con timidez—. He venido a la fiesta para verte a ti.

—Esto no te lo crees ni tú —rio Norah, que, a pesar de no creerse la afirmación, la complació de una extraña manera.

—Lo digo sinceramente. Si te propongo un plan mejor... ¿te vas a replantear lo de encerrarte en tu habitación?

—Prueba —lo retó ella, que le gustaba el rumbo que estaba tomando la conversación.

—Nos largamos de esta estúpida fiesta y te hago una visita guiada por el King's Arms. —Al ver la expresión suspicaz de Norah, añadió—: No se trata de una propuesta indecente, es puramente amistosa.

—¿Tan amistosa como la del domingo? —preguntó un tanto mosqueada. Había empezado a confiar en el muchacho, pero ahora temía que él quisiera volver a reírse de ella.

—¿A qué te refieres? —Él no terminaba de entender su recelo.

—¿Quieres volver a asustarme?

La expresión de Rhydian se ensombreció. Pasaron unos segundos incómodos antes de que él encontrara las palabras para contestarle.

—Lo del domingo no lo dije para meterte miedo, Norah. —Algo en el estómago de la chica se tensó al ver la gravedad en la expresión de su compañero—. Fui un borde, lo sé, pero… Joder, vi a una chica nueva y solitaria y me imaginé que era muy probable que no tuvieras ni idea de dónde te habías metido y yo… sentí la necesidad de advertirte de que fueras con cuidado.

—Si voy contigo, ¿me vas a contar por qué tengo que ir con cuidado?

—Prueba —parafraseó él.

—Maldita sea… —musitó Norah—. Eres bueno.

—Vamos, coge una chaqueta, y apunta otro tanto en mi marcador.

11

Al final del pasillo

Rhydian siguió a Norah hasta su habitación y permaneció apoyado en el quicio de la puerta, mirando con curiosidad su dormitorio. Pudo ver que era una estancia neutra, todavía sin decoración; solo hacía una semana que vivía en el internado. Un uniforme doblado reposaba en la butaca que había debajo de la litera. Había un portátil y algunos apuntes sobre el escritorio. Nada que pudiera darle más información de su nueva e interesante amiga.

Porque lo que Rhydian tuvo claro ese día, mientras esperaba que ella eligiera el abrigo, fue que quería seguir conociéndola. La chica le gustaba y no había necesitado más de dos charlas y una sonrisa inesperada en el pasillo para darse cuenta de que estar con ella era como un soplo de aire fresco. Con Norah se sentía más ligero, como si esa presión que cargaba ya no fuera tan pesada, y le costaba menos respirar.

—No hagas que me arrepienta de esto, Rhydian. —Norah lo amenazó con un dedo cuando estuvo lista.

—Creo que yo ya me estoy empezando a arrepentir —rio él, y era verdad. Con ella, había hablado más de la cuenta y ahora estaba metido en un lío del que no sabía cómo salir ni si seguiría confiando en él al final del enredo.

Bajaron la escalera intentando no hacer ruido y, cuando llegaron al salón, Rhydian indicó a Norah que rodearan la pared del torreón para evitar el gentío. Cuando salieron al corredor, no se percataron de que había más de un par de ojos que seguían con atención, y también con disgusto, su improvisada huida.

El estruendo de la música se iba apagando a medida que avanzaban por el pasillo principal del tercer piso del ala oeste. Todavía era temprano y las luces estaban encendidas y, aunque la galería del reino de las hadas estaba completamente desierta, cientos de ojos sobrenaturales esculpidos en las piedras vigilaban su marcha.

Rhydian miró de reojo a Norah. No terminaba de entender cómo había pasado de invitarla a salir a pasear a estar dispuesto a enseñarle eso que le habían prohibido.

Llevaba muchos meses sintiéndose solo, apartado de los demás, y, con Norah, tenía la sensación de que ya no había motivo para sentirse así. Estar con ella era diferente a estar con los demás. Además, no podía ignorar que la chica le gustaba. Había estado toda la semana pensando en ella, observándola con disimulo en las pocas clases que compartían y en los pasillos, e intentando atraparla cuando salían a correr. Sentirse atraído por una chica no entraba en sus planes para ese año, pero, en realidad, tampoco es que tuviera muchos planes más allá de joder a la directora e intentar sobrevivir.

En un primer momento, solo pretendía estar a solas con ella y conocerla un poco más sin los ojos de medio curso puestos en ellos; también lejos de Jenna y Tawny, que parecían haberse convertido en sus guardaespaldas personales. Pero había sido muy ingenuo pensar que ella iba a pasar por alto todo lo que él había hecho y callado. Norah quería saber más. Quería averiguar por qué el domingo le dio ese extraño aviso y qué había ocurrido con los guardias.

Estaba seguro de que tenía que haber oído rumores sobre su historia, seguía en boca de todos y la mayoría de los chismes eran ciertos, y, a pesar de ello, Norah se iba a la aventura con él.

Se dio cuenta de que estaba dispuesto a confiar en ella. En el fondo, deseaba poder fiarse de esa chica que parecía no querer tratar con nadie y, en cambio, no tenía reparos en charlar y reírse con él, incluso conociendo su pasado y viendo que la mayoría de sus compañeros lo despreciaban.

Rhydian guardaba como un tesoro esa sonrisa cálida que ella le había regalado después de haber visto como lo humillaban en el pasillo. Norah no lo sabía, pero su gesto lo ayudó a recuperarse de la maldita humillación.

—¿No vamos al King's Arms? —le preguntó ella después de dejar atrás la escalera de la residencia de los muchachos.

—No, te estoy llevando a otro sitio.

—¿Puedo saber cuál?

—Todavía no. —Rhydian sonrió al ver el puchero gracioso de su compañera.

—Estoy empezando a ponerme nerviosa.

Él tragó saliva, también estaba nervioso, muy nervioso, pero se sentía más vivo que en meses.

—Dime, Norah, ¿conoces la leyenda de lady Annabel? —preguntó mientras seguían avanzando.

—Es la dama perdida de Old Castle —dijo ella, que sabía bien la historia—. Fue una mujer burguesa de la alta sociedad que se disfrazó de hombre para poder estudiar en la Universidad de Oxford. Vivía en este castillo como si fuera un residente más hasta que se enamoró de uno de sus compañeros y él descubrió que era una mujer. El hombre la denunció y fue perseguida por todos.

—Eso mismo, pero no lograron atraparla y dice la leyenda que la mujer desapareció de Old Castle sin que nadie la volviera a ver nunca más —añadió él.

—¿Por qué me cuentas esto?

Rhydian no respondió a la pregunta porque llegaron al final

del pasillo y se detuvo a pocos pasos de la entrada de piedra con pilares y arcos esculpidos que llevaba al edificio de las aulas. Norah se fijó en que el muchacho se pasaba las manos por los cabellos y le lanzaba una mirada preocupada. De repente, el corazón le empezó a latir más deprisa y la asaltó de nuevo toda esa inquietud que había logrado mantener a raya durante la semana.

—Rhydian, ¿qué ocurre? —dijo con un ligero tono temeroso—. Has prometido que no ibas a asustarme.

—Yo no lo recuerdo exactamente así… —murmuró él—. Tú querías que te explicara por qué debes tener cuidado y esto es lo que estoy intentando hacer.

—¿Y qué hacemos aquí?

—Todo empezó aquí… —musitó Rhydian.

Apretó los puños cuando le abordó el recuerdo de una noche de escapada nocturna: un chico de tez morena con el pelo negro y muy rizado y una sonrisa divertida, de quien ahora le dolía acordarse, y un ridículo reto sobre quién podía hacer más flexiones con el peso del otro sobre la espalda. Él aplastado contra el suelo por el peso de su amigo y, también, por sus burlas. Una pelea envuelta en carcajadas para intentar recuperar su ego aplastado y, luego… La sorpresa. Nunca sabría quién de los dos encontró el resorte, pero sucedió.

Rhydian tragó saliva. No era fácil cuando los recuerdos lo atrapaban, estaban en cada esquina y podían llevarlo a ese lugar tan oscuro que intentaba evitar a toda costa. Incluso, a veces, tenía pesadillas y estas eran tan reales que, cuando se despertaba, tardaba un tiempo en comprender que todo había sido una ilusión.

Agarró el brazo de Norah y, sin ejercer demasiada presión, la atrajo un poco más hacia él; quería sentirla cerca porque, en el fondo, quería tener algo a lo que sujetarse para no caer. Apenas les separaban unos centímetros y la muchacha tuvo que levantar la barbilla para poder alcanzar sus ojos. Fue entonces cuando sus miradas se encontraron y algo invisible quedó suspendido entre los dos.

Si Norah se hubiera dado el permiso de describirlo, hubiera dicho que era una luz viva y brillante que lograba expandirse en medio de la oscuridad y se filtraba dentro de su pecho. Aunque ella no comprendía todas esas sensaciones, sí notó que estar cerca de Rhydian la alteraba y le gustaba a partes iguales.

En cambio, Rhydian se sumergió en algo denso, pesado, algo que tiraba de él como si se adueñara de su voluntad y lo empujara hacia un lugar desconocido, pero que anhelaba conocer. Tragó saliva. Las palabras que quería decir se desvanecieron y solo le quedó un insistente pensamiento que llenaba todos los rincones de su mente: quería besarla. Pero besarla de verdad: atrapar sus labios, hundir la lengua en su boca y deleitarse con su sabor; y sentir que ella también se fundía con él.

No sabía de dónde salía ese deseo tan repentino. Bueno, en realidad, sí lo sabía. Lo que no entendía era por qué todas esas sensaciones lo habían desbordado con una simple mirada.

A pesar de todo, Rhydian no intentó besarla. Soltó su brazo y dio un paso atrás, buscando un poco de tiempo y espacio para apaciguar el arrebato.

—Me estás preocupando —dijo Norah, que cada vez se sentía más confusa con todo lo que estaba ocurriendo.

—Joder, es más difícil de lo que esperaba —murmuró él para sí mismo y volvió a pasarse las manos por el pelo—. Vale, vamos allá.

Rhydian se aproximó a la ventana de estilo gótico más cercana y movió el pie por encima del parquet, toqueteando con la punta las láminas de madera que estaban justo debajo. Cuando encontró lo que estaba buscando, se detuvo.

—El domingo te dije que no fueras sola por los pasillos porque, desde hace un tiempo, sé que el internado de Old Castle College no es lo que parece. —La voz de Rhydian sonaba grave y algo ronca—. Aquí hay personas que esconden cosas y no les importa mentir y perjudicar a gente inocente.

Norah sentía el corazón desbocado. No solo había regresado la inquietud del principio de semana, ahora esta crecía y crecía hasta transformarse en temor.

—¿Esto que me cuentas tiene algo que ver con Aaron McNeal? —El gesto de dolor en el rostro del muchacho le dio la respuesta.

—¿Te han explicado lo que ocurrió? —Ella asintió—. Pues tienes que saber que no te han contado la verdad.

—¿Por qué mentirían?

—Porque a ellos también les han mentido.

—Y tú sí sabes lo que le ocurrió —susurró ella.

Norah empezó a sentir auténtico pavor. ¿Y si él estaba implicado en la desaparición? ¿Y si el chico con el que empezaba a sentirse tan a gusto era el culpable de lo sucedido?

—Sé algo de lo que ocurrió, aunque no todo —murmuró Rhydian, apenado—. Lo que sé es que Aaron desapareció después de descubrir que una de las leyendas del castillo es cierta.

El pulso de Norah rebotaba como un loco dentro su pecho. El castillo de Old Castle era conocido por tres leyendas: la de la dama perdida, la del Grial y la del fantasma de Henry Duval. ¿Realmente era posible que una de ella fuera cierta? No sabía si tomarse en serio lo que le estaba contando Rhydian o volver a pensar que el chaval se estaba riendo de ella.

—No me crees, ¿verdad? —dijo él, al ver su expresión desconfiada.

A Rhydian le costaba hablar de la desaparición de su mejor amigo, pero estaba dispuesto a intentarlo o, mejor dicho, a mostrárselo. Esperaba que así fuera todo más fácil.

—Por eso te he traído aquí. Por favor, Norah, no te asustes, ni grites, ni siquiera te muevas, ¿vale?

La muchacha tragó saliva, ya estaba asustada, pero no tendría problemas para cumplir con las otras dos peticiones porque se sentía completamente paralizada.

Rhydian inspeccionó con la mirada el corredor para comprobar que seguían solos. Después, se agachó, puso los dedos en el suelo e hizo presión en la moldura de madera que había justo debajo de la ventana.

Norah, perpleja, vio que el zócalo se movía un par de centímetros, apenas era visible, pero ahí estaba, una ranura. Sin perder el tiempo, Rhydian metió los dedos y tanteó la hendidura. Lo siguiente que pasó la dejó atónita: una trampilla cuadrada se desencajó del suelo.

12

Bajo la trampilla secreta

No era la primera vez que las criaturas de piedra esculpidas en el corredor del ala oeste presenciaban la apertura de la trampilla oculta. Tampoco sería la última. Permanecían inmutables, en silencio, ajenas a las peripecias de los habitantes del castillo.

En cambio, si Norah se mantenía en silencio era porque presionaba la palma de la mano sobre su boca. No podía dejar de mirar ese trozo falso de parquet que se había levantado y seguía abierto a un palmo del suelo. En el caso de Rhydian, su corazón latía demasiado deprisa, igual que cuando terminaba de correr un esprint, mientras examinaba con atención la reacción de su acompañante.

Lo había hecho.

Le había revelado la ubicación de la trampilla secreta.

—Di algo —susurró Rhydian, que ya no podía aguantar más la tensión.

—¿Qué hay debajo? —preguntó Norah en un tono apenas audible; todavía no daba crédito a lo que veían sus ojos.

—Un túnel y una salida.

—Dios mío, ¿es el pasadizo secreto de la leyenda de la dama perdida?

—Algo así —masculló Rhydian—. ¿Quieres bajar?

Norah se mordió el labio y Rhydian no pudo evitar seguir el gesto con la mirada. Pero ella no se dio cuenta porque por dentro se debatía entre el miedo y las ganas. En otras circunstancias, hubiera encontrado muy emocionante explorar el túnel, era una actividad mil veces mejor que cualquier fiesta clandestina en el torreón. Pero ahora no podía evitar sentir miedo: un chico había desaparecido en ese agujero y el chiflado de su acompañante quería que ambos se metieran dentro.

—¿Estás loco? ¿Quieres meterte aquí?

Rhydian se puso en pie y ladeó una sonrisa, pero esta enseguida se torció en un gesto de tristeza.

—Me conozco el túnel, Norah, me he metido varias veces —dijo para tranquilizarla—. El año pasado, haciendo el idiota con mi mejor amigo, dimos con esta entrada. Flipamos como niños, creíamos haber encontrado el pasadizo secreto de lady Annabel.

—Tu mejor amigo… Era Aaron McNeal, ¿no?

Rhydian asintió e intentó tragar con fuerza el grueso nudo que de repente le ocupaba la garganta.

—No se lo dijimos a nadie, y nos adentramos en él más de una vez, para explorarlo. He estado muchas veces ahí y solo es un túnel oscuro. Te aseguro que no hay nada peligroso ahí abajo, solo escalones, piedras y una puerta que da al jardín. Ya ves. Misterio resuelto.

—¿Ya está? Pues ¿cómo desapareció él?

—Esta es la gran pregunta… —murmuró Rhydian—. Tengo varias hipótesis, pero lo que sí sé es que, la noche de su desaparición, Aaron me envió un mensaje en el que me decía que había encontrado otro túnel. Y eso fue todo. Ya no lo volvimos a ver.

Norah inspiró con fuerza ante la revelación y se volvió a tapar la boca para no dejar escapar ningún sonido.

—Hay más de un pasadizo secreto —la voz de Rhydian sonó lúgubre—, y Aaron desapareció cuando descubrió el otro.

—Pero dijiste a la policía que Aaron había encontrado un túnel, ¿no?

—Claro que se lo dije. —Rhydian apretó los puños para contener la rabia—. Pero esta sí que es una historia de miedo, Norah, y no sé si la querrás oír.

—No puedes no contarme lo que pasó.

Rhydian hizo un gesto afirmativo con la cabeza y llenó los pulmones de aire. Esta era una de las partes más difíciles de explicar, y también de aceptar.

—Vale, pero o nos metemos ahora —Rhydian volvió a comprobar que seguían solos en ese tramo final del pasillo— o cerramos la trampilla. Tú decides.

Norah sintió un escalofrío bajando por la espalda. De repente, fue muy consciente de todo lo que tenía a su alrededor: una puerta oculta que se abría en el parquet de madera, una ventana de estilo gótico por la que entraban, tenues, los rayos plateados de la luna, la araña de cristal que iluminaba esa zona del pasillo con cientos de reflejos brillantes y las paredes de piedra esculpidas con criaturas salidas de la imaginación de algún artista, o eso esperaba ella, porque, en ese momento, tuvo la sensación de que el castillo de Old Castle guardaba demasiados secretos.

Se fijó en Rhydian, tenía el cabello más revuelto que antes y la miraba expectante, y lo vio en el destello de sus ojos: él sí quería meterse en el túnel. Norah estaba asustada, ya no tanto por el túnel oscuro que había bajo sus pies, sino por todo lo que él todavía no le había contado. Pero no había vuelta atrás, quería saber la verdad, y también, investigar el pasadizo secreto. Cogió la pequeña linterna que tenía dentro del bolsillo de la sudadera y la encendió.

—Si el túnel nos lleva fuera, vas a pasar frío en manga corta —le advirtió ella.

—Joder, valdrá la pena.

Rhydian sonrió porque, incluso con el dolor y la rabia encendidos por los recuerdos, Norah conseguía deshacer los nudos más gruesos.

—Tú sígueme e intenta hacer lo mismo que yo. —Le guiñó un ojo y luego añadió—: Algunos escalones resbalan, no lo olvides.

Sin demorarlo más, levantó del todo la puerta de la trampilla. Dejó escapar el aire con una exhalación porque sentía que el hecho de compartir con alguien más la ubicación de esa ventanilla secreta era un acto de rebeldía que le daba fuerza. Quizá, también era por eso por lo que la había conducido hasta aquí: necesitaba sentir que tenía libertad para tomar sus propias decisiones.

Norah se fijó en que la portezuela le llegaba a medio muslo al muchacho y dentro cabía perfectamente un cuerpo humano. Dio un paso adelante y alargó el cuello para ver el interior. Aunque el fondo estaba a oscuras, pudo ver un par de escalones de piedra empinados tallados en la roca de la muralla.

Rhydian se sentó en el parquet, metió las piernas dentro y las estiró para poder alcanzar los escalones. Su cuerpo se hundió en la oscuridad hasta la altura de la barbilla. Con un gesto de cabeza invitó a Norah a hacer lo mismo.

Ella se colgó el cordón de su pequeña linterna en la muñeca e imitó los movimientos de su compañero. Enseguida se dio cuenta de que sus piernas eran más cortas y que necesitaba estirarse más para llegar a los peldaños. Cuando alcanzó el primer escalón, no sabía muy bien dónde agarrarse y buscó el brazo de Rhydian para tener un poco más de sostén.

—Voy a cerrar, ¿vale? —El muchacho tiró de la tira de plástico que colgaba de la trampilla y esta se selló sin ni siquiera emitir un clic.

La galería era un lugar húmedo, también frío, y, sin el brillo de la linterna, la oscuridad hubiera sido total. Al llevarla colgada en la muñeca, la luz iba oscilando y creaba reflejos discontinuos en el muro de piedra. Norah pudo ver que era un estrecho túnel vertical de piedra en el que, como máximo, cabrían cuatro personas muy apretujadas. Desde su posición, observó que los escalones eran pequeños, empinados, estaban algo desgastados y bajaban en forma de caracol.

Movió un poco los pies para buscar mayor estabilidad, pero el aviso de Rhydian había sido en vano y resbaló. Ahogó una exclamación y se agarró con más fuerza al brazo del muchacho para no caerse. Él, que era de reflejos rápidos, la tomó por la cintura. Sin embargo, el siguiente movimiento no estaba justificado. Ambos seguían en pie, ya estabilizados, sin peligro de caer túnel abajo. Pero Rhydian no pudo evitar apretar el abrazo y estrecharla contra su pecho.

—¿Estás bien? —preguntó.

En la penumbra, sus rostros estaban cubiertos de sombras y sus pupilas tenían un extraño brillo. Les separaban unos dedos de distancia y el muchacho pensó en lo fácil que sería acercarse tan solo un poco más y rozar sus labios entreabiertos.

Norah asintió, estaba demasiado turbada para decirlo en voz alta. Esperaba sentirse más valiente allí dentro, pero las piernas le temblaban ligeramente, tenía los sentidos hiperactivados, a la espera de que, en cualquier momento, saliera algo de entre la oscuridad, y el túnel ahora no le parecía tan inofensivo como Rhydian le había contado. Además, que su compañero la tuviera medio abrazada le provocaba unas cosquillas inquietas en la barriga que la tenían contrariada, porque la sensación le gustaba, pero no era algo que quisiera sentir.

—¿Y ahora qué hacemos? —preguntó para romper esa tensión.

—Bajamos y te enseño cómo funciona la puerta de salida.

—A regañadientes, Rhydian la soltó—. ¿Quieres que vaya yo primero?

—Por favor, si sale algún monstruo, que te encuentre a ti antes.

Rhydian se rio y empezó a descender poco a poco.

—Vaya, Norah, ¿es miedo lo que he oído en tu voz?

—Es sabiduría popular de supervivencia —contestó ella mientras buscaba con el pie el siguiente peldaño; con las manos se agarraba a los salientes de la roca—. En las películas siempre se comen el que va primero. Puede que sea el más valiente, pero también el que tiene el papel más corto.

—Yo no lo veo así —dijo él y soltó una palabrota después de dar un patinazo—. El que se comen antes es el último, ese que anda un poco perdido y nadie repara en él. ¿Ya miras de vez en cuando lo que hay encima de ti?

Siguieron discutiendo cuál de los dos terminaría antes dentro de la barriga de algún monstruo y Norah agradeció la absurda charla porque no podía evitar estar algo asustada. Rhydian todavía tenía muchas cosas que contarle y temía que fueran mucho peor que los monstruos de ficción.

Cuando bajaron los tres pisos, ambos se apearon en un espacio muy pequeño en el que había una puerta de madera. Era muy robusta, raída, también austera, sin adornos ni filigranas. Aunque, quizá, lo que la caracterizaba era que no parecía tener ninguna cerradura. Norah examinó la puerta y, a continuación, Rhydian le explicó cómo activar el mecanismo de apertura. Finalmente, salieron.

—Vaya, esto ha sido increíble —murmuró Norah; el aire fresco y húmedo del exterior le acarició el rostro.

Se hallaban en el jardín del flanco oeste del castillo. Todavía era temprano y los focos de la muralla y las farolas del parque seguían encendidas, y a lo lejos se distinguían las ventanas iluminadas del torreón donde se celebraba la fiesta.

Rhydian cerró la puerta y le mostró cómo abrirla con el mecanismo escondido dentro de una falsa cerradura oxidada.

—No creo que ningún estudiante conozca la ubicación del túnel... Norah, no se lo puedes decir a nadie, ¿vale? —solicitó él con la expresión grave.

—Claro que no se lo diré a nadie. Además, aquí no tengo amigos. ¿A quién se lo podría contar?

—Eh, esto ha dolido.

—¿Qué? —Norah frunció el ceño—. ¿Por qué?

—¿No soy tu amigo?

Una sonrisa cálida escapó de los labios de Norah. Sintió otra vez ese cosquilleo en el estómago y se reprendió al darse cuenta de que, cada vez, le gustaba más esa sensación.

Norah no quería hacer amigos en el internado; amigos humanos, al menos. Dentro de diez meses regresaría a Barcelona e intentaría recuperar todo aquello que tuvo que dejar atrás. Ya tendría dieciocho años y su padre no podría volver a decidir por ella. A su corta edad, había perdido demasiadas cosas en poco tiempo y ahora no deseaba que, durante ese curso que consideraba un trámite, nuevas relaciones le volvieran a romper el corazón.

Con el traslado al internado y a un nuevo país, lejos de todo lo que conocía, no tenía ni fuerzas ni ganas de hacer nuevos amigos. No le apetecía crear lazos que sabía que luego tendría que deshacer, o que se romperían por sí solos, cuando ella regresara a su tierra.

No quería hacerse amiga de Rhydian ni de nadie y, a pesar de ello, no podía evitar tener ganas de estar con él.

—¿Somos amigos? No lo sé... —Le era demasiado complicado explicar lo que sentía, así que tomó la vía fácil—. Hace poco que te conozco y el primer día fuiste un borde conmigo.

—Y, dale, otra estocada en el corazón.

Rhydian se llevó las manos al pecho de forma teatral, como si el filo metálico de una espada le hubiera atravesado las costillas. Norah rio y le pegó un puñetazo cariñoso en el brazo.

—Eres un bobo.

—Un bobo que ha ganado —rio él.

—¿Y me dirá este bobo de qué se cree ganador? —se burló ella.

—De tu juego. Esto supera cualquier artimaña de las tuyas.

Norah soltó una carcajada.

—¿Me has enseñado el túnel para ganar? No me lo creo —rio Norah—. Intuyo que eres lo bastante listo para saber que nunca te dejaré ganar, es mi juego y son mis reglas.

Rhydian empezó a andar, buscando una forma de contarle la verdadera razón. Norah caminó a su lado y siguieron el sendero de la muralla.

—Sinceramente, esta noche solo pretendía estar un rato contigo y conocerte un poco más —dijo él casi con timidez.

Hizo una pausa para estudiar su reacción. No sabía si Norah se habría dado cuenta de que ella le gustaba, pero tampoco pudo averiguarlo en ese momento.

—Pero luego, cuando he sabido que pensabas que el domingo quise burlarme de ti... Joder, no fue así para nada —aseguró él con cierta amargura.

—Eh, eso ya está olvidado —dijo ella con suavidad.

—Supongo que necesitaba compartirlo con alguien —aceptó Rhydian en voz alta—. Necesitaba hacerlo con alguien que no me viera como un desgraciado.

—Yo no te veo así.

—Lo sé, por eso te lo he contado. —Rhydian ladeó una sonrisa pícara—. Por cierto, todavía no te lo he dicho, pero el internado me prohibió utilizar el túnel.

—¿Qué? ¿Me has hecho cómplice de un delito?

Rhydian se rio con una nota amarga. Estaba cerca de explicarle la verdad y sintió que, cada vez, tenía menos miedo de hacerlo.

—Me prohibieron muchas cosas, Norah, y con algunas ya me estoy rebelando.

—Mierda, ahora todavía tengo más preguntas.

—Lo sé e intentaré responderte a todas —suspiró él.

Norah buscó la mirada del muchacho. Algo desconocido, y también cálido, se agitó dentro de su pecho cuando se detuvo en sus ojos. Seguía sin querer hacer amigos en el internado, pero Rhydian hacía tambalear su decisión.

—¿Sabes? No quería venir a Old Castle —murmuró ella que, sin saber muy bien el porqué, deseaba devolverle el favor y compartir con él alguno de sus secretos—. Si pudiera, me marcharía ahora mismo. Pero he descubierto que hay algunas cosas que no están mal del todo.

—Y… —Rhydian dudó, pero al final se atrevió a formular la pregunta—. ¿Soy una de ellas?

La muchacha no tuvo tiempo de responder. Les sobresaltó un quejido agudo y lastimoso que rompió la atmósfera silente del jardín.

13

Habitación 014

Las campanas de la que, antiguamente, fue la capilla del castillo daban las diez de la noche cuando Norah y Rhydian volvieron a escuchar el mismo quejido doloroso. Antes de que ambos pudieran reaccionar, las luces del exterior se apagaron y todo quedó sumido en profunda oscuridad; solo permaneció el brillo de la linterna de la muchacha con un rayo difuso apuntando al suelo.

Norah lazó una exclamación ahogada, a su lado, Rhydian se sobresaltó y soltó un improperio.

—Joder, ¡qué susto me has dado! —refunfuñó Rhydian.

—No me lo esperaba —dijo Norah, mientras se recuperaba del susto.

—Las luces exteriores y la de los pasillos se apagan a las diez de la noche —le explicó Rhydian.

No muy lejos, se escuchó de nuevo el quejido lastimoso.

—Es un gato —dijo Norah.

La muchacha no dudó en avanzar hacia el origen del sonido. Rhydian se encogió de hombros y la siguió. Al acercarse a la escalinata de piedra de la biblioteca, los lamentos del animal se oían más cercanos, y también más fuertes y dolorosos.

Cuando el haz de luz enfocó los peldaños de la escalinata, Norah dejó escapar un sonoro jadeo: en un rincón del segundo escalón yacía una bola oscura y peluda medio encogida. Su pelaje negro estaba salpicado de motas blancas, unas más grandes que otras, esparcidas de forma errática e irregular.

Norah sintió que algo le punzaba el corazón. Le pasó la linterna a Rhydian y se arrodilló en el primer escalón.

—Oh, Dios mío, ¿qué te ha pasado, Pequeño Bandido?

Con mucho cuidado, agarró al animal, que tenía una fea raja sangrante que le cruzaba el rostro. Con toda la delicadeza que le fue posible, acunó el gato en su pecho y el minino intentó agarrarse a su cuerpo con las patas y las uñas, como si quisiera aferrarse al cálido refugio que le ofrecía la muchacha.

—Tenemos que curarle, Rhydian. Hay que ir a la enfermería.

—No van a atender a un gato en la enfermería del castillo —la contradijo él—. Pero nosotros sí podemos hacerlo. Vamos.

No tardaron demasiado en deshacer el camino y regresar por el túnel secreto. Antes de salir a la galería de las hadas, se detuvieron para escuchar si había algún ruido al otro lado. Entonces abrieron la trampilla y subieron hasta el pasillo.

Norah siguió a Rhydian sin preguntarle a dónde iban. Aunque no tardó en descubrirlo cuando bajaron la escalera que llevaba a la casa King's Arms. Pasaron de largo la sala común y descendieron un piso más hasta llegar a un largo corredor con habitaciones a ambos lados. Rhydian se detuvo ante la puerta 014 y ambos se metieron dentro del dormitorio del muchacho.

—Ponte cómoda —dijo él señalando la cama, y evitó mirarla porque acababa de descubrir que pensar en las palabras «Norah» y «cama» lo agitaba demasiado.

Mientras Rhydian buscaba material de cura en su armario, Norah echó un vistazo a la habitación. El dormitorio era más grande que el suyo y una cama ancha presidía la estancia; no faltaba la mesita de noche con una lámpara y varios libros. Como ella, tenía un armario para la ropa, una butaca, una silla con ruedas y un escritorio, donde se acumulaban varios apuntes desparramados. En la pared también colgaba un tablón de corcho con fotos, tarjetas y varios recuerdos sujetos con chinchetas.

Para cruzar la habitación tuvo que sortear una pelota de fútbol y unas zapatillas de deporte tumbadas de lado y se fijó en que su ventana daba al jardín interior del castillo. Al fin, se sentó en la cama con el gato en el regazo.

—Vale, tengo esto —dijo Rhydian cuando encontró el botiquín, y lo extendió todo sobre la colcha—. ¿Cómo diablos se cura la herida de un gato?

Norah sonrió. Luego se quitó la sudadera y, mientras preparaba el material de cura, le fue explicando a Rhydian cómo se hacía.

Él se tumbó de lado en la cama, con una mano se aguantaba la cabeza y con la otra jugueteaba con la manga de la sudadera de la chica. Dejó que ella se ocupara del animal herido; parecía saber bien lo que hacía y el gato ya estaba más calmado.

Pronto perdió el interés por el desarrollo de las curas porque el rostro concentrado de Norah le atraía mucho más la atención y le complacía tener una excusa para observarla sin prisas. Resiguió con la mirada su perfil suave y delicado, sin una pizca de maquillaje, y con una nariz pequeña y un poco respingona. Sus labios le atraían como un imán, así que intentó no entretenerse demasiado en ellos. Sus bonitos ojos marrones estaban fijos en los movimientos de sus manos; no llevaba las cejas perfiladas y sus pestañas no estaban rizadas con ese producto negro y pringoso que había visto ponerse a otras chicas. Los mechones de su media melena oscura le caían alrededor del rostro y se preguntaba qué tacto tendrían.

Se volvió a detener unos segundos en sus labios y sintió que quería ver su sonrisa una vez más. Había descubierto que el mundo parecía más bonito cuando ella sonreía.

—¿Este salvaje se llama Pequeño Bandido?

Norah se rio, su voz salió cálida, incluso risueña. Rhydian se sintió satisfecho con el logro.

—No, claro que no.

Con mano hábil, Norah empezó a desinfectar la herida del gato y el minino dejó escapar un maullido suave.

—No sé cómo se llama, lo de Pequeño Bandido solo es un mote.

—¿Y no deberías ponerle uno?

—Puede.

La chica se encogió de hombros y luego giró la cabeza hacia Rhydian. Fuera, en el pasillo, se oyeron voces y correteos.

—La fiesta ha cambiado de lugar —murmuró Rhydian.

—No entiendo por qué han tenido que drogar a la señorita Matsuda y al señor Wilshere —dijo Norah mientras volvía a aplicar la gasa—. Tenían permiso para hacer la fiesta.

—Hasta las doce y sin alcohol, aquí está el motivo.

—Pero esto es ir demasiado lejos… Yo también estaba allí y me siento culpable de lo sucedido.

—No estaba en tu mano que no sucediera, Norah. No te hagas responsable de algo que han hecho otros —le dijo Rhydian—. Mira, tienes que entender que en Old Castle hay personas de todo tipo. Yo hice muy buenos amigos aquí, pero también he conocido a gente muy nociva, que te mira por encima del hombro y que no vacila en dañarte si te cruzas en su camino. Y es lo que hay.

—Lo sé, y lo odio, yo no pertenezco aquí.

—Pero sí lo haces. Aunque te lo parezca, la gente de este sitio no es tan diferente como crees —dijo Rhydian con suavidad—. La mayoría busca vivir feliz y tranquila, y solo algunos pocos se divierten jodiendo a los demás.

—Pero yo no quiero estar aquí —insistió ella—. No quiero estar con toda esta gente.

—Yo también soy esta gente, Norah, y sigues aquí, no te has marchado.

—Tú no eres como ellos —farfulló ella.

Rhydian tuvo que darle la razón. Aunque él era un alumno adinerado más de Old Castle College, esto nunca fue un impedimento para forjar una gran amistad con Aaron y convertirse en inseparables. Y, además, lo ocurrido el curso pasado le había dejado una huella tan profunda que lo había cambiado por completo.

—¿Sabes? He aprendido que ni la familia y ni el dinero definen quién eres, ni tampoco lo hace lo que piensan los demás —dijo Rhydian—. Eso solo son prejuicios. En el fondo, lo único que debería importar es lo que uno piense de sí mismo.

—¿Y qué piensas de ti? —se atrevió a preguntar Norah.

—Que fui un cobarde y un gilipollas que estuvo a punto de tirar por la borda su vida —masculló con amargura—, y que ya no soy ese chico que se rompió. Soy otro, aunque todavía no sepa muy bien cómo es ese otro.

Norah buscó la mirada de Rhydian. Entendía su dolor, ella seguía sintiéndose cobarde y también rota, aunque lo sabía ocultar muy bien porque había aprendido a encerrarlo todo en un lugar oscuro de su interior.

—A veces, uno no puede elegir y lo único que le queda es ser un cobarde porque no sabe hacer las cosas mejor.

En ese momento, Rhydian tuvo tres certezas: que no se había equivocado con Norah, que su nueva amiga parecía comprenderlo mejor que nadie hasta ahora y que era muy probable que ella también tuviera algo roto en su interior.

—¿Lo dices por alguien en concreto? —quiso saber él.

Pero Norah no estaba dispuesta a dejar salir ni siquiera una de las palabras que tenía apretujadas en ese sitio oscuro, así que desvió la conversación en las curas del Pequeño Bandido. Aunque Rhydian se dio cuenta de la maniobra de distracción, no insistió y lo dejó pasar. Después de un maullido cansado y un par de toques curativos más, guardaron el botiquín y los tres se volvieron a acomodar en la cama.

—¿Puedo quitarme los zapatos? —preguntó Norah.

Ella enrojeció levemente y Rhydian tuvo que aguantarse una carcajada. No dejaba de sorprenderle.

—Tú misma, como si estuvieras en tu habitación.

El muchacho también se quitó los suyos, recolocó la almohada y se tumbó de lado, tan largo como era, y continuó:

—Si quieres, te presto un pijama… —Los labios de Rhydian se curvaron con diversión—. Lo que no tengo son dos cepillos de dientes.

—No te embales, Chico de la Capucha —rio Norah mientras se subía a la cama—. Con los zapatos tengo suficiente.

—¿Chico de la Capucha?

—Así te llamaba cuando no sabía quién eras.

Norah tomó el gato en brazos y recostó la espalda en el cabezal de la cama. Cruzó las piernas y el animal se hizo un ovillo en el agujero que quedaba en medio.

—Es tu mote.

—Me gusta más Bandido —repuso Rhydian sin dejar de sonreír.

—El mote es Pequeño Bandido y, además, ya está cogido.

La muchacha rascó la cabeza del gato y este se frotó contra sus dedos mientras maullaba de satisfacción.

—Ya veo, algunos tienen privilegios —bromeó el muchacho.

—¿Lo dudabas?

Rhydian sonrió, sin responder, y dio media vuelta para quedar tumbado boca arriba. Se puso un brazo debajo de la cabeza y se relajó con la otra mano sobre el estómago.

Le gustaba eso. Era fácil estar con ella. Más allá de la creciente atracción física que sentía, había descubierto que le encantaba estar así con Norah, charlando y bromeando como si se conocieran de toda la vida. Aunque sabía que había llegado el momento de las preguntas y, esta vez, ella no lo iba a dejar pasar.

—Supongo que tienes preguntas —dijo Rhydian, todavía mirando el techo.

—Muchas.

—Pues, venga, hazlas. Creo que con todo lo que hemos hecho hoy, te acabas de convertir en mi mejor amiga y puedes preguntarme lo que quieras —dijo él con una sonrisa.

—Vas muy deprisa, Chico de la Capucha, yo todavía no sé si eres mi amigo.

Esta vez, Rhydian se incorporó antes de hablar.

—Punto número uno: no me vengas con estas otra vez. He salvado a tu gato y te he dejado subir sin zapatos a mi cama. —La sonrisa de Norah se ensanchó—. Por supuesto que ya soy tu amigo. Y, punto número dos: insisto, me gusta más Bandido que Chico de la Capucha.

—En esto no tienes ni voz ni voto —rio Norah, aunque luego su sonrisa se convirtió en un gesto pensativo. Tenía muchas preguntas, pero había una que era la que más la inquietaba—. ¿Por qué el internado mintió sobre la desaparición de Aaron?

—Te han contado lo que ocurrió, ¿verdad?

—En el Bridge of Sighs explicaron que desapareció sin dejar rastro y que no se llevó nada, ni la cartera ni siquiera una chaqueta, todas sus cosas estaban en el dormitorio.

—Todas sus cosas, menos el móvil, eso sí lo llevaba encima —matizó él.

—Cuéntame tu versión, ¿qué más ocurrió?

Rhydian apoyó la espalda en el cabezal. Aunque no le gustaba hablar de ello, ni de lo ocurrido con Aaron, ni tampoco de lo que él hizo después, ahora sí quería compartirlo con ella. Se dio cuenta de que no le molestaba que Norah conociera su parte fea. En realidad, lo prefería. Ella ya había oído las historias y, sin embargo, seguía allí, tranquila, confiada, mirándolo como a él le agradaba, como si lo viera solo a él y no todo lo que arrastraba.

Ahora, en Old Castle College, apenas tenía amigos. Sus antiguos colegas ya no estaban, todos se habían esparcido por el mundo en alguna universidad de renombre, y continuaban con sus vidas como si no hubiera pasado nada. Después de lo que hizo, muchos le dieron la espalda. Aunque, todavía tenía a su hermana, que lo apoyaba de corazón, ella lo vigilaba con lupa, como si ya no se fiara de él. Antes había dicho la verdad, ya consideraba a Norah su amiga. Después de muchos meses de estar solo, sentía que, por fin, había encontrado a alguien en quien volver a confiar.

—Te voy a contar todo lo que sé —dijo él—, y ten por seguro que mi intención no es espantarte, solo decirte la verdad.

14

La historia de Rhydian

Un silencio expectante, solo roto por el maullido adormecido de un joven gato herido, planeó por la habitación 014 de la casa King's Arms. Los dos ocupantes de la estancia seguían sentados con la espalda apoyada en el cabezal de la cama, metidos dentro de su burbuja particular, completamente ajenos al jaleo que sus compañeros continuaban haciendo en los pasillos.

Norah observaba la expresión de Rhydian mientras ella acariciaba con suavidad a su amigo peludo. La tensión en su mandíbula era evidente, aunque esos preciosos ojos verdes, que parecían contener la esencia de la campiña inglesa, la miraban con determinación.

—Joder, pensaba que me sería más fácil —dijo Rhydian al cabo de unos largos segundos—. No sé ni por dónde empezar.

—Por el final —pidió Norah, y Rhydian volvió a levantar las cejas—. Comenzar por el principio es demasiado típico. Además, me gustan los *spoilers*.

—El final ya lo conoces —rio el muchacho, y esta vez fue Norah la sorprendida—. Termina aquí, con un gato bastante feo sobre mi cama y una chica vestida de negro como una ninja que me reta a jugar a un juego del que no conozco las reglas.

—La chica esa parece interesante. —Norah le guiñó un ojo—. Vale, ahora que ya sé cómo termina, explícame el cuento entero.

La expresión de Rhydian se relajó unos instantes, aunque después de tomar aire por la nariz, volvió a endurecerse. Giró la cabeza y fijó la vista hacia delante, en algún punto indefinido de la puerta de su habitación.

—Supongo que debería empezar por la noche de su desaparición —murmuró él—. ¿Sabes? Tengo ese día grabado a fuego en mi memoria. Era el último viernes de enero por la noche. Recuerdo que nevaba y una gruesa capa blanca cubría los jardines del castillo. Si cierro los ojos, todavía soy capaz de ver como caían los copos de nieve, frágiles y silenciosos, a través de la ventana de Tawny.

—¿Tawny O'Brian? —preguntó en voz baja Norah.

—Sí, era mi novia. Llevábamos unos meses juntos. Me había escapado a su habitación para… Bueno, ya sabes —masculló—. Pasadas las doce de la noche, Aaron me envió varios mensajes y yo no los vi hasta mucho más tarde.

Rhydian torció una sonrisa triste antes de continuar.

—Me acuerdo de uno de ellos como si lo pudiera leer ahora mismo: «Tío, esto es alucinante. Todavía no me lo creo, he encontrado otro. ¡He encontrado otro! Y es mucho más grande. Tendrías que estar aquí».

—Pero ¿te dijo lo que había encontrado?

—No, pero sé que se refería a un pasadizo secreto —dijo Rhydian—. ¿Qué más podría ser? Sabía que estaba con Tawny y sé que no se arriesgó a que ella pudiera leer algo que no debía.

—Pero tú no viste los mensajes.

—No, no los leí hasta que regresé a mi habitación. —Rhydian apretó la mandíbula—. En sus mensajes me decía que hiciera el favor de contestar, que, al estar con Tawny, me iba a perder algo grande, y en su último texto ponía: «Voy a entrar, Rhy, voy a entrar».

—Encontró otro… —murmuró Norah.

—Yo no tengo ninguna duda. Me jode tanto no haber mirado el móvil esa noche —masculló él—. Oí las notificaciones, pero no les hice caso. Tawny estaba enfadada porque pasábamos poco tiempo juntos y esa noche quería compensarla. Cuando lo pienso… Yo haciendo el papel de novio perfecto y Aaron, por ahí, joder, vete a saber lo que le estaba ocurriendo.

Rhydian se pasó las manos por la cara y el pelo, frotando con fuerza, como si quisiera borrar ese recuerdo de su piel.

—Regresé al King's Arms antes de las seis de la mañana y fui directo a su habitación, pero claro, no me abrió nadie —siguió Rhydian—. Le envié un mensaje y vi que no le llegaba. Intenté llamarlo, pero se cortó la línea. Me preocupé un poco, aunque pensé que se habría quedado sin batería y me fui a dormir.

—Y… ¿ya no supiste nada más de él?

—Me empecé a poner nervioso el sábado al mediodía. Seguía sin tener noticias suyas y sin poder contactar con su móvil, pero todavía esperé unas horas más antes de informar de su posible desaparición.

Rhydian desvió la mirada, avergonzado. Había tomado muchas malas decisiones en su corta vida y aquella era una de las que más le pesaban.

—Me equivoqué, debí decirlo enseguida y no lo hice. Si lo hubiera hecho, quizá ahora no estaría desaparecido —se lamentó con la voz rota.

—Eso no lo puedes saber.

—Fui un cobarde de mierda, Norah —escupió con rabia—. No quería enseñar los mensajes de Aaron porque, cuando él apareciera, habría revelado que conocíamos la existencia de los dos túneles secretos para nada. También tuve miedo de meter a Tawny en un lío por el encuentro en su habitación. Pero él no apareció y lo perdí.

Norah actuó por instinto: levantó una mano del pelaje del

animal, buscó la de Rhydian y entrelazó los dedos con los suyos. Un gesto con el que le quería transmitir comprensión, apoyo y también cariño. El muchacho fijó la vista en sus manos entrelazadas durante unos segundos, sintió un cosquilleo caliente en el pecho y fue entonces cuando pudo tomar un poco de aire y respirar mejor.

—Pero al final sí les dijiste lo del pasadizo secreto, ¿no?

—Esa misma noche se lo conté a los profesores de guardia, pero no fue hasta la mañana siguiente cuando avisaron a la señora Foster para notificar la desaparición. —La mirada de Rhydian se ensombreció—. Y aquí es cuando empezó la pesadilla.

—¿Con la directora Foster?

—Sí, los días siguientes fue cuando descubrí la verdadera cara de Evelyn Foster. —Rhydian hizo una pausa para tomar aire—. Se lo expliqué todo: el descubrimiento del túnel, el mensaje de Aaron y mis sospechas de que había encontrado otro y que era posible que se hubiera quedado atrapado en él.

—¿Y qué te dijo?

—Que ya conocían la existencia de los dos túneles y que comprobarían de inmediato si Aaron se encontraba allí. Y eso me tranquilizó —rio con amargura—. Después me echó la bronca por las salidas nocturnas y por ir al túnel del ala oeste. Me prohibió volver a utilizar la trampilla y me dijo que no podía hablar de esto con nadie, tanto por mi seguridad como por la de Aaron y la del internado. Yo se lo prometí. En ese momento, le hubiera prometido cualquier cosa si eso ayudaba a encontrar a mi amigo y a no tener problemas con el internado.

—Pero no lo encontraron.

—No, la señora Foster me informó que Aaron no estaba en el túnel y me intentó convencer de que, si no estaba allí, significaba que no había entrado en el pasadizo.

—Pero el mensaje…

—Lo sé, yo insistí, pero nada, no conseguí nada. —Rhydian

suspiró—. Los siguientes días, todo fue a peor. Declaré ante uno de los policías que vino a Old Castle, le conté lo del túnel y los mensajes. ¡Me daba igual lo que le había prometido a la directora! —soltó con rabia—. La policía me requisó el móvil como objeto importante para el caso, pero cuando me lo devolvieron, el chat que tenía desde los doce años con Aaron ya no estaba. —Rhydian no pudo evitar que se le rompiera la voz.

—¿Eliminaron la pista más importante?

—Joder, eso hicieron. —Rhydian parpadeó y Norah intuyó un brillo húmedo en sus ojos—. Nuestra historia estaba allí, y también me la quitaron.

—Lo siento, lo siento tanto... —Norah le apretó la mano con más fuerza.

—Pero la cosa no termina aquí. La señora Foster me llamó a su despacho, estaba enfadada porque le había explicado a la policía lo del túnel. Insistió en que Aaron no había desaparecido en ningún pasadizo secreto y que, si yo iba diciendo por ahí esa mentira, impedirían mi graduación y, además, tomarían medidas severas contra Tawny por haber incumplido la norma de no llevar ningún chico a la habitación.

—¿La directora te chantajeó? —Norah sentía la rabia bullir en su interior.

—Sí, esa fue la primera vez —escupió Rhydian—. Me dijo que a mí ya nadie me iba a creer, que no tenía pruebas más allá de conocer la ubicación de esa pequeña trampilla. También me advirtió que, si hablaba de los túneles con alguien, me dejaba fuera de la investigación policial y no me iba a dar información sobre los avances del caso.

—Maldita mujer... —masculló Norah.

—Fue cuando sospeché que el internado estaba intentando ocultar algo —continuó él, lleno de rabia—, algo más importante que el bienestar de uno de sus estudiantes.

—Pero la policía... —Norah vaciló— La policía sabía lo del pasadizo, ¿no?

—Sí, pero creo que fue alguien de allí dentro quien borró mi historial con Aaron —insistió—. ¿Lo sobornaron? ¿Estaría implicado en lo que sea que quiere esconder el internado? Joder, no tengo ni idea.

—Pero esto es...

—Horrible. —Rhydian terminó la frase—. Esto quiere decir que el internado esconde algo que vale más que la vida de los que estamos estudiando aquí.

Norah tragó saliva, esa era la auténtica historia de miedo.

—¿Y la familia de Aaron? ¿Qué hizo?

—Su abuela estaba destrozada. Ella es su única y verdadera familia, pero la mujer es mayor y no tiene ni contactos ni dinero. —Rhydian apretó los dientes—. El que sí tiene poder es su tío. Los padres de Aaron murieron cuando él era pequeño y ese hombre asumió los gastos de su educación, pero nada más. Se veían una vez al año, cuando Aaron tenía que enseñarle las notas y demostrarle que seguía mereciendo la pena su inversión. —Rhydian rio de forma amarga—. El hombre apoyó la decisión del internado de llevarlo todo con la máxima discreción. El caso apenas salió en la prensa local. Nadie quería que el prestigio y la honorabilidad de la escuela ni el de las familias del Consejo Directivo se vieran afectados.

—¡Pero era su sobrino! —exclamó con rabia contenida. En cierta manera, Norah se sentía identificada con Aaron y sus precarios vínculos familiares—. ¿Cómo pudo priorizar la reputación de otros a la vida de su sobrino?

—Solo era su sobrino a efectos legales; ese hombre no tiene corazón —masculló él—. Tú tienes suerte de no haberlo vivido, pero en los círculos en los que se mueven muchos de nuestros padres, la reputación puede llegar a ser más importante que la familia.

Se quedaron en silencio, únicamente roto por el ronroneo tranquilo del gato.

—Hay algo que todavía no te he contado, algo que no hay manera de entender... —Rhydian hizo una pausa antes de volver a hablar—. El policía con el que hablé el primer día me dijo que habían mirado los registros de ubicación de su móvil y que, esa noche, como siempre, estaba fijada aquí, en el Reino Unido, pero que antes de perder el rastro de su teléfono había saltado a El Congo, África.

—¿Y eso cómo puede ser?

—Ni idea, es que es de locos —masculló Rhydian—. Me preguntaron si yo sabía si Aaron tenía algún contacto allí o si tenía problemas con alguien que tuviera algo que ver con ese país. Hablaron de un posible duplicado de la tarjeta de su móvil. Yo qué sé. Nada tiene sentido. Aaron vivía en Edimburgo con su abuela y, que yo sepa, no tiene familia fuera del país. En verano, cada año, yo iba a pasar unos días con ellos y hacían una vida muy simple y tranquila. Él adoraba a su abuela, la cuidaba con mimo y nunca buscaba meterse en líos porque no quería hacer sufrir a la mujer.

Rhydian dejó caer la cabeza hacia atrás y apoyó la coronilla en el cabecero.

—Y eso es lo que ocurrió, Norah —dijo Rhydian con un tono cansado—. Que mi amigo se metió dentro de un túnel secreto, que ya no volvió a salir y que, desde entonces, el internado ha estado mintiendo para ocultar lo que pasó.

Norah tragó saliva y apretó con fuerza la mano del muchacho. Lo que le había contado la había dejado rabiosa y muy desorientada, como si algo dentro de ella se hubiera desmontado y ahora no supiera cómo volver a recomponerlo.

—Esto es muy grave... ¿No podemos hacer nada? ¿No podemos ir a la policía?

—Sigo sin pruebas, y ahora solo soy un crío que tuvo que ser internado en un centro de desintoxicación. Yo mismo me he cargado la poca credibilidad que podía tener.

Rhydian giró la cabeza para mirar a su nueva amiga. Sus dedos seguían entrelazados y sentía ese simple gesto como si fuera un salvavidas.

—Después de todo esto, yo… —La voz de Rhydian se tornó una nota más grave—. Me rompí, Norah. Empecé a beber y me obsesioné con su desaparición. Al principio, por las noches, vagaba borracho por el castillo buscando cualquier cosa que pudiera esconder una entrada, pero no encontré nada. Cada día estaba más rabioso y desesperado. Al final, el alcohol se convirtió en mi refugio porque era lo único que me ayudaba a no sentir, a no pensar, a entumecerme por dentro.

—Refugiarse en el alcohol nunca mejora la situación.

—Joder, lo sé, me convertí en alguien que ahora no reconozco. —Volvió a desviar la mirada hacia la puerta—. También rompí con Tawny, nos peleábamos continuamente, y empecé a comportarme como un cabrón con todo el mundo.

Soltó un largo suspiro, estaba a punto de contarle uno de los episodios más vergonzosos de esa época.

—A mediados de abril, en la fiesta de primavera, llegué al límite: le dije cosas muy feas a Tawny, también a mi hermana y a mis amigos, e hice un espectáculo penoso delante de todo el colegio. Además, ese mismo día tomé lo que Chelsea me ofrecía. A ella no parecía importarle mi estado, sé que solo me quería como trofeo de una noche porque no era la primera vez que se me insinuaba; ya estando con Tawny lo había hecho más de una vez. Pero ese día acepté. Me la llevé a un rincón y, bueno, no fui nada discreto ni amable.

Hizo una pausa y cerró los ojos. Cuando los volvió a abrir continuó su relato:

—Suerte que iba muy borracho y no pudimos ir demasiado lejos. Dicen que terminé con los pantalones medio bajados tumbado en el suelo y con una gran mancha de vómito en el jersey.

—Dios, Rhydian…

—Lo sé, patético. Chelsea puede ser como sea, pero no debí tratarla como lo hice. Ni a ella ni a Tawny. —Rhydian tragó saliva—. Después de los incidentes de la fiesta, mis padres me sacaron del colegio y me llevaron a un centro de desintoxicación.

—Sí que estabas realmente mal…

—Bueno, sí y no. Todo fue muy dramático porque me internaron como si fuera un alcohólico. Aunque los médicos me dijeron que todavía no lo era —especificó—, pero supongo que iba en el camino de serlo.

Rhydian soltó un resoplido.

—Fui una decepción muy grande para mis padres y ellos siempre solucionan los temas de sus hijos de la misma manera: nos envían lejos para que se encarguen otros de lo que sea que ocurra en nuestra vida. Pero esta vez les agradezco que no tuvieran ni una pizca de interés en mí. —Rhydian mostró un intento de sonrisa—. Allí me ayudaron de verdad, ¿sabes? Los tres meses que pasé en el centro me sacaron de ese abismo en el que había caído. El dolor no se va, la rabia tampoco, pero aprendí a lidiar mejor con todo ello.

—Y después tuviste que empezar de nuevo el último curso, aquí, en el mismo sitio donde se originó todo… Eres muy valiente.

—Tampoco tuve alternativa —murmuró Rhydian—. Y, ¿sabes?, después de todo lo ocurrido sigo queriendo descubrir qué sucedió de verdad. No puedo sacármelo de la cabeza.

Para Rhydian, perder a Aaron de esa manera fue como si le arrancaran una parte de su propio cuerpo y necesitaba saber qué había pasado para poder encontrar la manera de seguir adelante. Eso era lo que le decían en terapia, que debía cerrar el episodio para conseguir algo de paz. Y sabía que nunca podría hacerlo del todo si no descubría lo que en realidad le había ocurrido a su amigo.

—Te entiendo, creo que yo tampoco podría dejarlo pasar.

—El día que nos conocimos, estaba hecho una mierda —confesó—. Veía a Aaron en cada esquina y los recuerdos me perseguían. Creía estar preparado para estar aquí y ver que la vida de todos seguía adelante como si nada, pero me está costando mucho.

—¡Cómo no va a costarte!

—Y luego te vi a ti, que te marchabas del grupo, que parecías no querer saber nada de ellos... Eso me llamó la atención, yo tampoco quería nada de ellos.

—Te recuerdo que ese día fuiste un borde —dijo Norah con una nota de humor en la voz.

—Lo sé y no me arrepiento. —Rhydian dibujó una sonrisa sincera al ver la expresión de sorpresa de Norah—. No me arrepiento porque esto es lo que me ha llevado a ti.

15

En el almuerzo

Esa noche, los estudiantes de bachillerato de Old Castle College alargaron la fiesta hasta altas horas de la madrugada. En cambio, Norah y Rhydian siguieron con su velada privada hasta que el sueño los atrapó. Primero cayó Norah, que se acurrucó contra el gato y se le cerraron los ojos. Rhydian aguantó solo unos minutos más mientras observaba el perfil de la chica y el mohín que hacía con sus labios al dormir. Lo último que pensó antes de perder la consciencia fue que, con Norah, todo parecía mejor.

La pesadilla de cada mañana despertó a Norah y, después de secarse las lágrimas, se metió el gato por dentro de la sudadera para que nadie lo viera y se marchó del dormitorio sin desvelar a Rhydian. Al salir, se topó con un par de muchachos de su curso, pero ellos solo la saludaron con una sonrisa burlona.

No tuvo problemas para llegar a la casa de Bridge of Sighs y, a pesar de que la sala común presentaba evidencias claras de una gran celebración, no había ni rastro de una botella de alcohol.

Aprovechó que todavía era temprano y bajó al sótano del torreón para dejar el gato en los jardines. Primero le comprobó la herida, le dio un beso sonoro entre las orejas y, cuando lo dejó en el suelo, se fijó de nuevo en su pelaje negro salpicado de manchas blancas. Le dio la impresión de que era como la noche e imaginó que su amigo peludo estaba cubierto de estrellas. Sonrió cuando un nombre se le formó en la cabeza.

—Te llamas Milkyway —dijo, como si no hubiera otra posibilidad.

El gato maulló en respuesta y Norah se tomó su réplica como un gesto de confirmación.

Después de dejar a Milkyway en el jardín, subió a encerrarse en su habitación. Esa mañana no iba a salir a correr, tenía muchas cosas en las que pensar.

Demasiadas.

Todavía no había tenido suficiente tiempo para procesar todo lo que le había contado Rhydian y se sentía sobrepasada. El pasadizo secreto de la leyenda de la dama perdida existía, ella misma se había escapado por un pequeño túnel y, la noche que Aaron desapareció, dejó evidencias claras de que había encontrado otro. Sin embargo, alguien del cuerpo de policía borró esa prueba, el internado amenazó a Rhydian para que mantuviera la boca cerrada y el caso de Aaron McNeal se llevaba con la máxima discreción. Ahora entendía por qué su padre no le había contado nada, era muy posible que él tampoco lo supiera.

Rhydian le había explicado que la señora Foster nunca le llegó a informar sobre los avances del caso, así que lo único que sabía era que Aaron entró en un túnel secreto y que, según la policía, cabía la posibilidad de que la tarjeta de su móvil hubiera sido duplicada porque, antes de perder el rastro por completo, la ubicación del dispositivo pasó de estar en Inglaterra a estar en El Congo.

¿Estaba Aaron metido en algo extraño que Rhydian ignoraba? ¿Qué ocurría con el pasadizo secreto que encontró Aaron? ¿Por qué el internado mentía, chantajeaba y quería obstruir una investigación policial con tal de mantenerlo oculto?

No tenía repuestas, solo decenas de preguntas más y cada

posible respuesta resultaba ser más descabellada y escalofriante que la anterior.

Para Norah, Old Castle College había dejado de ser ese internado elitista y demasiado pomposo en el que no quería estar. Ahora se trataba de un lugar donde el lujo y la honorabilidad no eran más que un vestido bonito con el que se ocultaba algo más feo, más vil, más corrompido. Y eso le daba miedo. ¿Qué podían llegar a hacer este tipo de personas?

La rabia le quemaba dentro del pecho cuando pensaba en todo lo ocurrido. Rabia, pero también una extraña mezcla de tristeza, compasión y afecto hacia Aaron y Rhydian.

Rhydian, en una sola noche, había derribado sus barreras y, ahora, cuando pensaba en él, ya lo hacía como un amigo. Y eso también le daba miedo. Seguía sin querer estrechar lazos con nadie porque, cuando regresara a Barcelona, no quería volver a sufrir la ruptura de otra relación, pero sentía que le era imposible mantener la distancia. Le gustaba estar con él y ya anhelaba otro encuentro.

Norah no volvió a ver a Rhydian hasta la hora del almuerzo. Cuando llegó al comedor, divisó a su nuevo amigo sentado en una mesa con una bandeja de comida. Se hallaba solo, aunque advirtió que en el respaldo de una de las sillas colgaba un jersey beis. Sus pasos la llevaron directa a él, incluso antes de ir a buscar su bandeja.

Rhydian notó la presencia de Norah cuando ella aún no había llegado a la mesa. Se dio media vuelta y sonrió al comprobar que se detenía a su lado. Había estado pensando en ella toda la mañana. No tenía su número de móvil y tuvo que quedarse con las ganas de saber cuándo se volverían a ver. En el fondo, temía que, después de digerir su historia, Norah no quisiera saber nada de él; sin embargo, al verla allí, a su lado, con una sonrisa tímida, todas sus dudas desaparecieron.

—Esta mañana te has escabullido como una ninja, no te he oído marchar. —Rhydian le guiñó un ojo y, con un movimiento rápido, empujó la silla que tenía a su lado y la invitó a sentarse.

—Tengo habilidades especiales —rio ella mientras tomaba asiento junto a él.

—De eso ya me he dado cuenta. ¿Y cómo estás después de lo de ayer? —tanteó él.

—No lo sé… —Norah se detuvo unos instantes en esos bonitos ojos verdes y le gustó ver que no parecían tan sombríos como otras veces—. He estado toda la mañana pensando en ello y hay tantas cosas que no entiendo…

—Bienvenida al club —murmuró Rhydian.

—¿Y qué vamos a hacer con todo esto?

—¿Vamos?

—Sí, «vamos». Dijiste que querías descubrir la verdad y, ahora que me lo has contado, no pretenderás que me quede al margen.

De repente, Rhydian sintió un urgente deseo de rodear a Norah con los brazos y estrecharla contra su pecho. Pero era suficientemente listo para saber que esto estaba fuera de lugar. Así que buscó otra forma de aproximarse a ella, que no delatara sus intensas ganas de abrazarla y se inclinó para dejar la boca muy cerca de su oído y susurró:

—Me gusta la idea, no sabes cuánto. —Los mechones oscuros de su amiga le hacían cosquillas en la nariz—. Pero… ¿No estás asustada?

Empezó a enderezar la posición, aunque se quedó inmóvil al notar que la mano de Norah se posaba sobre su hombro y lo retenía.

—Lo estoy, mucho —admitió ella en voz baja—. Por eso mismo quiero hacer algo. Prefiero saber lo que ocurre que vivir continuamente con miedo de algo que no entiendo.

Norah bajó la mano y, cuando Rhydian se apartó, este intentó no pensar en el suave aroma de la chica que se le había metido dentro y en que no quería perder esa agradable sensación.

—¿Estás segura? —insistió él. Aunque deseaba que le dijera que sí, no dejaba de estar un poco preocupado por lo que podría pasar si tomaban ese camino—. Puede ser peligroso.

—Lo sé, pero vivir en Old Castle ya lo es, ¿no? —dijo ella en voz baja—. Aaron desapareció, y quienes se supone que tenían que mover cielo y tierra para encontrarlo lo han dejado de lado. Se merece que alguien no lo abandone...

Norah tragó saliva al notar que se removía eso que tenía enterrado tan profundo. Apartó el malestar y se centró en los ojos de Rhydian. A pesar de que la intensidad de la mirada de su amigo la ponía un poco nerviosa, era mejor fijarse en eso que en lo que, segundos antes, había intentado salir a la superficie.

—Joder, Norah, para mí esto es... —A Rhydian se le cortó la voz—. Vale, lo haremos, investigaremos juntos, pero iremos con cuidado, ¿de acuerdo?

—Hecho.

Sus miradas se entrelazaron y ambos sonrieron con la certeza de que algo nuevo y valioso había encajado entre ellos.

—Y dime, ¿cómo está nuestro amigo peludo? —preguntó Rhydian para cambiar de tema; el comedor no era el mejor sitio para trazar planes clandestinos.

—Mejor, vuelve a corretear por el jardín. ¿Sabes? Ya tiene nombre. —Norah sintió un agradable calor en el pecho antes de decir—: Se llama Milkyway.

—¿Milkyway? —preguntó él visiblemente horrorizado. Norah asintió con una sonrisa radiante—. ¿En serio?

—¿Qué pasa? Es un nombre muy chulo.

—Pero ¿qué dices? Con ese nombre será el hazmerreír de los gatos. ¿Por qué no Bandido a secas? Le pega más.

—Pequeño Bandido es su mote —insistió ella—. Milkyway, su nombre. Además, a él le gusta.

—Ya. Y te lo ha dicho él.

—Claro, con un maullido muy sentido.

Rhydian abrió la boca para replicar, pero los pasos de alguien acercándose a ellos lo detuvieron. Ambos giraron la cabeza y, al otro lado de la mesa, vieron a Jenna y Tawny de pie, bien arregladas, enjoyadas y maquilladas, sujetando sendas bandejas de comida en las manos.

—Norah, ¿qué haces aquí? Este no es tu sitio —dijo Jenna con un tono áspero mientras dejaba la bandeja encima de la mesa.

—Joder, Jenna, ¿tú no eras del Comité de Bienvenida? Sé un poco más amable —gruñó Rhydian—. Se puede sentar donde quiera.

Las dos jóvenes tomaron asiento en las sillas vacías. Tawny se sentó delante de Rhydian, y Jenna, delante de Norah. El ambiente relajado que, hasta ahora, flotaba entre ellos se enrareció como si de repente se hubiera levantado una bruma helada.

Rhydian notó que Norah se removía a su lado y maldijo por dentro no haber previsto que algo como eso podía pasar.

—Bueno, en realidad, yo ya me iba —dijo Norah. Ese tono cálido que Rhydian estaba acostumbrado a oír en su voz había desaparecido por completo—. Todavía tengo que ir a buscar mi comida.

—Pero este sigue siendo tu sitio. —Rhydian puso una mano encima del brazo de Norah para detenerla—. Puedes sentarte aquí siempre que quieras, Norah.

—Así que es verdad lo que dicen. —La voz de Tawny sonó más aguda de lo habitual—. Vi que te marchabas de la fiesta con ella, Rhydian. Y ya no volviste —dijo con un tono claramente acusador—. Pero creí que...

Tawny tragó saliva y sus ojos se humedecieron. Rhydian sintió el aguijonazo de la culpa. Una culpa antigua que seguía clavada en su pecho y que, de alguna manera, buscaba redimir.

—Qué estúpida he sido. Esta mañana la han visto salir de tu habitación —dijo con la voz temblorosa—. ¿Habéis dormido juntos?

—No es lo que imaginas... —empezó Rhydian.

Tawny ahogó un sollozo con la mano. Se levantó de golpe y salió corriendo del comedor.

—Eres estúpido, Rhy —masculló Jenna—. Ve a por ella. No te quedes ahí pasmado.

—Ve tú, joder, que eres su amiga.

—¿Que vaya yo? —bufó ella—. Eres tú el que la ha vuelto a cagar. En serio, ¿qué narices te ocurre? Dijiste que querías arreglar las cosas. ¿Por qué te has enrollado con otra?

—Para. Detente —le ordenó Rhydian con dureza—. Dije que quería reparar lo que hice, nada más. Y no me he enrollado con nadie.

—Ya, bueno, ¿y tengo que creerte?

—Haz lo que quieras.

Rhydian se frotó la cara y el pelo, nervioso e incómodo. No tenía ningún compromiso con Tawny y tampoco le había prometido nada. Al regresar a Old Castle ya le había pedido perdón por el comportamiento del curso pasado y también le ofreció ser amigos de nuevo. Tawny lo perdonó y aceptó la propuesta.

Rhydian quería hacer las cosas bien con su exnovia, pero sentía que seguía metiendo la pata.

—Dijiste que te lo pensarías, lo de volver con Tawny. Que, quizá, eso te ayudaría a volver a la normalidad.

Rhydian soltó una maldición.

Para que Jenna lo dejara de presionar, un día le insinuó que se lo pensaría. Y, aunque ahora entre ellos solo había una bonita amistad, en el fondo sabía que la pelirroja quería recuperar lo que un día tuvieron. Puede que lo hubieran intentado más adelante, pero la aparición de Norah había cambiado las cosas. Y mucho. Norah le gustaba, cada vez más. En realidad, no recordaba tener un interés tan grande por una chica antes de ella.

—Jenna, por favor, ahora no es el momento.

—Si me disculpáis... —Norah arrastró su silla hacia atrás y se levantó.

Rhydian miró a su amiga con preocupación. Estaba tensa, demasiado tensa, parecía tener un palo de hierro clavado en la espalda.

—Norah, no te vayas. La que se va es mi hermana —recalcó el muchacho.

—Creo que necesitáis hablar sin que yo esté presente.

Norah forzó una sonrisa. Dio media vuelta y se marchó.

—Genial, Jenn, hoy te has cubierto de gloria —bufó Rhydian sin apartar los ojos de la figura de Norah.

Incluso enfadado como estaba, se dio cuenta de que el sutil contoneo del andar de la muchacha le atrapaba la mirada.

—Si te has cargado esto, te juro que no te voy a hablar en todo el curso.

—¿Así que estás con ella? ¿Vais en serio? —susurró Jenna, casi como si no quisiera preguntar para no tener que oír la respuesta.

—Claro que voy en serio. Ella es…

A Rhydian no se le ocurría nada que pudiera definir a Norah en una sola palabra. Era divertida, atrevida y desafiante, y a veces también esquiva. Y, al mismo tiempo, tenía un lado tierno y vulnerable que sospechaba que dejaba ver a muy pocos. Con ella había podido relajarse, reír y bromear como antes de que todo ocurriera, y era la única que parecía no juzgarlo por su pasado.

Decidió decirle a su hermana la verdad. O más bien parte de ella porque se guardó para él lo que empezaba a sentir por Norah.

—No estoy con ella, ni nos hemos liado, ¿vale? Nos hemos hecho amigos y… Joder, Jenn, reza para que no lo hayas estropeado.

16

La trampa

Ese lunes por la mañana, Norah todavía llevaba el pelo húmedo cuando salió por la puerta sur y empezó a atravesar el corredor de las hadas. Desde el fin de semana, los pasillos del internado le parecían más lúgubres e inquietantes que antes y sintió un escalofrío al volver a recorrer ese camino. No podía dejar de preguntarse dónde se escondía la entrada secreta que descubrió Aaron antes de desaparecer.

A pesar de que esta era una de sus preocupaciones más relevantes, no era la única.

La rutina de los estudiantes no se detenía y, con resignación, dentro de su mochila llevaba la hoja de papel con la inscripción a las extraescolares. Estaba obligada a elegir un deporte y una actividad cultural. Al final, se había decidido por natación, porque era un deporte individual y, así, no tendría que hacer equipo con nadie, y jardinería y decoración floral, básicamente porque de esa manera podría ir más a menudo a los jardines para escabullirse con Milkyway.

También tenía otro frente abierto del que, de momento, no quería ocuparse. Esa mañana, había ido a correr por los senderos del flanco este de la muralla porque se había autoconvencido de que debía explorar una poco más el parque fluvial. Pero la verdad era otra: se sentía confusa con lo ocurrido en el almuerzo del domingo y estaba evitando a Rhydian.

No podía dejar de pensar en él y en todo lo que le había revelado sobre el internado y la desaparición de Aaron, y también porque había descubierto que el muchacho le gustaba y que se sentía algo incómoda con la idea de que él volviera con su exnovia. Ser consciente de todo esto la tenía desconcertada y enfadada, y malhumorada. No quería sentir nada por nadie y ahora tenía la sensación de haber entrado en un terreno pantanoso en el que no sabía dónde poner el pie para no hundirse ni resbalar.

Así que, como cobarde que se reconocía en las relaciones, rehuía a su nuevo amigo porque no tenía claro cómo actuar. Aunque su estrategia de escaqueo no le duró tanto tiempo como ella hubiera querido.

Cuando llegó a la escalera del King's Arms, vio que Rhydian estaba apoyado en una pared, absorto en la pantalla de su móvil. Llevaba el uniforme del colegio, americana y pantalón negros y camisa blanca, su cabello castaño un poco desordenado, todavía húmedo por la ducha, y su mochila colgada en un hombro.

Sus pies se detuvieron de repente. Sintió un aleteo en el pecho, pero este pronto murió aplastado bajo una molesta sensación de inseguridad. Un par de compañeras de residencia la adelantaron y, después de unos segundos de indecisión, Norah sacó su teléfono y pasó por delante del chico como si también estuviera concentrada en el aparato.

—Tienes la pantalla apagada.

Rhydian la había alcanzado con un par de pasos rápidos; olía a jabón y algo así como el aire fresco de primavera.

—El truco de tener el móvil en la mano para pasar desapercibido es demasiado obvio —continuó el chico—. Además, ya lo estaba utilizando yo.

—Me has tendido una trampa. —Norah miró de reojo a Rhydian, que sonreía.

—Era la única forma de cazarte.

—¿Y se puede saber por qué querías cazarme?

—¿En serio tienes que preguntármelo?

Rhydian la tomó de la cintura y la empujó con suavidad hasta una de las ventanas del pasillo, lejos de la zona de paso principal.

—Una de las cosas que me gustan de ti es que eres directa y sincera. También lista. Así que es obvio que me has estado evitando. Ayer te busqué y no te encontré por ningún lado y hoy no has salido a correr. ¿Fue tan malo lo de mi hermana? ¿O lo que te molesta son los rumores que corren sobre nosotros dos? —Rhydian tragó saliva antes de atreverse a verbalizar su tercera hipótesis—. O, si quieres echarte atrás, lo entenderé, no tienes por qué investigar conmigo, pero dímelo.

Norah notaba los latidos de su corazón golpeando fuerte. Se sentía acorralada y, al mismo tiempo, le gustaba que él la hubiera echado de menos.

—Tu hermana se disculpó ayer por la noche —logró decir—, y los rumores de nuestro supuesto lío no me importan.

—Así que es por la investigación... —A Norah le dolió ver que su mirada perdía un poco de brillo.

—No, claro que no. Sí quiero investigar contigo. Eso no ha cambiado, ¿vale?

—¿Y por qué me has estado evitando?

Norah se mordió el labio y algo caliente se encendió dentro de su barriga cuando vio que Rhydian se fijaba en ese movimiento. Se dio cuenta de que la respuesta era muy fácil: «porque me gustas y no quiero sentirme así», sin embargo, no lo era tanto el articularla en voz alta.

—Soy una chica misteriosa, Rhydian. —Optó por desviar la atención y así escaparse de contestar—. Hay cosas que nunca vas a saber de mí.

Rhydian sonrió de lado, divertido con la respuesta, también por la maniobra de distracción; no era la primera vez que su nueva amiga esquivaba una de sus preguntas.

—Quizá sepa más cosas de las que tú crees...

Rhydian le guiñó un ojo, le gustaba jugar a este juego con ella. Al ver que se sonrojaba, todavía se sintió más satisfecho.

Unos pasos acercándose llamaron su atención. Era Carlien, que se plantó ante ellos. Primero miró a Rhydian con cierta suspicacia y después se dirigió a Norah:

—¿Estás bien?

—Eh... Sí, lo estoy —dijo Norah sin terminar de entender lo que ocurría.

Carlien volvió a mirar a Rhydian con recelo y él torció una mueca de disgusto.

—Por si te lo estás preguntando, no estoy corrompiendo a tu amiga —masculló él, y añadió con un tono más relajado—: Sus artimañas superan las mías.

—En eso tienes razón —rio Norah.

—En la mayoría de las cosas tengo razón —afirmó él—. Y creo que esto tiene que contar como otro punto en mi marcador.

—¿Te crees que es tan fácil sumar puntos? Lo tienes que hacer mucho mejor —contraatacó Norah.

—¡Esperad! —Carlien levantó las manos para detenerlos—. Así que es cierto, el sábado os liasteis y ahora estáis saliendo juntos.

—Eso no es lo que pasó —intervino Rhydian.

—Para nada —recalcó Norah.

Escéptica, Carlien entrecerró los ojos para evaluar a la pareja.

—Venga, vamos o llegaremos tarde. —Norah tiró de su amiga para evitar más preguntas.

Reemprendieron el camino a clase y no tardaron en llegar al edificio de las aulas. Allí, Norah y Rhydian intercambiaron una mirada cómplice, la trampilla secreta estaba muy cerca de la entrada, sin embargo, el momento de conexión apenas duró unos segundos porque Jenna y Tawny asaltaron al muchacho y, entre risas y comentarios divertidos sobre algo que Norah desconocía, se lo llevaron con ellas. Por el tono desenfadado de Tawny, supo que su desencuentro ya era agua pasada.

Antes de desaparecer, él la buscó con la mirada, articuló las palabras «Hasta luego» y le guiñó un ojo. Norah volvió a sentir una desagradable punzada de celos. Así que tomó aire, empujó esa indeseada sensación muy al fondo y echó más tierra encima; no podía permitirse dejar salir nada de lo que tenía enterrado ahí abajo.

—Ayer Tawny estuvo llorando, sigue colada por él —dijo Carlien mientras caminaban hacia clase.

Norah tragó saliva, pero no abrió la boca.

—¿Así que no es cierto que dormiste con él? —insistió Carlien—. Te vieron salir de su habitación.

—Y eso solo significa que estuve allí, no que nos enrolláramos. ¿Nunca te has quedado frita en otra habitación sin que hubiera nada sexual de por medio?

—Supongo que sí.

—Pues eso.

—Qué decepción de historia. Yo que quería que me dijeras si besa tan bien como decía Tawny el año pasado.

Carlien le guiñó un ojo y sus rizos negros se movieron. Pero de repente, la muchacha agarró la mano de Norah y se la apretó con mucha fuerza. Antes de poder preguntarle qué diantre estaba haciendo, vio que su compañera seguía, con ojos soñadores, la figura de uno de los profesores más jóvenes del internado. El hombre vestía un traje de estilo bohemio, con americana, chaleco y las mangas un poco arremangadas, y llevaba el cabello rubio recogido en un pequeño moño detrás de la cabeza.

—Me he enamorado, Norah, loca y perdidamente —suspiró Carlien cuando el profesor desapareció entre la marea uniformada de alumnos—. Dexter Denson es... el hombre de mi vida.

—¿Estás hablando del tipo del moño?

—Sí, es el nuevo profesor de la optativa de Arte y Diseño. Y, madre mía, incluso sueño con él. —Carlien se rio—. ¡Y no veas qué sueños son!

—No quiero saber los detalles —rio Norah.

—El único problema es que la mitad de la clase está enamorada de él. ¿Cómo voy a conseguir que se fije en mí?

—¿El único problema es ese? —Esta vez Norah soltó una carcajada—. ¿Y qué me dices del hecho de que él es tu profesor y tú eres una menor?

Carlien hizo un gesto con la mano para desestimar el inconveniente, y contestó:

—Tiene veinticinco, dentro de tres o cuatro años la diferencia de edad ya no sé notará.

El timbre que marcaba el inicio de las clases resonó por el pasillo y puso fin a la conversación. Ambas entraron en el aula de bachillerato B y se sentaron en sus respectivos pupitres. Detrás de ellas, entró Jenna, que, al pasar por el lado de Norah, ni siquiera la miró. Los últimos en cruzar la puerta fueron Chester y un chico bajito y pelirrojo.

—¡Mira por dónde vas, Theo-Fideo! —le dijo Chester en voz baja.

Ella vio que el rubio ponía la zancadilla al pelirrojo y este tropezaba con sus pies.

—Torpe, más que torpe —se rio Chester.

Norah apretó los puños para contener la rabia y, cuando el muchacho se detuvo al lado de su pupitre, se tensó todavía más. Chester no le hizo ningún comentario, pero le dejó un papel doblado encima de la mesa.

Ella levantó la mirada hacia el rubio sin entender de qué iba todo aquello. Él le guiñó un ojo y le hizo un gesto con la cabeza para que abriera la nota. Dudó. Sabía que no debía hacerlo, pero ver el papelito allí, a una mano de distancia, era como querer tocar el fuego, aun sabiendo que las llamas queman. La curiosidad la venció y desenrolló la nota: «Ahora que ya conoces los pasillos del King's Arms, sabrás encontrar la habitación 005. No te rebajes a la 014, lo que hay allí solo es morralla».

Oyó una carcajada baja a su espalda cuando, con furia, rompió el papel en pedazos. Empezaba a estar harta de todo lo que tuviera que ver con Chester Davies.

17

Equipo de dos

Esa noche había mucho jaleo en la sala común de la casa King's Arms. El señor Wilshere había autorizado una competición de videojuegos y los muchachos estaban jugando por equipos; la estancia parecía un bullicioso salón recreativo. A escondidas, algunos organizaban apuestas de cifras nada desdeñables.

Edmund Wilshere hacía la vista gorda. Estaba prohibido que apostasen, sí. Pero lo harían igualmente. Y él, a sus sesenta y tres años, solo deseaba que el tiempo pasara rápido para poder jubilarse y dejar de hacer de niñera de unos chicos que ya no sabían apreciar su honorable labor.

Sin arrugar su inmaculado traje de tweed, se había acomodado en un sillón con un buen libro entre las manos y una taza de té al lado. Si los muchachos estaban entretenidos con los videojuegos, esa noche no habría intentos de fuga a las habitaciones de la casa Bridge of Sighs.

En uno de los grupos, Rhydian había dejado de prestar atención a la competición y estaba sumido en los recuerdos del pasado. Allí había vivido muchas historias con Aaron. Se acordó del día que ellos dos ganaron una competición de la FIFA y empezaron a dar vueltas por la sala común como si fueran los campeones del mundo hasta que el señor Wilshere los castigó. También, del día que se llevaron una cafetera entera al cuarto de Rhydian para hacer un maratón de series y, al final, terminaron con temblores y una necesidad vergonzosa de ir muy a menudo al baño. Sonrió con tristeza al rememorar la última fiesta de Navidad, cuando decidieron ponerse esa ridícula pajarita de superhéroes con el único objetivo de disgustar a los más estirados. Lo echaba de menos, y todavía más ahora que había regresado a Old Castle y todo le recordaba a él.

Cuando dejó a un lado esos pensamientos, sacó el móvil y buscó el chat que recientemente había empezado con Norah. Después de recibir la respuesta afirmativa de su amiga, esperó cinco minutos prudenciales y se escabulló del salón.

No esperaba que sus compañeros lo echaran en falta. El año anterior seguramente muchos sí se hubieran preguntado dónde estaba, ahora, en cambio, era una de esas piezas que nadie tiene en cuenta. No podía obviar que esto le hería en su orgullo; siempre había sido un muchacho popular. Pero también había descubierto que, gracias a su nueva condición, disfrutaba de mucha más libertad. Podía hacer lo que le daba la gana porque, hiciera lo que hiciera, los demás ya no lo tenían en buena consideración.

Fue a la escalera del King's Arms y no tuvo que esperar demasiado la llegada de Norah. Le indicó con la cabeza que lo siguiera y se dirigieron veloces a la habitación 014.

—¿Te ha sido fácil llegar? —preguntó después de cerrar la puerta.

—Claro, todavía no es la hora del toque de queda. Aunque no le guste que salgamos tan tarde, la señorita Matsuda no puede decirme nada.

Norah se sacó la chaqueta de deporte y la colgó en la silla. Luego, tuvo que esquivar un par zapatillas y se sentó en el colchón.

—Ya conoces el protocolo —Rhydian le guiñó un ojo—, puedes quitarte los zapatos.

Ella no dudó. Se los quitó y se acomodó con las piernas cruzadas. Rhydian sintió un agradable calor en el pecho al verla sentada sobre su cama de forma despreocupada. Él también se quitó los zapatos y se sentó a su lado. Después, levantó las cejas sorprendido, al advertir el atuendo de la muchacha.

—¿Ya estabas en la cama? —No pudo evitar sonreír al fijarse en el estampado de la tela—. ¿Esto son pingüinos con gorro y bufanda?

—No te burles, ¡que es uno de mis pijamas favoritos! —rio Norah.

—¿Uno de tus favoritos? —Rhydian soltó una carcajada—. ¿Qué hay en los demás? ¿Jirafas con gafas de sol? ¿O, quizá, hipopótamos con botas de agua?

Norah soltó una risotada. Nunca había visto un pijama con hipopótamos con botas de agua, pero le gustó la idea.

—Nunca lo sabrás, Rhy.

El muchacho sintió un extraño placer al oír que ella acortaba su nombre.

—Oh, por favor... No me digas esto. Ahora quiero verlos todos —se quejó él con un tono de diversión en la voz—. Estoy seguro de que tienes uno con gatitos monos. —Rhydian vio que las mejillas de Norah se teñían de rojo—. He acertado, ¿verdad?

Rio al ver que Norah se mordía el labio. De repente, lo asaltó una mezcla de deseo y ternura que lo pilló completamente desprevenido. Aunque la atracción que sentía por su amiga seguía en aumento, no se atrevía ni a decírselo ni a mostrárselo. Su amistad era muy reciente y lo último que deseaba era estropearlo. Carraspeó antes de volver a chinchar:

—Venga, Norah, sin vergüenza: ¿son gatitos monos con corazoncitos?

—Eres un bobo, ¿lo sabías? —dijo ella sin poder ocultar una

sonrisa. No iba a admitirlo, pero su amigo había dado en el clavo—. Vamos, valiente, enséñame los tuyos. ¿O tienes algo que ocultar?

—¿De verdad quieres ver mis pijamas? —Norah asintió con una sonrisa traviesa—. Esto puede ser un poco bochornoso... —murmuró.

—¿Quién es el vergonzoso ahora? —pinchó Norah.

—Bochornoso para ti, no para mí —le contestó, y ladeó una sonrisa canalla—. Duermo sin pijama. Lo único que te puedo enseñar es...

Rhydian dejó la frase a medias y agarró el bajo de su camiseta. Empezó a levantar la tela a cámara lenta, con la mirada fija en Norah, atento a su reacción. No pudo evitar soltar una carcajada cuando vio que su amiga abría mucho los ojos y luego se le echaba encima para detenerlo.

—Con decirme que no tienes pijama es suficiente —murmuró Norah.

Estaban muy cerca. Norah tenía las rodillas sobre el colchón y con las manos sujetaba las muñecas de Rhydian. A ella, el pulso le latía más deprisa de lo normal. Examinó el rostro de su amigo como si fuera la primera vez que veía las líneas marcadas de sus rasgos, las pecas casi imperceptibles sobre los pómulos y la nariz, el precioso color verde de sus ojos y esa sonrisa pícara en los labios.

Tragó saliva cuando vio que la mirada de su amigo caía sobre su boca. Se retiró de inmediato y volvió a sentarse con las piernas cruzadas.

—Venga, que tenemos que hablar del plan —dijo Norah con la clara intención de terminar con el tema de los pijamas.

La diversión desapareció de la expresión de Rhydian. Soltó un suspiro y se dio cuenta de que deseaba seguir tonteando con Norah y olvidarse por completo que la había invitado a su habitación para trazar un plan de investigación.

—Creo que la única manera de saber lo que le ocurrió a

Aaron es encontrar el pasadizo secreto —dijo Rhydian con la voz algo ronca—. Él encontró el túnel y el internado intenta ocultarlo, el pasadizo tiene que ser la clave.

—Tendremos que empezar a recorrer todos los pasillos y probar en cada centímetro de pared... —dijo Norah con un suspiro desalentador—. Los muros de Old Castle están llenos de esculturas y grabados, será peor que buscar una aguja en un pajar.

—Ya lo sé, esto es lo que hice al principio y no me llevó a ninguna parte —Rhydian se rascó la nuca—, pero entonces iba ebrio. Ahora seremos dos mentes sobrias y despiertas.

—Vale, pues lo haremos, todo es empezar —dijo Norah—. A ver, sabemos que existen dos pasadizos secretos en Old Castle, por lo tanto, es muy posible que la leyenda de lady Annabel sea cierta o, como mínimo, que tenga una base real.

Rhydian asintió y esperó a que continuara.

—Las leyendas se transmiten por el boca a boca y con el tiempo van cambiando, puede que pierdan detalles o que se le añadan otros nuevos, inventados... Si encontráramos escrita la leyenda original, la más antigua, quizá...

—Quizá podríamos encontrar una pista real de la entrada secreta —terminó de decir Rhydian al comprender su razonamiento.

—¡Exacto!

—Vale, me parece bien. Iremos a la biblioteca y buscaremos libros sobre las leyendas del castillo. A ver qué versiones encontramos de la de la dama perdida.

—¿Crees que podríamos ir a la policía y preguntar cómo va el caso? Puede que encontremos a alguien que nos dé alguna información que no tenemos o saber más sobre la posible tarjeta duplicada de Aaron en El Congo —sugirió Norah.

—Estoy seguro de que si hacemos preguntas se lo dirán a la señora Foster —dijo él con un deje de rabia—. No podemos confiar en nadie del internado y no sabemos si la policía es de fiar. Tenemos que hacer esto sin levantar sospechas, nadie puede saber que investigamos la desaparición de Aaron.

—¿Y el personal? Hay trabajadores que se quedan a dormir en el castillo, quizá ese día vieron algo que nos sirva de pista.

—Es una opción, pero, después de lo que hice, todo el mundo sabe quién soy. Si hago preguntas, estoy seguro de que se lo dirán a la directora.

—Pero a mí nadie me conoce, podría hacerlas yo porque estoy asustada y quiero saber lo que pasó.

—Me gusta como piensas. —Rhydian torció una sonrisa—. Debemos escoger bien a quién preguntar. Si empiezas a interrogar a todo el mundo, llamará la atención. Primero podríamos hacer una lista de todos los que se quedaron a dormir ese día en el castillo y luego decidir a quiénes hacemos preguntas.

—¿No se quedan a dormir siempre las mismas personas?

—No siempre. La mayoría de los trabajadores del castillo se van a dormir a su casa, muchos viven en Oxford o alrededores, y hay otros que durante el año viven aquí, como algunos profesores que vienen de lejos o el señor Teel, el encargado del mantenimiento. Pero ese día nevaba y hubo algunos incidentes en la carretera, por tanto, es posible que se quedara alguien más.

—Vale, pues haremos una lista. ¿Tú sabes quiénes se quedan a dormir?

—Sé de algunos profesores, pero deberemos investigar también a los demás trabajadores.

Norah asintió y torció una mueca pensativa.

—Dijiste que la directora sabe de la existencia del pasadizo secreto de Aaron y del pequeño túnel de nuestro corredor. —Rhydian hizo un gesto afirmativo—. ¿Crees que podría haber más?

—¿Más galerías ocultas?

—Sí, que hubiera más de dos. Nosotros tenemos localizado un túnel, la directora dijo que sabía dónde buscar a Aaron, por lo tanto, sabemos que como mínimo hay otro más. En el Bridge of Sighs se oyen sonidos que no sabemos de dónde salen. Yo los he oído dos veces, y no era el crujido normal de una pared, sino que una vez fue un golpe fuerte y otra algo que se arrastraba.

—En realidad, estos ruidos se oyen en todo castillo —dijo Rhydian—, y siempre se han asociado al fantasma de Henry Duval o a los movimientos de las estructuras más viejas. Pero tiene mucho más sentido que haya túneles en varios sitios y que alguien los esté utilizando.

Sonrió e hizo una pausa larga antes de volver a hablar:

—Norah, me has dado una idea brillante.

Rhydian se mordió el labio y ella sintió unas cosquillas en la barriga al fijarse en el gesto.

—¡Dilo de una vez!

—Tenemos que entrar en el despacho de Evelyn Foster y buscar entre sus archivos. Ella debe tener los informes del caso de Aaron, es muy posible que allí encontremos más pistas.

—¿Quieres colarte dentro del despacho de la directora?

—Sí, y también quiero buscar otra cosa: los planos del castillo. ¿Te apuestas algo a que hay uno con los túneles secretos?

—Madre mía —Norah sonrió—, he creado un monstruo.

18

La galería de la destrucción

Una ventisca fría agitó los cabellos oscuros de la joven que paseaba por las arcadas del jardín interior del castillo. Aunque ya era de noche, todavía era suficientemente temprano para que los estudiantes pudieran deambular fuera de los dormitorios sin la amenaza de un castigo.

La chica se subió la cremallera de la chaqueta mientras estudiaba con detenimiento la escultura de una mujer que tenía delante. A un par de pasos de distancia, un chico de ojos verdes tanteaba con las manos los relieves del muro de piedra que había al lado. Los focos de la galería de la destrucción estaban encendidos y se podían apreciar bien todos los detalles.

—En este tramo de pared no hay nada. —Rhydian se agachó una vez más y apretó con los dedos lo que parecía ser un saliente un poco deformado—. Joder, es desesperante.

—La verdad, yo no logro ver nada raro en ningún tramo de piedra —dijo Norah, y puso las manos en el rostro esculpido de la mujer.

Norah le apretó la nariz, luego apretó con los dedos en sus ojos y después intentó hacer lo mismo en la boca. Probó de nuevo con el cuervo que tenía encima de la cabeza y siguió con la armadura de piedra que llevaba puesta.

—¿Y si tiramos de la espada?

Rhydian lo intentó, pero no se movió nada.

—¿Y si empujamos por los pechos? Quizá, la solución sea más evidente de lo que creemos —argumentó Norah—. Me suena que esto funcionaba en una película.

—Oh, no, los pechos se los tocas tú —dijo Rhydian —. Si alguien me ve a mí, la palabra «pervertido» va a añadirse a mi ya malograda reputación.

Con una sonrisa, Norah negó con la cabeza y puso en marcha su propia sugerencia. Sin embargo, no ocurrió nada.

—Vale, descartada, vamos a por la siguiente.

Norah y Rhydian hacía más de dos semanas que eran oficialmente amigos y todos sabían que pasaban mucho tiempo juntos. Los rumores de su supuesto lío ya no estaban en las primeras posiciones del ranquin de habladurías, sin embargo, los chismes todavía seguían entreteniendo a los más cotillas y, en más de una ocasión, se habían visto obligados a desmentirlos.

Lo que no sabían el resto de los alumnos era que también llevaban dos semanas trabajando en su investigación clandestina. Siempre que tenían un rato, iban a la biblioteca para buscar nuevas versiones de la leyenda de la dama perdida, aunque de momento no habían encontrado ningún detalle relevante. Además, ya tenían una lista de residentes habituales del castillo: entre los que conocía Rhydian y lo que habían averiguado sobre los profesores del internado, tenían bastantes nombres. Sin embargo, les quedaba pendiente descubrir quiénes eran los otros trabajadores que vivían en Old Castle.

También habían empezado a vigilar a la directora para saber cuándo dejaba libre su despacho. Era una de las tareas más difíciles, porque a veces no la localizaban, pero habían empezado a trazar un patrón: casi siempre cenaba a la misma hora.

Y para examinar los muros del castillo en busca de palancas, botones o cualquier otro mecanismo de apertura, esperaban siempre la llegada de la noche, cuando la mayoría de los estudiantes se resguardaban en la calidez de la sala común. No era extraño encontrarse a otras personas deambulando por el castillo, pero cada día cambiaban de ubicación para no despertar sospechas.

Avanzaron un tramo corto más hasta situarse ante un grabado que a Norah le puso los pelos de punta. La muchacha tomó aire y contó hasta diez antes de dejarlo salir de nuevo. Tuvo que repetir la operación porque una sensación desagradable insistía en querer abrirse paso hacia la superficie.

El relieve consistía en una calavera central de gran tamaño donde, a un lado, aparecía esculpido un reloj de arena a medio escurrirse y, al otro, lo que aparentaba ser una rueda con ocho radios. Dentro de cada partición del círculo había un símbolo: una vela, una mujer con una flor en el pelo, la cabeza de un toro, el sol, una espiga de trigo, un racimo de uvas, un montón de huesos y un árbol con hojas en las ramas. Debajo de la imagen se podía leer, esculpida en letras mayúsculas, la inscripción en latín: «*MEMENTO MORI*».

A su lado, Rhydian seguía igual de inmóvil que ella. Tenía los puños cerrados y apretaba con fuerza la mandíbula.

—«Recuerda que morirás» —leyó Rhydian, al traducir la inscripción.

—¿Sabes lo que representa la rueda? —le preguntó Norah.

—Es la rueda del año del calendario celta, representa el paso del tiempo, la vida, la muerte y el renacer.

En silencio, y también con cierto repelús, tantearon aquella parte de la pared; tampoco encontraron nada. Frustrado, Rhydian soltó un suspiro y le dio la espalda al grabado.

—¿Sabes? A veces intento convencerme de que sigue con vida, que, sea lo que sea lo que sucedió ese día, Aaron aún está vivo. —Su voz apenas era un susurro—. Aunque, después, pienso que mejor que esté muerto y no que esté sufriendo lo innombrable. Lo peor es que me siento culpable por pensar tanto una cosa como la otra.

Norah tragó saliva, intentando apaciguar su propio dolor. No le había contado a Rhydian que cargaba con su propia aflicción personal. Cuando él le preguntaba por su familia o su vida en Barcelona, siempre evadía las preguntas y buscaba otros temas de conversación. Estar en Old Castle College le daba la oportunidad de dejar de lado todo su pasado y ella creía que le funcionaba mucho mejor así.

—No te culpes por sentir lo que sientes —murmuró Norah. Aunque sabía que era un buen consejo, no era capaz de aplicárselo a sí misma.

De forma instintiva, buscó su mano y entrelazó los dedos con los de su amigo; era su manera de decirle que estaba a su lado. A Rhydian le pilló desprevenido el contacto, pero después de la primera sorpresa, apretó con más fuerza la mano de Norah. Ambos tenían los dedos fríos, pero apenas reparó en ello porque, para él, encajaban a la perfección.

—Esta parte de la galería da muy mal rollo, todo son imágenes de ruinas y muerte.

—Por eso la llaman la galería de la destrucción —explicó Rhydian—. Las paredes de esta parte del castillo narran lo que sucedió cuando el poder del Grial empezó a destruir los muros que antes lo protegían.

—Cuéntame la leyenda, Rhy. Si lo haces bien, puedes ganar un punto. —Y le guiñó un ojo.

El comentario logró hacer sonreír al muchacho, que contuvo el impulso de abrazarla, y también de besarla hasta saciar las ganas de perderse en sus labios. Sabía que, con el pretexto de la leyenda, Norah buscaba sacarlo de ese lúgubre lugar en el que había caído, y eso solo hacía que la quisiera un poco más.

—Dos puntos —negoció él—. Cuando termine me das dos puntos y me dices cómo van los marcadores.

—Ya veremos… —dijo ella con una sonrisa pícara.

Rhydian se rio y, con las manos todavía entrelazadas, empezaron a caminar sin rumbo.

—Dicen que hace más de mil cuatrocientos años, sir Galahad, el más excepcional caballero de la mesa redonda del rey Arturo, alcanzó estas tierras después de recorrer los confines del mundo. Llegó a caballo, vestido con su armadura y llevaba consigo, escondido y cubierto con un velo translúcido, el objeto que ha llegado a ser el más codiciado de la historia.

—El santo Grial, la copa de la última cena, la que recogió la sangre de Jesucristo cuando lo crucificaron —señaló Norah.

—O la copa de la abundancia para la mitología celta. El caldero que llenaba de sabiduría y conocimiento a aquel que lo contemplaba.

—Vaya, esta parte no la sabía.

—El santo Grial tiene una mezcla de mitología cristiana y celta. A mí me gusta echar tierra para casa.

—Pero… ¿Por qué una tela translúcida? Si era una copa que daba tanto poder a quien la contemplaba, ¿no debería estar envuelta con una tela opaca para que nadie pudiera verla?

—Bien visto. Supongo que a sir Galahad le gustaba el riesgo —rio Rhydian—. O, quizá, fue lo único que encontró suficientemente grande para protegerla. Sea como sea, llegó a estas tierras y una fuerza extraña lo condujo hasta este rincón del mundo. Construyó un castillo austero, sencillo, que no destacaba en nada, y ocultó aquí, durante muchos años, el Grial.

—Él era el guardián, el único que podía tocar el Grial sin sufrir lesiones graves.

—Así es. Pero sir Galahad cometió un error: tenía que llevarse el Grial cada pocos años a un sitio distinto para que su magia no dañara el lugar, y no lo hizo porque le gustaba demasiado estar aquí.

Rhydian miró de reojo a Norah y le complació ver que estaba muy atenta a la historia.

—Hay varios finales —siguió él—, pero el más extendido es que el poder del Grial terminó destruyendo el castillo y sir Galahad se marchó en busca de un nuevo lugar para ocultarlo.

—Te has olvidado de contar lo de los tres objetos impregnados con magia —objetó Norah.

—No se me ha olvidado, lo he dejado para el final. Ven, que quiero que veas algo.

Rhydian se adentró en el jardín y Norah lo siguió. Era un espacio muy grande, también muy bien cuidado, con bancos y esculturas de piedra, árboles, parterres con césped y flores otoñales. A esas horas, la luz cálida de las farolas de estilo rústico proyectaba sombras entre los setos. Al salir de las arcadas, una llovizna muy fina empezó a humedecerles el pelo y el rostro, pero era tan ligera que apenas la notaban.

La parte que conocía Norah era la zona sur del jardín, donde se reunían los alumnos durante el recreo, pero ahora estaba en el lado opuesto e ignoraba hacia dónde la llevaba su amigo.

Rhydian la condujo hasta una fuente de piedra esculpida; el rumor del agua al caer era constante. Norah se fijó en los detalles: era un estanque elevado en forma de óvalo con una escultura central que reconoció enseguida. Se trataba de una hermosa copa cubierta por un velo transparente, de las arrugas de la tela salían los chorros de agua mezclados con la luz blanca de unos focos. El pedestal que sostenía la base del estanque tenía esculpida la forma de la mitad superior de una armadura.

—Son los objetos perdidos... Pero ¿dónde está el espejo? —preguntó Norah y se soltó de la mano para acercarse más.

—Fíjate bien, no está en vertical. —Rhydian la siguió y puso la mano en el cuenco de piedra—. Es el plato que recoge el agua.

Entonces lo reconoció: el estanque era la figura de un espejo ovalado esculpido en horizontal con un marco de estilo rústico decorado con volutas y filigranas.

—Pues dice la leyenda —siguió Rhydian— que, antes de la

destrucción del castillo, el Grial estuvo en contacto con estos tres objetos y los impregnó con su magia: la armadura metálica de sir Galahad, que da poderes sobrenaturales a quien se la pone; el velo translúcido que cubrió la copa, que otorga visión y sabiduría; y el espejo que se usó como altar para colocar el Grial, que también terminó hechizado y, según cuenta la leyenda, a través de él se puede contactar con la isla perdida de Avalon, donde la hechicera Morgana sigue velando el cuerpo sin vida de su hermano, el rey Arturo.

—Pero con la destrucción del castillo los objetos se perdieron y nunca más se volvió a saber de ellos —añadió Norah.

—Yo no creo que llegaran a existir estos objetos, más bien imagino que era algo simbólico y su significado se ha perdido con el tiempo. —Rhydian sonrió—. Y fin de la historia. Ahora mi veredicto, Pequeña Ninja.

—Te doy un punto por la leyenda. —Norah se rio cuando vio la expresión de cachorro abandonado de su amigo—. Y un punto extra por traerme a la fuente.

—¿Y por cuánto te estoy ganando?

—Sigues perdiendo, Rhy, pero hoy te has marcado un buen tanto.

Rhydian se quejó y, para dejarle claro su desacuerdo más absoluto, la agarró por la cintura y empezó a hacerle cosquillas. Entre risas y contoneos, ella intentó liberarse, pero él le seguía ganando esa partida.

Cuando, por fin, dio por finalizada su venganza, se quedó rodeando su cintura con un brazo. Estaban muy cerca, quizá, demasiado. El corazón de Rhydian empezó a latir más fuerte y sintió avivarse su deseo.

—Gracias, Norah, contigo... —Levantó la mano que le quedaba libre y la acercó a su rostro para apartarle un mechón rebelde—. Contigo todo está siendo más fácil.

Norah le hacía eso, de alguna manera, con tan solo su presencia, lo abstraía de los problemas como si de ella saliera un hechizo capaz de atraparlo y llevárselo a lugares más luminosos.

—Yo no he hecho nada —susurró ella.

—Puedes estar segura de que sí.

No supo en qué momento lo decidió. Quizá fue cuando advirtió que los ojos de Norah se detenían en su boca o cuando vio que su amiga respiraba con cierta agitación. Es muy posible que, sin saberlo, ya lo hubiera decidido mucho antes y solo esperase atrapar un simple gesto que le permitiera dar el paso definitivo.

Casi a cámara lenta, redujo la distancia que separaba sus rostros. Rhydian podía verse reflejado en sus pupilas; estaba seguro de que ella podía llegar a contar las pecas de su nariz. Esperó unos segundos y tanteo la reacción de su amiga, quería darle la oportunidad de apartarse si no quería que sucediera.

Pero Norah no se apartó. Más bien se descubrió esperando con expectación el siguiente movimiento del muchacho. Así que, cuando Rhydian sintió el aliento de su amiga sobre los labios, la besó.

Fue un primer beso delicado, casi inocente, y los labios de Norah eran suaves y estaban calientes; toda ella olía a flores frescas y el tirón de deseo que sentía Rhydian le pedía mucho más. Movió otra vez los labios, impulsado por las ganas y por todo lo que sentía por ella.

Norah abrió la boca para dejarlo entrar y se sorprendió del gemido que escapó de su garganta. No era su primer beso, pero sí era la primera vez que su cabeza le daba vueltas y algo dentro de ella se encendía y se licuaba al mismo tiempo. Aunque sintió cierta vergüenza por el quejido, lo único que hizo el sonido fue espolear a Rhydian a apretarla más contra él y profundizar el beso. Sus bocas chocaron, esta vez con más prisas y exigencias, y estalló un torbellino de emociones que ninguno de los dos era capaz de comprender.

Un sonido de ramas y hojas agitadas rompió el momento.

Sobresaltados, se separaron un poco para buscar el origen del ruido y Norah soltó una exclamación ahogada al ver una silueta humana, no supo apreciar si era un hombre o una mujer, que desaparecía tras un grupo de árboles cercanos.

—¿Nos estaba espiando?

Pero Rhydian no pudo ni ver la silueta ni contestar a la pregunta porque, entonces, las campanas de la vieja capilla empezaron a dar las diez y las luces del jardín se apagaron. Quedaron a oscuras, apenas podían distinguir sus rostros con la luz que les llegaba de las estancias interiores del castillo.

—¿Has visto quién era?

—No me ha dado tiempo. —Norah tragó saliva—. ¿Crees que alguien sabe lo que estamos haciendo?

—Si nos espiaba, le ha quedado muy claro lo que hacíamos —rio Rhydian.

—No me refería a eso, Rhy.

—Ah, claro... Lo otro —dijo él con un tono más serio—. No lo creo, vamos con cuidado.

—Pero estamos vagando por los pasillos mirando las paredes... ¿Y si hemos empezado a levantar sospechas y alguien se ha percatado de que buscamos algo?

—Mierda, no lo sé, Norah, no lo sé. —Rhydian sacó el móvil y encendió la linterna—. Venga, vayámonos de aquí.

Pero cuando sus miradas se encontraron, no se movieron. A Norah el pulso le latía demasiado rápido y a Rhydian le hormigueaban los labios. El recuerdo del beso era tan reciente que todavía les calentaba la piel y la memoria.

—Lo de antes... —Rhydian vaciló porque no esperaba que, después de lo sucedido, la expresión de Norah fuera tan grave.

—No tendría que haber pasado —susurró ella, con la voz ligeramente inestable.

A Norah le había gustado besarse con Rhydian. Mucho, incluso demasiado. Se había derretido en sus brazos y, si no hubiera sido por el ruido, ahora estaría embriagada de él. Y eso la aterraba. Para ella, una cosa era abrirse a la posibilidad de hacer algún amigo, y otra muy distinta empezar algo que podía llevarla a tener sentimientos más profundos. Su corazón seguía hecho añicos y su estancia en Old Castle y en Inglaterra era temporal.

Rhydian sintió como si un puñal afilado se le clavara en el pecho. No terminaba de entender la reacción de su amiga porque sabía que ella había correspondido el beso igual de acalorada que él.

—¿Te arrepientes? —se atrevió a preguntar, y la chica negó con la cabeza—. Vale, pero no quieres que vuelva a pasar...

Norah vaciló y esto dio una brisa de aire a las esperanzas de Rhydian.

—Creo que no.

El muchacho asintió e intentó ocultar, tras una expresión neutra, la profunda decepción que sentía. Se reprendió por haberse precipitado. Las señales que había leído en Norah no eran tan firmes como él pensaba y ahora temía que su relación se resintiera. Aunque para él había sido un momento muy especial, decidió quitar importancia a lo sucedido.

—Bien, pues nos hemos besado y ya está, Norah. Esto no cambia nada, ¿vale?

—¿Seguro?

—Bueno, algo sí que cambia —le guiñó un ojo—, ahora puedo afirmar con absoluta certeza que no te falta ningún diente.

—Eres un bobo.

—Un bobo al que has besado.

Y así, bromeando sobre el intenso arrebato de ambos, consiguió que Norah volviera sentirse cómoda. Se marcharon del jardín interior del castillo y emprendieron el camino a sus respectivas residencias, no sin antes mirar atrás para comprobar que nadie los seguía.

19

Un miércoles cualquiera

—Señorita Halley, ¿puede responder? —La pregunta en español con un leve acento inglés del señor Stevens sobresaltó a Norah.

—¿Me podría repetir la pregunta, por favor? —preguntó ella con un acento impecable.

El principal motivo por el que eligió cursar la optativa de Lengua Extranjera fue porque sabía que no tendría que esforzarse demasiado. Solía atender poco a las explicaciones y ese día llevaba toda la clase perdida en los entresijos de la investigación.

El señor Stevens se subió las gafas por la nariz y sonrió con cierta indulgencia; no era la primera vez que su alumna más aventajada se dormía en los laureles. Pero él era un tipo exigente y no le gustaba que los alumnos se distrajeran.

—Debe estar atenta, señorita Halley. La próxima vez que no sepa de qué va una pregunta, le voy a restar medio punto del examen. Y así cada vez que ocurra. —Norah abrió los ojos como platos, no se esperaba esa amenaza—. Si acumula puntos en negativo, no le servirá de nada ser nativa.

Se oyeron algunas risas bajas y Norah sintió que sus mejillas se ponían coloradas. Sonó el timbre y el profesor dio por terminada la clase. Los estudiantes se apresuraron a recoger sus cosas y empezaron a salir del aula.

—Eh, ¿estás bien? —le preguntó Rhydian después de cerrar la cremallera de la mochila; Lengua Extranjera y Tecnología eran las únicas asignaturas en las que coincidían—. El profesor Stevens se ha pasado.

Norah alineó los apuntes con las manos y alzó la vista hacia él. No pudo evitarlo, algo saltó en su pecho cuando se encontró con sus ojos. No habían vuelto a hablar de lo ocurrido y ese beso a luz de las farolas del jardín parecía haber quedado en el olvido. O casi en el olvido, porque Rhydian seguía pensando en él muy a menudo. Y Norah no podía evitar que su mente proyectara las imágenes del momento más a menudo de lo que estaba dispuesta a reconocer.

—Todo bien. Solo tengo que aprender a hacerlo mejor para que no vea que me he ido de viaje a la luna —dijo Norah.

—¡Ojalá pudiera evadirme como tú lo haces! —se quejó Carlien que, sentada en el pupitre de al lado, terminaba de recoger sus cosas—. ¿Sigue en pie lo de la clase particular sobre los acentos?

Norah asintió con una sonrisa. Había llegado a la conclusión de que Carlien desempeñaba muy bien las funciones del Comité de Bienvenida, aunque, después de cuatro semanas, pensó que quizá lo que ocurría era que se estaban haciendo amigas. Norah seguía sin tener interés en la mayoría de sus compañeros, y no quería abrir la puerta a nadie más, pero Carlien y su pequeño grupo de amigas, Mariah Campbell y Brittany Ford, se habían colado por una brecha y admitía que le gustaba contar con ellas. Empezaba a pensar que Rhydian tenía razón: como en todos los sitios, en Old Castle había gente de todo tipo, y ellas eran más «normales» de lo que había imaginado en un principio.

—¡Rhydian! ¿Vienes?

Los tres giraron la cabeza hacia la entrada y vieron a Tawny y Jenna al lado de la puerta, esperando al muchacho.

—Mierda, lo había olvidado, hoy he quedado con Tawny para preparar un trabajo —dijo mirando a Norah y luego se despidió de ambas—: Nos vemos luego, chicas.

Al llegar a la puerta, Tawny se abrazó a él y le dio un beso en la mejilla. Sus bonitos rizos pelirrojos se movieron cuando lo soltó y siguió con su cháchara alegre. Él sonreía y parecía contento de verdad con lo que ella le explicaba.

A Norah le invadió una extraña sensación de malestar. Malestar y algo más amargo, porque tuvo la impresión de tener un tóxico en la sangre que corría rápido por sus arterias y penetraba sus defensas sin que ella tuviera el antídoto para poder contrarrestarlo.

Tragó saliva. Eso que estaba sintiendo no era lo que debería notar al ver a un amigo interactuar con otras personas. Se repitió que el beso del jardín no había significado nada. No quería que significara nada, y por eso detestó la sensación desagradable que se le asentaba en el pecho. Intentó enterrar todo lo que sentía muy al fondo, avezada como estaba en esconder emociones y sentimientos, pero esta vez no lo logró.

—Rhydian está cambiado, a mejor —dijo Carlien cuando el trío desapareció de su vista. Y se fijó en la expresión disgustada de Norah y sonrió con picardía—. ¿Sabes? Es evidente que Tawny quiere volver con él.

Norah arqueó una ceja, a la espera de que continuara con lo que sea que quisiera decirle.

—Pero no es la única que lo ronda. Ahora que parece estar más centrado, vuelve a tener admiradoras y ayer me dijeron que Chelsea le ha pedido una cita, ¿te ha contado algo Rhydian?

Norah negó con la cabeza y tragó ese nudo amargo que de repente tenía en la garganta. Su amigo no le había comentado nada, pero tampoco tenía por qué hacerlo, excepto el día que le explicó su historia nunca hablaban de estos temas tan íntimos.

Carlien parecía estar divirtiéndose a lo grande con lo que leía en el rostro de su amiga, así que continuó con la sutil maniobra de indagación.

—Aunque, si te sirve... Creo que a él le gustas tú.

—Rhydian y yo solo somos amigos —masculló Norah, por enésima vez, aunque, por primera vez, sintió que esto ya no era cierto del todo.

—Si tú lo dices... —Carlien sonrió como si supiera algo que ella desconocía—. Oye, este fin de semana empezamos con la decoración y con la obra de teatro para el concurso de Halloween. ¿Te vas a Londres con tu padre o te quedas?

—Estaré aquí, esta semana no voy.

—Pues si quieres, estás más que invitada a participar.

—Me lo pensaré. —Norah sonrió, agradecida por la amabilidad de su compañera, pero sabía que haría lo posible por mantenerse alejada de las actividades grupales.

—¿Cómo lo haces para tardar tanto en recoger?

Carlien negó con la cabeza al ver que su amiga seguía con los apuntes y los bolígrafos sobre la mesa. Norah se encogió de hombros, era cierto que tardaba un poco más que los demás, pero le gustaba tomárselo con calma.

—Me voy o llegaré tarde. —Carlien se dirigió a la salida—. ¡Nos vemos luego!

Norah volvió alinear las hojas y las metió en la carpeta, luego tapó los bolígrafos y los puso dentro del estuche. Cuando terminó su lento ritual de organización, se puso la chaqueta y se marchó. Era la hora del almuerzo y apenas quedaban alumnos en el pasillo, solo un par de estudiantes y Sarabeth, que estaba apoyada en la pared, cerca de una de las clases.

Ese mediodía, no llovía y no tenía ningún trabajo en grupo que planificar, así que decidió salir a los jardines del flanco oeste a comer su almuerzo con Milkyway.

Todavía estaba en el pasillo de las aulas, cuando notó una mano sobre su hombro que la detuvo.

—Hola, Norah, ¿leíste mi última nota?

Esa voz susurrada y ese aliento tan cerca de su oreja le puso los pelos de punta. Dio un paso al lado para apartarse, incómoda por tener a Chester arrimado a ella.

—El cubo de basura es el único que puede haberla leído, así que pregúntaselo a él —soltó Norah con hastío.

Con un gesto brusco empezó a alejarse, pero el muchacho la retuvo de nuevo.

—Suéltame, Chester —ordenó con rabia.

—Me gusta como dices mi nombre —ronroneó y levantó las manos en alto al ver la mirada furibunda de Norah—. Solo te pido una oportunidad, una cita, nada más. Piénsalo.

Chester bajó las manos y ella se fijó en que él tenía un papelito entre los dedos. Acercó la mano al bolsillo de la chaqueta de Norah y dejó caer la nota dentro.

—Nos vemos en natación —dijo con un tono demasiado sugerente.

Luego le guiñó un ojo y se alejó con pasos rápidos hasta encontrarse con Sarabeth, quien la miraba como si quisiera estrangularla.

Norah quería gritar, quería coger su mochila y golpearlo con todas sus fuerzas, y también arrancar varias hojas de libreta, arrugarlas y hacérselas comer. Desde esa primera nota, cada semana, a escondidas, Chester Davies le entregaba escritos con insinuaciones y proposiciones. Los primeros días, leía el texto y se enfadaba, pero, al ver que su reacción airada todavía espoleaba más al muchacho, empezó a ignorarlo a él y a sus notas. No las leía y las tiraba todas; sin embargo, esta estrategia tampoco estaba funcionando.

No había hablado con nadie de las notas, ni siquiera con Rhydian. No quería darle importancia y, en cierto modo, esperaba que Chester se cansara. Tampoco quería que Rhydian se metiera en más problemas: entre la desaparición de Aaron, la investigación secreta y las habladurías de sus compañeros, ya tenía más que suficiente. Pensaba que podía resolverlo sola, aunque ahora ya no estaba tan segura de cómo hacerlo, porque empezó a darse cuenta de que el muchacho era más persistente de lo que había previsto.

Al llegar a los jardines, se paseó por los senderos del flanco oeste y silbó un par de veces hasta que escuchó el sonido de un correteo apresurado que iba hacia ella. Se agachó justo cuando el gato se lanzaba a sus piernas y lo tomó en brazos para achucharlo. Para Norah, la presencia del felino siempre era como un rayo de luz que se colaba a través de las espesas nubes de un cielo encapotado. Era de los pocos momentos que sentía que podía bajar todas sus barreras y dejarse llevar por lo que vibraba dentro de su pecho.

Milkyway maulló con quejidos bajos y le mordió la nariz y las mejillas con afecto. Norah no lo sabía, no tenía manera de saberlo, pero el gato también la echaba de menos. Aunque, quizá, lo que más echaba de menos el muy bandido eran las sobras de comida que ella solía traer.

—Hoy te vas a relamer los bigotes. Ven, que yo también me muero de hambre.

Norah buscó un rincón del jardín y examinó el entorno para comprobar que no hubiera alguien medio escondido por allí. Desde lo ocurrido en el jardín, había empezado a tomar esa precaución. Luego, se sentó sobre el respaldo de un banco de piedra, sacó un par de sándwiches que había cogido esa mañana del comedor y fue compartiendo con el animal trocitos de atún, huevo y queso.

Llevaba poco más de un mes en Old Castle College y algunas cosas seguían igual, pero otras habían cambiado mucho. Las pesadillas la continuaban despertando de madrugada y salía a correr cada día. Sin embargo, ahora que Rhydian y Milkyway habían pasado a formar parte de su rutina matinal, la ansiedad inicial desaparecía mucho más deprisa porque tenía ganas de salir y encontrarse con ellos.

Aunque la relación con su padre seguía distante, cada semana se obligaba a buscar un momento para llamarlo y hablar de cosas banales como el colegio, el trabajo o concretar la hora a la que él la iría a buscar el fin de semana que pasaban con los abuelos en Londres.

Lo que sí había cambiado era que ahora tenía sentimientos contradictorios. Seguía echando de menos Barcelona y su antigua vida, pero se había adaptado al internado más rápido de lo que nunca hubiera imaginado. A pesar de la desaparición y de lo que estuviera ocultando la escuela, ese pequeño rincón de la campiña inglesa le estaba dando la oportunidad de empezar a sentirse más ella misma.

Engulleron los sándwiches entre mordiscos de adolescente y dentelladas de gato hambriento y pronto se terminaron toda la comida. Norah pasó el resto del tiempo libre jugando con Milkyway hasta que tuvo que regresar a clase, y se despidió de su amigo peludo con un beso entre las orejas.

—Ya sabes, la historia de siempre: obligaciones humanas y otras sandeces —murmuró con la mejilla pegada a sus bigotes—. Esta tarde no podré pasarme. Nos vemos mañana a la hora de correr, Pequeño Bandido.

Milkyway maulló cuando vio marcharse a su humana preferida y observó su partida con toda la desilusión que es capaz de sentir un gato.

20

El corredor del silencio

Ese viernes, Norah cenó con Carlien y sus amigas. Rhydian tenía entrenamiento doble porque el entrenador quería volver a repasar las tácticas del partido del fin de semana. Era uno de los más difíciles de la temporada y el técnico quería asegurarse la victoria contra uno de sus principales rivales.

Las chicas estuvieron toda la comida hablando de los avances en la preparación del concurso de la fiesta de Halloween. En una asamblea de grupo, las jóvenes del Bridge of Sighs habían escogido representar las leyendas artúricas y tenían unas cuantas semanas para organizar el evento. Carlien era una de las elegidas para dirigir la obra de teatro, Mariah pertenecía al Comité de Decoración y Brittany estaba en el grupo que revisaba al detalle los gastos del presupuesto que el internado les había asignado.

Norah se mantenía al margen de los preparativos, aunque, después de mucho insistir, había dejado que Carlien la ayudara a elegir un disfraz de ninja que estuviera a la altura de las expectativas de la fiesta.

Cenar con el grupo de Carlien significaba comer muy pronto, siguiendo el horario inglés más puntilloso. Por eso, a las ocho en punto, Norah pudo marcharse del comedor con el estómago lleno y con el tiempo suficiente para trabajar en alguna de las tareas de la investigación.

Llevaban varias semanas indagando y los avances había sido mínimos: habían descubierto que la directora siempre iba a cenar alrededor de las ocho y media, que se reunía con gente muy a menudo y que algún día laborable y también la mayoría de los fines de semana se marchaba del castillo. Eso les daba muchas horas libres para intentar entrar en su despacho, el problema era que siempre estaba cerrado con llave.

La lista de residentes habituales se mantenía estancada, las distintas versiones de la leyenda de la dama perdida seguían sin aportar nada significante y, después de cada búsqueda nocturna por las paredes del castillo, ellos se desesperaban porque no encontraban nada.

No sabían qué pensar de esa persona que vieron en el jardín y temían que alguien sospechara que estaban haciendo algo indebido. Por eso, habían decidido pausar el plan y no empezar a hacer preguntas sobre la desaparición de Aaron.

Al salir del comedor, Norah se topó con la figura impoluta de Chelsea que la estaba esperando.

—Tesoro, ¿tienes un minuto? Quiero hablar contigo —dijo Chelsea, pero no dejó que ella contestara, la tomó de un brazo y la condujo a un rincón aparte—. Dime, ¿cómo estás? ¿Te estás adaptado bien?

Norah parpadeó un poco sorprendida por el asalto. Apenas se relacionaba con alguna de sus compañeras y solía pasar muy poco tiempo en la sala común con ellas, pero era especialmente con Chelsea Rogers y Sarabeth Hamilton con quienes evitaba cualquier tipo de interacción. Así que no entendía el interés que, de repente, la chica tenía en ella.

—Sí, estoy bien —dijo sin entrar en detalles.

—Me alegra saberlo.

Chelsea sonrió, pero a Norah le pareció una sonrisa de plástico.

—Mira, cielo, iré al grano —continuó la rubia—. En el Bridge of Sighs yo soy la que da las órdenes y las demás obedecen, supongo que esto ya lo sabrás. Y hoy es cuando a ti te toca obedecer.

Norah miró a la muchacha sin dar crédito a lo que estaba escuchando. Antes de encontrar algo que decir, Chelsea continuó con el embate:

—Este año, Rhydian va a ser mío, todavía tengo algo pendiente con él y tú no te vas a entrometer más. ¿Lo entiendes?

—¿De qué me estás hablando? —soltó Norah con rabia—. Haz lo que quieras, yo no me estoy entrometiendo en nada.

—Yo creo que sí, y tienes que dejar de hacerlo. Puedes ser su amiga, pero nada más, que te quede claro —sentenció la rubia—. Él va a estar conmigo, te guste o no te guste.

Norah sintió la rabia burbujear en el pecho, se clavó las uñas en la palma de la mano y se tragó la bocanada de fuego que quería lanzarle a la cara.

—Haz lo que quieras con Rhydian, él toma sus propias decisiones. Yo no me meto en ellas —dijo con irritación.

—Te equivocas, corazón. No se trata de que él tome sus propias decisiones, sino de que hagas lo que sea para que tú no seas una opción.

—¿Sabes? En lugar de estar hablando conmigo, deberías ser un poco más valiente y decirle a él lo que quieres —masculló Norah—. Coge lo que él quiera darte y a mí déjame en paz.

Norah no esperó a que Chelsea contestara, y se marchó hecha una furia.

Todavía estaba enfadada cuando llegó al tercer piso de la muralla delantera. Respiró hondo y contó hasta diez para calmar el arrebato de rabia. No quería sentirse celosa al imaginar a Rhydian con otra chica, así que se repitió que solo eran amigos, pero no podía hacer nada para evitar que esa emoción tan corrosiva le picoteara las venas.

Para distraerse, empezó a examinar los relieves de ese pasillo. Sus zapatillas planas apenas hacían ruido sobre el parquet de madera. A esas horas, la galería estaba desierta, en completo silencio, y las esculturas de piedra parecían estatuas a punto de despertar de un largo letargo.

Norah dejó atrás la puerta cerrada del salón de actos y se detuvo delante de la escultura de una mujer mirándose a un espejo. Tanteó la piedra y cada uno de los elementos, pero no pudo encontrar nada que escondiera un mecanismo de apertura. Avanzó un tramo más e inspeccionó los grabados de una pared. El silencio era absoluto y la sensación empezó a parecerle un tanto opresiva. Sintió la necesidad de darse la vuelta para ver si había alguien más en el pasillo. Seguía sola.

Se acercó a una de las ventanas de estilo gótico y oteó el horizonte, que a esas horas no era más que una masa difusa envuelta por la oscuridad. Le llamó la atención el movimiento de luces al pie de la muralla delante de la entrada principal del castillo. Desde su posición vio que un par de vigilantes bajaban del *buggy* eléctrico, se cambiaban por otros dos y estos iniciaban una ronda por los senderos.

Por las mañanas, cuando salía a correr, a veces se cruzaba con los guardias de seguridad, pero desde aquel primer encuentro, no había vuelto a intercambiar más que un leve saludo. También, durante el día, a veces se cruzaba con algún vigilante armado, pero no era habitual verlos recorrer los pasillos del interior del castillo; o quizá lo que no era habitual era que los recorrieran en las horas punta en las que se movían los alumnos.

De repente, escuchó el fuerte ruido de una puerta al cerrarse. Se dio la vuelta esperando ver a alguien más en el corredor, porque el ruido había sonado muy cercano, pero solo divisó las sombras que proyectaban las estatuas a su alrededor. Esperó unos segundos. Cuando le pareció que, detrás de una de las figuras que había al fondo, algo oscuro se movía, el miedo se le agarró en el pecho y sus piernas corrieron más que su razón. No se detuvo y se marchó deprisa de allí.

Bajó un piso y al llegar a la segunda planta se cruzó con un par de profesores que iban al comedor. Con tan solo ver dos rostros humanos y oír sus voces, el momento de pánico empezó a apaciguarse. Terminó por reírse de sí misma y pensó que Rhydian se iba a burlar de ella hasta el fin de los días cuando le contara el miedo absurdo e injustificado que había pasado en la galería del tercer piso. Sin embargo, no regresó y decidió que ya irían los dos juntos otro día.

Se encontraba en el pasillo donde la señora Foster tenía el despacho y los profesores, su sala principal de reuniones y algunas aulas más pequeñas para entrevistas individuales. Aunque ese corredor también estaba desierto, escuchó voces dentro de uno de los despachos más pequeños. Amparada por el componente humano, pensó que podía aprovechar para comprobar si Evelyn Foster estaba en su oficina, si cumplía con su horario y se marchaba a cenar y, si estaba muy de suerte, quizá, podía llegar a ver dónde guardaba la llave de la cerradura.

Caminó sin apenas hacer ruido y pasó de largo una puerta entornada y con luz en el interior en la que se oía la conversación difusa entre dos personas. Miró la hora en su móvil y se dio cuenta de que todavía era un poco temprano para que la directora fuera a cenar. Siguió caminando y, cuando estaba a punto de llegar delante del despacho, se detuvo ante una escena que no terminaba de entender.

En uno de los bancos festejadores de la ventana, podía ver el perfil de un hombre atlético, vestido con americana y el cabello rubio atado en un moño que miraba un dispositivo que Norah nunca había visto. No era un móvil, ni una tableta, ni tampoco tenía pinta de ser una consola portátil. Era un aparato rectangular, negro y pequeño que cabía en la palma de una mano y en el que solo había un único botón y varias luces rojas que parpadeaban de manera intermitente en la pantalla. Aguzó la vista un poco más, pero no entendía ni los números ni las formas que salían en la pantalla.

Norah se dio cuenta de que el sujeto había notado su presencia antes de que pudiera disimular que lo estaba espiando. El hombre giró la cabeza, y se cruzó con la mirada zafiro de Dexter Denson, el profesor por el que suspiraban muchas de sus compañeras. Un par de mechones rubio oscuro le caían por el rostro y en su expresión se dibujaba una mezcla de sorpresa y diversión. Norah tuvo que admitir que era atractivo. El tipo parecía estar en forma y ese aire bohemio y despreocupado que desprendía tenía algo cautivador; podía entender por qué Carlien y otras decenas de chicas creían estar enamoradas de él.

—¿Sorprendida de que un profesor tenga su propia mascota virtual? —El señor Denson le acercó la mano y le mostró el dispositivo—. Lo sé, es una excentricidad de los años noventa, pero soy un romántico de la época.

Norah se quedó paralizada mirando el aparato: no era el mismo que ella había visto. Se le parecía un poco, pero este tenía más botones y la pantalla estaba apagada. Parpadeó y examinó de nuevo el dispositivo. ¿Se había equivocado? Pero estaba muy segura de lo que había visto.

Volvió a levantar la mirada, sin saber muy bien qué decir. El profesor la seguía observando con la misma expresión despreocupada de antes. Un ruido de voces y pasos procedentes del interior del despacho de la directora sobresaltó a Norah y él aprovechó para levantarse del asiento de piedra.

—Ahora, si me disculpa, señorita.

Sin prestar más atención a la muchacha, Dexter Denson se acercó a la puerta del despacho de la directora. Norah se quedó al lado de la ventana, todavía confusa por lo que acababa de suceder.

La puerta de la oficina se abrió y salió un hombre rubio, alto y corpulento, vestido con un traje negro reluciente, que parecía salido de una boda de alto copete. Cuando se dio la vuelta, Norah pensó que tendría una edad parecida a la de su padre. Evelyn

Foster estaba al otro lado de la puerta y se sorprendió al ver que el profesor de Arte y Diseño la estaba esperando.

—Señor Denson, llega temprano.

—Lo sé. Disculpe, señora Foster. Quería enseñarle algo antes de que fuésemos a cenar y no esperaba que un viernes por la noche estuviera reunida hasta tan tarde. —Dexter Denson sonrió de forma encantadora—. Pero tenía que haberlo previsto, la dirección de un internado de prestigio tiene que ser muy exigente.

—Afortunadamente, cuento con un claustro de profesores muy capacitados e implicados, como usted —alabó la directora y luego se dirigió al hombre del traje de boda—: Anthony, ¿recuerdas al señor Denson? Es el nuevo profesor de Arte y Diseño.

Ambos hombres se estrecharon la mano y Norah se fijó en que el profesor ya no tenía el aparato entre las manos.

—El señor Davies es uno de los padres más implicados —siguió la señora Foster—. También tengo la gran suerte de disponer de un Consejo Escolar completamente comprometido con la escuela.

—Old Castle College no se merece menos —dijo Dexter—. Es uno de los sitios más impresionantes que he visitado y, como profesor de Arte, tengo que admitir que es un sueño trabajar entre estas paredes. Como la señora Foster, ¿usted también estudió aquí, señor Davies?

—Mi familia lleva muchas generaciones aquí —contestó el hombre con un tono más bien seco, y a Norah le pareció que un tanto ofendido.

—Un gran privilegio, imagino —siguió el profesor, sin dar muestras de haber notado nada—. Vivir y estudiar entre estas paredes llenas de arte, de sabiduría, con tanta vida a sus espaldas. A veces tengo la sensación de que el castillo está vivo, que tiene magia…

Dexter hizo una pausa dramática para fijarse en la expresión de sus interlocutores.

—Incluso más que eso. Es como si el castillo tuviera alma propia.

—Ay, señor Denson, además de artista, es un poeta —suspiró la señora Foster y luego se rio—. No me extraña que haya lista de espera para asistir a sus clases.

De repente, Evelyn Foster reparó en la figura que había al lado ventana.

—Señorita Halley, ¿qué hace aquí? —dijo con una nota de sorpresa en la voz—. ¿Me buscaba para hablar de alguna cosa?

—Yo… —La muchacha no tenía ninguna respuesta preparada—. No, señora Foster, ya me iba.

Norah empezó a mover los pies y se alejó por el pasillo. Se giró una última vez y vio que Dexter Denson observaba su marcha con los ojos entrecerrados.

Lo ocurrido con Chelsea le quedaba tan lejano que ya lo había relegado al rincón de «temas para olvidar y en los que no volver a pensar». Se apresuró aún más y sacó su móvil; tenía que contarle a Rhydian todo lo sucedido.

21

La impostora

Esa tarde, Norah todavía llevaba un poco de tierra entre las uñas cuando salió del invernadero. Le costaba reconocerlo, pero la extraescolar de jardinería y decoración floral le gustaba. Con sus compañeros se pasaban hora y media dentro de una gran carpa construida con postes de madera y paneles transparentes, donde cualquier visitante podía admirar, desde el exterior, los cultivos otoñales de Old Castle mientras los estudiantes trabajaban en el huerto o preparaban arreglos florales con las plantas de ese rincón tan bonito y exuberante.

Norah dejó atrás a sus compañeros de actividad y se escabulló por uno de los senderos menos transitados. Silbó un par de veces y Milkyway no tardó mucho tiempo en aparecer; el muy bandido ya se había aprendido los horarios de su humana preferida. Como siempre que se reunían, lo tomó en brazos, le dio besos y arrumacos desmesurados y el animal le devolvió el afecto de igual manera.

—¿A qué huele, Pequeño Bandido? —Dejó que su amigo peludo le oliera las manos—. Hemos removido tierra, abono y vete a saber qué más había por allí mezclado.

Milkyway levantó la mirada, atento a la charla de la muchacha.

—Tengo que ir a la biblioteca, pero, antes de ir a cenar, volveré, ¿de acuerdo?

Le dio un beso rápido entre las orejas y se marchó.

La biblioteca de Old Castle College era un lugar enorme que ocupaba una buena parte de la planta baja de la muralla oeste. Tenía muchas salas grandes donde los estudiantes se juntaban para hacer los deberes o los trabajos y, también, rincones más privados para el estudio individual.

La sala de los alumnos de bachillerato era una estancia ancha y muy larga, bien iluminada, con el techo adornado por arcos de madera. Contaba con mesas de madera, pulidas y brillantes, con las patas robustas y muy trabajadas. Las sillas eran cómodas, todas ellas tapizadas con una tela de terciopelo granate. En las paredes, las estanterías de libros llegaban hasta el techo: un puzle de ejemplares de muchos colores que almacenaban más sabiduría de la que ningún alumno sería capaz de alcanzar en todos sus años de estudio.

Buscó la zona donde Rhydian solía sentarse y vio que su chaqueta y su portátil estaban en la misma mesa donde se encontraban Jenna y Tawny. Norah sintió una ligera decepción. Cuando él estaba con su hermana y su exnovia, ella solía apartarse o esperar a que terminaran. Y, aunque desde fuera pudiera parecer que las tres chicas tenían una relación algo fría, pero cortés, por dentro la vivencia era muy diferente: la frialdad era la hija del rechazo y la cortesía una simple norma de educación.

Sin embargo, la decepción mutó a incomodidad cuando localizó a Rhydian. Su amigo tenía un libro entre las manos y Chelsea parecía tenerlo acorralado contra una estantería. Estaban muy cerca, demasiado para el gusto de Norah, y quizá también para el de Rhydian, porque vio que él parecía querer utilizar el libro como escudo protector. Cuando observó que la muchacha se le acercaba todavía más para susurrarle algo en el oído, su corazón empezó a latir más deprisa y sintió el impulso de correr hasta ellos, meterse en medio y...

Desechó el pensamiento de inmediato y se arrepintió de haber retado a Chelsea a ir tras su amigo, pero ya era muy tarde para lamentarse. Se recordó, una vez más, que ella y Rhydian solo eran amigos y ambos podían hacer lo que quisieran con su intimidad.

Norah desvió la mirada y siguió su camino hacia el archivo. Decidió que esconderse dentro de una de las salas más apartadas de la biblioteca donde se guardaban los libros antiguos del castillo era lo más apropiado que podía hacer.

Se instaló, buscó uno de los volúmenes que tenían en la lista como pendientes de revisar y después envió un mensaje a Rhydian para decirle dónde se encontraba. Era poco habitual que alguien tuviera interés en alguno de los libros de esa zona y, por eso, había pasado a ser algo así como su cuartel general.

Todavía no había transcurrido un cuarto de hora, cuando entró Rhydian en la sala del archivo.

—No te he visto llegar, Pequeña Ninja. ¿Alguna novedad? —preguntó, y ella negó con la cabeza.

La siguiente media hora la pasaron en silencio, buscando nuevas versiones de la leyenda de la dama perdida en distintos libros viejos y algo polvorientos. Rhydian se levantó a devolver el último volumen que él había consultado, pero esta vez regresó con las manos vacías y se dejó caer al lado de Norah.

—No paro de darle vueltas a lo que viste el otro día —dijo mientras observaba con mucho interés el bonito perfil de la muchacha—. Descríbeme otra vez el dispositivo que viste.

Norah estaba ensimismada en un texto que parecía ser un poco diferente, pero detuvo la lectura y se giró hacia él.

—Era rectangular, pequeño, le cabía en la palma de la mano, tenía un botón y una pantalla en la que parpadeaban luces rojas con números y símbolos que no entendí. —No era la primera vez que Rhydian le pedía esto y ya lo podía describir de carrerilla—. Y cuanto más lo pienso, más diferencias le veo con ese juguete electrónico que me enseñó después. ¿Cómo lo hizo para hacer el cambio? Tuvo que ir muy rápido para que no lo detectara.

—¿Y por qué querría ocultarlo? —preguntó él.

—Tengo la sensación de que sabe que no me tragué lo de la mascota digital… —dijo Norah—. Cuando me marché, me miró muy raro.

—Esto es lo que más me preocupa —murmuró él—. El tipo había quedado con la directora, quería enseñarle algo, aunque no sabemos qué, pero sí sabemos que fue muy rápido al ocultar ese aparato que viste. No me gusta. Y todavía menos si la directora está por el medio.

Desde el extraño suceso con el señor Denson, Rhydian estaba preocupado. Sabía que investigar la desaparición de Aaron podía ser peligroso, pero se había convencido de que podían hacerlo sin llamar la atención. Sin embargo, ahora se daba cuenta de que no era tan seguro como pensaba y empezaba a sentirse culpable por haber metido a Norah en su embrollo.

—No sé… Creo que no deberíamos continuar con la investigación. —Lo que no le dijo era que él no se detendría.

—Menos diez, Rhy, si sigues así, tu marcador se va a hundir en el pozo —dijo ella.

—Ahora no estoy bromeando, Norah.

—Yo tampoco.

—¿No lo entiendes? —siguió él, igual de severo que antes—. Si te ocurriera algo… Joder, Norah, no puedo ni imaginármelo —admitió; lo que sentía por ella había crecido tanto que era una tortura pensar que le podía pasar algo malo—. No me lo podría perdonar nunca.

—Hago esto porque quiero y tú no eres responsable de mi decisión —dijo Norah más seria que antes—. Quiero ayudarte y, ahora que sé la verdad, no puedo abandonar a Aaron. Nadie se merece que lo dejen de lado.

Norah tragó saliva para apartar la fuerte emoción que tenía apretada en su garganta.

—Yo no quiero estar aquí, Rhy, no quiero ni vivir ni estudiar en este maldito castillo. Lo único que hace que todo esto sea soportable sois tú, Milkyway y la investigación —reconoció en voz alta—. Este año tenía que ser una mierda, pero tú lo cambiaste, tú me diste algo por lo que vale la pena estar aquí.

Norah apartó la mirada para que su amigo no viera que una lágrima se le escapaba por el rabillo del ojo; le había dejado ver demasiado y ahora se arrepentía un poco.

Rhydian permaneció atónito unos segundos, sin saber qué hacer ni qué decir. Sabía que su amiga evitaba hablar de su familia y su pasado, pero fue la primera vez que vislumbró parte de su dolor. Acercó los dedos a su barbilla y, con un movimiento suave, la instó a mirarlo de nuevo. Sintió una punzada en el pecho al ver que Norah parecía avergonzada, también afligida, y que una lágrima solitaria le resbalaba por el rostro. No se lo pensó y con los dedos de la otra mano se llevó la gota lejos de su piel.

—¿Quieres contármelo? —le preguntó, y ella negó con la cabeza—. Vale, pero ven aquí.

—¿Aquí dónde? —susurró ella.

Rhydian pegó su silla a la de la chica y abrió un brazo para que ella se acurrucara en su pecho. Al ver que Norah no tenía muy claro cómo proceder, rodeó sus hombros con el brazo y la apretó junto a él. Notó una calidez por dentro al ver que, al fin, se relajaba sobre su torso y apoyaba la sien en su clavícula. Le puso los labios encima de su frente y los dejó allí unos largos segundos; pensó que podía llegar a vivir siempre así, con el cuerpo de Norah pegado al suyo y su aroma a flores frescas envolviéndolos.

—En secundaria, Aaron quiso comprarse un hámster —empezó a contar Rhydian; quería distraer a su amiga y sabía que con ese recuerdo lo conseguiría—. Lo compramos en Oxford y lo trajimos de extranjis con una jaula a nuestra habitación.

—¿Compartíais dormitorio?

—Sí, durante toda la secundaria compartimos habitación, y se convirtió en mi mejor amigo, en mi hermano y también en el mejor compinche de travesuras.

—Me hubiera gustado conocerlo —murmuró Norah con una leve sonrisa y sin levantar la cabeza de la clavícula del chico.

—Y a mí que lo conocieras...

—¿Y qué pasó con el hámster? —preguntó ella al ver que la voz de Rhydian se había apagado.

—Cada mañana, Aaron lo escondía debajo de la cama y, antes de irnos a dormir, lo dejábamos corretear por el cuarto. Durante la noche, cuando estaba en la jaula, el tío no paraba de dar vueltas en la rueda como un jodido loco.

—Es lo que hacen los hámsteres —rio Norah.

—Lo averiguamos entonces. En realidad, lo descubrimos nosotros y también la mitad de nuestros compañeros de residencia. —Rhydian sonrió al recordar esos días—. Nos pillaron en menos de una semana y estuvimos tres meses castigados. Tuvimos que hacer tareas para la comunidad.

—¿Cuál fue el castigo?

—Nos hicieron hacer cosas como ayudar a ordenar libros en la biblioteca, doblar unas cartas informativas para las familias de la escuela y, un día, incluso, tuvimos que limpiar el polvo de las vitrinas del museo.

—Pero ¿no está cerrado al público el museo?

—Ahora sí. Lo cerraron hace tres años porque querían renovarlo —explicó Rhydian—. Tienen una colección arqueológica bastante interesante, pero también todo un repertorio, un tanto desfasado, de animales disecados y mariposas y otros insectos clavados con alfileres... Espero que nuestro querido Mister Balón no terminara de la misma manera.

—¿Mister Balón? ¿Así llamabais al ratón? —preguntó Norah con un tono divertido.

—Era una bola de pelo blanco, parecía una minipelota

—rio Rhydian—. ¿Sabes? Con los animales, tú me recuerdas a Aaron, él también los adoraba…

—Es que son adorables —coincidió Norah—. Cuéntame más cosas sobre Aaron, ¿cómo era?

Rhydian puso la barbilla encima de la cabeza de Norah y la estrechó un poco más contra él. Sentía que con ella era más fácil hablar de todos esos buenos recuerdos.

—Aaron era muy parlanchín y siempre estaba de broma. Era un poco payaso, le encantaba ser el centro de atención y hacer reír a la gente. En eso éramos muy diferentes, a mí no se me daba mal relacionarme, pero soy más comedido y necesito tener momentos para mí, sin nadie alrededor.

—Te entiendo, me ocurre lo mismo —dijo Norah—, con el añadido de que a mí no se me da bien la gente.

—Caer bien a todo el mundo y ser popular está sobrevalorado —rio Rhydian y luego siguió—: Estudiaba francés porque decía que eso lo haría parecer más sofisticado para las chicas y le encantaban las cosas raras. Era un poco friki en ese aspecto porque creía en todo lo que no es aceptado por el *statu quo*, solo por llevar la contraria.

—Cada vez me cae mejor, seguir a pies juntillas el *statu quo* también está sobrevalorado —rio Norah.

—Muy cierto. A él le flipaban los misterios: ovnis, extraterrestres, casas encantadas… incluso el Yeti. ¡Estaba tan eufórico por haber encontrado el pasadizo secreto de lady Annabel! —Rhydian se rio, y esta vez con más ganas—. Uno de los días que fuimos a explorar el túnel, me dijo que había notado un escalofrío por la espalda y estaba seguro de que había sido el fantasma de Henry Duval que lo había atravesado.

—Quizá fue solo la cabeza la que lo atravesó —bromeó ella.

—Eso le hubiera gustado todavía más —Rhydian sonrió con tristeza—. Lo echo de menos, Norah, lo echo mucho de menos.

Norah movió la cabeza para ver el rostro de Rhydian. Él le

dio un poco de espacio, sin embargo, estaban tan pegados que, cuando se miraron a los ojos, apenas les separaban unos centímetros. Echaba de menos a Aaron, todos los días, pero en ese momento se dio cuenta de que eso que tanto le estaba haciendo sufrir era lo que había provocado que su camino se cruzara con el de Norah.

Ella levantó una mano y con ternura le acarició el rostro. Rhydian cerró los ojos y se dejó llevar por la fascinante sensación de los dedos de la chica recorriéndole la piel.

—Por eso tenemos que hacer esto, Rhy —susurró Norah al bajar la mano. El muchacho volvió a abrir los ojos—. Debemos descubrir qué le pasó, alguien tiene que estar a su lado. Y esos somos nosotros.

—Lo sé, pero no soportaría que te ocurriera algo —dijo él con la voz ronca.

Norah no tenía ni idea de qué contestar a eso. Por experiencia propia, sabía que las cosas malas ocurren y que no siempre se pueden controlar. Así que hizo lo que siempre hacía para eludir la incomodidad: cambió de tema.

—¿Sabes? Creo que la versión que antes estaba leyendo es diferente. —Norah se incorporó y Rhydian notó un vacío en el cuerpo—. Los primeros párrafos dicen lo mismo de siempre, pero después cambia.

Norah se acercó al libro que tenía encima de la mesa para leer el texto y Rhydian la siguió a regañadientes; no le había gustado su nueva maniobra de evasión:

A mediados del siglo XVIII, cuando las universidades todavía solo admitían hombres, una mujer de la alta sociedad londinense quiso desafiar las leyes. Se matriculó en la Universidad de Oxford con el nombre de lord Sallow, alquiló una habitación en la residencia de Old Castle y asistió a la facultad disfrazada de hombre. Durante meses, nadie se dio cuenta de que había una intrusa en las clases, tampoco la descubrieron sus compañeros de residencia. Pero un día, lady Annabel se enamoró de uno de sus compañeros y fue correspondida.

—Hasta aquí todo es como siempre —expuso Norah después de leer la primera parte—. Pero a continuación la versión cambia.

Rhydian siguió leyendo en voz alta:

Pero cuando el amante descubrió que bajo el nombre de lord Sallow no había un hombre, sino una mujer, se sintió traicionado. Temía que lady Annabel revelara sus auténticas inclinaciones sexuales y quiso matarla.

—Es la primera vez que leemos que el amante quería asesinarla. Siempre he escuchado que solo la delató —comentó.

—Exacto, pero no sé cómo continúa, porque antes no me ha dado tiempo a terminarla.

Ambos volvieron a mirar el texto y siguieron leyendo:

Tomó el abrecartas de plata que tenía encima del escritorio y se abalanzó sobre ella. Lady Annabel fue más rápida y se apartó antes de que el puñal le atravesara el corazón. Pero el filo metálico le dejó una herida abierta y sangrante a lo largo de un brazo. La mujer escapó de la habitación vestida con tan solo un camisón. El amante empezó a perseguirla. «¡Lord Sallow es una mujer, es una impostora!», gritaba enloquecido. Sus gritos despertaron a los residentes de Old Castle, que se unieron a la persecución. Nunca sabremos si lady Annabel ya conocía los pasadizos secretos del castillo o si tuvo la suerte de encontrarse por casualidad una salida oculta. Pero cuentan que los perseguidores perdieron el rastro de la sangre dentro de una de las habitaciones de los pisos superiores. Era imposible que la mujer saltara por la ventana sin romperse las piernas. Tampoco podía volver a salir por la puerta porque estaba rodeada. Sin embargo, lady Annabel desapareció y nunca más volvieron a saber de ella. Y así fue como se convirtió en la dama perdida del castillo de Old Castle.

—Desapareció en una habitación de los pisos superiores... —murmuró Rhydian—. ¡Tenemos una pista!

—¡No solo eso! Es la primera leyenda que habla de «los pasadizos secretos» del castillo en plural, no en singular. ¡Tenemos la confirmación de que existen más!

Ambos se miraron con una sonrisa exultante, era la primera vez que sentían que hacían un avance de verdad. Entonces fue cuando una ráfaga de aire salida de la nada agitó los cabellos de Norah y las páginas del libro.

Se quedaron inmóviles, alertas, escuchando y observando con atención cualquier nuevo movimiento extraño en la sala del archivo. Pero eso fue todo. No hubo nada más.

—¿Qué ha sido eso, Rhy? —preguntó Norah con la voz algo temblorosa.

Rhydian tragó saliva. Después de hablar de Aaron, de las leyendas y de los hechos paranormales en los que creía su amigo, acumulaba muchas ideas descabelladas dentro de la cabeza. Pero se las calló todas; ninguna tenía sentido.

—No lo sé, Norah, no lo sé.

22

Témpano de hielo

El sábado por la tarde había mucho ajetreo en la sala común de la casa Bridge of Sighs. Solo faltaban dos semanas para la fiesta de Halloween y la mayoría de las residentes estaban enfrascadas en preparar la obra y la decoración para el concurso. La competición era una tradición muy arraigada en el internado. Se daban premios a la temática más original, a la mejor obra de teatro, a la mejor decoración de sala común y al disfraz individual más elaborado. Tres premios colectivos y uno individual que significaban todo un honor para la residencia y el estudiante que lo recibían.

A Norah no le apetecía participar en las tareas, pero esa tarde se había rendido por completo a la situación. Llovía tanto que, en lugar de estar en una campiña rural en algún lugar recóndito de Inglaterra, parecía que estaban bajo las cataratas del Niágara; con el aguacero que caía, le era imposible salir a los jardines a jugar con Milkyway. Además, Rhydian estaba fuera debido a un partido de fútbol, ella ya había terminado los deberes pendientes y Carlien era conocedora de que tenía toda la tarde libre.

Si bien Rhydian y ella habían empezado a investigar con detalle los pasadizos de la tercera planta del castillo, habían acordado ir con más cautela porque comenzaban a tener un puzle de eventos insólitos que podían ser peligrosos y no terminaban de saber cómo encajar las piezas. Por un lado, contaban con la inexplicable desaparición de Aaron, la existencia de los pasadizos secretos, el extraño cambio en la ubicación del móvil del muchacho, el chat con las pruebas eliminado y el chantaje de la directora. Y, por otro, también debían añadir que, quizá, alguien los estaba espiando, un profesor amigo de la directora ocultaba un dispositivo misterioso y que habían sentido una ráfaga de aire salida de la nada. Aunque no lo quisieran reconocer en voz alta, estaban un poco asustados.

Norah no se sentía muy valiente para pasearse sola por los pasillos menos concurridos de Old Castle y había aceptado la invitación de Carlien. Por eso, estaba sentada con varias de sus compañeras haciendo ramos artificiales con rosas negras de plástico y telas de arañas ficticias. No se le daba mal, tenía práctica gracias a la extraescolar de decoración floral, y, a pesar de que le costaba admitirlo, se lo estaba pasando bien con sus compañeras.

—Ya tengo casi a punto mi vestido de hechicera celta —explicó Carlien—. Ahora me estoy haciendo una tiara con gemas rojas incrustadas. Madame Leblanc me ha conseguido unas reproducciones que parecen rubíes de verdad.

—Qué suerte, las que hacéis teatro siempre termináis con los mejores disfraces —dijo una alumna de primer curso—. Yo me he comprado un vestido típico de enfermera sexy.

—¡Tengo unas ganas de que llegue el día! —Brittany dio una vuelta más con la tela de araña para sujetar bien las rosas—. Creo que este año tenemos números para ganar varios premios.

—¡Esto me supera! —se lamentó Laurie, y levantó las manos para enseñar el pésimo resultado de su arduo trabajo.

Sus compañeras se rieron cuando vieron el desastre en el que se había convertido su ramo: tenía la tela de araña enredada entre los dedos, las rosas se caían por los lados y el par de arañas gruesas y peludas que debían dar el toque de gracia final estaban del revés.

—Lo tuyo no son las manualidades, ¿verdad? —rio Carlien.

—Lo sé, no sirvo para esto. —Las mejillas de Laurie se enrojecieron.

—Ven, que te ayudo —le dijo Norah, y con paciencia le fue indicando cómo hacerlo para que el ramo quedara bien sujeto.

Aunque charlaban animadamente, la mayoría de las chicas eran más productivas que Laurie Meier y pronto acumularon muchos ramos. Carlien y Norah hicieron un par de viajes a la lavandería para guardarlos y tenerlo todo a punto para el día de la fiesta.

—Esto no está tan mal, ¿verdad? —le dijo Carlien—. Me alegro de que pases tiempo con nosotras.

—Yo también —admitió en voz baja; y era sincera porque ese rato compartido con ellas no había estado mal—. Ahora vuelvo, voy al baño.

Nada más entrar en los lavabos de la sala común, el espejo le devolvió su propio reflejo. Sus mejillas estaban encendidas, la mirada le brillaba, una tenue sonrisa se curvaba en sus labios. Entonces, sonó una notificación de un mensaje en el móvil y lo sacó del bolsillo trasero de sus vaqueros para mirar de qué se trataba. Era Rhydian y enseguida respondió:

Hemos perdido y aun así el entrenador me ha vuelto a hacer chupar banquillo.

Esto es desesperante.

Le va a costar perdonarte lo del año pasado.

Pero ya sabes que lo estás haciendo bien.

La puerta del baño se volvió a abrir y, al levantar la mirada del aparato se encontró con los ojos oscuros y ahumados de Sarabeth.

—No te muevas —le dijo la muchacha.

Norah parpadeó, sin entender de qué iba la orden. Luego vio que Sarabeth comprobaba que todos los cubículos estuvieran libres y, cuando se dio por satisfecha, continuó:

—Sé lo de las notas.

—¿Las notas? —Seguía sin comprender el motivo de la conversación.

—Las notas de Chester, no te hagas la inocente —lanzó Sarabeth de mala gana, y Norah se tensó—. Empiezo a estar harta de ti. ¿Cuándo le dirás que sí?

—¿Perdona?

—Que cuando te vas a acostar con Chester.

Norah parpadeó varias veces. Sintió un chirrido dentro de su cabeza y los pelos se le pusieron de punta al oír las palabras «acostarse» y «Chester» en la misma frase. Para Norah era como intentar mezclar el agua con el petróleo, imposible, y también bastante asqueroso.

—No quiero nada con Chester, él ya lo sabe. ¿Por qué quieres que me acueste con tu... —Norah vaciló, sabía que ellos se solían enrollar, pero ignoraba si eran pareja— con Chester?

—Porque empiezo a estar harta de escuchar todo lo que desea hacer contigo. Tu nombre está demasiado en su boca. Norah, Norah, Norah... —replicó Sarabeth con irritación—. Te lo montas con él y se ha acabado. A ti te va a olvidar como a todas las demás.

—¿Te das cuenta de lo que me estás pidiendo? ¿¡En qué mundo tiene sentido!?

—Aquí las cosas funcionan diferente, novata. Así que vete preparando.

—Ni quiero enrollarme con él ni voy a hacerlo porque tú me lo digas —sentenció Norah.

—Pues yo no pienso pasarme todo el curso oyendo tu nombre, incluso cuando estamos juntos.

Un silencio cortante se extendió por el baño mientras se intercambiaban miradas furibundas.

—Avisada estás —advirtió Sarabeth, y luego se marchó.

Norah notaba el corazón retumbando entre las costillas, la rabia le hervía en el pecho. La petición era tan disparata como surrealista y todavía no podía creerse que hubiera mantenido semejante conversación con una de sus compañeras.

Guardó el móvil, abrió el grifo y se mojó las manos y la cara para intentar deshacerse de esa sensación desagradable que tenía en el cuerpo. Volvió a mirarse en el espejo y advirtió que el brillo de diversión de antes había desaparecido. Ya no le apetecía seguir con la actividad. Tampoco le apetecía salir del baño y que Sarabeth viera que la conversación le había afectado. Así que se metió en un cubículo y se sentó sobre el inodoro. Subió los pies encima de la tapa y hundió la cabeza entre las rodillas para intentar serenarse.

Pero no tuvo tiempo de recomponerse. La puerta de los servicios se abrió y Norah escuchó la conversación de dos voces femeninas. Enseguida las reconoció.

—Pero qué pringue… Este pegamento que eligió Chelsea te deja las manos hechas un asco —dijo Tawny, y se oyó el agua correr—. Siempre tiene que salirse con la suya, aunque no tenga razón.

—Es lo que hay… —murmuró Jenna.

Hubo un largo silencio y de nuevo la voz de Jenna:

—Dios, cómo la odio.

—Shhh… ¿Y si hay alguien? —La voz de Tawny apenas era un susurro.

—Ya he mirado por debajo de las puertas, no hay nadie.

Norah se quedó tiesa con las piernas recogidas y los pies encima de la tapa.

—No la soporto, Tawny, cada año me cuesta más aguantarla —continuó Jenna—. Se ha adjudicado el papel protagonista de la obra de Halloween y se las ha ingeniado para que las demás solo sean figurantes. Y ahora se está metiendo continuamente con mi guion. Soy yo quien se encarga de escribirlo y no ella. —La chica bufó—. ¿Sabes? Tengo la sensación de que está enfadada conmigo porque este año madame Leblanc me ha dado a mí el papel principal de la obra de Navidad y a ella le ha asignado el de mi sustituta.

—Pues que se aguante. Yo, entre ella y Norah, estoy de los nervios, en serio —continuó Tawny y el sonido del agua corriente se detuvo.

Al oír su nombre, Norah todavía prestó más atención.

—¿Crees que Rhydian... crees que Rhydian terminará con una de las dos?

—Si se vuelve a liar con Chelsea, le arranco la cabeza. Es mi hermano y lo quiero con toda mi alma, pero no se lo perdonaría. Y menos ahora que vuelve a parecerse al de antes —dijo Jenna—. Pero no lo creo. Chelsea es uno de sus peores errores, me lo ha dicho. Además, pasa de ella todo el tiempo.

—Sí, porque está abducido por la otra. No sé qué es peor, Jenna. Puedo superar que haya tenido un rollo con esa indeseable. Estaba borracho y con una actitud destructiva. Pero con Norah... No sabes cómo me mosquea ese rollo de mejores amigos que se llevan —masculló Tawny—. A veces creo que están saliendo en secreto y que no lo quieren decir a nadie.

—Rhydian insiste en que solo son amigos —dijo Jenna—. Además, si estuvieran juntos se notaría en algo.

—No lo sé, ella parece un témpano de hielo. No tengo ni idea de lo que Rhydian le ve. Esa chica no tiene sustancia.

Las palabras de Tawny iban impactando en el estómago de Norah como bruscos puñetazos inesperados.

—Pero algo debe tener... Me pone enferma cómo la mira a veces.

Hubo un silencio y luego Tawny continuó:

—No pongas esa cara, Jenn, yo también me he fijado. La mira como si fuera su mundo, como si en ella amaneciera y se pusiera el sol. A mí, ¿me miró así alguna vez?

El silencio se alargó lo que a Norah le parecieron minutos, su corazón latía cada vez más deprisa.

—Creo que lo estoy perdiendo. Y yo... Mierda. Todavía lo amo. —Su voz sonó temblorosa—. No sé qué más hacer para que se vuelva a fijar en mí.

Más allá de la puerta de su cubículo, Norah escuchó el roce de ropas y un suspiro profundo. Dedujo que Jenna estaría abrazando a su amiga para consolarla. Ella seguía inmóvil sobre la tapa del retrete con el pulso acelerado.

—Dale tiempo. Ha pasado por mucho y ahora todo se está recolocando. ¿Tiene una nueva amiga? Vale, pero tú estabas antes. Lo conoces desde hace años y sigues siendo su amiga —argumentó Jenna—. Creo que mi hermano necesita pasar tiempo con alguien que no estuviera el año pasado y Norah le da eso. Ella solo es una novedad pasajera, tú eres mucho más para él, métetelo en la cabeza.

Cuando las jóvenes se marcharon, Norah todavía esperó unos largos minutos para salir del baño. La rabia por el encontronazo con Sarabeth había pasado a un segundo plano después de oír lo que de verdad pensaban de ella Jenna y Tawny. Antes de entrar en ese cubículo hubiera asegurado que no le importaba en absoluto la opinión que tuvieran de ella; sin embargo, ahora descubría que le dolía el hecho de que esas chicas, ambas tan importantes para Rhydian, la despreciaran.

Pero lo que más le dolió fue darse cuenta de que tenía que darles la razón: ella seguía creyendo que su amistad con Rhydian era temporal.

23

Oxford

Llegó el domingo. Norah y Rhydian tenían el día libre y muchas ganas de estar juntos. Ella necesitaba pasar el día con su amigo porque quería quitarse de encima esa sensación tan desagradable que arrastraba desde el día anterior. También porque los momentos en los que estaba con él eran los mejores de cada día. En cambio, él no necesitaba una justificación para querer estar con Norah: lo deseaba y punto.

Después de la tormenta del sábado, la mañana había amanecido radiante, como si el otoño quisiera burlarse de la lluvia, la ventisca y la humedad de los últimos días. Era poco habitual un día libre con tanto sol y buen tiempo, y Rhydian tuvo claro que no quería desaprovechar esa oportunidad. Así que, después de salir a correr y de desayunar, le propuso a Norah tomarse un descanso de todo y pasar el día en Oxford.

Primero tuvieron que pedir a sus respectivos responsables de residencia un permiso firmado; solo dejaban salir a los estudiantes que disponían de la autorización previa de los padres para hacer salidas a la ciudad. Después entregaron el documento al vigilante de recepción, y este no los dejó marchar hasta que comprobó que no era una falsificación. Finalmente, tuvieron que esperar la llegada del autobús de las diez para recorrer los pocos kilómetros que separaban Old Castle del centro histórico de Oxford.

Rhydian se conocía la ciudad igual que cualquier residente autóctono, así que resultó ser un guía excelente. Pasearon por las calles antiguas para ver los edificios de las universidades más emblemáticas y los monumentos más notables, como el Hertford Bridge, conocido como el Puente de los Suspiros; lugar que daba nombre a la residencia de las chicas de bachillerato.

Recorrieron Holywell Street para admirar las famosas fachadas de colores y se perdieron un buen rato por la biblioteca Bodleiana y el Christ Church College buscando algunos de los escenarios del rodaje de las películas de Harry Potter, como el gran comedor, la biblioteca y el hospital de Hogwarts.

Rhydian insistió en almorzar el fabuloso menú de hamburguesa con patatas fritas en la taberna King's Arms; uno de los pubs más conocidos de la ciudad por su ambiente universitario, y también el lugar que daba nombre a la residencia de los chicos. Y Norah quiso terminar el día de excursión navegando en kayak por el Támesis.

—No esperaba que hubiera tanta gente —comentó Norah con el volumen de voz más alto de lo habitual para que Rhydian la oyera—. ¿Siempre es así?

Clavó el remo en el agua para detener un poco la velocidad de su canoa y así evitar chocar con el bote que tenía casi al lado.

—Día de sol y domingo, es la combinación perfecta para que el río se llene de botes —rio Rhydian.

Norah apenas oyó la respuesta. Su maniobra la frenó demasiado y vio como el kayak de Rhydian se alejaba y seguía la corriente a mucha más velocidad que el suyo. Ese tramo del río era ancho, bastante transitado por todo tipo de canoas y botes de remos, algunos individuales, como los suyos, y otros más espaciosos en los que navegaban parejas o grupos. La corriente era mansa y en su recorrido los acompañaba el sonido constante del chapoteo del agua. Era primera hora de la tarde y los rayos del sol se reflejaban en la superficie con un tono verdoso muy parecido al color verde musgo de los ojos de Milkyway.

Norah volvió a coger el remo y maniobró con fuerza para intentar alcanzar a Rhydian.

—¿En kayak también eres una tardona? —la pinchó él cuando vio que casi estaba a su altura—. En clase siempre eres la última y todavía no me has ganado ninguna carrera. Y ahora… ¿Necesitas que yo baje el ritmo?

La muchacha no contestó, solo torció una sonrisa un tanto malvada y, cuando llegó a su lado, impulsó la pala dentro del río para luego sacarla con fuerza y salpicarlo con una considerable cantidad de agua.

Norah dejó escapar una carcajada cuando observó que su amigo se quedaba inmóvil unos segundos, desconcertado por lo que acababa de ocurrir. Aprovechó para rebasarlo, pero la ventaja no le duró mucho porque Rhydian no tardó en ponerse a remar para alcanzarla de nuevo.

—¡Eres una tramposa de cuidado!

Fue el único aviso que le dio a Norah antes de devolverle su más que merecida salpicadura. Hicieron el resto del trayecto hasta el embarcadero entre risas, gritos de abordaje y peleas de agua.

La primera en apearse fue Norah. Era un muelle de madera muy pequeño y en la orilla descansaban más kayaks de alquiler. Un chico joven con gafas de sol la ayudó a salir y recogió su chaleco salvavidas.

Apenas notó que tenía la sudadera y los *leggings* mojados, y tampoco se fijó en que sus zapatillas se habían embarrado cuando se acercó a la orilla. Se lo estaba pasando muy bien y lo único que quería era tirarle otra mano de agua a Rhydian que, justo en ese momento, desembarcaba y empezaba a quitarse el chaleco.

El agua volvió a salpicar a Rhydian y su mirada le dijo todo lo que necesitaba saber. Con una carcajada, Norah echó a correr para alejarse de la orilla. Porque, como bien conocían los dos, ella todavía no le había ganado ningún esprint a Rhydian cuando se retaban a una carrera, así que el muchacho no tardó en atraparla. Pasó un brazo por su cintura para detenerla, pero ella no se detuvo y, entre risas, ambos cayeron sobre la hierba mojada que cubría los márgenes del río.

Para que no se volviera a escapar, Rhydian rodó hasta quedarse sobre ella y la aprisionó con su cuerpo contra el suelo. Le agarró las muñecas y las sujetó por encima de su cabeza con ánimo de inmovilizarla.

—Te debo una remojada más. Lo sabes, ¿no? —susurró con la voz grave.

—Y luego yo te deberé otra a ti.

El tono de Norah fue igual de bajo que el de su compañero porque, sobre la hierba húmeda, con los cuerpos pegados y las muñecas bien cogidas, el juego inicial había tomado otra forma.

Ella se perdió por unos instantes en sus preciosos ojos verdes; cuando los miraba, tenía la sensación de zambullirse dentro de la esencia de la campiña inglesa. Podía sentir la humedad del agua contra su piel, pero también el calor de Rhydian atravesando todas sus barreras. Notaba el cuerpo del muchacho agradablemente duro encima de sus piernas, caderas y estómago. El calor enrojeció sus mejillas cuando advirtió que las pelvis de ambos se sentían demasiado bien encajadas.

Rhydian tenía un brazo al lado de la cabeza de Norah y se apoyaba en él para no aplastarle los pulmones. Con la otra mano, seguía inmovilizando el movimiento de sus muñecas. Pero apenas si sabía lo que estaba haciendo, solo podía mirarla e intentar controlar la respiración. Su corazón ya lo daba por perdido porque hacía rato que pulsaba a un ritmo desbocado.

—¿Qué va a ocurrir ahora? —preguntó Norah, todavía en voz baja.

Y lo dijo sin saber si lo preguntaba por la amenaza de zambullida o por lo que podía leer en la expresión turbada de su amigo.

Rhydian no contestó enseguida. Escrutó el rostro de Norah como si quisiera memorizarlo: su cabello negro enmarañado entre las briznas del césped, el color de su piel, que era un poco más claro que cuando la conoció, y las cejas más bien rectas y espesas. Quiso dejar un beso tierno sobre su nariz respingona y no pudo evitar sentir la sacudida de deseo cuando detuvo la mirada en sus labios entreabiertos. Cuando posó de nuevo sus ojos en los de Norah, se dio cuenta de algo que ya sabía, pero que no se había atrevido a reconocer: estaba perdidamente enamorado de ella.

Dejó de sujetarle las muñecas a su amiga, apoyó ambos brazos al lado de su cabeza y redujo un poco más la distancia que separaba sus rostros.

—No lo sé, Norah. Dímelo tú, ¿qué quieres que ocurra? —dijo muy bajito, sobre sus labios.

—No lo sé, Rhy, no sé lo que quiero.

Y fue sincera porque, si bien anhelaba que él volviera a besarla, también deseaba todo lo contrario.

Esta vez, Rhydian no se sintió decepcionado. Para nada. Sonrió y algo en su pecho rebotó con alegría. «No sé lo que quiero» era una frase cien veces mejor que el «no quiero que vuelva a suceder» del día del jardín. Fue entonces cuando supo a ciencia cierta que ella también sentía algo por él. Quizá no lo mismo ni con la misma intensidad, pero pensó que cabía la posibilidad de que, con el tiempo, Norah podría querer ir un poco más allá en su relación.

—¿De qué te ríes? —preguntó Norah, con suspicacia.

—De lo que te va a pasar a continuación.

Norah abrió mucho los ojos, algo asustada, temiendo y, al mismo tiempo, deseando que su amigo terminara de bajar la cabeza.

Pero él no hizo el movimiento que ella esperaba. La sorprendió cuando se impulsó con los brazos para levantarse y luego tiró de ella para que hiciera lo mismo. Apenas fue consciente de lo que sucedió a continuación: Rhydian la tomó por la cintura, le dio la vuelta, la cargó sobre el hombro y empezó a caminar con ella boca abajo y con la mejilla pegada a su espalda.

—¿Qué haces, Rhydian? —gritó Norah, e intentó patalear, pero el muchacho fue más rápido y sujetó sus piernas contra su pecho para que no las pudiera mover.

—Te debo una remojada. ¿O te crees que me había olvidado? —rio sin dejar de avanzar de forma inexorable hacia el borde del río.

Norah también se rio y gritó un poco más. La muchacha lanzó cientos de amenazas a su amigo, pero estas solo consiguieron que Rhydian se riera más fuerte y con más ganas. Cuando llegaron a la orilla, empezó una batalla más encarnizada de gritos, risas, patadas amortiguadas y puñetazos, más bien cariñosos, en la espalda del chico. Norah tenía la batalla perdida de antemano y, aunque ya lo sabía, disfrutó cada segundo de la contienda.

Cuando ambos se dieron por vencidos, se volvieron a reír al ver sus pintas: a Norah le chorreaban el pelo y las mangas de la sudadera, y Rhydian había metido un pie dentro del agua y se había mojado hasta media pantorrilla.

Sin prisa, y sin dejar de burlarse de su aspecto chorreante y del fino chirrido acuoso de la zapatilla de Rhydian, regresaron al centro histórico y se encaminaron a la parada del autobús.

Todavía les faltaban un par de calles para llegar a su destino, cuando Norah se fijó en uno de los grupos de personas que avanzaban hacia ellos. Eran cuatro, dos hombres y dos mujeres, todos trajeados con vestimentas elegantes.

—Mira, es la directora.

Señaló a Evelyn Foster, que iba con un traje de falda y chaqueta gris teja, una gabardina abierta y un maletín de piel en la mano.

—Que no nos vean.

Rhydian tomó a Norah de la mano y la condujo hasta el aparador más próximo. Le indicó que se diera la vuelta para quedar de espaldas a ellos. Permanecieron allí inmóviles, con la vista fija en la hilera de *cupcakes* de colores que tenían en la balda de enfrente mientras esperaban que el grupo pasara de largo.

—Recuerda el trato, Evelyn. —Oyeron que decía una voz de mujer—. Bien sabes lo que significa romperlo.

El ruido de los pasos se alejó rápido y, con ellos, el resto de la conversación.

Norah y Rhydian se giraron para mirar como desaparecían entre el gentío de la calle.

—Creo que el tipo rubio es el señor Davies, el hombre que estaba con la directora antes de que se encontraran con el señor Denson —dijo Norah.

—Es el padre de Chester y es habitual verlo por el castillo —dijo Rhydian con cierto desdén—. Es uno de los padres más activos del Consejo Escolar. Y la mujer que iba con ellos es la madre de Chelsea. Son algunos de los padres que más aportaciones económicas hacen al internado y tienen algo así como un privilegio especial en el Consejo.

—¿Y qué hace exactamente el Consejo Escolar?

—Tomar decisiones sobre el funcionamiento del colegio: las actividades que se ofrecen, qué tipo de comida y menús tenemos que comer; supervisan los contratos y los servicios externos de la escuela o cualquier otra cosa que afecte a los alumnos. También participan en la organización de las actividades que son abiertas a los familiares, como el baile de Navidad o la fiesta de primavera.

—Pues qué quieres que te diga, para reunirse con la directora y decidir el menú del próximo trimestre no hace falta vestirse como si fueras a la boda de un rey —murmuró Norah al recordar el deslumbrante traje que llevaba el hombre.

—El tipo tiene mucho poder e influencia, tanto dentro del

internado como fuera de él —le explicó Rhydian—. Y puede que Davies vaya de chico duro, pero a su padre le tiene miedo.

—¿Cómo lo sabes?

—Hace un par de años, durante las competiciones del Día del Deporte, le gané una carrera de natación. Yo no nado, ya sabes, y él está en el equipo de natación. Aunque soy un año mayor y, en ese entonces, yo ya hacía bachillerato y él secundaria, vi como su padre le soltaba una bronca monumental por ello. Davies estaba cabizbajo, avergonzado, y le iba repitiendo a su padre que no volvería a pasar.

—Vaya...

—Sí, no tenía nada que ver con el chico arrogante y despreocupado que aparenta ser —dijo él—. Y, desde entonces, me tiene manía. Como si yo fuera el culpable de que su padre sea un capullo desalmado.

—¿Y por eso se mete contigo?

—En parte. Pero en mayor medida lo hace porque es un gilipollas que necesita sentirse superior a los demás. —Rhydian torció una sonrisa áspera—. Y, con lo que yo hice el año pasado, tiene tanta munición como quiera.

—O quizá lo hace porque necesita demostrarle algo a su padre.

—Eso también tendría sentido —murmuró Rhydian.

—¿Sabes? Estuve pensando en lo que dijiste —Norah suspiró, seguía sin entender tantas cosas de ese mundo—, que aquí ocurre lo mismo que en otros sitios, que hay personas de todo tipo y que, en verdad, hacemos más o menos lo mismo; aunque el atrezo sea más ostentoso. Sin embargo, a veces siento que estoy viviendo una realidad que no es la mía.

—Pero estás aquí. Es tu realidad.

Rhydian miró con ternura a su amiga. Esa era una de las cosas que más le gustaban de ella: no tenía la necesidad de demostrar nada a nadie.

A pesar de que Aaron era como un hermano para él, en el

fondo, había crecido con la idea de que la ostentación era esencial para lograr una buena posición social. Pero la desaparición de su amigo y todo lo que sucedió después, lo cambió. Ya no le importaba tener buena reputación ni tampoco necesitaba mantener el prestigio que había logrado con los años.

Rodeó los hombros de la muchacha con un brazo y la arrimó a su costado. Le gustó que ella le pasara el brazo por la cintura y apoyara la cabeza en su hombro. Entre ellos, todo era tan natural que ninguno de los dos consideró fuera de lugar el leve beso que Rhydian depositó en la sien de Norah.

—Venga, vamos a buscar el autobús, que, si se nos escapa, tendremos que llamar a un taxi y no llegarás a tiempo a tu cita con Milkyway.

24

Vigilancia

Era jueves y esa noche, en el comedor de bachillerato de Old Castle, había mucho alboroto. La proximidad de la gran fiesta de Halloween y de un fin de semana con competiciones deportivas muy reñidas hacía que el ambiente fuera más bullicioso.

Rhydian y Norah cenaban en una mesa pequeña algo alejada del jolgorio, al lado de una de las ventanas de estilo gótico del torreón este. Desde esa altura se podía apreciar que una neblina baja se mezclaba con la intensa negrura de la noche, sin embargo, estaban demasiado enfrascados en su conversación como para prestar atención a las vistas.

—No puedo más —dijo Norah al cabo de un rato—. Creo que he metido la pata apuntándome a esta optativa. Me supera.

—Haremos una cosa —sugirió él al ver la expresión derrotada de Norah—. Yo me encargo de desarrollar el tema y tú te ocupas solo de la presentación y de las conclusiones finales. Ya está, asunto resuelto.

—¿Lo dices en serio? —Rhydian asintió, satisfecho de haber conseguido que ella dejara de sentirse agobiada—. Eres el mejor, Rhy. Ahora mismo te besaría.

Él arqueó una ceja y sonrió de forma traviesa al ver que su

amiga se ponía colorada. Estuvo a punto de hacerle cosquillas o darle un toquecito en la nariz o cualquier otro gesto que le permitiera sentirla más cerca. Pero se contuvo, como siempre hacía cuando estaban delante de sus compañeros; si no estaban solos, se esforzaba en mantener las distancias porque no quería dar rienda suelta a posibles nuevos cotilleos.

Rhydian, cada día, estaba más convencido de que no eran imaginaciones suyas: Norah también se sentía atraída por él. Así que, como no quería hacer ningún movimiento delante de los demás, aprovechó la oportunidad que le brindaba la situación para indagar un poco más.

—Vale... Me apunto —dijo arrastrando las letras con lentitud—. Solo una duda: ¿«ahora» significa «ya mismo»?

Norah le dio un puñetazo cariñoso en el brazo y desvió la mirada.

—Eres un bobo.

—Un bobo al que...

—¡Chist! No lo digas, Rhydian.

—¿El qué? ¿Que soy un bobo al que... quieres besar? Si ya lo has dicho tú.

—Tus tonterías nos estás distrayendo —amonestó Norah, aunque no sonó a regañina, sino más bien a diversión—. Tenemos que terminar de planificar el trabajo.

Siguieron con la organización de la tarea, aunque Rhydian no podía dejar de pensar en que le había gustado la reacción sonrojada de Norah. Empezaban a dar por terminada la planificación del trabajo de tecnología cuando se les acercó Carlien y tomó asiento al lado de Norah.

—Necesito un descanso de todo esto... —La muchacha señaló la mesa donde un grupo numeroso de chicas del Bridge of Sighs estaban debatiendo los últimos arreglos para el concurso—. Está siendo muy difícil contentar a todo el mundo. Por cierto, Norah, ¿este fin de semana también nos echarás una mano?

—No puedo, el sábado me voy a Londres.

Carlien continuó hablando del concurso, no tenía prisa para regresar a su mesa, y Rhydian empezó a impacientarse. Norah y él habían aprovechado la cena para planificar el trabajo y, así, tener más tiempo después para recorrer los pasillos de Old Castle. Dio el último bocado y miró a sus compañeras. Carlien los estaba retrasando. Pero la impaciencia enseguida se convirtió en ternura: le gustaba ver que Norah, poco a poco, se abría a nuevas amistades.

—Chicas, yo me voy, tengo trabajo.

Se levantó y, cuando vio que su amiga se apresuraba para terminar la cena, la detuvo.

—¡Eh! Hoy nada, Norah, tómatelo con calma. —Le guiñó un ojo, y luego se dirigió a Carlien—: Hasta luego.

Salió del torreón este y tomó el camino hasta el segundo piso de la muralla central del castillo. Evelyn Foster continuaba con un horario bastante fijo para su cena y, otra vez, Rhydian quería intentar ver cómo era exactamente la llave que cerraba su despacho. Ya habían descubierto que el llavero, junto a otras llaves, lo guardaba en el bolsillo interior de la americana. También había visto salir del despacho un par de veces a alguien del personal de limpieza del internado, y eso quería decir que tenían que existir llaves de repuesto.

Lo había debatido varias veces con Norah y habían llegado a la conclusión de que solo tenían dos opciones: intentar hacerse con la llave cuando la directora dejara desatendida su chaqueta, y de momento no se les había presentado la ocasión, o bien intentar descubrir cómo era la llave para hacerse con alguna copia que tuviera el personal de limpieza.

Si bien investigar con Norah le había devuelto el ánimo, se sentía frustrado porque estaban estancados. No encontraban la entrada a los pasadizos secretos, no podían saber qué escondía el internado ni habían tenido la oportunidad de dar con alguna pista sobre cómo y por qué desapareció su amigo.

Por eso, él estaba empeñado en entrar al despacho de Evelyn

Foster: tenían que encontrar los planos del castillo o se pasarían todo el curso vagando a escondidas por los corredores.

¿Con qué se tropezó Aaron dentro de los pasadizos? ¿Por qué el internado mentía, chantajeaba y, posiblemente, sobornaba a la policía para ocultarlo? Y, ¿por qué la ubicación de su móvil apareció en El Congo? Rhydian no lograba encajar ninguna pieza del puzle.

Aunque todavía no tenían todos los nombres de los trabajadores residentes en el castillo, Norah había empezado a tantear a alguno de ellos. Su amiga había intentado hablar con la señorita Matsuda y el profesor Steven, pero, de momento, no había logrado que le comentaran nada del día de la desaparición.

La única pista interesante que habían conseguido era la de la leyenda de la dama perdida, que indicaba que lady Annabel había desaparecido en uno de los pisos superiores. Pero era insuficiente. Había demasiados pisos superiores; además, la fuente consultada era una leyenda, bien podía estar equivocada.

Del resto de los temas seguían igual, o peor, porque ahora tenían a un profesor con un objeto extraño que no cuadraba para nada en la historia; el profesor Denson era nuevo de ese año y no estaba cuando Aaron desapareció. A la ecuación, también tenían que añadirle una inquietante ráfaga de aire.

Rhydian llevaba mucho tiempo viviendo en el castillo y, como todo el mundo, en alguna ocasión había oído ruidos extraños y notado brisas suaves de aire que salían de la nada. También, como Norah, había visto sombras que parecían moverse en la oscuridad y sabía que los relieves y las estatuas, a veces, jugaban malas pasadas en la mente de los que estaban un poco asustados. Sin embargo, era la primera vez que había experimentado que una fuerte ráfaga de aire irrumpía en una estancia y movía los mechones de una chica y las páginas de un libro. Para eso no tenía explicación.

Sonrió con tristeza al recordar que Aaron sí tendría una respuesta: fantasmas. Su amigo estaba convencido de que en el castillo había más de un fantasma y que querían comunicarse con los habitantes del lugar. También pensó que, un año atrás, él se hubiera reído de estas teorías y que Aaron, con ese humor tan suyo, le habría aportado diez pruebas diferentes para demostrarle que tenía razón.

Ahora… Ahora ya no estaba seguro de nada.

Siguió por el corredor del segundo piso y no se sorprendió cuando vio que la puerta del despacho de Evelyn Foster se abría; era la hora en la que la mujer solía terminar su jornada. Rhydian observó que, de dentro, salían dos figuras: la directora, que llevaba un traje chaqueta impoluto de color beis, y un hombre con un traje de los que él sabía que costaban miles de libras. Lo reconoció enseguida: el señor Davies.

El muchacho notó que su pulso se aceleraba y maldijo por dentro; no siempre era capaz de controlar la rabia que sentía por la directora. Levantó la cabeza y se obligó a avanzar hacia ellos, cruzando los dedos para que la mujer sacara la llave para cerrar el despacho.

—Como siempre, un placer, Anthony —dijo ella, y alargó la mano para estrecharla con el hombre.

—Evelyn.

El hombre retiró la mano sin decir nada más. Hizo un gesto de cabeza para despedirse, se dio la vuelta y pasó de largo, sin mirar al chico. Rhydian siguió avanzando con los ojos fijos en la directora. Estaba a pocos pasos del despacho, pero ella se dio cuenta de su presencia.

—Señor Cadwallader. Últimamente le he visto rondar este pasillo más de lo habitual.

Rhydian tragó saliva, pero no dijo nada.

—¿Está buscando el mejor momento para acudir a mi despacho?

El muchacho casi se atragantó. Tuvo un momento de pánico, en el que creyó que había descubierto su plan. Pero se recompuso enseguida y le respondió:

—No, señora. Solo pasaba por aquí.

—¿Seguro, Rhydian? —la directora cambió a un tono más cercano—. Si quieres comentar algo, podemos agendar una reunión.

—Seguro, señora Foster.

Ella sonrió, pero Rhydian permanecía con su expresión neutra.

—¿Cómo lo llevas? No he tenido ninguna queja de ti.

—Estoy bien.

—Me alegro. Esto es lo que todos queremos, que te gradúes con nota y que lo ocurrido el curso pasado no manche tu expediente.

Rhydian sintió que la rabia hervía en su interior. Tuvo que apretar los puños para contenerla y mantener su rostro impertérrito.

—Sigue esforzándote como lo haces y todo irá bien. Ahora, si me disculpas...

Rhydian no contestó. Se quedó inmóvil, a su lado, con el aire atrapado en los pulmones, siguiendo el movimiento de las manos de la directora. Como si fuera una toma a cámara lenta, vio como la señora Foster hurgaba en uno de los bolsillos de su chaqueta beis. Luego, de repente, la melodía suave de un teléfono móvil estropeó el momento que Rhydian tanto había esperado.

Evelyn Foster descolgó el teléfono y Rhydian empezó a alejarse poco a poco, para salir de su campo visual, aunque intentaba caminar de lado para ver los movimientos de la mujer.

—¿Cómo dices? —preguntó exaltada—. ¿Que varios alumnos se han puesto a vomitar en el comedor? —Hubo una pausa y luego un suspiro—. Avisad a la enfermera de guardia. Voy para allá.

Perplejo, Rhydian vio que la directora se alejaba a paso rápido. El sonido de sus tacones resonaba de forma dura y rítmica y quebrantaba el silencio del pasillo. El muchacho no se movió hasta que la mujer hubo cruzado la última puerta. Fue entonces cuando se dio cuenta de lo que acababa de suceder: Evelyn Foster no había cerrado la puerta con llave.

Tenía vía libre para entrar en su despacho.

25

Incursión furtiva

Lo primero que notó Rhydian al entrar al despacho de la directora fue un leve aroma a café. Las manos le temblaban ligeramente mientras buscaba el interruptor de la luz. Se apresuró a entrar y cerró la puerta detrás de él. No sabía cuánto tardaría en regresar la directora, así que tenía que darse prisa.

Dio un vistazo rápido a la estancia. No necesitaba ubicarse, había estado allí demasiadas veces. Frente a él y al lado de las tres ventanas de estilo gótico estaban ubicados el sofá y el sillón. Sobre la mesa baja de cristal descansaba un portátil cerrado. Al lado, un par de tazas de café vacías. Rhydian dedujo que la reunión con el señor Davies se había desarrollado allí, de forma más informal.

No perdió el tiempo y se dirigió a la mesa de trabajo de la directora; encima había una fotografía de la mujer con su marido y varios documentos apilados. Rhydian no se entretuvo con ellos y abrió los primeros cajones del escritorio, en los que solo encontró material de oficina variado. El tercer cajón, el más grande, estaba cerrado con llave.

Estaba nervioso y necesitaba detenerse un momento para pensar. Tenía que buscar dos cosas: documentos sobre la investigación de Aaron y los planos del castillo.

—Si fuera yo..., ¿dónde lo escondería? —murmuró.

Pero no tuvo tiempo de intentar responder la pregunta. Escuchó un fuerte sonido de una puerta al cerrarse y el corazón le subió a la garganta. Por acto reflejo, se agachó para esconderse detrás del escritorio. No era el mejor escondite, pero tampoco el peor ya que la mesa tenía un tablero vertical que ocultaba las piernas del que estuviera sentado en la silla principal.

Respiró hondo e intentó calmarse mientras aguzaba el oído. Estuvo un par de minutos inmóvil, con el cuerpo rígido, esperando lo peor. Pero no ocurrió nada. La estancia seguía en silencio y del pasillo no le llegaba ningún otro ruido. Sacó su móvil con la idea de pedir ayuda a Norah. Pulsó su número y esperó.

—No te vas a creer lo que está ocurriendo —dijo Norah nada más descolgar—. Dios mío, ¡qué asco! —La muchacha se rio.

—Norah, escúchame —dijo Rhydian muy bajito.

—¿Por qué hablas así?

—Norah, no hables y escucha —repitió y, al darse cuenta de que su amiga no decía nada más, continuó—. Estoy dentro del despacho de la directora.

Norah dejó salir una exclamación de sorpresa.

—Necesito tu ayuda.

—Dime.

—Busca a la directora. No. Mejor haz guardia en el pasillo de su despacho y avísame si ves que vuelve, para que pueda salir.

—La directora está aquí, en el comedor.

—Pues no la pierdas de vista y avísame si ves que se marcha.

—De acuerdo. Ten cuidado, Rhy.

Rhydian colgó y notó que la tensión de su cuerpo se aflojaba. Tenía localizada a la señora Foster y Norah le cubriría. Todavía no sabía de cuánto tiempo disponía, pero esperaba que fuera suficiente para encontrar algo, aunque fuera una pista.

Se levantó y empezó a revisar el mueble que tenía detrás, justo debajo de una obra de arte abstracta de difícil interpretación. Consideró la posibilidad de que la directora tuviera una caja fuerte detrás del cuadro o en cualquier otro sitio; pero se dijo que no era el momento de buscarla. No podía perder el tiempo en algo que sería incapaz de abrir.

Así que siguió con el armario y enseguida hizo un gesto de triunfo al descubrir que la segunda puerta estaba abierta. Pero la alegría le duró poco: el estante estaba lleno de archivadores con facturas y documentación cotidiana del internado.

La siguiente puerta estaba cerrada y también la que había a continuación. Rhydian suspiró, frustrado. Le parecía una broma de mal gusto tener esa oportunidad inesperada de entrar al despacho de Evelyn Foster y salir con las manos vacías. Sin embargo, al final del mueble, algo le llamó la atención: había una puerta con la ranura metálica para meter la llave, como las demás, pero carecía de agujero, solo tenía el contorno de la llave perfilado. Era una cerradura falsa.

—¿Cómo accede aquí dentro si no se puede meter una llave? —murmuró Rhydian, desconcertado.

Fue entonces cuando empezó a examinar ese armario desde otra perspectiva. Y no tardó mucho rato en encontrar lo que buscaba: una puerta escondida en la parte lateral. Contuvo una exclamación de sorpresa cuando vio que una pequeña llave metálica sobresalía de la cerradura oculta en el lateral.

Se agachó. Se notaba el pulso acelerado, aunque no dudó y giró la llave para abrir la puerta. No era un armario diferente al resto: había un archivador con pequeñas carpetas colgantes, una caja cerrada con candado, que seguramente contendría documentos, y varias carpetas apiladas llenas de papeles. Empezó con lo que tenía más alcance: el archivador.

Las carpetas estaban ordenadas por orden alfabético, algunas parecían muy antiguas, con esos tonos marrones del papel desgastado y las esquinas maltratadas por el paso del tiempo.

Otras eran completamente nuevas. En todas ellas podían leerse nombres y apellidos de personas.

Echó una rápida ojeada. Calculó que, quizá, había treinta o cuarenta carpetas. Repasó los archivos por encima y leyó algunos nombres: «Ernest Flemington», «Madeline Gyles» o «Timothy Haywood».

Al fin, eligió un dosier cualquiera del medio del archivador para ver lo que contenía. La carpeta era azul y estaba etiquetada con el nombre «Elizabeth Lovelock». Se fijó en que, comparada con algunas, esta era relativamente nueva.

Examinó la documentación que contenía la carpeta y vio que eran los datos personales de lo que parecía ser una alumna. Por la fecha de la ficha principal, 1985, dedujo que era una exalumna. Observó que, entre los papeles, se encontraban las calificaciones de graduación de la muchacha y también alguna foto de la época de estudiante. Aunque lo que más le sorprendió fue la última página: una ficha que detallaba su profesión actual, el lugar donde vivía y una fotografía reciente de la mujer.

—¿El internado hace un seguimiento de los exalumnos? —se preguntó—. No tiene sentido. Y tampoco hay tantas carpetas.

Cogió la que había al lado, la que estaba en la categoría de la letra M. Era muy vieja, tenía desperfectos importantes y la abrió con mucha delicadeza. Encontró documentación parecida, pero de un tal Patrick Marshall, aunque la fecha inicial databa del 1932. Al llegar a los archivos finales, se documentaba la fecha de muerte del señor junto con el recordatorio funerario.

Rhydian sintió un escalofrío y se apresuró a guardar el expediente en su sitio. Tomó el siguiente: una carpeta muy nueva de color verde. Tuvo que leer dos veces el nombre para cerciorarse de que sus ojos no le estaban engañando. El pulso se le desbocó y apretó fuerte la carpeta para que sus manos dejaran de temblar.

La carpeta llevaba el nombre de Aaron McNeal.

Sintió un sudor frío que empezó por la frente y fue bajando por su espalda cuando abrió la carpeta con el nombre de su mejor amigo. Al principio, el tipo de datos recogidos eran los mismos que en los demás. Había algunas fotos de Aaron de distintos cursos en Old Castle. Y, cuando llegó a la última, se quedó sin aliento: aparecía Aaron, por supuesto, pero no estaba solo, Rhydian estaba a su lado, sonriendo, ambos ajenos a lo que ocurriría poco después. Era la fotografía que la policía utilizó para emitir la orden de búsqueda, era una de las últimas que se habían hecho antes de que desapareciera su amigo.

Rhydian cerró los ojos y tomó aire de forma profunda. Le daba miedo hacer lo que quería hacer, pero lo hizo. Se le acababa el tiempo y sabía que allí podía haber información clave sobre su desaparición.

Fue hasta el documento final, temiendo lo peor. Por un momento se imaginó que allí encontraría el obituario de su amigo, pero enseguida se dio cuenta de que tan solo había un par de recortes de las pocas noticias que salieron sobre su desaparición en el periódico local. Cogió la última hoja con las manos temblorosas y, de detrás, saltó un pequeño sobre de color crema que cayó al suelo. Con el corazón a mil, leyó el informe, que contaba de forma resumida los sucesos del invierno y la primavera pasada. El texto no revelaba nada nuevo y la decepción empezó a hacer mella en el muchacho. Sin embargo, en las conclusiones contuvo la respiración:

«No se ha encontrado al muchacho en ningún lugar del castillo. Ha desaparecido. La policía sigue sin tener una pista sólida y los informadores dicen no haber visto nunca al chico. No tenemos manera de saber qué le ha ocurrido ni cómo».

Desaparecido.

La fecha del último informe era de ese mismo septiembre. La esperanza brotó en su pecho; seguían investigando y todavía lo consideraban desaparecido. Tuvo el impulso de llevarse la carpeta, pero sabía que era muy mala idea, así que sacó el móvil y le hizo una foto al documento final. A regañadientes volvió a colgarla en el archivador.

—¿Qué mierda son estas carpetas? —masculló para sí—. ¿Por qué Aaron está aquí, junto a este tipo que ya ha muerto y esta empresaria que tiene una carrera de éxito en Berlín?

Tuvo un pálpito y con apremio buscó la letra «C». Había varias carpetas en ese apartado y no le sorprendió mucho al encontrar una con su nombre: «Rhydian Cadwallader».

La abrió casi con torpeza y se saltó la ficha inicial, las fotos y otros informes, y fue hasta el final. El informe también estaba actualizado a fecha de septiembre de ese año. Notó que su móvil vibraba, lo tenía sin sonido, pero no lo cogió y simplemente siguió leyendo.

El informe comenzaba con sus faltas y su mal comportamiento del curso anterior. Ojeó el papel por encima hasta llegar a las conclusiones: «Rehabilitado y admitido de nuevo. No sabemos si aguantará la presión de regresar, pero conoce el trato y le ayudaremos a cumplirlo».

—Joder, joder, ¿qué diablos es todo esto?

Tomó una foto del documento y luego cerró su informe. Enseguida buscó si su hermana también tenía una carpeta como aquella. Sintió un extraño alivio cuando comprobó que no había ningún Cadwallader más. Luego volvió a por la «H» y también comprobó con un alivio, todavía más grande, que Norah estaba libre de esa locura. Siguió con la «O» y esa categoría no contenía ninguna carpeta, así que Tawny tampoco estaba.

Fue entonces cuando recordó que había sonado su teléfono. Lo sacó del bolsillo y el pánico se le agarró en el estómago cuando vio que era Norah. En la pantalla todavía destellaba un mensaje recién enviado.

Viene hacia aquí.

Mierda, ¿por qué no coges el teléfono?

Cerró la puerta del armario y se levantó, dispuesto a salir pitando del despacho. Sin embargo, se dio cuenta de que no había recogido el pequeño sobre que había caído en el suelo. Soltó una maldición, pero, antes de poder devolverlo de nuevo al archivador dentro del armario, Rhydian oyó las características pisadas fuertes y rítmicas de los tacones de la directora avanzando rápido por el pasillo.

Cogió el sobre, se lo metió en el bolsillo trasero y se levantó. Buscó con la mirada un mejor escondite que el del escritorio y el único que le pareció aceptable fue detrás del sofá de terciopelo granate.

—¡Señora Foster! —En ese grito reconoció la voz de Norah—. ¡Espere, señora Foster!

Los pasos se detuvieron, pero las voces ya sonaban demasiado cerca.

—¿Qué quiere, señorita Halley?

—Yo… Quería hablar con usted.

Rhydian no se lo pensó. Tampoco es que tuviera muchas más opciones, si salía en ese momento, la directora lo vería. Se apresuró a apagar la luz del despacho y se escondió.

26

Los informes secretos

—Adelante, señorita Halley, ¿qué quiere decirme?

Evelyn Foster dejó escapar un suspiro. Después de lo ocurrido en el comedor, sus reservas de paciencia no estaban para aguantar otra estupidez más.

—Sea breve, que tengo trabajo.

Norah echó un vistazo una vez más a su móvil. Estuvo a punto de saltar de alegría cuando vio que Rhydian ya había leído su mensaje. Sin embargo, el júbilo le duró apenas medio segundo: él no había contestado y eso solo podía significar que todavía se hallaba en el interior del despacho.

Tragó saliva y sintió los nervios burbujear en el estómago. No tenía nada que decirle a esa mujer. La había llamado para detenerla, para hacer tiempo, y ahora estaba en blanco.

—Eso... Me da miedo —empezó Norah, su cerebro iba a mil por hora buscando algo que pudiera distraer a la mujer—. Tengo miedo, señora Foster, ¿y si dentro de un rato soy yo la que me pongo a vomitar? ¿Y si esta noche somos todas las chicas las que pillamos ese virus y nos tienen que ingresar?

Norah vio que la expresión de la directora iba cambiando de

exasperada a perpleja. Pero no se detuvo, siguió haciendo crecer su problema.

—No soporto los hospitales, señora Foster, y ya sabe usted por qué.

No se dio cuenta de lo que estaba diciendo hasta que sacó todas las palabras de la boca. Enseguida se sintió ruin: estaba utilizando la muerte de su madre para mentir descaradamente. Evelyn Foster volvió a cambiar de expresión y esta vez mostró su lado más compasivo.

—Norah... ¡Cielo santo, muchacha! No te va a pasar nada de eso.

Algo duro y pesado se le asentó en el estómago. No quería pensar en su madre, ni en su padre, ni mucho menos en su familia destruida por la muerte, pero enseguida se percató de que era la única manera de ablandar a esa mujer y salvar a su amigo.

—Pero, en el comedor, hay muchos enfermos...

La señora Foster le sonrió con ternura. «A la muchacha realmente se le ve asustada», se dijo. Había hecho un seguimiento más bien distante de la hija de Matthew Halley; por experiencia sabía que la mayoría de los adolescentes no querían sentir el aliento de la vigilancia en su cogote. Pero quizá había llegado el momento de tener una charla más cercana con ella para que viera que, en Old Castle, contaba con un adulto de referencia que se preocupaba por ella de verdad.

—Está bien, iremos a mi despacho.

La directora dio un par de pasos y puso la mano encima del pomo de su puerta. El corazón de Norah empezó a palpitar con fuerza, la sangre le abandonó el rostro.

—Querida, no te preocupes, te irá bien hablar —le dijo cuando vio que Norah perdía el color.

—Yo no...

Era demasiado tarde, la mujer abrió la puerta de su despacho y con un gesto cordial la invitó a entrar.

—Anda, vamos a tomar un té.

La directora entró en la habitación y encendió la luz. Norah la siguió con el corazón retumbando como un loco. Miró a su alrededor, intentando encontrar alguna pista de Rhydian, pero a simple vista no vio nada. Había un par de lugares para esconderse, pero ninguno era suficientemente bueno si la directora decidía moverse por la estancia.

Tomó aire. Se dijo que, si estaba haciendo todo ese paripé para nada, Rhydian se la iba a cargar.

—Es que… No soy muy de té, señora Foster —señaló Norah cuando la mujer empezó a trastear con la tetera que había al lado de la puerta—. Soy más de c…

Se detuvo cuando vio que había dos tazas de café encima de la mesita de cristal.

—De cerveza —afirmó.

Evelyn Foster no pudo ocultar una expresión de sorpresa. Y Norah continuó:

—Sin alcohol, claro, ya sabe, a los mediterráneos nos gusta mucho la cerveza.

—No, no lo sabía, Norah.

Vio que con ese argumento no iría muy lejos, así que decidió tomar un atajo un poco brusco.

—Yo… Necesito aire, señora Foster. —E intentó forzar un tono dramático—. Desde el incidente del comedor noto que me estoy ahogando. ¿Mi padre no le dijo que, a veces, me ocurre esto? —Se puso la mano encima del pecho—. Y tengo que salir a correr o tomar el aire. ¿Por favor, me podría acompañar?

—¿Quieres ir afuera?

—Por favor, con usted… Echo de menos a mi padre y usted lo conoce, sería como… —Norah se detuvo e inspiró, intentando encontrar la fuerza para decir las palabras—. Como si él me cuidara y estuviera a mi lado.

Los ojos de Norah se emborronaron. No fueron lágrimas de mentira, y maldijo al darse cuenta de que su dolor no estaba tan enterrado como ella creía.

—Claro, vamos, querida. —La directora no lo dudó al ver las lágrimas brotar de los ojos de la chica—. Te irá bien tomar el aire.

A tan solo unos pocos metros de distancia, Rhydian seguía completamente inmóvil, oculto detrás del sofá. Oyó pasos y la voz de su amiga insistiendo en que se dieran prisa. Las luces no se apagaron, ni siquiera se cerró la puerta.

El sonido de los tacones de la señora Foster se fue alejando hasta que todo quedó en silencio. Rhydian contó hasta treinta, se levantó y salió del despacho como si el mismo diablo le persiguiera.

Cuando estuvo suficientemente lejos del pasillo, envió un mensaje a Norah.

Ya he salido.

Gracias, eres la mejor.

Tengo mucho que contarte, te espero.

Pero tuvo que esperar veinte largos minutos para recibir la respuesta de ella.

Ahora mismo te quiero estrangular, Rhy.

¿Dónde estás?

En la escalera del King's Arms.

Voy.

Pero no me hago responsable de mis actos.

A pesar de lo desconcertado que se sentía con lo que había descubierto, cuando vio llegar a Norah por el pasillo, los labios se le curvaron. Ese jueves, ella no se había cambiado de ropa y todavía llevaba el uniforme de la escuela. La falda se balanceaba al ritmo de sus pasos decididos y estuvo ensimismado en el movimiento hasta que la tuvo a poca distancia.

Cuando alzó la vista se fijó en la expresión de su rostro y la vio enfadada. Muy enfadada. Sin embargo, esa furia le daba un aire atrevido y fuerte que le gustaba mucho. En realidad, con ella ya no podía ser objetivo porque le gustaba todo y le fascinaba ir descubriendo todas sus facetas.

—Estoy, estoy... —balbuceó Norah al acercarse a su amigo. Levantó un dedo y lo hundió en su pecho—. Estoy muy enfadada contigo. No. Enfadada, no. Cabreada. Muy cabreada, Rhydian. ¿Cómo se te ocurre? Te llamé y tú ni caso.

Norah bufó y hundió un poco más el dedo en la musculatura del pecho de Rhydian. Este levantó los brazos y las manos en señal de disculpa y puso su expresión más inocente.

—Joder, lo siento, de verdad. Es que...

—Ni *es que* ni nada —le cortó. Y Rhydian no pudo evitar sonreír—. Y no te rías, esto es muy serio. ¿Qué hubiera pasado si te hubiera encontrado? ¿Tú sabes lo que he tenido que pasar por tu culpa?

Rhydian dejó de sonreír de inmediato al notar que la voz de Norah se rompía. Ella bajó el brazo y le dio la espalda. Pero él no se lo permitió y tiró de ella para que no se escondiera. Le dolió algo dentro del pecho cuando vio a Norah intentando retener un par de lágrimas.

—Mierda, Norah, ¿qué ha ocurrido? ¿Te ha hecho algo la directora?

Intentó acoger su rostro con las manos, pero ella fue más rápida y dio un paso atrás. La muchacha negó con la cabeza y se enjugó la gota escapista que no había logrado retener.

—Pues ¿qué ha pasado?

Norah tomó aire e intentó recomponerse. No había sido agradable pasear con la señora Foster insistiendo cada tres pasos que le contara más sobre lo que ella consideraba su penoso pasado familiar. Pero, claro, ella misma se había metido en la boca del lobo. Se alegraba de que Rhydian estuviera bien, y lo volvería hacer. Pero había dejado salir una parte de su dolor y ahora se le había abierto una grieta en el pecho y le costaría contener todo eso que tenía guardado allí dentro.

—Nada, solo que me he sentido muy incómoda con esa mujer —dijo Norah intentando sonar más serena.

Sabía que, si le contaba algo a Rhydian, esa grieta se abriría todavía más y no podía permitírselo. Necesitaba que todo volviera a estar como antes.

—¿Por qué no has cogido el teléfono?

—Norah...

—¿Por qué no lo cogiste? —repitió ella.

Rhydian dudó. Su amiga volvía a eludir el tema. Había oído la conversación en el despacho de la directora y suponía que lo que la atormentaba era algo relacionado con su familia. Una vez más, su amiga no quería hablar del tema y lo dejaba fuera de una parte importante de su vida. Dejó escapar un suspiro y se rascó la cabeza. No le gustaba ver a Norah así de azorada y quería que ella llegara a tenerle la suficiente confianza para contárselo cuando estuviera preparada. Por eso, otra vez, lo dejó pasar.

—Cuando llamaste... —Rhydian vaciló, todavía no sabía cómo interpretar lo que había visto—. Joder, Norah, he descubierto algo que no entiendo. Ven, tienes que verlo.

El muchacho la condujo al final del corredor de las hadas y se sentaron en uno de los asientos de piedra de la ventana gótica que escondía la trampilla secreta; a esas horas era muy improbable que alguien deambulara por esa zona.

Rhydian le contó su aventura: la directora despidiéndose del señor Davies, la llamada de urgencia, la posibilidad de entrar en el despacho y ese armario secreto con las carpetas que contenían informes de ciertos alumnos y exalumnos. También le enseñó las fotos que había hecho.

—Que tengan un informe de Aaron lo puedo entender, pero ¿uno con tu nombre? —dijo Norah, perpleja con todo lo que le había contado.

—También de otras personas que aparentemente tienen una vida normal. Pero ¿por qué el internado hace el seguimiento de unos alumnos concretos y de los demás no?

—¿Y si son informes de los estudiantes que tuvieron problemas? —apuntó Norah—. Aaron está desaparecido, tú no fuiste un ejemplo a seguir el año pasado y, quizá, a los demás les pasó algo parecido en algún momento.

—Podría ser, pero... ¿qué sentido tiene documentar la vida de un tío que tuvo un mal año en el cole hasta tal punto de conseguir el obituario de su muerte? —argumentó él—. No tiene sentido.

Y Norah estaba de acuerdo. No era lógico.

—Como mínimo, por el informe que has visto, sabemos que la policía sigue investigando la desaparición —continuó ella, y Rhydian asintió—. Lo que no entiendo es lo de los informadores. ¿Quiénes pueden ser?

—¿Los vigilantes? ¿El señor Wilshere? —sugirió él—. Le he estado dando muchas vueltas mientras te esperaba y no se me ocurren más opciones.

—Podría ser... —Norah hizo una pausa—. Rhy, no me gusta lo que pone en tu informe.

Ella hizo ademán de volver a mirar el móvil y él buscó la imagen otra vez.

—«No sabemos si aguantará la presión de regresar, pero conoce el trato y le ayudaremos a cumplirlo» —leyó Norah en voz alta—. ¿Te tienen vigilado?

—Ni idea, pero puede que sí, y quizá esa persona que viste en el jardín nos vigilaba. —Rhydian se pasó la mano por los cabellos—. Maldita sea, esta es la verdadera cara de la señora Foster y no podemos fiarnos de ella.

—Estaba pensando... —Norah torció los labios mientras

seguía el hilo de sus pensamientos—. Es muy extraño que encontraras ese armario medio oculto, abierto y con la llave puesta. ¿Y si la directora lo utilizó estando con el señor Davies?

—Yo también lo he pensado, eso querría decir que ese hombre está al tanto de algunos de los secretos que se esconden allí dentro.

—Lástima que no tuvieras más tiempo para encontrar algo más, ojalá hubiera detenido a la directora en el comedor... —se lamentó Norah.

De repente, Rhydian tuvo una revelación. Se levantó del asiento y sacó de su bolsillo trasero ese pequeño sobre que no había tenido tiempo de devolver al archivo dentro del armario.

—He estado dándole tantas vueltas a lo de los informes que me había olvidado de esto. —Se sentó y se lo enseñó a Norah—. Cayó del informe de Aaron y cuando me di cuenta, ya era demasiado tarde.

—Y te lo llevaste —dijo Norah perpleja—. Has robado un sobre que estaba en unos informes secretos. ¿Y si la señora Foster se da cuenta de que no está? ¿Y se recuerda que tú estabas por allí cuando se marchó con el despacho abierto?

—Visto así... —murmuró Rhydian, pero se encogió de hombros—. Me da igual, Norah. Que me expulse si quiere, así ya no tendré su chantaje en mi contra y podré decir lo que me dé la gana.

—Pero echarías tu futuro por la borda.

—A veces creo que sería lo mejor... ¿Sabes? En el fondo, volver aquí, callar y hacer como si nada, creo que solo lo aguanto por Jenna y por Tawny. —Norah sintió una desagradable sensación de malestar en la barriga, pero se le pasó enseguida cuando él añadió—: Y ahora también por ti. No podría soportar que ella se vengara con las personas que son importantes para mí.

—¿Crees que podría llegar hasta ese extremo?

—Me ha demostrado que es capaz de todo... —masculló Rhydian.

Norah se estremeció, todavía no era capaz de entender cómo alguien podía llegar tan lejos.

—Supongo que ahora ya no hay vuelta atrás —murmuró ella, y señaló el sobre—. Vamos a ver qué dimensiones tiene la tragedia.

Rhydian abrió la solapa: dentro había un par de documentos doblados. El primero que sacaron era una pequeña cuartilla que, al despegarla, reveló dos columnas con un listado de varios números muy largos con un par de decimales en cada una de las columnas. Contaron hasta nueve filas y todas seguían un patrón numérico similar.

—¿Y esto qué es? —murmuró Norah.

Rhydian tampoco lo sabía, así que pasó al siguiente documento.

—Aquí hay un mapa borroso con unos puntos marcados —dijo Rhydian al desdoblar el siguiente papel.

Era la imagen de una fotografía desenfocada en blanco y negro, pero podían apreciar un mapa topográfico con curvas de nivel, cotas de altitud con el número desdibujado y algún topónimo que no se podía leer del todo bien. Había tres cruces en el mapa, pero nada que indicara lo que podía ser.

Norah se fijó en uno de los márgenes de la hoja donde había algo escrito a mano.

—Posibles lugares —leyó.

—Parece un mapa local, pero... ¿de dónde? —cuestionó Rhydian.

Norah sacó su móvil y abrió el buscador. Intentó hacer algunas búsquedas con el texto que intuía leer de los topónimos, pero no encontró nada.

—O no existen o lo más probable es que no esté escribiéndolo bien —murmuró—, apenas se ve...

—Los números de la tabla... —Rhydian se detuvo y volvió a coger la hoja numérica—. Creo que ya sé lo que son. ¡Claro, tienen que serlo! Esto es un mapa y apuesto que los números son coordenadas.

Norah abrió los ojos como platos. Tan simple y complicado a la vez.

—¿Crees que son coordenadas de este mapa? Pero aquí solo hay tres puntos marcados y tenemos nueve filas de números.

—Tendremos que comprobarlo, Pequeña Ninja. —Rhydian sonrió—. Quizá sea una pista. Nos espera un fin de semana de investigación.

—Y yo tengo que ir a Londres... —se lamentó Norah.

Rhydian sonrió ante la queja de Norah.

Cuando se dispuso a guardar otra vez los documentos, algo que antes le había pasado desapercibido, ahora llamó su atención: dentro del sobre, había una pieza metálica pequeña. El muchacho rebuscó con los dedos y de dentro sacó una cuenta plateada con la forma de una cabeza de unicornio.

A Rhydian se le cortó la respiración, el aire ya no le entraba en los pulmones. Notó que los ojos se le llenaban de lágrimas y que no podía hacer nada para detenerlas. Norah se dio cuenta de que su amigo estaba en shock y acunó su rostro con las manos para que lo mirara a ella, pero él seguía paralizado con la vista fija en el abalorio.

—Rhydian, me estás asustando, ¿¡qué ocurre!?

La cercanía de Norah hizo que el chico tomara el control de nuevo de su mente y de su cuerpo, aunque no de sus emociones. Las lágrimas caían de su rostro sin parar.

—El unicornio —logró decir Rhydian con la voz ronca y Norah bajó las manos—. Aaron siempre llevaba una pulsera de cuero con un unicornio exactamente igual que este. Es el animal nacional de Escocia, allí puedes encontrar unicornios por todos lados, incluso está en el escudo de armas. Para él era el símbolo de su tierra y también de todas esas extravagancias en las que creía.

—¿Crees que es el mismo? —susurró Norah, aunque ya intuía la respuesta.

—Joder, tiene que serlo.

Rhydian se pasó el brazo por los ojos para secarse las lágrimas. La rabia había conseguido enmudecer el dolor.

—Claro que lo es —siguió él—. Estaba en el informe de Aaron. Joder, Norah, esto es la prueba de que la directora nos mintió a todos.

—Cuando Aaron desapareció tuvo que perder la pulsera o quizá se la quitaron —apuntó Norah—. Y de alguna manera fue a parar a manos de la directora.

—Sea lo que sea, está claro que ella escondió la prueba. ¡Maldita sea! ¿Qué te pasó, Aaron?

—Eso podría significar…

Norah vaciló, no se atrevía a decirlo. Pero Rhydian sí, porque sentía un fuego rabioso y al mismo tiempo lleno de esperanza que lo abrasaba por dentro.

—El mapa, las coordenadas y el abalorio del unicornio —enumeró Rhydian—. Esto podría significar que Aaron sigue vivo.

27

«Para Norah»

Ese viernes, la niebla era espesa y el día justo empezaba a clarear cuando Norah se refugió en la escalinata de piedra de la biblioteca. Tenía las mejillas coloradas por el ejercicio, y el frío le cortaba la piel expuesta como si fuera un afilado cuchillo. Se arrebujó con la capucha de su chaqueta de deporte, buscó el trozo de papel de plata y sacó el contenido.

Intentó sonreír cuando su amigo peludo se lanzó sobre sus dedos como una bestia hambrienta, pero, en su lugar, su boca se abrió con un bostezo sonoro. Apenas había dormido porque se había pasado buena parte de la noche intercambiando mensajes y videollamadas con Rhydian.

—No tengo más, ya lo sabes. Eres un glotón —dijo Norah cuando Milkyway maulló pidiendo más tocino grasiento—. Mañana, más.

Guardó el papel de plata para tirarlo después y se limpió los dedos en la tela de los *leggings*. Cuando Milkyway advirtió que sus ruegos ya no le servían para nada más, optó por el plan B y se subió al regazo de la muchacha. Norah le pasó la mano por el pelaje un tanto húmedo por el rocío de la mañana. No sabía cuándo había ocurrido, pero ya no veía a su amigo tan feo, al contrario, ahora el peculiar pelaje jaspeado y el ojo con cicatriz del Pequeño Bandido eran, para ella, una de las cosas más bonitas del castillo.

Milkyway se puso en alerta cuando ambos escucharon las fuertes pisadas de la carrera de Rhydian. Entre la niebla apareció la figura de un muchacho con el rostro escondido bajo una capucha. No tardó en llegar a la escalinata, subió los escalones, se quitó la capucha y se sentó junto a ellos.

—¿Has dormido? —le preguntó a Norah, todavía con la respiración agitada; su rostro estaba perlado de sudor.

—Muy poco. ¿Y tú?

—Un par horas, quizá. —El muchacho cogió la tela de su sudadera y se secó parte del sudor de la cara—. Antes de salir, he buscado ciudades de El Congo a ver si algún nombre se parecía en algo a los topónimos borrosos de la foto, pero no ha servido de nada.

—Puede que no sea un mapa de El Congo —dijo Norah; ya lo habían debatido muchas veces, y no estaban seguros ni de una cosa ni de la otra—. Creo que tendríamos que buscar en todos los países donde hemos encontrado las coordenadas.

—Estoy de acuerdo, no podemos dejar nada sin explorar. Pero… Hay una coordenada que marca una ciudad de El Congo y este país fue la última ubicación del móvil de Aaron. No sabemos por qué le duplicaron la tarjeta, pero tiene que estar relacionado.

Como Rhydian había supuesto, los números de la cuartilla eran coordenadas UTM. Sin embargo, después de localizar las nueve ubicaciones, no habían llegado a ninguna conclusión esclarecedora. Las coordenadas señalaban nueve poblaciones emplazadas en nueve países distintos: Alemania, España, Egipto, Arabia, Estados Unidos, México, Brasil, India y El Congo. La única coincidencia que habían encontrado entre ellas era que todas eran ciudades fronterizas. Eso y que una de ellas pertenecía a El Congo, el país que, aunque todavía no entendían de qué manera, estaba relacionado con la desaparición de Aaron.

—Como mínimo, ahora tenemos más pistas, aunque no sepamos cómo encajan entre ellas. Es mucho más de lo que sabíamos hasta ahora —dijo Norah mientras seguía acariciando a Milkyway.

Ambos guardaron silencio cuando, entre la niebla, vieron aparecer los focos de un *buggy* silencioso. Los vigilantes del castillo redujeron aún más la marcha lenta en la que avanzaban y apuntaron hacia ellos con una linterna potente. Cuando comprobaron que eran los mismos muchachos de cada mañana, aceleraron de nuevo y siguieron su camino por el sendero de la muralla.

—¿No saben que siempre somos nosotros? —masculló Norah—. Cada mañana que pasan por aquí están igual.

—A veces me pregunto si vigilan de verdad o solo para que los padres de los alumnos crean que la seguridad del castillo ha aumentado —dijo Rhydian.

—¿Crees que los guardias de esa noche vieron algo y la directora también los silenció? En ese informe dice que los informadores no habían visto nada, pero empiezo a dudar de todo.

—Podría ser —bufó Rhydian con rabia contenida.

Norah puso una mano encima del brazo de su amigo para sacarlo de esa bruma oscura que intuía que empezaba a nublarle la mente.

—Oye, ¿cómo estás? —preguntó ella.

Rhydian dejó escapar un suspiro e intentó relajarse. Norah apartó la mano y la hundió otra vez en el pelaje del animal. Él, de forma distraída, también alargó la mano hacia el regazo de su amiga para acariciar la espalda del gato.

—No lo sé, Norah, no tengo ni idea de cómo me siento —murmuró mientras se entretenía con suaves movimientos.

El descubrimiento del unicornio de la pulsera de Aaron lo había desestabilizado más de lo que se atrevía a reconocer. Sentía rabia, miedo, frustración y una tristeza que parecía querer engullirlo entero, pero también esperanza, y se agarraba con uñas y dientes a la posibilidad de conseguir una pista real que les confirmara que su amigo continuaba vivo.

Y, además, estaba Norah. Ahora sabía a ciencia cierta que ella era uno de los motivos principales por los que seguía entero. Estaba rasgado por dentro, sí, pero tener el apoyo incondicional de Norah lo hacía mantenerse suficientemente fuerte para continuar adelante.

Sin esperarlo, Rhydian notó que Norah le rozaba los dedos con los suyos. Se quedó muy quieto, con la vista fija en los movimientos. Cerró los ojos cuando las yemas de los dedos de la chica le empezaron a acariciar con suavidad el dorso de la mano. No pudo evitar sentir un hormigueo cálido que le subía por la muñeca y por el brazo, seguía por su pecho y luego descendía por un camino más peligroso. Cuando los abrió de nuevo, se encontró a Norah mirándolo con una mezcla de anhelo y sorpresa que lo pilló desprevenido por completo.

—Norah... ¿Qué me estás haciendo? —musitó con la voz ronca.

Norah se detuvo, de repente, avergonzada por las caricias que había iniciado. Retiró la mano de forma brusca y el pulso se le disparó. A Milkyway le molestó la sacudida y saltó de su regazo con un maullido enfadado.

—Lo siento, estaba distraída —farfulló.

Pero no era verdad, y ambos lo sabían. Norah había sentido la necesidad de aliviar el pesar de su amigo y no había dudado en acariciarlo. El problema era que algo fuerte se había encendido en su interior y, después, se había apoderado de ella un extraño deseo de seguir toqueteando su mano hasta que él abriera los ojos y ella pudiera ver el efecto que le causaba ese contacto.

Y lo había visto, por supuesto que lo había visto, pero ahora no sabía qué hacer con el intenso deseo contenido que había descubierto en los ojos de Rhydian.

—Está bien, me gustaba lo que hacías —murmuró él dejando entrever parte de sus sentimientos.

Pero Norah no estaba dispuesta a ahondar más en los suyos. No podía olvidar que, ni con Rhydian ni con nadie, quería ir más allá de una amistad temporal. Así que hizo lo que siempre hacía en estas circunstancias y desvió la conversación hacia otro tema.

Las clases de ese viernes se hicieron largas y pesadas. Tanto Norah como Rhydian estaban muy distraídos con los descubrimientos recientes. Cuando llegó la hora del recreo, los estudiantes salieron en masa de las aulas para aprovechar al máximo el tiempo de descanso. Norah y Carlien llegaron de las últimas al jardín interior del castillo y vieron que sus respectivos amigos estaban charlando juntos cerca de la escultura de una torre medio derruida con una enredadera que florecía a su alrededor.

Norah se detuvo un momento cuando divisó que en el grupo también estaban Jenna y Tawny. Si Rhydian estaba con su hermana y su exnovia, ella solía apartarse hasta que terminaban de hablar. No le gustaba meterse en medio, sobre todo porque siempre tenía la sensación de no ser bienvenida. Pero esta vez no pudo mantenerse al margen porque Carlien tiró de ella para que siguiera avanzando.

Al llegar, ella y Rhydian se sostuvieron la mirada durante unos largos segundos, aunque ni por asomo fueron suficientes para decirse todo lo que tenían acumulado dentro. Tawny no tardó en llamar la atención del muchacho contándole una anécdota divertida de clase, y entre risas y más historias continuaron la improvisada reunión.

Pero el sonido de unas fuertes carcajadas, seguidas de una exclamación, captaron la atención del grupo:

—¡No te quedes en medio, Theo-Fideo!

Se dieron la vuelta hacia el origen del alboroto y vieron a Chester dar un empujón al muchacho pelirrojo que trastabilló y cayó de rodillas al suelo. Su sándwich medio envuelto en papel de plata le salió disparado de las manos y voló unos metros hasta aterrizar a los pies de Rhydian.

—Eres más que torpe —rio Chester mientras avanzaba con su grupo de amigos.

Rhydian se agachó y recogió el sándwich, la parte destapada estaba cubierta de polvo y pegotes de tierra.

—Gilipollas —gruñó Rhydian cuando Chester pasó por su lado—. Eres patético, Davies.

—¿Y tú me lo dices? —El rubio esbozó una sonrisa sarcástica—. ¿Tú? ¿El que se vomitó encima antes de meterla en caliente? ¿El que se arrastraba como un miserable para que le dieran otra botella de alcohol? Tú sí que eres patético.

De repente, todo el mundo estaba en silencio escuchando el intercambio de palabras. Norah vio que Rhydian estaba rígido y desafiaba a su compañero con la mirada. Después de los sucesos de los últimos días sabía que su amigo cargaba con demasiada tensión y no dudó en ponerle la mano encima del brazo y darle un apretón para calmarlo.

—Dame, que lo limpio —dijo Norah.

Se metió en el campo de visión de Rhydian y le cogió el sándwich de la mano. La maniobra consiguió distraerlo de su objetivo, y Chester y su pandilla pasaron de largo sin añadir nada más.

Oyó que Jenna murmuraba un insulto y que Rhydian mascullaba algo ininteligible. Norah rebuscó el paquete de pañuelos de papel que siempre llevaba en el bolsillo de su chaqueta y lo sacó. Extrajo un pañuelo y lo usó para limpiar el sándwich del chico pelirrojo.

—Norah, se te ha caído algo —dijo Mariah y señaló un papel del suelo.

Levantó la vista y, con horror, vio que, a su lado, Tawny se agachaba y recogía del suelo ese papelito doblado por la mitad. Lo reconoció de inmediato. Era una de las notas de Chester.

Seguía sin abrirlas. Siempre las tiraba, pero esa debió de olvidarla dentro de uno de los bolsillos de su chaqueta.

—¿Es una carta de amor? —preguntó la pelirroja al leer en el papel un «Para Norah» junto al dibujo de un pequeño corazón atravesado con una flecha.

—¿Tienes un admirador? —Brittany sonreía con diversión.

—No me lo habías contado —se quejó Carlien.

—Tawny, devuélvemela —pidió ella.

—¿Qué es esto, Norah? —Rhydian miraba con el ceño fruncido a su amiga—. No me has contado nada sobre...

—¿Podrías darme mi sándwich, por favor? —reclamó el pelirrojo.

En medio de la confusión, el chico se había acercado al grupo y estaba justo delante de Norah con la mano extendida.

—Gracias, Halley —añadió cuando ella se lo devolvió.

Y se marchó tan rápido como había llegado.

—«No me cansaré de decírtelo: sigo pensando en ti. Ven esta noche, por favor. No pasará nada que tú no quieras y te prometo que te gustará. Ya sabes cómo llegar a mi habitación. Siempre tuyo, C.» —recitó Tawny—. Esta letra me suena... —murmuró para sí misma.

De repente, levantó la cabeza y miró a Norah.

—Es la de Chester. ¿Tú y Chester? ¿En serio? —acertó la muchacha.

Aunque Tawny quería sonar sorprendida, a Norah le pareció que su tono denotaba alegría, como si lo que estaba suponiendo fuera una maravillosa noticia.

Con un gesto brusco, Rhydian le robó el papel a Tawny y leyó la nota con el ceño todavía más fruncido que antes.

—¿Desde cuándo ocurre esto? —gruñó con una visible expresión de enfado en el rostro. Flexionó los dedos y el papel se arrugó dentro de su mano.

—No es nada, no tiene importancia —Norah no quería que nadie le diera más relevancia de la que tenía para ella.

—Vamos, Rhydian, no es tu novia, ¿no? —dijo Tawny con cierta duda—. Puede hacer lo que quiera.

El muchacho miró a Norah. Estaba enfadado, sobre todo con Chester, por ser un imbécil, pero también con Norah. Eran amigos, quizá incluso algo más, porque las líneas rojas de su relación parecían estar desdibujándose. Aunque Norah le escondiera ciertas cosas de su pasado, él creía que confiaban el uno en el otro.

—Claro que puede hacer lo que quiera —repuso Rhydian—. Pero no estoy hablando de eso.

Rhydian la miraba fijamente y a ella le dio la impresión de que sus palabras contradecían las emociones que veía en sus ojos.

—¿Desde cuándo, Norah? —repitió.

—Cálmate, Rhy —intervino Jenna—. Si ella dice que no pasa nada, no te metas en líos.

—¿Que no me meta en líos? —El papel crujió de nuevo bajo la presión de sus dedos—. Joder, Jenna, lo haría por ti, y también por ti, Tawny. —Miró al grupo—. Por cualquiera. Esto no es una carta de amor, es una nota de acoso. ¿Desde cuándo, Norah?

Volvió a fijar su mirada en la de su amiga, pero no esperó a que respondiera. Conocía a Chester, sabía que él solía hacer comentarios muy inapropiados sobre las mujeres, y no podía olvidar que, el día de la primera fiesta, estuvo importunando a Norah. Por todo eso y por el contenido, dedujo que no era la primera nota. Hecho una furia, empezó a caminar hacia Chester. Lo alcanzó antes de que nadie pudiera detenerlo y le estampó la nota en el pecho.

—Esto es acoso, imbécil —siseó muy cerca de su cara—. Déjala en paz o te las tendrás que ver con una denuncia que manchará de forma muy fea tu fabuloso expediente.

—Solo es una ridícula nota de un adolescente enamorado. —Chester torció una media sonrisa falsa—. ¿Qué te jode más?

—El chico bajó la voz para que solo ellos dos pudieran oírlo—: ¿Que también quiera tirármela o que la vayamos a compartir?

Rhydian soltó un improperio y con la otra mano lo agarró por el cuello de la chaqueta.

—Haz un solo paso más y seré yo el que hunda tu expediente, desgraciado —le amenazó Chester.

—No te acerques a ella, ni siquiera la mires —le advirtió Rhydian con la voz grave y baja—. ¿Lo has entendido?

—Y tú, ¿lo has entendido? Porque eres tú el que está bajo la lupa de dirección, el mismo retrasado que ya tiene el expediente jodido.

—Por eso mismo, gilipollas.

Rhydian dejó de agarrar la tela de la chaqueta de su compañero y se apartó. Torció una sonrisa insolente, el papel seguía arrugado dentro de su puño.

—Yo no tengo nada que perder. En cambio, tú... puedes perderlo todo.

28

Cuando todo se derrumba

Matthew Halley conducía su Audi negro a una velocidad prudente por la autopista en dirección a Oxford. Ya había oscurecido y la carretera se había llenado de luces veloces que recorrían la calzada. Tenía activada la función de manos libres del coche y atendía una llamada urgente de trabajo.

Norah, sentada en el asiento del copiloto, hacía rato que había desconectado de la conversación y jugueteaba con un hilo deshilvanado de uno de los puños de su jersey verde musgo. Se lo había puesto porque le recordaba el color de los ojos de Milkyway.

Para Norah, el fin de semana que cada tres semanas pasaba en casa de sus abuelos paternos siempre transcurría de forma lenta y pesada. Ella los veía como una pareja de ancianos con un talante reservado y distinguido, como si en ellos corriera la sangre envejecida de algún lord inglés. Siempre se había preguntado de dónde había sacado su padre ese carácter tan accesible, y también afectuoso, sobre todo con ella y su madre.

En aquella casa, en el barrio de Belgravia, se seguía un horario estricto y todo parecía tener un protocolo que Norah nunca lograría aprender. Después de pasar el fin de semana entero con ellos, creía estar a punto de sufrir una sobredosis de solemnidad inglesa.

Más allá de las estrictas obligaciones familiares, Norah había permanecido esos días con la nariz metida en el móvil hablando con Rhydian sobre las pistas y la investigación, en la que de momento no habían hecho nuevos avances, y también evitando los intentos de su amigo para hablar sobre las notas de Chester.

—Lo siento, cielo, era importante —se excusó Matthew cuando colgó la llamada—. Un problema en la oficina de Manchester. Esta semana me enviarán un par de días allí.

Norah asintió. Su padre había aceptado ser el director de las oficinas del Reino Unido de la empresa de seguros en la que trabajaba, y sabía que viajaba a menudo. En contadas ocasiones pasaba más de cinco días en Londres.

—Me he cogido dos días de fiesta coincidiendo con tus vacaciones de otoño —siguió Matthew—. Sé que tienes una semana entera, pero estaba pensado que podríamos hacer una escapada de un par de días a Edimburgo. ¿Qué te parece? Siempre has querido ir.

—¿Y no has pensado en Barcelona? —dijo Norah con cierta esperanza.

Ella ya había imaginado que pasaría la semana de vacaciones en casa de sus abuelos, y el hecho de que su padre pudiera tomarse unos días de vacaciones era una inmejorable oportunidad para volver a pisar de nuevo las calles de su querida ciudad.

—Creo… Creo que ahora no es el momento.

—Podrías enviarme a mí… —sugirió ella—. Esta mañana he hablado con tía Lidia y me sigue preguntando si algún día iremos a verlos.

—Viven en un pueblo recóndito del Pirineo, Norah, en dos días no nos da tiempo ni siquiera a llegar y decir hola. Ya lo sabes, y ella también.

Norah inspiró y contó hasta diez mientras dejaba escapar el aire. En ese momento tuvo una revelación. Una profundamente dolorosa que no supo cómo encajar, pero que estaba clara desde hacía mucho tiempo, y que, hasta ahora, no se había atrevido a aceptar: su padre, a diferencia de ella, ya no quería tener nada que ver con Barcelona. Todas las decisiones que había tomado, y seguía tomando, eran para alejarse, cada vez más, de todo lo que había sido su antigua vida.

El silencio se extendió por el Audi negro de Matthew igual que la oscuridad se expande cuando el sol se esconde por el horizonte. Matthew tomó el primer desvío que indicaba la proximidad de un área de servicio. Cuando llegó a la gasolinera, aparcó y bajó del coche.

—Enseguida vuelvo, Norah, voy al baño —dijo con la voz ronca.

La joven sintió una fuerte opresión en el pecho y volvió a respirar profundo para calmar esa sensación de ahogo. Odiaba ver así a su padre, derrotado, igual de perdido y lastimado que ella. Y, al mismo tiempo, no podía evitar sentir la rabia y el enfado hacia él, que todavía tenía enquistados en las entrañas.

La melodía del teléfono de su padre sonó de nuevo. Esa tarde, desde su partida de Londres, había recibido tres llamadas relacionadas con el trabajo. Norah descolgó y abrió la boca para informar al que estuviera al otro lado que su padre volvería enseguida, pero una voz femenina se le adelantó:

—Matthew, lo siento. Lo siento mucho. Tienes razón. Podemos ir despacio. No hay prisa. De verdad que te entiendo. ¿Podrás perdonarme?

Norah se quedó con la boca abierta. Lo que sea que estuviera a punto de decir desapareció de su mente. Por unos instantes se quedó en blanco, intentando comprender las frases que articulaba esa voz femenina. Reconocía el idioma, era inglés con un acento británico muy marcado, y comprendía el significado de cada una de las palabras, eran simples, todas ellas se podían encontrar en un diccionario básico. Sin embargo, no concebía que una desconocida las estuviera dirigiendo a su padre.

El corazón empezó a golpear con fuerza dentro de su pecho. Sentía el pulso amplificado en la garganta, las orejas, los brazos… Como si toda ella fuera un latido nervioso y errático. Las manos le temblaban.

—Di algo, Matt, por favor —rogó la mujer del teléfono.

Norah se sentía incapaz de contestar. Su garganta estaba ocupada por un bulto grueso, áspero y pesado que impedía que las palabras pudieran fluir al exterior.

—Te has equivocado —logró mascullar, y con una mano temblorosa apretó el botón rojo para colgar la llamada.

La joven notó que el aire se le quedaba atascado en el pecho. Comenzó a respirar de forma rápida y superficial, igual que hacía después de una larga carrera. Notaba escozor en el cuello y en los ojos, la nariz también le picaba. Apretó los puños y se clavó las uñas en la palma de las manos hasta que el dolor fue suficientemente agudo para ayudarla a mantener a raya las ganas de llorar.

Su padre no tardó mucho en regresar al coche. Se ató el cinturón y arrancó el motor.

—Por Navidad, quizá, o Año nuevo… —dijo mientras giraba el volante.

Norah apenas registró las palabras de su padre. Una furia espesa y ardiente empezaba a fraguarse en su pecho.

—Lo arreglaré para que pases unos días… —continuó.

—Claro, para que yo pase unos días. No los dos. Solo yo. —La voz de Norah sonó dura y burlona—. Tú ya has pasado página, ¿verdad? ¿Tan fácil te ha sido? ¿O es que dejaste de querer a mamá incluso antes de que muriera?

Matthew frenó el coche en seco. Todavía no se habían incorporado a la autopista, y arrinconó el automóvil en el arcén.

—¿De dónde sacas eso?

Matthew giró la cabeza hacia Norah y esta vio un destello de dolor en sus ojos.

—Quiero a tu madre y la echo de menos cada día.

—No me mientas, papá. Hemos dejado Barcelona y me has metido en un internado porque no soportabas verme. Todo es más fácil si no me tienes delante, ¿no? Te oí un día por teléfono que se lo decías a alguien. Me parezco demasiado a ella, ¿verdad?

Norah escupía las palabras con esa rabia venenosa que llevaba meses contenida. Con cierto placer retorcido vio que el rostro de su padre se ponía lívido.

—Y ahora tienes novia.

La última frase sorprendió a Matthew como si hubiera recibido un balazo a traición.

—¿Qué? ¿De dónde sacas...?

Pero no pudo terminar la frase porque ella le señaló el móvil con un gesto de desdén.

—No mientas, papá, acaba de llamar. No han pasado ni once meses y tú ya has pasado página. Y yo soy lo único que te impide dejarlo todo atrás.

—Norah...

—Yo sigo ahí y no te dejo, ¿verdad? —continuó ella—. ¿Sabes qué? Olvídate de mí, como ya te has olvidado de mamá. Déjame tranquila en tu estúpido internado y, cuando termine el curso, ya no tendrás ninguna obligación conmigo.

Norah sentía la rabia como si fuera una corriente ardiente y vibrante que hubiera tomado el control de su cuerpo. Esa fina grieta que se había abierto el jueves después de hablar con la señora Foster ahora se había desgarrado del todo y solo quedaba un agujero rebosando de dolor. Temblaba. Lo hacía igual que una de esas hojas secas y marchitas que se aferran desesperadas antes de que el último vendaval de invierno las arranque de la rama para siempre.

Matthew se tapó el rostro con las manos y dejó salir un gemido estrangulado. Sus hombros se sacudieron.

—Sigo queriendo a tu madre, Norah —susurró con la voz ahogada por las palmas—. Siempre la querré. Pero debemos seguir adelante, cielo. Le prometimos que seguiríamos adelante.

—¿Abandonando a tu hija y echándote novia antes del año? —preguntó ella con sarcasmo—. Bravo, papá. Has cumplido tu promesa.

—No te he abandonado, cariño, nunca podría hacerlo. Pero los dos estábamos mal, llevábamos meses sufriendo. Necesitábamos un cambio, por eso acepté el trabajo y vinimos a Inglaterra.

Matthew se obligó a mirar a su hija.

—No debiste oír esa conversación. Ese día estaba hundido. No era yo. —Los ojos del hombre se llenaron de lágrimas—. Te pareces a ella, sí, pero te quiero, cielo. Eres lo más importante para mí.

—Claro, papá, seguro. —Norah torció una mueca de disgusto—. No olvides llamar a tu novia cuando me dejes en el internado. Parecía muy preocupada.

—No lo buscaba, Norah, fue algo inesperado. Es muy reciente...

—No quiero oírlo —lo cortó Norah con un tono contundente—. Llévame de vuelta, por favor.

Los últimos kilómetros antes de llegar al castillo transcurrieron en un silencio tenso y cargado de dolor. Norah se clavaba las uñas en la palma de las manos para intentar controlar el gran vacío que sentía en su interior.

Con cierta sorpresa descubrió que echaba muchísimo de menos a su padre. A su padre de antes, ese hombre respetuoso, leal y cariñoso que la ayudaba con los deberes e iba en bicicleta con ella los domingos por la mañana. Ese hombre respetuoso, leal y cariñoso que besaba a su madre a escondidas cuando creía que Norah no los veía y que siempre lograba sacarle una sonrisa a su mujer, incluso cuando estaba enfadada.

El peso de la realidad le cayó encima como si fuera un yunque de hierro. Echaba de menos a un hombre que ya no existía. Igual que echaba de menos desesperadamente a una mujer que estaba muerta.

De repente se sintió sola, más sola de lo que nunca se había sentido. Se dio cuenta de que quería algo que ya no existía y que no volvería a existir jamás. Su madre no estaba. Ella había cambiado. Su padre también era otro.

Cuando Matthew detuvo el coche en el aparcamiento del Old Castle College, Norah abrió la puerta y salió a toda prisa. Tenía la sensación de que el suelo se le estaba abriendo bajo los pies y que la tierra se tragaba todo lo que hasta ahora la sostenía. El agujero lo iba succionando todo para que nada pudiera quedar en pie. Ella flotaba por encima de los últimos escombros, esperando caer en picado hacia un abismo del que no conocía el fondo.

Cogió la mochila del maletero y echó a correr sin despedirse. No miró a su padre y nunca supo que dejaba tras de sí a Matthew Halley con los ojos llenos de lágrimas.

29

Sin barreras

—Quédate, Rhy, no tienes nada mejor que hacer —insistió Jenna después de dar un sorbo a su taza de té—. Vamos a ver *Thor*, a ti te gustan las pelis de superhéroes.

—¿Y tragarme durante dos horas vuestros suspiros continuados por ese guaperas? —rio Rhydian—. Ya he pasado por ahí, hermanita. Paso.

—No es verdad, no hacemos eso.

Tawny hizo un puchero con los labios para intentar atraer la atención del muchacho, pero este, aunque prestaba atención a la conversación, tenía la mirada puesta en las entradas principales de la sala común.

—Quédate solo un rato y te vas cuando te canses —insistió Tawny.

Las chicas del Bridge of Sighs habían programado una sesión de cine para esa noche antes de ir a dormir. Si pedían permiso, también podían invitar a sus compañeros de clase. No estaba prohibido que se mezclaran, siempre y cuando no se metieran en las habitaciones y se marcharan a la hora establecida. Aunque todos sabían que era una norma que casi ningún alumno de bachillerato cumplía.

Rhydian se cruzó de brazos y se recostó en la pared, al lado de la nevera de la sala común. Jenna dio otro sorbo a su taza caliente sin dejar de mirar con suspicacia a su hermano. Tawny se arrimó un poco más al chico, intentando atraer de nuevo su atención.

Pero el joven apenas se dio cuenta de sus movimientos. Con un poco más de impaciencia que la vez anterior volvió a mirar hacia la puerta sur y luego hacia la entrada este.

Norah le había enviado un mensaje hacía más de hora y media en el que le informaba que ya estaba de camino. Si estaba en la sala común de las chicas era porque la esperaba a ella, no porque quisiera pasar más tiempo con Jenna y Tawny, de eso ya había tenido suficiente durante todo el fin de semana. Ellos tres pasaban la semana entera en Old Castle porque sus familias vivían demasiado lejos para una visita tan corta de apenas dos días.

Fue entonces cuando la vio aparecer. Llevaba el abrigo abierto. Por debajo asomaba un jersey de lana suave y unos vaqueros tipo pitillo enfundados dentro de unas botas negras. De uno de sus hombros colgaba su mochila. Su sonrisa se ensanchó nada más verla. Se irguió, descruzó los brazos y empezó a avanzar hacia ella, sin pensar en que iba a dejar a su hermana con una frase a medias.

—Norah —dijo Rhydian en voz alta, para llamar su atención.

Su amiga se dirigía a toda prisa hacia la escalera que conducía al último piso del torreón. Cuando ella giró la cabeza hacia él, el muchacho se detuvo de golpe sorprendido por lo que vio en su rostro. Tenía los ojos enrojecidos y la mirada asustada, el labio inferior le temblaba. Parecía una fina hoja de papel quebradiza a punto de romperse. Repitió su nombre, pero ella apresuró sus pasos hacia la escalera.

—¿Qué le ocurre? —le preguntó Jenna, que lo había seguido, pero él no lo sabía—. Te ha visto y se ha marchado, no tienes por qué ir.

—Jenn, es mi amiga, no me voy a quedar aquí —dijo con una nota de preocupación en la voz—. Tienes que hacerme un favor: cúbreme, y dile a Yumi que me he marchado.

—¿Y Tawny?

—Ella te espera para ver una peli, hermanita. —Rhydian tiró de la trenza de su hermana con un gesto cariñoso—. No me falles, por favor.

Cruzó el resto de la estancia sin preocuparse por quién estaría mirando y subió de dos en dos los escalones del último piso del torreón. Fue directo a la puerta 029 y dio un par de golpes con los nudillos.

—Norah, soy yo. ¿Puedo pasar? —susurró con los labios cerca de la puerta.

Esperó unos segundos. Al no recibir respuesta, insistió.

—Estoy preocupado, déjame...

Antes de que pudiera terminar la frase, la puerta se entreabrió y él se coló dentro por la rendija.

Rhydian no esperaba encontrarse a Norah sentada en el suelo, delante de la puerta, con la cabeza enterrada en las rodillas y los brazos abrazados a sus piernas. Su chaqueta y su mochila estaban tiradas en medio de la habitación.

Tragó saliva, sin saber qué hacer, susurró su nombre otra vez, casi como si le estuviera pidiendo indicaciones sobre qué esperaba de él. Cuando vio que sus hombros temblaban y salían extraños quejidos de entre sus rodillas, no se lo pensó y se sentó a su lado. Apoyó la espalda en la puerta, rodeó sus hombros con un brazo y, en silencio, la atrajo hacia su costado. Dejó de dudar cuando ella se agarró a él como si fuera su único salvavidas y hundió la frente en su pecho sin dejar de llorar.

Permitió que la muchacha se desahogara y la sostuvo entre sus brazos, le acercó los pañuelos y acarició su pelo, también su espalda, con suaves roces con los que esperaba aportarle algún tipo de consuelo.

Después de un largo rato, alzó el brazo, buscó a tientas el

interruptor de la luz y dejó la habitación a oscuras. Permanecieron así un tiempo. Por experiencia, Rhydian sabía que, a veces, las sombras son mejor compañía que el resplandor delator de la claridad.

—¿Quieres contármelo? —susurró sobre su pelo cuando vio que los sollozos se habían convertido en un gimoteo frágil y casi imperceptible.

Norah negó con la cabeza y Rhydian no pudo evitar sentirse decepcionado, quería que llegara el día en el que se diera cuenta de que podía abrirse a él. Aun así, acercó los labios a la cabeza de la chica y depositó un leve beso encima de su cabello. Inspiró su suave aroma a flores frescas. Dejó escapar un suspiro largo que agitó sus mechones y volvió a besarla.

—¿Qué necesitas, Norah? —susurró—. Puedo quedarme, puedo marcharme, puedo poner música en el móvil o podemos buscar vídeos de gatitos monos, sé que cuando estás sola te dedicas a eso...

Oyó una leve risa de su amiga y también sonrió, aliviado. Sin embargo, al ver que no respondía, insistió:

—¿Qué quieres?

La pregunta penetró en el interior de Norah sin encontrar ninguna barrera. Todo eran escombros, sus defensas habían caído y ella se sentía sola, sin nada a lo que agarrarse, únicamente rodeada por todas esas emociones que se había esforzado en mantener encerradas y que ahora daban vueltas a su alrededor igual que fantasmas descarados.

Se sentía rota, vacía, también perdida. Tenía la sensación de que todo lo que un día creyó cierto se había desvanecido, como si se tratara de una mera ilusión.

Sin embargo, no todo lo que había ocultado bajo las capas del miedo tenía la marca de la rabia o el dolor. Había algo más. Algo que pulsaba con anhelo en su interior y que, sin la protección de los muros, vagaba libre y campante por su pecho y por su estómago y recorría sus venas y arterias a gran velocidad.

Así que la pregunta de Rhydian no se topó con ninguna resistencia e impactó contra ese deseo crudo y desesperado que Norah contenía hacía semanas. Lo notó en el vientre, un calor que prendía desde su centro y palpitaba con ansia, y se dejó arrastrar por lo único que la hacía sentir fuerte en ese momento.

Norah levantó la cabeza para encontrarse con los ojos de Rhydian. La habitación estaba a oscuras, sin embargo, con los tenues rayos plateados que se filtraban por la ventana pudo ver que su amigo estaba preocupado.

—¿Qué necesitas? —repitió el muchacho.

Norah no contestó.

Pero sí se lo mostró.

Se apartó lo justo para poder pasar una pierna por encima del regazo de Rhydian y quedar de frente, sentada a horcajadas sobre él. Escuchó soltar un taco a su amigo cuando se apretó contra su erección. Porque ella no tuvo ninguna duda de que eso que percibía entre sus piernas era la excitación del muchacho.

—¿Qué haces, Norah?

La voz de Rhydian era un susurro ronco; aunque su cuerpo estaba más que encantado con lo que estaba pasando, algo en su interior le decía que no era buena idea continuar.

Norah buscó el bajo de su jersey, se lo sacó de un tirón rápido, lo lanzó por los aires y este cayó con un ruido seco en algún lugar de la habitación. La fuerte tensión que crecía entre los dos era más que palpable y ambos podían escuchar el sonido de sus propios latidos, cada vez más acelerados.

El cerebro de Rhydian se apagó cuando notó el aliento de Norah sobre su boca. Sus manos actuaron por cuenta propia y la tomó por las caderas para arrimarla más contra él. Ella aprovechó el movimiento para terminar de acercarse a sus labios y lo besó.

Fue un primer beso suave, como si solo quisiera tantear la entrada con un roce leve y algo vacilante. Pero después vino el segundo, en el que Norah abrió la boca para probar el sabor de los labios de su amigo.

Y eso fue todo.

No necesitaron nada más para que su deseo estallara.

Se enredaron en un frenesí desesperado de bocas, labios, dientes y saliva. También de suspiros y gemidos bajos y entrecortados. Perdieron el mundo de vista y ya no existió nada más allá que eso que estaban creando entre los dos.

Norah enredó los dedos en el pelo de Rhydian y dejó escapar un jadeo cuando él arrastró las manos desde sus caderas hasta sus costillas y luego se entretuvo acariciando la curva de sus pechos. Cuando volvió a bajar las manos hasta su cintura, encontró un hueco en la camiseta de Norah y coló las manos por debajo de la tela. Al sentir el contacto íntimo de la piel, las caricias se volvieron más ávidas y los besos todavía más profundos.

En medio de la vorágine de sensaciones, Norah buscó el jersey del muchacho y levantó el borde para tocar la piel de su barriga. Rhydian ardía y, bajo las yemas de los dedos, notó que su musculatura era dura y lisa. Siguió bajando hasta llegar al pantalón y tanteó su cintura.

Fue Rhydian el primero en salir del desenfreno. Volvió a la realidad al percatarse de que las manos de Norah empezaban a juguetear con su cinturón. De repente, recordó por qué no era buena idea seguir con aquello. Norah había estado llorando durante mucho rato. Y no solo llorar. A él le había parecido que a su amiga se le estaba rompiendo el alma. No sabía lo que le había ocurrido, pero sí intuía que estaba en un momento vulnerable y que era muy posible que actuara más por impulso que por convicción.

Así que, a regañadientes, atenuó la intensidad del beso, buscó sus muñecas y la detuvo con delicadeza.

—¿Qué significa todo esto, Norah? —preguntó sobre sus labios.

—Ahora no, Rhy. Ahora no puedo contestar a eso —murmuró ella, y empujó para seguir con la maniobra.

—Necesito una respuesta —dijo él con suavidad—. No puedo continuar sin saber lo que estamos haciendo.

Norah no contestó. Solo se echó un poco atrás y apartó las manos de la cintura de su amigo.

—Puedes decírmelo —insistió Rhydian—. Seguiré aquí sea cual sea la respuesta.

Norah tragó saliva. Quería decírselo, pero todavía le costaba dar con la manera adecuada de explicarlo.

—¿Confías en mí? —Norah asintió—. Pues dímelo. ¿Por qué me has besado?

—Porque es lo único que ahora me mantiene entera —dijo al fin.

La voz le tembló a media frase. Norah se mordió el labio inferior al notar que las lágrimas volvían a agolparse en sus ojos. No quería llorar otra vez. No quería sufrir de nuevo el dolor ni la rabia ni tampoco el profundo sentimiento de desamparo que la arrastraba de vuelta al abismo. Solo quería perderse en Rhydian y que él la ayudara a dejar de ahogarse con todo lo malo que sentía.

Pero las lágrimas cayeron de nuevo a raudales. Apoyó la frente en su hombro y él la rodeó con los brazos. La estrechó fuerte contra él y ella se abrazó a su cuello con desespero.

Fue en ese momento cuando Norah empezó a darse cuenta de que nada de lo que hiciera Rhydian podría llegar a borrar su dolor. Era algo que tenía incrustado muy adentro y solo dependía de ella.

30

Amistad temporal

Las campanas de la antigua capilla de Old Castle dieron las once de la noche y Yumi Matsuda tuvo que apremiar a las muchachas más rezagadas para que se fueran a sus habitaciones. Como siempre, algunas se saltaron el toque de queda y fueron a pasar el rato en el dormitorio de alguna compañera para charlar y cotillear, y alguna otra se escabulló de puntillas para visitar la residencia de los muchachos.

Mientras, dos figuras permanecían a oscuras en el suelo de la habitación 029 del cuarto piso del torreón oeste. No habían vuelto a besarse, pero seguían muy juntos y abrazados. Norah estaba sentada de lado, en el suelo, entre las piernas de Rhydian, y utilizaba el pecho del muchacho como almohada. Apenas le quedaban lágrimas para derramar, aunque por dentro continuaba sintiéndose rota y vacía. Él la envolvía con los brazos y, de vez en cuando, le acariciaba la espalda.

—Eh, ¿no me digas que te has dormido? —preguntó Rhydian en tono afectuoso después de advertir que hacía rato que Norah no lloraba y tampoco se movía—. No sabía que mis pectorales fueran tan cómodos...

—No están nada mal. —La voz de Norah era un susurro

ronco y Rhydian sonrió al oír una leve nota divertida en su tono—. Te he empapado el jersey, lo siento.

—Tranquila, no me asusta un jersey mojado y moqueado —rio Rhydian.

Norah se incorporó de inmediato y buscó a su amigo con la mirada. Aunque seguían en penumbra, vio que sonreía con un amplio gesto.

—Oye, que no te he moqueado el jersey.

—Puede que un poco sí, pero no me importa.

Rhydian acercó los pulgares al rostro de Norah y, con mucha ternura, le secó el resto de humedad de las mejillas. Ella se mantuvo inmóvil y se dejó hacer, sin apartar la vista de su amigo.

—Gracias, Rhy —susurró cuando él bajó los dedos.

Rhydian examinó el aspecto de Norah. Entre las sombras percibió que todavía tenía el rostro hinchado debido al llanto y que su mirada había cambiado, tuvo la sensación de que algo se había apagado en su expresión. También se fijó en sus labios entreabiertos y le dieron ganas de besarla otra vez. No quería pensar demasiado en lo ocurrido, no era el momento, pero el recuerdo y el deseo seguían vibrando bajo su piel.

—No me las des, no he hecho nada que no quisiera hacer —dijo al fin.

Norah notó calor en las mejillas. Se sentía un poco avergonzada por haber llorado como si se hubiera roto un dique en su interior y, también, por haberse echado encima de su amigo tan hambrienta y desesperada. A pesar todo, sabía que él no la juzgaba y, por el comentario que había hecho ahora, que tampoco le había parecido tan mal su asalto precipitado.

No tenía ni idea de qué hacer con todo lo sucedido entre ellos y, por el momento, no estaba demasiado dispuesta a ahondar en su interior para descubrirlo. De lo que sí estaba segura era de que no quería que Rhydian se marchara.

—¿Puedes...? —Norah titubeó—. ¿Puedes quedarte a dormir?

—¿A dormir? —Rhydian tragó saliva, después de lo que había pasado no sabía cómo tomarse esa invitación.

—Si no quieres, olvida...

—Claro que quiero —la interrumpió él, llevaba semanas queriendo volver a dormir con ella—. Pero me siento confuso —admitió en voz baja—, no sé lo que esperas de esto.

—Que me abraces, solo quiero no estar sola y que me abraces —se atrevió a reconocer ella en un susurro.

Rhydian asintió, eso podía hacerlo, y durante toda la noche si era necesario. Pero entonces se sintió contrariado: por un lado, se alegraba de que Norah solo le pidiera abrazarla, no quería ir más allá estando ella tan deshecha, pero, por el otro, no podía evitar que su cuerpo lamentara no poder llegar a nada más.

Ambos se levantaron y, sin encender la luz, se prepararon para ir a la cama. Rhydian se quitó los zapatos y el cinturón y los dejó al lado del escritorio. Luego subió a tientas a la litera y se sentó en el colchón. Apartó la vista de la silueta oscura de Norah cuando vio que ella empezaba a desvestirse y se pasó las manos por el cabello en un vano intento de ordenar sus pensamientos.

Tenía la sensación de haber perdido el control y ya no tenía ni idea de en qué punto se encontraba su relación. Todo se había desdibujado y, por primera vez, se sintió perdido. Reconoció que esperaba que algún día eso ocurriera. No que Norah llorara hasta agotarse. Eso no. Pero sí que se besaran de nuevo. Aunque no lo había imaginado así, con Norah deshecha y confusa, y también desesperada, casi como si solo buscara consuelo y no porque de verdad quisiera estar con él.

Por otro lado, no dejaba de pensar en qué era lo que había provocado que su amiga se derrumbara por completo. Le dolía verla de esa manera y no saber qué hacer para ayudarla.

Después de ponerse el pijama, Norah también se subió a la litera y se sentó al lado de su amigo.

—Supongo que deberíamos dormir —dijo ella.

Rhydian se pasó las manos por la cara y tomó una decisión. Esta vez todo había sido demasiado intenso como para obviar que había sucedido.

—Norah, creo que antes deberíamos hablar...

—¿Tú crees? —preguntó en un susurro.

—Lo creo y lo necesito.

Norah dudó unos instantes. Notó el miedo filtrarse en su interior como si de repente le crecieran raíces dentro del pecho y estas intentaran colonizar sus pulmones y su estómago. Contó hasta diez y tomó una profunda bocanada de aire. Rhydian siempre estaba allí para ella. Eran amigos. Ahora era su turno, aunque le atemorizara escuchar sus palabras.

—De acuerdo.

—Bien.

Rhydian inspiró para coger impulso, tenía muchas cosas que quería decir y esta vez no quería dejarlo a medias.

—Mira, le he dado muchas vueltas y sé que escondes cosas, Norah, y me gustaría que algún día no tuvieras miedo de contármelas.

Norah quiso interrumpirlo enseguida, pero Rhydian la detuvo.

—Espera, todavía no he terminado. Déjame decirlo del tirón, ¿vale?

El muchacho tomó aire de nuevo.

—No quiero obligarte a que me cuentes nada. Sé que ocurre algo en tu familia y que no quieres hablar de ello. Vale, lo entiendo. Pero necesito una explicación a lo que ha pasado hoy. Necesito entenderlo porque me ha dado la sensación de que buscabas consuelo. —Dejó escapar un leve suspiro—. Joder, nos hemos enrollado, Norah, y ahora estaríamos sin ropa si no me hubiera detenido. Creo que, a estas alturas, no es ningún secreto que yo quiero más, pero no de esta forma. No como una manera de olvidarte de lo demás.

El pulso de Norah latía desbocado. Rhydian tenía razón en todo menos en una cosa: sí había buscado consuelo, pero no únicamente para olvidarse de lo ocurrido, sino que le había besado porque se moría de ganas de hacerlo, porque el deseo que sentía por él se había apoderado tanto de su mente como de su cuerpo.

Pero eso había sido antes.

Antes de volver a sentir miedo.

Ahora ya no estaba tan convencida de que dejarse llevar de esa manera era lo correcto.

—Esto... Ya está, ya he terminado —dijo Rhydian al ver que Norah no abría la boca.

—No sé qué decir... —murmuró ella.

—La verdad, Norah. ¿Qué ha pasado antes?

Norah estuvo unos instantes en silencio, valorando la respuesta. Se dio cuenta de que Rhydian era demasiado importante para ella y que, después de todo lo sucedido, se merecía la verdad.

—Buscaba consuelo...

Rhydian sintió un duro golpe en el estómago y apretó la mandíbula. Aunque se lo esperaba, no era lo que en realidad quería oír.

—Pero también me moría por besarte —añadió Norah.

—¿Lo querías de verdad?

—Claro que lo quería, Rhy. ¿No me has visto? —Norah se tapó los ojos con las manos antes de añadir—: He estado a punto de arrancarte la ropa.

Rhydian se rio y tiró de los brazos de Norah para que dejara de ocultar su vergüenza. Se sentía aliviado, y también esperanzado, por todo lo que esto pudiera significar. Buscó una de sus manos y entrelazó los dedos con los de ella. Todavía necesitaba preguntarle algo más:

—¿Y por qué llorabas, Norah? ¿Qué ha ocurrido este fin de semana?

Norah parpadeó varias veces cuando notó que sus ojos volvían a llenarse de lágrimas. Tragó saliva para intentar deshacer el nudo de su garganta. Pero ese nudo no desapareció, más bien se hizo una bola espesa y desagradable que casi le cortaba la respiración.

Era incapaz de hablarle de lo ocurrido durante el viaje de regreso. El dolor y la rabia se le agarraban en las entrañas y retenían con fiereza sus palabras. No pudo verbalizar que su madre estaba muerta ni que le habían arrebatado la vida que tenía en Barcelona y, menos aún, que, ahora que había descubierto que su padre tenía novia y no tenía intención de regresar a su tierra, se sentía abandonada por completo.

Así que solo dijo:

—Estoy sola, Rhy. —Su voz fue un susurro tembloroso.

—Eso no es verdad —dijo él con cautela—. Estoy aquí, contigo.

—Ahora lo estás. Ya lo sé. Pero sé que, en el fondo, tú eres temporal, incluso Milkyway es temporal —dijo con la voz derrotada—. Porque ni siquiera sé si me veré capaz de llevármelo cuando todo termine, él vive aquí. Estaría mal.

—¿Qué quieres decir con que yo soy temporal? —preguntó el muchacho con el tono un poco tirante.

—Para mí, este curso es un trámite. Cuando todo termine quiero regresar a Barcelona e intentar recuperar la vida que perdí cuando me obligaron a venir aquí. Y yo… no quería que esto sucediera.

—¿El qué?

—Esto, Rhy. —Norah levantó sus manos entrelazadas—. Tú y yo, siendo amigos. Siendo algo más…

—Pero ¿qué hay de malo en esto si los dos lo queremos?

Rhydian intentaba seguir el razonamiento de su amiga, pero no lograba entenderla.

—Que me va a destrozar, Rhy. Esto es lo que tiene de malo —dijo Norah con enfado—. No quería hacer amigos, no quería tener nada en Old Castle porque el curso terminará y yo regresaré a Barcelona. Lo he perdido todo, no me queda nada, y no creo que pueda soportar perder algo más.

Norah se enjugó la lágrima rabiosa que había logrado escapar.

—Contigo he metido la pata, no me arrepiento, quiero estar e investigar contigo. Pero ahora sé que me romperé cuando todo se acabe. Y yo... estoy demasiado rota para soportarlo de nuevo.

Rhydian se tomó unos largos segundos para intentar comprender lo que le contaba su amiga. Le había dolido mucho oír que ella veía su relación como algo transitorio. Norah se había convertido en una de las personas más importantes de su vida. Ya no se imaginaba su vida sin ella y creía que, poco a poco, su relación crecía y se fortalecía.

Pero su amiga ya daba por hecho que todo terminaría cuando se acabara el curso. Ahora entendía por qué le costaba tanto confiar en él. Por eso ponía límites y líneas rojas.

Rhydian no sabía qué había ocurrido en la vida de Norah para que se sintiera tan sola y creyera que tener nuevas relaciones y amistades la rompería, pero estaba dispuesto a demostrarle que se equivocaba por completo.

—Vamos, Norah, ¿cómo puedes pensar que yo soy temporal? Esto no se acabará cuando nos graduemos.

—Eso lo dices ahora.

—Eso lo sé y punto. Y quien te haya hecho creer lo contrario es un gilipollas.

—Puede... Puede que la mala sea yo, Rhydian —susurró la muchacha—. Alejo a la gente, no sé ser una buena amiga.

—Pues conmigo vas a serlo. No te voy a dar ninguna otra opción —afirmó con vehemencia—. Y a la mierda la distancia. ¿Y qué, si estás en Barcelona? Esto no va a impedir que estemos en contacto y nos veamos.

Rhydian sentía la adrenalina correr por sus venas. En ningún momento se había llegado a plantear la posibilidad de perder a Norah cuando terminara el curso. Estaba acostumbrado a tener los amigos repartidos por todo el territorio británico; a él mismo y Aaron les separaban casi cinco horas de viaje en coche. Sin embargo, no se le había pasado por la cabeza que la chica de la que se había enamorado pudiera marcharse a vivir a otro país. Había dado por supuesto que su amiga se quedaría en Inglaterra, en Londres, con la familia que tenía en la ciudad.

No le gustaba la idea de no tener a Norah cerca, pero lo que había dicho era cierto, no iba a dejar que la distancia rompiera lo que estaban construyendo.

—Y basta de pensar que soy temporal —añadió con un deje de rabia—. No lo soy, tanto si lo aceptas como si no.

—Vale —susurró Norah.

No supo si fue la vehemencia del muchacho, sus palabras o el hecho de que en ningún momento dejó de agarrarle la mano, pero ese día Norah empezó a creer que quizá Rhydian tenía razón y no tendría que perderlo a él también.

Después de eso, el muchacho tiró de ella y ambos se tumbaron en la cama, muy juntos, medio abrazados, él boca arriba y ella bien pegada a su costado.

—Todavía tengo que decirte una cosa más —susurró Norah muy cerca de la barbilla del chico—. Estoy mal, Rhy. Tengo algo que va mal en mí y no sé si puedo darte lo que tú quieres.

—Eh, que te sientas mal no quiere decir que haya algo malo en ti. —Rhydian le besó la frente—. Y no necesito que me des nada que no quieras. Podemos darnos tiempo y ya veremos hacia dónde nos lleva todo esto.

Norah asintió y luego lo abrazó con más fuerza. Esperaba que la charla con Rhydian la hubiera ayudado a aclararse, pero todavía se hallaba más confusa que antes. Ahora tenía la sensación de que lo que sentía por Rhydian había tomado una nueva forma.

No hablaron más, únicamente permanecieron abrazados.

Norah se durmió en algún momento de la noche sintiendo el cálido aliento de su amigo bailando entre los mechones de su pelo.

Esa madrugada, ninguno de los dos se despertó para salir a correr.

31

Un paseo con Milkyway

Para Norah, ese lunes trascurrió lento y gris, tanto en el exterior, con nubarrones cargados de agua, como en su interior, que seguía siendo un lugar triste y desolado después de lo ocurrido en el coche de su padre. Incluso lo que había sentido con Rhydian la noche anterior yacía enterrado bajo los escombros. Había puesto toda su energía en volver a levantar sus defensas para aislarse del dolor y no podía permitirse sentir nada, porque, si lo hacía, las emociones la superaban.

Interactuó poco con Rhydian y todavía menos con los demás. Al principio, el muchacho intentó distraerla con la investigación y le contó que seguía buscando información sobre los nombres que había leído en los informes del armario secreto de la directora, aunque no había manera de encontrar ningún elemento que relacionase a todos los que salían en las carpetas, Aaron y él incluidos. Pero, al ser consciente del estado marchito de su amiga, Rhydian no tardó en comprender que Norah necesitaba distancia y no dudó en darle espacio.

Al llegar la noche, ella no podía dormir. Se tumbó en la cama, boca arriba, mirando el techo con las luces apagadas y con la sensación de estar vacía y fría por dentro. Tenía el móvil en la mano con decenas de mensajes y llamadas de su padre sin contestar. No podía enfrentarse a él, ni siquiera podía recordar lo sucedido. Así que cerró los ojos e intentó pensar en Rhydian, en cómo fue dormirse a su lado, en la calidez de su cuerpo, en el sentir que tenía de verdad a alguien a su lado, en su abrazo protector...

Luego retrocedió un poco más en el tiempo para revivir el momento en el que se habían besado y acariciado con desespero. Le había gustado tanto que quería volver a repetirlo y, tener eso tan claro, la agitaba, la confundía y también le daba miedo. El acordarse de ello para nada la ayudó a dormirse; aunque sí calentó su interior, quizá incluso demasiado.

El silencio del castillo se impuso y Norah oyó tintinear, de muy lejos, las campanas de la antigua capilla. Sonaron indicando que era la una de la madrugada; una hora más tarde, las dos. Fue cuando se dio por vencida: esa noche no podría dormir.

Encendió la luz, bajó de la litera, se vistió con una de sus sudaderas más anchas y calientes y se metió la linterna en el bolsillo. Se calzó las zapatillas y, en silencio, salió del dormitorio; si iba a pasarse la noche en blanco, bien podía aprovechar el tiempo deambulando por los pasillos. A pesar de lo valiente que quería demostrarse que era, no terminaba de sentirse del todo segura, y decidió que lo mejor sería tener acompañante, aunque este solo fuera capaz de arañar y maullar.

En silencio y con la linterna encendida, bajó hasta el sótano del torreón sin ver a nadie. Después de ese primer encuentro nocturno con Sarabeth y Chester, cuando salía de madrugada para ir a correr, a veces, se cruzaba con alguna compañera que también estaba de escapada nocturna, pero todo el mundo parecía seguir la regla tácita de callar y no delatar los movimientos indebidos de los demás.

Al llegar a la planta baja tuvo dudas de si su plan funcionaría, pero deseaba y esperaba que el Pequeño Bandido estuviera de caza nocturna y no tardara en identificar su silbido.

Y así fue.

Abrió la puerta de emergencia, el jardín estaba completamente a oscuras y podía oír cómo la lluvia caía, esa noche, de manera suave pero insistente sobre los terrenos del castillo. Silbó con fuerza y después de tres intentos más, oyó los pasos de algo que se le acercaba a toda velocidad. Al llegar a sus pies, un Milkyway con el pelaje mojado se lanzó contra sus piernas y maulló con alegría; no era habitual estar con su humana tan entrada la noche.

Por primera vez en horas, Norah se rio al darse cuenta de que su amigo peludo parecía más un ratón que un gato asilvestrado. En sus escapadas de madrugada, había inspeccionado el almacén más de una vez y fue directa al cajón de las toallas. Cogió una y le frotó el pelo al gato para secarlo un poco. Cuando terminó de hacerlo, lo tomó en brazos y le dio un beso entre las orejas.

—¿Qué te parece si tú y yo nos vamos de paseo?

El gato jaspeado soltó un maullido y Norah consideró que el quejido era suficiente como respuesta afirmativa. Se metió el animal dentro de la sudadera, muy cerca del pecho. Dobló la tela para que el minino no se cayera por debajo y comprobó que la prenda lo sujetaba bien.

Regresó a la sala común y salió por la puerta sur para dirigirse al corredor de las hadas. No tardó en dejar atrás la habitación de Yumi Matsuda y, cuando se encontraba un poco más lejos, bajó un palmo la cremallera de su sudadera para que Milkyway pudiera sacar la cabeza.

Guardó la linterna porque con las luces de emergencia tenía suficiente para poder distinguir los relieves del corredor. El silencio era absoluto y la sensación de que cientos de ojos la estaban mirando se agudizó a medida que avanzaba por el pasillo. Sin advertirlo, se abrazó un poco a Milkyway, como si sentir el cuerpo del joven gato le diera protección. Acostumbrada como estaba a inspeccionar cada detalle, se entretuvo examinando las figuras de hadas, hechiceras, criaturas fantásticas y animales del bosque. Por inercia, de vez en cuando, se daba la vuelta para comprobar que no había nadie a su espalda.

Se acercó a una ventana y miró a través del vidrio: la negrura lo cubría todo y una débil lluvia empapaba la ventana con pequeñas gotas. Al lado opuesto, probó a abrir un par de puertas y una de ellas lo estaba, pero allí solo encontró un pequeño almacén con algunos armarios, estanterías con productos de desinfección y un carrito de limpieza.

Al llegar a las escaleras del King's Arms, tuvo la tentación de visitar a Rhydian, pero al final pasó de largo; las tres menos cuarto de la madrugada no era el mejor momento para llamar a la puerta de su amigo.

—Estás muy callado. Te gusta este paseo, ¿verdad? —dijo muy bajito cerca de la cabeza del felino.

Milkyway se giró y le mordió la nariz con suavidad.

—Estás encantado porque eres un bandido de juerga nocturna —rio ella.

De repente, un potente barrido de luz entró por una de las ventanas de más adelante. Norah aceleró el paso y regresó al flanco de las ventanas para ver lo que era: un par de coches se acercaban por el sendero oeste. Sorprendida, apremió la marcha para seguirlos. ¿Quién llegaba a esas horas al castillo?

Cuando alcanzó la última ventana del pasillo, la que escondía la trampilla de Rhydian, vio que se detenían los dos vehículos. Los coches seguían con los faros encendidos y la lluvia se proyectaba a través de la luz de los focos. Norah pudo ver que se trataba de un par de todoterrenos negros. Tenían el maletero abierto y varias personas sacaban algo de su interior. Desde el pasillo del tercer piso no podía oír los ruidos que hacían, pero le pareció que algunos estaban hablando entre ellos.

—¿Ahora traen provisiones al castillo? —se preguntó.

Siguió los movimientos de esas personas, que sacaban cajas bien embaladas, de distintos tamaños, y las amontonaban sobre una transpaleta.

Norah se fijó en que varios hombres, porque después de observarlos durante rato le pareció que eran figuras masculinas, se iban con la transpaleta y un par de ellos se quedaban en los todoterrenos.

—Bueno… ¿Y a quién tenemos aquí? —dijo una voz grave a su espalda.

Norah se sobresaltó al oír esa inesperada pregunta detrás de ella. Ahogó un chillido y tuvo el aplomo suficiente para no darse la vuelta de inmediato. Se subió la cremallera de la sudadera y rogó para que Milkyway mantuviera la boca cerrada.

Cuando se giró, lo reconoció enseguida. El propietario de la voz era Dexter Denson y la observaba con una expresión mezcla de desconcierto y diversión. Su corazón empezó a latir más acelerado cuando se percató de que él se fijaba en el bulto que escondía bajo la sudadera. Aguantó el tipo hasta que los ojos del profesor regresaron a su rostro.

—De nuevo, usted —murmuró el señor Denson, y luego añadió—: No está en mis clases, así que no tengo el placer de conocerla, señorita…

—Halley. Norah Halley.

—Bien, señorita Halley. Yo soy Dexter Denson —dijo, y alargó una mano para estrecharla con la suya.

Norah abrió mucho los ojos, se esperaba una reprimenda, no un saludo formal. Dudó, pero al final alargó su mano y se la estrechó.

—Bien, supongo que ahora es cuando puede probar eso de inventar una buena excusa para explicar por qué está merodeando por los pasillos de Old Castle en plena noche.

Norah tragó saliva.

No, no iba a escaparse de una reprimenda.

—Y bien, señorita Halley. ¿No tiene nada que decir? —insistió Dexter al ver que la muchacha que había atrapado fuera de la cama en plena noche no le daba ninguna respuesta—. Debe tener un buen motivo para estar fuera de su residencia.

Norah tragó saliva una vez más. Entre que su mente seguía algo torpe por lo sucedido el domingo y que desconfiaba del tipo que tenía delante, no lograba encontrar una excusa convincente.

—No podía dormir —dijo al final, y se sintió ridícula porque ya sabía que eso no era una buena coartada.

—¿No tiene una excusa mejor? —preguntó el profesor con la mirada fija un poco más allá de Norah.

El hombre avanzó hacia ella. Alarmada, Norah dio un paso atrás y chocó con la ventana. El profesor Denson volvió a centrar la mirada en ella y torció una mueca de desagrado.

—Señorita Halley, ¿cree que podría dar un par de pasos al lado y apartarse?

Norah parpadeó, confusa por el extraño comportamiento del profesor. Cumplió la orden sin pensarlo. Ella también atisbó de nuevo por la ventana cuando el señor Denson estiró el cuello para ver el jardín. El exterior volvía a estar a oscuras y no había manera de saber si los todoterrenos se habían marchado o todavía seguían allí con las luces apagadas.

El profesor farfulló algo ininteligible y, cuando se giró de nuevo hacia ella, su expresión era severa.

—¿Me podría decir qué miraba antes por la ventana? —preguntó con un tono casi neutro, aunque Norah tuvo la impresión de que estaba enfadado.

—Había un par de todoterrenos y estaban descargando cosas.

—¿Qué cosas?

Norah frunció el ceño, sin entender el interés del profesor.

—Y yo qué sé... Ya se lo he dicho, solo he visto a dos todoterrenos y unos hombres que descargaban cajas.

El señor Denson entrecerró los ojos. La muchacha tuvo la sensación de que el tipo deseaba abrirle la cabeza para saber si le contaba la verdad. Su expresión ya no era amable, sino que parecía disgustado, como si ella tuviera la culpa de que algo importante se hubiera ido al traste.

Sintió una punzada de miedo porque pensó que tampoco era normal que un profesor residente estuviera paseando por el castillo a esas horas, vestido de negro, casi como si quisiera fundirse con las sombras.

El profesor Denson dio un paso hacia Norah y el espacio se redujo.

—Bien, Norah, te repito la pregunta y, esta vez, quiero la verdad: ¿qué estás haciendo hoy en este pasillo? —El tono seco de su voz le dejó claro que se había terminado el trato de cortesía.

De repente, su cerebro empezó a funcionar y accedió de nuevo a su agudeza mental. Sabía que el señor Denson escondía algo y que era muy bueno en hacer desaparecer, en tan solo un instante, los extraños aparatos que tenía entre las manos. También que era un tipo cercano a la directora y ambos tenían un trato de confianza. Que fuera amigo de la directora, lo situaba de inmediato en la lista de sospechosos. Y tampoco podía olvidar que la señora Foster guardaba la cuenta de la pulsera de Aaron, y eso solo podía significar que, en algún lugar del castillo, hallaron una pista de su desaparición, pero la directora lo ocultó.

Sintió que el corazón latía fuerte y rápido dentro de sus costillas. En ese momento tuvo miedo. ¿Por qué Dexter Denson estaba tan interesado en los todoterrenos? ¿Y por qué de repente la trataba con hostilidad? ¿Era alguien como Dexter Denson quien atrapaba y se llevaba a los estudiantes extraviados en los pasillos del castillo? Inspiró con fuerza y se dijo que no podía dejarse llevar por el temor.

—Lo mismo me estoy preguntando yo, señor Denson. —Vio que el hombre levantaba las cejas algo desconcertado—. Usted está muy lejos de las habitaciones de los profesores, ¿no cree? ¿Tiene algún interés especial en este pasillo?

Dexter Denson retiró un mechón rubio que le caía demasiado cerca de los ojos y se lo colocó detrás de la oreja. No esperaba esa respuesta tan atrevida. Norah seguía con el corazón a mil, dispuesta a descubrir la verdad, aunque fuera demasiado tarde para ella. Llevaba el móvil, esperaba poder enviar un mensaje a Rhydian antes de que las cosas se torcieran.

—Muy acertado, señorita Halley. Estoy lejos y usted también. Somos dos almas nocturnas deambulando por el castillo, ¿verdad?

Fue entonces cuando un maullido inesperado les sorprendió a ambos y rompió la tensión. Dexter frunció el ceño y dirigió la vista hacia el pecho de la muchacha. Norah sintió que su corazón todavía golpeaba más furioso: Milkyway acababa de delatar su presencia.

—¿Eso ha sido un maullido? —preguntó el profesor, todavía con el ceño fruncido.

—Cuando me pongo nerviosa, me salen ruidos extraños.

Norah dijo lo primero que se le ocurrió; sus mejillas ardieron por la tontería que acababa de soltar. Aunque enseguida vio que la excusa no le iba a servir de nada. Su amigo peludo empezó a moverse bajo la sudadera.

—Ya, ruidos extraños… Esta ha sido una de las peores excusas que he oído, señorita Halley.

Dexter Denson se rio y Norah se sorprendió porque el tono burlón del principio había regresado. Su expresión volvía a ser amable, casi relajada.

—Vamos a hacer una cosa, Norah —dijo, remarcando su nombre—. Tú has salido porque no podías dormir y te relaja hacer ruidos raros por el pasillo; no voy a juzgar las estrategias de los adolescentes para gestionar el estrés. Y yo… soy un artista en busca de inspiración nocturna. Ya sabes, la luna, las estrellas, el silencio del castillo… La noche alimenta el alma de los torturados y los sensibles.

—Hoy está lloviendo, no hay luna, ni estrellas.

Lo dejó salir sin pensar, y luego se mordió el labio, arrepentida. El profesor le estaba dando una salida y a Norah no se le ocurrió otra cosa que llevarle la contraria.

—Nimiedades. —Hizo un gesto con la mano para quitar importancia y continuó—: Creo que es hora de regresar, señorita Halley. Espero que su paseo haya sido suficientemente relajante.

El profesor Denson realizó un movimiento animando a Norah a caminar en dirección a su residencia. Norah parpadeó. Estaba perpleja. No comprendía lo que acababa de ocurrir. La dejaba marchar indemne: ni la secuestraba ni tampoco le imponía un castigo por romper el toque de queda.

—¿Y ya está? —No pudo evitar preguntar—. ¿Eso es todo?

—Así es, buenas noches, señorita Halley. No se entretenga y deje respirar al pobre gato que lleva dentro de la sudadera, no me gustaría que ese animal sufriera por mi culpa.

Norah sintió arder sus mejillas, pero no se lo pensó más. Asintió con un gesto de cabeza y empezó a alejarse.

—Ah, por cierto, Norah —dijo, volviendo a ese tono cercano. Ella se detuvo y se dio la vuelta—. Sé lo de tu gato, así que espero que sepas mantener la discreción sobre nuestro agradable encuentro nocturno.

Norah tragó saliva. Era una amenaza, muy sutil, pero una amenaza, al fin y al cabo. Si decía algo de lo ocurrido, él también la delataría. Sintió que la rabia crecía dentro de su pecho.

—Y yo sé que no eres lo que pareces ser —dijo levantado la barbilla. No iba a amedrentarse—. Así que espero que mi gato no sufra ningún daño.

Vio que algo destellaba en los ojos del señor Denson. No pudo interpretar su expresión, pero su intuición le dijo que ella y Rhydian estaban en lo cierto: algo no encajaba con el joven profesor.

—Asunto zanjado —concluyó él sin dejar de escudriñar a Norah con la mirada.

La muchacha tuvo la impresión de que la observaba como si la estuviera viendo por primera vez.

—Hasta otra, señorita Halley.

Norah no contestó. Se giró otra vez y aceleró el paso para dejar atrás al señor Denson lo antes posible. Su pulso volvía a latir acelerado. Cuando llegó cerca de la residencia Bridge of Sighs, bajó la cremallera para que su amigo peludo sacara la cabeza. Milkyway maulló y se removió dentro de la sudadera.

—¿Qué diantres acaba de ocurrir? —le susurró al animal.

Se apresuró a llegar a su habitación. Cuando estuvo encerrada en su lugar seguro, sacó el móvil para escribir a Rhydian:

No te lo vas a creer.

Necesito hablar contigo.

Te mando un audio, no puedo esperar.

32

Falsas promesas

La llovizna empapaba la ropa y el rostro de Rhydian mientras corría veloz por los senderos del parque deportivo con una pequeña linterna en la mano para alumbrar el camino. Era temprano, la hora habitual en la que salía a correr. Seguía la misma ruta de siempre, pero su objetivo no era otro que encontrar a Norah. Una vez más maldijo los horarios improvisados de su amiga porque no tenía ni idea de si hacía mucho rato que había salido a correr ni si iba a encontrarla pronto.

Hacía menos de diez minutos que había escuchado su mensaje de voz y quería… En realidad, no sabía qué quería hacer. Estaba enfadado, también asustado. Y solo deseaba encontrarla y comprobar con sus propios ojos que su amiga seguía allí con él, que no había desaparecido.

Oyó un ruido y le pareció ver un borrón oscuro que avanzaba rápido por uno de los senderos de su derecha. No se lo pensó, cambió de ruta y cruzó el parterre hasta llegar al nuevo camino; montones de hojas marchitas chapotearon bajo sus pies. Reconoció a su amiga y apretó el paso. No tuvo que esforzarse mucho, Norah escuchó su carrera y se detuvo para esperarlo.

—Joder, Norah, ¿estás bien?

Rhydian le bajó la capucha para poder ver mejor su rostro. Le puso las manos sobre las mejillas y le acarició la piel. La mirada algo aturdida de Norah lo atravesó. La fina lluvia le mojaba la cara y también el cabello oscuro y revuelto por el sudor de la carrera; pequeñas gotas cristalinas se le quedaban atrapadas en las hebras del pelo.

—Estoy bien, Rhy, ya lo oíste en el mensaje —dijo Norah mientras sentía el calor de las palmas de las manos del muchacho en su piel—. Me asusté. Todo fue tan extraño… Pero estoy bien, creo.

—¿Crees? Para mí no es suficiente.

Rhydian bajó los brazos, dio un paso atrás y apretó los puños para contener la rabia que sentía.

—Te amenazó. Ese cabrón te amenazó para que no contaras a nadie vuestro encuentro. Joder, Norah, los todoterrenos de madrugada y luego el maldito profesor con las preguntas y la amenaza… —Rhydian alzó el brazo y se frotó el rostro húmedo con la mano—. No sé si…

—Ni lo digas, Rhy. —Norah levantó una mano para detener la frase de su amigo—. Sabes que voy a seguir con la investigación, digas lo digas, ahórrate el esfuerzo.

—Norah… —A Rhydian se le rompió la voz—. Yo no quiero seguir adelante si eso significa perderte a ti también.

La expresión de Norah se ablandó y él apenas tuvo tiempo de procesar lo que ocurría: ella lo envolvió en un abrazo y apoyó la cabeza en su pecho. Rhydian también la estrechó con fuerza.

—No me ha pasado nada. Estoy bien. Ahora no podemos detenernos —dijo Norah, que continuaba pegada a él—. Sabes tan bien como yo que ninguno de los dos está dispuesto a renunciar.

Rhydian reconocía que su amiga tenía razón. Él no renunciaría. Eso nunca. Y, por más miedo que tuviera de perderla, percibía que ella tampoco lo haría. La muchacha dio un paso atrás para separarse de su cuerpo y él enseguida echó en falta el contacto.

—¿Crees que el profesor Denson podría ser uno de los sospechosos de llevarse a Aaron? Con la excusa de la inspiración nocturna tiene pase libre para deambular por los pasillos.

—Imposible. —La respuesta de Rhydian fue tajante—. No puede haber sido él. No digo que no esté implicado en algo extraño, pero seguro que no fue él.

—¿Cómo puedes estar tan seguro?

—Porque el año pasado el profesor Denson no estaba, es una nueva incorporación de este curso.

—Es verdad... —murmuró Norah—. Pues ahora todavía entiendo menos lo que ocurrió.

—El tipo quería ver lo que pasaba con los todoterrenos. Te insistió en que le contaras lo que habías visto. —Ella asintió—. Por lo que sea, él también estaba pendiente de lo que sucedía fuera. ¿Recuerdas algo más de lo que viste? ¿Algo sospechoso?

—¿Más sospechoso que descargar cajas a altas hora de la madrugada? —dijo Norah con sarcasmo—. Solo vi eso: cajas, hombres que las descargaban y, luego, las luces se apagaron.

—Pues vamos a ver qué rastro han dejado —propuso Rhydian.

Con una carrera rápida llegaron al final de la muralla del flanco oeste y, cuando estuvieron cerca de la puerta del pequeño túnel, empezaron a buscar cualquier señal que les indicara si allí había pasado algo esa noche. Rhydian dio con unas roderas en un surco profundo, pero el suelo de tierra del sendero estaba tan mojado que las huellas habían desaparecido del resto del camino.

—¿Crees que estuvieron utilizando nuestra trampilla? —dijo Rhydian cuando se dieron cuenta de que no iban a encontrar ninguna huella más.

—No lo creo, veo muy difícil que subieran todas esas cajas por el túnel. Además, no tiene otra salida que la del corredor de las hadas y nosotros estábamos allí mismo y no oí ningún ruido.

—¿Y si la utilizaron como almacén?

Ambos enfocaron a su alrededor para comprobar que seguían solos. Con la poca luz que había no podían ver muy lejos y dieron por bueno su escrutinio. Luego se acercaron a la puerta, el muchacho metió el dedo dentro de la cerradura y localizó el mecanismo de apertura. Ambos tenían el corazón acelerado cuando la abrieron y miraron en el interior. Pero se llevaron un chasco: estaba vacío.

No tardaron en recuperarse de la decepción y decidieron ampliar la búsqueda por las cercanías. Fueron a los almacenes que había al lado del invernadero, pero todas las puertas estaban cerradas y solo pudieron atisbar por alguna ventana. No vieron nada que les llamara especialmente la atención. También escudriñaron con rapidez la entrada por la que Rhydian se colaba dentro del castillo después de su carrera; era un acceso utilizado por el personal y, a partir de las siete de la mañana, siempre estaba abierto.

Cuando la oscuridad empezaba a desteñirse y las nubes tomaban un color grisáceo más claro, advirtieron que varios trabajadores ya deambulaban por esa zona y los miraban demasiado. Decidieron dar por terminada la búsqueda y regresaron al sendero de la muralla oeste. Enseguida se encontraron con Milkyway, que iba a su encuentro como cada mañana.

Los tres trotaron hasta la puerta de madera que ocultaba la salida de la trampilla secreta. Allí, Norah sacó el paquete de comida que nunca se olvidaba de llevar para el animal y se agachó junto al gato. Rhydian se apoyó en la puerta y dejó caer la cabeza hacia atrás.

—No hemos encontrado nada —suspiró—. El castillo es enorme, podrían estar en cualquier sitio.

—Además de los almacenes, cerca de aquí tenemos la entrada sur de las aulas —dijo Norah mientras la lengua rasposa de Milkyway le hacía cosquillas en las yemas de los dedos.

—Cierto, pero... Norah, ¿y si hay otra posibilidad? Algo que no estamos contemplando —Rhydian hizo una pausa y ella le instó a continuar—. Que utilizaran una puerta secreta diferente a la de nuestro túnel y metieran las cajas allí.

Se mantuvieron la mirada unos segundos, ambos buscando la manera de encontrar un encaje a las piezas de un puzle que ya empezaba a ser demasiado grande. Norah tomó a Milkyway en brazos y se levantó.

—Siempre hemos buscado puertas dentro de castillo... —murmuró ella—. Pero es lógico, además de la salida de nuestro túnel, podría haber más.

—Nos hemos centrado en encontrar la puerta en la que se metió Aaron, pero quizá haya más puertas secretas de salida y ayer esos tipos estuvieron utilizando alguna.

—Pero ¿por qué?

—Para meter algo dentro del castillo. Descargaron cajas, ¿no? —siguió Rhydian—. Alguien está introduciendo algo y no quiere que se sepa, por eso lo hacen de madrugada. Es la explicación más lógica.

—Y el señor Denson estaba muy interesado en la descarga —dijo Norah—. No puedo dejar de preguntarme quiénes eran esos tipos y qué había dentro de las cajas...

—Apuesto que la directora está al tanto de todo: con los vigilantes patrullando de noche y vigilando la entrada principal es imposible que no se dieran cuenta de la llegada de los todoterrenos.

—Esto nos dejaría otra vez en el punto de partida: la directora esconde algo que quiere evitar que se sepa y, por eso, miente y chantajea a quien lo descubre o está a punto de descubrirlo.

—Sí, pero ahora tenemos pistas reales de que eso es así. Si lo quieren ocultar tanto, es muy posible que sea algo ilegal. Si tan solo encontrásemos algo más evidente... quizá podríamos ir a la policía sin que ellos lo supieran, y les pillaríamos desprevenidos.

—Y tendríamos la oportunidad de relacionar la desaparición de Aaron con todo esto. —Rhydian asintió con la cabeza—. ¿Crees que él lo descubrió?

—Cada vez estoy más convencido de que sí, que se metió ahí dentro por diversión y se encontró con algo que no debía.

—Y lo hicieron desaparecer... —Norah tragó saliva.

—O algo peor. —Rhydian cerró los ojos y se pasó una mano por el pelo para deshacerse del pesar que sentía.

—Lo que no entiendo es por qué duplicaron la tarjeta del móvil de Aaron en El Congo, y por qué allí —Norah torció una mueca—, y tan rápido. Si Aaron descubrió algo que no debía por casualidad, eso no tiene sentido. ¿Y si Aaron ya sabía algo?

—Me lo hubiera dicho. —Rhydian sonrió con cierta tristeza—. Lo único que le preocupaba a Aaron esos días era que una chica, con la que tuvo un rollo de una noche, ya no quería saber nada más de él. Pero ya está, ese era su mayor problema. Si hubiera estado metido en un lío gordo, yo lo hubiera notado.

—Pues hay algo que todavía no cuadra, Rhy. ¿Y las coordenadas? ¿Y el mapa borroso? ¿Por qué la directora tenía todo eso guardado junto con el unicornio de Aaron?

—Vale, paso a paso. —Rhydian se separó de la puerta—. Es cierto que hay cosas que no encajan, pero de alguna forma tienen que estar relacionadas. Y, de momento, creo que deberíamos centrarnos en lo que sí tiene lógica, son las únicas pistas que podemos seguir.

Norah asintió y Milkyway maulló, como si también quisiera dar el visto bueno a la propuesta.

—Ya sé que no quieres que lo mencione, pero... Joder, Norah, tengo la sensación de que esto se está volviendo demasiado peligroso. —Rhydian tragó saliva. Si el contenido de esas cajas era lo que había provocado la desaparición de Aaron, empezaban a estar cerca del peligro.

—¿Tú vas a dejarlo? —le preguntó Norah. Rhydian negó con la cabeza. No podía, no ahora que empezaba a tener algo de sentido todo lo ocurrido—. Pues ya sabes que yo tampoco.

—Prométeme que tendrás cuidado, Norah, y que pase lo que pase no harás nada que te ponga en peligro —rogó el muchacho.

—¿Tú me vas a prometer lo mismo? —A ella también le preocupaba la seguridad de Rhydian, pero tenía asumido que su amigo se arriesgaría si era necesario.

—Sí, te lo prometo —afirmó Rhydian, aunque fue la primera vez que sintió que no estaba siendo sincero con ella.

—Pues yo te lo prometo de la misma manera que tú lo has hecho.

Se mantuvieron la mirada durante unos largos segundos, ambos conscientes de que esas promesas nacían sin ningún tipo de validez.

—Vale, pues iremos con cuidado —concluyó Rhydian.

Norah asintió con firmeza, eso era a lo máximo que ambos podían aspirar. Entonces sonó la alarma del móvil de Norah indicando que había llegado la hora de entrar en el castillo.

—Lo hemos prometido, Norah. Con cuidado, ¿de acuerdo?

—Que sí, paso a paso y con cuidado. Lo estamos haciendo bien, Rhy, y nadie sabe lo que estamos investigando.

—Eso espero —murmuró. Luego se acercó a Norah y le pasó el brazo por encima de los hombros—. Es la hora, tendremos que continuar después. Vamos, que hoy también entraré contigo por la cocina.

Se pusieron en marcha, muy juntos, ella con Milkyway en brazos, él sin dejar de apretarla contra su costado.

—Tú lo que quieres es que la señora Bennett te vuelva a dar otro trozo de bizcocho casero —dijo Norah con diversión, y a Rhydian le encantó ver que el humor había regresado a ella.

—Es la motivación principal. Ahora entiendo por qué siempre me dejas plantado y das ese rodeo para entrar por la cocina.

—Y luego añadió, con un tono más serio—: También quería aprovechar para saber cómo estás.

—Ya te lo he dicho, estoy bien.

—No me refiero a eso, Norah. —Rhydian miró de reojo a su amiga, que ya había perdido la sonrisa—. Ayer... Estuve muy preocupado, no parecías tú.

—Necesitaba tiempo, solo eso.

—Sabes que puedes contar conmigo para lo que sea, ¿verdad?

Norah asintió. Sí lo sabía. El problema era ella, que no se veía capaz dejar al descubierto todo su dolor.

33

Piloto automático

—¿Tienes pareja para el trabajo de literatura que nos ha puesto la señorita Robinson?

Rhydian tenía la espalda apoyada en la pared del pasillo y la mirada fija en algún punto de la puerta, todavía cerrada, de la clase de Norah. Giró la cabeza hacia la derecha, buscando la propietaria de esa melódica voz.

Chelsea estaba a su lado, demasiado cerca para su gusto. El aroma dulzón de su perfume lo envolvía por completo. Llevaba el uniforme de la escuela, como todos, pero había algo en ella que siempre conseguía atrapar todas las miradas: unas curvas bien definidas, un rostro angelical con un suave colorete en las mejillas, unos ojos cálidos de color ambarino perfilados con maquillaje y unos rizos rubios que le caían en cascada por la espalda como si fueran sedosos hilos de oro.

Perfecta en apariencia, era una de las chicas con las que más fantaseaban sus compañeros de curso, sin embargo, carente de cualquier atractivo para él. A Rhydian nunca le había interesado Chelsea; conocía demasiado bien el tipo de persona que se escondía debajo de esa cautivadora imagen.

Por eso, durante los meses que estuvo en terapia, se preguntó muchas veces qué fue lo que le impulsó a llevársela a ese oscuro rincón para enrollarse con ella. Ese día iba muy ebrio y discutió con muchas personas a las que quería. Con sus amigos, también con Jenna. Pero fue especialmente con Tawny con quien tuvo una bronca monumental. Y, en parte, reconocía que utilizó lo primero que encontró a su alcance para que ella entendiera, de una vez por todas, que su relación había terminado. Como hacía semanas que Chelsea se le insinuaba abiertamente, solo tuvo que cogerla de la mano y tirar de ella.

Pero pasadas unas semanas, después de muchas charlas con el psicólogo del centro, descubrió que ese no había sido el motivo principal. Lo que le impulsó a cometer uno de los errores de los que siempre se arrepentiría fue que deseaba hacer daño a los que quería. Pretendía que los demás se cabrearan con él y sintieran, aunque solo fuera en parte, el dolor que a él lo carcomía por dentro.

Y lo consiguió.

Vaya si lo consiguió.

Darse cuenta de que una buena parte de su comportamiento destructivo tenía como objetivo hacer daño a las personas que quería fue un golpe duro. No le gustó descubrir esa faceta de sí mismo. Fue como si, de repente, alguien le hubiera arrancado una máscara que no sabía que llevaba y ahora viera, de verdad, el ser feo y deforme que habitaba en él.

Entonces se prometió que, pasara lo que pasara, no volvería a hacer daño a las personas que estaban a su lado. Por eso se empeñaba en enmendar lo malo que hizo en el pasado.

Sin embargo, con Chelsea no sabía cómo comportarse. No era su amiga, ni siquiera le agradaba la chica. Pero después de cómo la trató, tampoco quería ser desagradable con ella.

—Sí, hago el trabajo con Tawny —respondió Rhydian.

No lo habían hablado, pero últimamente hacían todos los trabajos de clase juntos, así que dio por supuesto que ese también.

—Claro, Tawny... —murmuró Chelsea.

Un movimiento captó la atención de Rhydian y desvió su mirada hacia la puerta de enfrente. Empezaban a salir los alumnos de la otra clase. Buscó a Norah entre ellos, pero enseguida desistió. Su amiga siempre salía de las últimas.

—Dime, Rhydian. ¿Cómo crees que tendría que hacerlo para conseguir una cita contigo libre de amigas, exnovias y hermanas?

El muchacho miró de nuevo a Chelsea y levantó las dos cejas. La pregunta lo pilló por sorpresa.

—Rechazaste mi invitación a tomar el té, también a ver una película y no hay manera de que tengas un hueco para hacer un trabajo contigo. Quiero que nos veamos un día, a solas, tú y yo.

—Vaya, Chelsea, yo... —Rhydian no sabía muy bien qué contestar a eso.

—Estoy intentando encontrar la manera de hablar contigo a solas. Lo que pasó... —La voz de Chelsea se rompió y él empezó a sentirse incómodo—. ¿Crees que podríamos hablar de ello? Me lo debes, Rhydian —terminó con un suave susurro que provocó un desagradable escalofrío en la espalda del chico.

—Tienes razón. Te debo una disculpa —dijo Rhydian con un tono más bien derrotado—. Debería haberlo hecho cuando comenzamos el curso.

—¿Te parece si quedamos esta noche?

—Mi hermano ya tiene planes. —La voz de Jenna interrumpió con dureza la conversación—. Otro día será.

Los labios de Jenna se curvaron con una sonrisa forzada y tiró de la solapa de la americana de Rhydian para que se moviera.

—Chelsea, hablamos después de vacaciones, ¿vale? —le prometió Rhydian mientras se dejaba arrastrar por su hermana—. Estoy harto, Jenn —continuó ahora dirigiéndose a su hermana.

Aunque no sonó tan contundente como le hubiera gustado.

En realidad, no terminaba de saber si estaba aliviado o más bien enfadado por la intromisión de su hermana.

—Deja de meterte en mi vida.

—No puedes quedar con ella, Rhy. Es... es... Es lo peor —susurró para que solo le oyera su hermano—. Maldita sea, creía que lo tenías claro.

—Tú tampoco me vas a perdonar jamás, ¿verdad?

Rhydian se apartó de Jenna. Estaba cansado de que ni siquiera su hermana pudiera volver a confiar en él.

—Pasa de mí, hermanita, y déjame en paz.

Estiró el cuello y buscó a Norah entre los alumnos del pasillo. La vio unos metros más allá, con la mochila colgando de uno de sus hombros y la vista fija en él. Rhydian se dio cuenta de que ella estaba esperando a que terminara de hablar con su hermana. Eso le molestó: aunque sabía que con Jenna y Tawny no se llevaba del todo bien, no le gustaba que Norah se apartara de esa manera.

Por unos momentos solo la vio a ella. La americana negra, igual de oscura que su media melena, la camisa blanca y la falda también negra, como las de todas sus compañeras, pero tenía algo especial, algo que nunca había visto en ninguna otra chica.

—Rhy, lo siento. —Jenna puso una mano sobre su hombro y le dio un tirón para que se diera la vuelta—. Solo estoy preocupada y quiero ayudarte.

—Así no me ayudas, joder —masculló él.

—Lo siento, lo siento de verdad. No te alejes, por favor —suplicó con un ruego, y toqueteó insegura las cuentas de su collar—. Queda con ella si quieres, no me meteré más.

—Te dije que quería hacer las cosas bien y con ella todavía no me he disculpado. Solo es eso —suspiró Rhydian—. Y ya empiezo a estar harto de que me exijas explicaciones por todo lo que hago. Si no confías en mí, es tu problema, Jenn, no el mío.

Se dio media vuelta para ir al encuentro de su amiga.

—¿Ocurre algo? —preguntó Norah cuando llegó a su lado.

—Jenna, sabe cómo sacarme de quicio.

Rhydian dio un paso más hasta situarse frente a Norah y dejó vagar su mirada por el rostro de la muchacha. Sentía que algo dentro de él se derretía como si fuera mantequilla caliente, y la rabia, el enfado y el dolor se ablandaban. Deseaba abrazarla, besarla, decirle que se había enamorado como un bobo, pero únicamente fue capaz de preguntarle qué tal le había ido la clase.

No habían vuelto hablar de su fogoso lío del domingo, ni tampoco de los sentimientos del uno por el otro. Parecía que habían regresado a la fase de ser solo amigos y Rhydian lo respetaba. Habían pasado cuatro días desde el derrumbe de Norah y él seguía un poco preocupado.

Aunque la chica ya había dejado atrás la etapa de zombi errante, se daba cuenta de que todavía no había recuperado su tono habitual. Continuaba apagada, toda ella, y a Rhydian le dolía verla así. Únicamente se le veía recuperar el tono cuando trabajaban en la investigación.

Esa semana habían dedicado mucho tiempo a darle vueltas a las pistas. Seguían sin saber de dónde era el mapa desenfocado con las tres cruces y sin encontrar ninguna conexión entre las nueve coordenadas de la lista. Tampoco habían hecho ningún avance con las personas que salían en los informes secretos del armario, no conseguían dar con nada que relacionara todos esos nombres. La información que habían encontrado del profesor Denson era irrisoria; tenía perfiles activos en algunas redes sociales, pero en todos los sitios aparecía lo mismo: un profesor amante del arte, la historia y el diseño. Y, de momento, no habían logrado descubrir ninguna entrada externa en la muralla, aunque no desistían en su exploración.

A pesar de que no habían averiguado nada significativo, al menos eso ayudaba en la recuperación de Norah.

Otra de las cosas pendientes entre ellos era la de hablar sobre las notas de Chester. Después de lo ocurrido los últimos días, ese tema había quedado relegado a un segundo plano, pero a Rhydian no se le había olvidado.

—Mi tía ya me ha enviado los billetes —le contó Norah cuando empezaron a caminar por el pasillo—. Me voy, Rhy, el domingo regreso a mi tierra, aunque sea una semana.

Norah estaba emocionada, y también dolida, aunque eso último prefería ocultarlo. Después de varios días ignorando los intentos de su padre de ponerse en contacto con ella, recibió una llamada de su tía. Lidia le contó que Matthew lo había organizado todo para que ella pudiera pasar la semana de vacaciones en su casa. Norah se alegraba de que la enviara de regreso a su tierra, pero también le dolía que su padre se hubiera desprendido de ella con tanta facilidad. El hecho de que ahora él tuviera novia le planteaba a Norah la duda sobre si realmente le hacía un favor a ella o si la enviaba lejos para hacerse un favor a sí mismo.

—Pues qué bien. Mis planes son pasar las vacaciones de otoño con mi hermana.

—Y con tus amigos de la ciudad —añadió Norah.

—Sí, vale, pero no vas a estar tú —se le escapó, y cuando vio que las mejillas de su amiga se ponían coloradas, añadió—: Wrexham te gustaría.

—Un día me llevarás, ¿qué te parece?

—Bien, genial. —El muchacho sonrió. El hecho de que Norah quisiera hacer planes con él más allá del internado era un avance.

—No tengo demasiadas ganas de la fiesta de Halloween de mañana —siguió ella.

—Yo tampoco, preferiría dedicar el tiempo a investigar —dijo en voz muy baja.

—Sería más útil. —Norah estaba completamente de acuerdo—. Por cierto, ¿ya te has decidido con el disfraz?

—Sí, iré de zombi cutre. Me pondré cualquier cosa, me pintaré la cara de blanco y listo —contestó él. Pensar en los disfraces era lo último que quería hacer.

—¿Tú también te vas a disfrazar de zombi, Norah?

La pregunta les sorprendió a los dos. Se dieron la vuelta y vieron que Chester iba detrás de ellos flanqueado por un par de amigos.

—Lárgate —gruñó Rhydian.

—¿O qué? —lo desafió Chester.

Norah tomó a Rhydian del brazo para que siguiera avanzando.

—Yo también tengo a punto mi disfraz.

Chester aceleró el paso para mantenerse a su lado. Luego, continuó hablando:

—Ha sido fácil: una peluca negra y rizada y el uniforme de la escuela con una gruesa mancha de sangre en el pecho. O, mejor aún, con sangre derramándose del cráneo. —Torció un gesto arrogante—. Esta parte no está clara y me la puedo inventar. Norah, si estás disponible, necesitaré a una chica bonita que me pinte la cara de color marrón. Ya sabes, Rhydian, al estilo Aaron McNeal.

Rhydian no supo muy bien lo que ocurrió a continuación. Lo recordaría como algo ajeno a él, como si se hubiera activado un piloto automático y todo funcionara sin su control. La rabia le inundó por dentro y su brazo se levantó como si tuviera instalado un resorte.

Lo siguiente que pasó fue que su puño se estrelló contra la mejilla del indeseado. Oyó varios gritos lejanos, pero no pudo detener los siguientes dos golpes que le atizó en las costillas. Los nudillos crujieron y Chester se dobló por la mitad con un ronco quejido.

—Creía que tardarías más en caer —dijo con la voz medio ahogada—. Vamos, pégame otra vez, solo te servirá para que todos vean tu verdadera naturaleza.

Chester torció los labios, el dolor le impedía curvar una

sonrisa. En ese momento, Rhydian sintió que volvía a ser él, que volvía a ser dueño de cuerpo y de su mente. De repente, percibió el ruido de personas hablando y chillando en el pasillo, como si en ese instante alguien hubiera subido al máximo el volumen de la escena. Entre el alboroto reconoció la voz preocupada de su hermana.

A él, los amigos de Chester lo tenían sujeto por los brazos. La rabia que había sentido unos momentos atrás parecía haber desaparecido, como si la hubiera expulsado a través de los golpes. Se notaba las manos embotadas. Movió los dedos con dificultad, los tenía doloridos y agarrotados.

Con un gesto brusco se soltó de los dos chavales que lo tenían agarrado. El bullicio seguía en el pasillo. Jenna estaba a su lado, ladrando algún tipo de reprimenda. No le hacía falta la bronca de su hermana para saber que había metido la pata. Aunque en ese momento no le importaba. Nada le importaba más que encontrar a Norah y ver que estaba bien, que no había recibido ningún daño colateral de la pelea.

La buscó entre el gentío. Permanecía allí donde la había dejado, con una expresión asustada en el rostro. Ella tenía los ojos muy abiertos y lo miraba con estupefacción. Su cuerpo se relajó. Aparte de estar visiblemente alarmada, no parecía tener ningún rasguño. Sintió una punzada de culpabilidad. Se arrepentía de haberse dejado llevar por la rabia de esa manera y, todavía más, que Norah hubiera sido testigo de su lado más oscuro.

—Rhydian Cadwallader, a mi despacho, ahora mismo.

La directora del Old Castle College apareció en el lugar de la pelea con la elegancia de una dama vengadora, y continuó:

—Señor Grant, señor Perry, acompañad al señor Davies a la enfermería. Los demás, se acabó el espectáculo. Si alguien llega tarde a su próxima clase, será castigado.

34

Los castigos de la señora Foster

La directora hizo un gesto con la cabeza para indicarle a Rhydian que la siguiera y empezó a caminar por el pasillo. Encima de su traje de chaqueta llevaba un largo abrigo beis que ondeaba al ritmo de sus pasos.

Rhydian soltó un resoplido. Sabía que no saldría indemne, pegar a un compañero era una falta muy grave. No le importaba demasiado que lo castigaran, que no tuviera un expediente ejemplar había dejado de quitarle el sueño hacía mucho tiempo. Lo que no soportaba era haber dado a la directora munición nueva contra él.

Los estudiantes empezaron a dispersarse y Rhydian, a seguir a la señora Foster. Bajaron la escalera, salieron a los jardines interiores del castillo y cruzaron el patio. Cuando llegaron a la muralla delantera, subieron de nuevo hasta llegar al pasillo donde se encontraba su despacho.

Con la cabeza más fría se fue dando cuenta de que Davies le había tendido una trampa y él había caído de lleno. No, peor aún, se había metido él solito dentro de la jaula como un maldito estúpido.

También se percató de que estaba a pocos metros de volver a

entrar en el despacho de Evelyn Foster. Esta vez como invitado y no de forma clandestina. Si tenía que tratar de nuevo con la mujer, como mínimo tendría el aliciente de retomar su objetivo.

La directora no utilizó la llave para entrar al despacho y él tomó buena nota de ese dato porque eso significaba que había otros momentos en los que no cerraba con llave. Al entrar, el pulso se le aceleró; tenía demasiados malos recuerdos asociados a ese lugar.

No se entretuvo y echó un rápido vistazo a la habitación: encima de la mesita de cristal, esta vez no había nada; el escritorio de la directora seguía lleno de papeles ordenados y todos los armarios estaban cerrados. Buscó la silueta de la señora Foster, que se estaba quitando el abrigo para colgarlo en el perchero que había al lado de su mesa. Permaneció atento por si oía un tintineo de llaves, pero no escuchó nada más que el roce de la prenda.

—Toma asiento —le dijo la directora sin mirarlo.

Rhydian avanzó despacio por la habitación. Dio un par de pasos más hasta situarse en un lugar donde podía ver el armario secreto de los informes. Se fijó en que la puerta lateral estaba cerrada y, esta vez, no vio ninguna llave puesta en la cerradura. Le invadió una gran decepción porque se dio cuenta de que, por más que consiguieran entrar de nuevo, seguiría siendo misión imposible acceder a los armarios clausurados.

—Haz el favor, Rhydian, hoy ya he tenido suficiente. Siéntate.

Evelyn Foster se acomodó en el sillón detrás del escritorio. Rhydian obedeció y lo hizo en la silla de delante. Contuvo una sonrisa irónica; la situación parecía un *déjà vu* del curso pasado.

—Ya sabes que, en Old Castle, no aceptamos ningún tipo de violencia —dijo, ahora sí con la vista fija en el muchacho—. El castigo será ejemplar, Rhydian. Con tus antecedentes…

—Creía que ya había pagado por mis antecedentes —la interrumpió él—. O eso me dijo a principio de curso. Que, si cumplía el trato, podía empezar de nuevo.

—¿Y pegar a un compañero es empezar de nuevo? —La voz de la directora subió de volumen—. ¿Por qué le has pegado?

—Porque se lo merecía.

—Rhydian. Así solo vas a conseguir un castigo más severo.

El joven miró a la mujer con los ojos chispeantes de rabia. Comprobaba una vez más que el verdadero rostro de Evelyn Foster era el chantaje y la amenaza.

—¿Qué va a ser esta vez? ¿Me va a prohibir hablar de lo ocurrido? ¿Utilizará la carta de no darme información sobre la desaparición de Aaron para tenerme más calladito? ¿O quizá me amenazará otra vez con impedir mi graduación? —Necesitaba escupir toda esa rabia, y en ese momento no le importaba nada más—. Oh, vaya, resulta que esto ya lo ha hecho. ¿Qué va a cambiar una sanción más? Mi vida aquí ya es un castigo.

La señora Foster tragó saliva.

—No me hables así, Rhydian, soy la directora.

—Lo sé, le prometo que no lo he olvidado —masculló él.

—¿Has hablado con alguien del túnel?

Rhydian levantó las cejas, no se esperaba esa pregunta.

—No, claro que no —respondió sin titubear y con la expresión neutra.

—¿Y no se lo has dicho a la señorita Halley?

El pulso de Rhydian se aceleró, aunque su rostro seguía sin una pizca de emoción.

—Me han llegado noticias de que sois amigos y que ella también sale a correr muy temprano, como tú.

—Sabe perfectamente que no es difícil salir del castillo. Usamos las salidas de emergencia. Todo el mundo las usa.

—Cierto, pero tú sí que lo has vuelto a utilizar. Para probar si todavía funcionaba la trampilla —insistió la directora—. Dime la verdad.

—Ya se lo he dicho. No la he vuelto a abrir. Yo y también algunas personas a las que más quiero tenemos demasiado que perder.

—Te he pedido la verdad, Rhydian.

—Esa es la verdad, señora Foster.

Se mantuvieron la mirada como si de un duelo se tratara. Desde el momento que tuvo el impulso de compartir su secreto con Norah, Rhydian sabía que tenía que prepararse mentalmente para estar sereno en caso de llegar a esta situación. No podía dejar que lo pillaran desprevenido. Ahora, además, llevaban a cabo una investigación que les estaba acercando a lo que el internado escondía en el castillo y no podía mostrar ni una brizna de debilidad. Aguantó la mirada de la directora, sin pestañear, con la expresión neutra, ocultando bajo la mesa las manos cerradas en puño.

—De acuerdo, sigue así. Tu deber es estudiar y graduarte, no eches por la borda esta segunda oportunidad.

—Yo he cumplido con mi parte del trato, pero usted todavía me debe el informarme sobre los avances de la policía —dijo el muchacho. Ahora que estaba metido hasta al cuello, no iba a dejar pasar la oportunidad de presionar a la directora.

—Tú sigue cumpliendo con la parte del trato y todo irá bien, ¿de acuerdo?

Rhydian apretó los dientes y se clavó las uñas en la palma de la mano.

—Llevo meses con una pregunta que no me deja dormir, señora Foster. —Y tragó saliva, ni él mismo se creía lo que estaba a punto de hacer—. ¿Por qué borraron el historial de mi chat con Aaron? ¿Por qué la policía eliminó la única prueba relevante?

Rhydian no dejó de escrutar la expresión de la directora. Por unos segundos le pareció ver algo así como temor, pero luego sus facciones se endurecieron.

—Este no es el camino, Rhydian. Lo dejamos claro hace meses. —La voz de la señora Foster era fría como el hielo—. La próxima vez que insinúes algo sobre esto, la expulsión será inmediata. La tuya y quizá la de alguien más. Sé de sobra que los estudiantes no cumplís con muchas de las reglas, y que yo lo tolere, no quiere decir que no lo pueda usar cuando sea necesario.

Rhydian volvió a tragar saliva. Se había propasado y ahí estaban las consecuencias, siempre en forma de chantaje y amenaza.

—¿Te ha quedado claro? —insistió la directora.

—Transparente —masculló el muchacho y, como si hubiera una colonia de chinches en el asiento de la silla, se levantó de un salto; ya no aguantaba más estar en ese despacho.

—¿Dónde crees que vas? —le preguntó la directora al ver que se ponía de pie—. Siéntate. Ahora tenemos que hablar de tu castigo.

Diez minutos después, Rhydian se marchaba del despacho con los puños apretados y la rabia corroyendo sus venas. La señora Foster le había quitado todo el tiempo libre de los días lectivos y tendría que pasarse dos meses encerrado en su cuarto. Únicamente podría salir para ir a clase, hacer los trabajos y las extraescolares, y comer. Además, para que le levantara el castigo en Navidad debía tener un comportamiento modélico. Y todo eso sin contar que el chantaje del curso pasado seguía vigente.

Norah abrió la mochila y le enseñó al señor Wilshere los apuntes y trabajos que llevaba dentro. El responsable del King's Arms revisó el interior y al final le dio el visto bueno.

—Media hora como mucho, Rhydian está castigado y no puede recibir visitas.

—Lo sé, gracias. No tardaré.

Salió de la sala común de los chicos sin prestar atención a la mirada de algunos de sus compañeros y se dirigió al pasillo donde estaba la habitación de Rhydian.

Se detuvo ante la puerta y dudó unos instantes. Le había enviado varios mensajes para saber cómo estaba y solo había recibido respuestas vagas del tipo: «Castigado» o «No te preocupes, estoy bien».

Pero Norah sabía que no lo estaba.

No podía estarlo después de lo que había pasado.

Su amigo no se había presentado a la cena y solo quedaba un día para terminar las clases. Después de la fiesta de Halloween, todos se marcharían de vacaciones. Si estaba castigado, quizá no podrían volver a hablar cara a cara hasta pasada una semana. Y eso era demasiado tiempo.

Llamó un par de veces y esperó. Al no recibir contestación, volvió a llamar. Oyó el ruido de unos pasos y la puerta se abrió.

—¿Qué ocurre ahora? —dijo con la puerta entreabierta. Cuando vio que era Norah, la abrió por completo—. ¿Qué haces aquí? ¿Te han dejado venir?

Tenía el pelo de punta y enmarañado, tal como le quedaba siempre después de pasarse las manos repetidamente por la cabeza. Iba descalzo y únicamente llevaba puesto un ligero pantalón de chándal, que le quedaba bajo, sobre las caderas.

Norah parpadeó un par de veces sin poder apartar la vista de su torso desnudo: piel lisa y tersa que recubría una fuerte musculatura, pectorales definidos, abdominales marcados y una fina línea de vello oscuro que se perdía hacia el sur bajo la cinturilla de sus pantalones.

Norah sabía que Rhydian hacía deporte, mucho deporte. Como ella, todas las mañanas salía a correr. También entrenaba tres días a la semana con el equipo de fútbol. Y la noche que le acarició el estómago había notado lo fuerte que era su musculatura. Sin embargo, hasta ese momento, no se había llegado a plantear qué era lo que realmente escondía debajo de sus camisetas.

Tragó saliva al darse cuenta de que Carlien tenía razón en una cosa más: contemplar los abdominales de Rhydian provocaba que la temperatura del cuerpo subiera un par de grados. El corazón le empezó a latir más deprisa cuando el recuerdo de lo que habían hecho el domingo se coló en su mente y fue muy consciente de que quería repetirlo.

Cuando por fin consiguió levantar la vista, los ojos del muchacho impactaron en los suyos. Lo que vio le aceleró el pulso: Rhydian la miraba con una expresión cargada de deseo.

—Le he dicho al señor Wilshere que te traía unos apuntes y que teníamos que hablar de un trabajo, porque no podías irte de vacaciones sin ello —dijo de forma apresurada, intentando retomar el hilo de la misión que se había autoencomendado.

—Tú y yo ya no hacemos ningún trabajo juntos. —La voz del muchacho sonó más grave de lo habitual.

—Ya, pero él no lo sabe. ¿Me dejas pasar o me vas a tener en la puerta la media hora que nos ha dado?

Él la observó fijamente unos segundos más. Al final se apartó y dejó la entrada libre para que ella pasara al interior.

—¿Qué te ocurre? —preguntó Norah—. Apenas has contestado mis mensajes.

Rhydian cerró la puerta y se quedó de pie, custodiando la entrada, para mantenerse tan alejado de Norah como la habitación le permitía. Ella se acercó a la cama, dejó la mochila en el suelo y se sentó. Aunque intentaba comportarse como siempre, estaba nerviosa, también muy agitada. Se notaba el corazón pulsando fuerte, respiraba con rapidez y sentía un cosquilleo cálido entre las piernas.

No esperaba encontrarse a Rhydian medio desnudo y todavía menos que esa visión le provocara sensaciones tan intensas. Aunque no iba a reconocerlo en voz alta, cada noche, cuando se iba a dormir, se perdía en el recuerdo de aquellos besos y caricias que la habían desarmado por completo, y también el deseo de volver a estar con él crecía un poco más. Pero no había previsto que volverían a quedarse a solas en la intimidad de una habitación tan pronto, y menos aún con él tan ligero de ropa. Ahora se sentía perdida, sin saber cómo reaccionar.

Para no distraerse de su misión e intentar aplacar las sensaciones, Norah se esforzó en mantener la mirada en el rostro de su amigo.

—¿Por qué has venido? —preguntó él.

—¿Por qué crees, Rhy? Estoy preocupada. —Norah tomó una bocanada de aire e intentó relajar la tensión de su cuerpo—. Todo el mundo dice que ha sido una falta muy grave y que Evelyn Foster, como mínimo, te ha cortado la cabeza a lo Henry Duval...

Se agachó para abrir la mochila, dispuesta a llevar a cabo su misión. De dentro sacó una bolsa de gel frío envuelta en una fina camiseta blanca.

—Y seguro que a ti no te han llevado a la enfermería y tienes los nudillos hinchados.

Norah dudó, pero al final se levantó de la cama y, con pasos algo vacilantes, se acercó a él, que seguía inmóvil delante de la puerta.

Rhydian intentó dar un paso atrás, pero no pudo, chocó de espaldas con la puerta antes de conseguir mover el pie.

La visita de Norah lo había pillado por sorpresa, y el lento repaso que ella había hecho de su cuerpo también. Le había gustado. Mucho. Le había gustado demasiado que lo mirara con anhelo, visiblemente afectada por su parcial desnudez.

En realidad, no solo le había gustado, sino que la mirada de la muchacha había encendido su deseo en apenas unos segundos y ahora estaba medio desnudo con una agitación demasiado intensa como para pensar con claridad, y con Norah a menos de un brazo de distancia.

Se había prometido que le daría tiempo y que iría despacio, no quería que se sintiera presionada. Los últimos días había notado que ella empezaba a estar mejor, que sonreía y bromeaba más y, de momento, eso era suficiente para él. Sin embargo, todo lo que se había propuesto estaba a punto de desvanecerse de su mente después de ese repaso insinuante.

—¿Me has traído hielo? —preguntó intentando serenar su nerviosismo.

—Sí, lo he cogido del congelador de mi residencia.

Norah tragó saliva. No podía obviar que Rhydian estaba nervioso. Y ella también. Pero continuó como si no se percatara de nada.

—Si quieres, te pongo hielo en los nudillos —dijo, y extendió una mano hacia él.

—¿No estás asustada? O... No sé, ¿enfadada?

Era un pensamiento que le había estado preocupando a Rhydian toda la tarde: que Norah estuviera disgustada por su comportamiento violento.

—¿Debería? —Norah bajó el brazo cuando vio que él seguía inmóvil.

—No lo sé...

—Me asusté cuando vi que pegabas a Chester, sí, nunca había visto una pelea así, tan de cerca. Pero se merecía el ojo morado que le dejaste.

—¿Le he puesto un ojo morado? —Ella asintió—. Siento haberte asustado. Yo no... Yo no soy así.

—Que hayas pegado a Chester no va a cambiar lo que pienso de ti.

Norah hizo una pausa e intentó buscar las palabras adecuadas.

—Me gusta como eres, Rhy, con tus luces y tus sombras.

—Tengo muchas sombras.

—Bueno, es posible que yo tenga más; en eso no me vas a ganar. —Ella dibujó una sonrisa tímida y extendió de nuevo su mano—. Vamos, Rhy, deja que te cuide un poco...

El muchacho le acercó la mano derecha. Tenía los dedos enrojecidos, también un poco hinchados. Norah le cogió el dorso y lo acarició con suavidad. Él no pudo evitarlo, los pelos del brazo se le pusieron de punta con el leve roce. Apartó la mano como si los dedos de Norah le hubieran enviado una descarga eléctrica de alto voltaje. Desvió la mirada y con un par de zancadas se acercó a su armario para buscar una camiseta cualquiera y cubrirse.

Tener una prenda de ropa entre su piel y la mirada de Norah lo relajó un poco. Solo un poco, porque era obvio para ambos que él estaba alterado. Buscó de nuevo los ojos de su amiga. Ella también lo miraba y parecía muy turbada por la situación.

—Por favor, no me mires así, Norah —susurró, porque en ese instante sintió que ella también lo hacía con deseo y eso todavía lo estaba encendiendo más a él—. Creo que sería mejor que regresaras a tu residencia...

—Oh, vale, lo siento, yo solo quería... Nudillos... Ya me marcho...

Norah empezó a balbucear frases inconexas mientras recogía su mochila y metía dentro la bolsa de gel frío. No entendía lo que acababa de pasar. De notar que una fuerte tensión llena de anhelo crecía entre ellos, habían pasado a que él le pidiera que se marchase, y ahora se sentía nerviosa, confusa y muy decepcionada. También enfadada, aunque no tenía claro si con Rhydian o con ella misma.

Se plantó delante de la puerta y observó a Rhydian. Él seguía con la mirada oscurecida por el deseo y eso la desconcertó todavía más. Su amigo no se movía y, al final, ella le dio la espalda para agarrar el pomo y salir de la habitación. Sin embargo, no fue capaz de abrir la puerta. No sabía lo que le estaba pasando, pero sí sentía que no quería marcharse con esa sensación tan rara entre los dos.

—¿Qué he hecho mal, Rhy? —se atrevió a preguntar, con la vista fija en la madera—. ¿Por qué quieres que me marche?

—Joder, Norah, tú no has hecho nada mal. —Rhydian tragó saliva mientras buscaba la manera de decirle la verdad—: Te he pedido que te marches porque, ahora mismo, no sé si puedo tenerte cerca sin besarte.

35

Perdidos en el mismo sitio

—¿Y si no quiero marcharme? —susurró ella.

Rhydian redujo la distancia que había entre ellos y apoyó las dos manos en la puerta, dejando a Norah prisionera dentro de los límites de su cuerpo. Su pecho rozaba la espalda de la chica y tenía los brazos a la altura de su cabeza, con las manos descansando sobre la madera, impidiendo cualquier movimiento de huida. A Norah, el bello de la nuca se le puso de punta al sentir el calor que irradiaba el cuerpo de su amigo justo detrás de ella.

—¿Estás segura de que no quieres marcharte? —le susurró él con la voz ronca.

Norah tragó saliva y asintió.

—Joder, Norah, no tengo ni idea de lo que debo hacer contigo —le susurró al oído, su aliento cálido le rozaba la piel—. No quiero presionarte, no quiero asustarte. Intento ir a tu ritmo, pero siempre termino perdido.

—Yo también estoy perdida, muy perdida, Rhy. No sé lo que quiero ni si me estoy equivocando. Pero esta semana he descubierto que yo también quiero más de ti.

Norah echó la cabeza atrás y se apoyó en la barbilla de

Rhydian. Él dejó escapar un suspiro que agitó sus mechones y bajó las manos hasta asentarlas sobre sus caderas. En contacto con su espalda, Norah podía notar el corazón de Rhydian tan acelerado como el suyo.

—Vale, este es un buen punto —murmuró él, e inclinó un poco la cabeza para besarla con ternura debajo de la oreja—. Estamos los dos perdidos. Pero perdidos en el mismo sitio, así que... ¿qué importa lo demás?

Porque, en ese momento, todo lo que no fuera tener a Norah en sus brazos no era relevante. Dejó de pensar en los chantajes de la señora Foster, en los peligros de la investigación, también en la frustración que sentía por no haber conseguido sacar más información de las pistas que tenían. Se esfumaron la rabia, el dolor y la frustración. El severo castigo que le había impuesto la directora quedó reducido a la nada y dejó de considerar que no podría hacer vida normal, que el internado volvería a mirarlo con lupa y que tendría menos tiempo libre para seguir con la investigación y estar con Norah. Ni siquiera recordaba que se había propuesto hablar de las notas de Chester antes de que se marcharan de vacaciones.

Rhydian volvió a acercar los labios a su piel y muy despacio le dio un beso detrás de otro por la curva de su cuello. Ella era lo único que ocupaba su mente. Norah sintió que una oleada de deseo la estremecía y toda ella tembló de anticipación. La mochila se le escapó de la mano y cayó con un ruido seco en el suelo.

—Y quiero que te quede claro que no has hecho nada mal. —La voz de Rhydian apenas era un susurro grave—. Lo que tenemos siempre estará bien, tenga la forma que tenga.

Rhydian quería que esto le quedara claro a Norah. La primera noche que pasaron juntos, Norah le había brindado comprensión sin esperar nada a cambio. Le permitió ser él sin juzgarlo. Se hicieron amigos sin juzgarse. Para él fue una gran liberación y también el descubrimiento de que podía contar con personas que no le exigían nada. Si iban a ir un paso más allá, deseaba que siguiera siendo así: sin juicio, intentando comprenderse mutuamente, respetando los miedos y los tiempos de ambos, como hasta ahora.

—Norah, date la vuelta, necesito verte —murmuró.

Ella obedeció porque también necesitaba ver el rostro de su amigo. Cuando sus miradas se cruzaron, a Norah se le tensó el vientre y algo caliente se le derritió un poco más abajo. Rhydian la miraba con hambre, como si ella fuera el único plato que pudiera llegar a comer en lo que restaba de año.

—Estoy un poco asustada, Rhy —admitió en voz baja.

—¿Qué te asusta?

—Que, por culpa de dar este paso, te pierda.

—¿Solo eso?

—¿Y te parece poco?

—Joder, Norah, yo tampoco quiero perderte. Por eso sé que no va a pasar. No lo vamos a permitir, ¿vale?

—Vale.

—En realidad, yo pensaba en otro tipo de cosas que quizá te podrían asustar si seguimos por este camino —insinuó con un tono pícaro.

—Eso me asusta bastante menos —reconoció Norah con una sonrisa tímida, y rodeó con sus brazos el torso de su amigo.

Rhydian se rio. Apretó la cintura de Norah y la atrajo más hacia él. Dejó escapar un suspiro al notar sus cuerpos pegados. Luego, levantó una mano y trasteó algo al lado de la cabeza de Norah.

Lo siguiente que se escuchó fue el chasquido del pestillo al cerrarse.

El sonido se metió en las tripas de Norah y bajó con descaro hasta su centro; no pudo evitar soltar un jadeo. La sonrisa de Rhydian se borró. Sus terminaciones nerviosas estaban en alerta y la adrenalina corría veloz por su sangre. Todo en él palpitaba a un ritmo acelerado. Apenas le quedaba un resquicio de control porque lo único en lo que podía pensar era en fundirse con ella. Puso la frente sobre la de Norah y sus bocas quedaron suspendidas a escasos centímetros de distancia.

—Tú pon el ritmo, ¿vale? —murmuró Rhydian sobre sus labios.

—¿Aunque te pierdas?

Rhydian pensó que ya estaba perdido, casi por completo, y que poco importaba si se perdía un poco más, siempre y cuando fuera en ella.

—Aunque me pierda.

Norah subió las manos por los costados de Rhydian hasta quedar abrazada a su cuello. Luego lo empujó con suavidad para que él terminara de bajar la cabeza.

Juntaron sus labios y se besaron.

Sus bocas se acariciaron sin prisa y con ternura una, dos y tres veces. Y todavía tuvieron un cuarto asalto en el que jugaron a lamerse y a mordisquearse. Pero las reglas del juego pronto cambiaron cuando ambos abrieron la boca y las lenguas se enredaron. Sus besos se volvieron más anhelantes, más profundos, también más húmedos, y todo lo demás desapareció de su alrededor.

Rhydian bajó las manos por las caderas de Norah y, sin apenas esperarlo, sus dedos se colaron por debajo de la falda. Le acarició el muslo casi con reverencia, con lentitud, tanteando el camino a sus nalgas. Ella dejó salir un gemido bajo cuando notó el calor que desprendían sus manos a través de la tela de las medias. Rhydian se tragó el quejido de Norah con avidez e intensificó el beso. Luego, la tomó con fuerza por el trasero para subirla hasta su cintura. Ambos jadearon cuando ella le rodeó el cuerpo con las piernas y sus pelvis se encajaron.

—Norah, esto es perfecto —murmuró Rhydian.

Se separó lo justo para poder verle la cara. Se fijó en sus labios hinchados, sus mejillas coloradas y en su mirada en la que se reflejaba el brillo vidrioso del deseo. En esos momentos, se consideró el hombre más afortunado del planeta.

—Joder, estás preciosa.

—No te detengas, Rhy. Hablar es perder el tiempo.

Norah se abalanzó sobre su boca y se agarró fuerte a su cuello. Rhydian no pudo evitar reírse mientras le devolvía el beso.

—Estoy dispuesto a demostrarte que esto no es verdad —dijo entre beso y beso.

Rhydian tomó algo de impulso para aguantar bien el peso de Norah y cruzó la habitación con ella montada sobre su cintura; apenas notaba el tirón de dolor en los nudillos, las demás sensaciones le embriagaban por completo los sentidos. Se sentó en el colchón y dejó que el cuerpo de Norah se acoplara a su regazo. Se miraron unos largos segundos a los ojos. Ambos eran muy conscientes del bulto que se erguía entre las piernas de Rhydian. Norah se mordió el labio e hizo un movimiento suave con la pelvis que provocó un gemido ronco al muchacho.

—Eres malvada —dijo sin apenas voz.

—Y tú hablas demasiado.

Norah sonrió y volvió a besarlo como si con ello pudiera saciar la sed y el hambre que sentía. Sin el freno de sus miedos, se sentía osada y con unas ganas insaciables de perderse entre los brazos de Rhydian y sus besos. Fue la primera vez que era consciente de que deseaba a Rhydian desde las entrañas y no entendía cómo se había prohibido eso durante tantas semanas.

No tenía vergüenza ni tampoco estaba incómoda. Solo notaba calor, excitación y una extraña sensación de querer quedarse a vivir para siempre sobre el regazo de Rhydian. Sabía que con su amigo podía ser ella misma, así que no lo dudó y se apartó un poco para quitarse la americana negra y dejarla caer a sus pies. Buscó el dobladillo de la camiseta de Rhydian y tiró de la tela para sacársela por la cabeza.

La mirada turbada del muchacho provocó que cientos de mariposas enfurecidas aletearan dentro de su estómago.

—Me has quitado la camiseta. —Aunque era algo obvio, Rhydian tuvo la necesidad de decirlo.

—Lo sé. ¿Te gusta?

Norah puso las manos sobre su pecho y empezó a recorrer su piel con los dedos. Rhydian asintió y cerró los ojos para deleitarse con las caricias suaves de Norah; tenía la impresión de que la muchacha dibujaba sobre su cuerpo unas líneas invisibles que solo ella podía ver. Cuando él volvió a abrir los ojos, Norah vio que estaban velados por un profundo deseo.

—¿Puedo yo también?

Ella le dio permiso y Rhydian empezó a desabotonar su camisa con las manos algo temblorosas. La respiración de Norah se agitó y, con cada nuevo botón desabrochado, el pulso le aumentaba de velocidad. Cuando las manos de Rhydian llegaron a la cintura, le sacó los bajos atrapados por la falda y abrió la camisa en dos para dejar expuesto su torso.

Norah sintió la mirada de Rhydian como una caricia penetrante y se estremeció cuando las manos del chico se posaron sobre su piel. Y todavía se estremeció más cuando sus dedos exploraron con anhelo su cuerpo medio desnudo y juguetearon traviesos por la tela del sujetador.

—Bésame, Rhy —le pidió Norah envuelta en una nube de placer. Y él acató la orden incluso antes de que ella terminara de pronunciar la frase.

Los primeros dos golpes ni siquiera los oyeron. Estaban demasiado metidos dentro de esa burbuja de dicha que habían creado a su alrededor con besos y caricias. Puede que Rhydian fuera consciente del tercer golpe, pero todavía estaba demasiado extasiado para aceptar que ese sonido venía de su puerta y no de la puerta de al lado.

El cuarto golpe sonó más fuerte y la voz que lo acompañó enfadada.

—¡Señor Cadwallader! ¡Abra la puerta de una vez!

Se detuvieron de inmediato y Norah saltó del regazo de Rhydian como si le hubiera picado una avispa en el trasero. Se aguantaron la mirada unos segundos, ambos paralizados por la sorpresa, con el cerebro todavía medio apagado por el placer. Y Rhydian dejó escapar una carcajada.

—Mierda… —Norah se puso una mano en la boca para amortiguar su risa—. Nos va a pillar.

—Vístete rápido, yo lo intento entretener —dijo entre risas y tomó su camiseta del suelo—. No se apure, ahora voy, señor Wilshere —añadió en voz alta.

Rhydian se puso la camiseta e intentó arreglarse un poco el pelo. Cruzó con pasos lentos la habitación sin perder de vista los movimientos apresurados de Norah para abotonarse la camisa.

—¿Qué está pasando aquí, señor Cadwallader? —La voz del señor Wilshere sonó amortiguada.

Norah había conseguido abrocharse más de la mitad de los botones cuando Rhydian llegó a la puerta. El muchacho no pudo evitar sonreír con ternura al ver que la camisa de su amiga estaba algo torcida.

—Mierda, Norah, están mal abrochados —susurró.

—Qué desastre. —Norah se miró el enredo y torció una mueca—. Me tapo con la americana.

—Voy a abrir, ¿vale?

Norah asintió mientras se agachaba para coger la prenda. Rhydian quitó el pestillo y abrió la puerta lo justo para que el señor Wilshere solo le viera el rostro.

—Lo siento, señor, no lo hemos oído. Estábamos muy concentrados, metidos en un lío… de apuntes.

—¿Sigue aquí la señorita Halley?

—Sí, sí, está terminando de recoger.

Y con un pie intentó apartar una de las correas de la mochila de Norah, que se colaba por la apertura.

—Señor Cadwallader, creo que debería abrir la puerta al completo.

Rhydian giró la cabeza para comprobar el estado de Norah. La americana cubría parte del lío con los botones, sin embargo, llevaba la camisa por encima de la falda. Cruzó los dedos mentalmente para que el vigilante no se fijara demasiado en los detalles.

Cuando al fin tiró del pomo para dejar su habitación al descubierto, Norah ya avanzaba hacia él.

—Bueno, Rhy, espero que estas vacaciones hagas tu parte del trabajo, no te descuelgues otra vez.

Norah se puso al lado de su amigo e, intentando aguantar la compostura, cogió su mochila del suelo. Su corazón latía acelerado. Sabía que no estaba del todo presentable, pero lo único que podía hacer era disimular. A su lado, Rhydian la miraba con una sonrisa divertida.

—Yo siempre hago mi parte del trabajo —puntualizó Rhydian.

—Señorita Halley, se ha pasado de la hora —acusó el señor Wilshere.

—Lo siento, señor. No era mi intención —se disculpó—. Pero no había manera de que este chico entendiera su parte de la tarea.

—Lo que ocurre es que tú no te explicas bien —dijo él metiendo baza—. Si me hubieras especificado cómo querías hacerlo, habríamos acabado antes.

—Si hubieras atendido bien en un primer momento, habrías…

Norah no pudo terminar la frase porque el señor Wilshere les mandó callar a los dos con un «Ya tengo suficiente de vuestras tonterías. A su residencia, señorita Halley».

A pesar de la orden y antes de que Norah pudiera salir de la habitación, Rhydian la tomó del brazo y la detuvo.

—Quiero volver a hacer este trabajo contigo una y otra vez —le susurró al oído y luego le dio un beso casto en la mejilla—. Si me dejan salir a desayunar, nos vemos mañana, Pequeña Ninja.

Norah salió del dormitorio sintiendo un cálido hormigueo en la barriga.

—Hasta mañana, Chico de la Capucha.

Rhydian y el señor Wilshere observaron su partida, también algunos muchachos con los que se cruzó por los pasillos del King's Arms. Ella apenas se percató de nada. Hizo el camino de regreso con la sensación de estar caminando sobre nubes de azúcar.

Solo más tarde se daría cuenta de que no le había puesto hielo en los nudillos y que todavía no sabía qué había ocurrido con el castigo de la directora.

36

La fiesta de Halloween

Ese sábado por la noche, la mayoría de los alumnos del Old Castle College llevaban puesto su disfraz de Halloween y esperaban con impaciencia que el jurado llegara a su sala común para valorar la decoración.

Las estancias eran un bullicio exaltado de adolescentes maquillados y ataviados con los disfraces más diversos: desde los típicos vampiros, zombis, brujas y fantasmas, hasta los trajes más elaborados y elegantes de aquellos que querían optar al premio individual de mejor disfraz.

Esa noche, casi todas las puertas estaban abiertas y las luces del castillo encendidas. Cada año, cuando terminaba la valoración del jurado, los alumnos podían salir de su residencia y pasearse por los pasillos para visitar las salas comunes de sus compañeros, así como también la sala de teatro, que acogía la siempre original decoración que preparaban algunos profesores.

Era uno de los eventos del año más esperados y disfrutados. Aunque no todos los estudiantes iban a poder participar. Rhydian Cadwallader llevaba todo el día encerrado en su habitación, tirado sobre su cama medio deshecha, jugueteando con el móvil, revisando las pistas de su investigación secreta y siguiendo los partidos de la Premier League de ese fin de semana.

Aunque, a simple vista, estas eran las actividades con las que se distraía, solo él sabía que, en realidad, parte del tiempo lo pasaba rememorando los momentos más acalorados y subidos de tono del último encuentro con su mejor amiga.

Sin embargo, la mayoría de los residentes eran ajenos al castigo severo de uno de los chicos del King's Arms. Y, esa noche, la música, el picoteo y la jarana no se iban a detener hasta pasada la una de la madrugada.

Hubo muchas risas y un alboroto nervioso cuando el jurado por fin llegó a la casa Bridge of Sighs. Norah Halley se apartó del lugar designado como escenario principal y permaneció atenta, observando con curiosidad los acontecimientos. La sala común estaba decorada al estilo de las leyendas artúricas, con motivos celtas por todos los rincones y con un castillo hecho de cartón en un tramo de la pared del torreón. Para darle un toque más oscuro y propio de Halloween, había telarañas artificiales por los pilares y las columnas de piedra junto con los ramos de rosas negras que Norah había ayudado a preparar.

El jurado estaba formado por la directora Foster; madame Leblanc, la profesora de Teatro; la señora García, la profesora de Historia de secundaria, y el señor Denson, el nuevo y joven profesor de la optativa de Arte y Diseño. Los cuatro miembros del tribunal iban disfrazados con elegantes trajes de época y pelucas barrocas.

—Creo que a la señora García ya la tenemos en el bote —oyó Norah que decía la muchacha de primero que tenía al lado—. Con lo obsesionada que está con los grabados del castillo le va a flipar que, este año, el tema de nuestra residencia sean las leyendas artúricas.

—Y madame Leblanc lleva unos días alabando sin parar el trabajo que estamos haciendo las de bachillerato —dijo otra.

—A ver qué opina el señor Denson… —siguió la primera—. ¿Has visto? Está cañón incluso con una peluca blanca.

—Dexter Denson. ¿No te parece que tiene nombre de protagonista de novela romántica?

Ambas chicas mantenían la vista fija en el profesor. Norah torció una mueca y pensó que más bien tenía nombre de supervillano.

—¡Chicas, por favor, silencio! ¡Vamos a empezar! —gritó Jenna por encima del ruido de voces.

Ella y Tawny llevaban un simple y típico disfraz de vampiro. A Norah le había sorprendido que ellas tampoco fueran vestidas con la temática de la residencia y no participaran en el concurso de disfraces individuales.

Norah siguió la obra de teatro que habían preparado sus compañeras sin prestar demasiada atención, no le interesaba especialmente ver la actuación estelar de Chelsea. Llevaba todo el día enviándose mensajes con Rhydian y esa actividad le era mucho más interesante y placentera.

¿Cómo va el partido?

Rhydian le respondió enseguida.

Trepidante. Acaban de empatar.

Aquí están a punto de terminar la obra y
después de eso no tengo ni idea de qué hacer.

Pues yo tengo muchas ideas...

Aunque todas ellas requieren de tu presencia
en mi habitación.

Norah dibujó una sonrisa bobalicona. No podía dejar de pensar en él y en todo lo ocurrido la noche anterior en su habitación. Aunque no habían puesto nombre a lo que tenían ahora, ya no dudaba de que quería seguir con lo que habían empezado.

Apúntalas todas, Rhy.

Y luego haz un plan para poder
llevarlas a cabo.

Tienes toda la noche para pensarlo
con detalle.

Norah sintió calor en las mejillas cuando dio a enviar el mensaje. Eso de flirtear con Rhydian era nuevo, pero le gustaba.

Joder, Norah.

Ahora no me lo podré sacar de la cabeza.

¿Te he dicho ya que eres malvada?

Algo he oído.

Ya he empezado la lista.

A ver qué te parece el plan:

1. Traerme a Norah a escondidas
a la habitación.

2. Decirle que se puede quitar los zapatos
y subirse a la cama.

Esto siempre funciona para
que se confíe y se relaje.

Porque, ya sabes, uno nunca está seguro
del todo con una ninja en su dormitorio.

Me conoces demasiado bien.

Atenta, que ahora viene lo mejor.

3. Hacer un primer acercamiento lento y casual
para sentarme más cerca de ella.

4. Susurrarle al oído que, cuando estoy solo
y nadie me ve, suelo mirar vídeos de gatitos
monos.
Esto le hará bajar la guardia por completo.

5. Ronronear en su oído lo bonita que es
y las ganas que tengo de besarla.
La pura verdad, vaya.

6. Cruzar los dedos para que ella
desee lo mismo.

Lo de los dedos no es necesario.

¿Estás segura?
Los dedos suelen ser necesarios.

En realidad, esto ya lo tengo planeado
en los siguientes puntos de la lista.

Eres un bobo, Chico de la Capucha.

Lo que no hace falta es cruzar los dedos.

Norah dudó unos momentos, pero al final se atrevió a añadir algo más.

Ella desea lo mismo.

No tienes ni idea de lo que me han
hecho estas palabras.

Creo que soy capaz de imaginarlo, Rhy.

Joder, no digas nada más porque
lo estás empeorando.

La semana de vacaciones se me va
a hacer eterna, Norah.

Y ya estoy odiando a muerte el castigo.

Norah se rio y esperó a leer el siguiente mensaje que su amigo estaba escribiendo.

Venga, ve a visitar las demás residencias.

Normalmente vale la pena.

Yo aprovecharé para recuperarme un poco.

Eres un exagerado.

Si piensas eso, es que no te lo has
imaginado bien.

Norah sintió un calor repentino bajo su vientre que se extendió por todo su cuerpo. No supo qué contestar y al final solo escribió:

Te echaré de menos, Rhy.
Sin ti no será lo mismo.

Yo ya lo hago ahora...

Y no sabes las ganas que tengo
de verte disfrazada de ninja.

Cuando puedas, envíame una foto.

Sonrió cuando vio el emoticono del ninja, pero de inmediato se sobresaltó al notar una presencia justo a su lado.

—¿Sabes, Norah? Hoy es el día perfecto para resolver nuestro pequeño problema.

Sarabeth torció una sonrisa insolente. Llevaba un diminuto

vestido de policía y del cinturón le colgaban unas esposas que parecían auténticas.

—Chester sigue encaprichado de ti y hoy no te va a quedar otra opción que cumplir —continuó la muchacha—. Tómatelo como un deber y, así, todos podremos pasar página.

—Un deber... —rio Norah con amargura—. Lo que tú digas.

No esperó a que ella contestara y se marchó.

Después de todo lo ocurrido en las últimas semanas, Norah apenas había pensado en la absurda petición de Sarabeth y tampoco estaba dispuesta a hacerlo ahora. La obra ya había terminado y el salón era un bullicio de chicas exaltadas, y se perdió entre el jaleo en busca de Carlien.

—¡Chicas! ¡El jurado se ha ido! —gritó Sarabeth para hacerse notar—. Tenemos menos de treinta minutos mientras están en el King's Arms, antes de que empiece la visita abierta por el castillo. Así que... ¡Beso o reto, empieza el juego!

Las chicas del Bridge of Sighs se acercaron a la zona de descanso y buscaron asiento. Las que no consiguieron un hueco en los sofás se quedaron de pie haciendo un ruedo. Norah se acercó casi por obligación. El juego no despertaba su interés y no estuvo atenta a los preparativos. Sabía que era una tradición del Bridge of Sighs y que era uno de los momentos más esperados de la noche, pero ella no tenía previsto participar.

—Ya sabéis que organizar el juego es un privilegio de segundo y este año nos hemos encargado Zoe, Regina, Darlene y yo —explicó Sarabeth—. Aunque Chelsea también nos ha ayudado en algunas cosas. Trae, Zoe —añadió tras hacer un gesto con la mano.

Una muchacha muy alta vestida de hada dejó dos cajas pequeñas y sin tapa encima de la mesa de cristal. Dentro de cada una había un montón de papelillos doblados.

—Vamos a recordar las normas del juego —dijo Zoe Green—. Podéis escoger lo que queráis: un beso o un reto. En la caja de besos solo hay nombres de bachillerato, tanto de chicos como de chicas, no hay nadie de secundaria. En la de retos, pues eso, una serie de pruebas de todo tipo.

—Ya lo sabéis, como mínimo tiene que estar presente una de nosotras para testificar que se ha cumplido el reto o el beso, y no valen las amigas de la pandilla —continuó Sarabeth—. Para los besos: si el chico o la chica dice que no y os rechaza, perdéis la prueba. Para los retos: si no podéis cumplir con la tarea entera, también perdéis. Las que pierdan la prueba, mañana por la mañana, antes de marcharnos de vacaciones, tendrán que recoger el salón y dejarlo todo desmontado y limpio.

—Sin embargo, este año hemos añadido una norma nueva —dijo Zoe—. Y es inapelable: quien no participe en el juego, tendrá que pasar una semana entera durmiendo en el vestíbulo de las habitaciones. Y nos encargaremos de que así sea.

—¿Es necesario? Es un juego para divertirnos, no para obligarnos a nada —dijo Jenna, visiblemente molesta por esa nueva directriz.

—Somos nosotras las que ponemos las normas —contestó Sarabeth—. Si no te gusta, haber optado por organizar el juego en lugar de escribir el guion de la obra.

Norah apretó los puños y los dientes, enfadada con lo que estaba pasando; no esperaba que la obligaran a participar.

—Bien, chicas, si está todo claro… ¡Vamos a divertirnos!

Norah soltó un bufido. No le gustaba verse forzada a jugar, pero decidió que cogería un reto y buscaría la manera de, como mínimo, simular que intentaba hacerlo. Lo haría enseguida y así podría terminar con esa tontería.

Las cajas fueron pasando de mano en mano. Norah no sabía decir si la más demandada era la de retos o la de besos. Algunas chillaban y daban saltos emocionados después de leer lo que les había tocado, otras se reían a carcajadas y otras maldecían su suerte e intentaban encontrar a alguien que quisiera cambiarles la prueba.

Cuando le llegó la caja con los besos, Norah la pasó a otra compañera sin coger ningún papel.

—Sabía que no escogerías beso —dijo Sarabeth—. Dadme la caja de los retos —pidió, y una muchacha se la pasó.

Sarabeth se levantó y se acercó a Norah. Luego, rebuscó con los dedos por debajo de la caja. A Norah le pareció que levantaba un papel blanco del fondo y, de debajo, sacaba algo.

—Este es tu reto —determinó, y le puso el papel delante de la cara.

—Voy a coger uno de la caja, como hacen las demás —dijo Norah, y bajó su mano para elegir un papel.

Sarabeth apartó la caja y se la dio de nuevo a Zoe. En ese momento, todas las jóvenes estaban atentas a lo que sucedía entre ellas dos.

—Hemos preparado un reto especial para Norah —anunció Sarabeth en voz alta—. Norah es nueva, no termina de integrarse y hemos pensado que, si acepta el reto que le proponemos, nos demostrará que forma parte del grupo de verdad.

Alguien empezó a protestar, pero Norah nunca averiguó quién fue.

—¿Hay alguien en contra de este pequeño e insignificante cambio de interpretación de la norma? —intervino Chelsea, que hasta ese momento no había hablado.

Un silencio sordo y denso se expandió por la sala común del Bridge of Sighs. Norah dejó escapar el aire poco a poco. Nadie contradijo a la rubia.

—Bien, si todas estamos de acuerdo. Toma tu reto, Norah. Y suerte.

Ella tomó el papel y se alejó tanto como pudo del grupo. Ahora entendía el aviso de antes. Sarabeth quería vengarse delante de todas sus compañeras. Estaba segura de que iba a ser algo malo, y no quería darle la satisfacción de que viera su cara.

Cuando desdobló el papel se quedó en shock. Esperaba cualquier barbaridad, algo peligroso o algo que pudiera meterla en un lío gordo. Pero no eso.

Eso no.

Levantó la mirada. Sarabeth la observaba con una sonrisa perversa.

—¿Es muy malo? —preguntó Carlien, que se había acercado—. Tienes pinta de querer vomitar.

—No voy a hacerlo.

—Tienes que hacerlo. No estoy de acuerdo con las nuevas normas, pero Sarabeth... Si te pones en su contra, será peor.

—No puedo hacerlo, Carlien —repitió Norah—. No lo haré.

Carlien abrió el papel.

—«Enrollarse con Chester Davies» —leyó—. Vaya... Tampoco es tan malo, si le das un par de besos largos, seguro que ya contará. Chester es muy guapo, muchas chicas esperan que les toque su nombre. Aunque claro, esto ha terminado siendo un beso y no un reto.

—Es malo, Carlien. Lo viste el otro día. Chester lleva todo el curso dejándome notas para que me enrolle con él. Siempre lo he rechazado. Y ahora quieren obligarme —escupió, con amargura.

—Mierda, es verdad.

—Sarabeth se ha pasado de la raya.

—Tranquilízate, Norah. Vamos a valorar posibles soluciones.

—¿Vas a testificar que he intentado besarlo? —preguntó, aunque ya sabía la respuesta.

—No puedo. Todas saben que somos amigas.

—Pues no hay solución.

Con rabia, se acercó a Sarabeth.

—No vale. Esto no es un reto —dijo Norah con dureza.

—No es verdad. Para ti, esto es un reto —la contradijo la muchacha.

Norah escuchó risas y comentarios a su alrededor; por lo visto, alguien ya había contado a las demás cuál era el reto. Sarabeth se inclinó para aproximarse a su oído y añadió en voz baja:

—Tienes la excusa perfecta: cumples tu reto y resolvemos

nuestro asunto. Te lo he puesto muy fácil, Norah. Es esto o duermes una semana en el suelo, tú misma. Y si lo que te preocupa es Rhydian, tranquila, conoce el juego y lo va a entender.

—¿De quién ha sido la idea? —preguntó Norah.

—Te sorprendería, pero nunca lo sabrás.

Sabía que estaba sentenciando su suerte, pero no iba a aceptar el chantaje. Tiró el papel encima de la mesa y se marchó. No participaría. Tampoco dormiría en el suelo ni un solo día, aunque para ello tuviera que montar una guerra contra Sarabeth.

Se dirigió a su habitación sin mirar atrás, sin embargo, antes de que pudiera llegar a la escalera, la detuvo una falsa hechicera vestida con un precioso vestido blanco.

—Tesoro —Chelsea lucía una sonrisa postiza—, he visto tu disgusto, pero creo que debes verlo como algo positivo.

Norah arqueó una ceja. Para ella no había absolutamente nada de positivo en lo que le querían obligar a hacer.

—Es una gran oportunidad para demostrarnos a todos que no hay nada entre tú y Rhydian.

Chelsea hizo una pausa e inspeccionó con extremo detalle la expresión de Norah.

—Y también una gran oportunidad para dejárselo claro a él, ¿lo entiendes? —añadió—. Suerte esta noche, corazón.

La muchacha se dio la vuelta con gracia y su vestido níveo ondeó con el movimiento.

Norah subió la escalera corriendo y, al llegar a su dormitorio, cerró con un portazo y se sentó en el suelo. Pensó que era muy posible que Chelsea estuviera metida en la encerrona. El corazón le latía con fuerza y una vibración nerviosa le recorría las venas. Contó hasta diez mientras respiraba profundo. Necesitaba calmarse. No podía dejar que las tretas de Chelsea, Sarabeth, Chester, o cualquier otro compañero, la afectaran de esa manera.

Oyó el sonido de un mensaje entrante. Sacó el móvil y leyó el texto que le enviaba Rhydian.

Ya está, el partido ha terminado.

Liverpool 2 – Leeds 1. ¡Hemos ganado!

¿Y la foto? Tengo ganas de verte...

Aunque no iba a dejarles ganar la batalla, esa noche, ella ya no tenía ganas de nada más. Ni de visitar la decoración de las demás casas, ni de hacerse una selfi para Rhydian ni de seguir chateando sobre los acontecimientos de la noche. Tampoco se sentía con ánimo de contarle a su amigo lo que había pasado; no quería que se preocupara ni se enfadara todavía más con el tema de Chester.

Lo único que le apetecía era ir a buscar a Milkyway, escurrirse al cuarto de Rhydian, abrazarse a ellos dos y pasar la noche entera en la cama de la habitación 014 del King's Arms. Y, de esas cuatro cosas que quería hacer, solo una estaba a su alcance.

Lo siento, ahora esto es un follón.

Hablamos un poco más tarde, vale?

El mensaje de Norah no era propiamente una mentira, en su cabeza todo estaba hecho un lío. Rhydian respondió enseguida:

Ok, pásalo bien.

Guardó el móvil en el bolsillo del corsé de su ceñido vestido de ninja y vació una de sus mochilas de deporte. Si conseguía pasar desapercibida, esa noche la pasaría con Milkyway.

37

Planta baja

Norah bajó las escaleras con sigilo. Aunque enseguida se dio cuenta de que no hacía falta ir con cautela. La sala común estaba llena de gente disfrazada que hablaba, reía y se paseaba por la estancia admirando la decoración del Bridge of Sighs; nadie le prestaba atención.

Con la luz de la linterna del móvil, bajó hacia los pisos inferiores hasta llegar al sótano del torreón. Cruzó el almacén sin entretenerse y, al abrir la puerta de emergencia, el aire helado de finales de octubre le azotó el rostro. Fuera olía a lluvia reciente, a hojas húmedas y a esa libertad fresca que Norah asociaba con la noche de la campiña inglesa. Silbó unas cuantas veces, con la esperanza de que el Pequeño Bandido escuchara su voz, y no tardó en oír el ruido de una carrera ágil y veloz. El suave maullido de Milkyway le hizo olvidar de golpe lo acontecido esa noche. Sus labios se curvaron con una sonrisa radiante cuando el felino entró en el sótano y se acercó a ella para restregarse contra sus tobillos.

—Eres lo más bonito que hay en este castillo —murmuró la chica.

Se agachó, tomó el feo gato jaspeado entre sus manos y se lo acercó a la cara para besarlo. Su pelaje estaba un poco húmedo. Olía a gato mojado. Lo arrulló en su pecho y le llenó la cabeza de besos. El minino maulló de nuevo y le dio un áspero lametón en la mejilla.

—Hoy te voy a llevar a mi cuarto, al llegar a la lavandería te meteré en la mochila, ¿de acuerdo? —Dejó el gato de nuevo en el suelo—. ¡Vamos, Milkyway!

Norah cruzó el almacén, satisfecha de ver que el gato la seguía, y ambos empezaron a subir las escaleras. Pero, después de unos pocos peldaños, ocurrió algo que nunca le había pasado cuando estaba en el sótano: escuchó un extraño ruido procedente de algún lugar del almacén. Su pulso se aceleró. Apagó la luz del móvil y se quedó a oscuras, muy quieta, sin apenas respirar, con un pie en un escalón y el otro en el siguiente.

No había nadie en el sótano minutos antes y la puerta de emergencia siempre se cerraba, tenía un mecanismo automático que nunca fallaba. Era cierto que había muchos armarios, pero Norah creía improbable que alguien hubiera estado allí escondido. Ese día todo el mundo estaba visitando el castillo.

Escuchó un ruido como de fricción y de algo que se movía, aunque no podía identificar de qué se trataba exactamente. Se dijo que tenía que ser valiente. Quizá estaba a punto de dar con algo importante para la investigación, así que, haciendo honor a su disfraz, bajó de puntillas los pocos escalones que había subido. Avanzó con mucho sigilo entre los armarios y las estanterías en dirección al ruido. Cuando estaba cerca, se agachó tras uno de los muebles y sacó la cabeza. Tuvo que contener una exclamación al ver la escena que tenía ante sus ojos.

Había un hombre en el almacén. Iba vestido de negro y estaba de espaldas a ella; no podía ver su rostro. Aunque la imagen en sí misma ya estaba fuera de lugar, lo que la dejó boquiabierta fue que, allí donde antes había un armario ordinario apoyado en una de las paredes del torreón, ahora había una apertura tenuemente iluminada que daba paso a un pasillo de piedra. Norah se llevó una mano a la boca cuando vio que la figura se metía dentro del túnel, cerraba la puerta y todo volvía a quedarse a oscuras.

Estuvo unos largos segundos intentando asimilar lo ocurrido: tras el armario de las mantas se ocultaba una de las entradas secretas a los pasadizos de lady Annabel.

Se sentó en el suelo y dejó escapar el aire poco a poco. No terminaba de creérselo. Acababa de descubrir una puerta secreta y eso quería decir que Rhydian y ella tenían la posibilidad de explorar otro túnel escondido. ¿Qué habría al otro lado? ¿Encontrarían allí las cajas del otro día? ¿Y quién era ese hombre?

Algo le rozó la mano y Norah saltó como si tuviera un muelle en el trasero. El corazón le dio un vuelco y empezó a latir desbocado. Antes de que pudiera temer una súbita visita del fantasma de Henry Duval, un maullido mimoso resonó a su lado.

—Me has asustado, Pequeño Bandido —susurró, más relajada.

Lo que acababa de descubrir iba a cambiar el rumbo de su investigación. Si conseguía averiguar cómo abrir la puerta secreta, ya no haría falta volver a entrar en el despacho de la directora y buscar los planos del castillo. Podrían adentrarse en este pasadizo secreto e intentar descubrir lo que ocultaba el internado.

Cogió de nuevo el móvil. Los dedos le temblaban. Abrió el chat que compartía con Rhydian y empezó a escribirle lo que había sucedido. A medio texto se detuvo. Rhydian estaba castigado, no podía salir de su habitación. Si le contaba lo ocurrido, él querría salir. Era demasiado extraordinario lo que acababa de descubrir. Y, si alguien veía a Rhydian fuera de la habitación, se metería en un lío todavía más grande.

Borró el texto y se quedó mirando la pantalla del móvil durante unos segundos. Los dedos le quemaban, deseaba decirle lo que había encontrado, pero tenía claro que no era el momento. Aunque consiguiera convencerlo de que no se moviera, que lo dudaba, tampoco quería que estuviera preocupado todo el rato por si a ella le ocurría lo mismo que a Aaron.

Salió de la aplicación y se fijó en el estado de la batería. Lamentó no haber cogido su pequeña linterna, pero pensó que tenía suficiente carga para explorar un poco e intentar dar con la manera de abrir la puerta. Solo haría eso: abrirla y mirar qué había en el túnel. Luego esperaría el fin de las vacaciones para empezar a explorarlo con Rhydian.

Se detuvo delante del armario que ocultaba la puerta secreta y lo enfocó con la luz. Escuchó con mucha atención, a la espera de oír algo al otro lado, pero todo seguía en completo silencio. Tiró del asidero del armario y la puerta se abrió con facilidad. La parte alta y media de la estructura interior estaba hecha con baldas. En cambio, en la inferior había cajones. Todo estaba lleno de ropa de cama: sábanas, fundas de almohada, mantas y colchas.

Dejó su mochila en el suelo y empezó a buscar cualquier cosa que fuera un poco diferente: algo que sobresaliera o que se hundiera, un botón, un pomo o un elemento fuera de lugar. Norah vació el primer estante y tanteó la madera, pero no encontró nada peculiar. Intentó empujar las tablas de la pared y tampoco ocurrió nada, y volvió a guardar el material. Repitió la operación en el estante superior con el mismo resultado.

Su siguiente objetivo fue el primer cajón. Se agachó para abrirlo y aparecieron montones de sábanas blancas, bastante desgastadas. Lo sacó todo fuera y, cuando lo tuvo vacío, enfocó el interior con la luz del móvil. Era un cajón ancho y con bastante fondo, como cualquier otro. Repasó la balda delantera, los laterales y, cuando le llegó el turno a la pieza trasera, el pulso se le aceleró. La madera tenía un agujero rectangular en la parte superior derecha, un agujero pulido y bien acabado, lo suficientemente grande para que una mano pasara dentro de él.

—¡Lo tengo, Milkyway! —susurró. El gato permanecía a su lado observando sus maniobras—. ¿Y ahora qué hago?

Estiró la mano hasta llegar al agujero. Rozó la madera con la punta de los dedos, nerviosa, con los latidos pulsando con brío dentro de su pecho.

«Vamos, Norah, solo abrirla y ya está, no te va a ocurrir lo mismo que a Aaron», se repitió.

Al fin, metió los dedos dentro del agujero. Pero no había nada. Cerró un poco el cajón y estiró más el brazo para poder llegar a la pared. Allí estaba. Una pequeña barra fría, seguramente de metal. Tiró de ella, luego empujó. No ocurrió nada. Pero cuando intentó moverla hacia abajo, notó un movimiento seco. Fue entonces cuando el fondo del armario se separó de la pared y un haz de luz largo y recto se proyectó sobre el suelo oscuro del sótano.

El pulso de Norah latía frenético. Las manos le temblaban mientras se apresuraba a devolver la ropa de cama dentro del cajón. Después, se levantó, apagó la luz y silenció el móvil. Tragó saliva mientras se armaba de valor para tirar de la puerta un poco más y poder meter la cabeza dentro de la apertura.

Lo primero que vio fue que el pasadizo era una galería de piedra estrecha, aunque bastante más ancha que el apretado túnel secreto de Rhydian, y también excavada en el interior de la muralla del castillo. Norah calculó que dos personas podían andar juntas sin rozarse. El techo era bastante alto y abovedado. A diferencia del túnel de Rhydian, este no bajaba en vertical, sino que tenía un recorrido horizontal con dos direcciones: el camino de la derecha y el de la izquierda. El aire del pasillo era fresco y olía a humedad, a piedra antigua y a polvo.

Pero lo que más sorprendió a Norah fue la iluminación. El pasillo tenía una instalación moderna de luz artificial y, en lo alto de la pared, un fino cableado eléctrico que recorría la galería dando corriente a las luces de emergencia. También se fijó en la puerta secreta: era de madera oscura y gastada, con tres travesaños horizontales un poco roídos por la carcoma, las bisagras metálicas parecían modernas, igual que la manija. Probó la palanca y vio que el mecanismo funcionaba perfectamente bien y que no tenía cerradura; sospechó que alguien del internado debía hacer uso habitual del corredor.

En la puerta había una placa de latón con la inscripción: «Sótano del torreón oeste – Almacén Bridge of Sighs, planta baja» y, en la pared de al lado, un soporte cónico de hierro forjado que dedujo que se había utilizado en el pasado para poner antorchas.

Y eso era todo. Ni cajas, ni elementos extraños ni nada sospechoso que pudiera ponerle los pelos de punta. En cierta manera, el hecho de que solo fuera un pasadizo de piedra silencioso, con luz artificial y una puerta etiquetada, aunque en sí mismo ya era extraordinario, la alivió.

—Lo hemos encontrado —susurró—. Después de tanto buscar... Lo hemos encontrado.

Norah aguzó el oído para prestar atención si se escuchaban sonidos, pero todo seguía en completo silencio. Se mordió el labio y vaciló. No sabía qué hacer porque, por un lado, quería adentrarse un poco más y explorar el entorno más inmediato, pero, por el otro, no podía obviar que Aaron desapareció cuando encontró uno de los pasadizos secretos y, además, podría haber un desconocido merodeando por allí.

Entonces algo le rozó las piernas, y una pequeña figura peluda se escurrió dentro del túnel.

—Mierda, Milkyway —susurró—. Ven aquí.

Pero el animal siguió avanzando hacia el camino de la derecha. Norah se apresuró a salir, ajustó la puerta y fue tras él. Sin embargo, el Pequeño Bandido tenía otras intenciones y, al ver que su humana lo seguía, trotó un tramo.

—Maldita sea —masculló Norah.

Miró a ambos lados del pasadizo, volvió a prestar atención a cualquier posible ruido, y cuando vio que el gato seguía avanzando, soltó un improperio y se fue tras él.

Sus pasos apenas hacían ruido y cada intento para llegar

hasta el felino era en vano porque este seguía empeñado en convertirse en un intrépido gato explorador.

El pasadizo de piedra seguía recto e iluminado y Norah vio que, de vez en cuando, había unos pequeños recovecos oscuros excavados en la roca en los que se podría esconder una persona.

La persecución fallida del gato la llevó a una encrucijada. A la izquierda, una empinada escalera de piedra trepaba al piso superior. A la derecha, el pasillo continuaba recto y Milkyway ya iba unos metros por delante.

—¡Eres un liante! —susurró la muchacha—. Ven aquí, ¡vamos!

Dio un par de pasos para acercarse a su amigo peludo y este dejó escapar un maullido de satisfacción para continuar hacia delante.

Un par de minutos más tarde, llegaron a un rellano un poco más amplio, donde el camino seguía recto, pero también había una puerta de acero. Norah dejó de lamentarse por la penosa situación en la que se encontraba porque se dio cuenta de que Rhydian tenía razón: había varias entradas. Y acababan de llegar a otra puerta secreta. ¿Cuántas puertas habría? ¿Y qué entrada habría encontrado Aaron? Se fijó en el letrero y el corazón le subió a la garganta cuando leyó la inscripción: «Archivo – Biblioteca, planta baja».

—Es la sala donde nos escondemos para investigar —murmuró, para sí misma—. Donde hubo esa ráfaga de aire salida de la nada.

No pudo resistir la tentación, se acercó a la puerta, tomó la manija y abrió justo una rendija para acercar un ojo y ver el interior; sabía que, a esas horas, la biblioteca ya estaba cerrada y no era uno de los lugares donde se desarrollaba la fiesta.

La única luz que entraba en la sala era la que se colaba por la fina apertura y Norah reconoció enseguida la habitación. No se atrevió a abrirla del todo porque no quería que Milkyway se colara dentro, pero buscó un punto de referencia para hacerse una idea de la situación de la entrada. Ya tendría tiempo de explorarla junto con Rhydian.

Cerró la puerta y advirtió que, un poco más allá, se intuía otra entrada. Esta vez fue ella la que avanzó al gato para llegar hasta a la siguiente puerta. Milkyway la siguió y Norah aprovechó para agacharse y cogerlo en brazos.

—Te tengo, Pequeño Bandido.

El gato maulló como si le respondiera y ella se rio de sí misma al ver lo fácil que hubiera sido hacer antes esta maniobra de adelanto. Al llegar, observó que la puerta era igual de añeja que la del sótano y en el rótulo leyó: «Sala de estudio - Biblioteca, planta baja».

No se lo pensó, tiró de la manija y abrió otra pequeña rendija; también quería atisbar dónde estaba oculta la nueva entrada.

Lo primero que le sorprendió fue que, al otro lado, la luz estuviera encendida, aunque dentro de su estrecho campo de visión no había nada fuera de lugar. Entonces le llegó el sonido bajo de una voz que le era conocida. Se quedó atónita. Para nada esperaba encontrársela allí. La muchacha no estaba en su campo de perspectiva, pero dedujo que no se hallaba demasiado lejos porque podía entender lo que decía.

—Nadie se mete en mis cosas. Espero que a partir de ahora te quede claro. —La voz de Chelsea sonaba un poco irritada y también amenazante.

—¡Estás loca! —El grito de Jenna le llegó fuerte y todavía se quedó más estupefacta—. ¡Abre el candado! ¡No puedes hacer eso!

—Tú no tienes ni idea de lo que puedo hacer o no.

—¿Todo esto es por Rhydian? ¿Porque impedí que quedara contigo?

—Solo retrasaste lo inevitable. Ya le oíste, quedaremos después de vacaciones. —El tono de Chelsea era triunfante—. Y no te vuelvas a meter en mi relación con Rhydian, Jenna. Ni le comas la cabeza con tonterías.

A pesar de estar ante una situación surrealista, Norah no pudo evitar sentir una punzada de celos aguda al escuchar la conversación.

—Rhydian no saldrá contigo.

La voz temblorosa de Tawny descolocó a Norah. Hasta ese momento creía que en la sala de estudio solo estaban Jenna y Chelsea.

—¿Quieres apostar algo? —Hubo un largo silencio y Chelsea continuó—: Claro que no. Sabes que perderías. Escúchame bien, Tawny, cielo. Si a estas alturas Rhydian no ha vuelto contigo, seamos sinceras, no lo hará.

—Chelsea, es ridículo. Para tener una cita con un tío no tendrías que hacer todo esto —dijo Jenna—. Vale, sal con mi hermano, no me meteré. Adelante, has ganado. Ahora, abre el candado, por favor.

—Rhydian no es el único motivo —especificó Chelsea—. Espero que las horas de castigo te hagan reflexionar. Vamos, Tawny, es hora de irnos.

—No podemos dejarla aquí. —Apenas pudo escuchar la voz asustada de Tawny.

—¿Sabes? Tienes razón, tesoro. Le vamos a dar una oportunidad. Le dejo aquí la llave. Si consigue llegar a ella antes de que llegue la directora, se salvará.

—No la podemos dejar así —insistió Tawny.

—Tú misma —replicó Chelsea—. Si te quedas, sabes que el castigo te hará peligrar tener un buen expediente, recuerda que tus notas nunca han sido demasiado buenas.

—Chelsea, esta vez te estás pasando —saltó Jenna, desesperada.

—Chao, bonita.

Norah oyó unos pasos y, después, el ruido lejano de una puerta cerrarse. Enseguida escuchó una exclamación airada:

—¡Hija de perra! ¡Lo ha hecho! ¡Me ha dejado esposada en la biblioteca!

38

El reto de la biblioteca

Norah se quedó inmóvil, con Milkyway en brazos, tras la puerta secreta de la sala de estudio de la biblioteca. Por la rendija, no podía ver nada más que mesas y sillas de madera bien alineadas. Los quejidos y suspiros que le llegaban de Jenna le hacían pensar que la muchacha estaba haciendo algún tipo de esfuerzo muy poco fructífero.

Empezó a cerrar la puerta para regresar, pero dudó.

Su instinto de supervivencia le decía que no se metiera. Nadie sabía que ella había sido testigo silencioso de esa escena, y ahora que había conseguido coger a Milkyway, podía volver a toda prisa al sótano del torreón. Además, Jenna ni siquiera le caía bien. La chica siempre la había tratado como algo molesto, como si fuera un fastidioso moscardón que tenía que espantar de alrededor de su hermano. Sin embargo, eso era lo que la hacía dudar. No podía olvidar que quien estaba en apuros era la hermana de Rhydian. Si se marchaba sin ayudarla, sería como traicionar a su amigo. Él quería a su hermana y, aunque se pelearan y él estuviera enojado por el comportamiento controlador de Jenna, haría cualquier cosa por ella.

Terminó de abrir la puerta, se escurrió dentro de la biblioteca y dejó entornada la estantería que ocultaba la entrada secreta. Avanzó unos pasos y enseguida vio a una silueta vampírica que yacía medio tumbada y boca abajo encima de una mesa; tenía una mano esposada y con el otro brazo intentaba llegar a una llave. Era imposible escaparse porque la mesa disponía de una barra inferior que impedía sacar el grillete por la pata. Se fijó en que el cuerpo de Jenna ocultaba parte de unas letras blancas escritas sobre la superficie.

Fue Milkyway quien delató su presencia con un par de maullidos suaves, como si quisiera llamar la atención de la extraña figura disfrazada.

Jenna dio un respingo y se detuvo. Con un ágil movimiento bajó de la mesa, pero no controló el gesto y tiró con demasiada fuerza de la mano atada. Dejó salir un gruñido de dolor cuando el metal se le clavó en la muñeca. Se recompuso rápido y se quedó mirando a Norah fijamente.

El maquillaje blanco de su rostro estaba algo corrido, también las manchas rojas de los labios y la barbilla. Llevaba el pelo enmarañado y algo encrespado por el sudor, sin su trenza habitual. Unos falsos colmillos de vampiro reposaban encima de la mesa, en medio de lo que a Norah le pareció un escupitajo.

Norah tampoco dijo nada. No sabía muy bien cómo romper el hielo: «Hola, sé que no te caigo bien, tú a mí tampoco, pero supongo que te puedo ayudar» o quizá algo más ocurrente: «Te voy a sacar de aquí. Estás de suerte, hoy me siento una ninja asesina bondadosa».

—¿Qué haces aquí? ¿Con un gato? —preguntó Jenna, al fin.

—¿Y tú? ¿Esposada a una mesa con unos grilletes y...? —Norah fijó la vista en la superficie para leer el texto—: «Soy imbécil». ¿Lo has escrito tú?

—Los malditos retos. Es una larga historia.

—Lo suponía.

Norah empezó a rodear la mesa. Jenna seguía sus movimientos con la mirada.

—Necesitas esto, ¿no? —dijo cogiendo la llave de encima de la mesa.

—Vale. ¿Qué quieres? —Norah no terminó de entender lo que le preguntaba Jenna y frunció el ceño mientras volvía sobre sus pasos—. ¿A cambio de qué me darás la llave?

Apretó la mandíbula y se acercó a su compañera sin contestar. Le molestaba que pensara que le pediría algo a cambio. Aunque Jenna no la tuviera en buena consideración, ¿de verdad creía que se iba a aprovechar de la situación para hacerle algún tipo de chantaje?

Al llegar a su lado, dejó a Milkyway encima de la mesa y se agachó un poco para introducir la llave en la ranura. Con un simple volteo, el cerrojo se abrió.

—Libre. Ya está.

—Gracias —murmuró Jenna, y con la otra mano se frotó la muñeca dolorida.

Se miraron a los ojos, ambas sin saber qué decir.

—Si no quieres dejar rastro, será mejor que cojas esto —dijo Norah al cabo de unos largos e incómodos segundos y señaló los colmillos falsos. Milkyway se había acercado y husmeaba la dentadura postiza con curiosidad—. Vete antes de que llegue alguien más.

—¿Tú te quedas?

Norah se encogió de hombros. Desvió la mirada y tomó a Milkyway en brazos de nuevo. Ya había hecho la obra buena del día. Lo único que deseaba era que Jenna se marchara y dejara que ella continuara su aventura nocturna en paz.

—No lo entiendo… ¿Qué haces con un gato?

—Mira, Jenna. —Norah suspiró, impaciente—. Lo mejor es que hagamos como que yo no he estado aquí y tú tampoco, ¿vale? Esto no ha pasado. Tú no me has visto a mí ni al gato y yo no te he visto a ti ni te he liberado de este… esperpéntico escenario.

Jenna se mantuvo callada mirando a Norah con cierta expresión de confusión.

—Pues eso, que pases unas buenas vacaciones —terminó Norah.

Se dio la vuelta, esperando que Jenna hiciera lo mismo y se marchara por las escaleras ordinarias. Sin embargo, la suerte no la acompañó. El ruido del andar rítmico de unos tacones les puso a ambas en alerta. Se miraron, con los ojos abiertos, sorprendidas por igual. Parecía que alguien bajaba por la escalera que llevaba a la planta baja.

—Nos van a pillar —murmuró Jenna, alarmada—. ¿Dónde estabas escondida tú?

—Maldita sea —masculló Norah—. Coge tus cosas y no abras la boca.

Jenna agarró los colmillos de vampiro y siguió a Norah en silencio.

—¿Quién anda ahí? —A Norah le pareció que era la voz de la directora.

La puerta secreta no estaba lejos, tan solo eran unos pocos metros, pero no quería arriesgarse. Echó a correr, esperando que Jenna también lo hiciera. Tiró de la estantería y abrió la puerta. Se metió en el túnel secreto y su compañera hizo lo mismo. Cerró la puerta con rapidez. No tenía ni idea de si la directora las había visto.

—¿Qué diablos es esto? —murmuró Jenna visiblemente sorprendida.

—Sígueme. Si nos ha visto, estamos perdidas.

Norah emprendió el camino de regreso a la puerta del torreón oeste. Solo tenía que seguir recto. No se había metido por otros desvíos, así que no tenía pérdida. Caminaba rápido, con Milkyway en brazos, y Jenna detrás de ella. De vez en cuando la oía mascullar algo, pero no se detuvo, tampoco se entretuvo a darle explicaciones.

El camino de regreso se le hizo muy corto: al caminar rápido tardaron muy poco en llegar delante de la vieja puerta de madera del sótano.

—Ya está. —Norah abrió la puerta—. Sube por la escalera y olvídate de todo.

—¿Que me olvide? ¿Estás loca?

La voz de Jenna sonó demasiado alta y Norah le hizo un gesto para que bajara la voz.

—¿Qué es esto? —continuó Jenna, en voz baja—. ¿Cuánto hace que lo conoces? ¿Lo sabe mi hermano?

—No.

—¿No qué?

—Tu hermano no lo sabe. Aún. No quería que se metiera en otro lío. —Norah hablaba de forma atropellada . Y lo he encontrado hace nada por casualidad.

—¿Crees que es el pasadizo secreto de lady Annabel?

—Eso parece —murmuró Norah.

—Dios mío. Esto es impresionante. Existe. ¡El pasadizo secreto de la leyenda existe!

—Jenna, tenemos que entrar. —Norah abrió la puerta—. Es peligroso quedarnos en este lugar. Antes, un hombre merodeaba por aquí y nos pueden haber visto en la biblioteca.

Como si lo tuvieran acordado, ambas pusieron atención a los ruidos del pasillo. No se oía nada, todo estaba en el más absoluto silencio.

—Lo que ocurre es que no quieres que esté aquí —dijo Jenna—. Quieres seguir explorando tú sola. Pues va a ser que no, yo también quiero verlo.

—Maldita sea, Jenna, tenemos que entrar.

Pero Jenna empezó a caminar por el pasillo que transcurría alrededor de la curva del torreón. Norah masculló un improperio y se arrepintió de haberla rescatado porque ahora estaba metida en un lío peor. Estuvo tentada de dejarla a su suerte, ella ya la había avisado de que era peligroso, pero no fue capaz. Al fin, cerró la puerta secreta del sótano y la siguió.

Avanzaron por el pasillo de piedra y se encontraron otra encrucijada. Descartaron subir las escaleras y continuaron por la planta baja de la muralla. A pocos metros, se toparon con una puerta de madera identificada como «Sala de reuniones». Decidieron no abrirla por el temor a encontrar algún profesor merodeando por allí. Siguieron un poco más. Todo estaba en silencio, solo se oían sus suaves pasos sobre la superficie rocosa del pasadizo. No tardaron en hallar una nueva puerta. Era muy moderna, lacada, de color blanco. La inscripción de la placa de latón decía: «Teatro – Muralla principal, planta baja».

—No me lo puedo creer —susurró Jenna—. Llevo años ensayando aquí y nunca he visto nada extraño.

—Esta puerta tampoco la vamos a abrir —declaró Norah, y de forma distraída acarició la espalda de Milkyway—. El teatro hoy estará lleno de gente.

—Madre mía, esto es increíble, el túnel va por todos lados.

Norah intentó de nuevo insistir en regresar al Bridge of Sighs, pero Jenna quiso seguir avanzando. Pasaron otra puerta rotulada con «Camerino auxiliar», luego subieron por una escalera de piedra y volvieron a bajar. Después de todo lo que había descubierto con Rhydian, Norah esperaba encontrar algo sospecho en los túneles, pero el tramo que ellas estaban recorriendo se encontraba completamente vacío.

Al llegar a un rellano un poco más ancho, localizaron otra puerta de madera.

—«Museo – Planta baja» —leyó Norah.

—Este sitio lleva cerrado más de tres años, no creo que a estas horas haya nadie dentro.

Abrieron la puerta para atisbar en el interior. Encendieron la luz de sus móviles y entrevieron una estancia muy grande; el resplandor de sus linternas no alumbraba toda la planta. Allí donde sí les alcanzaba la vista, Norah distinguió unas vitrinas con animales disecados, libros antiguos y algunas piezas arqueológicas.

Entonces oyeron un ruido cercano de algo que se arrastraba. Ambas se tensaron y se miraron con pánico a los ojos.

Milkyway decidió que ese era un buen momento para soltar un maullido y el ruido se detuvo.

—¿Quién hay ahí?

Norah no reconoció la voz masculina, pero sí tuvo claro que estaba demasiado cerca. No tuvieron que hablar para entenderse. Entraron dentro del museo y cerraron la puerta.

—Mierda, tenemos que escondernos —murmuró Norah—. Vamos.

El museo era enorme y estaba completamente a oscuras, ni siquiera había una triste luz de emergencia, y se guiaron por la luz de sus móviles. Norah se detuvo un momento para enfocar tras su espalda y ver cuál era el lugar de acceso al túnel secreto: una vitrina de pared con varios libros antiguos. Sintió el pánico agarrarse dentro de su pecho al verse encerrada allí dentro sin saber cómo salir, pero se apresuró a seguir a Jenna, que caminaba decidida hacia al fondo de la planta.

El espacio olía a cerrado, a una mezcla de polvo y a algo rancio, y la temperatura era mucho más fría que la del pasadizo secreto. Norah apretó el cálido cuerpo de Milkyway junto a su pecho.

Enseguida se perdieron entre las distintas colecciones. Historia, viajes, arte, naturaleza… Entre la penumbra y con el corazón latiendo acelerado, apenas podía asimilar todo lo que veía. Un escalofrío le subió por la espalda al pasar por la sección de animales disecados. La luz de Norah enfocó los ojos amarillentos de un búho, parecía vivo de verdad.

Al fin, Jenna se detuvo tras una reproducción a pequeña escala de una pirámide egipcia. Era pequeña pero suficientemente grande para esconderse detrás. Se sentaron en el suelo, buscando la protección de la estructura. Volvieron a quedarse en tinieblas. También en silencio. Y así permanecieron bastante tiempo. Norah acariciaba las orejas de Milkyway para tranquilizarse. A pesar de sus inoportunos maullidos, su amigo peludo se estaba portando muy bien.

—¿Crees que habrá pasado suficiente tiempo? —susurró Jenna al cabo de un buen rato.

Norah sacó el móvil, miró la hora y volvió a guardarlo; empezaba a tener poca batería.

—Son casi las doce y cuarto.

—Todavía es temprano. Deberíamos quedarnos aquí hasta que la fiesta haya terminado y todo el mundo esté en la cama, ¿no crees?

Norah se acordó de la descarga de cajas de los todoterrenos a altas horas de la madrugada, de que los pasadizos escondían algo suficientemente peligroso como para ocultar las pruebas de la desaparición de un estudiante. Tragó saliva al darse cuenta de que se habían metido en un lío tremendo y que Jenna no tenía ni idea del peligro que quizá estaban corriendo. No sabía cuál podría ser la mejor hora para intentar regresar al Bridge of Sighs y, aunque quería que este fuera su último recurso, empezaba a contemplar la posibilidad de poner a Rhydian al tanto de su situación. Entonces Milkyway se removió y, como buen felino que era, saltó con agilidad fuera de sus brazos y aterrizó sin hacer ruido.

—¡Milkyway! —susurró, pero la oscuridad se tragó al gato—. Genial, ahora he perdido a mi a… al gato.

—Pues vamos a buscarlo, si a estas horas no ha entrado nadie, es que no nos han visto.

Jenna se levantó y Norah oyó que movía las piernas. Ella también se sentía entumecida. Empezaron a vagar por los alrededores, entre las colecciones africanas, buscando a Milkyway. Norah le llamaba entre susurros. Jenna la imitaba. La hermana de Rhydian era la que tenía el móvil con más batería y utilizaban su linterna.

—¿Este gato es tu mascota? —le preguntó Jenna.

—No es mi mascota —respondió con un tono un poco duro. Era la primera vez que mantenía una charla casual con Jenna y se sentía incómoda—. Es uno de los gatos del castillo. Vive en los jardines.

—¿Y qué haces con él?

—Jugar, pasar el rato... —Norah volvió a llamar a su amigo peludo—. Me gustan los gatos y con él me llevo bien.

—Suena raro, pero... vale —murmuró Jenna.

En realidad, no tenía demasiado interés en las singularidades de Norah. Se detuvo delante de una máscara africana.

—Estas máscaras me dan un poco de repelús —dijo después de enfocar la mata de pelo largo y cobrizo que pendía de la barbilla.

—¿Por qué está cerrado el museo? —preguntó Norah.

—Querían modernizarlo, pero, por lo que veo, sigue igual que tres años atrás. —Jenna cambió de rumbo y se dirigió de nuevo a la pirámide—. Me gusta más el arte egipcio.

—Me alegro —bufó Norah mientras la seguía—, pero deberíamos seguir buscando a Milkyway.

—Nos vamos a quedar aquí como mínimo una hora más. Deja que tu gato se pasee un poco.

Norah refunfuñó una maldición y Jenna enfocó una vitrina que contenía una joya con gruesas cuentas doradas y de colores.

—¿Crees que podríamos abrir la vitrina y probarnos el collar? Igual que Cleopatra. Siempre he querido hacer algo así.

—Tú misma.

Norah sacó su móvil, se agachó y siguió por su cuenta. Llamó de nuevo a Milkyway, estiró el brazo, movió los dedos para atraer su atención; el Pequeño Bandido no aparecía por ningún lado.

—Esto está lleno de polvo —murmuró Jenna con un tono asqueado—. Nada, la vitrina está cerrada y no puedo abrirla.

Entonces la muchacha también se agachó y enfocó el panel informativo que Norah tenía al lado.

—Mira, la joya procede del Gran Museo Egipcio.

Norah se dio la vuelta y también miró el cartel. Había varias fotografías algo desgastadas de lo que parecía ser un lugar destinado a la investigación con una mesa central y varios collares egipcios al lado de una gran lupa binocular.

—«Laboratorio del Gran Museo Egipcio» —leyó Norah.

—Si en este sitio tienen más collares como estos, vaya cómo me gustaría ahora mismo estar allí para verlos y tocarlos —rio Jenna.

El maullido cercano de Milkyway rompió la tensión. Las dos chicas se levantaron y el haz de luz de sus móviles barrió el espacio. Solo vieron más vitrinas polvorientas, carteles y estanterías. El felino siguió maullando y se dirigieron hacia el lugar de donde parecía salir el sonido.

No tardaron en encontrarlo. Milkyway estaba sentado delante de una vitrina baja en la parte final de la exposición africana. Maullaba sin cesar, como si estuviera hablando con los elefantes tallados en madera que había en el estante.

La escena no habría sido del todo extraña si no fuera porque, entre la vitrina polvorienta y el gato, el aire era más denso y más brillante.

Norah parpadeó un par de veces porque no comprendía lo que estaba viendo. Milkyway maullaba a lo que parecía ser una superficie alargada, densa y elíptica, como argentada, que estaba dispuesta en vertical y flotaba en el aire. Apenas tenía grosor. A Norah le dio la impresión de estar delante de un espejo flotante y ovalado de tamaño considerable, sin embargo, ninguna imagen se reflejaba en él y los rayos de luz de las linternas provocaban intensas ondas nacaradas sobre la superficie.

Jenna ahogó una exclamación y se quedó quieta. A Norah el corazón le latía desbocado, aun así, siguió avanzando a paso lento hacia su amigo peludo.

—¡No te muevas! —le susurró Jenna—. ¿No has visto eso? ¿Qué diablos es?

Norah no tenía ni idea de lo que era esa fina lámina de cristal suspendida en el aire, pero tenía muy claro que no iba a dejar allí a Milkyway.

39

Sin botón del pánico

Las tinieblas planeaban en silencio por el museo clausurado de Old Castle College y solo las rompía la luz de las linternas de un par de móviles. Una muchacha disfrazada de ninja asesina y otra vestida como una vampiresa gótica se hallaban perplejas ante algo que su mente era incapaz de comprender.

Más allá de lo que ocurría en el museo, la mayoría de las estancias del internado seguían llenas de estudiantes y profesores que disfrutaban de la fiesta de Halloween. Los pasillos oficiales del castillo eran un bullicio de idas y venidas de falsos zombis, brujos, vampiros o fantasmas, también de decenas de otras identidades ficticias como los falsos aristócratas barrocos con peluca blanca o los imitadores de los protagonistas de las leyendas artúricas.

—Norah, ¿qué haces? —repitió Jenna, que no podía dejar de mirar esa masa ovalada y brillante que flotaba en medio del museo.

—Tengo que sacar a Milkyway de allí —dijo en voz muy baja Norah, y dio un paso más.

—¿Y si es el fantasma de Henry Duval?

Norah se detuvo de golpe cuando oyó la voz asustada y susurrante de Jenna.

—Si los pasillos de lady Annabel existen, también podría hacerlo el fantasma. ¡Dios mío, Norah! ¡No te acerques a eso!

—No puedo dejar a Milkyway —insistió ella, y con las manos temblorosas se guardó el móvil en el bolsillo.

Su pulso se había acelerado a un ritmo vertiginoso, pero no se acobardó. Siguió avanzando hasta agacharse cerca de su amigo.

—Tenemos que irnos —le susurró muy bajito—. Ven aquí, Pequeño Bandido.

Milkyway giró la cabeza para mirar a la muchacha. Sin embargo, sus planes eran otros. Envalentonado por la presencia de su querida humana, dio un paso hacia delante y con su hocico tocó esa extraña sustancia.

Norah chilló cuando vio que la cabeza de su amigo desaparecía. Fue como si la fina lámina de cristal flotante se lo hubiera tragado. El cuello y la cabeza del animal dejaron de existir y solo quedó el resto de su cuerpo. Jenna se unió a su grito. Sus voces resonaron altas y agudas por todo el museo.

Norah estiró los brazos para agarrar el cuerpo de su amigo. Veía borroso debido a las lágrimas. Su corazón había dejado de latir. Lo cogió por las costillas, esperando que el peso ligero del animal cayera a plomo entre sus manos.

Pero no sucedió.

Los ojos vivos de color verde musgo de Milkyway volvieron a aparecer cuando el gato retrocedió un paso y sacó la cabeza de dentro de la superficie nacarada. Miró a Norah y maulló. Ella parpadeó, confusa. Las últimas lágrimas le rodaron frías y húmedas por las mejillas. Su mente estaba en blanco, incapaz de comprender lo que estaba ocurriendo.

Lo siguiente pasó muy rápido. Milkyway volvió a meter la cabeza dentro del cristal flotante y siguió adelante. Norah quiso detenerlo. Agarró su cuerpo y sus manos también traspasaron la superficie.

Jenna volvió a chillar.

Norah se quedó sin habla, con la boca abierta, al observar como una parte de su anatomía desaparecía junto con casi todo el cuerpo de Milkyway. Podía sentir las manos, incluso el pelaje de su amigo entre los dedos, sin embargo, habían desaparecido de su vista. Por encima de sus muñecas, justo donde tallaba la superficie del cristal, una potente vibración le sacudía los brazos y el brillo nacarado se movía en ondas muy suaves a su alrededor.

Milkyway siguió avanzando y Norah se estiró un poco más para contenerlo. Ella continuaba agachada y el movimiento le hizo perder el equilibrio. Notó que Jenna se acercaba y le gritaba algo. Pero ella cayó hacia delante y no pudo evitar meterse dentro de la superficie flotante.

Oyó otro chillido de Jenna y varias descargas eléctricas le pincharon la piel. Lo siguiente que sintió fue que estaba tendida con la mejilla pegada a algo frío y liso. El pelaje de un animal le hacía cosquillas en la nariz. Tenía un cuerpo sobre su espalda que la aplastaba.

A Norah le invadió una tremenda sensación de alivio cuando Milkyway maulló cerca de su oído y Jenna empezó a refunfuñar y a removerse sobre su espalda.

—¿Estás bien, Jenna?

—No lo sé… Dios mío, no lo sé. Un momento.

Jenna se levantó y Norah se sentó en el suelo. Tomó a Milkyway en brazos y se lo acercó al pecho. Le llenó la cabeza de besos, cada vez más calmada porque todos estaban bien.

—Creo que sí, estoy bien. ¿Y tú?

Norah se puso de pie con Milkyway en brazos, no pensaba dejarlo escapar otra vez. Ambas chicas se miraron el cuerpo de arriba abajo intentando encontrar algo extraño. Pero todo parecía normal.

—Sí, creo que también.

—Creía que el fantasma de Henry Duval le había cortado la cabeza al gato… —murmuró Jenna—. Y también tus manos… ¿Qué ha ocurrido?

Norah frunció el ceño cuando miró a su alrededor. Se hallaban en una estancia amplia, y gracias a un par de luces de emergencia podían ver bien el interior. Era una especie de laboratorio con una gran mesa central rodeada de lo que a ella le pareció un enorme microscopio y un par de ordenadores, armarios y mesas auxiliares con bandejas y una diversidad importante de productos químicos. En una pared, había una estantería con piezas egipcias que se veían muy antiguas. Se fijaron en que, encima de la mesa central, había algunos objetos egipcios y varias herramientas de restauración.

Aunque tenía claro que nunca había pisado ese sitio, le embargaba una extraña sensación de familiaridad.

Se acercó un poco más a la mesa e inspeccionó las piezas, sin tocarlas. Pensó que eran amuletos antiguos. Una cruz trabajada en cuarzo rosa con la parte superior en forma de óvalo, una figura humanoide dorada y una pieza de lapislázuli con un grabado bastante deteriorado de lo que podía ser una especie de ojo alargado. Norah reconoció el símbolo, pero no recordaba el nombre.

—Es imposible. No. Dios mío. No.

Norah sintió un escalofrío. La voz de Jenna salía ronca e inestable, como si estuviera horrorizada.

—Esto no es real. Dime que estoy en una pesadilla y que pronto me voy a despertar. Esto. No. Está. Pasando.

Norah buscó a Jenna y la encontró al final de la estancia, de pie delante del ventanal que cubría buena parte de la pared del fondo. Avanzó con pasos rápidos hacia ella, cargando a Milkyway. Cuando, por fin, vio lo que su compañera observaba a través del cristal, sus pies se detuvieron de golpe.

La boca se le abrió sola, pero las palabras se le quedaron atrapadas en la garganta. Su pulso se disparó.

Jenna tenía razón.

Era imposible.

Eso no podía estar pasando.

Norah llegó hasta Jenna y permanecieron en silencio mientras miraban, estupefactas, a través del cristal de la ventana. Desde su privilegiada y elevada posición tenían unas vistas muy amplias del paisaje.

En el exterior era noche cerrada. La luna era una fina lámina curva decreciente y las estrellas brillaban con intensidad. Pero no era la hermosa imagen del cielo nocturno lo que las mantenía inmovilizadas. Ante ellas se extendía una planicie llana, desértica, con algunos pocos edificios bajos desdibujados por la oscuridad. A un par de kilómetros de distancia atrayendo sin remedio la atención de las muchachas, se erguían tres gigantescas y majestuosas pirámides, una alineada tras la otra, y una figura de animal con cabeza humana. Debido a la luz amarillenta de unos focos artificiales, las piedras milenarias emitían un resplandor dorado, como si fueran bloques de oro tallados y algo desgastados por el tiempo.

Por unos momentos, Norah se sintió minúscula, igual que una diminuta hormiga admirando el árbol más enorme del jardín.

—Estamos en Egipto —logró articular Norah—. Esto es... ¡Guau! ¡Son la esfinge y las pirámides de Guiza!

—Tiene que ser una realidad virtual —murmuró Jenna, y empezó a tocar el cristal con la intención de encontrar algo que apoyara su teoría—. Por eso el museo de Old Castle está cerrado, están renovando las salas con tecnología punta.

A Norah le hubiera gustado que la hipótesis de su compañera fuera cierta. Pero enseguida comprobó que las pruebas apuntaban a otra realidad. Una realidad inverosímil, ilógica, totalmente inconcebible.

Miró de nuevo el laboratorio y empezó a ser consciente de algunos detalles que, hasta ahora, le habían pasado desapercibidos: unos letreros escritos en árabe, el reloj central de la estancia que marcaba las dos menos cuarto de la madrugada o ese periódico olvidado encima de una de las mesas de trabajo.

Sin dejar de cargar con Milkyway, tomó el diario. A pesar de que las imágenes eran como las de cualquier otro periódico de noticias, había algo completamente inusual: todo el texto estaba escrito en árabe.

—Jenna. Ya no estamos en Inglaterra. —Alzó el periódico para que su compañera lo viera—. Supongo que... —Norah dudó.

La idea era descabellada. Pero no mucho más que todo lo que les había sucedido: esa cosa rara suspendida en el aire que brillaba y que se movía con ondas nacaradas, la desaparición de la cabeza de Milkyway y también la de sus manos...

De repente, un par de piezas de ese puzle, que todavía seguía desordenado dentro de su cabeza, se ajustaron: Aaron había desaparecido sin dejar rastro, algo muy similar a lo que les acababa de pasar a ellas. ¿Y si la leyenda del Grial era cierta? ¿Y si había algo mágico en el castillo y, al tocarlo, las había enviado a otro lugar?

Norah tenía una fuerte lucha interna porque su cerebro seguía obstinado en afirmar que aquello era imposible. Que no existía ninguna posibilidad, ni física, ni humana, ni real, de que aquello fuera verdad. Por otra parte, no podía obviar que lo estaba percibiendo con sus propios sentidos. Estaba ocurriendo y se encontraba despierta, y también bastante asustada, en medio de un laboratorio egipcio a miles de kilómetros de Old Castle, cuando hacía apenas unos minutos se estaba escondiendo en el viejo museo del internado.

Por más irracional que le pareciera, era la única opción posible. Su corazón latía desbocado. Las piernas le temblaban como si estuviera ante un precipicio, a punto de saltar.

—Eso que vimos, ese espejo o lo que fuera, nos debe de haber traído aquí. —Lo dijo en voz baja, casi como si temiera oír sus propias palabras—. Creo que sí estamos en Egipto —sentenció.

Jenna se acercó para mirar el periódico. Si no fuera porque

llevaba la cara pintada de blanco, Norah hubiera visto que su rostro se ponía lívido.

—Vale, tiene que haber una explicación —murmuró sin dejar de examinar los ilegibles caracteres árabes—. Puede que sea un *escape room*. —Levantó la cabeza para mirar a Norah—. Eso es. Es un *escape room* sobre un laboratorio arqueológico con vistas a la Gran Pirámide. Tenemos que encontrar el botón del pánico.

Norah levantó las cejas sin entender lo que sugería su compañera.

—¿Nunca has hecho un *escape room*? —Jenna no esperó a que ella contestara—. El botón del pánico te permite salir de la habitación siempre que quieras. Si lo encontramos, saldremos y podremos buscar el camino más rápido para llegar al torreón.

Jenna se dirigió a la única puerta de la estancia. Norah la siguió, aunque no le convencía la explicación. Vio que un cartel plastificado colgaba en la lámina de madera; el texto también estaba escrito en árabe.

—Pero... si fuera un *escape room* del internado, ¿no crees que la mayor parte de los rótulos y los textos estarían en inglés para que pudiéramos entenderlo?

Jenna no contestó. Intentó abrir la puerta. Estaba cerrada. Luego buscó algún botón en la puerta y alrededor de la entrada. No encontró nada.

—¡¡Abrid!! —gritó y empezó a dar golpes de puño a la puerta—. ¡¡Dejadnos salir!!

Norah reaccionó por instinto. Dejó a Milkyway en el suelo y apartó a Jenna de la entrada. Su compañera se revolvía y forcejeaba con ella, buscaba una vía de escape para deshacerse de Norah y volver a atizar la puerta.

—Jenna, por favor, tranquilízate. —Se pegó a su cuerpo y la abrazó con fuerza—. No podemos perder la calma.

Norah estaba igual de asustada que ella. Quería despertar de repente, como cada madrugada, con la piel cubierta de sudor y las sábanas enredadas en su cuerpo. También quería gritar pidiendo ayuda, pero se contenía. Llevaba reprimiendo sus emociones mucho tiempo y sabía cómo hacerlo.

Jenna no tardó en rendirse y se abrazó a Norah como si fuera su única ancla.

—Mírame. Jenna, mírame. —Norah se separó un poco—. Vamos a buscar una salida. Tiene que existir una.

—La puerta está cerrada. —Las lágrimas de Jenna dejaban regueros en la pintura blanca de su cara.

—Ya, pero no hemos llegado aquí por esta puerta.

—¿Quieres volver a atravesar esa cosa?

—Sí, pero primero tenemos que encontrarla. Así que no podemos perder los nervios, ¿vale?

Jenna asintió y se enjugó las lágrimas, con ello arrastró parte de su maquillaje. Volvieron sobre sus pasos, en dirección a la mesa central, esa que tenía todos los útiles preparados para restaurar los tres amuletos. Milkyway seguía a Norah, sin interesarse por el laboratorio arqueológico.

—Vale, mira. Vamos a trazar un plan —dijo Norah—. Hemos caído cerca de la mesa central, así que tú buscas por el lado izquierdo y yo por el derecho.

—Esto no es un plan —masculló Jenna.

—Lo que sea, vamos.

Norah avanzó hacia su punto con Milkyway entre sus pies. Intentaba mantener la calma, pero cada vez le era más difícil.

Se centró en buscar minuciosamente por todos los rincones: encima de la mesa de trabajo y entre los estantes y los armarios que había en su flanco. Se fijó en un calendario, con fecha de ese mismo año, colgado en la puerta de un armario, pero no encontró ninguna superficie etérea extraña o que emitiera ese brillo nacarado. Por los bufidos que soltaba Jenna, dedujo que su compañera tampoco estaba de suerte.

Milkyway maulló y Norah se agachó para hacerle una caricia. Seguía conteniendo sus nervios, pero no podía obviar que la idea de que quizá no podrían marcharse de ese laboratorio estaba conquistando a gran velocidad todo su cerebro. No quería pensarlo, en ese momento no, no antes de encontrar una salida, pero tampoco podía pasar por alto que lo que les estaba ocurriendo tenía demasiadas similitudes con la desaparición de Aaron.

Acarició el pelaje del animal. Su pelo era suave, su cuerpo agradablemente caliente. Tener cerca al felino siempre la calmaba. Inspiró y soltó el aire poco a poco. Milkyway maulló de nuevo y Norah se dio cuenta de que su amigo tenía la vista fija en algo que había debajo de la mesa.

—Lo has encontrado, Milkyway —susurró Norah—. Jenna, está aquí debajo.

Enseguida apareció la cabeza de su compañera por el otro lado de la mesa.

—Ahora está en horizontal —observó Jenna.

—Es tan fino que, así tan plano, apenas se ve —dijo Norah—. Y ahora parece más pequeño que antes.

—¿Qué hacemos? ¿Lo traspasamos y ya está?

—Supongo… No sé, no tengo idea. —Norah suspiró—. Es lo único que se me ocurre.

—Podríamos probar con el gato primero… —sugirió Jenna.

—No voy a probar nada con Milkyway. Ahí donde vaya él, iré yo. —Norah cogió al gato, le dio un beso y desafió a Jenna con la mirada—. Yo voy a cruzar, tú haz lo que te parezca.

Un silencio tenso y cortante se extendió por la penumbra del laboratorio. Jenna se mordió el labio sin dejar de mirar a su compañera.

—Vale, lo siento, no quería decir eso. —Intentó dibujar una sonrisa, pero no lo consiguió—. Lo haremos los tres.

Las jóvenes se agacharon otra vez y avanzaron a cuatro patas por debajo de la mesa hasta situarse muy cerca de la masa brillante. A esa distancia tan corta, la vibración les hacía cosquillas en la piel de la cara.

Norah tragó saliva. Se notaba los latidos en la sien y en la garganta. Las manos le temblaban. No estaba segura de que fuera a funcionar.

—¿A la de tres? —preguntó, y Jenna asintió.

Norah empezó la cuenta atrás. Ambas muchachas metieron la cabeza dentro de la superficie nacarada y, al traspasar la lámina brillante, la vibración sacudió sus cuerpos con pequeñas descargas eléctricas.

Norah se puso de pie y miró hacia delante. Todo era oscuridad, pero reconoció de inmediato el olor a cerrado, a polvo y a algo rancio, tan característico del museo. Cuando dirigió la vista hacia abajo, intuyó que sus piernas no estaban y que seguían dentro de esa extraña materia.

—Jenna, ¿estás aquí? —susurró.

—Sí. A tu lado.

Estiró el brazo y buscó la mano de Jenna.

—Pues vamos a salir de aquí.

40

El pacto

Dos figuras furtivas aparecieron de la nada en el silencioso y oscuro museo clausurado de Old Castle College. Sacaron las piernas de dentro de la materia etérea que refulgía con destellos nacarados y se apearon por completo en el suelo polvoriento de la galería africana.

—Hemos salido. Estamos en casa. Dios mío, volvemos a estar en casa —balbucía Jenna con la voz temblorosa—. Hemos regresado. Estamos otra vez en el castillo.

Dieron media vuelta para contemplar una vez más la superficie brillante, que seguía flotando en el aire, muy cerca de ellas. Los movimientos luminosos de la fina lámina tenían casi un efecto hipnótico. Se fijaron en que su tamaño se había reducido un poco más y ahora parecía un espejo ovalado, extremadamente delgado, suspendido en horizontal a tan solo un palmo por encima del suelo.

—Esto es… —Norah no encontraba ninguna palabra que pudiera describir lo que les había sucedido—. Alucinante.

—¿Es real? ¿Y si esta noche alguien nos ha metido algo en las bebidas? —murmuró Jenna a su lado.

—Yo no he tomado nada.

Norah se agachó y acercó de nuevo una mano a la masa etérea, que seguía removiendo ondas brillantes en su superficie. Parecía un espejo, pero no lo era.

—¿Qué haces? ¡Estás loca! No lo toques otra vez —reprobó Jenna con la voz alterada.

—¿No tienes curiosidad por saber qué es? —dijo Norah sin hacerle caso.

Aproximó los dedos a la superficie y notó de nuevo esas cosquillas que le hacían hormiguear la piel como si saltaran invisibles chispas eléctricas de los brillos nacarados. Acarició la superficie con la punta del dedo índice y hubo un movimiento ondeante muy suave a su alrededor, pero no tuvo la sensación de estar tocando nada sólido. El dedo se hundió y desapareció de su vista.

—No me lo explico… —susurró Norah.

—Esto es una pesadilla. —Jenna tiró del brazo de Norah para apartarla de esa cosa—. Por favor —su voz sonó débil, quebradiza—, vayámonos ya.

Norah se quedó unos segundos observando a su compañera, que parecía a punto de romper a llorar.

—Hemos salido, estamos bien, Jenna —dijo en un tono amable.

—Lo sé, pero no aguanto más.

Norah asintió y, con un gesto, le indicó que ella guiara el camino de regreso entre los pasillos del museo.

Se alejaron veloces de la zona donde se encontraban las colecciones africanas. Norah se giró una última vez para ojear la masa densa y nacarada, pero ya no pudo localizarla. La extraña superficie se sostenía en posición horizontal, pero su grosor era tan y tan fino que el ojo humano no lo apreciaba. Por eso tampoco vio que había empequeñecido de nuevo.

Caminaron en silencio, sorteando los pasillos, ambas con la luz de la linterna del móvil encendida. No tardaron en llegar al lugar donde Norah recordaba que estaba la puerta secreta: una vitrina con varios libros antiguos. Empezó a buscar el mecanismo de apertura e instó a Jenna a hacer lo mismo. Poco después, la luz de su móvil se apagó.

—Genial, sin batería —murmuró.

Siguieron buscando bajo el otro haz de luz. Abrieron vitrinas y cajones, también movieron libros. Y no empezaron a respirar más tranquilas hasta que Jenna dio con algo extraño en la cuarta balda de la estantería.

—He encontrado algo. —El brillo enfocaba el lomo de un libro antiguo encuadernado en cuero gris desgastado—. Creo que esto no es un libro. Parece como vacío y está pegado a la pared.

Norah leyó el título del falso ejemplar: *Britannia*.

—Bien, tira de él.

La puerta secreta se abrió y un tenue resplandor asomó de repente por detrás de la estantería. Jenna dejó escapar un chillido ahogado de emoción. Norah sintió que su cuerpo se convertía en gelatina. Aunque no se permitió relajarse por completo porque todavía les faltaba llegar al sótano del torreón.

Hicieron el camino de regreso en completo silencio y con rapidez, igual que si les persiguiera el fantasma de Henry Duval e intentaran no hacer ruido para evitar que su ira asesina despertara. Norah no quiso pensarlo ni una sola vez, pero sabía que meterse en los túneles de nuevo sería peligroso.

A pesar del miedo, llegaron a la puerta del sótano sin cruzarse con nadie y se introdujeron en el torreón. Al cerrar la puerta, Jenna se dejó caer de rodillas al suelo. Se tapó la cara con las manos, sus hombros empezaron a sacudirse.

—Jenna, todavía no. Si alguien entrara por la puerta… Mejor vayamos arriba.

Norah ayudó a su compañera a levantarse y subieron un piso más. Al llegar a la lavandería, las dos muchachas se derrumbaron.

Norah apeó a Milkyway y este maulló y se hizo un ovillo

entre sus piernas cruzadas. Jenna volvió a cubrirse la cara con las manos para esconder su llanto. La lavandería se llenó de gemidos bajos y entrecortados.

Norah echó la espalda atrás y se apoyó en la pared. Sin dejar de acariciar al felino, cerró los ojos. Se enfocó en el movimiento de sus dedos, en el pelaje suave de su amigo, en la forma curva de cada una de sus vértebras, pero le era imposible mantener la mente en blanco.

¿Qué era esa superficie brillante que habían traspasado?

¿Cómo llegaron a ese laboratorio arqueológico situado delante de las pirámides de Egipto? Era científicamente imposible que eso pudiera suceder. Oxford estaba a miles de kilómetros de El Cairo. ¿Cómo podían haber cruzado esa distancia en apenas unos segundos?

Y, sin embargo, había ocurrido. Ahí estaban, ellas dos, una prueba viviente de que habían ido y regresado de esa extraña fantasía.

Regresado.

La palabra le martilleaba el cerebro con insistencia. No podía dejar de pensar en las semejanzas entre la historia de Aaron y lo que ellas habían vivido, con la única diferencia de que ellas habían podido volver y él no.

Se sentía como si, de repente, alguien le hubiera cambiado el rompecabezas que estaba montando con Rhydian y ahora tuviera, ante ella, un nuevo puzle con miles de piezas nuevas.

Intentó pensar en todas las pistas que había recopilado con Rhydian: los pasadizos secretos de lady Annabel existían, el internado escondía algo en ellos y la directora mentía y chantajeaba para mantenerlo oculto. Habían llegado a la conclusión de que Aaron había desaparecido porque había descubierto el secreto y, quizá, incluso había averiguado qué era eso que el internado introducía de noche en el castillo. Pero ahora, después de su aventura, ya no lo tenía tan claro. ¿Era posible que Aaron también encontrara el espejo? ¿Viajó como ellas y no pudo regresar?

Sin embargo, al pensar en esta teoría, tampoco le encontró un sentido. Aaron había dejado una pista, algo pasó cuando entró en el pasadizo secreto porque perdió su pulsera y la directora no quería que nadie supiera que habían encontrado un rastro del muchacho. También, era muy extraño que la ubicación de Aaron saltara en poco tiempo de Inglaterra a El Congo, poco antes de perder la señal del teléfono. ¿Le habían duplicado la tarjeta o había viajado hasta El Congo?

Norah tenía un lío tremendo en la cabeza. Observó que Jenna había dejado de sollozar y tenía la mirada fija en la puerta de una de las lavadoras industriales; su rostro era un estropicio de pintura blanca, roja y regueros de lágrimas.

—Hey, ¿cómo lo llevas? —preguntó con cautela. Jenna se encogió de hombros sin apartar la mirada de la lavadora—. Creo que deberíamos hablar de lo sucedido.

—¿Para hacerlo más real? —murmuró la chica—. Todo era muy divertido y emocionante hasta que encontramos esa cosa.

Norah se fijó en que Jenna tenía algo entre los dedos. De forma distraída, iba dando vueltas a un pequeño objeto azul.

—¿Y si te dijera que todavía estoy esperando despertar del sueño más extravagante que he tenido en mi vida? —siguió Jenna. Hizo una larga pausa y movió la cabeza para mirar a Norah—. ¿Crees de verdad que estuvimos en Egipto?

—Todas las pruebas apuntan a eso...

—¿Y qué vamos a hacer ahora?

Norah tragó saliva. Ella también se había hecho esa misma pregunta y se había perdido entre tantas posibles respuestas.

Miró a Jenna con detenimiento y decidió que debía contarle la verdad, o como mínimo, parte de ella.

—Tengo una teoría, pero antes quiero que me prometas que no vas a hablar de esto con nadie. Ni siquiera con Tawny.

—¿Por qué?

—Porque tiene que ver con tu hermano.

—¿Qué tiene que ver Rhydian con todo esto? Dijiste que no le habías comentado nada.

—Y no lo he hecho. Pero tiene que ver con él y con… Aaron.

Los ojos de Jenna se agrandaron por la sorpresa. Por su expresión, Norah vio que empezaba a hacer conexiones.

—Promételo, por tu hermano.

—De acuerdo, lo prometo —dijo Jenna, sin dudarlo—. Aunque empiezo a intuir por dónde vas. En realidad, podría ser una explicación… —murmuró para sí misma arrastrando la voz—. ¿Qué te ha contado Rhydian sobre la desaparición de Aaron?

—Todo. Lo que ocurrió ese día y todo lo que vino después.

Jenna entrecerró los ojos y miró a Norah con cierta suspicacia. A su hermano no le gustaba hablar de Aaron. Rhydian siempre evitaba el tema o la mandaba a la porra cuando ella se ponía demasiado pesada. No sabía si sentirse molesta con Norah por lograr algo que nadie había conseguido, ni siquiera ella, o estar agradecida porque su hermano había encontrado a alguien con quien bajar la guardia y poder abrirse de nuevo.

—¿Qué te ha contado exactamente?

—Esto es confidencial, ¿vale? Por unos mensajes que al final terminaron borrados, tu hermano sabe que Aaron desapareció después de haber descubierto un pasadizo secreto —explicó Norah, intentando no desvelar demasiado—. Además de eso, la policía le dijo que localizaron el móvil de Aaron en El Congo justo después de que estuviera en Inglaterra.

—Esto no lo sabía… —murmuró Jenna, entre sorprendida y decepcionada porque su hermano no le había contado nada de ese asunto.

—Rhydian y yo investigamos un poco y habíamos llegado a la conclusión de que el internado oculta algo que Aaron averiguó y ese fue el motivo de su desaparición.

—¿Lo dices en serio?

—Encontramos una pista de Aaron en el despacho de la directora, el unicornio de su pulsera.

A Jenna se le inundaron los ojos de lágrimas. Norah tragó saliva, no quería explicarle las hipótesis que tenían, pero se dio cuenta de que ahora Jenna también estaba metida en el lío y era importante que entendiera que lo que habían descubierto era peligroso.

—La señora Foster ocultó la pista —siguió Norah—. Es posible que también haya sobornado a la policía. Una madrugada yo presencié una descarga de cajas muy extraña y creemos que el internado oculta algo en los pasadizos... Y ahora, con lo que ha ocurrido, no sé qué pensar.

—Lo que me estás contando es terrible —dijo Jenna—. Si me estás tomando el pelo, te aseguro que...

—¿Crees que bromearía con lo que le sucedió a Aaron? —saltó Norah, enfadada—. Si te cuento esto no es por diversión, sino para que sepas que estamos en peligro y que, a partir de ahora, debemos ir con mucho cuidado. Nadie puede enterarse de lo que nos ha pasado, ni siquiera Tawny. La pondríamos en peligro. Aunque no te lo creas, no quiero que os ocurra nada malo a ninguna de las dos.

—Dios mío... Aaron... Si esto es cierto... —A Jenna se le rompió la voz y tuvo que hacer un gran esfuerzo para contener las lágrimas—. ¿Crees que él desapareció en El Congo?

—No lo sé, pero ahora mismo no me parece descabellado. Pero, si es así, eso querría decir... —Norah vaciló, no tenía sentido lo que pensaba y, sin embargo, tenía toda la lógica del mundo—. Eso querría decir que esa cosa brillante puede transportarnos a otros sitios además de al laboratorio donde hemos estado.

Jenna se puso las manos en la boca para contener su sorpresa.

—Esto no tiene ningún sentido. —Jenna negaba con la cabeza—. Es imposible...

—También lo es que nosotras hayamos ido de excursión a las pirámides de Guiza, ¿no te parece? —Norah soltó un suspiro y acarició a Milkyway, que permanecía tranquilo y enroscado en su regazo—. ¿Sabes? Creo que hay algo que puede dar sentido a todo esto.

—¿De verdad? —se burló Jenna con sarcasmo.

—Esa cosa, Jenna, aunque no lo era, parecía un espejo.

—¿Y?

—Pues creo que hemos encontrado uno de los objetos perdidos de la leyenda del Grial.

Jenna se quedó paralizada, con la boca abierta y los ojos desorbitados.

—El espejo que comunica con el reino de las hadas —susurró Jenna, cuando se recuperó de la primera impresión—. Ahora mismo me gustaría reírme de ti con ganas, pero después de lo sucedido…

—Lo sé, a mí también me parece ridículo, pero… ¿Qué otra explicación se te ocurre?

—Oh, Dios mío, es de locos —gimió Jenna—. ¿Y qué vamos a hacer?

—No lo sé, mañana lo hablaremos con Rhydian y…

—No, eso sí que no —la cortó Jenna con dureza—. Has dicho que no se lo podíamos decir a nadie. Mi hermano también se queda fuera.

—Tu hermano es con quien he estado investigado todo esto y, por supuesto, que se lo voy a decir.

—No podemos decirle nada, ¡ahora no! —ladró Jenna.

—Sí que se lo diré, no le pienso ocultar la que podría ser la pista más importante para saber lo que le pasó a Aaron.

—Si se lo cuentas, te juro que le digo a la directora que tú descubriste el túnel y que tienes planeado meterte en él cada día —amenazó Jenna—. No se lo podemos decir a Rhydian.

—¿Por qué no podemos? —bramó Norah con rabia; no concebía esconderle esto a su amigo.

—Mierda, Norah, ¿es que no lo ves? —Jenna estaba irritada—. Está castigado, se ha escapado por muy poco de volver a tener una falta grave en el expediente. Si se lo decimos, se va a saltar el castigo y cuando lo pillen lo van a expulsar. Se va a quedar sin nada, sin opciones de futuro. ¿Quieres eso para él?

Norah desvió la mirada.

No había pensado en el castigo.

Rhydian estaba en una situación delicada y su hermana no se equivocaba. Sabía que cuando él supiera de la existencia del pasillo secreto y de esa cosa brillante, querría investigar. Y eso supondría saltarse el castigo.

—No lo van a expulsar si se salta algún día el castigo... —murmuró Norah, aunque algo insegura—. Sería injusto. No pueden echarlo solo por salir de su cuarto, aunque no deba hacerlo.

—Dice la nueva... —masculló con sarcasmo Jenna—. Ahora mismo, la permanencia de Rhydian pende de un hilo. Él no quiere darle importancia, pero la tiene. Este año le han dado una nueva oportunidad. Casi es un regalo después de lo que hizo el curso pasado.

Norah se mordió el labio y Jenna continuó con el tono enfadado:

—Y va y a él no se le ocurre nada mejor que atizar a puñetazos a un compañero. Lo que ha hecho es muy grave, podría suponer su expulsión directa. Y la paciencia de la señora Foster está al límite. Esta mañana he hablado con mis padres y me lo han contado. No le van a dejar pasar ni una más. Así que, ¿quieres ser la culpable de que no se pueda graduar y no pueda ir a la universidad?

Norah tenía clara la respuesta y maldijo por lo bajo. Lo último que quería era que Rhydian tirara su futuro por la borda. Y fue ahí cuando sintió el primer aviso. Fue un leve crujido dentro del pecho, pero sonó suficientemente fuerte para saber que algo iba mal. Era una sensación nueva para ella. Aunque su corazón ya se había roto por todos lados con la muerte de su madre y se había vuelto a resquebrajar después de descubrir que su padre estaba con otra mujer, ese crujido la sorprendió. Algo le causaba dolor y le impedía respirar con normalidad.

Lo notó como si fuera una especie de grieta que amenazaba con fracturarse y lanzar pequeños proyectiles afilados por todo su pecho. No quiso analizar lo que significaba. Solo quería dejar de sentir que su corazón se estaba rompiendo de nuevo ante la posibilidad de perder a Rhydian. Porque, si algo supo Norah en ese instante, fue que, ocultarle algo tan gordo a su amigo era una gran traición. Pero se dio cuenta de que tampoco era una opción el permitir que Rhydian perdiera su futuro.

Aguantó el escozor de los ojos, se tragó el nudo que se le había quedado en la garganta y susurró:

—Vale.

—¿No le vas a decir nada?

—No mientras esté castigado. —Norah carraspeó y buscó de nuevo su fuerza—. Luego, no podrás impedirme que se lo cuente.

—Ahora nos entendemos —masculló Jenna, que seguía irritada.

Se quedaron en silencio varios minutos. Norah intentaba serenar todo lo que sentía: la rabia, el miedo, las ganas de llorar y de gritar, y la culpa, que desde ese primer momento ya empezó a escurrirse dentro de ella como si su cuerpo se hubiera convertido en un colador.

—Vale, vamos a darnos la semana de vacaciones para pensar en lo ocurrido y luego… —Norah dejó escapar un suspiro—. Ya veremos.

—Pero recuerda, tú y yo seguimos sin ser amigas —dijo Jenna.

—No lo he olvidado.

Ambas se levantaron, y Jenna se llevó las manos a la boca para ocultar un bostezo. Fue entonces cuando Norah vio con claridad qué era lo que la chica tenía entre los dedos: una pieza de color azul con el grabado desdibujado de un ojo.

—Te has llevado uno de los amuletos —dijo Norah perpleja—. Mierda, Jenna, has robado una pieza catalogada que quizá tiene miles de años.

Jenna abrió la mano para dejar a la vista el amuleto.

—Pensé que, si me llevaba algo de allí, mañana, cuando me levantara, la pieza no estaría y vería que todo había sido un sueño...

—¿Y no podías llevarte el periódico? —bufó Norah.

—El amuleto estaba allí y... No sé, simplemente lo cogí. Ya sabes, en el fondo pensaba que no podía ser real.

—Genial. Ahora, además, nos hemos convertido en ladronas.

41

La gran mentira

En silencio, Norah y Jenna subieron hasta la última planta del torreón. No se dieron las buenas noches, pero se miraron con complicidad antes de separarse y entrar cada una en su habitación. Norah se llevó a Milkyway al dormitorio y se tumbó con él en la cama. Pero no tenía sueño. Su amigo peludo también estaba despierto y se lamía las patas para luego limpiarse el rostro mientras ella le acariciaba la espalda. Cuando recordó que se había quedado sin batería, enchufó el móvil, lo encendió y tenía decenas de mensajes, la mayoría de Rhydian, y un par de llamadas perdidas también suyas.

Al principio, sus comentarios eran normales: preguntaba cómo iba la fiesta y le explicaba lo que estaba haciendo él. Pero, a medida que pasaba la noche, cada vez se notaba más su preocupación.

Eran pasadas las tres de la madrugada y, el último mensaje, Rhydian lo había enviado hacía más de una hora.

Norah, ¿ha ocurrido algo?

Aunque esté castigado, puedo llamarte.

Incluso ir donde estés.

Dime algo cuando leas esto.

Norah suspiró. Hacía más de tres horas que Rhydian no sabía nada de ella. Su último comentario fue que había jaleo y que hablarían más tarde. Hacía mucho rato que la fiesta había terminado y ella ni siquiera había leído los mensajes.

> Lo siento, Rhy.

Envió el mensaje y se detuvo. No tenía ni idea de qué decirle. Optó por mencionar solo una parte de la verdad.

> Se me murió el móvil y no lo he ablerto hasta ahora.
>
> Todo bien, no te preocupes.
>
> Hablamos mañana.

No tardó nada en ver que Rhydian se ponía en línea y empezaba a escribir una respuesta. De repente, la escritura paró y dejó de estar en línea. Antes de que Norah pudiera pensar que quizá estaba enfadado, su móvil empezó a sonar.

—Hola, Rhy —dijo en voz baja cuando descolgó; no esperaba que él la llamara.

—Norah, estaba muy preocupado... —La chica oyó un suspiro al otro lado—. ¿Estás bien?

Un. Dos. Tres segundos de silencio.

Norah no estaba bien, pero no podía decírselo.

—Sí, estoy bien —dijo al fin—. Siento haberte preocupado, estaba sin batería y hasta ahora no lo he visto.

Rhydian se quedó callado al otro lado del teléfono. Norah escuchó su respiración durante unos largos segundos.

—No tienes pinta de estar bien... —dijo al fin, nada convencido con la respuesta.

—Solo estoy cansada.

—¿Qué ha ocurrido?

Norah tragó saliva. Se moría de ganas de contarle todo lo que había vivido. Tenía un torrente de palabras que se le agolpaban en el pecho y le quemaban la garganta. Los ojos le escocían de nuevo. Pero no podía. De momento, debía guardárselo para ella. Se dijo que solo tenía que esperar hasta Navidad. La directora contaba con levantarle el castigo en esas fechas. Solo serían dos meses, e intentó convencerse de que no era tanto tiempo.

—¿Ha estado bien la fiesta? —preguntó Rhydian, ya que Norah no respondía.

—Ha sido una fiesta como cualquier otra. Normal, supongo —respondió con evasivas.

Volvieron a quedarse en silencio. Norah quería colgar para no tener que seguir mintiendo a su amigo y, al mismo tiempo, quería tumbarse en la cama y seguir escuchando su voz.

—Te conozco y sé que ha ocurrido algo y que no me lo quieres contar. —Rhydian suspiró, le dolía que ella siguiera apartándolo—. Dijiste que confiabas en mí.

—Y lo hago.

—¿Y por qué no me lo cuentas?

—No puedo… Rhy, no puedo.

—Claro que puedes, sabes que puedes contarme lo que sea. Voy a estar a tu lado siempre.

Norah no pudo aguantar más y dejó escapar un sollozo. Rhydian soltó una maldición cuando vio que con su insistencia la estaba haciendo llorar.

—Mierda, lo siento…

—Yo también lo siento. Lo siento mucho.

—¿Tan malo es? Joder, Norah. —Al otro lado de la línea, Rhydian se levantó y empezó a buscar sus zapatos—. Dame cinco minutos y estoy ahí.

—¡No! —gritó ella, asustada—. ¡No te muevas, no quiero que salgas de la habitación!

Después de todo, le estaba mintiendo para que él cumpliera

el castigo sin ponerse en peligro. Pero lo estaba haciendo de pena.

—Maldita sea, no me voy a quedar aquí sin hacer nada —objetó él.

Fue en ese momento cuando Norah pensó que tener algo más con Rhydian lo iba a complicar todo. Si ya le dolía ocultárselo como amigo, sería mucho peor si dejaba que su relación íntima continuara avanzando. Él seguiría pidiéndole más confianza y ella no podría darle toda la que se merecía. Se veía incapaz de dejarse llevar por sus besos y caricias y, después, mentirle a la cara. Iba a ser una traición mayor.

Así que, al mismo tiempo que tomaba una decisión, su pecho crujía y se le clavaban cientos de proyectiles afilados. Le dolió. Mucho. Pero tomó aire con determinación y le dijo:

—No vengas, por favor. Esta noche me he dado cuenta de algo. —Norah tragó saliva y contuvo las ganas de llorar.

—Dímelo, ¿qué ocurre?

—Ocurre que lo último que quiero es hacerte daño —dijo con la voz cargada de rabia y de dolor.

—Ya lo sé, Norah. Lo sé muy bien. Pero ¿por qué crees que vas a hacerme daño?

El silencio se coló a través de la línea hasta que ella respondió:

—Creo que nos hemos equivocado. —Él se quedó paralizado, sin saber cómo reaccionar ante esa afirmación—. Lo siento tanto… —A Norah se le rompió la voz—. Hemos ido demasiado deprisa.

—¿Va en serio? —susurró, todavía no asimilaba lo que implicaban esas palabras—. Si he hecho algo que te ha asustado, puedes decírmelo. Te dije que iríamos a tu ritmo… Ese plan del chat es solo una estúpida tontería. No iba en serio. Joder. Mierda. Norah… ¿me tienes miedo?

Norah se sintió la peor persona del mundo. No solo estaba haciendo daño a su amigo, sino que, además, lo estaba empujando para que él se sintiera culpable.

—No te tengo miedo, no podría… —susurró—. Y quiero que te quede claro que todo ha sido… perfecto. —Norah parpadeó para retener las lágrimas—. El problema soy yo, Rhy. Solo yo.

—Puedo ayudarte. Déjame ayudarte.

—Ya me estás ayudando, no sabes cuánto —dijo Norah con la voz algo temblorosa—. Pero ahora no puedo seguir con esto. Lo siento, lo siento tanto… —Hizo una pausa y añadió—: Dame tiempo, ¿vale? Solo necesito tiempo.

—Sabes que te voy a dar lo que necesites. Maldita sea, lo único que quiero es verte feliz —masculló el muchacho, y no le importó que, tras esas palabras, ella pudiera intuir lo intensos que eran sus sentimientos—. Pero necesito que respondas a una pregunta…

—Vale.

—¿Existe alguna mínima posibilidad de que estemos juntos de verdad? Porque, si no la hay, prefiero saberlo antes de que esto se me escape de las manos.

Rhydian se había atrevido a lanzar la pregunta que le podía romper el corazón por completo.

—Quiero pensar que sí —respondió ella en un susurro.

Porque lo que, en realidad, temía Norah no era ser incapaz de corresponder a su amigo, sino que fuera él quien ya no quisiera estar con ella cuando descubriera la verdad.

Era la hora del desayuno y el comedor de bachillerato de Old Castle College estaba lleno de estudiantes. La mayoría de ellos se reían a carcajadas rememorando las anécdotas de la noche anterior. Casi todos tenían un aspecto cansado y soñoliento, fueron muchos los que alargaron la fiesta más allá de lo permitido. Algunos, incluso, intentaban mitigar una resaca severa e ignorada por los profesores, a base de café, tostadas y huevos fritos.

Norah entró en el comedor hecha un manojo de nervios, cogió el desayuno y se dirigió a la mesa donde estaba Rhydian. Ese día había salido muy temprano a correr y había estado evitando a Rhydian a propósito, ni siquiera le había contestado los mensajes. Pero había agotado todas las excusas: despedirse de Milkyway, ducharse y terminar de preparar la maleta.

—Hola. —Apenas le salió un susurro y le tembló el pulso cuando dejó su bandeja en la mesa.

—Hola, Norah.

Rhydian examinó el rostro de la chica y suspiró. Su amiga parecía un animalillo acorralado. Estaba enfadado y, desde la noche anterior, tenía algo que le dolía muy dentro en el pecho. Pero para nada quería que ella le tuviera miedo.

—Anda, come y cuéntame dónde te has escondido esta mañana.

Norah se quedó en silencio. Seguía nerviosa y el enfado de Rhydian no le pasaba desapercibido. Y, aun así, él se esforzaba en relajar el ambiente. Solo por eso, ya lo quería un poco más. Sintió la necesidad de contárselo todo, pero se metió en la boca un par de bocados de su tostada para que estos la ayudaran a tragarse las palabras que no podía decir.

—He ido a los senderos del río y luego al invernadero, con Milkyway —murmuró con la boca medio llena.

Rhydian ladeó una media sonrisa. Todavía era algo forzada, pero, con Norah sentada en la mesa y hablando con él, su enfadado perdía fuerza de forma acelerada.

—¿Así que, cuando te dé por huir, te tengo que buscar por allí? —intentó bromear para aligerar un poco más la tensión.

—Vaya, la idea es que no me encuentres… —dijo ella, pero no pudo evitar que se escapara una leve sonrisa—. Lo siento, Rhy. Te lo dije, no sé hacerlo mejor.

—Ya, pero yo también te dije que no has hecho nada malo.

—Estás enfadado y ayer te hice daño —dijo, como si con esto lo resumiera todo.

—Vale sí, estoy enfadado. Me has estado evitando y no me gusta cuando te alejas así. —Norah intentó hablar, pero él la interrumpió—. Pero esto no quiere decir que hayas hecho nada malo, ¿vale? Solo que debemos hablar y arreglar nuestras diferencias. Y ya está.

—A veces creo que eres demasiado bueno conmigo —murmuró, y la culpa se filtró de nuevo porque, para ella, ocultarle el hallazgo sí era hacerle algo malo.

—Pues tendrás que acostumbrarte —dijo Rhydian—. ¿Y qué más, Norah? ¿Qué más te ha hecho huir esta vez?

—¿De verdad quieres hablar de esto?

—Pues claro. Te dije que te enseñaría a ser una buena amiga y este soy yo dando una clase magistral.

Norah no pudo evitar reírse con ganas. Negó con la cabeza mientras su corazón daba una voltereta al ver que Rhydian sonreía con sinceridad.

—Venga, que el maestro está esperando —insistió él.

Norah resopló, pero su bufido sonó más divertido que irritado.

—Ahora no sé cómo comportarme contigo, ¿vale? —Las palabras le quemaban en el pecho y dejó salir unas cuantas de golpe—: Nos enrollamos, mucho, y después nos enviamos mensajes insinuantes, muchos también, y la noche siguiente te digo que ya no quiero seguir. Y yo me siento estúpida y me muero de vergüenza y de…

Norah se detuvo en el acto porque, lo siguiente, él no lo podía saber. Rhydian no podía enterarse de que ella sufriría esta separación de la misma manera que él.

—¿De qué, Norah? ¿De qué más te mueres?

Rhydian no había dejado de observar a Norah. Se había fijado en el temblor de sus manos al llegar, en su mirada recelosa y, también, en la nota de tristeza de su voz.

Entendía que estuviera incómoda. A él le ocurría lo mismo. Norah se había echado atrás poco después de darle a entender, muy efusivamente, que deseaba lo mismo que él y había roto lo que empezaban a tener sin una explicación clara. Lo que no comprendía era que, además de incómoda, parecía estar asustada.

También percibía que ahora lo miraba con una extraña expresión de anhelo y de dolor, como si tuviera delante algo que deseara, pero no pudiera tener. Y eso no tenía ningún sentido. Norah ya sabía que podía tenerlo tanto, y tantas veces, como quisiera.

—Me muero de miedo, Rhy —dijo al fin—. No quiero perderte.

Dicho esto, empezó a engullir el desayuno para tener la boca ocupada y no caer en la tentación de soltar todo lo demás.

—¿Qué más tengo que hacer para demostrarte que no me vas a perder? —preguntó él, más serio que antes—. Sigo estando aquí. Nada ha cambiado.

Norah asintió y tragó la comida con dificultad. Ella sabía que sí había cambiado algo, aunque Rhydian todavía no lo supiera.

El sonido de unos pasos acercándose llamó su atención y Jenna se detuvo al lado de su hermano.

—Rhydian, el chófer me ha enviado un mensaje —dijo la chica—. Ya está aquí, está cargando las maletas. Nos espera abajo.

—Bien, ahora voy. —Cuando vio que Jenna se quedaba de pie, a su lado, sin moverse, añadió—: Ve bajando, Jenn, no tardo.

—No te entretengas —masculló y, después de lanzar una mirada fugaz a Norah, se marchó.

—Hoy Jenna está... No sé, rara —murmuró Rhydian—. Y creo que ha discutido con Tawny. ¿Sabes si ayer les ocurrió algo?

—Ni idea... —Norah desvió la mirada y cogió el zumo de naranja para bebérselo de una sentada.

—¿Me acompañas al vestíbulo? —le preguntó Rhydian, después de que ella apurara hasta la última gota del vaso.

Norah asintió y ambos se levantaron de la mesa. Después de ponerse los abrigos, buscaron la salida del comedor. Al llegar al vestíbulo, se cruzaron con un par de familias y algunos estudiantes que salían al encuentro de sus padres. Cuando estaban cerca de la puerta principal, Rhydian cogió la mano de Norah y se apartó unos pasos de su hermana.

—Norah… —empezó Rhydian, pero lo que quería decirle se desvaneció de su mente cuando vio que ella lo miraba con una mezcla de dolor y deseo—. Norah… —repitió en un susurro—. ¿Tú crees que seguimos perdidos en el mismo sitio? ¿Los dos?

Porque Rhydian cada vez estaba más convencido de que a su amiga le sucedía algo que no quería contarle y tenía la sensación de que su negativa a estar juntos no era debido a que ya no se sintiera atraída por él.

—Creo que yo estoy más perdida que tú, Rhy —susurró ella.

—Pues yo te espero en el mismo sitio, ¿vale?

Rhydian no podía dejar de preguntarse si esas tres horas de silencio durante la fiesta de Halloween tenían algo que ver en su cambio de parecer. Aunque remota, se dijo que existía la posibilidad de que alguien le hubiera hecho daño y ahora estuviera asustada. Esto explicaría muchas de sus reacciones. Solo de pensarlo se le revolvía el estómago y sentía dolor en pecho, y quiso insistir para asegurarse.

—¿Ayer pasó algo que te asustó, Norah? ¿Alguien te hizo daño? —preguntó con la voz muy suave.

A Norah se le hizo un nudo grueso en la garganta. Se sentía culpable. Profundamente culpable. No solo le estaba haciendo daño, sino que también lo hacía sufrir de forma indebida.

—No, esto ni lo pienses. Todo está bien, ¿vale? —se apresuró a afirmar.

—Joder, ven aquí.

Rhydian abrió los brazos y ella reaccionó por instinto: se acurrucó en su pecho, lo rodeó con los brazos por dentro de la chaqueta abierta y puso la frente encima de su clavícula e inspiró su aroma a primavera fresca. Sin que él la viera, rozó con los labios el suéter y depositó un leve beso encima del corazón. Era su forma de decirle que lo sentía, que no quería engañarlo, que odiaba mentirle, pero que no había encontrado otra manera de hacer las cosas para que él no se metiera en más problemas.

Rhydian la estrechó contra él. No esperaba que Norah lo apretara tan fuerte y ahora no quería soltarla. Su cuerpo cálido contra el de él era todo lo que necesitaba en ese momento.

—Te voy a extrañar —susurró sobre su pelo.

—Yo también.

—¡Vamos, Rhy, que nos esperan!

El aviso de Jenna sonó cerca y les obligó a separarse. La hermana de Rhydian se encontraba a pocos pasos de distancia. Rhydian volvió a mirar a Norah, y dio otro paso atrás antes de cometer la locura de abalanzarse sobre sus labios.

—Pásalo bien en casa de tus tíos —dijo mientras caminaba de espaldas.

—Tú también diviértete en Wrexham. —Norah levantó una mano para decirle adiós.

Siguió a su amigo con la mirada, que enseguida se dio la vuelta para ir junto a su hermana; intercambiaron un par de frases y luego se dirigieron a la salida. Rhydian fue el primero en salir, aunque antes miró para atrás para guiñarle un ojo a Norah.

Cuando Jenna estaba a punto de cruzar la puerta, se detuvo. Se giró hacia Norah y entrecerró los ojos. Mantuvieron la mirada unos segundos, hasta que Jenna echó a correr de nuevo hacia ella.

—No ha desaparecido —dijo la muchacha, y abrió la mano para que Norah viera el amuleto azul—. Todo ocurrió de verdad.

—Eso me temo —murmuró Norah.

—No lo olvides: no puedes decirle nada a mi hermano —le exigió Jenna—. Lo prometiste.

—Y lo voy a cumplir —respondió Norah con el tono cortante—. Tú tampoco se lo puedes contar a Tawny.

—Lo sé, no lo voy a hacer. —Jenna hizo ademán de marcharse, pero se quedó quieta de nuevo—. ¿Ha pasado algo con mi hermano? Nunca había visto que os abrazarais de esa manera.

Norah sintió que las mejillas le quemaban, mezcla de rabia y rubor.

—Lo que haga con tu hermano no es asunto tuyo, Jenna. Como dijiste, no somos amigas —le soltó enfadada—. Si quieres saber algo, pregúntaselo a él.

—Lo haré.

Jenna se volvió a dar la vuelta y se dirigió a la salida con pasos rápidos. Norah dejó escapar un largo suspiro cuando vio que su compañera se marchaba.

En menos de veinticuatro horas, su existencia en Old Castle College había tomado un rumbo completamente inesperado. Sabía cómo acceder a los pasadizos secretos de lady Annabel, era muy posible que hubiera encontrado el espejo hechizado de la leyenda del Grial y empezaba a cargar con una culpa insoportable, y eso solo era el principio. Le quedaban dos meses enteros por delante. Dos meses en los que tendría que mentir a Rhydian sobre la investigación, sobre lo ocurrido en la fiesta y, también, sobre sus sentimientos reales.

No tenía ni idea de cómo lo iba a hacer. Y lo que más temía: no sabía si Rhydian querría seguir con ella cuando supiera toda la verdad.

42

Más dos

El otoño avanzaba imparable, decidido a no dar tregua a nadie. Los árboles ya habían cambiado de color y la ventisca de esa tarde tan nublada zarandeaba las copas. Las hojas más secas se dejaban llevar y caían dando vueltas hasta posarse en el suelo.

En el aparcamiento principal del Old Castle College, los estudiantes se despedían de sus familias y se apresuraban para entrar en el interior, donde el ambiente era mucho más cálido y confortable. La semana de vacaciones había llegado a su fin y los residentes del castillo tenían que volver a la rutina.

Rhydian se encontraba en la residencia Bridge of Sighs en compañía de Jenna y Tawny y, estupefacto, presenciaba una disputa entre ellas.

—Lo siento mucho —repitió Tawny con los ojos llenos de lágrimas—. Tenía miedo y no sabía qué hacer...

—¿Y crees que yo no tenía miedo? —espetó Jenna.

—Pero lograste salir. No pasó nada... ¿Verdad? —dijo la pelirroja con la voz rota.

—¿De qué estáis hablando? —intervino Rhydian.

—Nada, un estúpido reto que casi me mete en un buen lío y Tawny me dejó colgada —escupió Jenna.

—No tenía alternativa —susurró la aludida.

—Siempre hay alternativa.

—Pero ¿qué pasó? —insistió Rhydian, que en ese momento se puso en alerta; no podía dejar de pensar en lo rara que se había estado comportando Norah desde la noche de la fiesta.

—No pasó nada especial, Rhy. No te preocupes. Ya sabes, algunas de mis compañeras no son de confianza. —Eso último lo dijo con la mirada fija en Tawny.

Aunque no le convenció la respuesta, Rhydian se levantó al ver que las lágrimas corrían por las mejillas de Tawny. Para nada quería seguir en medio de la pelea, y menos con una de ellas llorando.

—Creo que es mejor que os deje a solas —dijo, y antes de alejarse añadió—: Chicas, os queréis con locura, seguro que lo podéis solucionar.

Rhydian se metió las manos en los vaqueros, sin saber muy bien qué hacer. Estaba a punto de escoger un rincón del Bridge of Sighs para esperar a Norah, cuando la vio de pie, al lado de una de las ventanas de estilo gótico del torreón. Aunque aparentemente charlaba con Carlien y su grupo, se dio cuenta de que lo miraba de reojo y sonreía.

Con pasos decididos, sorteó sofás, mesas y chicas alborotadas, y cruzó los metros que les separaban. Al llegar a su lado, contuvo las ganas de tocarla y besarla. Ninguno de los dos abrió la boca, solo se miraron con una intensidad capaz de derretir el hielo. Se fijó en que su amiga se sonrojaba y que el pulso le empezaba a latir más deprisa, y se sintió extrañamente satisfecho al ver la reacción que había provocado en Norah.

—¿Vais a decir algo u os largáis al cuarto para arrancaros la ropa? —se burló Carlien, al advertir que salían chispas entre ellos.

Eso sacó a la pareja de su burbuja particular y Norah, con las mejillas todavía más coloradas que antes, saludó como si nada a su amigo y cambió de tema para hablar de las vacaciones.

Rhydian apenas intervino en la conversación. No podía dejar de pensar en que su amiga seguía rara. Durante las vacaciones, había podido comprobar que Norah, a veces, se comportaba de forma distante. Era la primera vez que actuaba así con él y no tenía claro si era porque continuaba sintiéndose incómoda o era por algo más.

Salió de sus cavilaciones al ver que Jenna se aproximaba al grupo.

—Vengo a decirte que ha entrado la señora Foster —dijo, dirigiéndose a su hermano—. Por si quieres evitar que te vea por aquí.

Rhydian no tuvo tiempo de responder. Evelyn Foster pidió silencio a las estudiantes que se hallaban en la sala común. A su lado, Yumi Matsuda hacía gestos para que las chicas bajaran la voz.

—Gracias, señoritas, seré breve.

La directora del Old Castle College iba con un impoluto traje chaqueta de color crema. Su semblante estaba serio. Demasiado para ser una bienvenida.

—Durante la pasada fiesta de Halloween, ocurrieron algunos incidentes inapropiados. Alguien de vuestra residencia informó de una gamberrada en la biblioteca, pero cuando fuimos no encontramos a nadie.

El silencio planeó sobre el salón. La tensión se hizo evidente.

—No os creáis que no estoy al tanto del juego que todos los años hacéis las chicas del Bridge of Sighs. —La mirada aguda de la señora Foster se iba deteniendo en cada una de las chicas—. Que lo permita no significa que no sepa todo lo que ocurre en este castillo.

La última frase la dijo con los ojos fijos en Rhydian. El muchacho apretó los puños; no sabía si eso era una nueva amenaza hacia él. Aunque esta vez la directora no podía tener nada en su contra, porque estaba castigado y aquella noche la pasó encerrado en su habitación. En realidad, Rhydian temía más por Norah, y ahora también por Jenna. ¿Sería por eso por lo que ambas se habían comportado de manera rara durante toda la semana?

—Si alguien tiene una pista de quién hizo la gamberrada de la biblioteca, tiene la obligación de informarme.

El silencio todavía se hizo más profundo. En ese momento, Norah se dio cuenta de que sus compañeras seguían al pie de la letra las reglas que Sarabeth enumeró el primer día del curso: no ser una chivata y asumir las metidas de pata sin delatar a las demás. Miró de reojo a Jenna. La hermana de Rhydian tenía la vista fija al suelo.

—¿Y bien? No quiero tomar represalias contra todo el grupo —presionó la directora.

—Señora Foster. —La voz melosa de Chelsea rompió el silencio. Norah vio que Jenna se ponía en tensión—. Es cierto que vimos a alguien, pero dudo mucho que fuera una de nosotras. Creo que la hubiéramos reconocido. Estuvimos un mes preparando los disfraces, conocemos los de todas.

—Además, lo que hacemos en nuestro juego de Halloween son pequeñas burradas para pasarlo bien, no para buscarnos problemas —añadió Sarabeth.

—Insisto, si alguien tiene una pista, que esta semana venga a mi despacho. Que sepáis que esto no lo doy por terminado.

Cuando Evelyn Foster se marchó, los murmullos nerviosos se extendieron por el salón. Con una mano, Rhydian agarró la manga de la blusa de Jenna y con la otra la de Norah y las arrastró a ambas hasta un rincón más apartado. Su cabeza empezó a encajar piezas: el problema de su hermana con el reto, la pelea con Tawny, Norah desaparecida durante tres horas, luego ella llorando, echándose atrás con lo que habían empezado y comportándose de una manera muy extraña. Y todo después de la fiesta de Halloween.

—¿Sabéis algo de esto, chicas? —les preguntó en voz baja—. Porque tengo la sensación de que ese día os pasó algo a las dos y me lo estáis ocultando.

—No, pero ¡qué dices! —exclamó Jenna con demasiado ímpetu—. Espero que sepas que no tengo que contarte todo lo que pasa en mi vida, y ella tampoco —añadió—. Nos vemos.

Jenna se esfumó más rápido que el fantasma de Henry Duval y Norah maldijo por dentro su suerte. La había dejado sola ante el peligro.

—Y luego ella no para de meterse en mis cosas... —refunfuñó Rhydian—. ¿Sabes si les pasó algo a mi hermana y a Tawny?

Norah apretó los dientes y negó con la cabeza, incapaz de abrir la boca. Rhydian miró fijamente a su amiga, intentando entrever, una vez más, los múltiples secretos que intuía que escondían esos ojos que lo tenían tan cautivado.

—¿Y a ti? —añadió él con un tono bajo y suave.

Rhydian no tenía previsto insistir otra vez, pero su boca articuló las palabras sin que las pudiera detener.

—¿Qué te pasó esa noche, Norah?

La duda seguía allí. La duda y el temor de que algo malo le hubiera ocurrido y que ella, por alguna estúpida razón, no se atreviera a hablarlo con él. Rhydian dio un paso hacia Norah y, sin pensarlo demasiado, le rozó la mejilla con los dedos. Apenas una caricia fue suficiente para notar que el latido de la muchacha se aceleraba.

—Deja de preocuparte. Halloween ya pasó y todo está bien —dijo ella, intentando ser lo más sincera posible.

—Pero pasó algo, ¿verdad?

Fue entonces cuando Norah se dio cuenta de que tendría que mentir a su amigo mucho más de lo que se había imaginado. Se moría de ganas de contarle lo que ocurrió esa noche. Incluso más que eso. Lo necesitaba. Desde el descubrimiento del espejo flotante y la excursión relámpago de ida y vuelta a Egipto, tenía la sensación de estar viviendo otra vida. Ni el viaje a su tierra ni la semana en casa de sus tíos habían conseguido amortiguar el lío que tenía en su cabeza.

A veces, pensaba que todo era una broma de muy mal gusto

porque creía que le habían cambiado la realidad por otra de mentira y que ya no la podía devolver. Ahora, las pesadillas que la despertaban de madrugada estaban desdibujadas por extrañas imágenes de brillos nacarados, pirámides egipcias y la voz de un chico pidiendo ayuda con desesperación. Pensar en Aaron, en que quizá le había ocurrido algo parecido y que él no pudo regresar, le rompía el corazón. Pero Jenna tenía razón, debían esperar a que levantaran el castigo a Rhydian, no podían arriesgarse a que la directora lo expulsara. Se repitió una vez más que las mentiras valdrían la pena si con ellas protegía a su amigo.

—No pasó nada, Rhy. Fue una fiesta como cualquier otra. —Se encogió de hombros como si fuera una de las alumnas aventajadas de la clase de teatro de madame Leblanc, pero, por dentro, la culpa la carcomía—. Creo que voy a ir a ver a Milkyway, ¿me acompañas?

Rhydian soltó un suspiro y asintió, aunque para nada estaba satisfecho con la respuesta de Norah. Sabía que había algo que no quería decirle y le dolía que no confiara por completo en él.

No tardaron en encontrarse con Milkyway en los jardines del flanco oeste. Como siempre, se sentaron en la escalinata de piedra de la biblioteca mientras Norah le daba una ración extra del embutido que había traído del pueblo de su tía y el Pequeño Bandido se relamía los bigotes con satisfacción.

Aprovecharon ese rato a solas para volver a hablar de la investigación y del callejón sin salida en el que ahora se encontraban, del castigo de Rhydian, y también para despellejar a la directora con insultos e improperios muy variados.

—Me siento frustrado —le contó Rhydian—. Tengo la sensación de estar cerca, de que ese mapa y las coordenadas nos tienen que llevar a Aaron, pero nada, seguimos sin tener nada sólido.

Norah tragó saliva. Tenía que ser fuerte. Aunque a Rhydian le pareciera que estaban estancados, ella estaba haciendo nuevos avances.

—Lo peor es que me siento culpable —siguió Rhydian—.

Yo estoy en Old Castle tan tranquilo y puede que él se encuentre en algún sitio esperando que alguien lo ayude… y no puedo hacer nada para llegar a él.

Norah parpadeó para que la humedad de sus ojos se disolviera e, impulsada por las ganas de aliviar un poco la pena de su amigo, le agarró la mano. Sin embargo, cuando sus miradas se encontraron, algo desconocido cogió fuerza en su interior. Lo que les ocurrió a continuación les pilló desprevenidos: Norah apoyó una mano en el hombro de Rhydian, se acercó a su rostro y le dejó un beso fugaz encima de los labios. A Rhydian se le disparó el pulso, pero, al separarse, le dolió ver que la expresión de su amiga era la viva imagen del arrepentimiento.

—Mierda… Lo siento —masculló Norah—. Esto no debería haber pasado —farfulló para sí misma.

—¿Qué ha sido esto, Norah?

Rhydian no sabía si sentirse eufórico, enfadado o decepcionado.

—Esto no ha pasado, ¿vale? —dijo ella, y volvió a mirarlo a los ojos con más determinación.

—Claro que ha pasado.

—Quiero decir… —Norah titubeó—. Solo quería que estuvieras bien. Nada más.

—¿Me has besado para que estuviera bien? —preguntó él con incredulidad.

—Técnicamente, solo he rozado tus labios, no ha llegado a beso —se defendió ella.

—Pues yo diría que, técnicamente, si se rozan los labios ya cuenta como beso —rebatió él.

Estaba enfadado. No quería ningún beso de consolación. Y era ridículo que ella pensara que tenía que besarlo por compasión. Sin embargo, no podía dejar de encontrar gracioso el esfuerzo que hacía para justificar lo que había hecho.

—Este no cuenta como beso. Yo no lo voy a contabilizar —insistió Norah.

—¿Llevas la cuenta de nuestros besos?

Rhydian torció una sonrisa canalla y Norah lo fulminó con la mirada.

—Doy por terminada esta absurda conversación —dijo Norah.

—Pues yo no —replicó él.

Pero se quedó sin nada más que decir. El enfado se mezclaba con la decepción y también con el deseo que ese beso inocente había prendido en él. No pensó el siguiente movimiento, simplemente actuó impulsado por todo lo que bullía en su pecho. Tomó a Norah por la nuca y la cadera y se acercó a ella, el gato maulló enfadado, pero apenas lo advirtió porque, sin más preámbulos, la besó como si quisiera fundirse con ella. No fue nada delicado, solo hambre, anhelo y pasión contenida, pero es que Norah tampoco lo fue, y gruñó de placer cuando ella le mordió los labios y le chupó la boca como si quisiera comérselo.

Se separó de ella cuando fue consciente de que le iba a ser difícil caminar con el bulto que tenía entre las piernas. Ambos jadearon y se miraron el uno al otro con los ojos encendidos y la respiración agitada.

—Ahora sí, hemos terminado la conversación —dijo Rhydian con la voz ronca.

El muchacho se levantó y bajó las escaleras como pudo. Norah seguía estupefacta por lo que acababa de pasar y por las ganas que tenía de repetir una y otra vez ese beso.

—Que sepas que yo también llevo la cuenta. —Rhydian sonrió de lado al ver que la frase había logrado sacar a Norah de su estupor—. Y estos dos últimos los sumo a la lista.

43

Aliados inesperados

Esa noche, Norah estaba sentada en el suelo, encima de una almohada de color turquesa, tratando de sobrellevar la reprimenda de la señorita Matsuda. A su lado, Carlien se toqueteaba los rizos negros e intentaba aparentar seriedad. Las jóvenes del Bridge of Sighs llevaban más de quince minutos reunidas en la sala común y más de diez oyendo lo decepcionada que estaba su responsable. Por lo visto, el reto de la biblioteca en el que estuvo involucrada Jenna iba a salpicarlas a todas.

Sin embargo, Norah no prestaba atención. Con la mirada fija en el móvil, que descansaba en su regazo, se reprendía una y otra vez por el desliz con Rhydian. Había metido la pata hasta el fondo porque, no solo le había dado un beso rápido y había cruzado la línea roja que ella misma había trazado, además se había dejado llevar por el arrebato de su amigo, igual o incluso más que él. Se excitaba con solo pensar en ese beso y en cómo se había sentido, y eso era todo lo contrario a lo que se había propuesto conseguir.

La pantalla del móvil destelló una vez más y Norah leyó el texto con disimulo. Rhydian le enviaba mensajes neutros sobre lo aburrido y frustrante que era intentar dar con algún lugar que se pareciera al mapa borroso de las tres cruces. Su amigo se estaba comportando como si el beso no hubiera ocurrido, y aunque por un lado le parecía bien, por el otro la desconcertaba. ¿Cómo era él capaz de estar como si nada después de ese beso? Ella seguía intentando volver a la normalidad.

La pantalla del móvil se iluminó de nuevo, pero esta vez lo hizo con el mensaje de un número desconocido: «Después del toque de queda, lavandería. Tenemos que hablar».

Norah levantó la cabeza y escudriñó la sala en busca de Jenna, la localizó sentada en uno de los sofás al lado de Tawny. Su expresión era grave, casi hosca, y tenía la mirada fija en ella. Norah le hizo un breve gesto afirmativo y volvió a centrar su atención sobre el móvil.

Se tragó una palabrota cuando recibió el siguiente mensaje, y soltó un bufido. Era el día de los textos incómodos. Esta vez era su padre, que quería saber si ya se había instalado y aprovechaba para desearle buenas noches. La relación con su progenitor no había mejorado, al contrario, los viajes en coche para llevarla y traerla del aeropuerto habían sido tensos y engorrosos, con intentos para entablar una conversación por parte de él y con monosílabos secos por parte de ella. Seguía enfadada y dolida, y evitaba cualquier interacción con él; era la única manera que conocía para que la grieta que tenía en el pecho no se le volviera a abrir.

—Ya lo hemos hablado con la directora, si no salen las responsables, todas, sin excepción, pasaréis un fin de semana entero haciendo tareas para la comunidad —dijo Yumi.

Se escucharon quejas y réplicas entre sus compañeras, pero ninguna que revelara quiénes eran las muchachas implicadas.

—Tenéis dos semanas para que salgan las responsables —advirtió.

Dicho esto, la señorita Matsuda se marchó por la puerta este y cerró con llave para que ninguna de esas bribonas se colara en la muralla principal.

—¡Chicas, esperad! Tenemos que tratar un asunto antes de

dispersarnos —anunció Sarabeth, que estaba sentada en una de las sillas de la despensa.

—Un momento, Sarabeth. —La voz melosa de Chelsea puso fin a cualquier comentario bajo—. Todas sabemos que la acusación de la directora es falsa, ¿verdad?

El silencio se extendió por el salón y nadie contestó.

—Bien, pues estamos todas de acuerdo en que nadie del Bridge of Sighs está implicada —dijo Chelsea con una sonrisa forzada, y luego hizo un gesto con la mano para dar paso a su compañera—. Puedes continuar.

—Hay un tema delicado del que tenemos que hacernos cargo —dijo Sarabeth con una sonrisa perversa y los ojos puestos en Norah—. Alguien rompió el reglamento del juego Beso o reto y no participó.

—Venga ya. Esta norma no tiene razón de ser —dijo una chica de primero, y varias voces, tanto de primero como segundo, secundaron su argumento.

—Jasmine, tesoro, esa norma la aprobamos todas —intervino Chelsea desde su asiento—. No hay opción.

Aunque Norah sabía que, en algún momento, se meterían con ella por lo del reto, no esperaba que fuera tan pronto. El pulso se le aceleró e inspiró profundo. No había pensado mucho en lo que ocurriría cuando quisieran hacerle cumplir las estúpidas normas del juego, ya tenía suficiente con todo lo demás, pero lo que sí sabía era que no iba a ceder ante ellas.

—Norah fue la que no participó —anunció Sarabeth, y Norah sintió todas las miradas sobre ella—. Por eso tendrá que dormir una semana entera en el vestíbulo.

Norah tomó aire para replicar que no lo haría, pero alguien se le adelantó.

—Esto… Bueno…. No es del todo cierto. —Jenna había tomado la palabra y miraba a Sarabeth con cierta inseguridad.

—¿Qué no es cierto?

—Que Norah no participara. —Jenna desvió la mirada hacia Norah un momento y volvió a dirigirse a Sarabeth—. Yo estaba presente cuando le pidió un beso a Chester. Y no soy de su pandilla, eso lo sabéis de sobra.

A Norah casi se le salen los ojos de las órbitas. No tenía claro si estaba más perpleja porque Jenna la estaba defendiendo o porque había dicho que ella fue a mendigar un beso a ese impresentable. Se oyeron, en tono bajo, exclamaciones de sorpresa y también risas divertidas.

—Imposible. Yo no lo vi —dijo Sarabeth, aunque su voz sonó dubitativa.

—Claro que no, Chester prefirió hacerlo en privado —continuó Jenna.

—Chester me lo habría dicho —insistió Sarabeth.

—Depende. Ya iba borracho, quizá no se acuerda. Entre disfraz y disfraz, seguro que besó a más de una esa noche.

—¿Pasó el reto? —preguntó una de primero—. ¿Se besaron?

—Lengua incluida, todo muy húmedo y bastante asqueroso —afirmó Jenna.

De nuevo estallaron las risas en la sala común. Norah bajó la cabeza para esconderse y se tapó la cara con las manos. No sabía qué era peor: que todas creyeran que había cumplido el reto o un enfrentamiento directo con Sarabeth.

—Si es todo lo que teníamos que tratar, creo que ya podemos dar por terminada la reunión —añadió Jenna, y se levantó para dejar claro que la conversación había terminado.

Las luces del pasillo del cuarto piso del torreón ya estaban apagadas cuando Norah salió de su dormitorio. Sin hacer ruido, descendió por la escalera de caracol que llevaba a la sala común y siguió bajando hasta la planta baja. Al llegar al sótano, encendió la linterna del móvil y notó que el bello de la nuca se le erizaba. Un escalofrío le bajó por la espalda y se le metió en las tripas cuando pasó cerca del armario que ocultaba la puerta secreta, pero siguió su camino hasta llegar a la salida de emergencia. Esta vez, Milkyway apareció al segundo silbido; había estado una semana entera sin poder pasar tiempo con el Pequeño Bandido y quería tenerlo con ella cuando se reuniera con Jenna.

Después de achucharlo, lo dejó en el suelo y ambos subieron hasta el primer piso del torreón. La lavandería seguía a oscuras, pero de pie, en la zona de plegado de ropa, había una figura humana con los codos apoyados en una mesa y una pantalla iluminada a su lado.

—Jenna, ya estamos aquí —susurró Norah al llegar al rellano.

—¿Tú y quién más?

Jenna levantó la mirada hacia su compañera. No necesitó respuesta porque el maullido de Milkyway desveló el misterio.

—¿Otra vez con el gato?

—Ya te lo dije, paso tiempo con él.

—Lo que tú digas... —murmuró Jenna—. En realidad, tampoco me importa lo que hagas con él.

—Supongo que le robaste mi número a Rhydian, ¿no? —preguntó Norah cuando llegó a su lado, aunque ya sabía la respuesta.

Jenna asintió y Norah también puso el móvil sobre la mesa; dejó la linterna encendida para que entre las dos hubiera un poco más de luz. Con su sigilo habitual, Milkyway empezó a explorar los rincones de la estancia.

Ambas muchachas permanecieron calladas unos largos segundos, ninguna de la dos sabía por dónde empezar.

—Estoy peor que hace una semana —murmuró Jenna—. Si no fuera porque cada día veo que el amuleto sigue en mi bolsillo, pensaría que nada de eso ocurrió de verdad.

—Yo también me siento sobrepasada —admitió Norah—. Pero pasó y ahora tenemos que centrarnos en lo que vimos y continuar desde aquí.

—Pero... ¿Qué quieres hacer? ¿Volver a cruzar esa cosa? ¿Contárselo a la policía? Nos van a tomar por locas.

—O algo peor, si se lo contáramos a la policía, la directora se metería por medio y quién sabe lo que nos podría ocurrir a nosotras...

—¿De verdad crees que la señora Foster es capaz de tanta maldad? —Jenna negó con la cabeza—. A veces es estricta, pero también es amable y se preocupa por sus alumnos.

—Ya, se preocupa tanto que no le importó ocultar la cuenta de la pulsera de Aaron, chantajear a Rhydian para silenciarlo y puede que, incluso, sobornar a la policía para eliminar la conversación que probaba que Aaron había encontrado los pasadizos secretos.

—Cuéntamelo todo, Norah, necesito saber a qué nos enfrentamos.

Norah asintió. No tenía ni idea de si estaba haciendo lo correcto, o no, pero sabía que Rhydian nunca pondría en peligro a su hermana y ella estaba intentando hacer lo mismo. Jenna se puso a llorar cuando le contó cómo había sufrido su hermano en silencio debido al chantaje y, también, cuando le explicó que tenían motivos para pensar que Aaron estaba vivo porque habían encontrado unas coordenadas y un mapa desenfocado con tres cruces marcadas junto a un informe secreto etiquetado con su nombre.

—¿Y qué se supone que debemos hacer ahora? —susurró Jenna después de oír todo el relato.

—No lo sé, pero he estado pensado que deberíamos intentar descubrir qué es y cómo funciona esa cosa. —Norah torció una mueca pensativa—. Está claro que, si es el espejo hechizado de la leyenda, no solo comunica con el reino de las hadas.

—Por favor, ni menciones la posibilidad de que exista ese lugar. Has dicho que nos centraríamos con lo que habíamos visto y basta.

Norah no pudo evitar sonreír y admitió que su compañera tenía razón.

—Vale, no sabemos qué es esa cosa, pero sí que funciona

como una especie de portal: nos llevó a Egipto y también pudimos regresar a través de él.

—Como en las historias de ciencia ficción —apuntó Jenna—. ¿Sabes? Creo conocer dónde estuvimos, lo he estado buscando por internet.

—En el Gran Museo Egipcio. También lo he buscado —dijo Norah—. Es la única posibilidad.

—Pero ¿por qué esa cosa nos llevó allí?

—Ni idea, solo podemos suponer que, de alguna manera, esa cosa permite viajar a lugares distintos —razonó Norah—. También debemos tener presente que el internado hace descargas de cajas a medianoche, de manera clandestina, y es posible que esté usando los pasadizos secretos y el portal.

—Puede ser esto último, si de verdad esa cosa sirve para ir a distintos lugares —apuntó Jenna—. Ahora solo sabemos que nos ha llevado a Egipto y que, quizá, llevó a Aaron a El Congo. Dios mío, es de locos...

—Y siguiendo con la locura, no podemos obviar que ese portal tenía forma de espejo —Norah continuó con su razonamiento— y en Old Castle las paredes están llenas de relieves y esculturas que hablan de un espejo impregnado de magia.

—¿Quieres investigar lo que cuentan las paredes del castillo?

— Quizá en ellas haya una pista sobre qué es esa cosa y cómo se utiliza —apuntó Norah—. Hasta ahora pensábamos que era una leyenda, pero si las analizamos con ojos científicos puede que veamos cosas que antes pasaban desapercibidas.

—Porque antes creíamos que eran fantasía... —añadió Jenna—. Está bien, podríamos empezar por aquí. Ay, madre mía, Norah, me cuesta creer que la directora sea tan mala persona. ¿Y el profesor Denson? Estoy en su clase de Arte y Diseño y parece un buen tipo.

—Pues no te fíes de él —masculló Norah.

—A ver, yo también he estado pensado en ello —siguió Jenna—. Y creo que tendríamos que preparar un kit de emergencia por si en algún momento tenemos que volver a utilizar el portal: pasaporte, tarjeta de crédito, una muda de ropa, un cargador de móvil, una linterna, comida y bebida.

—¿Estás segura de querer hacer esto? —preguntó Norah—. Lo pasaste muy mal cuando...

—Claro que quiero —la cortó Jenna—. Me da miedo, sí. Me pondré histérica otra vez, es muy probable. Pero Aaron también era mi amigo, y por Rhydian... haría cualquier cosa para que volviera a estar bien.

—Cuando Rhydian se entere de esto... —Norah tragó saliva—. Se va a enfadar.

—De momento, no se va a enterar, en eso seguimos de acuerdo, ¿no?

Norah asintió. Además de estar mintiendo a Rhydian, ahora también había traicionado su confianza contándoselo todo a Jenna. Algo feo y punzante le estrujó el pecho y tuvo que respirar profundamente para encerrar esa sensación muy al fondo, en ese sitio oscuro donde guardaba las emociones que no quería sentir. Entonces notó que Milkyway se arrimaba a sus tobillos y se agachó para tomarlo en brazos. Le dio un beso entre las orejas y se lo medio ocultó tras su mejilla. Se dirigió a Jenna y dijo:

—Gracias por lo de antes, has mentido por mí...

—He mentido por las dos —rectificó Jenna—. Con lo que tenemos por delante, es mejor no tener problemas con nadie y pasar desapercibidas.

—De todas formas, gracias.

—Bueno, yo... Te debía una, salimos de allí gracias a ti —murmuró Jenna.

—En realidad fue gracias a Milkyway. —Norah sonrió y besó de nuevo al gato—. ¿Cómo sabías que Chester estuvo borracho?

—Lo oí comentar esta tarde, pero en estas fiestas es habitual. Chester se desmadra y se enrolla con todo lo que se le pone delante.

—Vaya, así que jugabas con cartas ganadoras —rio Norah, y Jenna asintió con diversión—. ¿Y qué te ocurrió a ti la noche de la fiesta? ¿Cómo llegaste a quedarte esposada en una mesa de la biblioteca?

—Chelsea —dijo Jenna, como si el nombre ya lo explicara todo—. Te daré la versión corta de los hechos: quería que alguien la acompañara a realizar su reto, para verificar que lo había hecho. Ya sabes, no podía ser nadie de su pandilla. La muy bruja me escogió a mí. No me negué, asumo la culpa. Tawny también vino. Cuando fuimos a la biblioteca, ella ya llevaba un grillete en la mano. No le di más importancia que esa. Era Halloween, por Dios. Hizo la pintada sobre la mesa y luego... Maldita sea, no sé cómo ocurrió, pero me puso a mí el otro grillete. Se quitó el suyo y me encadenó a la mesa. El resto ya lo sabes.

—¿Por qué Chelsea haría eso contigo? No te ha inculpado.

—Hoy no ha dicho nada porque seguramente se estaba protegiendo a sí misma —soltó con enfado—. Su cabeza es demasiado retorcida para entenderla. Quizá lo hizo por celos, este año me han dado a mí el papel protagonista de la obra de Navidad y ella es mi suplente. También podría ser por Rhydian, porque le pidió una cita y yo me metí por medio... Vete a saber.

—¿Han quedado?

Norah quiso tragarse las palabras, pero ya era demasiado tarde. Jenna ladeó la cabeza y la miró de forma interrogante.

—Creo que sí, ¿no te ha dicho nada mi hermano?

Norah negó con la cabeza y sintió una fuerte punzada de celos en el estómago.

—Si solo sois amigos, no debería importarte, ¿verdad? —dijo Jenna sin disimular su tono burlesco.

—Y no me importa —masculló Norah, pero tuvo la sensación de que Jenna no se creía ni una sola palabra.

44

Seguir la corriente

No te cargues lo que hice ayer,
sigue la corriente.

Norah releyó una vez más el último mensaje de Jenna sin acabar de entender lo que la muchacha quería decirle. La buscó con la mirada y vio que se dirigía hacia la puerta de la clase, y Tawny ya la estaba esperando en el pasillo; Norah imaginó que habían conseguido arreglar sus cosas. Antes de salir del aula, Jenna se dio la vuelta, le lanzó una mirada elocuente y siguió su camino.

—Si encima te entretienes a mirar el móvil, hoy no llegamos al recreo —rio Carlien, que ya había terminado de recoger sus cosas—. De verdad, ¿cómo puedes ser tan lenta?

—No soy lenta, soy cuidadosa y me gusta tomarme mi tiempo —farfulló Norah, después de apresurarse a guardar el móvil y empezar a tapar los bolígrafos que había usado durante la clase—. Además, hoy todavía hay gente en el aula.

—Sí, lo eres, eres tremendamente lenta —se burló Carlien—, pero yo te quiero igual.

—Me quieres porque te dejo copiar los ejercicios de español —rio Norah mientras alineaba los apuntes.

—Y porque eres la única que no está colada por el profesor Denson —siguió Carlien con guasa.

—Todo tuyo… —murmuró ella.

—¿Sabes? Madame Leblanc lo ha reclutado para que nos ayude con los decorados de la obra de Navidad. —Carlien suspiró con expresión soñadora—. Ahora lo veo también en el aula de teatro y, el otro día, creo que tuvimos un momento de conexión.

Las carcajadas que estallaron entre el grupo de estudiantes que había al fondo de la clase las distrajo de la conversación. El grupo empezó a dirigirse hacia la salida con bastante alboroto.

—Ya está, hoy también seremos las últimas —enunció Carlien.

Cuando pasaron por su lado, uno de los muchachos se detuvo.

—Oye, Norah, nos perdimos tu beso con Chester, ¿crees que podríais repetirlo en público? Él está dispuesto.

Norah se quedó unos instantes paralizada, con el cuerpo en tensión. Cargada de rabia, levantó la vista y se fijó en que el chico que había hecho la pregunta era de la pandilla de Chester. Fue entonces cuando entendió el mensaje de Jenna: «sigue la corriente»; por lo visto, el rumor ya era de dominio público. Apretó los dientes y los puños. Odiaba que todos pensaran que se había rebajado a los deseos de ese impresentable, pero el mal ya estaba hecho y, Jenna tenía razón, eso le daba la coartada perfecta para librarse de tener problemas con Sarabeth.

Tenía una respuesta punzante en la lengua, pero Chester salió de detrás del grupo y se le adelantó.

—Tíos, dejadla en paz, vamos —dijo el rubio, y empujó a sus amigos para que siguieran avanzando.

Extrañada, Norah miró a Chester y advirtió que él también la observaba. El muchacho tenía una expresión algo cautelosa, casi como si hubiera perdido ese posado soberbio que tanto la irritaba. Cuando desaparecieron por la puerta, Norah dejó escapar el aire y regresó a la ardua tarea de recoger.

—No te preocupes, pronto habrá otro cotilleo que desbancará a este —le dijo Carlien para darle ánimos—. ¿Cómo fue?

—¿El qué? —dijo Norah para ganar tiempo y pensar una respuesta.

—El beso. Te marchaste muy enfadada y esa noche te perdí la pista. No sabía que, al final, lo habías hecho.

—Ya, bueno, al final surgió...

—Y, ¿cómo fue? —insistió su compañera—. ¿Estuvo bien?

Norah puso caro de asco. Con solo imaginarlo, sentía repelús por todo el cuerpo.

—No quieras saberlo. De verdad, Carlien, es mejor no saberlo —dijo con una mueca de repugnancia.

—En eso tienes razón —rio la chica—, prefiero imaginarme los del hombre de mi vida.

Norah terminó de recoger y las dos siguieron la ruta habitual para llegar al jardín interior del castillo y disfrutar del tiempo de recreo. Sin embargo, Norah se empezó a poner nerviosa cuando, al cruzarse con algunos compañeros, estos murmuraron en voz baja mientras no dejaban de echarles miradas. Fue cuando se dio cuenta de que la mentira de Jenna podía tener consecuencias que no había previsto. Tragó saliva y apresuró el paso.

Esa mañana, cuando salió a correr, no se había encontrado con Rhydian, y tampoco se habían visto a la hora del desayuno. Lo había atribuido al castigo, pero ahora dudaba porque su amigo tampoco le había respondido los mensajes que ella le había enviado antes de ir a clase. Deseaba con todas sus fuerzas que Rhydian no se creyera ni una palabra de los chismorreos, ambos sabían que ella despreciaba a Chester y su manera de ser, pero necesitaba comprobarlo con sus propios ojos.

Al llegar al jardín, enseguida localizó a Rhydian, que estaba hablando con Jenna y Tawny. Esta vez no dudó en dirigirse hacia ellos, pero se detuvo en seco cuando la mirada del muchacho cayó sobre ella. En sus ojos vio una mezcla de dolor, rabia y algo así como un deje de repugnancia que la atizó en el estómago. Sintió una fuerte emoción de pánico e intentó frenarla conteniendo la respiración. Él desvió la mirada con un gesto brusco, se dio la vuelta y se marchó dando grandes zancadas. Tawny enseguida fue tras él, y Jenna, después de observar a Norah con la expresión grave, también fue en su búsqueda.

Después de todo lo que habían pasado juntos, después de todo lo que seguía habiendo entre ellos, no comprendía por qué él no le había dado el beneficio de la duda. Norah sintió que su ánimo flaqueaba y caía como un peso muerto hasta los pies. Aguantó las ganas de llorar porque sabía que no era el momento. También se reprimió las ganas de correr tras él y dejarle claro con un beso furioso que ella solo le quería a él.

—Creo que Rhydian se ha enterado de lo del reto... —dedujo Carlien a su lado—. Norah, te lo dije, le gustas. Ve y dile que solo fue un reto que te impusieron, lo comprenderá.

—Da igual —acertó a pronunciar ella con la voz algo ronca.

—No da igual, porque a ti también te gusta él —insistió la muchacha—. ¡Si cuando estáis juntos os salen corazones por los ojos!

—Déjalo, por favor. —Norah ya no tenía más energía para discutir, la reacción de Rhydian la había dejado abatida—. Cuéntame cualquier cosa y olvidemos el tema.

Cuando se encontraron con Mariah y Brittany, las tres vieron que Norah estaba algo ausente, pero hicieron como si no se dieran cuenta y buscaron temas de conversación que no estuvieran relacionados con la fiesta de Halloween.

Norah permaneció un largo rato metida en sí misma, pensando en lo ocurrido y en cómo se sentía. Si bien tuvo miedo de que Rhydian se creyera la mentira, no esperaba sufrir pavor al ver su reacción. Estaba enfadada con él por no haber puesto en duda el cotilleo y no haberlo hablado directamente con ella. Pero también se consideraba culpable, como si, de verdad, ellos dos estuvieran juntos y con el falso beso acabara de traicionar su relación.

Fue entonces cuando tuvo una gran revelación: aunque ella había trazado una línea roja en la amistad, era una línea de mentira. Se había echado atrás debido al pacto que hizo con Jenna, pero ella seguía sintiendo que estaba con Rhydian. Norah tragó saliva al percatarse de lo fuertes que eran los sentimientos hacia su amigo, de cómo le dolía lo que acababa de pasar y de las ganas que tenía de decirle que se olvidara de la última semana y que empezaran de nuevo, a partir de los mensajes que se enviaron durante la fiesta.

Estaba tan absorta en sus pensamientos que no advirtió que Chester se acercaba a ellas hasta que lo tuvo delante.

—Chicas, necesito hablar con Norah —dijo con una expresión grave, pero firme—. ¿Nos dais privacidad?

—Estoy muy harta de todo esto, Chester, lárgate por donde has venido —soltó Norah con voz entre cansada y enfadada.

—Esta vez va en serio, solo quiero hablar.

—Pero yo no.

—Vamos, Chester, ella no quiere —intervino Carlien.

—Pero tenemos que hablar, ¡no puedo seguir así! —exclamó Chester con tono molesto.

—Hoy no tengo el cuerpo para esto —murmuró Norah, al ver que no se lo iba a sacar de encima. Y luego, dirigiéndose a sus amigas, añadió—: Nos vemos.

Sin decir nada más, echó a correr hacia la escalera que llevaba al piso de las aulas; solo quería marcharse y estar sola. Pero no contó con que Chester era un muchacho muy insistente y no se lo pensaría ni un momento en ir tras ella.

El rubio la alcanzó enseguida y la sujetó del brazo para que no siguiera avanzando. Con un gesto brusco, Norah intentó deshacerse del agarre, pero él mantuvo la presión para no dejarla ir.

—Norah, no quiero hacerte nada, solo quiero hablar —insistió el muchacho.

—No me toques —masculló Norah, y forcejeó para librarse de él.

—No te voy a dejar marchar hasta que hablemos. —Chester tiró de ella para que todavía estuvieran más cerca. Norah lo miró con los ojos llameantes de rabia—. Solo quiero saber si es verdad. ¿Nos besamos?

—Si no te acuerdas, es tu problema —gruñó ella; estaban tan cerca que, incluso, podía contar sus pestañas.

—Y no sabes cuánto me jode no acordarme —murmuró él—. Nunca me había pasado con nadie, Norah. Todo empezó como un juego, pero hoy me he dado cuenta de que quicro recordarlo y quiero saber cómo fue.

Norah arqueó una ceja, eso no se lo esperaba. Al final, soltó un bufido antes de darle la respuesta que el chico buscaba.

—Mira, es mejor que no te acuerdes. No hay demasiado que rememorar.

—Mierda, ¿de verdad? ¿No estuvo bien? —Chester parecía decepcionado—. Suelo ser bueno en eso.

—Suéltame. Ahora.

El muchacho la liberó con un movimiento brusco, casi como si en ese momento se percatara de que la tenía agarrada.

—Si hubiera sabido que aceptarías el reto, no habría bebido tanto —añadió él.

Norah apretó los dientes al comprender que Chester también estaba al tanto del juego sucio de sus compañeras.

—Pues ya ves, otro día te lo piensas mejor.

Empezó a darse la vuelta, pero lo que él dijo a continuación la detuvo en el acto.

—Rhydian tenía razón, me pasé con el tema de las notas y me gustaría pedirte perdón. —A Norah se le abrieron los ojos como platos. Nunca hubiera esperado una disculpa—. No he sabido hacer bien las cosas contigo. En realidad, nunca había deseado hacerlas bien.

—Vale, Chester, acepto tus disculpas —refunfuñó Norah—, pero aquí termina todo. No quiero volver a hablar contigo.

—No corras tanto. Ahora que te he pedido perdón, creo que te puedo pedir una cita, ¿no? —dijo con una sonrisa inocente en los labios.

—Sigues sin entender nada, ¿verdad? —masculló Norah.

Pero antes de que Chester pudiera contestar, se oyeron algunos silbidos y un par de voces masculinas gritaron:

—¡Dile que sí, Norah!

Las mejillas de la muchacha enrojecieron y, cuando miró a su alrededor, vio que eran el centro de atención. Aunque lo peor fue advertir que Rhydian había regresado, que tenía la mirada fija en ellos y parecía querer estrangular a Chester.

—Eres un imbécil —espetó Norah—. ¿Lo tenías todo preparado?

—No les hagas caso, esta vez voy en serio —insistió él—. Puedo ser mejor, dame una oportunidad para demostrártelo.

En ese instante, Norah lo tuvo claro y sabía que nunca se iba a quitar a Chester de encima si no aprendía a jugar con sus mismas cartas. Apretó la mandíbula y tomó una decisión. Solo esperaba que eso no empeorara su relación con Rhydian.

—Te di la oportunidad, Chester, la noche de Halloween quise dártela, pero lo estropeaste. Ni siquiera te acuerdas de lo que pasó —dijo con rabia en la voz—. Si no la supiste aprovechar, es tu problema. Contigo todo ha sido muy decepcionante, supongo que puedes entender que ya no quiera nada más.

No se detuvo a escuchar su réplica y se marchó sin mirar a nadie. Subió corriendo la escalera con la intención de esconderse en alguna clase, sin embargo, al llegar al último peldaño frenó en seco al encontrarse cara a cara con el profesor Denson.

Iba vestido con su habitual estilo bohemio, con la americana y el chaleco de color granate, la camisa blanca y los pantalones oscuros. Aunque se habían visto algunas veces por los pasillos, no habían vuelto a coincidir a solas desde aquel encuentro nocturno.

—Señorita Halley, qué fortuna encontrarla aquí —dijo con un tono cargado de hastío. Antes de continuar, el profesor miró de lado a lado del pasillo para comprobar que seguían solos—. ¿Sabe? Hay algo urgente que usted y yo debemos hablar.

—Lo que me faltaba —farfulló Norah, cansada de ver que, a cada nuevo paso, se encontraba con una nueva complicación.

Se fijó en la expresión del señor Denson y percibió que estaba enfadado, en sus ojos azules vio destellar algo parecido a la rabia. Sin pensar en las consecuencias ni en la posibilidad de recibir un castigo, sorteó su cuerpo y echó a correr, ignorando por completo la réplica sorprendida del joven profesor.

45

Colección de espejos

Esa primera semana después de vacaciones no fue fácil para Norah y tuvo que adaptarse a una rutina en la que Rhydian no estaba presente. Cada mañana salía a correr temprano y se reunía con Milkyway en la escalinata de la biblioteca, le daba de comer, lo besaba y jugaba con él; eso no había cambiado, pero, sin la compañía de su amigo, ese momento le parecía mucho más vacío.

Echaba de menos encontrarse por sorpresa con Rhydian en algún sendero, retarse a una carrera, que siempre tenía perdida de antemano, sus charlas, sus bromas privadas y su risa relajada cuando algo le divertía. Echaba en falta discutir una y otra vez las mismas hipótesis sobre las pistas y dar rodeos sin llegar a ningún sitio nuevo, mirarse a los ojos y comprender que, pasara lo que pasara, estaban juntos en eso. Y también extrañaba los momentos en los que se buscaban y se tocaban de forma amistosa o inocente, y que ahora no tenía ninguna duda de que, por ambas partes, siempre habían ocultado algo mucho más profundo.

Seguía enfadada con él porque no había contestado ninguno de los mensajes que le había enviado y, las veces que había intentado hablar con él en clase, su amigo le había dicho que necesitaba distancia durante un tiempo. Le hubiera gustado agarrarlo de la americana y sacudirlo enérgicamente para que su cerebro volviera a funcionar con normalidad, pero no lo hizo porque tenía un motivo de peso para seguir con la farsa: si Rhydian se mantenía lejos de ella, no tenía que mentirle a la cara sobre lo ocurrido en Halloween ni sobre la investigación que había empezado con Jenna. Con una mentira que ni siquiera había propagado ella, había conseguido apartarlo por completo de su lado y de lo que estaba haciendo a sus espaldas.

Se sentía mala persona, sí, por supuesto. Esa semana Norah era la peor persona del mundo y cargaba con una culpa asfixiante por estar engañando a Rhydian, por besarlo cuando no debía y luego permitir que él pensara que se había enrollado con Chester. Desde la noche de Halloween, todo se había enredado tanto que tenía la sensación de que ahora sería muy difícil desembrollar el lío sin que nada se rompiera.

Sin embargo, a pesar de saber que se merecía el distanciamiento y el enojo de Rhydian, le dolía que él se hubiera creído esa mentira sin más.

Lo que también cambió esa semana fue que Norah volvió a retraerse: se mantenía alejada de sus compañeros y de los cotilleos, y apenas pasaba tiempo en la sala común de su residencia, aunque Carlien no siempre la dejaba escaquearse y la obligaba a estar un rato con su pandilla; Norah siempre cedía porque, en el fondo, ya las consideraba sus amigas.

Esa semana, Chester no le dejó ninguna nota y, las veces que se habían cruzado en clase, él le había dedicado miradas algo tristes y arrepentidas; Norah no sabía si el chico hacía teatro, pero no le importaba lo más mínimo. En cambio, Chelsea la felicitó muy efusivamente por cumplir tan bien con el reto y Sarabeth le dejó claro que solo ella podía repetir con Chester, nadie más. Ambas estaban más que satisfechas con la situación y Norah se resignó a aceptar que, como mínimo, el embrollo había servido para algo.

Aunque, aparentemente, su vida en el internado no parecía muy diferente a la de cualquier otra adolescente, intentando aprobar las asignaturas y sobrellevar las subidas y bajadas en sus relaciones, Norah no era una estudiante más.

Cuando miraba las paredes de los pasillos no podía evitar preguntarse si tras ese tramo habría alguna puerta secreta o si los grabados de piedra contaban algo relevante sobre los objetos perdidos de la leyenda del Grial. Siempre estaba atenta a los movimientos de la directora cuando se cruzaba con ella, y ahora también rehuía al señor Denson como si fuera el mismísimo diablo, porque fuese lo que fuese lo que el profesor tuviera pendiente de decirle, ella no quería saberlo.

—Llego tarde, lo sé —murmuró Norah cuando se detuvo al lado de Jenna.

Esa noche, después de la cena, las dos muchachas habían acordado recorrer juntas el tercer piso de la muralla principal; el corredor en el que semanas atrás Norah se había marchado despavorida. Normalmente, intentaban evitar que los demás las vieran juntas, y por eso recorrían por separado los pasillos del internado. Examinaban en solitario los grabados de las paredes y, cuando encontraban un detalle nuevo, tiraban una foto y la enviaban al chat que compartían. Sin embargo, esa noche, Norah le había pedido a Jenna que fueran juntas porque tenía miedo de regresar a ese pasillo.

—Tampoco hace mucho que yo he llegado. —Jenna removió con los dedos la punta de su trenza—. Aparte de la escultura de la entrada, no he encontrado nada más.

Norah asintió y permaneció unos instantes en silencio con la vista fija en su compañera. Ya llevaban una semana buscando información del portal entre los grabados y, entre ellas, todavía no habían hablado de Rhydian ni una sola vez. Norah deseaba saber cómo estaba, si seguía enfadado o si ya la había dado por perdida, pero no había encontrado el momento ni el valor para hacerlo porque temía la respuesta.

Apartó estos pensamientos y empezó a caminar despacio por el lado izquierdo del corredor, que a esas horas volvía a estar desierto. Al cabo de un rato, se detuvo delante de un relieve en el que se apreciaban los tres objetos perdidos envueltos por la luz que desprendía una copa majestuosa.

—Tengo otro —murmuro Norah, y tiró una foto y la envió por el móvil.

Siguieron hasta recorrer el pasillo entero, aunque esta vez ya no encontraron nada más.

—¿Qué te parece si lo dejamos aquí y hoy nos miramos juntas todo lo que hemos recopilado esta semana? —le preguntó Jenna.

—Vale, dentro de diez minutos en mi habitación, ¿sí?

La chica asintió y Norah se marchó sin decir nada más.

Jenna tuvo que dar esquinazo a Tawny y esperar a que nadie estuviera en el pasillo para abrir la puerta ajustada del cuarto de Norah y colarse dentro. No se saludaron ni se entretuvieron en ninguna charla trivial, una se sentó en la butaca y la otra en la silla del escritorio y empezaron a comentar todo lo que habían recopilado.

El corredor de las hadas, al ser su camino habitual para llegar a clase, era el lugar que más habían visitado y en el que más espejos habían encontrado. De momento tenían localizada la escultura de una hechicera con un espejo en la mano y con la cabeza rodeada de monstruos, también un grabado que representaba un bosque lleno de criaturas mágicas con un espejo ovalado y flotante en medio de la naturaleza, además de un relieve que a Norah le daba escalofríos porque el espejo era muy grande y tenía esculpidos en el cristal el rostro de varios seres con dientes afilados y sonrisas malvadas.

Había sacado una foto de la fuente donde ella y Rhydian se besaron por primera vez, otra en la que aparecía una columna con un espejo en horizontal que se utilizaba de altar para el Grial y, esa misma mañana, Jenna había hallado una nueva escena en la que un grupo de hadas parecían estar haciendo cola para mirarse en un espejo alargado que flotaba en medio del bosque y, una de ellas, estaba medio metida dentro del cristal. Esa noche, también podía añadir los dos espejos encontrados en el tercer piso de la muralla principal.

Ahora que sabían que era muy posible que el espejo de la leyenda fuera un portal, los grabados tomaban un nuevo significado. Hadas que hacían cola para... ¿irse a otro lugar? Monstruos reflejados en el espejo... ¿que querían colarse en otro mundo?

—Vale, empezamos a tener una buena colección de espejos y, en todos ellos, podemos interpretar que se usan como portal, pero solo en este, donde las hadas hacen cola, es en el que se ve claramente que alguien se está metiendo dentro del espejo —resumió Norah.

—Pero no hemos encontrado ninguna pista sobre cómo podría funcionar —se quejó Jenna.

—Hay muchos grabados y, de momento, solo tenemos ocho espejos, debemos seguir buscando.

—Qué remedio —suspiró Jenna.

La chica hizo ademán de levantarse, pero al final se quedó sentada en la silla con la mirada fija en Norah.

—¿Nunca me vas a preguntar por él?

Norah tardó unos segundos en responder.

—No sé si quiero oír la respuesta... —admitió en voz baja.

—¿Sabes? Está hecho una mierda —reveló Jenna—. Y me siento muy culpable porque está así por lo que fui contando sobre tu lío con Chester.

—Y porque yo no lo he desmentido. Ambas le estamos haciendo daño, así que, bienvenida al infierno, Jenna —dijo con sarcasmo.

—En ningún momento imaginé que todo esto le iba a hacer tanto daño a mi hermano. Quizá no debí meterle tanta salsa a la historia...

—Genial, que además has estado contando detalles de cómo fue, ¿no?

—¡Para hacerlo más creíble! La gente me preguntaba y yo pensé que esto ayudaría a nuestra causa.

—Ya, lo que tú pensaste es que eso ayudaría a vuestra causa... —masculló Norah, que, desde que estaban distanciados, siempre que veía a Rhydian por los pasillos, Tawny parecía un pulpo pegado a su costado.

—¿Qué quieres decir?

—Sé que Tawny me odia y que no quiere que esté con Rhydian, es posible que tú también. —Jenna quiso replicar, pero Norah la detuvo—. Os oí en el baño, el día del pegamento asqueroso, sé lo que pensáis de mí.

Jenna se quedó con la boca abierta, completamente paralizada. Tardó unos segundos en recuperar la voz.

—¿Lo oíste?

—Sí, estaba encerrada en el baño con las piernas sobre el retrete. Para otro día, ten en cuenta que con solo mirar por debajo de la puerta no es suficiente.

—Norah... yo... no sé qué decir —fue todo lo que le salió.

—Lo tengo asumido, da igual —intentó sonar despreocupada, pero en el fondo le dolía.

—Pero tú me sacaste de la biblioteca, no me dejaste sola en los pasadizos y me ayudaste cuando me puse histérica. —Jenna recordaba todos y cada uno de los momentos en los que Norah la había ayudado—. Y ahora estás aquí...

—¿Hubieras preferido que no lo hiciera? —dijo Norah con un tono burlón.

—No, claro que no... —susurró Jenna y desvió la mirada.

Jenna sabía que, en el fondo, Norah tenía razón, porque sí aprovechó la situación para exagerar el falso beso con el objetivo de interferir en su relación. Por un lado, tenía curiosidad por ver la reacción de su hermano, tanto él como Norah decían que no había nada entre ellos y Jenna sospechaba que estaban mintiendo y quería comprobarlo. Pero, por otro lado, hubo un motivo oculto, una razón más vil: en el fondo lo hizo para que Rhydian perdiera el interés que pudiera tener en Norah. Había hecho las paces con Tawny y, por compensar un poco lo dura que había sido con ella, pensó en aprovechar la mentira que ya había dicho para ayudar a su amiga a volver con su hermano.

Aunque, en parte, el experimento había funcionado, ahora tenía bastante claro cuáles eran los sentimientos de su hermano. Se había equivocado por completo con el resultado final. La maniobra para acercarlo a Tawny estaba destinada a fracasar porque él ya había cerrado del todo esa puerta. Jenna nunca había visto a Rhydian así por ninguna chica. Odiaba verlo sufrir, y todavía más que lo hiciera por una mentira que ella misma había exagerado.

—Sé que no puedo cambiar lo que dije, pero quiero que sepas que ya no pienso eso de ti —aseguró Jenna. Era sincera después de todo lo sucedido, la percepción que tenía de Norah ya no era la misma—. Siento de verdad que las cosas hayan ido así.

—Yo también lo siento, Jenna, no sabes cuánto.

46

Mentirosa en prácticas

Ese viernes por la noche, la biblioteca de Old Castle College estaba casi desierta. Solo unos pocos estudiantes de bachillerato seguían inmersos en apuntes, notas y trabajos.

Era tarde y la señorita Plumridge, la supervisora de la biblioteca, descartó volver a dar una vuelta entre las pocas mesas ocupadas y prefirió quedarse en su sitio de trabajo; al terminar la semana estaba harta de adolescentes revoltosos.

Si hubiera decidido levantarse y dar un paseo, quizá se hubiera encontrado con una muchacha comiéndose un sándwich de queso y jamón a escondidas, y también se hubiera preguntado qué hacía esa chica con un libro grueso de leyendas y los apuntes de Tecnología abiertos en la sala del archivo. Pero ella siguió catalogando los últimos libros que le habían llegado con la mente puesta en los planes del fin de semana.

Norah sabía que, los viernes a esa hora, la biblioteca apenas estaba concurrida y se había instalado en la sala del archivo con el portátil y unos apuntes para simular estar trabajando, pero realmente estaba buscando información sobre los tres objetos perdidos de la leyenda del Grial, aunque no había encontrado nada significativo sobre la naturaleza del espejo hechizado.

Jenna y ella llevaban recopilando espejos esculpidos toda esa segunda semana, y ya tenían una amplia colección de imágenes, pero seguían sin encontrar detalles que pudieran revelar cómo utilizar el portal.

Al final, cansada de no tener nada nuevo con lo que avanzar, decidió olvidarse de los espejos por un rato y entretenerse en intentar averiguar el mecanismo de apertura de la puerta secreta de la sala del archivo. La noche que descubrió los pasadizos secretos, pudo distinguir más o menos detrás de qué estantería estaba ubicada, pero, ahora que tenía todos los estantes ante ella, no sabía por cuál empezar.

—Un libro tras otro —murmuró para sí misma—, paso a paso, como diría Rhydian.

Se le encogió el corazón al pensar en su amigo. Tenía la sensación de que las cosas estaban empezando a cambiar entre ellos porque llevaban toda la semana echándose miradas elocuentes por los pasillos, como si ambos se buscaran pero ninguno de los dos se atreviera a dar el paso para acercarse al otro.

Apartó con rapidez esos pensamientos y se centró en sacar los libros, mirar lo que había detrás, en los lados y en la balda, pero enseguida se dio cuenta de que la tarea era monumental, porque justo tras la primera hilera de libros, había otra con nuevos volúmenes.

Tan solo llevaba media balda, cuando notó una sensación de frío en el cuerpo. Sintió un escalofrío y se giró hacia atrás de forma brusca e inspeccionó con la mirada toda la sala. Seguía sola, acompañada de cientos de libros y un par de mesas de trabajo. Recordó la extraña ráfaga de aire que percibieron ese día Rhydian y ella, y volvió a darse la vuelta para quedar de cara a la estantería. Moviendo piernas, brazos y manos, empezó a tantear el aire que había delante de la que ella suponía que era la estantería de la puerta secreta, con la esperanza de dar con alguna corriente que la ayudara a ubicar mejor la entrada.

—Lo último que esperaba era encontrarla haciendo gimnasia en la biblioteca, señorita Halley —dijo una voz masculina tras su espalda.

Norah se quedó unos instantes paralizada, con un brazo estirado al lado de la cara y una pierna medio levantada. Reconoció la voz en el acto y ya estaba más tiesa que un palo cuando se dio la vuelta para ponerse frente a Dexter Denson.

—Aunque intuyo que debe ser otra de sus peculiares estrategias para gestionar el estrés, ¿cierto? —añadió el profesor cuando la tuvo de cara.

A pesar de que el tono del señor Denson parecía cordial, Norah advirtió que su expresión era severa. No le pasó desapercibido que este examinaba con detenimiento toda la sala antes de volver a fijar su mirada zafiro en ella.

—Yo ya me iba, señor —murmuró Norah, que la única estrategia que contemplaba en ese momento era la de irse pitando.

—Conozco su rapidez, señorita Halley, y me temo que hoy debo pedirle que no haga uso de ese… superpoder. —El señor Denson torció una sonrisa irónica—. Siéntese, por favor.

Norah vaciló, porque su instinto le decía que se marchara sin mirar atrás, pero el profesor retiró una de las sillas más cercanas y la instó a sentarse. Luego, él hizo lo mismo con la que tenía delante.

—¿Sabía que me iba a encontrar aquí? —se atrevió a preguntarle Norah, porque empezaba a sospechar que el profesor tenía preparado ese encuentro.

—La seré franco: le sorprendería la cantidad de cosas que sé y cualquier persona sensata podría llegar a pensar que son demasiadas para tener una buena salud mental. —Dexter Denson toqueteó con los dedos la superficie pulida de la mesa sin dejar de mirar a Norah—. Pero sigo cuerdo. ¿Y usted, señorita Halley?

Norah tragó saliva, pero no contestó. No terminaba de entender lo que estaba sucediendo ni a qué venía esa conversación.

—¿Sigue cuerda? —insistió el profesor, y Norah parpadeó un par de veces, todavía desconcertada—. La había imaginado un poco más perspicaz, pero, si los necesita, le daré más detalles: ¿sigue cuerda desde la fiesta de Halloween?

Esta vez, la pregunta la dejó en shock. Intentó mantener una expresión neutra, aunque no estaba segura de poder conseguirlo. Dexter Denson le estaba insinuando que sabía lo que había ocurrido la noche de la fiesta. ¿Qué sabía? ¿Lo de los pasadizos? ¿O también lo del portal? Ella intentó recordar en qué momento alguien pudo verlas. Pero solo oyeron la voz de un hombre desconocido en los túneles, que ni siquiera vieron, y Jenna y ella estaban yendo con mucho cuidado y únicamente hablaban cuando estaban a solas.

—Fue una fiesta bastante aburrida, no imagino qué podría haber alterado mi cordura —contestó ella, al fin. Si bien estaba orgullosa de que su voz había sonado natural, sentía que el corazón le latía demasiado rápido.

—Si no fuera porque tiene el pulso descontrolado, la mentira hubiera sido mucho más efectiva —dijo el profesor sin cambiar el tono casual—. Entre usted y yo, creo que con la práctica podría llegar a ser una mentirosa profesional, pero le falta experiencia.

Norah apretó los puños y la rabia le estalló en el pecho al ver la sonrisa burlona del profesor.

—¿Por qué ha venido? —masculló ella, al ver que no tenía escapatoria.

—Bien, ahora empezamos a entendernos —le contestó dejando las formalidades para tutearla—. Lo que sea que estés haciendo se termina hoy. Si estás con alguien más, le dices que te bajas del bote. Sigues con tu vida y te prometo que no te pasará nada.

—¿Es una amenaza? —se atrevió a replicar—. Porque si lo es, yo también sé cosas de usted que...

—¿Cosas de mí? —la cortó el profesor y luego soltó una

carcajada—. Mira, Norah, no pretendas jugar en una liga que no es la tuya. Olvídate de Halloween para siempre, o el hecho de que tu madre lleve casi un año muerta, que haya una nueva mujer en la vida de tu padre o que estés peleada con tu novio van a ser el menor de tus problemas.

Dexter Denson la examinó con una mirada dura y penetrante. Norah apretaba los dientes, los puños y las piernas, en un desesperado intento de aguantar las ganas de llorar. Que el profesor supiera tanto de su vida la había dejado descolocada, pero todavía había sido peor advertir que sus palabras habían dado de lleno en el centro de la diana de su dolor. El profesor se levantó con rapidez de la silla y, antes de salir por la puerta, añadió:

—Por cierto, sabes muy bien que el amuleto de lapislázuli con el ojo de Horus no te pertenece. Si me lo entregas, no habrá repercusiones, pero, si te lo quedas, ya no te lo puedo asegurar. —Norah sintió que la sangre le abandonaba el rostro—. Sé lista, Norah, porque, de lo contrario, vas a salir herida.

Cuando el moño rubio y la americana beis de Dexter Denson desaparecieron tras la puerta, Norah se derrumbó. Echó a llorar y se tapó el rostro con las manos: faltaban muy pocos días para el primer aniversario de la muerte de su madre.

Llevaba todo el mes bloqueando este pensamiento y, a pesar de todos los problemas en los que estaba metida, tener tantos enredos le había ido bien para no pensar en nada más. Pero ahora el profesor le había lanzado el dardo sin que ella estuviera preparada, ni siquiera lo había visto venir.

Y los recuerdos de ese día la asaltaron.

El escalofriante pitido plano de la máquina cuando la presión de la mano de su madre, agarrando la suya, se aflojó. El pánico, al darse cuenta de que era de verdad, que se había ido de su lado y ya no volvería a abrir los ojos ni a mirarla ni una sola vez más con ese cariño que tanto la reconfortaba. El sollozo desgarrado de su padre. Su llanto, infinito, que todavía guardaba enterrado, y desbordado, en algún lugar de su interior.

En ese momento, odió al profesor Denson porque estaba segura de que él sabía perfectamente qué teclas estaba tocando cuando lanzó todas esas palabras fuera de su boca. Intentó recomponerse y apartó como pudo el dolor.

Necesitaba pensar.

Lo que había pasado con el profesor era importante.

¿Cómo sabía lo del portal y lo del amuleto? ¿Cómo podía saber tantas cosas de ella? Ni siquiera Rhydian conocía el motivo por el que ella y su padre se habían trasladado a Inglaterra. La única persona que lo sabía era la señora Foster, y esa mujer y el señor Denson eran… amigos. ¿Se lo habría contado la directora? Lo que no entendía era cómo estaba al corriente también de la aventura amorosa de su padre y de lo ocurrido con Rhydian. ¿El profesor la estaba espiando? ¿Cómo la había encontrado en la biblioteca?

Lo que tenía muy claro era que el tipo le había pedido que dejara de investigar el portal y le entregara el amuleto a él. Norah intuía que el señor Denson no sabía del todo en qué estaba metida ella ni tampoco que Jenna estaba implicada, pero el hombre conocía el secreto del portal y la había amenazado con salir dañada si intentaba hacer algo. Pensó que todo se parecía demasiado a las amenazas que la directora le había hecho a Rhydian el curso pasado. Aunque no entendía por qué la señora Foster no la había mandado llamar a su despacho. ¿Por deferencia a su padre? ¿Por qué ahora tenía un matón llamado Dexter Denson?

Norah escuchó un ruido de voces susurrantes que se acercaba hacia la sala del archivo, intentó limpiarse la humedad de las mejillas y bajó la cabeza para ocultar el rostro. Sin embargo, no pudo evitar levantar la cabeza cuando escuchó que esa voz, que tanto añoraba, pronunciaba su nombre:

—Norah…

Rhydian se detuvo en la entrada y la chica que lo acompañaba chocó con su espalda.

—¿Qué haces? —rio Tawny, y le dio un empujón para que

avanzara—. Coge el libro ya o la señorita Plumridge verá que no estamos haciendo un trabajo y que tú tendrías que estar encerrado en tu habitación.

Cuando la pelirroja miró hacia delante y se percató de la presencia de Norah, por unos instantes, su expresión se llenó de inseguridad, pero luego rodeó el brazo del muchacho y dijo en voz alta:

—Vayámonos, Rhy, ya vendremos otro día.

47

Nosotros

Rhydian se quedó petrificado. Después de casi dos semanas sin apenas ver a Norah, encontrársela de frente en una habitación vacía lo pilló desprevenido. Su pulso se aceleró y sintió ese tirón de deseo que, últimamente, solo le importunaba por las noches. Sin embargo, ahora que la tenía delante, a tan solo un par de zancadas de distancia, la necesidad de acercarse a ella, tocarla, abrazarla y besarla hasta que ambos se olvidaran de las dos últimas semanas le apremiaba.

Seguía muy dolido con ella. No solo se había enrollado con su antítesis, después de que él creyera que eran algo así como novios, sino que no había intentado darle explicaciones ni pedirle perdón. Y el hecho de que fuera un estúpido reto tampoco atenuaba lo que él consideraba una traición.

Era cierto que los primeros días él la había rehuido, no podía tenerla delante porque solo podía imaginársela una y otra vez besándose y tocándose con Davies. Era una pesadilla continua. Su hermana había sido demasiado descriptiva y ahora su mente estaba repleta de imágenes repugnantes de los labios de Norah entre los de Davies, de las manos de este toqueteando con demasiada confianza a su amiga; incluso su cerebro era capaz de reproducir ese gemido de placer que Jenna había descrito como un jadeo impetuoso.

Sin embargo, a pesar de todo lo sucedido y de no entender por qué Norah seguía sin querer hablarle, él no había dejado de quererla. Seguía enamorado de ella y la echaba muchísimo de menos porque también era su mejor amiga.

Cuando la rabia fue disminuyendo, pudo darse cuenta de que no quería perderla ni siquiera por algo que lo había dejado hecho una mierda. Había pensado mucho en lo ocurrido y recordó que nunca pusieron una etiqueta a su relación íntima, quizá porque Norah no estaba preparada para algo serio, y no por eso tenían que distanciarse. Eran amigos por encima de todo. Cuando él le dijo que cualquier forma que tuviera su relación estaría bien, iba en serio, pero el dolor y los celos lo habían cegado.

Y ahora no sabía cómo acercarse de nuevo a Norah, tampoco cómo lidiar con todo lo que sentía, porque no podía obviar que seguía dolido y enfadado con ella.

—Venga, tenemos que irnos —insistió Tawny, y tiró un poco más de su brazo.

Ahí fue cuando el muchacho advirtió que la pelirroja estaba pegada a su costado, abrazada a una de sus extremidades, arrastrándolo para salir de la habitación.

—Tawny, suéltame, por favor —masculló Rhydian mientras intentaba zafarse del apretón de su amiga.

—No hace falta que os marchéis —dijo Norah. Su voz todavía estaba un poco ronca y desgastada por el llanto, y también por la impresión de ver a su amigo tan cercano a la pelirroja—. Ya me iba.

—¡No! —exclamó Rhydian, y, con un último intento, se liberó del aprisionamiento—. Norah... no te vayas, por favor. Tenemos que hablar.

—Pero si dijiste que no querías saber nada más de ella, Rhydian —se metió Tawny.

Rhydian arqueó una ceja y miró a la pelirroja con incredulidad. Esas palabras nunca habían salido de su boca.

—Si te quedas, yo me voy. Y tú verás, la señorita Plumridge sabrá que te estás saltando el castigo —dijo Tawny, tratando de buscar un argumento más convincente.

—Pues intenta que no te vea marchar —le espetó Rhydian con un deje de mal humor, y luego añadió intentando sonar más amable—: Por favor, Tawny, te ayudé cuando Jenna estaba enfadada, ¿no puedes hacer tú ahora lo mismo por mí?

La pelirroja le lanzó una última mirada furibunda a Norah y se dio la vuelta con un giro teatral. Se marchó enfadada, con los tacones de sus zapatos marcando un ritmo acelerado. Rhydian no se movió hasta que dejó de oír los pasos. Después, terminó de cruzar la habitación y se detuvo al lado de la silla de Norah. Sin embargo, cuando quiso abrir la boca para empezar a hablar, se fijó en que el rostro de su amiga presentaba signos claros de haber derramado lágrimas: la mirada triste, los ojos un poco hinchados y los labios y la nariz enrojecidos. No se lo pensó, redujo la distancia que los separaba y acunó su rostro con las manos.

—Eh, ¿qué ha pasado? ¿Estás bien?

Ella negó con la cabeza y eso fue suficiente para que Rhydian bajara las manos hasta sus brazos y la obligara a levantarse. Entonces ambos dejaron caer las barreras y se fusionaron en un abrazo reparador. Norah lo estrechó muy fuerte, enterró la frente en su pecho y se mordió los carrillos para evitar derramar más lágrimas. Rhydian la acogió con ganas y le dio encantado el refugio que ella necesitaba, la besó en la cabeza y dejó escapar un suspiro de alivio. Tenerla de nuevo entre sus brazos era el sosiego que, durante las últimas dos semanas, no había podido encontrar en nada.

—Lo siento, Rhy, lo siento tanto —murmuró Norah con los labios pegados al suéter del muchacho; esa noche, él ya se había cambiado el uniforme por ropa cotidiana—. ¿Estás otra vez con Tawny?

Rhydian se apartó un poco para mirarla a los ojos porque no entendía a qué se debía esa pregunta.

—Claro que no, pero qué importa eso ahora…

Norah tuvo suficiente con escuchar el «claro que no», el resto de la frase no tenía ninguna importancia. Se puso de puntillas al mismo tiempo que rodeaba el cuello de su amigo, y solo tuvo que hacer una leve presión para que Rhydian bajara un poco la cabeza y ella pudiera capturar sus labios con hambre y pasión. Él se vio sorprendido, pero solo por unos instantes, porque no tardó en abrir la boca para dejar entrar a Norah y permitir que sus lenguas se enredaran en un baile furioso y desesperado.

Rhydian tomó a Norah por las nalgas, dejó su trasero encima de la mesa y se metió entre sus piernas para que sus cuerpos todavía pudieran estar más cerca. No quería parar, no tenía ni idea de lo que estaba ocurriendo, pero sabía que tan solo unos besos no eran suficientes para calmar la sed de ella. Puso una mano en los lumbares de Norah para arquear un poco su espalda y apretarla más contra él mientras el beso se descontrolaba.

Norah había dejado de pensar. En ese momento no importaban las mentiras ni los secretos, ni tampoco la investigación. Solo quería perderse en Rhydian y, esta vez, tenía muy claro que no lo utilizaba para olvidarse de nada. Al contrario, a pesar de todo lo que le ocultaba, lo que quería era sentirlo todo con él, tanto lo bueno como lo malo, y también demostrarle sin palabras cuáles eran sus verdaderos sentimientos. Estaba enamorada y lo que sentía por él era tan maravilloso como arrollador. Jadeó al darse cuenta de lo que realmente estaba sintiendo. Durante unos breves instantes, el pánico se apoderó de ella, pero esta vez el miedo ya no tuvo cabida porque tenía la certeza de que quería estar con él.

En esta ocasión fue Norah quien empezó a reducir la intensidad de los besos. Estaban medio tumbados en la mesa de la biblioteca, con el cuerpo de Rhydian deliciosamente duro contra el suyo, una de sus manos seguía tras su espalda, aguantando el peso de ambos, la otra se aventuraba por el bajo de su falda. El beso fue perdiendo fuerza y se tornó más dulce, también más lento y lleno de ternura. Cuando se separaron, se miraron a los ojos y se vieron con un brillo nuevo, todavía les quedaban muchas cosas por decirse, pero ambos sabían que algo profundo había sucedido entre ellos.

—¿Esto ha sido una reconciliación? —murmuró Rhydian sobre sus labios.

—Creo que sí…

—Vale, bien. —Él sonrió y luego, algo vacilante, preguntó—: ¿Y en qué punto crees que estamos ahora?

—Creo que estamos en el mismo sitio, Rhy, ya no tengo ninguna duda.

La sonrisa de Rhydian se amplió del todo y volvió a besarla con ganas.

—Espera, espera —rio ella—. Antes tengo que decirte algo importante.

—Ahora mismo no hay nada más importante que esto —sonrió Rhydian sin dejar de besarla.

En eso, Norah le daba la razón.

Aunque solo a medias.

Acababa de descubrir que Dexter Denson conocía el secreto del portal y este sabía que ella lo había cruzado y se había llevado un amuleto; aunque, técnicamente, lo del robo había sido cosa de Jenna. También conocía su vida privada y, apenas unos minutos antes, ella estaba deshecha porque el hombre había metido el dedo en una de sus heridas más profundas. Con el añadido de que todo esto no podía hablarlo con Rhydian.

Dada la situación, quizá sí lo único importante eran los besos, porque con ellos todos los problemas desaparecían.

Se dejó llevar otra vez, hasta que recordó por qué quería poner el freno. A pesar de que tenía muchas cosas que ocultarle, quería empezar a ser sincera con él. Estar separados no había funcionado, ambos habían sufrido demasiado, y ahora que, al fin había admitido que estaba enamorada, solo deseaba hacer las cosas bien.

—De verdad, espera. —Lo intentó otra vez y lo detuvo con un beso rápido y casto—. Necesitas oír lo que tengo que decirte.

Rhydian vio que esta vez iba en serio y se incorporaron. Norah se quedó sentada en la mesa y Rhydian de pie, a su lado.

—Mira, no tienes que darme explicaciones sobre lo que pasó. —Rhydian había estado pensado en ello y tenía claro que ambos debían dejar de lado el pasado—. Pero, si ahora estamos juntos, solo vamos a ser nosotros, ¿vale?

—Eres un bobo, Rhy. —Norah negó con la cabeza mientras sonreía—. ¿Cómo te pudiste creer que besé a Chester?

—¿Qué? —soltó él, confuso.

—No acepté el reto, nunca fui a buscar a Chester ni lo besé. —La expresión de Rhydian iba cambiando y pasó del desconcierto a la esperanza en pocos segundos—. ¿Cómo se te ocurre creerte esos chismes? Pensé que me conocías mejor.

—Pero… Jenna… Ella… —Rhydian quería creerla, pero seguía viendo las imágenes que su hermana le había metido en la cabeza—. Ella lo vio y me dio muchos detalles.

—Lo sé, cuando me lo contó, quise estrangularla. —Norah suspiró.

—¿Te relacionas con mi hermana?

Norah se mordió el labio. Mientras Rhydian estuviera castigado y no pudiera explicarle toda la verdad, tendría que ir con más cuidado.

—Algo así… Mira, ella tuvo un problema con su reto y yo la ayudé. Luego, ella me devolvió el favor mintiendo ante toda la residencia sobre mi reto y evitó que algunas compañeras me obligaran a dormir en pasillo.

—¿Eso querían hacer? —Norah asintió con la cabeza—. ¿Y por qué Jenna no me lo dijo? ¿Por qué tú no me lo has dicho hasta ahora? Lo he pasado muy mal, Norah.

Rhydian se sentía confuso y también enfadado, no entendía el motivo del silencio. Además, si él no hubiera ido a buscarla, ahora seguirían igual.

—Con las descripciones, Jenna pensaba más en Tawny que en ti o en mí —dijo Norah con un tono sarcástico y, cuando vio que la mirada de Rhydian se oscurecía, añadió—: No solo es culpa de tu hermana, todos lo hemos hecho mal. Yo, la primera, porque pensé que no te lo tragarías y que me darías el beneficio de la duda. Pero luego no podías ni mirarme a la cara y ya no supe qué hacer.

Aunque decía la verdad, Norah se sentía un poco culpable porque se callaba que había terminado aceptando la situación para no tener que mentirle sobre lo del portal.

—Joder, Norah, han sido dos semanas de mierda —masculló Rhydian, y le plantó un beso furioso en los labios.

—Lo sé, a mí me ha dolido tanto como a ti, Rhy —admitió ella en un susurro—. Pero no importa lo que haya ocurrido, porque hemos terminado aquí, tú y yo, juntos de verdad, en el mismo sitio.

Rhydian sintió que el corazón le latía más deprisa. Era la primera vez que Norah se abría a él sin ninguna resistencia. La amaba y, después de eso, todavía la quería más. La besó despacio, tomándose su tiempo para mostrarle todo lo que ella le hacía sentir.

—«Tú y yo, juntos de verdad, en el mismo sitio» —repitió él rozando sus labios—. Me gusta lo que dices, Pequeña Ninja. Aunque ahora solo deseo ampliar los sitios y hacer esto en muchos más.

48

Piezas del puzle

—Te lo he dicho, papá, no se puede hacer nada —dijo Norah con aspereza a través del móvil—. Estamos todas castigadas.

Era la primera conversación larga que tenía con su padre desde la vuelta de vacaciones. Él seguía enviándole mensajes y la llamaba varias veces cada semana. Ella ignoraba la mayor parte de sus intentos y solo contestaba un mensaje a la semana para que él supiera que seguía con vida.

Sin embargo, ese jueves, él la estuvo llamando durante todo el día y, al final, Norah cogió el teléfono para que dejara de insistir y para explicarle bien la situación: aunque ese fin de semana le tocaba ir a Londres, no podía porque estaba castigada, igual que el resto de sus compañeras. Ninguna de las jóvenes del Bridge of Sighs se había ido de la lengua y la directora había cumplido la promesa del castigo colectivo. Por más que no le gustara estar castigada de forma injusta, no le parecía peor plan que tener que pasar dos días enteros con su padre, y menos con la fecha de la muerte de su madre tan cercana.

—Tampoco puedo, me he comprometido para terminar unos trabajos en grupo —mintió Norah cuando su padre le dijo que iría a buscarla el siguiente fin de semana.

—Pero los siguientes fines de semana tengo trabajo —replicó su padre.

—Lo sé, tienes diciembre muy liado. Pues nos vemos por Navidad y ya está.

—Ya está, no, Norah. —La voz de su padre sonaba triste y cansada—. Te he decepcionado y estás enfadada, lo acepto y me culpo cada día, hija, pero yo sigo queriendo verte y estar contigo.

Norah parpadeó un momento para alejar la humedad que de repente tenía en los ojos. Era la primera vez que su padre le sacaba el tema de manera tan directa.

—Pues no podrá ser hasta Navidad. Tú tienes un montón de trabajo y yo también, por eso no coincidimos los próximos fines de semana —dijo Norah con la voz fría—. Buenas noches, papá.

Y colgó. Luego contó hasta diez e intentó enterrar todo lo que se había removido en su interior. Esta vez lo consiguió rápido, tenía muchas otras cosas con las que distraerse.

Siguió caminando y dejó atrás el corredor de Camelot, el pasillo de la tercera planta del ala este, donde los relieves y las esculturas hablaban de las leyendas artúricas: el castillo del rey Arturo, los caballeros de la mesa redonda, la espada Excálibur, Merlín, Morgana y la Dama del Lago. Sin embargo, ya llevaba un par de visitas y no había encontrado ni un solo espejo en todo el pasillo. Si había alguno, debía estar muy escondido.

Le envió un mensaje a Jenna para decirle que le daba la impresión de que, en esa zona, no iban a encontrar nada relevante, y su compañera le contestó con otro en el que le proponía verse después del toque de queda porque tenía algo importante que contarle. Norah sintió un cosquilleo de nervios en la barriga. La advertencia que le hizo Dexter Denson en la biblioteca solo había servido para que ella y Jenna decidieran ir con más cuidado todavía, pero no iban a desistir de su objetivo de saber qué ocurría con el portal, ni tampoco de su empeño por encontrar alguna pista que le pudiera servir a la policía para relacionar el internado con la desaparición de Aaron.

Al llegar a su residencia, se fue directamente al dormitorio. Se quitó los zapatos y la americana, subió a la litera y se tumbó en la cama. Entonces buscó un nombre entre sus contactos y le dio al botón de la llamada con una sonrisa bobalicona.

—Se me está haciendo un poco largo. —Ese fue el saludo de Rhydian.

—¿El qué?

—El paso del tiempo, ¿no podríamos saltarnos la noche y la mañana, y llegar ya al mediodía del viernes?

Norah sintió calor al recordar los últimos mediodías. Gracias a sus largas horas de castigo, Rhydian había descubierto que durante esa parte del día no había nadie en su residencia, ni siquiera el señor Wilshere ni el personal de la limpieza. Todo había empezado con una inocente propuesta para comer juntos en su habitación, sin que nadie los viera, y había terminado con una intensa sesión de besos y caricias, algo ligeros de ropa encima de su cama. Y, desde entonces, habían repetido cada mediodía. Lo único que cambiaba era que cada vez se comían el almuerzo más rápido, cada vez terminaban con menos ropa y también cada vez eran más atrevidos con sus exploraciones. La habitación 014 del King's Arms se había convertido en su refugio privado, y a su vez en el escenario que la mente de Norah rememoraba cuando se recreaba en los recuerdos y pensaba en nuevas fantasías.

—Estar tanto tiempo castigado en tu habitación te está friendo el cerebro —rio Norah.

—No, lo que me tiene frito el cerebro son nuestros mediodías —dijo con un tono sugerente—. Y puedo asegurar que hoy algo se ha fundido también en el tuyo.

—¿Tan seguro estás de eso?

—Tengo que recordarte lo que...

—No hace falta, me acuerdo de cada detalle, Rhy —rio Norah al ver que su amigo no tendría ningún reparo en describir con pelos y señales lo ocurrido hacía unas horas en su dormitorio—. Venga, ve al grano, me has enviado un mensaje para que te llamara cuando estuviera libre. ¿Qué ocurre?

—Le estás quitando la diversión a la llamada y estoy muy necesitado de diversión —se quejó él, pero luego se puso serio y le habló de lo que había estado investigando esa tarde.

El muchacho había estado buscando información sobre la empresa de vigilancia del internado y averiguó que habían cambiado de proveedor hacía tres años y habían contratado este servicio a uno de los padres del Consejo Escolar. Además, en esas mismas fechas, no dejaba de ser curioso que también hubieran renovado el contrato de los servicios de limpieza.

El dato hizo que Norah abriera mucho los ojos porque, de repente, encajó una pieza de ese puzle tan complicado que tenía dentro de la cabeza: eran los mismos años que llevaba cerrado el museo de Old Castle College.

¿Cerraron el museo porque encontraron el espejo hechizado? Pero ¿por qué el museo había estado en funcionamiento tanto tiempo si allí ya estaba el portal? ¿O este apareció después? Norah tenía cientos de nuevas preguntas derivadas de la pieza del puzle que acababa de ajustar. ¿Era casualidad que coincidiera en el tiempo el cierre del museo y el nuevo contrato de vigilancia y de limpieza? Estaba segura de que no, todo tenía que estar relacionado.

—Eh, Norah, ¿sigues al teléfono? —dijo Rhydian, al no escuchar nada al otro lado.

—Sigo aquí, estaba pensado —se apresuró a contestar.

—No sé, ya lo dijimos, la directora tiene que saber lo de los todoterrenos y las descargas. Y he visto que, tanto la empresa de seguridad como la de servicios de limpieza, van a nombre de un señor llamado Jacob Lennox. Y... ¡qué casualidad! Es uno de los miembros más destacados del Consejo Escolar del Old Castle College.

—Crees que ese hombre también lo sabe.

—Sí, y también pienso que puede estar implicado en lo que sea que esconde el internado en los pasadizos secretos, que los guardias hacen la vista gorda de lo que sucede y, quizá, dejan restos de algo que necesitan ser limpiados... —dijo Rhydian, y luego añadió con voz baja y ronca—: ¿Y si a Aaron se lo llevaron los mismos guardias que nos vigilan a nosotros?

Norah no pudo responder porque su cerebro seguía uniendo piezas. Tenía mucho sentido lo que decía Rhydian, pero había algo que seguía sin encajar: el cambio de la ubicación del móvil de Aaron.

En cambio, si sumaba esa información a todo lo que ella sabía, las piezas encajaban mucho mejor. Cada vez veía más claro que el portal tenía que ser una puerta a muchos lugares: a Egipto, a El Congo o a cualquier otro. Pero ¿cómo se utilizaba? Se acordó de las coordenadas que había en el pequeño sobre y tuvo la certeza de que era la única hipótesis que daba sentido a todo lo demás: las descargas nocturnas y el posible tráfico de esas cajas, los pasadizos secretos y los ruidos de castillo, la desaparición de Aaron y el cambio de la ubicación de su móvil.

Por unos momentos, le entró el pánico. Se ahogaba, no podía respirar. Cerró los ojos para buscar el aire e intentar calmarse. Aunque hacía tiempo que lo intuía, llegar de verdad a la conclusión de que podía ser algo muy grave lo que sucedía en las sombras del internado la había sobrepasado. ¿Habían participado en ello los vigilantes nocturnos? ¿Los encargados de la limpieza? Eso solo hacía que empeorar lo que ya era aterrador. En ese momento, Norah comprendió más que nunca la gravedad de la situación, y se dio cuenta de que habían intentado mantener la esperanza de que Aaron estuviera vivo, pero ahora ya no lo tenía tan claro.

—Eh, Norah, ¿qué estás pensando? —tanteó Rhydian.

—No lo sé, ahora mismo estoy asustada... —contestó con la voz baja y algo ronca. Era una verdad a medias porque, de momento, no podía contarle todo el lío que tenía en la cabeza.

—Joder, no quería asustarte —murmuró él.

—No pasa nada, Rhy. A veces, esto me supera.

—A mí también...

Se quedaron en silencio durante unos largos segundos, escuchando sus respiraciones, sintiéndose uno al lado del otro, aunque no lo estuvieran.

—Norah, sin ti, todo esto sería muy difícil. Siento que es gracias a ti que puedo hacerlo sin derrumbarme.

Norah se quedó paralizada, con el pulso acelerado. Si bien había admitido que sus sentimientos eran demasiado fuertes como para poder contenerlos, también era muy consciente de que seguía mintiendo a Rhydian. Intentaba que la culpa no la atormentara muy a menudo, pero, en momentos como esos, era cuando volvía a sentir que no merecía la confianza ciega que él le otorgaba.

—Si no te derrumbas es porque has dado muchos pasos hacia delante. Tú mismo lo dijiste: eres otro y eres mucho más fuerte que antes —le recordó Norah, y lo creía de verdad.

—Puede que tengas razón...

Rhydian dejó escapar el aire, siempre le dolía al pensar en Aaron e imaginar lo que quizá tuvo que vivir, pero había aprendido que no podía dejar que ese dolor le ganara siempre la batalla. Y, con Norah, le era mucho más fácil salir de esa oscuridad. Cuando pensaba en ella, todo era más claro y bonito, más sencillo, más divertido. Así que intentó apartar esos pensamientos tan duros y buscó reconducir la conversación hacia algo más ligero.

—¿Sabes? Hoy mi hermana me ha vuelto a preguntar si hay algo entre nosotros.

—Creo que te ha visto cuando me has rozado el trasero en la escalera. Que, por cierto, quería reprenderte por eso, que lo sepas —refunfuñó Norah, aunque su tono era demasiado blando como para que el muchacho se lo tomara en serio.

—Mi mano estaba en la parte baja de tu espalda y no en tus bonitas y perfectas nalgas —rio Rhydian, que bien sabía que había estado jugando en el límite.

—Pues yo no lo he sentido para nada así.

Ninguno de sus compañeros sabía que estaban juntos, aunque era evidente para todos que volvían a ser amigos. Se trataban de nuevo como antes, y habían acordado esconder que eran pareja.

Norah le explicó a Rhydian todo lo sucedido con las notas de Chester, con el reto de Sarabeth, incluso las conversaciones coercitivas de Chelsea. También hablaron de Tawny y de Chelsea, de que él ya se había disculpado con las dos y estas tenían claro que él no quería nada con ellas.

Después de todo lo ocurrido, Norah le pidió a Rhydian que se dieran un tiempo para ellos dos solos, sin que nadie supiera nada ni se entrometiera. Lo que no le contó fue que también quería ese tiempo extra porque seguía temiendo su reacción cuando supiera la verdad.

Aunque a Rhydian no le terminó de gustar la idea, al final aceptó con la condición de que solo sería por un corto periodo de tiempo.

—Cada vez me es más difícil, Norah. Tocarte o querer besarte me sale de manera natural —admitió él.

—Lo sé, a mí también, pero solo un poco más. Hasta Navidad, Rhy —dijo Norah—. Me gusta lo que ahora tenemos.

—¿Te gusta esconderte? —preguntó él con un tono provocativo.

—Puede —rio Norah.

—Vale, pues… ¿Qué te parece si ya mismo jugamos un poco más?

Cuando dieron por terminada la llamada, Norah tenía las mejillas ardiendo y unas ganas locas de saltarse todas las normas y plantarse delante de la habitación de Rhydian. Sin embargo, se acordó de todo lo que habían hablado por teléfono y su cuerpo se enfrió en el acto. Cogió el móvil y se apresuró a enviar un mensaje a Jenna.

¿Podemos quedar ahora?

Es urgente.

Jenna tardó solo unos minutos en contestar:

Lo intento en quince.

49

El último recuerdo de Aaron

Jenna no pudo colarse dentro del dormitorio hasta pasada media hora, no siempre era fácil dar esquinazo a Tawny y que nadie estuviera deambulando por el corredor de los dormitorios.

—Por fin —dijo Norah, y bajó de la litera para sentarse a su lado—. Tu hermano ha descubierto algo importante y en lo que no habíamos reparado antes.

—¿Rhydian sigue investigando?

—Claro, no pretenderás que se lo prohíba. —Jenna quiso replicar, pero Norah no la dejó—. Se pasa el tiempo libre castigado, encerrado en su habitación, solo busca información por internet y, cuando puede, intenta dar con alguna entrada, no va a meterse en ningún lío.

—A menos que encuentre una puerta secreta.

—Ya, bueno… Si encuentra una, pues tendremos que decírselo antes de lo previsto —dijo Norah, que casi esperaba que sucediera para terminar de una vez por todas con las mentiras.

—¿Y qué hacéis al mediodía? Rhydian ya ni siquiera viene a comer y me he fijado que tú también desapareces.

Las mejillas de Norah se calentaron de inmediato al recordar lo que hacían.

—Comer juntos, ¿qué si no? —respondió con demasiado ímpetu y luego añadió—: Pero no te he pedido que vinieras para hablar de Rhydian, sino de lo que he descubierto.

Jenna no tuvo más remedio que atender a lo que decía Norah y dejar para otro momento las indagaciones sobre lo que sospechaba que estaba pasando entre ellos.

—Hace tres años cerraron el museo para renovarlo, ¿verdad? —Jenna asintió—. Pues Rhydian ha averiguado que también hace tres años cambiaron la empresa de vigilancia y la de servicios de limpieza del internado, y que ahora lo tienen todo contratado a uno de los miembros del Consejo Escolar.

—¿Y eso significa que...? —instigó Jenna, que no estaba en la mente de Norah y no podía saber todas las relaciones que hacía ella en su cabeza.

—A ver, sabemos que la directora conoce los pasillos, también que, como mínimo una noche, unos todoterrenos descargaron unas cajas a altas horas de la madrugada.

—Y que el señor Denson, mi inquietante profesor de Arte y Diseño, estaba espiando por la ventana —añadió Jenna, que ahora sospechaba de todos los movimientos del profesor, incluso lo examinaba con lupa cuando impartía la clase.

—Exacto. Hay guardias en el castillo y patrullan por el complejo, y es imposible que esos coches pudieran entrar sin el permiso del internado. Así que la directora tiene que saberlo. La misma mujer que ocultó que tenía el unicornio metálico de la pulsera de Aaron y que chantajeó a Rhydian para que no contara lo de los túneles.

—Lo que significaría que los guardias tienen que estar implicados en lo que sea que ocurra en los pasadizos secretos —dijo Jenna; ahora empezaba a ver el cuadro entero.

—Los guardias, puede que alguien del personal de la limpieza y también ese miembro del Consejo, Jacob Lennox. Así lo ha nombrado Rhydian.

—Sí, sé quién es. Su hijo hace secundaria —afirmó Jenna—. Y supongo que crees que todo tiene que ver con el portal.

—¿Con qué si no? Creo que utilizan los pasadizos secretos para llegar al espejo hechizado y este lo usan para traficar con cosas que quieren ocultar.

—¿Te das cuenta? Rhydian y tú encontrasteis nueve puntos de coordenadas junto con el mapa y el unicornio de Aaron —siguió Jenna—. Eso quiere decir...

—Que el portal, sí o sí, tiene que ser una puerta a cualquier parte del mundo, debe servir para ir a donde uno quiera —terminó Norah—. Y esas coordenadas, quizá, son lugares de intercambio.

—Eso explicaría que a Aaron lo enviaron de verdad a El Congo —murmuró Jenna con la voz algo rota—. Si estamos en lo cierto, las posibilidades de que siga con vida son tan bajas... ¿Y si lo mataron? ¿Y si lo que hicieron fue hacer desaparecer su cadáver?

—También lo he pensado, pero ¿por qué la directora guardaría el unicornio metálico junto a un mapa borroso y una lista de coordenadas?

—Porque creo que esta mujer está loca —bufó Jenna.

—Tampoco termino de entender cómo encajar al profesor Denson —continuó Norah—. El año pasado no estaba, pero es amigo de la directora y conoce el portal. ¡Si incluso sabe que nos llevamos el amuleto!

—Hablando del amuleto... —Jenna sacó su móvil y le enseñó a Norah la pantalla con el texto de una noticia—. Por eso quería quedar esta noche. La noticia es de ayer y me estoy sintiendo fatal.

Cuando Dexter Denson acusó a Norah de haber robado el amuleto, a Jenna se le ocurrió empezar a buscar noticias en internet para saber si en algún lugar se hablaba del hurto. No tardó mucho en dar con un par en las que se comentaba lo de la desaparición de un valioso amuleto de lapislázuli de más de cuatro mil años de antigüedad del laboratorio del Gran Museo Egipcio. Desde entonces, una vez al día, miraba si había alguna novedad sobre el suceso, pero no había encontrado nada nuevo hasta ese día.

—Mierda, Jenna, aquí dice que están investigando a dos sospechosos...

—Lo sé, me siento tan mal. Tenemos que devolver el amuleto cuanto antes.

—Pero todavía no sabemos cómo funciona el portal. Nos podríamos quedar atrapadas en cualquier lugar del mundo y no ser capaces de volver.

—¿Crees que, si se lo damos al señor Denson, él lo arreglará?

—¿El tipo que me amenazó? —rio Norah sin humor—. ¿Tú te fías de él?

Jenna negó con la cabeza.

—Yo no me fío ni un pelo de ese hombre —masculló Norah.

—Podríamos intentar probar cosas con el espejo para ver cómo funciona...

—Supongo que a estas alturas ya no nos queda otra opción —murmuró Norah.

—Si tan solo supiéramos algo más sobre los objetos de la leyenda —se lamentó Jenna—. El castillo está lleno de grabados con espejos y los relieves cuentan miles de historias, ¿y no hay ninguno que nos pueda dar una pista de cómo funciona? ¡Tiene que haber algo!

—Espera, espera. —Norah se mordió el labio, un gesto involuntario que la ayudaba a hacer memoria—. El día que llegué, recuerdo que mi padre me contó algo sobre un historiador. Dijo que pasó unas semanas en el Old Castle para estudiar las historias que contaban los relieves. ¡Claro, eso es! Tenemos que contactar con las personas que ya hayan estudiado a fondo el castillo y pedirles que nos den información sobre los espejos.

Jenna se quedó unos largos instantes paralizada y con la boca abierta.

—Madre mía, Norah, lo tenía delante de las narices y hasta ahora no lo he visto —dijo Jenna cuando recuperó la voz—. Sé de alguien que conoce muy bien las paredes del castillo, es más, está obsesionada con los grabados y las esculturas.

—Pero dilo, ¿quién es?

—La señora García, la profesora de Historia de secundaria. Y mañana mismo le vamos a pedir cita para hablar con ella.

Llegó el sábado y, con él, el castigo de las jóvenes del Bridge of Sighs. En realidad, eran pocas las chicas a las que la sanción les había torcido los planes, porque, la mayoría de ellas, también se quedaban los fines de semana en Old Castle. El único cambio sustancial que tuvieron fue que estaban obligadas a pasar el día entero haciendo tareas para la comunidad.

Norah estaba un poco perpleja por cómo había terminado siendo el castigo. Esperaba algo más tedioso que ordenar libros en la biblioteca, ayudar a regar las plantas del invernadero o ensobrar las circulares que pronto se enviarían a todas las familias para invitarles a la fiesta de Navidad de la escuela.

Norah llevaba media mañana en el invernadero con Carlien y algunas compañeras más, hablando y riendo con uno de los jardineros más jóvenes del castillo. El muchacho, que debía de tener no más de veinticinco años, parecía encantado con la compañía de las chicas y las tareas que les mandaba cumplir eran cada vez más absurdas y de escasa utilidad.

Ella no se quejaba, le gustaba estar en el invernadero y con Carlien se lo pasaba bien. Además, a través de los paneles acristalados podía ver que Milkyway correteaba por los alrededores, esperándola a ella. Al final, no pudo resistir la tentación y, entre risa y broma, se escabulló para estar un rato con él. Era un día de finales de noviembre, frío pero soleado, y aprovechó para jugar con su amigo peludo mientras gozaba de los rayos del sol.

Ese mediodía era el primero que no podía pasar con Rhydian y lo echaba de menos. Aunque estaba secretamente entusiasmada porque había recibido un mensaje en el que su amigo le decía que encontrarían una manera de compensarlo. Y ella quería compensarlo. Y mucho.

Desde el viernes también tenía un mensaje que no podía sacarse de la cabeza. Era de Jenna y decía: «El lunes, después de las extraescolares, cita con la señora García». Sabía que esa era una de sus últimas oportunidades; si la profesora no las podía ayudar, quizá tendrían que intentar descubrir por ellas mismas cómo funcionaba el portal para poder, como mínimo, devolver pronto el amuleto.

Por la tarde, Norah se instaló con Carlien y su pandilla en una de las mesas de la despensa del Bridge of Sighs con un fajo de cartas ya dobladas que tenían que ir ensobrando.

—Creo que el verdadero castigo es esto —dijo Carlien con cara de asco—: lamer cada sello y tener que pegarlos bien rectos arriba en la esquina derecha. En esto no ha llegado la modernidad a Old Castle. Es que… ¿no saben que existen los sellos pegatina?

—Pero si ni siquiera se necesitan sellos ahora —murmuró Mariah, igual de asqueada que su compañera después de pasar la lengua por el pegamento—. Se timbran con una máquina y ya está.

—Lo que digo, la señora Foster se ha ensañado esta vez con el castigo —dijo Carlien—. ¡Qué mujer más cruel!

Todas se rieron de la broma menos Norah. Aunque la sanción final había sido una mera formalidad para cumplir con el ultimátum que la directora les dio, ella sabía a ciencia cierta que podía llegar a ser despiadada.

A Norah le sonó el aviso de una notificación en el móvil y dejó lo que estaba haciendo para leer el mensaje. Era de Rhydian y no pudo evitar sonreír por el texto que le enviaba.

—Cada vez que miras el móvil con esa sonrisa, sabemos que estás hablando con Rhydian —dijo Brittany.

Norah intentó disimular y volvió a la tarea.

—Oye, ¿y cómo lleva el castigo? —preguntó Mariah—. ¿No se aburre mucho?

—Bastante, empieza a estar harto del encierro —les explicó Norah—, y todavía le queda un mes...

—Está cambiado, Rhydian —siguió Mariah—. Ya no se comporta como el año pasado, pero tampoco es el mismo chico de antes de la desaparición.

—A mí, antes me parecía un chico de esos inalcanzables... —admitió Carlien—. Y quién lo diría, este año es mi amigo.

—No me lo restriegues por la cara —refunfuñó Mariah.

Norah levantó la vista para mirar a la muchacha porque no entendía su reacción.

—¿Sabes lo que ocurre aquí, Norah? —dijo Brittany con un tono jocoso, y continuó sin esperar la respuesta—. Puede que Mariah esté un poco celosa. De ti y, por lo visto, también de Carlien. El año pasado estaba colgada de Rhydian.

Mariah se tapó la cara con las manos y soltó un gemido. Norah no supo cómo reaccionar ante la noticia.

—¿Tenías que contarlo? —farfulló Mariah.

—Eh, ¿también estás celosa de mí? —rio Carlien—. Dijiste que lo de Rhydian ya se te había pasado.

—Eso creo —murmuró bajito.

—Pero eso no es todo —siguió Brittany, metiendo baza—. Cuando él empezó a salir con Tawny, se vino abajo y buscó consuelo en Aaron.

Mariah volvió a gemir, pero luego apartó las manos de su rostro y se echó a reír con cierta vergüenza.

—Solo fue una noche —aclaró—. Me acosté con Aaron una noche en la que estaba muy deprimida y lo dejamos así.

Norah había oído la historia de que Mariah le había roto el corazón a Aaron justo antes de su desaparición, pero no sabía que hubieran estado juntos.

—Tú lo dejaste así —rio Carlien—. El pobre Aaron se colgó de ti, incluso te traía flores.

—Ya lo sabéis, era un chico muy enamoradizo —se justificó Mariah.

—Era todo un *gentleman* —la corrigió Brittany entre risas—. Y a ti te abría más puertas que al resto de chicas.

—¿Abrir puertas? —preguntó Norah.

—A Aaron le gustaba ser un caballero. O eso decía él —explicó Carlien—. Siempre que alguna chica tenía que cruzar una puerta, y él estaba por allí, se adelantaba, la abría y decía: «Las damiselas atrevidas, primero».

—Bueno, en realidad, iba cambiando la frase: «Las damiselas intrépidas, primero» o «Las damiselas osadas, primero» —añadió Brittany, improvisando un tono grave y masculino.

—El día que más me reí fue cuando me dijo: «Las damiselas arrojadas, primero». Le dije que a mí nadie me había arrojado y que pasara él primero —rio Mariah.

Todas se rieron, incluso Norah, que, si bien no conocía a Aaron, después de todo lo que Rhydian le había contado, se lo podía imaginar en esa divertida situación.

—Cuando desapareció, me sentí muy mal. —Mariah había cambiado el tono por uno más grave y serio—. No quería nada con él, pero era un buen chico.

Norah vio que sus amigas desviaban la mirada hacia algo que ella tenía detrás de su espalda. Sintió la presencia de la chica poco antes de que ella empezara a hablar.

—Chicas, me estaba preparando un té y no he podido evitar oír vuestra conversación.

Chelsea se erguía al lado de Norah con una sonrisa tibia, pintada de un tono rosa húmedo y pálido.

—Si no os importa, me voy a sentar, porque me interesa.

Norah no daba crédito a lo que sucedía. Chelsea acercó una silla y se sentó con ellas.

—Dime, tesoro —continuó dirigiéndose a Norah—. Ahora que tú y Rhydian volvéis a ser amigos, ¿crees que deberíamos mantener otra conversación?

Norah seguía perpleja, pero esta vez no iba a dejar que Chelsea tomara el control de la situación.

—No creo que tengamos nada que decirnos, Chelsea, con una charla lo dejamos todo claro —respondió Norah sin amedrentarse—. Y tú, ¿seguiste mi consejo y hablaste directamente con Rhydian?

Esa fue la primera vez que Norah vio un destello de inseguridad en la expresión de la rubia.

—Te recuerdo que yo cumplí mi parte. Dime, ¿cuál fue su respuesta? —insistió.

—No siempre se puede ganar, Chelsea. —La voz de Sarabeth las sorprendió a todas, que, con la tensión que había en el ambiente, no se habían dado cuenta de que también estaba atenta a la conversación—. Aprender a perder es una lección valiosa.

Chelsea se levantó de un salto.

—No he perdido, todavía no he perdido —masculló la muchacha—. Y tú ¿crees que has ganado? —atacó después.

—Yo sí he conseguido lo que quería, tú no —se burló Sarabeth.

—Todos sabemos que Chester solo te está utilizando, eso no es ganar, eso es ser una perdedora permanente —ladró Chelsea.

—Chicas, chicas, creo que deberíais calmaros —dijo Carlien—. Yumi se acerca.

—¿Todo bien por aquí? —preguntó la señorita Matsuda al llegar.

—Sí, no se preocupe, señorita Matsuda —dijo Chelsea con su tono acaramelado—. Hablábamos de la desaparición de Aaron y nos hemos alterado un poco. Fue tan duro lo que vivimos...

A Norah le seguía sorprendiendo la facilidad que tenía la muchacha de engañar a todo el mundo con una voz suave y una falsa sonrisa.

—Chicas, ya sabéis que la directora no quiere que hablemos de ello, tenemos que seguir adelante —dijo Yumi, y luego soltó un largo suspiro—. Pero os entiendo. A veces, también pienso en ese día. Si tan solo hubiera cerrado la puerta este a la hora que tocaba y no un poco más tarde...

—Usted no tuvo la culpa, señorita Matsuda —se apresuró a decir Mariah—. Se marchó de nuestra sala común por allí, pero no sabemos a dónde fue después.

—Si buscamos culpables, no podemos olvidar que se marchó porque estaba avergonzado de que todas fuéramos testigos de cómo Mariah le había aplastado el corazón —se burló Sarabeth.

—Cállate, Sarabeth —ladraron Carlien y Brittany al mismo tiempo; Mariah parpadeó para contener las lágrimas.

La señorita Matsuda le lanzó una mirada de advertencia a la muchacha. Ella no volvió a abrir la boca, pero sonrió con descaro.

—Nuestra sala común fue el último lugar donde se le vio, siempre podremos decir que tenemos el último recuerdo de Aaron —dijo Chelsea con un tono dramático que no convenció a nadie.

Norah seguía la conversación con el cuerpo tenso y la mente alerta. Nunca había conseguido sacar información de ese día a la señorita Matsuda y, ahora que se le presentaba una muy buena oportunidad, no sabía cómo proceder.

—Yo no estaba el año pasado y me pone los pelos de punta lo que sucedió —empezó Norah, luego miró a la señorita Matsuda y añadió—: ¿Ocurrió algo extraño esa noche? ¿Qué es lo que recuerda de ese día?

La señorita Matsuda soltó otro suspiro, retiró una silla de la mesa y se sentó con el grupo de Carlien. Aunque intentaba aparentar ser fuerte y dominar la situación, tenía veintiséis años y, a veces, también necesitaba un descanso de toda la presión.

—He intentado recordar cada detalle de esa noche muchas veces, también lo hemos hablado entre los profesores y los trabajadores, y nadie recuerda nada extraño —explicó Yumi—.

Nevaba, había mucho jaleo en las residencias. Era viernes por la noche, cómo no iba a haberlo —dijo con cierta tristeza—. Lo más extraordinario fue que el Consejo Escolar se reunió con la señora Foster hasta muy tarde, ¿te acuerdas, Chelsea? —La rubia asintió—. Tu madre quería verte después de la reunión y tuve que hacer una excepción con el toque de queda. Ya veis, eso fue lo más excepcional que sucedió.

Norah se quedó petrificada. El Consejo Escolar al completo estuvo reunido la noche de la desaparición.

—Pero ese día nevaba, ¿no? —se atrevió a intervenir Norah—. Algunos profesores y trabajadores se quedaron a dormir porque las carreteras estaban heladas. ¿También se quedaron a dormir los padres del Consejo?

—No seas palurda —se burló Chelsea—. El padre de Chester es uno de los empresarios más importante del país y tiene una flota de coches para todo tipo de situaciones. Mi madre me contó que envió un todoterreno de último modelo para regresar a su residencia de Londres.

Norah tragó saliva. Empezaba a pensar que tantas coincidencias no podían ser casualidad. Esa noche tendría que explicárselo a Jenna.

—¿Y nadie vio nada raro que pudieran relacionar con Aaron? —insistió Norah, aunque estaba convencida de que Yumi y Chelsea habían dado las pistas clave para lo más extraordinario de esa noche: la reunión de Consejo y el todoterreno.

—Eso es lo más triste —dijo la señorita Matsuda—, por más ajetreo que hubo esa noche, nadie vio a Aaron después de que saliera del Bridge of Sighs ni tampoco nadie recuerda que ocurriera nada fuera de lo normal en el castillo.

50

La fuente del olvido

Era el último lunes de noviembre y los terrenos de Old Castle College estaban anegados. Hacía más de una hora que se había puesto el sol y, desde ese momento, las nubes habían decidido dar una pequeña tregua. Ya no diluviaba, ahora solo caía una molesta llovizna que no era suficiente para llevar paraguas, pero tampoco permitía ir con la cabeza descubierta.

Dos estudiantes desafiaban el frío y el mal tiempo bajo las arcadas del jardín interior del castillo y esperaban con impaciencia la llegada de una profesora.

—¿Por qué nos ha convocado aquí? —preguntó Norah, y se arrebujó bajo su chaqueta, tenía la nariz helada.

—No lo sé, yo solo le dije que quería profundizar en el espejo hechizado —explicó Jenna—. Le comenté por encima lo de los espejos que hemos encontrado y le dije que buscaba algo que explicara mejor lo que representaba ese objeto.

Dejaron de hablar cuando oyeron unos pasos que se aproximaban y vieron que una mujer de mediana edad, vestida con un plumífero dorado, se acercaba a ellas con una gran sonrisa.

—Señorita Cadwallader, no sabía que traería acompañante. ¿Listas para nuestra clase de historia? —rio la mujer, y luego dijo mirando a Norah—: A usted no la conozco, no la he tenido en secundaria, señorita...

—Norah Halley —dijo ella, después de estrechar la mano que le ofreció la mujer.

—Encantada, señorita Halley. Yo soy la señora García.

De pronto, oyeron más pasos y, estupefactas, vieron que un hombre atractivo, con el pelo rubio recogido con un moño y vestido con aires bohemios, se acercaba por el otro lado de la galería. A Norah se le aceleró el pulso, Jenna perdió el color del rostro. En cambio, la señora García amplió un poco más la sonrisa.

—Yo también traigo acompañante. Cuantos más scamos, mejor —rio la mujer—. Buenas tardes, Dexter, qué bien que al final nos puedas acompañar.

Dexter Denson miró a Norah, después se detuvo unos segundos en Jenna y se dirigió de nuevo a la mujer con una sonrisa un tanto sarcástica.

—Buenas tardes, Helen, ya lo sabes, me complace en gran medida estar aquí —dijo el profesor—. Me gusta implicarme en los trabajos de mis alumnos y me sorprende gratamente saber que la señorita Cadwallader haya escogido este tema para el trabajo de evaluación final. Aunque debo admitir que no esperaba menos de la señorita Halley.

Norah y Jenna se miraron sin poder ocultar el pánico en su expresión. Norah quería gritarle a Jenna y reprenderla por haber utilizado la excusa de un trabajo para la asignatura de Arte y Diseño, sabiendo que el profesor estaba en su lista negra. Jenna quería gritarle a Norah que no era su culpa que el señor Denson estuviera allí porque ella no le había especificado para qué asignatura era el trabajo. Ambas querían gritarse que tenían que salir pitando de allí porque el profesor sabía que todo era mentira: Jenna no tenía que hacer ningún trabajo final y Norah ni siquiera asistía a su asignatura. Pero no podían discutir sus asuntos a gritos, tampoco en voz alta, y, de momento, no contaban con la telepatía como habilidad para comunicarse.

—Esto será muy divertido, no siempre es posible reunirse con personas tan interesadas en la historia y en los detalles de este maravilloso castillo —dijo la señora García con un brillo de ilusión en los ojos—. Vamos, chicas, contadme un poco más qué es lo que necesitáis saber de los objetos perdidos de la leyenda.

Norah y Jenna se volvieron a mirar, indecisas, también muy inseguras. Jenna abrió la boca, pero no logró articular palabra. Norah apretó la mandíbula y miró de reojo al señor Denson, intentando descifrar qué pretendía con toda esa pantomima.

—¿Ahora tenéis vergüenza? —rio la mujer—. A ver, Jenna, me dijiste que estabas haciendo un estudio del espejo hechizado y que habías estado buscando escenas donde salía este objeto. —Jenna asintió—. Pero que no has encontrado la manera de descifrar por qué dice la leyenda que el espejo comunica con el reino de Avalon, y quieres saber si hay algo en el castillo que explique la naturaleza de este precioso y mágico objeto. ¿Lo he resumido bien?

—Yo no lo habría hecho mejor —logró decir Jenna.

—Es realmente bonito ver cómo la pasión de un profesor se transmite también a los alumnos, ¿no lo crees así, Dexter?

El profesor asintió con una sonrisa amplia y la mujer volvió a tomar la palabra, pero esta vez se dirigió a las muchachas con un tono bajo y confidente.

—Conocí al profesor Denson el día que hice la visita guiada para los nuevos residentes. Que, por cierto, Norah, si hubieras asistido, te hubiera conocido allí —rio la profesora—. Ese día me sorprendió el gran conocimiento que tenía de las leyendas y, como vosotras, también estaba interesado en conocer más sobre la naturaleza de los tres objetos mágicos. Me alegra ver que su pasión por la historia, el arte y la mitología es contagioso, y que, además, lo sabe transmitir a sus alumnos. Deberían existir más profesores como él.

—Me halagas, Helen, pero yo solo hago mi trabajo.

Norah casi estuvo a punto de poner los ojos en blanco. Casi. Seguía con miedo y eso la tenía todavía medio paralizada. Tomó aire y buscó un poco de valentía en su interior. No era la primera vez que Dexter Denson quería intimidarla y no estaba dispuesta a demostrarle que su encuentro en la biblioteca la había afectado. Tampoco sabía lo que pasaría después de esa malograda reunión, pero tenía claro que no podían perder la oportunidad de conseguir información.

—Estamos realmente encantadas con el profesor Denson —dijo Norah, y se alegró de que su voz sonora normal y no temblorosa, como se sentía por dentro—. Nos apasiona la asignatura y todos los detalles que nos pueda dar nos van a ayudar mucho para el trabajo. ¿Qué nos quería enseñar hoy, señora García?

—Me alegra saber que me tiene tanta estima, señorita Halley —intervino el profesor con una sonrisa ladeada—. Me reservo la posibilidad de subirle la nota del trabajo medio punto por la pasión que tiene por la asignatura. Siempre digo que la actitud es lo que marca la diferencia entre ser un buen estudiante y uno brillante.

—Estoy complemente de acuerdo. ¿Sabéis? Incluso yo tengo ganas de apuntarme a tus clases, Dexter —rio la mujer—. Venid, acompañadme, creo que esto que os quiero enseñar, chicas, es lo que estáis buscando.

Norah y Jenna se miraron unos instantes entre sorprendidas e inseguras, también esperanzadas, y siguieron a la mujer, que ya había salido de debajo de las arcadas y tomaba uno de los senderos del jardín interior del castillo. La llovizna les empezó a mojar el pelo y la cara, pero nadie dio muestras de que eso fuera un inconveniente para continuar avanzando.

—Norah, estamos en un buen lío —le susurró Jenna, cuando vio que ambos profesores iban charlando unos pasos por delante de ellas.

—¿En qué pensabas con lo del trabajo? —le reprendió Norah en voz baja.

—No le dije para qué asignatura era. Tienen que haberlo hablado entre ellos y ha sido el señor Denson quien tiene que haber maquinado el engaño.

—Mierda, para espiarnos.

—O algo peor... —Jenna tragó saliva y entonces se dio cuenta de un detalle importante—. ¡Dios mío! Yo sí estoy en su clase y después de esto... ¡me va a suspender!

Por instinto, se buscaron la mano y se dieron un apretón reconfortante; ambas sabían que ahora ya era demasiado tarde para lamentarse.

Caminaron entre árboles y setos ornamentales iluminados por la luz de las farolas rústicas del jardín. Dejaron atrás algunas esculturas con escenas de la destrucción de ese primer castillo que según la leyenda albergó el Grial y, al fin, se detuvieron delante de algo inesperado tanto para Norah como para Jenna.

—En el castillo podemos ver representados cientos de espejos, de armaduras y velos, pero solo hay un lugar que explica un poco lo que significan los objetos —dijo la señora García—. He aquí la fuente del olvido.

Ellas ya conocían esa fuente. La tenían catalogada en su colección de hallazgos, era la misma donde Norah y Rhydian se habían besado por primera vez.

—Pero... Ya hemos buscado aquí y no hemos encontrado nada especial —dijo Jenna.

—No mirar con ojos de niño, error de principiante —murmuró para sí mismo Dexter Denson.

—Nadie ha dicho que sea fácil —rio la profesora—. Según leí en uno de los estudios más destacados, pero también más enrevesados, de la simbología del castillo, la fuente del olvido representa el último lugar donde estuvieron los objetos antes de que la primera fortificación fuera destruida.

—¿Y qué tiene de especial? —preguntó Norah mientras examinaba con atención la fuente, buscando nuevos detalles que se les hubieran pasado por alto.

—Que fue aquí donde quedaron plasmadas las pistas que nos contarían cuáles eran los poderes de los tres objetos perdidos. Mirad con atención —añadió la mujer.

Las muchachas se acercaron más a la fuente y empezaron a rodearla. El leve murmullo del agua era el único sonido que rompía el silencio.

Norah se fijó, primero, en lo que ya conocía: una fuente, toda ella de piedra, con un estanque elevado en forma de óvalo contorneado por un marco de estilo rústico decorado con volutas y filigranas. Después de haber vivido en propia piel el funcionamiento mágico del espejo, entendía por qué se representaba tanto en vertical como en horizontal; esa cosa tenía vida propia y se mostraba en la posición que le daba la gana. De dentro del estanque emergía una escultura central que representaba una copa cubierta por un velo transparente y de las arrugas de la tela salían los chorros de agua que se mezclaban con la luz blanca de los focos. El pedestal que sostenía la base estaba esculpido y simbolizaba la mitad superior de una armadura.

Norah se aproximó un poco más y encendió la linterna de su móvil para enfocar algo que le había llamado la atención, ahora que estaba buscando algo diferente. En uno de los pectorales de la armadura, encontró una inscripción que se medio confundía con los relieves de la piedra.

—Has encontrado la primera —aplaudió la señora García.

Jenna se acercó a Norah para ver lo que había encontrado.

—«*Arma dat quod vis*» —leyó Jenna—. ¿Qué significa?

—Está en latín y vendría a decir algo así como «La armadura otorga lo que tú quieres ser» —contestó la mujer—. ¿Veis el grabado que hay un poco más abajo? Fijaos en la figura humana que lleva puesto el casco de una armadura: está rodeado de luz y está destruyendo la torre de un castillo.

—La armadura da poderes sobrenaturales a quien se la pone —susurró Jenna y miró a Norah con cautela; en ese momento, ambas compartieron el mismo pensamiento: «además del espejo hechizado, ¿había más magia escondida en el castillo?».

—Venid. —La señora García les hizo un gesto para que se levantaran y caminó alrededor de la fuente hasta situarse delante de un determinado pliegue del velo translúcido—. Cuando la fuente está apagada, se puede leer una inscripción que dice: «*Velum revelat quid vis scire*».

—«El velo revela lo que tú quieres saber» —tradujo Dexter Denson con un tono cortante.

Norah echó una ojeada al profesor y vio que ya no parecía ser el tipo relajado y despreocupado de antes.

—Si os fijáis con atención, veréis que entre los pliegues de la tela hay algunos grabados, ahora bastante desgastados por el agua, como un libro, un árbol, una serpiente que se muerde la cola o una calavera —explicó la profesora—. Todos ellos símbolos del saber.

—Y hay una tercera inscripción que habla del espejo —adivinó Norah. Sus emociones eran una mezcla de expectación, miedo y esperanza.

—La hay, por supuesto. Y está aquí.

Las dos muchachas se apresuraron a dar media vuelta más a la fuente siguiendo a la profesora. Se detuvieron delante de una de las muchas formas intrincadas del marco de piedra del espejo, pero, ahora que sabían lo que debían buscar, vieron una inscripción un poco desgastada que reseguía la delicada curva de una voluta.

—No la vimos, se nos pasó por alto —admitió Jenna—. Nosotras solo buscábamos espejos.

—«*Speculum ostendit locum vis videre*» —leyó Norah, pero sin entender ni una palabra. Se miró con Jenna, que iba igual de perdida en latín que ella, y luego buscó los ojos de la profesora.

—La frase viene a decir: «El espejo muestra el lugar que uno quiere ver» —tradujo la señora García con una nota de diversión en la voz; estaba encantada con la sorpresa y el entusiasmo que esa visita despertaba en las dos chicas.

Norah y Jenna se volvieron a mirar y ninguna de las dos pudo ocultar la expresión de asombro de su rostro. La frase confirmaba todas sus sospechas e, incluso, iba más allá y les decía qué tenían que hacer para que funcionara el portal: solo necesitaban querer ver un lugar concreto al otro lado.

—Si os fijáis, entre las filigranas de piedra, hay cuatro círculos con un grabado muy interesante —siguió la profesora, y señaló el primer grabado—. En este primero, vemos una figura con la mano levantada.

Siguió rodeando la fuente y fue mostrando la ubicación de las otras tres imágenes. La segunda era igual que la primera, pero esta vez delante de la persona había algo que representaba una luz muy brillante. En la tercera, ese resplandor se había extendido y, en el centro, se podía ver el grabado de lo que parecía ser una isla y dos figuras femeninas aladas. En la última, la figura tenía el brazo bajado y la esfera de luz quedaba reducida a un pequeño punto. No aparecía la forma de ningún espejo, pero ya no les hacía falta para comprender el significado.

—Así es como se dice que, con el espejo hechizado, uno podía llegar a ver el reino de las hadas y comunicarse con ellas —concluyó la profesora—. Este dibujo nos da la pista de hasta dónde podía llegar el poder del espejo.

—Pero la frase indica que podía usarse para ver cualquier otro lugar... —objetó Norah. Por dentro bullía de emoción, pero se contenía porque no quería que el señor Denson viera que habían hallado una información clave.

—Cierto, las leyendas no dejan de ser fábulas que se transforman a lo largo del tiempo. Ignoramos por completo qué sucesos fueron los que dieron pie a esta historia, sin embargo, en todos los textos que conocemos se relaciona el espejo con el reino de las hadas, así que esto es todo lo que tenemos —explicó la mujer, y luego añadió con una sonrisa—: ¿Satisfechas con la información?

—Creo que demasiado —dijo Dexter Denson, su sonrisa sarcástica estaba de vuelta—. Diría que esta información ha resultado ser muy valiosa para mis alumnas. Eres una profesora excelente, Helen, aunque me temo que les has facilitado demasiado el trabajo.

La señora García sonrió ante lo que ella consideraba un halago. En cambio, Norah y Jenna permanecieron en tensión, esperando con temor el último aguijonazo del profesor.

—Me miraré con lupa vuestro trabajo, señoritas —añadió—. Espero que estén a la altura de lo que hablamos el último día y cumplan con mis advertencias.

51

Una fecha en la agenda

Esa noche, Norah y Jenna no podían dormir. Creían tener las claves para poder utilizar el portal y la adrenalina les corría por el torrente sanguíneo llenando su cuerpo de excitación. Norah estaba tumbada en el colchón de su litera con la mirada apuntando al techo y, mientras hablaba por el móvil, enroscaba una y otra vez un mechón de pelo entre sus dedos y movía sin descanso uno de los pies. Jenna, en su habitación, estaba sentada en el cabezal de su cama y, con la mano que no sujetaba el móvil, garabateaba formas en una libreta, ya iba por la tercera página.

—No sé qué voy a hacer cuando mañana entre a la clase del profesor Denson —dijo Jenna una vez más—. ¿Me castigará? ¿O me pedirá que vaya a su despacho? De allí no saldré viva, Norah. Y si salgo viva, lo haré con un suspenso.

—A mí ya me ha amenazado más de una vez, pero no ha hecho nada más que eso. —Norah no terminaba de entender a qué juego jugaba el joven profesor—. Él también ha participado en el engaño del trabajo, no entiendo qué es lo que pretende ese hombre.

—Yo creo que quería estar presente en todo lo que nos dijera la señora García, pero no sé por qué —dijo Jenna—. Él mismo nos ha dado la traducción de la frase del velo, y aunque no le gustaba lo que ocurría, parecía resignado.

Habían analizado el suceso más de una vez, pero no podían dejar de darle vueltas.

—Resignado y enfadado —puntualizó Norah—. Y al final nos ha advertido de que nos teníamos que mantener al margen y que debemos cumplir con lo que me dijo en la biblioteca.

—Pero no lo haremos. Ahora que estamos tan cerca de devolver el amuleto… En el fondo, quiero reparar lo que hice y necesito devolverlo —dijo Jenna, y luego añadió—: La señora García ha sido la clave.

—Totalmente. «El espejo muestra el lugar que uno quiere ver» —repitió Norah por enésima vez—. Tendremos que probarlo, pero tiene que significar que podemos ir a donde queramos. Creo que ahora es más que evidente que Aaron cruzó el portal y este lo llevó a El Congo.

—El portal está en la colección africana del museo y quizá vio algo allí que hizo que se abriera una puerta, aunque también pudo haberlo enviado otra persona —volvió a razonar Jenna.

—Tiene que ser la segunda opción, recuerda que la directora tenía su unicornio de metal, tuvo que encontrarse con algo o alguien que le quitó la pulsera. Un guardia o alguien de la limpieza, o incluso la misma señora Foster.

Las dos chicas estuvieron unos segundos en silencio intentando digerir esa posibilidad.

—Norah, tenemos que recordar bien lo que nosotras hicimos para abrir el portal. —Ya lo habían hablado, pero Jenna necesitaba hacerlo una vez más—. Yo quería probarme el collar egipcio de la vitrina y, luego, las dos leímos el cartel que explicaba de dónde había salido.

—Recuerdo que dijiste que querías ir a ese laboratorio si tenían collares como los de la vitrina —siguió Norah—. Creo que fuiste tú, Jenna. Tú abriste el portal.

—¿Crees que es tan fácil como decir que quieres ir a un lugar?

—Eso lo tendremos que comprobar. No sé si con tan solo desearlo funciona o tienes que saber a dónde quieres ir. Nosotras estábamos mirando la imagen del laboratorio... Por eso me sonó tanto aquel lugar cuando fuimos allí. ¡Era el de la foto!

—Nos centramos tanto en el portal que no prestamos atención a lo que había pasado justo antes.

—Y eso era lo más importante, lo que habíamos deseado antes de que apareciera esa cosa. —Norah se enrolló el mechón una vez más—. Aunque no termino de entender los dibujos de la fuente, nosotras no levantamos ninguna mano para abrirlo.

—Quizá tu gato levantó una pata... —rio Jenna, y Norah también soltó una carcajada.

—Creí morirme cuando vi que Milkyway se metía dentro de esa cosa —dijo riendo—. ¡Y tú creías que era el fantasma de Henry Duval!

—¡Era lo más lógico! —se defendió Jenna, riendo también, aunque, en realidad, no podían considerar que hubiera nada de razonable en todo aquello.

Siguieron bromeando un poco más sobre esa noche, como si, ahora que sabían lo que había pasado, pudieran relajarse un poco.

—Oye, ¿tú crees que la armadura y el velo translúcido también existen? —preguntó Jenna al cabo de un rato—. Yo estoy casi segura de que sí.

—Ahora mismo, creo que todo es posible... Solo espero no tener que comprobarlo —dijo Norah con un tono algo amargo—. Si vamos a devolver el amuleto, tenemos que terminar de preparar nuestro kit de emergencia.

—Ya tenemos a mano lo esencial: algo de comida y bebida, el pasaporte, un recambio de ropa, el cargador del móvil, una linterna y nuestras tarjetas de crédito.

—Creo que tendríamos que llevar guantes y pasamontañas, por si acaso han puesto cámaras de vigilancia —dijo Norah, y Jenna soltó una carcajada—. ¿De qué te ríes?

—Parece que estemos organizando un atraco —rio ella—. Y es justo lo contrario de lo que queremos hacer. Pero me parece bien, me encargo de comprarlo por internet; con mi suscripción me puede llegar el paquete mañana mismo. Ahora solo tenemos que poner la fecha.

De repente, la diversión se esfumó y un silencio pesado se propagó entre las dos líneas.

—¿Qué día podría ser mejor? ¿Cuándo se supone que es más seguro volver a adentrarnos en los pasadizos secretos? ¿Sabes si esta semana hay alguna reunión del Consejo Escolar? —Jenna dio voz a las dudas de ambas, porque, ahora que creían saber cómo funcionaba el portal, el peor de sus miedos era encontrarse con lo que el internado escondía en los túneles de la muralla.

—No tengo ni idea...

Norah suspiró y cerró los ojos. Dejó de enrollarse el mechón y detuvo el movimiento del pie. Los sucesos recientes le habían sido de gran ayuda para olvidarse por completo de lo que estaba a punto de revivir. Su madre murió el mismo día que expiraba el mes de noviembre, y tan solo faltaban tres días para que se cumpliera un año de esa fatídica noche. No quería que llegara ese día, no quería tener que recordar lo ocurrido. Cuando tomó la decisión, solo pensó en que tener la mente ocupada sería lo único que la ayudaría a relegar a un segundo plano la muerte de su madre.

—El jueves. ¿Tienes planes después del toque de queda, Jenna? —preguntó con humor amargo—. Si todo va bien, antes de medianoche ya volveremos a estar aquí.

—Ahora sí que tengo planes.

A Norah y a Jenna les pareció que, esa semana, el tiempo se burlaba de ellas y avanzaba despacio, a un ritmo pausado y tremendamente insoportable. Las horas de clase eran interminables y, en las clases que compartían, no hacían más que echarse miradas cómplices, y también inquietas y nerviosas. A pesar de su recelo, ninguna de las dos tuvo ningún encuentro tirante con el señor Denson, y, en una de sus múltiples llamadas secretas, Jenna le contó a Norah, que él no había cambiado su forma de tratarla en clase.

Rhydian también notaba la tensión de Norah y estaba preocupado porque ella volvía a mostrarse un poco distante, aunque esta vez de una manera diferente: no notaba que se alejara de él, sino que tenía la sensación de que estaba perdida en algún lugar de su mente. Incluso en Lengua Extranjera, la única clase que Jenna, Norah y él compartían, había llegado a percibir que Norah y su hermana intercambiaban miradas muy a menudo, sin entender a qué se debían.

Pero al fin llegó el jueves y Norah se despertó temprano, sudada, con el corazón acelerado y lágrimas en los ojos. Bloqueó todos los recuerdos y salió como cada mañana, pero esta vez se obligó a correr más veloz. Forzó el cuerpo al máximo para tener que centrarse en el frío helado que cortaba sus mejillas, la falta de aire debido al esfuerzo excesivo y el dolor de su musculatura intentando aguantar un ritmo que no era el suyo. Apenas tuvo valor para quedarse con Milkyway. Le dio la comida que siempre le traía y lo besó entre las orejas de manera fugaz antes de que las lágrimas la desbordaran. Se dio cuenta de que, si quería mantenerse serena, ese día tenía que encerrar por completo todas sus emociones.

Esa mañana, Norah quiso aislarse de todo, pero no pudo. Las risas y las bromas de sus compañeros, las charlas distendidas con Carlien y su grupo, Rhydian y eso tan especial que tenían y que también ocultaban... Lo intentó, pero no lo consiguió, porque sentía que su interior se estaba resquebrajando y aquello que tenía enterrado en ese lugar tan oscuro y profundo gritaba por salir a la superficie. Notaba como si allí dentro tuviera un cadáver medio putrefacto que estaba volviendo a la vida, un ser que buscaba con desesperación desenterrar su cuerpo y escapar, por fin, de debajo de demasiadas capas de tierra.

A media mañana, Norah se marchó de clase con la excusa de que se encontraba mal y fue directa a encerrarse en su habitación. Y allí, sola, en lo más alto de una torre medieval, dejó que la invadiera por completo su pena y su dolor. Gritó y lloró como si le estuvieran arrancando la vida y ya no pudo contener más los recuerdos.

Vio la última sonrisa de su madre, esa con la que le dijo que la quería tanto que incluso le dolía, y que tenía que ser valiente y seguir adelante, que la vida era preciosa y que, aunque al principio le costara, estaba segura de que aprendería a vivirla sin ella. Recordó el momento en que le pidió que fuera feliz por las dos, porque esa sería su forma de estar juntas y ella quería que, en cada momento de felicidad, supiera que también estaba allí y compartía su dicha.

También lloró al rememorar el desconsuelo y la rabia que sintió cuando ella se apagó para siempre, cuando se dio cuenta de que no podría cumplir ni una de esas promesas porque todo se había roto en su interior y ya no le quedaba nada a lo que agarrarse, y cuando se enfadó con su madre, por haberle hecho creer que, de alguna manera, podrían llegar a estar juntas, aun cuando les separaba una eternidad de por medio.

Dejó que todo saliera y vio el médico certificando la muerte, su padre destrozado, el frío papeleo para dejar «arreglado» algo que ya no tenía solución y las largas horas de duelo en el tanatorio. El entierro, el silencio fúnebre, después sepultar el ataúd, seguido del llanto desconsolado que ella no logró detener. Los recuerdos se fueron diluyendo entre días tristes, vacíos y desolados, donde ella y su padre se fueron distanciando y donde ella decidió encerrar sus emociones para intentar hacer algo más que sobrevivir al dolor.

El tono de una llamada entrante fue la que la despertó a media tarde. Era Rhydian. Pero dejó que sonara. No tenía valor ni ganas de hablar con nadie. Vio que tenía varios mensajes y llamadas perdidas de su amigo, también de Jenna y Carlien. Les envió a todos el mismo mensaje explicando que se encontraba mal y solo necesitaba descansar y dormir un poco. A Jenna, le envió un mensaje extra para que no se preocupara, los planes para la noche seguían en marcha. Además, tenía una llamada y un par de mensajes de su padre, pero estos los ignoró por completo. No se veía capaz de hablar con él.

Sin embargo, Rhydian no se dio por vencido y, después de las extraescolares, la llamó una y otra vez hasta que consiguió que Norah descolgara el teléfono.

—Joder, Norah, no vuelvas a hacerme esto, ¿vale? —ladró Rhydian cuando ella descolgó—. Llevas toda la semana rara y no puedes marcharte sin más de clase, decirme que te encuentras mal y pretender que a mí me importe una mierda.

Norah escuchó la merecida reprimenda, pero no dijo nada.

—Ahora mismo estoy yendo a tu dormitorio y me abres o derribo la puerta —añadió el muchacho al ver que ella no decía nada.

—No puedo, Rhy, de verdad que hoy no puedo —susurró Norah con la voz rota, y Rhydian se detuvo en seco al oír ese tono tan destrozado—. Por favor, no vengas, necesito estar sola.

—¿Qué ha ocurrido, Norah? Estás igual que ese domingo que vine a tu habitación. No puedo ayudarte si no me cuentas lo que te pasa —dijo él, lleno de impotencia.

Norah dejó que un par de lágrimas resbalaran por sus mejillas. Estuvo a punto de ceder y dejar entrar a Rhydian, quería dejar de sentirse tan sola y vacía y poder compartir con él todo lo que sentía. Pero no pudo, era una barrera que todavía no sabía cómo romper.

—Hazlo por mí, por favor, solo hoy —suplicó Norah—. Mañana estaré mejor, ya lo verás, pero ahora necesito estar sola.

52

Experimentos

Me estoy haciendo pis.

¿Nos encontramos en el baño?

Norah envió un simple «ok» y se ajustó la pequeña mochila con el kit de supervivencia en los hombros; estaba nerviosa e imaginó que Jenna también. Ella volvía a tener el cuerpo lleno de adrenalina y, aunque seguía apesadumbrada por todas las emociones del día, que hubiera llegado el momento de devolver el amuleto la ayudaba a recuperar el tono y la energía.

Salió del dormitorio sin hacer ruido y se metió en los baños de la cuarta planta. Oyó que alguien ya estaba en uno de los cubículos y, al final, decidió que ella también aprovecharía para aliviar cualquier pequeña acumulación de líquido que tuviera en la vejiga. Al salir, se encontró cara a cara con Jenna. Las dos vestían igual: *leggings* negros, sudadera oscura y mochila pequeña en la espalda. Esta vez su compañera no llevaba ni una joya y, en lugar de su habitual trenza, tenía el pelo recogido en una coleta alta.

—Esta vez me he asegurado del todo de que estamos solas —dijo Jenna con una sonrisa torcida.

—Me alegro de que sigas mis consejos —se burló Norah.

—A ver, punto número uno: come —siguió Jenna, y le tendió la barrita energética que tenía en la mano—. Has estado encerrada todo el día en tu habitación, no has comido nada. Necesitamos tener energía, así que come —insistió ella al ver que Norah no se movía.

—Vale, me lo como —gruñó Norah, pero algo dentro de su pecho se calentó al coger la ofrenda.

—Punto número dos: ¿qué diablos te ha ocurrido hoy? Me has tenido toda la tarde preocupada, y ya no te digo cómo estaba Rhydian —la amonestó Jenna—. Si te has asustado, no pasa nada, podemos hacerlo otro día.

—No me he asustado —refunfuñó Norah mientras desenvolvía la barrita—. Al menos, no más de lo que ya lo estaba ayer o antes de ayer. Hoy… simplemente ha sido un mal día para mí, pero ya me ves, estoy bien. Lo que me ha ocurrido no afecta los planes que tenemos.

—No me vas a decir lo que te ha pasado, ¿verdad?

—Ahora no es el momento —dijo Norah, y le dio un mordisco a la barrita.

—Sí, supongo que no lo es… —admitió la chica—. Bien, vamos a seguir con el plan. ¿Lo tienes todo en la mochila?

—Ya sabes que sí. ¿Tú tienes el amuleto?

Jenna se metió la mano en uno de los bolsillos de la sudadera y le mostró la pieza de lapislázuli con el grabado del ojo de Horus. Norah asintió y dio un par de bocados más para terminar de comerse la barrita.

—Pues ha llegado la hora, Jenn.

Ambas se sorprendieron de que Norah acortara su nombre, pero también les gustó. Sin darse cuenta, las últimas semanas habían estrechado profundos lazos de confianza y se habían convertido en un equipo.

—De puntillas, en silencio y sin detenernos hasta llegar al museo. —Norah resumió la estrategia que habían acordado para llegar hasta el portal lo más rápido posible.

—Vamos allá.

Con la luz de su pequeña linterna, Norah guio los pasos hasta el sótano del torreón; llevaba tres meses enteros recorriendo cada mañana ese mismo camino y casi podía hacerlo con los ojos cerrados. Se tomaron como una buena señal no encontrarse con ninguna de sus compañeras y, al alcanzar la planta baja, enseguida se abrieron paso entre los estantes y los armarios para llegar hasta el que ocultaba la puerta secreta. Entonces Jenna sacó dos pasamontañas y dos pares de guantes muy finos, todo de color negro, de dentro de su mochila. Sin perder tiempo se pusieron las prendas con las que podrían camuflar sus rostros y sus huellas.

Siguieron calladas mientras Norah abría el primer cajón e introducía la mano y estiraba el brazo para llegar a la pieza trasera; le había contado a Jenna dónde estaba el mecanismo y cómo funcionaba, pero habían acordado que de esa parte se iba a encargar ella. El pulso de ambas se aceleró cuando vieron que el fondo del armario se separaba de la pared del torreón y entraba en el almacén un haz de luz largo y recto.

—Vamos —susurró Jenna, e indicó que avanzaran con un gesto de cabeza.

Acceder al túnel también fue fácil. En realidad, para quienes conocían la ubicación de las puertas secretas y los mecanismos de apertura, entrar dentro de los pasadizos secretos no era más complicado que abrir una puerta.

Allí nada había cambiado: era un túnel excavado en la roca de la muralla en el que podían caminar juntas un par de personas sin rozarse; el techo alto y abovedado; el ambiente algo fresco, húmedo y polvoriento, y esa inquietante instalación eléctrica que daba luz permanente a los dispositivos de emergencia. Estuvieron unos largos segundos prestando atención a los ruidos de la galería, atentas a cualquier sonido extraño o lejano, pero no escucharon nada más allá de sus respiraciones y el latir de sus propios corazones algo acelerados.

Al comprobar que no se oía ningún ruido, Norah cerró la puerta y ambas se apresuraron a recorrer el camino que llevaba hasta la puerta secreta del museo. Se miraron eufóricas, cuando, en menos tiempo del que habían previsto, llegaron ante la placa de latón con la inscripción: «Museo – Planta baja». Esta vez no dudaron, abrieron la puerta y se colaron dentro, ambas ya conocían el mecanismo de apertura oculto en la librería del interior.

Siguiendo el plan acordado, aguardaron en completo silencio durante unos minutos más, con atención a cualquier sonido que pudieran captar del interior del museo. Pero allí el silencio era absoluto.

—Dios mío, ¡lo hemos conseguido! —susurró Jenna, todavía sin atreverse a alzar la voz.

—Casi, casi lo hemos conseguido —apuntó Norah, y encendió su pequeña linterna para seguir a Jenna; su compañera era la que mejor conocía cómo moverse por las galerías del museo.

El resplandor de la linterna de Norah iba captando fragmentos aislados de las viejas colecciones del museo: cultura, arte, viajes, naturaleza... Todo en vitrinas, estanterías y plafones viejos y polvorientos. El ambiente seguía siendo frío y olía a algo mustio y cerrado. Al llegar a la colección africana, Jenna pasó de largo la reproducción de la pirámide egipcia y fue directa a buscar la sucia vitrina que contenía el collar de oro, mezclado con cuentas de colores, que esa noche tanto le había llamado la atención.

—Ya hemos llegado. —Ambas se detuvieron delante de la joya egipcia—. Sigo pensado que es una lástima que este collar esté abandonado en este museo y nadie se lo pueda poner —se lamentó Jenna.

—Vale, vamos a repetir lo que hicimos la otra vez —dijo Norah ignorando por completo el comentario.

Se agacharon y con la linterna enfocaron el plafón, que seguía algo deteriorado debido a la dejadez. Al volver a mirar las fotografías del laboratorio, ambas fueron muy conscientes de que era el mismo en el que ellas habían estado: la mesa de trabajo con la gran lupa binocular, la misma distribución de armarios, incluso en una de ellas se podía ver la ventana que sabían que tenía unas increíbles vistas a las pirámides. La única diferencia era que en las imágenes había varios collares encima de la mesa y cuando ellas cruzaron el portal se encontraron con los amuletos.

—«Laboratorio del Gran Museo Egipcio» —leyó Norah—. Eso es, yo leí el texto y tú dijiste que querías estar allí.

—Vamos a pensar que las dos queremos visitar el laboratorio —siguió Jenna—. Nos concentramos y...

Se buscaron con la mirada y, al momento, Jenna estalló en una carcajada nerviosa. Con un dedo señaló la cara de ambas y se siguió riendo. Aunque Norah quería aguantarse, no lo logró y también se partió de risa al ver la pinta que tenía su compañera con pasamontañas.

—Parecemos dos ladronas de una película de esas tan malas que emiten los sábados por la tarde —rio Jenna, que necesitaba, de alguna manera, liberar la tensión—. Y, a pesar de este disfraz cutre, creo que esta está siendo la actuación más importante que he hecho hasta ahora.

—Pues para ser la más importante... Ya te estás saltando el guion —se burló Norah—. ¿Podemos volver a concentrarnos?

Jenna puso los ojos en blanco y negó con la cabeza, pero detuvo el movimiento en seco cuando vio que, a pocos metros, algo emitía suaves destellos nacarados. Abrió mucho los ojos y con una mano se tapó la boca. Norah siguió la mirada de la muchacha y se levantó de un salto con el corazón desbocado. Allí estaba. El espejo flotante. Lo enfocó con la linterna y los brillos nacarados destellaron con más intensidad cuando la luz se reflejó en esa extraña superficie. Estaba dispuesto en vertical, tenía una forma elíptica y alargada, y Norah calculó que, quizá, de largo, tendría más o menos su propia estatura.

—Esto es... real —murmuró Jenna, que también se había levantado y se sentía completamente asustada y temblorosa—. Creo que, en el fondo, esperaba no poder invocarlo.

—Si no quieres ir, lo hago yo y tú te quedas aquí, vigilando que no se cierre —dijo Norah, que, si bien una parte de ella también tenía miedo, la otra deseaba volver a cruzarlo.

—No, yo también voy —afirmó Jenna con una voz más firme de lo que se sentía por dentro.

Norah asintió y, con lentitud, ambas se acercaron al portal. Esta vez, se mantuvieron estoicas cuando Norah hundió el dedo índice en la superficie nacarada y este desapreció un par de centímetros; allí donde cortaban los destellos brillantes notaba una fuerte vibración en la piel.

—¿Crees que al otro lado está el laboratorio? —murmuró Jenna.

—Tendremos que comprobarlo...

—Creo que primero deberíamos practicar un poco lo que vimos en esos relieves de la fuente del olvido —propuso Jenna—. Intentar abrir y cerrar esta cosa, para estar seguras de cómo funciona y no quedar atrapadas al otro lado.

—No es mala idea —dijo Norah, y retiró el dedo—. A ver, queremos ir al laboratorio del Gran Museo Egipcio. Esto lo tenemos claro. Y ahora con una mano voy a intentar cerrar el portal.

Norah hizo un movimiento rápido con el brazo y la mano, como queriendo hacer desaparecer el espejo. Jenna también lo intentó, pero no sucedió nada.

—Lo de la mano no significa nada... —masculló Jenna.

—¿Y si cerrarlo es tan fácil como abrirlo? —preguntó Norah—. Sería lo más lógico.

Y, de repente, la superficie desapareció de delante de su vista.

—¡Oh, madre mía! ¡Es eso, Norah! —gritó Jenna—. He pensado en que ya no quería ir al laboratorio y que quería cerrar el portal y ... ¡Ha desaparecido!

Se miraron y, a pesar de los pasamontañas, pudieron verse un destello de euforia en sus ojos.

—«El espejo muestra el lugar que uno quiere ver» —dijo Norah con lentitud y también emoción—. Déjame probar a mí.

Ambas se entretuvieron unos minutos probando el funcionamiento del portal y empezaron a sentirse cada vez más entusiasmadas cuando comprobaron que ese extraño espejo seguía las órdenes precisas de su mente. Estaban tan metidas en su experimento, que les pasó totalmente desapercibido el breve momento en que hubo una entrada fugaz de luz al fondo del museo.

—Vale, ahora que sabemos cómo funciona, nos concentramos bien, pensamos las dos en el laboratorio, cruzamos, dejamos la pieza sobre la mesa y volvemos a pensar en que queremos tener el portal abierto para regresar al museo —dijo Norah.

—No tendríamos que tardar más de un minuto —dijo Jenna.

—Lo que tendrían que haber hecho es quedarse en sus dormitorios —gruñó una voz masculina que conocían de sobra.

Jenna se sobresaltó y soltó un chillido, a Norah se le desbocó el corazón. Se dieron la vuelta y encontraron a Dexter Denson a muy pocos pasos de distancia. Iba vestido con prendas de deporte, sin embargo, no era eso lo que les llamó la atención. El joven profesor las apuntaba con lo que a Norah le pareció un revólver… extravagante. No podía definir con otra palabra esa cosa negra con ciertos elementos luminosos que el hombre agarraba con su mano derecha. Si bien, en cierta manera, se asemejaba a una pistola de agua, no creía que el profesor estuviera tan chalado como para amenazarlas con un juguete infantil.

—Aquí se acaba vuestra aventura. Dadme el amuleto, regresad a vuestro dormitorio y no volváis aquí jamás —dijo el señor Denson con un claro tono enojado.

Norah no se lo pensó. Visualizó un lugar donde podían ir de inmediato y ponerse a salvo, cogió la mano de Jenna y se metió dentro del portal tirando de su amiga. Solo oyó la mitad de las maldiciones que ladró el profesor. Cuando ambas aterrizaron de pie en el suelo de la estancia iluminada, cerró el portal de inmediato con tan solo desearlo.

—Joder. —La voz de Rhydian fue un susurro inestable—. Qué... acaba... de... ocurrir...

Norah se dio la vuelta y perdió el color del rostro cuando vio que su amigo estaba arrinconado en la cabecera de su cama y las miraba a las dos como si estuviera viendo una aparición fantasma. En realidad, sí eran una aparición, aunque de carne y hueso. Se dio cuenta del error demasiado tarde. No había pensado en su dormitorio, sino en el de Rhydian. Después de fantasear tanto con la habitación de su amigo, esa había sido la primera imagen de un lugar seguro que le había enviado su mente.

—¿En serio, Norah? ¿No se te ha ocurrido nada mejor que enviarnos al cuarto de mi hermano?

Estaba claro que a Jenna tampoco le parecía la mejor de las ideas.

53

La verdad

Rhydian no podía dejar de mirar a las dos figuras femeninas y enmascaradas que, de repente, estaban dentro de su habitación. Su corazón latía frenético y las manos con las que tenía agarrado el libro le temblaban. Un momento antes estaba leyendo y, de repente, como salidas de la nada, habían aparecido dos chicas en su habitación. Una de ellas había hablado y la voz le había resultado muy conocida, pero estaba tan asustado que su cerebro no había registrado ninguna de las palabras. Sin embargo, cuanto más las miraba, más familiares le parecían y tenía la sensación de que ambas le eran muy queridas.

—Está en shock —dijo la muchacha que llevaba una coleta alta, Rhydian era consciente de que esa voz era la de Jenna, pero su mente se resistía a aceptarlo—. Si nos marchamos ahora, creerá que ha sido un sueño. Vamos.

—¡Estás loca! No podemos dejarlo así —dijo la voz de la otra chica, y, cuando su mirada impactó con la de Rhydian, el muchacho tuvo que aceptar la evidencia: esa enmascarada era Norah, reconocería su manera de mirarlo bajo cualquier disfraz.

—¿Norah? ¿Jenna?

Rhydian parpadeó con rapidez. Empezaba a pensar que estaba soñando porque era imposible que Norah y Jenna, vestidas de ninja y con pasamontañas, hubieran aparecido de la nada dentro de su dormitorio. Aunque no entendía por qué Jenna estaba en su sueño. Esta era el tipo de fantasía en la que únicamente Norah tenía cabida.

El libro se le resbaló de las manos y terminó cayendo al suelo, lo que provocó que el muchacho saliera un poco de su estupor.

—Maldita sea, Jenn, eres una pesada, incluso te entrometes en mis sueños —murmuró Rhydian.

Pensar que estaba soñando de manera consciente, lo hizo sentirse más valiente. Dejó de estar asustado porque sabía que, cuando los sueños son tan lúcidos, uno puede llegar a manipular y a dirigir lo que ocurre en ellos. Con esta idea en mente, se levantó y se acercó a las chicas.

—Largo. —El muchacho hizo un ademán con la mano para expulsar a su hermana del supuesto sueño—. Si voy a soñar que me enrollo con Norah vestida de ninja, tú no puedes estar aquí.

—Lo sabía —dijo Jenna con voz triunfal—. Te gusta Norah.

—¿Gustarme? Por favor... ¡La amo! Estoy jodidamente enamorado de ella.

Un silencio tenso planeó en la habitación 014 del King's Arms y, por primera vez desde la aparición de las chicas, Rhydian sintió que, quizá, aquello era más real de lo que imaginaba. Desvió la mirada hacia la figura de Norah y vio que ella se quitaba el pasamontañas y lo dejaba caer al suelo. Estaba hermosa, en realidad, para él siempre lo estaba. Tenía las mejillas algo sonrosadas, los cabellos revueltos y un poco encrespados debido a la electricidad estática de la tela, y en sus ojos destellaba una mezcla de sorpresa y recelo.

Norah no tenía ninguna duda de que aquello era la realidad y el pulso se le aceleró. Si bien sabía que se querían, Rhydian y ella eran amigos por encima de todo, nunca habían hablado de sus sentimientos más profundos. Ella también se había enamorado. Lo quería como amigo, pero también lo amaba de una manera tan intensa que, a veces, se sentía abrumada. Todo era tan nuevo para ella que tenía la sensación de estar solo rozando la superficie de algo enorme y desconocido.

Norah dejó su mochila en el suelo, acortó la distancia que les separaba y se plantó delante de Rhydian. Se miraron a los ojos y vio tanto amor y tanta ternura en ellos que no tuvo ninguna duda de lo que antes él había admitido. Rhydian la tomó por la cintura y la arrimó a su pecho caliente y desnudo.

—Yo también estoy enamorada de ti —le susurró Norah.

Y no dudó en rodearlo con los brazos y besarlo con todo el amor que sentía. Fue un beso dulce, lento y muy profundo. Un beso de esos que se convierten en eternos porque unen caminos y sellan promesas.

—Quiero más y no quiero despertar —murmuró Rhydian sobre sus labios, y presionó su duro cuerpo contra el de Norah y empezó a buscar el borde de su sudadera.

—Ah, no, yo ya tengo suficiente —dijo Jenna. Ella también se había quitado el pasamontañas y escondía los ojos tras sus manos para no tener que ver el espectáculo que le estaban ofreciendo su hermano y su amiga—. Norah, pon fin a esto y dile que no es un sueño. Me doy por satisfecha. Sé que me habéis mentido los dos y tengo muy claro que lleváis un tiempo juntos. Pero ya no quiero ver nada más.

—Joder, mi hermana se está cargando el mejor sueño de mi vida —masculló Rhydian sobre los labios de Norah.

—Pero tiene razón, Rhy, los tres estamos despiertos, esto está ocurriendo de verdad, es real. —Norah puso sus palmas en las mejillas del muchacho y se separó un poco de su cara—. Te amo, y solo espero que no lo olvides cuando te contemos la verdad.

Rhydian dio un paso atrás, sin dejar de mirar a Norah. Ella

acababa de admitir que también lo amaba y se sentía eufórico, y solo tenía ganas de seguir con lo que habían empezado, pero advirtió que su amiga volvía a estar asustada y que el pulso de su garganta latía acelerado. Desvió la mirada hacia Jenna, que seguía en el cuarto y lo miraba por entre los dedos que medio tapaban su cara.

No tenía ninguna duda de que todo estaba siendo muy real, pero se resistía a creerlo. Además, por experiencia, sabía que había sueños que eran tan vívidos que uno no podía saber que eran una ilusión hasta que despertaba.

—¿Qué está pasando? —musitó.

—Ven, tenemos que hablar.

Norah lo tomó de la mano y se lo llevó a la cama para que se sentara. Él obedeció y ella se puso a su lado. Luego, Jenna se acercó a ellos y también tomó asiento en el colchón. Sin embargo, antes de volver a hablar, su hermana alargó la mano y, con premeditación y alevosía, le pellizcó el brazo. Rhydian soltó un quejido mezcla de sorpresa y dolor al sentir como Jenna le retorcía la piel.

—Mira, ahí tienes la prueba, estás despierto —dijo Jenna.

—Te has ensañado… —masculló él mientras se frotaba el brazo—. Maldita sea. ¿De verdad que esto es real? Porque… Vosotras habéis… —Rhydian señaló el centro de su habitación sin atreverse a decir que habían salido de la nada—. Joder, esto es imposible.

Y fue entonces cuando las chicas le contaron la historia y, una vez más, el mundo de Rhydian se volvió a tambalear.

Primero, Norah le explicó el descubrimiento de la puerta secreta en el almacén del Bridge of Sighs y del entramado de pasadizos secretos por dentro de la muralla, luego le sorprendió con la narración del rescate de Jenna en la biblioteca, el encuentro del espejo hechizado de la leyenda del Grial y el inquietante momento en el que Milkyway lo atravesó.

Hasta ese punto, la mente de Rhydian estaba preparada para

entender el relato que le estaban contando las chicas. Él mismo conocía un túnel oculto y sabía que el internado escondía secretos muy turbulentos. Incluso, no era la primera vez que se había planteado la descabellada posibilidad de que hubiera algo sobrenatural en el castillo; con Aaron había discutido estos temas muchas veces.

Sin embargo, lo que vino a continuación lo dejó fuera de juego: un portal por el que Norah y su hermana habían ido y regresado de Egipto en tan solo unos segundos; un amuleto robado que, esa noche, querían devolver para que no inculparan a un inocente, y el señor Denson apuntándolas con una pistola luminosa y ellas escapando del museo a través del portal.

—Y la brillante idea de Norah ha sido trasladarnos a tu cuarto —terminó Jenna—. Por eso estamos aquí, no por gusto, sino porque lo primero que ha pensado tu novia ha sido en tu dormitorio.

—Pero ha funcionado, Jenn —dijo Norah, que por primera vez se atrevía a pensar en todo lo ocurrido—. El portal ha funcionado tal como pensábamos y hemos escapado del señor Denson.

—Eso es verdad.

Ambas se miraron y sonrieron como dos chiquillas que acababan de escabullirse de una tremenda travesura. Sin embargo, la expresión de Jenna cambió a una más asustada en pocos segundos.

—Pero mañana… Mierda, Norah, tenía una pistola, mañana Dexter Denson nos va a matar.

—No lo creo, ha tenido muchas oportunidades y no nos ha hecho nada, Jenn —dijo ella, que no terminaba de entender sus encuentros con el profesor.

—¿Cuándo pensabais decírmelo? —La voz de Rhydian cortó la conversación como un cuchillo recién afilado.

El muchacho seguía intentando procesar toda la información, aunque de lo primero que fue consciente fue de que, tanto

Norah como su hermana, le habían estado mintiendo desde la noche de Halloween y estaba muy enfadado.

—¿Por eso te echaste atrás esa noche, Norah? ¿Por eso me mentiste sobre el reto del beso? —Se pasó las manos por el rostro y el cabello, con la intención de poner en orden sus pensamientos—. ¿Y qué diablos hacía el señor Denson en el museo apuntándoos con una pistola?

Norah tragó saliva. Habían omitido una de las partes más importantes y, si Rhydian no había conectado los hechos todavía, era porque seguía medio en shock.

—Hay algo que aún no te hemos contado... —dijo Norah con la voz algo insegura—. Algo que sabíamos que no te detendría y que te podría llevar a la expulsión.

—Mira, Rhy, si Norah te mintió fue culpa mía. —Norah quiso detenerla porque, al final, ella había estado de acuerdo, pero Jenna continuó—: Le hice prometer que no te diría nada hasta que la directora te levantara el castigo. Lo hicimos para protegerte, para que no te expulsaran definitivamente.

Rhydian abrió la boca y la volvió a cerrar. Miró a Norah y su expresión triste e insegura le dio la última pista que necesitaba. Solo había una cosa ante la que nunca se detendría y que podría poner en peligro su permanencia en el internado: encontrar la verdad sobre la desaparición de su amigo, y Norah lo sabía.

Dio con la conexión de inmediato.

—Aaron desapareció... —Sintió que los ojos le picaban y algo duro se le atragantaba en medio del cuello—. Nadie duplicó la tarjeta de su móvil. Aaron desapareció por el portal.

54

Uno de diciembre

Rhydian se levantó de un salto de la cama y dio la espalda a las chicas. Con los puños y la mandíbula apretados, intentó conectar los vacíos y las anomalías que había en torno a la desaparición de su amigo con la información que le habían proporcionado. A pesar de que todo empezaba a tener más sentido, todavía había demasiadas cosas que no encajaban.

—Contádmelo al detalle —pidió con la voz algo ronca.

Fue así como supo que las chicas sospechaban que el internado utilizaba los pasadizos secretos y el portal para traficar con algo, que aún desconocían, y que era posible que las coordenadas que él encontró en el despacho de la directora fueran puntos de intercambio. Eso daba sentido a la teoría de que Aaron había desaparecido al encontrarse con lo que escondían y a su vez era la respuesta más obvia para el rápido cambio en la ubicación de su móvil.

También descubrió que, la noche de la desaparición, el Consejo Escolar estuvo reunido hasta pasado el toque de queda, que el padre de Chester Davies envió un todoterreno para poder regresar a Londres, y que ellas tenían la hipótesis de que, además de los vigilantes, el personal de limpieza y el propietario de la empresa de seguridad, podría haber otros padres implicados.

No le hizo ni una pizca de gracia oír que Dexter Denson había amenazado a Norah en la biblioteca, poco antes de su reconciliación, tampoco que el profesor estuviera al tanto de sus investigaciones, que fuera el instigador de ese engaño con la profesora, y todavía menos que esa noche las hubiera estado apuntando con una pistola; aunque Norah insistiera en que parecía un juguete luminoso y pensara que el profesor estaba chalado y tenía un problema con los dispositivos electrónicos infantiles.

Seguía de espaldas, tenso, y con un enfado que iba en aumento y se estaba convirtiendo en cabreo. Aunque no podía identificar bien hacia quién iba dirigida su rabia, porque se sentía enfadado con todos.

—Pero Norah, el señor Denson es amigo de la directora y la noche que viste la descarga, él quería espiar por la ventana —argumentó Jenna—. Además, sabe que utilizamos el portal, que nos llevamos el amuleto y no quería que descubriéramos cómo funcionaba el espejo hechizado. Está implicado en el asunto.

—Cierto, no lo he olvidado, pero tampoco podemos descartar a la ligera que no esté en sus cabales. —Norah soltó un suspiro—. No sabemos a qué juega el profesor, ni por qué la directora tenía el unicornio metálico de Aaron junto con el mapa borroso y las coordenadas, ni lo que significan los informes que encontró Rhydian, ni hemos averiguado qué es lo que trafican por el portal.

—Ni podemos asegurar que Aaron siga con vida... —añadió Jenna de forma suave; no quería que su hermano se hiciera vanas ilusiones—. Y, bueno... Eso es todo lo que sabemos.

—¿Eso es todo? —gruñó Rhydian, se dio la vuelta y las fulminó a ambas con la mirada—. ¿Eso es todo? —repitió en tono oscuro y grave—. Me habéis mentido, las dos. Durante semanas. Y tú, Norah... Era nuestra investigación, joder, confiaba en ti y me has traicionado por mi hermana.

Rhydian apretó los puños, estaba muy cabreado, extremadamente enfadado, sin embargo, después de dejar salir esa frase se percató de lo absurda que sonaba. Norah y Jenna eran dos de las personas que más quería en este mundo y que hubieran apartado sus diferencias para protegerlo e investigar juntas era algo que lo impresionaba. Seguía molesto, pero empezó a darse cuenta de que, por debajo del enojo, sentía algo así como admiración y orgullo por todo lo que habían hecho. También miedo por lo que les podría haber pasado.

—¿Ahora sois amigas?

—Algo así —respondieron ellas al unísono, y se miraron con una sonrisa divertida.

—Maldita sea, os estrangularía a las dos, pero, joder, os quiero demasiado.

Entonces Jenna se levantó de un salto y se lanzó a los brazos de su hermano. Rhydian la acogió y la estrechó fuerte contra él.

—Lo siento, Rhy, pensé que era lo mejor para ti. Yo solo quiero que te recuperes del todo y no eches tu futuro por la borda —murmuró Jenna con la voz algo rota.

—Lo sé, pero esto no va a quedar así, esta vez te has pasado de la raya, aunque gracias por vuestro intento estúpido y pésimo de protegerme.

Rhydian le dio un beso en la mejilla.

—Dime la verdad, ¿estás bien? —le susurró él al oído—. ¿Necesitas quedarte aquí esta noche?

—Estoy bien... Me iré ahora, sé que tú y Norah tenéis que hablar —le dijo en voz baja ella; después de las últimas semanas, ya no le parecía tan mal que Norah y su hermano estuvieran juntos.

—¿Seguro?

—Sí, seguro, pesado.

—Me llamas y estamos al teléfono hasta que llegues a tu habitación.

—¿Quién es ahora el controlador?

—Hace menos de una hora que tenías un tío apuntándote con una pistola, Jenn, casi que estoy a punto de ser yo quien te acompañe.

—Pero no puedes porque estás hipermegacastigado y necesitas hablar con Norah —se burló Jenna al ver la expresión atormentada de su hermano.

—Lo mejor será que nos vayamos las dos —intervino Norah, y se puso de pie.

—Ni se te ocurra marcharte —gruñó Rhydian, que se separó de su hermana y en dos zancadas se puso ante ella—. Tú y yo tenemos que hablar.

Norah tragó saliva y asintió al ver la mezcla de emociones que pasaban por los ojos de su amigo. Anhelo junto a enfado, miedo entrelazado con rabia, pero, por encima de todo, la necesidad de que ella confiara en él de verdad de una vez por todas.

—Rhy, te estoy llamando. —Jenna mostró su móvil—. Por favor, poned el altavoz para que pueda oíros de camino a mi cuarto y absteneos de enrollaros hasta que hayamos cortado la llamada.

Dicho eso, Jenna les guiñó un ojo, abrió la puerta y se escabulló por el corredor a toda prisa. Aunque se había hecho la valiente, quería llegar al Bridge of Sighs lo antes posible. Rhydian descolgó su móvil e hizo lo que le había indicado su hermana. Luego, cruzó la habitación para cerrar el pestillo, regresó a la cama, se sentó y le indicó a Norah que hiciera lo mismo.

—Jenn, si ves u oyes algo raro, regresas de inmediato aquí —la avisó el muchacho.

Pasaron los siguientes siete minutos en silencio, escuchando el andar rápido de Jenna, completamente pendientes de sus pasos y su respiración. De vez en cuando, Rhydian y Norah se miraban, pero enseguida volvían a prestar atención al aparato. Norah estaba nerviosa. Estaba segura de que Rhydian seguía enfadado, pero también tenía muy claro que quería que ella se quedara a pasar la noche, porque si no, hubiera dejado que las dos se marcharan juntas al Bridge of Sighs.

Después de todo lo que había sucedido aquel día, desde su derrumbamiento por el aniversario de la muerte de su madre hasta la excitación por haber descubierto cómo funcionaba el portal y el miedo ante la aparición del señor Denson, admitía que lo único que deseaba en ese momento era estar con él. Por fin era libre de todas las mentiras, por fin podían hablar de todo lo ocurrido sin engaños ni medias verdades, y por fin podían estar juntos sin tener que esconderle nada.

En ese momento, Norah fue consciente de que quería estar con Rhydian siendo ella al completo, lo amaba y confiaba plenamente en él. No podía seguir ocultándole tanto. Tenía que superar sus miedos y permitirle entrar del todo en su vida.

—Hoy ha hecho un año que mi madre murió. Bueno, ayer, ya son pasadas las doce.

A Norah se le escaparon las palabras en un susurro tembloroso. No pudo aguantarlas porque las tenía tan dispuestas en la punta de la lengua que habían encontrado solas la puerta de salida. Casi a cámara lenta, Rhydian levantó la mirada del móvil y buscó los ojos de su amiga; algo doloroso crujió en su pecho al ver su expresión desolada.

—Por eso ayer me encerré en mi habitación. No podía... —Norah titubeó y parpadeó varias veces para poder retener las lágrimas—. Es la primera vez que lo hablo con alguien que no sea mi padre.

—Joder, Norah, ven aquí.

Rhydian abrió los brazos y ella no dudó en buscar refugio entre ellos. Lo rodeó con fuerza y pegó su cuerpo y su mejilla a su torso, que seguía caliente y desnudo. Las lágrimas rodaron en silencio por el pecho del muchacho. Por primera vez desde la muerte de su madre, Norah sintió algo así como alivio al llorar por el dolor que padecía.

—He llegado —murmuró Jenna al teléfono mientras se oía el cerrar de una puerta—. Yo tampoco lo sabía. Cuídala bien esta noche, Rhy.

El muchacho dejó el móvil en la mesita de noche y obligó a Norah a tumbarse junto a él. No esperaba ese giro en los acontecimientos. Había pensado que discutirían un poco, pero no mucho, solo un poco porque se merecía que estuviera enfadado. Pero en sus planes también entraba besarla, desnudarla como los últimos mediodías y sentirla viva contra él. Porque, a pesar del enfado, también tenía miedo de todo lo que podía sucederles a partir del día siguiente. Pero eso... no lo esperaba y Norah lo había desarmado por completo. Tan solo hacía un año que su amiga había perdido a su madre, lo había estado ayudando a él a superar su pérdida y él no se había dado cuenta de que ella estaba lidiando con un dolor muy similar.

—Lo siento tanto... —murmuró sobre su pelo mientras la acariciaba—. Si lo hubiera sabido, hubiera estado ahí para ti, desde el principio.

—Yo no quería que estuvieras, Rhy, yo no quería tener a nadie cerca.

—¿Quieres contármelo?

Y esta vez Norah se lo contó. La muerte de su madre, cómo la vivió, el motivo de su traslado a Inglaterra, cómo de abandonada se sintió, cómo luchó para no relacionarse con nadie y cómo él se coló dentro de sus barreras sin que ella pudiera hacer nada. Se echó a llorar de nuevo al relatarle cómo le dolió el descubrir que su padre tenía novia y cómo, desde entonces, apenas hablaba con él. Y con cada palabra que decía, el cadáver putrefacto que tenía enterrado en su interior se iba desintegrando y dejaba a la vista una herida profunda y todavía demasiado abierta, pero que ahora que había conseguido limpiarla, notaba que, por fin, podía empezar a cicatrizar.

—Ya no tengo más secretos, Rhy, esta soy yo, sin barreras, sin nada —susurró Norah con la voz ronca.

—Te quiero, Norah, ya sea cuando levantas barreras como cuando me dejas entrar —murmuró él cerca de su pelo; seguían tumbados y abrazados, la cabeza de Norah reposaba sobre los pectorales del chico—. Y significa mucho para mí que me lo hayas contado.

—Yo... quiero que entres y te quedes.

Norah levantó la barbilla y se encontró con la mirada verde y brillante y llena de ternura de Rhydian. Le dio un beso en el pecho, luego otro justo encima de la clavícula. Su piel estaba caliente y a ella le encantaba esa sensación. Se irguió un poco y siguió subiendo con besos lentos y cargados de intención por el cuello, debajo de la mandíbula y muy cerca de la comisura de la boca; complacida al notar que él se estremecía y empezaba a tantear sus curvas con las manos.

Norah se detuvo y se separó de su cara para poder ver su expresión. Acercó una mano y le rozó los labios con suavidad. Él sonrió y después atrapó uno de sus dedos en la boca. Ella cerró los ojos al sentir que ese contacto simple y travieso la encendía por dentro y que tenía muy claro lo que quería, porque deseaba sentirlo todo con Rhydian.

—Eh, ¿qué ocurre? —le dijo él en contacto con la yema de sus dedos, y detuvo las caricias al ver que abría los ojos y su mirada era diferente, algo oscura, intensa, determinada—. No tenemos por qué continuar, Norah. Hoy ha sido un día...

—Quiero continuar. Hasta al final. —Ella se sintió algo insegura al ver que él parecía haberse quedado sin palabras—. ¿Tú quieres?

—Claro que quiero. —Rhydian no esperaba nada en concreto de esa noche y, aunque lo deseaba desde hacía tiempo, la propuesta lo había sorprendido—. Hoy han pasado muchas cosas, Norah. No sé si...

—Y todavía haremos que pasen más. Quiero esto, quiero nuevos momentos contigo, quiero empezar a vivir de nuevo —dijo ella sobre sus labios, con la voz algo rota, porque percibía que ese era uno de esos instantes de los que le había hablado su madre, era uno de esos momentos de felicidad que ella le había prometido vivir.

Rhydian dejó escapar un jadeo ronco cuando sus bocas se encontraron. A partir de ahí todo fueron besos y caricias tiernas, profundas y también ansiosas. La ropa les empezó a sobrar y salió disparada por los aires, una prenda detrás de la otra, entre sonrisas, jadeos y gemidos bajos de placer. No tenían prisa y se enredaron durante largo rato sobre la cama, dejando su huella invisible sobre las sábanas del muchacho. Y cuando él se levantó y regresó del armario con un preservativo, no hubo nada más que cariño, sonrisas, confianza y pasión, y dejaron que sus cuerpos se amaran de la misma manera que lo sentían en su corazón.

No fue hasta mucho más tarde que apagaron la luz del dormitorio y se tumbaron abrazados dentro de la cama. Ella trazaba círculos lentos en la piel del brazo de Rhydian mientras escuchaba su respiración profunda y pausada y pensaba en todo lo sucedido. Su amigo había desmontado todas sus barreras y la había ganado en su propio juego por goleada. Hacía mucho tiempo que no se permitía ser feliz, y la sensación le era un poco extraña, pero se dijo que había llegado el momento de cumplir su promesa.

—Te perdí, mamá, y lo odié tanto… Y duele y te echo tanto de menos… —susurró con lágrimas en los ojos, imaginando que su madre, estuviera donde estuviera, la podía escuchar—. Pero ya no estoy enfadada contigo y creo que tampoco con papá, ¿sabes? Sentí que me abandonabais, pero todo eso me ha llevado a Rhydian. Ojalá hubieras podido conocerlo…

Dejó que una lágrima rodara por su mejilla, pero esta vez sonrió.

—Gracias por quererme tanto, mamá. Yo te querré siempre.

Notó que Rhydian la estrechaba más contra su cuerpo y le dejaba un beso en la nuca. No sabía si él estaba despierto o los gestos eran producto de la inconsciencia, pero tampoco le importó y tan solo se acurrucó más en su pecho.

A pesar de lo bien que estaba en la cama con él, esa noche, Norah no pudo dormirse hasta que fue a buscar el móvil y tuvo el valor de escribir tres palabras:

Lo siento, papá.

La respuesta fue inmediata; tampoco era una noche en la que Matthew pudiera conciliar el sueño:

Yo también lo siento, cielo. Te quiero,
nunca lo olvides.

Norah no contestó, pero supo que ambos habían dado un gran paso.

55

El joven profesor Denson

El viernes por la mañana, Norah se despertó temprano, aunque esta vez no fue debido a su recurrente pesadilla, sino más bien por el contacto de un cuerpo caliente y duro tras su espalda. Se despidió de Rhydian con un beso largo y algo somnoliento, que a ambos les supo a poco, y se escabulló del dormitorio antes de que los chicos del King's Arms se despertaran.

No sabía cómo sentirse. O, quizá, lo que ocurría era que sentía demasiadas cosas al mismo tiempo y no sabía cómo ordenarlas. Por un lado, era dichosa por haber empezado algo de verdad con Rhydian, aunque todavía tenía el interior muy revuelto por las emociones de pérdida y dolor que había revivido el día anterior. Y, por otro, ahora, a la luz de un nuevo día, lo ocurrido en el museo era todavía más real y tenía miedo de las implicaciones que traería.

Después de una escapada rápida a los jardines del castillo para ver a Milkyway, se dirigió al comedor para desayunar. Allí vio que Rhydian, Jenna y Tawny estaban sentados en la misma mesa. Jenna miraba su desayuno sin apenas escuchar lo que explicaba su amiga, parecía estar intranquila y con los dedos toqueteaba su bonito collar. Rhydian tampoco atendía a los comentarios de la pelirroja, que estaba sentada a su lado, y examinaba su alrededor como en busca de algo. Cuando sus ojos se encontraron, pareció aliviado y le sonrió. Luego, con un gesto de cabeza, la invitó a sentarse con ellos. Esta vez, Norah no dudó e, ignorando la mirada sorprendida y también disgustada de Tawny, tomó asiento al lado de Jenna.

—¿Todo bien, Jenn? —le preguntó.

La chica seguía con la vista fija en el plato; la comida estaba intacta. Norah miró a Rhydian, que estaba muy tenso, y él negó con un gesto serio y breve.

—¿Qué está pasando? —dijo Tawny, que, de repente, advirtió que tanto la presencia de Norah como el comportamiento de sus amigos era demasiado inusual.

Al fin, Jenna levantó la mirada. Norah pudo ver que estaba nerviosa y asustada antes de prestar atención a la nota que le entregaba.

—Me ha hecho llegar esto, también quiere que vayas tú —susurró Jenna.

Norah leyó la nota: «Convocatoria obligatoria: media hora antes de la primera clase deben presentarse usted y su compañera de trabajo en mi despacho. La falta de asistencia supondría un suspenso directo de mi asignatura. Profesor Denson».

—Maldita sea —masculló Norah.

—¿Alguien me puede explicar qué ocurre? —demandó Tawny.

—Vamos a ir, Jenn, y no va a pasar nada —aseguró Norah, ignorando la pregunta.

—¿Cómo estás tan segura?

—Yo también se lo he dicho —terció Rhydian con un deje de rabia en la voz—. Es una convocatoria escolar, terreno neutro. No creo que pase nada, pero yo también voy.

—No, Rhy, tú estás al margen. Sigue al margen, por favor —rogó Jenna—. Nos convoca a nosotras. Ahora eres nuestro as en la manga, tú eres el único que lo sabe todo.

No pudieron discutirlo demasiado. Era casi la hora, Tawny seguía preguntando y no podían hablar con claridad delante de ella. Cuando Norah y Jenna se levantaron, él también se puso de pie y no vaciló cuando se acercó a Norah y la agarró de la cintura.

—Se terminó lo de escondernos, ¿vale? —le susurró muy cerca de la mejilla.

Norah asintió, algo turbada, y él le dejó un beso rápido sobre la piel que, si bien solo fue un roce inocente, puso en evidencia lo que había entre ellos. El jadeo de sorpresa de la pelirroja no pasó desapercibido para ninguno de los tres.

—Le cuento algo a Tawny para que no haga más preguntas y os espero fuera del despacho —siguió él en voz baja—. No pienso dejaros solas.

Apenas conversaron mientras caminaban por los pasillos decorados de Old Castle College. Norah le daba la mano a Jenna y simplemente escuchaba como su amiga murmuraba para sí misma, con un tono un tanto dramático, que no quería morir sin conocer el amor de su vida, ni antes de escribir una gran obra que se representara en los mejores teatros del país ni de devolver el amuleto; retornar la pieza egipcia se había vuelto esencial para ella.

Al llegar, se miraron a los ojos, estaban asustadas, pero buscaron la fuerza de la una en la otra para continuar. Con los latidos a mil, Jenna dio un par de golpes en la puerta y una orden seca les indicó que podían entrar.

El despacho del señor Denson era una pequeña estancia ubicada en la segunda planta de la muralla principal que compartía con otros profesores. Él estaba sentando delante de una mesa de madera y parecía estar corrigiendo un trabajo. Una ventana de estilo gótico dejaba entrar la luz, algo apagada por las nubes altas de ese día, y en las paredes había armarios y estanterías con libros, documentos y material diverso para las clases.

—Sentaos —ordenó con un tono seco y cortante, sin ni siquiera mirarlas.

Aunque dejaron la puerta abierta adrede, obedecieron la orden de inmediato y tomaron asiento en las dos sillas que había delante de la mesa del joven profesor. La espera se les hizo eterna, porque el señor Denson tardó más de cinco minutos en terminar de revisar el trabajo que tenía encima de la mesa. Cada vez estaban más nerviosas, pero también enfadadas. Tenían la sensación de que el hombre estaba alargando el calvario a propósito.

—Cerrad la puerta.

Fue lo primero que dijo cuando dejó el bolígrafo rojo y levantó la mirada; sus ojos zafiro eran como dos fríos fragmentos de hielo. Al ver que ninguna de ellas se levantaba para ejecutar el mandato, añadió:

—¿Ahora tenéis miedo? Haberlo pensado antes.

Fue él mismo quien cruzó la habitación y cerró la puerta. Cuando regresó a su silla, fue directo al grano.

—Hoy seré muy claro: se ha acabado el juego. —Su tono era tan frío y duro que Norah notó un escalofrío que le bajaba por la espalda—. No tengo ni idea de lo que tramáis, pero a estas alturas me da igual. Estáis poniendo en peligro la vida de muchas personas, incluida la vuestra. Si alguien muere, os juro que vendré a buscaros y os lo haré pagar.

Jenna perdió el color del rostro, Norah sintió que algo se helaba en su interior.

—A partir de ahora tenéis prohibida la entrada en el museo y los pasadizos secretos. Y ni se os ocurra hablar con alguien de la puerta de teletransporte. Para vosotras ha dejado de existir, ¿lo habéis entendido bien? —Las chicas asintieron de inmediato—. Que sepáis que estaréis vigiladas todo el maldito curso. Si detecto un mínimo movimiento inadecuado, os prometo que yo mismo buscaré la manera de expulsaros del colegio. Y ya os digo que no me van a faltar argumentos.

Dexter Denson inspeccionó una vez más sus expresiones. Estaba muy enfadado por cómo habían ido las cosas y no podía dejarlo pasar de nuevo, era demasiado peligroso que estuvieran entrometidas. Se dio por satisfecho cuando vio que, como mínimo, parecían lo suficientemente asustadas como para tenerlas controladas durante un tiempo. Un valioso tiempo que él necesitaba.

—Y ahora, fuera de mi despacho.

Las muchachas no se lo pensaron dos veces y salieron de allí como si el mismísimo Herny Duval las hubiera amenazado con cortarles la cabeza.

El fin de semana no fue fácil. Tampoco la semana siguiente. A pesar de que Dexter Denson no volvió a mencionar el asunto ni tampoco cambió la forma de tratar a Jenna en la clase de Arte y Diseño, las dos chicas no podían dejar de sentirse tensas y amenazadas, como si ahora tuvieran una flecha sobre sus cabezas que indicara de manera permanente que ellas eran las siguientes en sufrir un accidente o una desgracia inesperada.

Rhydian estaba muy preocupado por ellas, y también muy frustrado. Tras discutirlo mucho, habían empezado a pensar que el señor Denson, de alguna manera que ignoraban, podía rastrear el móvil de las chicas. Eso no le hacía ni pizca de gracia porque quería decir que conocería dónde se encontraban en cada momento. Además, por más cerca que estuvieran de la verdad sobre lo que pudo haberle ocurrido a Aaron, ahora, con la nueva situación, sabían que todavía era más difícil seguir con la investigación y terminar de encajar todas las piezas que quedaban sueltas.

Después de hablarlo entre ellos, acordaron cancelar de manera provisional el retorno del amuleto. Rhydian quería anular por completo el plan, pero Jenna insistía en que, a pesar de las amenazas, tenían que hallar una manera segura de hacerlo. Así que fue Norah quien encontró un término medio y propuso una cancelación temporal, a la espera de ver qué pasaba durante las próximas semanas.

Norah y Jenna se mantuvieron distantes entre ellas y se comportaron como antes de hacerse amigas para que nadie pudiera relacionar la una con la otra. Y, entre asustados y tensos, y mirando muy a menudo tras su espalda, intentaron retomar su rutina en Old Castle College.

56

El deber de Jenna

Los días fueron pasando. El invierno empezó a ganar la partida a los últimos suspiros del otoño y la decoración navideña iba conquistando las residencias y los pasillos del castillo.

En la vida de los estudiantes de bachillerato seguía sin ocurrir nada reseñable más allá de los cotilleos sobre el cambio evidente en la relación entre Norah y Rhydian, y el resentimiento de Tawny o los desaires de Chelsea, al saber que el chico que ellas querían ahora estaba con otra chica; a ambas les era difícil aceptar que el muchacho hacía tiempo que había dejado de estar a su alcance.

A medida que pasaban los días, Norah, Rhydian y Jenna fueron comprobando que todo seguía igual. Aparentemente, nadie parecía tenerlos bajo vigilancia, ni mucho menos esperando su oportunidad para cazarlos *in fraganti* o para hacerles daño. Así que, poco a poco, empezaron a relajarse y siguieron con su rutina habitual, a la que, además de las clases, los trabajos y las extraescolares, ahora también debían añadir la preparación para los exámenes.

Incluso el fin de semana antes de la fiesta de Navidad, Norah fue con Carlien y su pandilla a Oxford a comprarse un vestido «decente» que lucir en el evento, después de que Carlien revisara su armario para ayudarle a elegir el atuendo y se escandalizara porque Norah no tenía nada suficientemente apropiado para el grado de etiqueta que se exigía. Así que la chica no había tardado nada en montar una excursión a la ciudad y remediar así el problema.

Llegó el último martes del cuatrimestre y, con él, el último examen para los estudiantes de bachillerato. Después de muchos días sin disponer de tiempo a solas, Rhydian y Norah quedaron en verse otra vez en el dormitorio del muchacho antes de las clases de la tarde; ya no tenían trabajos pendientes ni apuntes que repasar con urgencia.

—¡Te has traído a Milkyway! —rio Rhydian cuando Norah abrió su mochila y, en lugar de libros y apuntes, salió la cabeza jaspeada del gato.

El animal maulló y ella lo tomó en brazos y lo acunó en su pecho mientras le daba besos por toda la cara.

—Las últimas dos semanas apenas he podido estar con él y quería compensarle.

Le dio un último beso entre las orejas y lo dejó en el suelo. El gato, sin ningún tipo de vergüenza, empezó a explorar la habitación. Norah apenas tuvo tiempo de hacer ningún otro movimiento porque Rhydian fue más rápido que ella y, en un abrir y cerrar de ojos, se encontró envuelta entre sus brazos y con sus bocas buscándose con impaciencia.

—¿Y si hoy nos saltamos la comida? —murmuró él sobre sus labios—. También tenemos mucho tiempo que compensar.

Siguieron con el beso, que les hizo perder el mundo de vista a ambos, hasta que Norah recordó el cambio de planes de última hora y se obligó a detenerlo.

—Espera, espera... Acabo de invitar a Jenna, no tardará en...

La frase quedó en el aire porque dos toques en la puerta dejaron muy claro que la chica era puntual. Norah se disculpó con una sonrisa inocente y, al ver que Rhydian hacía una mueca de desagrado y no estaba dispuesto a abrir a su hermana, fue ella la que la dejó entrar.

—Tiene algo importante que decirnos, a los dos y en privado —le explicó Norah cuando abrió la puerta.

—¿Y no podía esperar? —farfulló él.

—No, no podía esperar. Es demasiado importante —dijo Jenna al entrar—. ¿Siempre os enrolláis con un gato en la habitación? —añadió cuando vio a Milkyway husmeando el escritorio de Rhydian.

—Jenn, no esperes que te contestemos a esa pregunta. Vamos, dilo ya, ¿qué ha ocurrido? —Rhydian cambió la expresión de fastidio por una de preocupación al fijarse en el semblante serio y grave de su hermana.

Jenna suspiró antes de decir:

—Tenemos que encontrar la manera de devolver el amuleto, no podemos retrasarlo más. —Y les mostró la pantalla del móvil.

La chica estaba nerviosa y las manos le temblaban un poco mientras ellos leían la noticia que les enseñaba.

—Oh, mierda, están a punto de inculpar a una persona inocente por el robo del amuleto. —Norah apretó los dientes y miró a su amiga, que tenía la expresión compungida.

—Y fui yo, yo soy la que lo tiene. —A Jenna se le rompió la voz, pero enseguida se recuperó y dijo—: Maldita sea, ¡solo quiero devolverlo!

Rhydian se pasó las manos por el cabello. Había pensado muchas veces en la situación en la que se encontraban ahora y tenía más de un plan en la cabeza que empezaba a tomar forma. Ni él ni Norah habían renunciado a seguir investigando y estaba claro que Jenna tampoco había abandonado la idea de devolver el amuleto. Después de esas primeras semanas de tensión, todos comenzaban a ver las cosas un poco diferentes. No había ocurrido nada. Ni el profesor Denson había vuelto a amenazarlas ni la directora los había llamado a su despacho. Y, aunque era arriesgado, hacía algunos días que él le daba vueltas a idear algún plan muy encubierto para poder continuar.

—A ver, chicas, he pensado mucho en ello y creo que lo más seguro es que sea yo quien vaya a devolver el amuleto —dijo el muchacho—. Nadie sabe que yo conozco el secreto de portal.

—Ni hablar —soltó Norah.

—Eso sí que no —sentenció Jenna al mismo tiempo.

—Nunca has estado allí y, aunque sabes cómo funciona, teóricamente, no es seguro —insistió Norah—. Como mínimo tenemos que ir dos.

—Si vamos, iremos los tres —decidió Jenna—. Si pasara algo, siempre tendríamos refuerzos para ayudarnos.

—Pero vosotras no podéis ir —replicó Rhydian—. La amenaza del señor Denson sigue vigente. Vale que estos días todo parece normal, pero, de alguna manera, el profesor os siguió hasta el museo. Ya lo hemos hablado y es posible que os esté rastreando el móvil.

—Pues iremos sin móvil —alegó Jenna.

—¿Y eso no nos pondría en peligro? —cuestionó el muchacho—. Si alguien se queda atrapado, ¿cómo se comunicará con los demás?

Norah seguía el debate con la cabeza a mil por hora. Estaba de acuerdo con Jenna: si alguien inocente iba a ser condenado por un delito que habían cometido ellas, tenían que devolver lo antes posible el amuleto. Pero no se fiaba de Dexter Denson y también sabía que no podían subestimarlo. Ninguno de ellos terminaba de entender qué papel tenía el profesor en todo el asunto, pero estaba claro que el tipo era peligroso.

—A ver, vamos a hablarlo con calma —propuso Norah, e indicó a ambos hermanos que se sentaran en la cama.

Milkyway, al ver que los humanos se sentaban en el colchón, no dudó en subirse a la cama para compartir un poco de juerga con ellos. Norah sonrió, lo tomó en brazos de nuevo y empezó a acariciarle la espalda.

—Estamos de acuerdo en que es posible que el móvil de Jenn y el mío estén siendo rastreados —empezó Norah—, pero quizá podríamos apagarlos por completo y llevarlos encima solo por si los necesitamos.

—A veces, lo simple es lo más brillante —murmuró Jenna con un tono esperanzado.

—Sabemos que desde el Bridge of Sighs se tarda poco en llegar al museo y, esta vez, ya conocemos cómo funciona el portal. Podemos ir mucho más deprisa —siguió Norah—. Y, cuando regresemos del laboratorio, invocamos una segunda vez el espejo hechizado para que nos traiga a una de nuestras habitaciones, y listo. No tenemos que tardar más de diez minutos en hacerlo todo.

—Me uno al plan —dijo Jenna entusiasmada.

—No me parece mal —murmuró Rhydian, con la expresión pensativa—. Pero hay un posible enorme fallo en él: ¿y si nos encontramos a alguien en los pasadizos secretos?

—Es un riesgo que tendremos que asumir —le contestó su amiga.

—Quizá no haga falta asumir ningún riesgo... —intervino Jenna—. Sé de un día que la escuela entera está reunida y ocupada en algo importante. Algo en lo que todos quieren participar y salir en la foto.

—¿Estás hablando de la fiesta de Navidad? —adivinó Rhydian.

—Exacto y es este sábado por la noche. —Jenna sonrió, y luego se dirigió a Norah—. Ese día todo el mundo quiere estar en primera fila, salir en las fotos y relacionarse con las familias más importantes. Es uno de los actos más solemnes del año y los profesores, los trabajadores, los padres y los alumnos están presentes tanto en la preparación como en todos los actos.

—Habrá pocas posibilidades de que alguien se meta en los túneles... —aventuró Norah—. Y en Egipto tienen una hora más que nosotros así que, a esa hora, el museo ya tendría que estar cerrado.

—Incluso hay algo más. —Jenna torció una sonrisa un tanto malvada—. Dexter Denson, junto con madame Leblanc, forma parte de la dirección de la obra de Navidad. Ese sería el momento perfecto porque él estará ocupado y todos los asistentes a la fiesta también.

—Podría ser una buena opción… —dijo Rhydian, pero luego frunció el ceño al recordar algo importante—. Jenn, este año tú eres la protagonista de la obra. Tendremos que ir Norah y yo.

—No, iremos los tres —afirmó la chica con vehemencia.

—Pero eso quiere decir… —Norah no pudo terminar la frase.

Jenna se mordió el labio y suspiró. Había tomado la decisión en tan solo un par de segundos. Supo de inmediato que era lo correcto, ella también tenía que estar allí, estaba tan metida en el lío como Norah y Rhydian, incluso más porque era ella quien había robado el amuleto. A pesar de lo mucho que le doliera en el orgullo, el papel que ahora tenía que hacer era mucho más importante que ser la protagonista en la obra de la escuela.

—Significa que a madame Leblanc le va a dar un infarto cuando le diga que no me veo capaz de hacerlo y que, ¡maldita sea!, convertiremos a Chelsea en la estrella de la noche.

57

Un brindis al aire

Esa noche, la luna resplandecía orgullosa en medio de un cielo completamente despejado y esperaba, impaciente, la inminente llegada del invierno. El frío era gélido en los jardines de Old Castle College y la temperatura del exterior contrastaba con la agradable luminosidad y calidez que desprendía el interior del castillo.

El ambiente era festivo y también muy contagioso. Sonaban villancicos en los corredores y en las estancias principales, y tanto los estudiantes como los trabajadores y los padres invitados paseaban y charlaban animadamente entre árboles de navidad, guirnaldas y luces de colores.

Después de pasar un rato con sus padres y su hermana, y también con amigos y conocidos de sus progenitores, Rhydian se había alejado del jaleo y ahora permanecía irreverentemente sentado encima de una de las mesas más apartadas del comedor. Tenía una copa de champán al lado y hacía una llamada que había retrasado demasiados días. A pesar de que le dolía, intentaba llamar a la abuela de Aaron un par de veces al mes para hablar un poco con ella. La mujer siempre rompía a llorar y a él se le partía un poco más el corazón, porque no sabía cómo consolarla, pero era lo mínimo que podía hacer por su amigo.

Ese día hablaron de cómo se encontraba la mujer, de los estudios de Rhydian y él le prometió que, antes de fin de año, tomaría un avión para ir a visitarla a Edimburgo.

Cortó la llamada con un nudo en la garganta. Para ambos sería su primera Navidad sin Aaron y no quería ni pensar en cómo lo pasaría ella. Y él… Se sentía extraño porque también era la primera con Norah. Y eso le provocaba una gran contradicción interna, ya que era muy consciente de que la pérdida de su amigo había hecho posible que pudiera encontrarla a ella. Y ahora Norah se había convertido en una de las personas más importantes de su vida. Ya no podía imaginarse la vida sin ella.

Sabía que a Norah le invadía una contradicción similar a la suya; estaba despierto cuando ella le susurró esas palabras a su madre la primera noche que hicieron el amor. Era difícil asimilar que algo que todavía le dolía tanto era al mismo tiempo la fuente de su nueva dicha.

Cogió la copa, la levantó y se perdió unos instantes en el brillante color dorado y las burbujas del champán. Ese año no habría risas después de su tradicional brindis absurdo, ni una competición para ver cuál de sus pajaritas era la que escandalizaba más a los asistentes de la fiesta, ni tampoco fotos con muecas para hacer rabiar a las familias cuando pedían una instantánea para recordar el día.

—Te echo de menos, tío —dijo Rhydian mirando el líquido dorado. Luego alzó la copa para hacer un brindis imaginario—. Joder, esto va por ti, estés donde estés, te prometo que haré lo posible por descubrir lo que te ocurrió.

Dio un sorbo a su copa y paladeó el sabor burbujeante de la bebida; era el primer día en meses que probaba el alcohol. «Un brindis con Aaron bien se merece un trago más», se dijo. Y, luego, abandonó la copa encima de la mesa. No iba a beber, atrás habían quedado los días que necesitaba perderse en la inconsciencia. Además, esa noche tenían planes mucho más importantes.

Como si pudiera notar su presencia, Rhydian desplazó la mirada por el comedor hasta encontrar la figura que buscaba. Sintió un cosquilleo agradable en la barriga al ver a Norah charlando con Carlien al lado de una de las mesas de picoteo. Aunque hacía rato que la cena había empezado, todavía no se habían visto y se permitió observarla desde la distancia. Le sorprendió verla enfundada en un vestido tan elegante, no parecía ella. Pero, claro, la fiesta exigía ir de etiqueta, y él mismo llevaba un ridículo esmoquin negro con el que parecía más un mayordomo sofisticado que un chico al que le faltaban pocas semanas para cumplir los diecinueve. Estaba acostumbrado a verla con el uniforme de la escuela o en ropa casual o de deporte, y le gustaba que ella no necesitara vestirse elegante para impresionar. Aunque admitía que, últimamente, también le gustaba y se estaba acostumbrando a verla sin ropa.

Sonrió como un bobo cuando ella se rio por algo que su compañera le había dicho. Estaba perdidamente enamorado de ella y no le parecía mal, al contrario; Norah era lo mejor que le había pasado en mucho tiempo. Allí, alejado de todo, con una solitaria copa de champán y después de un brindis al aire, le vino a la memoria una de las últimas conversaciones que tuvo con Aaron la noche de su desaparición.

Cerró los ojos y recordó esa noche en la habitación de su amigo: jugaban a uno de los videojuegos preferidos de lucha de Aaron y, como siempre, con su vena competitiva, buscaba dejarle KO con pocos golpes. Su amigo puso la partida en pausa justo cuando él estaba ejecutando un movimiento mortal y le jodió no poder terminarlo.

»—Mariah sigue dándome largas —dijo Aaron, y dejó el mando encima de la cama—. Un día parece que coquetea conmigo, y el siguiente, pasa de mí.

»—Tendrías que empezar a olvidarla, tío —le recomendó él—. Os acostasteis antes de Navidad, si hubiera querido algo más, ya te lo habría hecho saber.

»—Creo que estoy enamorado…

»—¿Otra vez? —rio Rhydian; sabía que Aaron caía muy a menudo bajo el influjo de las flechas de cupido.

»—No te rías, que es muy jodido enamorarte y no ser correspondido —gruñó su amigo—. Tú tienes suerte. A veces, tengo envidia de lo que tienes con Tawny. Yo también quiero tener algo así con una chica.

»—Tampoco hay para tanto… —murmuró él, que, si bien le gustaba estar con Tawny, a veces se sentía un poco atado y obligado a cumplir con las elevadas expectativas de la pelirroja.

»—Oye, ¿ocurre algo? ¿Estás bien con ella?».

En aquel momento no supo muy bien qué contestar porque, en realidad, le iba bastante bien con Tawny. Ahora, después de saber lo que era enamorarse de verdad, podía entender mejor a su amigo. Lo que tenía con Norah no podía compararse con nada de lo que hubiera tenido con otra chica y era algo que haría lo que fuera para mantener vivo.

Se acordaba que aquella conversación tomó un rumbo serio durante un rato, pero luego terminaron riéndose a carcajadas al rememorar algunas de las citas más ridículas y desastrosas de ambos. Y, poco antes del toque de queda, él se marchó a su habitación porque quería arreglarse un poco para Tawny. Por lo que supo después, Aaron se fue al Bridge of Sighs para hablar con Mariah.

Y ya no se volvieron a ver.

Rhydian apartó con rapidez el recuerdo; no era el mejor momento para dejarse arrastrar por todo lo que vino a continuación. De un salto, bajó de la mesa y volvió a buscar a Norah entre el gentío. Esta vez la encontró cerca de la misma mesa, pero ahora estaba hablando con un hombre de mediana edad. Empezó a dirigirse hacia ellos, esquivando mesas engalanadas y llenas de comida y rodeadas de personas vestidas y enjoyadas como si hubieran sido invitadas a una recepción de la reina.

Pero, a medio camino, se detuvo al advertir que pasaba cerca de un grupo de personas que ahora estaban en su lista de sospechosos. La directora, el profesor Denson, la señora Rogers y el señor Davies estaban charlando y, por sus expresiones, era algo que parecía ser serio. Intentó acercarse para escuchar la conversación, pero el movimiento hizo que la directora reparara en él.

—Disculpad un momento, ahora vuelvo. —Evelyn Foster salió del ruedo y con un par de pasos se puso al lado de Rhydian—. Señor Cadwallader, me alegro de verlo. ¿Podría hablar un momento con usted?

Rhydian examinó unos largos segundos a la directora antes de asentir. En tan solo un año, había estado en presencia de la señora Foster muchas más veces que la mayoría de los estudiantes. Era una mujer elegante y orgullosa, con una mirada aguda y un aspecto siempre impecable. Así que le sorprendió ver que, ese día, su mirada no tenía ese brillo altivo que él tanto aborrecía y, bajo las capas de maquillaje, podía ver con claridad unas ojeras pronunciadas.

Evelyn Foster tomó a Rhydian por el brazo y lo guio hasta un lugar donde no había tanta gente.

—Esta semana quería llamarte a mi despacho, pero varios compromisos me han mantenido ocupada —dijo la directora con un tono neutro, demasiado diferente a su tono habitual—. Solo quería decirte que tu castigo ha terminado. Sigue así, muchacho. Céntrate en los estudios y sigue así.

Rhydian se quedó descolocado unos instantes. No esperaba eso y no entendía ni el tono ni el comportamiento de la directora. Ella empezó a alejarse, pero entonces la detuvo.

—Espere, señora Foster.

La mujer se dio la vuelta y el muchacho pudo ver que parecía cansada, quizá también algo triste, no terminaba de saber cómo interpretar su expresión.

—Centrarme en los estudios no me hace olvidar. Nada me hace olvidar —dijo Rhydian con un tono rabioso en la voz; quería hacerle saber a la mujer que él no estaba dispuesto a olvidar todo lo que había ocurrido y, todavía menos, lo que ella había hecho—. Solo quería lo supiera.

—Lo sé, Rhydian, lo sé muy bien —reconoció la directora, ahora con un tono más bien frío y duro—. Pero es lo único que puedes hacer.

58

Un vestido de color añil

Norah se metió un canapé en la boca mientras observaba la partida de Carlien y su pandilla. Su padre se había acercado al grupo para conocer a sus nuevas amigas y, después de unos minutos de charla intrascendente, ellas se habían despedido de forma muy cortés para dejarlos solos.

—Parecen buenas chicas —dijo Matthew cuando las muchachas desaparecieron entre el gentío.

Ella se encogió de hombros. Lo eran, no podía negar que se había hecho un pequeño hueco en su pandilla, las apreciaba y se sentía bien con ellas. Pero todavía no estaba en el punto de poder hablarlo con su padre. Todavía tenía la sensación de que les separaba un abismo lleno de silencios, desconfianza y dolor, y que solo con el tiempo ambos podían intentar reparar eso que se había estropeado durante un año entero.

Miró a su padre y sintió una punzada de culpabilidad al ver su expresión abatida.

—Me caen bien —dijo ella al fin, con un tono un poco forzado.

—Me alegro. Me alegro mucho de que hayas hecho nuevas amigas.

Matthew dio un sorbo a su copa de champán y se aclaró la garganta, estaba nervioso, no quería volver a meter la pata con ella.

—Norah, cielo... —titubeó, pero enseguida encontró las palabras para demostrarle que él estaba completamente dispuesto a cambiar ciertas cosas entre ellos—. Estás preciosa con este vestido, hija. Todavía te pareces más a tu madre y... Me gusta que me recuerdes a ella.

Eso último lo dijo con la voz algo ronca y la emoción atrapada en la garganta, pero consiguió sonreír. Y todavía lo hizo un poco más al advertir que Norah se había quedado con los ojos muy abiertos y la respiración un poco agitada. Matthew se acercó a su hija y le dejó un beso tierno en la frente.

—Venga, disfruta de la fiesta —murmuró sobre su pelo—. Y recuerda estar lista para marcharnos a media mañana. Estas Navidades tengo planes para hacer cosas juntos.

—No sé si estoy lista para esto, papá —susurró Norah con la voz entrecortada y los ojos algo húmedos. No sabía cómo encajar el cambio de actitud de su padre ni lo que iba a significar en su relación.

—No importa, iremos poco a poco.

Matthew le dio otro beso y luego se marchó en busca de algún conocido con el que charlar. Norah se quedó paralizada viendo cómo se alejaba. Lo que acababa de ocurrir era algo importante, pero todavía no sabía cómo procesarlo. Sin embargo, no tuvo la oportunidad de darle demasiadas vueltas, enseguida vio que Rhydian se acercaba a ella con pasos lentos. Aunque lo prefería con vaqueros y camiseta, estaba muy guapo y parecía mayor. Se dio cuenta de que los preciosos ojos verdes del muchacho descendían por su cuerpo y volvían a subir con una mirada oscura y cargada de deseo.

Se removió, algo inquieta y también expectante, con el pulso ligeramente acelerado.

—¿Dónde está mi Pequeña Ninja? —dijo él a modo de saludo cuando llegó a su lado.

—Disfrazada —rio Norah.

Rhydian sonrió y volvió a bajar la vista por su cuerpo, esta vez con más lentitud, intentando no perderse ningún detalle.

—Pues me gusta el disfraz.

Cuando le puso la mano en la espalda para acercarla a él y darle un beso en la mejilla, se sobresaltó al notar que apenas unas finas tiras de ropa cubrían esa parte de su anatomía.

—Joder con el disfraz, Norah —dijo con la voz más grave y ronca y, con lentitud, le acarició la piel hasta posar su mano en la parte de baja de la espalda.

Era el vestido más elegante que ella jamás había llevado y, a pesar de que no desentonaba con el resto gracias a los acertados consejos de Carlien, no dejaba de sentirse un poco fuera de lugar. Era un vestido de color añil, cortado por encima del pecho y muy ceñido hasta la cintura, que bajaba algo más holgado hasta sus pies. Hubiera sido bastante corriente, si no fuera por los finos tirantes que subían por sus hombros y se entrecruzaban varias veces tras su espalda desnuda. No estaba acostumbrada a mostrar tanta piel, pero, a pesar de la leve incomodidad, también había estado intrigada por ver la reacción de Rhydian, y si esta coincidiría con lo que su amiga le había asegurado que sucedería cuando él la viera.

Ahora podía afirmar que Carlien había acertado en todas y cada una de las reacciones.

—Tu disfraz de pingüino tampoco está nada mal, Chico de la Capucha —rio ella—. Aunque falta poco para cambiarnos, está llegando la hora.

—¿Estás nerviosa?

—Un poco. ¿Y tú?

—Bastante —admitió él—. No todos los días uno tiene en la agenda el plan de teletransportarse por primera vez.

—Solo espero que esta vez todo salga bien —murmuró Norah.

—¿Sabes? Hace nada he hablado con la directora, estaba

como rara, no se ha comportado como siempre —le contó él—. Me ha levantado el castigo.

—¡Por fin! Pensaba que tendríamos que esperar hasta después de las vacaciones. —Norah le cogió la mano y le dio un apretón cariñoso—. Ya eres libre, Rhy.

El muchacho la estrechó un poco más contra él e inspiró su aroma a flores frescas.

—¿Quieres bailar? —preguntó de sopetón.

Norah lo miró entre sorprendida y divertida.

—¿Ahora? El baile no empieza hasta después de la obra de teatro.

—Da igual. Imagina que nos quedamos atrapados en el laboratorio egipcio. —Norah estaba a punto de replicar, pero él no la dejó—. Quiero tener un baile anticipado contigo.

—No vamos a quedarnos atrapados, ¿de acuerdo? —replicó ella, y luego relajó la expresión para añadir—: Pero el baile anticipado suena bien.

Buscaron un rincón un poco apartado y se medio ocultaron tras una columna de piedra del comedor adornada con un hilo de pequeñas luces blancas. Seguían sonando villancicos, pero les daba igual la música porque lo único que querían era mecerse con suavidad, el uno contra el otro.

—Dime una cosa… —le susurró Rhydian, con la frente apoyada en la de ella.

Se balanceaban sin seguir un ritmo en concreto, con una mano entrelazada a la altura del hombro de Norah y el brazo del muchacho rodeándole la cintura.

—¿A cuánto vamos? —preguntó con un tono perezoso—. Hace tiempo que no actualizas el marcador.

Norah soltó una risa divertida. Se perdió unos instantes en la mirada cautivadora de Rhydian y notó que él esperaba la respuesta con un claro brillo competitivo.

—Creo que, con el baile improvisado, hoy tu contador va por delante —dijo ella casi rozando sus labios, y él ladeó una sonrisa engreída—. Pero el juego sigue en marcha y no será fácil que esto vuelva a suceder.

—Encontraré la manera de ganarte, Norah, una y otra vez.

Y juntaron sus bocas para besarse sin prisa, con ternura, tomándose su tiempo para deleitarse con lo que sentían estando juntos.

Una voz anunció por los altavoces del hilo musical que los asistentes a la fiesta ya podían dirigirse al teatro de la escuela. A regañadientes, Norah y Rhydian detuvieron su baile íntimo y, con una mirada cómplice, empezaron a ejecutar el plan. Tenían que seguir la marea de gente, como si también fueran a ver la obra, pero luego se desviarían para escabullirse hasta el Bridge of Sighs y, allí, se encontrarían con Jenna.

Profesores, padres y estudiantes de todos los cursos, que salían de los tres comedores, inundaron las escaleras y los pasillos y caminaban sin prisa hacia el teatro. A pesar de que no todo el mundo asistía a la obra y muchos se quedaban en alguno de los comedores del torreón este, esta era una célebre tradición que la mayoría no se quería perder.

Norah y Rhydian no tuvieron ningún problema para llegar a la residencia de las chicas, y, aunque se cruzaron con algunos compañeros y trabajadores rezagados, nadie les prestó ninguna atención extra. Jenna no llegó hasta pasados diez nerviosos minutos y ellos aprovecharon ese tiempo para comprobar que no hubiera nadie escondido en ningún rincón de la sala común.

—¿Solos? —dijo Jenna al entrar, y ellos asintieron—. Bien, todo va como habíamos previsto. El señor Denson está con madame Leblanc detrás del escenario y, cuando me he marchado, la directora Foster llegaba con varios de los padres del Consejo Escolar.

—¿Y Tawny? —preguntó Norah, porque la amiga de Jenna era el elemento más difícil de sortear.

—Le he dicho que me quedaba entre bambalinas, y a mis compañeros les he dicho que prefería ver la obra desde la platea.

—Jenna soltó un lamento sonoro—. ¡No sabéis qué asco da ser la comidilla de la semana!

—En realidad, sí lo sabemos —murmuró Norah.

—Todo el mundo cree que no he sido capaz de dar la talla —siguió Jenna con sus quejas enfadadas—. Y Chelsea... —Soltó un resoplido—. Chelsea ahora se cree la reina del mundo.

—Eh, vamos, Jenn. —Rhydian puso sus manos en los brazos desnudos de su hermana para calmar su irritación—. Siempre dices que, en el mundo del espectáculo, uno tiene que aprender a fortalecerse tanto con las derrotas como con los éxitos.

—Pero esto no ha sido ninguna derrota —gimoteó ella que, si bien sabía lo que significaba tomar esa decisión, a su orgullo le seguía doliendo—. Se me daba tan bien el personaje, Rhy. Pero yo... yo necesito hacer esto.

—Lo sé y vamos a hacerlo.

Zanjado el asunto de la obra, los tres se apresuraron a bajar por las escaleras para llegar al sótano del torreón oeste.

59

Amuleto robado

Lo tenían todo preparado. Esa misma tarde, habían escondido las mochilas en un rincón del almacén y no tardaron en quitarse los trajes de lujo y vestirse con la ropa de deporte oscura que habían traído de repuesto. Rhydian no pudo evitar mirar de reojo a Norah, mientras ella se desvestía, y ver cómo los rayos más dispersos de la luz de su linterna le acariciaban la espalda y los hombros desnudos. Lamentó no poder ser él quien le quitara ese vestido. Pero tan solo fue un pensamiento fugaz, porque, cuando Jenna le puso entre las manos el pasamontañas recién comprado, toda su atención volvió a situarse en lo que estaban preparando.

Se calzó las zapatillas e intentó doblar con cuidado el esmoquin para guardarlo dentro de la mochila; esperaban regresar pronto e infiltrarse de nuevo en la fiesta como si nada hubiera ocurrido. Luego repasó que todo lo esencial siguiera en el bolsillo de sus pantalones: el pasaporte, su cartera con la tarjeta de crédito, el cargador del móvil y una chocolatina que su hermana le había insistido en que se llevara sí o sí.

No terminaba de asimilar lo que iban a hacer. Por más que las chicas le hubieran contado con pelos y señales cómo era el portal y cómo funcionaba, su mente seguía resistiéndose a aceptar que eso pudiera ser verdad.

Siguió con la mirada los movimientos de Norah y de su hermana: mientras una volvía a esconder las mochilas, la otra se encargaba de abrir la puerta secreta que había tras el armario de las mantas. Sintió una extraña emoción cuando se abrió y se coló un rayo directo de luz dentro de la estancia. El pulso se le aceleró. Después de tanto tiempo, por fin podría seguir los pasos de Aaron y saber dónde se había metido el día de su desaparición. No se lo había dicho a las chicas, pero tenía la ingenua esperanza de que él podría ver algo que a ellas les hubiera pasado desapercibido. Esperaba ser capaz de meterse en la mente de Aaron, pensar cómo lo había hecho él cuando estuvo en los túneles secretos o ante el portal, y que eso les ayudara a encontrar alguna pista nueva que les permitiera avanzar un poco más en la investigación.

Aunque ya sabía que no podían entretenerse en examinar los pasadizos, el tiempo pasó demasiado deprisa para su gusto. Se metieron en los túneles, cerraron la puerta y se dirigieron con rapidez hacia la muralla principal del castillo. Todo era piedra excavada, silencio y frío húmedo. No pudo evitar sentirse impresionado por la gran obra de ingeniería que suponía ese entramado de galerías de piedra, iluminadas con luz artificial y construidas por dentro de las paredes de la muralla.

Como habían previsto, no se tropezaron con nadie y entraron en el museo sin ningún contratiempo. Luego, con la luz de sus linternas, lo atravesaron sin demorarse, dejando atrás estanterías y vitrinas polvorientas y desgastadas.

Se detuvieron al llegar delante del expositor acristalado que contenía el collar egipcio. Él también se agachó para ver las fotografías del laboratorio. Se sentía un poco decepcionado porque, hasta ahora, no había encontrado nada que le pudiera dar una pista sobre Aaron.

—¿Solo tenemos que pensar en ir aquí? —preguntó en voz baja.

—Exacto —confirmó Norah, y, de repente, a pocos pasos de distancia, apareció ante ellos la cosa más extraña que Rhydian había visto en su vida.

—Joder, ¿esto es el espejo hechizado? —La voz le salió algo inestable al ver esa masa ovalada con brillos nacarados que flotaba en medio de la nada. Tragó saliva. Estaba impresionado, y también un poco asustado—. Todavía no entiendo cómo os pudisteis meter ahí dentro la primera vez.

—La culpa la tuvo el gato —masculló Jenna.

—Vamos allá, chicos —dijo Norah—. Entramos, yo me quedo dentro del portal para mantenerlo abierto, vosotros accedéis al museo, devolvéis el amuleto y regresamos. Al llegar aquí, invocamos el sótano del torreón y fin de la historia. ¿Sí?

Ambos hermanos asintieron. Rhydian tomó aire con fuerza y se dejó guiar por Norah, que no dudó en ningún momento en atravesar esa superficie vibrante y reluciente.

Quizá, lo que más le sorprendió al muchacho fue que el plan funcionara. Unos instantes antes estaban en el interior de un museo frío y polvoriento y, un poco después, su cabeza emergía dentro de una estancia en penumbra extremadamente parecida a la de la foto de la vitrina. Una mesa amplia de trabajo con una gran lupa binocular presidía el centro del laboratorio. Entró en la estancia y dio un par de pasos hacia la amplia ventana del fondo. La visión lejana de tres grandes pirámides iluminadas por focos dorados le sobrecogió. Avanzó un poco más hacia el centro de la sala porque, en ese momento, mandaba su instinto y la necesidad de comprobar que eso que estaba sucediendo era real.

—Vamos, Rhy, tenemos que regresar —le apremió Jenna.

Se dio la vuelta y vio que su hermana ya había colocado el amuleto encima de la mesa. Junto a la valiosa pieza, había una nota de disculpa escrita a mano que Jenna se había obstinado en dejar; quería hacerles saber que el robo no había sido un hurto intencionado y rogaba que no se inculpara a ningún inocente.

Sin embargo, lo que lo descolocó por completo fue la escena

que ocurrió a continuación: al lado de la mesa, en posición vertical, seguía destellando el portal que los había trasladado a miles de kilómetros de Old Castle, y su hermana estaba a punto de cruzar de nuevo esa superficie flotante, pero de Norah solo podían ver medio cuerpo, la cabeza de la chica y su otra mitad estaban desaparecidas dentro de la masa reluciente.

Tragó saliva. Aunque sabía que Norah estaba bien, su cerebro no dejaba de enviarle mensajes de alarma al ver el cuerpo de la chica cortado por la mitad. Entonces la cabeza de Norah apareció como salida de la nada en el laboratorio. Como todos, llevaba puesto el pasamontañas, pero percibió algo en su mirada que hizo que todo su cuerpo se pusiera en tensión.

—Alguien ha entrado en el museo. Oigo pasos rápidos y voces que se acercan —susurró Norah de forma atropellada—. ¡Tenemos que salir ya!

Jenna soltó una exclamación y, por unos momentos, se quedó paralizada por completo. Fue Rhydian quien tomó las riendas de la situación y, en un par de zancadas, se puso al lado de su hermana y la empujó para que entrara en el portal.

—No sé si tendremos tiempo de regresar al sótano —murmuró Norah.

—Nos escondemos, ¿vale? —dijo Rhydian—. Tú encárgate de cerrar esa cosa.

Dicho esto, tiró de su hermana y los tres atravesaron la masa reluciente. Regresar fue rápido. Quizá lo más complicado fue superar el momento de pánico al oír que las voces estaban demasiado cerca. Con la tenue luz del portal, buscaron protección tras los armarios bajos más próximos y se agacharon para que las cabezas no sobresalieran por las vitrinas acristaladas. Se quedaron completamente a oscuras cuando Norah cerró el portal con su pensamiento. Ahora tenían las voces casi al lado y, una de ellas, les puso en alerta. El pulso de los tres estaba desbocado, sus cuerpos llenos de tensión y adrenalina. Jenna estaba tan asustada que incluso las orejas le pitaban.

—Esta noche no es la adecuada y lo sabéis —decía la voz de la señora Foster con cierta tirantez—. Rosalyn, tu hija es la protagonista de la obra, ahora mismo deberías estar en primera fila. ¿Por qué tenemos que estar hoy aquí?

—Y a ti te culpo de no poder estar viendo a mi hija —reprochó una voz femenina con dureza. Los tres adivinaron que era la madre de Chelsea.

—No te entiendo, Rosalyn.

—¿De verdad que no lo sabes, Evelyn? —preguntó una voz grave y masculina con cierto tono burlón. Los tres habían oído alguna vez esa voz, pero no sabían identificar a quién pertenecía.

—Pues no, Anthony, desconozco por completo el motivo por el que habéis insistido en venir.

—¿No te ha dado ninguna pista lo que ha estado ocurriendo esta semana?

—Ya hemos llegado —anunció otra voz masculina diferente, completamente desconocida para ellos, y los pasos se detuvieron muy cerca de su escondite. El pulso de los muchachos seguía latiendo enloquecido.

—A ver, Evelyn, ¿nos puedes decir qué hacía esto en una carpeta oculta de tu portátil?

No veían la escena, pero podían imaginar que el hombre llamado «Anthony» era muy probable que fuera el señor Davies y que, en ese momento, estaba enseñando algo a la señora Foster que hizo que ella ahogara una exclamación.

—¿Cómo habéis llegado a ella? —dijo la señora Foster con la voz estrangulada.

—Evelyn Foster, ilustre directora del prestigioso internado de Old Castle College —rio la señora Rogers—. Ilustre, pero también mujer infiel y corrupta. Pensaba que tres años atrás ya te quedó claro que nunca se debe subestimar a las familias más poderosas del Reino Unido. Tenemos a los vigilantes del complejo comprados, también a varios contactos en la policía. ¿Crees que no tenemos a nadie aquí dentro para vigilarte?

—¿Y el chico? Me asegurasteis que no se cruzó con la entrega, pero no fue así ¿verdad? —dijo la señora Foster con la voz derrotada—. ¿Qué ocurrió?

A Rhydian el aire se le quedó atrapado en la garganta. Su cuerpo se tensó y tuvo que apretar los puños y clavarse las uñas en la piel para aguantar las ganas de levantarse y embestir al grupo. Jenna se puso una mano en la boca para evitar gritar. Norah estaba completamente rígida y no podía dejar de pensar en que los traficantes, quizá, mataron a Aaron y que el espía de la señora Foster era el profesor Denson.

—Este es el tema que nos trae hoy aquí, Evelyn —dijo el señor Davies—. Aunque, es posible que ya sepas la respuesta porque, con tu espionaje, te has acercado bastante a la verdad.

—¿Sigue vivo? ¿Está en alguna de tus instalaciones de El Congo, Anthony? —quiso saber la señora Foster.

Rhydian y Norah aguantaron la respiración, esperando oír la respuesta; su corazón tronaba como un loco. Jenna también temblaba y buscó la mano de Norah para apretársela con fuerza.

—Si no fuera porque nos has traicionado, me sentiría impresionado. —El tono del señor Davies ahora era grave y frío—. No puedo dejar de preguntarme cómo has descubierto tantos puntos de entrega. ¿Cómo lo hiciste?

Hubo un largo silencio, en el que nadie habló y, después, se oyó un roce suave de ropa y unos pasos alejándose. Entonces los tres se sobresaltaron al ver que la luz de unos reflejos nacarados destellaba a poca de distancia de su escondite. Se miraron entre ellos a través de la penumbra, sorprendidos y también asustados. Alguien había invocado el portal.

—Traedlo —ordenó el señor Davies, aunque no terminaron de entender a quién daba la orden.

Lo siguiente que pasó se les quedaría grabado para siempre en la retina: un destello más fuerte de luz, un par de pasos sobre el suelo y una voz algo ronca que hizo que a Rhydian se le llenaran los ojos de lágrimas y se le pusieran los pelos de punta.

—Me han dicho que quería verme, señor Davies.

Fue instintivo. Rhydian y Norah sacaron la cabeza por la esquina del armario y Jenna se puso de rodillas para atisbar por la parte baja de la vitrina acristalada. Ninguno de los tres podía dar crédito a lo que veían sus ojos. De dentro del portal había salido un chico de piel oscura y cabello muy rizado, llevaba una espesa barba negra que le cubría buena parte del rostro y vestía ropa de verano algo sucia y desaliñada. Sin embargo, Rhydian lo hubiera reconocido bajo cualquier aspecto.

Aaron McNeal estaba vivo.

60

Destellos nacarados

No era la primera vez que la puerta de teletransportación del oscuro museo clausurado de Old Castle College se abría ante la señora Foster y los tres padres del Consejo Escolar, pero sí era la primera vez que tres estudiantes, conmocionados, observaban la escena medio escondidos detrás de unas estanterías.

Rhydian había dejado de ser dueño de sus emociones y su cuerpo se había convertido en una amalgama de rabia lacerante, alegría al ver que su amigo estaba vivo, desconcierto por el hecho de que Aaron parecía conocer bien a su captor, necesidad de salir corriendo y abrazarlo y, al mismo tiempo, unas ansias crecientes de infligir un dolor profundo e imborrable a los criminales que lo estaban reteniendo. Eran las manos y el cuerpo de Norah los que habían logrado detenerlo y devolverlo a la realidad. Lo tenía agarrado de la cintura, con todo su dorso pegado a él y su boca respirando sobre su nuca, como si hubiera sabido antes que él que perdería el control.

—Muchacho, tienes buen aspecto —dijo el señor Davies; y ellos tres, todavía tensos y estupefactos, aguzaron el oído para poder escuchar mejor la conversación.

—¿Tiene noticias sobre mi abuela? —preguntó Aaron—.

Me dijo que me diría algo y de eso ya han pasado muchas semanas.

—Ya sabes que soy un hombre muy ocupado. Pero es Navidad y he pensado… ¿qué mejor día para darle las buenas noticias?

—¿Está bien?

—El tratamiento va funcionando y la han llevado a la residencia de nuevo, sigue viva. Si te sigues portando así de bien, yo seguiré costeando todos los tratamientos.

Rhydian se irguió e intentó sacar un poco más la cabeza por detrás del mueble. ¿Residencia? ¿Tratamiento? Él llevaba meses hablando con la abuela de Aaron y, sin contar con la tristeza permanente de la mujer, no estaba más enferma de lo habitual y seguía viviendo en su casa de Edimburgo; él mismo iría a visitarla dentro de pocos días.

—No la deje morir, por favor. —La voz de Aaron sonó desesperada.

—Eso depende de ti, ya lo sabes —dijo el señor Davies en un tono casi afable—. Pero hoy quería traerte otra sorpresa.

Se oyeron unos pasos y en su campo de visión aparecieron la señora Rogers y el señor Lennox; a Rhydian se le pusieron los pelos de punta al escuchar como Aaron los saludaba con naturalidad, como si ya estuviera acostumbrado a verlos. Lo que no esperaba era que la voz de Aaron se rompiera al descubrir a la señora Foster.

—¿Directora Foster? Usted… también… ¿Sabe que ellos me apresaron? ¿Sabe dónde me tienen?

—Dios mío, Aaron, estás vivo… —dijo ella en medio de un claro sollozo.

—Bien. Pues esto es todo —interrumpió el señor Davies con un tono frío—. Mira, muchacho, la directora sabe dónde estás, ella también está implicada. Recuerda: ya nadie te busca, ya nadie piensa en ti, todo el mundo sigue adelante y no tienes ninguna posibilidad de salir con vida. Lo único que te queda es velar por la vida de tu abuela, que está en tus manos. Ella puede morir mañana o puede seguir viviendo, todo depende de si haces bien tu trabajo.

—Anthony, ¿no deberías darle ropa nueva al muchacho? —preguntó la señora Rogers—. Como mínimo para cuando tengamos que verlo.

El sollozo de la señora Foster volvió a irrumpir en el museo. Rhydian tuvo que hacer acopio de toda su fuerza de voluntad para no salir del escondite y arremeter contra todo el mundo. Jenna seguía con la mano en la boca, intentando controlar su respiración y su grito de angustia. Norah sentía una rabia creciente en el pecho, tenía ganas de gritar, también de desgarrar a esos criminales, pero inspiró profundo y contó hasta diez para intentar apaciguar un poco su furia. Con las emociones a flor de piel no podía pensar. Y quería pensar. Necesitaba pensar. Su mente le estaba mostrando una posibilidad y si no intentaba poner en marcha el plan que tenía en la cabeza, lo lamentaría.

—Chico, regresa a las instalaciones, aquí todo ha terminado —ordenó el que ahora sabían que era el señor Lennox.

Rhydian vio que Aaron volvía a cruzar el portal y tuvo que apretar los puños y la mandíbula para aguantar el dolor que le invadía el pecho. Tan cerca y, a la vez, tan lejos.

—¿Satisfecha, Evelyn? —soltó con irritación la señora Rogers—. Está vivo, está en El Congo, como suponías, y ahora también eres cómplice de su secuestro. Si nos denuncias, tú también caerás. Bueno, tú más que nosotros, no olvides que tenemos mucho más dinero y poder que tú.

—Su abuela… no está en ninguna residencia.

—Lo sabemos, pero así es más fácil controlar al muchacho —rio la señora Rogers—. Es un sentimental.

—¿Y por qué lo retenéis? ¿Por qué os lo llevasteis?

—Lo encontramos vagando por los pasadizos… Ese entrometido vio demasiado —gruñó el señor Lennox—. Tenía que desaparecer.

—Y mejor utilizarlo para nuestros fines que matarlo —añadió la señora Rogers—. No te creas que nos gusta mancharnos las manos de sangre.

—Evelyn, nos has traicionado recopilando pruebas en nuestra contra. Te subestimé, no te creía tan valiente —dijo el señor Davies—. Supongo que ya no te importa que tu marido sepa que tienes amantes, ni tampoco que los padres del colegio sepan que las prefieres muy tiernas, casi de la edad de sus hijas.

—Así que, si tu reputación ya no te importa, espero que sí valores el bienestar de esa jovencita de diecinueve años que cada semana te espera en ese ático de Oxford —amenazó la señora Rogers con tono burlón—. Es la que visitas más a menudo, es tu preferida, ¿verdad?

—Por favor, a ella dejadla fuera de esto —suplicó la señora Foster.

—Lo tendrías que haber pensado antes de conspirar contra nosotros, Evelyn —rio la madre de Chelsea—. Nuestro acuerdo ha funcionado muy bien durante tres años y creo que, con el nuevo incentivo, podemos seguir muchos años más.

—Vamos a ampliar el tráfico de nuevos productos —dijo el señor Lennox—. Has roto el trato, Evelyn, y nosotros también lo hacemos. No vamos a limitarnos a las drogas sintéticas, al arte clandestino y a los minerales ilegales solamente.

—No poner en peligro a los alumnos fue lo único que os pedí —dijo la señora Foster entre sollozos.

—Vas a ser más estricta con el toque de queda de los profesores y deberás impedir el acceso a los túneles a todos aquellos que los conozcan —siguió el señor Lennox.

—Lo mejor sería inutilizar todas las puertas de entrada a los túneles, menos las que utilizamos nosotros —sugirió la señora Rogers—. Tenemos que proteger bien la nueva mercancía.

—¿Qué vais a hacer?

—¿De verdad lo quieres saber, Evelyn? —La risa oscura del señor Davies resonó por las paredes del museo—. Tú haz tu trabajo y déjanos hacer el nuestro.

—Vamos, ya hemos perdido demasiado tiempo, quiero llegar antes del segundo acto —dijo la señora Rogers—. Mi niña me tiene que ver allí.

Lo siguiente pasó rápido: la luz del portal se extinguió y quedaron a oscuras por completo mientras escuchaban como los pasos de los cuatro se alejaban por las galerías del museo. Rhydian y Jenna permanecieron varios minutos muy quietos, totalmente tensos, con el horror metido en el cuerpo, intentando procesar todo lo que habían visto y escuchado. Norah estaba igual de escandalizada que ellos, pero tenía la mente ocupada y mantenía la concentración en algo que podía ser su única esperanza.

—Dios mío, Dios mío, se han ido, ¿verdad? —susurró Jenna cuando pasados varios minutos todo seguía en absoluto silencio—. Dios mío, era Aaron, Rhy, ¡era él!

—Esto es… —Rhydian apretó un poco más los puños e intentó tragarse el grueso nudo que tenía en la garganta—. Joder, Aaron está vivo. Lo hemos tenido al lado. ¡Maldita sea! Y ahora vuelve a estar fuera de nuestro alcance.

—Bueno, quizá, esto último no sea cierto —susurró Norah, y, ayudándose con el movimiento de una mano, murmuró—: Vamos, crece, ábrete del todo de nuevo.

Suaves destellos nacarados surgieron de la nada y muy cerca de ellos vieron que el portal se formaba otra vez. Los tres se levantaron de inmediato. Norah encendió su linterna, los brillos del espejo hechizado ondularon contra la luz. Rhydian soltó un improperio y Jenna ahogó una exclamación.

—¿Qué supone esto, Norah? —preguntó Rhydian, porque la esperanza quería gritar dentro de él, pero no se atrevía a desatarla.

—Todavía no estoy muy segura —murmuró ella.

Norah se acercó a la masa flotante y ambos hermanos la siguieron. La chica tocó con el dedo la superficie y notó la vibración de la energía en la piel.

—Cuando han mandado a Aaron de vuelta, me he concentrado en la idea de que el portal no se cerrara del todo, quería que permaneciera abierto y lo he deseado continuamente hasta que ellos se han marchado.

—Madre mía. ¿Quieres decir que tenemos una puerta abierta a donde tienen retenido a Aaron? —preguntó Jenna con la voz temblorosa.

A Rhydian se le aceleró el pulso. No podía dejar de mirar a su chica y luego al portal, y vuelta a empezar.

—«El espejo muestra el lugar que uno quiere ver» —recitó Norah . Y me he centrado en que quería mantener abierto el portal del lugar que ya estaba abierto. Pero no sé si habrá funcionado. Tendremos que comprobarlo.

—Eres un genio —dijo Jenna.

Rhydian por fin salió del asombro inicial y no dudó en agarrar a Norah por la cintura y estamparle un beso rápido y furioso en los labios.

—Tanto si funciona como si no lo hace, gracias. Joder, yo ni siquiera lo he pensado. Estaba tan bloqueado…

Norah acogió con las manos sus mejillas cubiertas por el pasamontañas y se hundió unos instantes en esa mirada que tanto le gustaba y que ahora estaba enturbiada por una mezcla de angustia y esperanzas reprimidas.

—Te quiero, Rhy, y somos un equipo. Cuando uno está bloqueado, el otro está al lado para ayudarle —dijo Norah con suavidad—. Esto lo he aprendido contigo.

—Joder, te quiero, Norah, no sabes cuánto.

Rhydian la estrechó fuerte contra él y le dejó un beso encima de la cabeza. Jenna se mantuvo en silencio y sintió una bonita calidez en el pecho al observar la escena. Nunca hubiera imaginado que le gustaría ver a su hermano enamorado de otra que no fuera Tawny, pero, después de verlo con Norah, sabía que estaban hechos el uno para el otro. No habló hasta que se separaron.

—¿Y qué hacemos con el portal?

—No sabemos lo que hay al otro lado —dijo Norah—. Estaba pensando que primero tendríamos que comprobar con qué lugar conecta y si allí hay algo o alguien que pueda ser peligroso.

—Tienes razón, meternos directamente sería un suicidio —convino Rhydian, y torció una mueca pensativa—. Podríamos meter un móvil dentro del portal y hacer un vídeo.

—Buena idea… ¿Y si también rastreamos en directo la ubicación del móvil? —sugirió Norah—. Lo enviamos por el chat y tendremos las coordenadas del lugar. El vídeo y las coordenadas, quizá, nos pueden servir para hacer una denuncia a la policía. Si tenemos pruebas o si allí hay algo incriminatorio…, tendrán que investigar, ¿no?

—Todo lo que podamos recopilar puede llegar a ser útil para rescatar a Aaron —afirmó Rhydian.

—Esto quiere decir que Norah o yo tenemos que encender el móvil y que Dexter Denson podría llegar a saberlo… —dijo Jenna.

—Está ocupado con la obra de teatro, ¿no? —Ahora que tenían la posibilidad no solo de encontrar a Aaron, sino también de rescatarlo, a Rhydian le habían dejado de importar las amenazas de expulsión—. Iremos rápido.

Al final, ambas chicas encendieron el móvil y fue Rhydian quién activó el rastreo de ubicación en su dispositivo y lo metió dentro del portal. Apenas dejó que sus dedos cruzaran la masa brillante y, casi sin creérselo, Norah y Jenna vieron que la ubicación, que se enviaba en tiempo real al chat que compartían, cambiaba al instante.

—Dios mío, ha funcionado —susurró Jenna—. Tu móvil está en El Congo, Rhy.

El corazón de los tres pulsaba tremendamente acelerado. Norah había conseguido mantener abierto el portal.

Rhydian movió el brazo para intentar grabar lo que sea que

hubiera al otro lado. Contó hasta diez, deseando que fuera suficiente, y retornó su mano dentro del museo. Casi esperaban que alguien del otro lado los hubiera asaltado, pero no ocurrió nada. Se apresuraron a mirar el vídeo y vieron que se trataba de un almacén muy grande y algo destartalado, con una tenue luz artificial, pero suficientemente potente para que la imagen fuera decente. Era un lugar espacioso y también sucio, con ventanas oscuras en lo más alto y con toda el área llena de pilones de cajas acumuladas. Lo que más les llamó la atención fue que no aparecía ni una sola persona. No había nadie en el almacén.

—Joder, ¿y si entramos? —Rhydian estaba cada vez más esperanzado—. Podríamos ver lo que hay en las cajas, cogemos más pruebas, y quizá…

—Ni lo pienses, Rhy —lo interrumpió su hermana—. Aaron está preso, no está en nuestra mano rescatarlo.

—Pero sí podemos coger pruebas, todo lo que encontremos allí podría ayudarnos a que regresara —insistió él.

—Envía el vídeo al chat —le pidió Norah, que estaba de acuerdo con Rhydian con lo de conseguir más pruebas—. Alguien tiene que quedarse aquí por si se cierra el portal. Jenn, ¿te quedas tú?

—¿Y qué tengo que hacer?

—Si el portal se cierra, miras el vídeo y lo vuelves a abrir. Estaremos en contacto a través del chat, ¿vale? —Norah tomó aire antes de seguir—. Y, si oyes algo en el museo, nos avisas y te escondes.

—Si tenemos que huir rápido, abriremos un portal a mi habitación —añadió Rhydian—. Ya lo hicisteis un día, podemos volver a hacerlo.

Jenna asintió, aunque no podía dejar de pensar que el plan le parecía muy mala idea. Rhydian y Norah se miraron. Después de un leve gesto de aprobación, cruzaron el portal uno detrás del otro.

61

En un almacén clandestino

Aunque era algo obvio y esperable, Norah no pudo dejar de sorprenderse una vez más por la magia del portal: estaban en un almacén idéntico al del vídeo de Rhydian. Quizá era un poco más grande de lo que ella había imaginado, pero todo era viejo y decadente, la pintura grisácea de las estructuras se caía a pedazos y parecía como si la suciedad formara parte de la decoración. A la izquierda y bastante lejos de donde se encontraban, vieron una puerta de garaje metálica de grandes dimensiones. A la derecha, cerca de ellos, había un par de puertas de madera cerradas y, en medio de ellas, una escalera destartalada que subía hacia un altillo.

Rhydian buscó su mano y tiró de ella hasta que ambos estuvieron medio ocultos tras el cargamento de cajas más próximo. Permanecieron unos largos segundos en silencio, atentos a cualquier ruido o movimiento, pero todo estaba en calma.

—¿Damos un vistazo rápido? —susurró Norah, y Rhydian asintió.

Ambos se levantaron y empezaron a recorrer la zona más cercana al portal; el brillo de la superficie flotante no destacaba demasiado debido a luminosidad del almacén. Cientos de cajas apiladas se repartían por todo el espacio y, entre los pasillos que formaban las cargas, Norah pudo distinguir distintas sustancias mugrientas pegadas al suelo. Miró hacia arriba y vio que las ventanas estaban situadas a tanta altura que no había forma humana de acceder a ellas, y, a través de la porquería incrustada en los cristales, pudo deducir que allí también era de noche. El ambiente era húmedo y muy caluroso, los dos llevaban pasamontañas de lana y ropa de invierno y habían empezado a sudar desde el primer momento. Con la sofocante atmósfera, les llegaba un ligero hedor a moho y podredumbre.

Hicieron fotos y las enviaron al chat. Todas las cajas parecían tener un código alfanumérico y también tomaron captura de alguna de las series. Luego, intentaron abrir varias cajas, pero todas estaban cerradas o muy bien embaladas.

—Maldita sea, no podemos ver nada más —masculló él.

—Vamos, Rhy, regresemos —susurró Norah, que también se daba cuenta de que allí no descubrirían ninguna pista más.

Fue entonces cuando escucharon el chirrido de una puerta al abrirse. Se agacharon tras la pila de cajas que tenían al lado con el pulso disparado. Oyeron un par de voces masculinas y unos pasos que parecían descender por una escalera. Se miraron unos instantes y Rhydian señaló en dirección al portal. Norah asintió. No les quedaba muy lejos. Aunque los vieran correr por el almacén, podían llegar hasta el espejo hechizado y escapar.

Pero no lo hicieron. Norah supo el momento exacto en el que Rhydian se echó atrás. Fue cuando se terminaron los crujidos de la escalera y escucharon más cerca una voz masculina que hablaba en francés con un claro acento inglés en la dicción. Primero frunció el ceño, luego la comprensión le invadió el rostro: «Aaron», articuló el muchacho sin utilizar la voz.

Rhydian tomó la decisión arriesgada de sacar la cabeza para poder ver a los dos hombres que parecían estar manteniendo una conversación corriente. Aunque seguían contando con el plan B de echar a correr y escapar, Norah cruzó los dedos para que nadie detectara ni el portal ni la cabeza disfrazada de Rhydian.

Con el corazón rebotando como un loco, el muchacho distinguió la figura de Aaron, que llevaba la misma ropa que momentos antes en el museo, y a un tipo de piel muy oscura vestido con lo que parecía ser un uniforme beis, un cinturón con varias armas y un fusil colgado en el hombro. El estómago se le subió a la garganta. Su amigo parecía estar tranquilo, como si fuera lógico y natural estar en un almacén de contrabando charlando con un tipo armado.

Siguió su movimiento por el almacén, pero rápidamente los perdió de vista porque desaparecieron tras un montón de cajas. Durante unos instantes no se oyó nada. Luego, les llegó a los oídos el golpe seco de una puerta al cerrarse seguido del sonido de unos pasos solitarios. Rhydian aguantó la respiración hasta que dentro de su campo de visión volvió a aparecer una figura humana. No se lo podía creer. Estuvo durante unos segundos petrificado, como si no fuera capaz de tomar una decisión ante lo que veían sus ojos: Aaron caminaba solo por el almacén con una escoba y una pala en las manos. Pasados esos primeros instantes de puro estupor, Rhydian volvió a esconder la cabeza y buscó a Norah con la mirada.

—Es Aaron, y está solo. —El susurro apenas fue audible—. Es nuestra oportunidad.

Norah tragó saliva y asintió. Empezaba a ser consciente de que el plan se les estaba complicando, pero también sabía que, llegados a ese punto, lo único que podían hacer era ir a por Aaron y cruzar el portal con él.

Rhydian tomó una fuerte bocanada de aire y salió de su escondite. Norah fue tras él. Avanzaron un par de pasos, pero su movimiento enseguida llamó la atención de Aaron, que había comenzado a barrer entre una pila de cajas. Los tres se quedaron inmóviles.

Aaron se sobresaltó al ver a dos figuras oscuras y enmascarada en medio del almacén y la escoba se le escapó de las manos; esta cayó al suelo con un golpe seco. Sin moverse, lo primero que hizo fue examinarlas de arriba abajo para ver si iban armadas. En los últimos meses había visto tantas cosas temibles y peligrosas que esos dos sujetos le parecieron bastante inofensivos. Aun así, no se confió. Con rapidez, dirigió la mirada al lugar donde solía abrirse el portal y no le sorprendió del todo ver que esa masa flotante estaba activa.

—¿Quién os envía? —preguntó en inglés, porque sabía que los que cruzaban el portal siempre procedían de Old Castle.

Los segundos pasaban y no obtenía respuesta. Sin embargo, vio que uno de ellos levantaba una mano y con un gesto lento se sacaba el pasamontañas de la cabeza. Dio un respingo y un paso atrás. Su pulso latía igual de descontrolado que el galope desbocado de un caballo salvaje. Le estaba siendo muy difícil aceptar lo que estaban viendo sus ojos: Rhydian, su mejor amigo, su hermano de vida, había cruzado por el portal y estaba de pie en el almacén en el que llevaba meses encerrado junto a una figura femenina enmascarada.

—¿Rhydian? —dijo con la voz temblorosa.

Lo siguiente pasó muy rápido: Rhydian salió disparado hacia él, y Aaron tampoco dudó en ir a su encuentro. Chocaron con fuerza al abrazarse, pero no les importó. Algo dentro del pecho de Aaron crujió y su voz se rasgó en un sollozo estrangulado. Nunca hubiera creído que un abrazo podía sentirse tan reparador y romperte en cientos de pedazos al mismo tiempo.

—Joder, Aaron, estás vivo —dijo Rhydian con la voz temblorosa y lágrimas en los ojos, y se separó de su amigo para verle de nuevo el rostro.

—Pero ¿qué haces aquí?

—Llevarte a casa, vamos.

Fue entonces cuando la expresión de Aaron cambió a una de pavor. Se apartó de Rhydian y dio unos cuantos pasos atrás.

—No puedo regresar.

—Claro que puedes y debemos darnos prisa. —Rhydian señaló el portal—. Tenemos que huir ya.

—Márchate tú. —Luego se percató de la figura femenina que tenían al lado, también se había quitado el pasamontañas y reparó en que era una chica que nunca había visto antes—. Marchaos, yo no voy a regresar. Si me escapo, van a matar a mi abuela.

—El señor Davies te ha mentido —le contó Rhydian—. Hoy mismo he hablado por teléfono con tu abuela, sigue en vuestra casa de Edimburgo, joder, antes de fin de año he quedado con ella para ir a verla. Está muy triste, pero está bien.

—¿No está enferma? ¿No necesita tratamientos especiales?

—Claro que no, te han engañado.

—Y tú… ¿tampoco estás en la universidad siguiendo con tu vida?

—¿En la universidad? —Rhydian rio de forma amarga—. Me hundí cuando desapareciste y supe que la directora estaba implicada. A mí también me chantajearon, pero nunca he dejado de buscar la manera de encontrarte. Y, ahora que lo he logrado, no pienso dejarte aquí.

Aaron sintió un tremendo alivio al saber que su abuela no estaba tan enferma como le habían dicho, también un gran sosiego al darse cuenta de que su amigo había hecho lo imposible para llegar hasta él. Se le humedecieron de nuevo los ojos, sobre todo porque, a pesar del engaño, creía que las amenazas de matar a su abuela eran reales y no quería volver.

Se echó atrás de nuevo cuando Rhydian intentó agarrarlo por el brazo.

—Tío, si huyo, van a matar a mi abuela, esto me lo han repetido cientos de veces, y te aseguro que son capaces de hacerlo. He visto cosas…

A Aaron se le rompió la voz y se detuvo unos instantes para recuperarse de la emoción. En ese sitio, uno solo podía mantenerse cuerdo si aprendía a bloquear ciertos recuerdos.

—Este año de mierda habrá sido en vano si ahora me escapo y la matan a ella —siguió Aaron—. Vamos, Rhy, tienes que entenderlo —rogó al ver la expresión atormentada de su amigo.

Rhydian soltó una sarta de maldiciones y se pasó las manos por la cara. No podía creérselo. Entendía lo que le contaba su amigo, pero no concebía irse sin él.

—Encontraremos la manera de protegerla, pensaremos algo, pero ¡tenemos que marcharnos ya!

La voz de Rhydian sonó demasiado alta, también desesperada. Norah que, hasta ahora se había mantenido al margen, buscó una de sus manos y se la apretó para ayudarlo a calmarse. Rhydian miró a su chica con una expresión entre rabiosa y desolada, y fue cuando ella decidió intervenir por primera vez.

—Sé que no me conoces, pero allí, al otro lado, todos te queremos, todo el mundo te recuerda y piensa en ti —dijo Norah con la voz algo rota—. He oído tantas historias tuyas que es como si ya te conociera, Aaron. Ven con nosotros, por favor, y buscaremos una manera de que no le ocurra nada a tu abuela.

—Si has cruzado el portal por él, debes de ser importante —murmuró Aaron, sin dejar de observarla con curiosidad.

—Es Norah, mi chica —masculló Rhydian—. Y te hemos encontrado gracias a ella. Así que mueve el culo ya.

—No iré, Rhy, pero… Claro, hay algo que sí podemos hacer —dijo Aaron y se le iluminó el rostro—. Aquí soy el chico para todo: limpio, ayudo a las descargas, hago de traductor porque sé inglés y francés… y lo mejor: tengo acceso a la basura. No sabéis la de cosas interesantes que uno encuentra entre la mierda cuando tiene tiempo y planea una venganza a largo plazo.

—¿Qué quieres decir? ¿Tienes documentos comprometedores?

—Sí, muchos. Nunca me he rendido, Rhy. Las primeras semanas fueron horribles, pero encontré la fuerza para seguir adelante —dijo Aaron con firmeza—. Y he recopilado documentos porque siempre he creído que, en algún momento u otro, encontraría la manera de salir de aquí. Aunque este día no sea hoy —añadió, para sí mismo—. Sé que mi abuela es mayor y no puedo soportar la idea de que la maten por mi culpa, pero sé que puede morir. Y quería estar preparado para, llegado el momento, escaparme y tener algo con lo que chantajearlos a cambio de mi libertad.

—¿Crees que en estos documentos hay pruebas para poder encerrarlos en prisión? —preguntó Norah esperanzada.

—Las hay —confirmó él con una sonrisa—. Tengo nombres y apellidos, ciudades e implicados en el tráfico ilegal de drogas y minerales. Y os los vais a llevar.

—Y tú vas a quedar libre y nadie matará a tu abuela —añadió Rhydian.

—Sí, este es el plan, chicos. —Aaron les guiñó un ojo—. Dos minutos. Los guardias han ido a cenar y estarán un rato desaparecidos. Solo esperad dos minutos.

Aaron se marchó corriendo y subió las escaleras del altillo y desapareció por la puerta.

—No quiero marcharme sin él, Norah —susurró Rhydian sin apartar la vista de las escaleras—. No puedo hacerlo.

Norah se acercó a su amigo y lo abrazó con fuerza.

—Yo tampoco quiero, pero su plan es bueno. No podemos obligarlo a venir y que cargue toda su vida con la culpa de la muerte de su abuela.

—Lo sé, eso también lo sé.

Se separaron cuando oyeron que alguien bajaba de nuevo las escaleras. Aaron llevaba una carpeta marrón en las manos y saltaba los escalones de dos en dos. Cuando llegó hasta ellos, se la entregó a Rhydian. El muchacho se subió la sudadera y se guardó los documentos dentro de la cinturilla del pantalón, pegados a su barriga.

—Tío… —se le rompió la voz, y ambos chicos se fundieron de nuevo en un abrazo.

—Te vamos a sacar de aquí, ¿vale? —murmuró Rhydian con la voz ronca—. Muy pronto, te lo prometo.

Quizá este fue su error. No quererse separar y permanecer tan solo unos instantes más, sintiéndose en casa, en ese lugar familiar donde todo parecía estar bien, donde nadie se sentía amenazado, donde el tiempo se detenía y el peligro que acechaba quedaba más allá de sus fronteras.

O quizá no, quizá no hubo ningún error y que alargaran ese abrazo, tan sentido y tanto tiempo añorado, era inevitable.

Norah estaba igual de distraída, con los ojos llorosos, viendo como los dos amigos se despedían. A todos les pasó desapercibido un ligero crujido que sonó a poca distancia. Fue demasiado tarde cuando ella notó que había alguien detrás suyo. Alguien que le tapó la boca con una mano y con la otra le inmovilizó el cuerpo y los brazos. El pulso se le descontroló. Dejó escapar un quejido sorprendido, seguido de otro cargado de dolor. Quien fuera el que la tuviera prisionera la estrujaba con demasiada fuerza. Notaba sus garras sucias aplastándole la boca y la nariz, apenas le llegaba aire. El brazo que la mantenía inmóvil era tan duro y fuerte que sentía la musculatura y los huesos a punto de romperse.

Al oír el ruido, Rhydian se dio la vuelta de inmediato. El corazón se le detuvo allí mismo. Un guardia había capturado a Norah; le estaba haciendo daño. Pero el tipo no estaba solo: a pocos pasos de distancia, había otro hombre que les apuntaba a Aaron y a él con un fusil. Una de las puertas de debajo de la escalera estaba abierta; no se habían dado cuenta de su silenciosa entrada.

El mundo se le cayó a los pies y algo dentro de su pecho rugió de miedo y de rabia, también de desesperación.

Estaban atrapados.

62

Atrapados

Rhydian estaba paralizado, nunca en su vida había sentido tanto miedo. Notaba algo frío y retorcido hundiéndose en su pecho como si quisiera echar raíces hasta invadir cada recoveco de su corazón.

El guardia que los apuntaba dijo algo en francés y Aaron le respondió. Luego empezaron a discutir. Él no entendía ni una palabra, pero la disputa lo ayudó a recuperarse del momento de pánico inicial. Por eso, a pesar del miedo que sentía, puso todo su esfuerzo y atención en buscar una posible salida.

Hizo un barrido rápido del almacén con la mirada. La puerta de debajo de la escalera estaba abierta, salía luz del interior, pero intentar escapar por allí no era una opción. Aunque en la nave no había distinguido la presencia de ningún guardia más, era posible que, al otro lado, hubiera más. La escoba que había dejado caer Aaron al verlos estaba tirada en el suelo a una zancada de distancia. El portal seguía abierto, desde allí pudo identificar algún destello nacarado. Era la única salida posible. Norah era la que estaba más cerca del espejo hechizado, pero ella estaba cautiva y temía que, cualquier movimiento que él hiciera, haría que los guardias dispararan.

—¿Qué ocurre? —preguntó Rhydian en voz baja, al ver que la discusión subía de tono.

—Estoy intentando convencerlos de que os han enviado desde Londres, pero no me creen porque no han recibido ninguna orden previa.

—Y eso es algo malo, ¿no?

—Bastante —gruñó Aaron—. Quieren llamar a su jefe.

—No podemos dejar que lo hagan —masculló Rhydian.

Aaron volvió a intentar convencer a los guardias y Rhydian buscó de nuevo a Norah, que seguía entre las garras del tipo fornido, forcejaba y emitía quejidos dolorosos. Y a él le dolía en el alma verla así. Su chica lo tenía muy difícil, no iba a poder deshacerse de ese guardia a menos que... Un plan suicida se le formó en la cabeza. Todo podía salir mal, aunque no podía pensar en eso. Solo tendrían una oportunidad, o quizá media, pero sabía que quedarse sin hacer nada y que los apresaran a todos les dejaría sin ninguna opción.

—Aaron, tenemos que llegar los tres al portal —dijo Rhydian en voz baja—. Ahora no te puedes quedar. Si han visto que me dabas la carpeta, te van a matar.

Miró a su amigo buscando confirmación, pero lo que leyó en sus ojos solo fue desesperanza. Aaron no creía que pudieran salir de allí.

—Mierda, Aaron, te necesito para esto y tienes que venir con nosotros. —Vio que su amigo tragaba saliva, y deseó que eso significara que estaba de acuerdo—. Nos tiramos al suelo cuando Norah haga el movimiento, le arrojamos la escoba al del fusil, salimos a por Norah y nos metemos en el portal.

—No va a funcionar, Rhy, estos tipos están entrenados...

—No pienso quedarme sin hacer nada.

—Joder, pues vamos a intentarlo —gruñó Aaron, que sabía que no era una opción que sus rescatadores también se quedaran atrapados en el almacén.

—Norah, escúchame —dijo Rhydian, con el cuerpo lleno de tensión y la voz fuerte, pero también algo inestable.

Norah estaba muy asustada, a la vez que enfadada, pero al oír a Rhydian dejó de forcejar. Enseguida notó que, al estar ella quieta, la presión de su captor se relajaba un poco, tan solo un poco, pero suficiente para que pudiera tomar una bocada de aire cargada de mal olor. Cuando vio que ella estaba atenta a sus palabras, Rhydian continuó:

—Con todas tus fuerzas, dale con la cabeza en el cuello, déjalo sin respiración. Y huye al portal.

El guardia del fusil gritó algo en francés, Rhydian dedujo que no le gustaba que hablaran tanto entre ellos. Sin embargo, el movimiento de Norah distrajo la atención de todos: se impulsó y con la parte trasera de la cabeza le dio con todas sus fuerzas en la nuez de Adán de su captor.

Lo que pasó a continuación sucedió al mismo tiempo y demasiado rápido: el tipo que tenía presa a Norah aflojó un poco más el agarre porque el golpe lo pilló por sorpresa y le bloqueó el aire unos instantes; la chica aprovechó para escapar de sus garras, pero el guardia ya había previsto la maniobra y la derribó con un fuerte empujón; y mientras Norah caía al suelo, Rhydian también empujaba a Aaron para que ambos buscaran refugio en el amparo del pavimento. El ruido de dos disparos y el silbido de la trayectoria de las balas sonaron por encima de sus cabezas y sus cuerpos impactaron contra suelo.

Rhydian alargó una mano para coger la escoba y se incorporó como si estuviera poseído por el dios de la guerra. Lanzó el palo con tanta fuerza y precisión que logró desestabilizar al guardia del fusil. No miró atrás, se dirigió hacia Norah que estaba abatida en el suelo y, justo en ese momento, dejaba escapar un jadeo roto al recibir una patada en las costillas. Se alegró de una manera oscura y retorcida cuando vio que Aaron se tiraba encima de ese bárbaro y lo derribaba. Al llegar él, se percató de que el tipo había perdido el fusil en la pelea y cogió el arma y le propinó un fuerte golpe en la cara. No lamentó ni por un segundo el grito de dolor, ni tampoco la sangre que empezó a escurrirse por todo su rostro.

Fue tan solo un segundo, Aaron y él se miraron a los ojos, sorprendidos y también orgullosos por haberlos vencido juntos, pero el sonido de un arma al cargarse les heló la sangre. Se giraron y vieron que el otro guardia los volvía a apuntar con el fusil.

—Rhy, coge a Norah y corre —graznó Aaron—. Voy a hablar con él, no dispararán sin antes saber quiénes sois.

—Eso es mentira, ya nos han disparado —gruñó Rhydian—. No me hagas esto, Aaron, tienes que venir.

—Ve a por ella, joder.

Aaron dio un paso al frente y se puso a hablar en francés con un tono que intentaba ser conciliador. Rhydian se agachó junto a Norah, su chica no se movía y tenía los ojos cerrados. Fue entonces cuando el pánico se le metió dentro del corazón y le clavó sus raíces duras, frías y afiladas. Algo se partió dentro de él cuando la arrastró detrás del cargamento de cajas más próximo y advirtió que su cuerpo no respondía a ningún estímulo.

Quería coger a Norah, ponerse en pie, salir corriendo y atravesar el portal, y no volver a mirar atrás. Pero no lo hizo. Miró a Aaron, con la esperanza de que su amigo apaciguara al tipo del fusil. Sin embargo, la respiración se le quedó atrapada en los pulmones cuando se dio cuenta de que las cajas donde estaban escondidos ya no les protegían. El guardia se había movido de su posición para conseguir un buen ángulo y ahora los apuntaba directamente a ellos.

Se quedó inmóvil, sin saber qué hacer.

Luego, oyó el silbido de otro disparo.

Apenas tuvo tiempo de procesar lo que sucedió después: de un salto, Aaron se metió en la trayectoria de la bala, y el mundo entero perdió el sonido y también el color.

A tan solo un paso de distancia de Rhydian, Aaron se dobló por la mitad con las manos en la barriga. Un extraño gruñido salió de su garganta y las rodillas le cedieron con lentitud. Cuando cayó al suelo, Rhydian pudo ver que el estómago y las manos de Aaron empezaban a llenarse de sangre demasiado rápido.

Gritó de desesperación. Para él, todo había dejado de importar. Se inclinó hacia el cuerpo de su amigo; las lágrimas le emborronaron la visión.

—Aaron, joder, mírame, mírame —dijo mientras le agarraba la cabeza e intentaba que su amigo abriera los ojos—. Despierta, no te quedes así.

Pero el muchacho ya no podía responder.

—Malditos críos entrometidos —masculló en inglés una voz conocida detrás de Rhydian.

La sorpresa inicial, al oír que Dexter Denson también se hallaba en el almacén clandestino, quedó rápidamente sepultada bajo las capas de dolor y desesperanza que lo habían invadido por completo. Como si fuera otro, como si hubiera una pantalla entre él y la realidad, giró el cuello hacia el origen de la voz. El señor Denson, vestido con camisa blanca y pantalones de traje, avanzaba hacia ellos con una pistola luminosa que parecía de juguete en la mano.

Sonaron más disparos por encima de sus cabezas. El profesor se lanzó al suelo como si fuera un especialista de escenas de acción, se levantó otra vez con la pistola en la mano y disparó lo que a Rhydian le pareció un rayo silencioso de ondas invisibles. Dexter Denson volvió a buscar la protección del suelo tras una pila de cajas cuando su disparo hizo estallar un cargamento y la madera astillada saltó por los aires en medio de lo que parecía ser una neblina de polvo blanco.

—¡Vete de aquí, cruza el portal mientras me encargo de ellos! —le gritó Dexter al muchacho.

—Hay dos heridos y no puedo llevarme a los dos —dijo él,

y de fondo escucharon algo parecido a la sintonización de una radio y la voz del guardia diciendo algo en francés.

—Acaban de pedir refuerzos, vete de aquí ya mismo si no quieres morir —le ordenó el profesor con dureza.

Apenas terminó la frase cuando una sirena estridente empezó a sonar por todo el almacén. Dexter se volvió a levantar, salió de detrás de las cajas, lanzó otro rayo de ondas y se agachó de nuevo después de otra explosión de cargamento.

El sonido de la sirena llenaba todos los vacíos. Rhydian apretó los dientes y algo muy valioso, algo que difícilmente podría llegar a recomponer, se rompió dentro de él cuando tuvo que elegir y tomó la decisión que le nacía del alma: agarró el cuerpo de Norah y se preparó para levantarse y echar a correr.

—Con ella lo tendrás más difícil —le dijo Dexter por encima del ruido.

—Sin ella no me voy de aquí —dijo Rhydian con una frialdad implacable.

—Cuando me levante para disparar, sal cagando leches —le ordenó el profesor.

Y eso hizo. Juntó todas sus fuerzas y con un gruñido bajo se levantó con Norah en brazos y echó a correr sin mirar atrás, ignorando las voces, los disparos y el grito de dolor que oyó justo antes de meterse dentro de portal.

Aterrizó de bruces contra el suelo, intentando ser él quien recibiera el impacto fuerte de la caída. Sintió cierto alivio al verse envuelto por la oscuridad y el frío polvoriento del museo, aunque oír a su hermana gimotear volvió a ponerlo alerta.

—¿Rhy? ¿Sois vosotros? —preguntó Jenna con la voz temblorosa.

—Sí, ¿estás bien tú?

Levantó la mirada y, gracias a la luz de una pequeña linterna que Jenna sostenía, pudo ver que su hermana aguardaba temblando en un rincón algo alejado del portal.

—¿Qué le ha ocurrido a Norah?

Pero Rhydian no respondió y lo primero que hizo fue poner a Norah en una posición más cómoda y buscar si podía notar el pulso en su garganta. El alivio fue brutal cuando notó que el corazón de su chica latía a un ritmo normal.

—Tengo que volver, tengo que ir a por Aaron —gruñó Rhydian. Ahora que sabía que ella estaba a salvo, solo podía pensar en rescatar a su amigo.

—No puedes, le he prometido al señor Denson que no dejaría que nadie volviera atrás.

—Han disparado a Aaron, se muere. Voy a ir, Jenn.

Entonces del portal salió el señor Denson cargando el cuerpo de Aaron y este se cerró justo cuando terminaron de traspasarlo. Jenna soltó un grito; aunque había poca luz, era evidente que tanto el profesor como Aaron iban llenos de sangre.

—Cuando sea seguro, enviad un equipo de limpieza encubierto a mis dos últimas ubicaciones —dijo el señor Denson con la barbilla inclinada hacia la solapa de su camisa—. Preparad la sala de emergencias con asistencia inmediata para cadáver con probable código 5. Llego con dos testigos civiles en shock y un tercero probablemente inconsciente.

Dicho esto, el portal se abrió de nuevo.

—Los miembros de Consejo ya deben saber que algo ha pasado en el almacén —les dijo Dexter Denson—. Tenemos muy poco tiempo para desaparecer. ¿Estáis conmigo?

Rhydian apenas podía pensar, solo podía escuchar la palabra cadáver rebotando una y otra vez dentro de su cabeza. Fue Jenna quien, esta vez, tomó las riendas de la situación.

—Rhy, vamos, coge a Norah. Tenemos que irnos con él.

En algún lugar de su cerebro, él también había llegado a la conclusión de que esa era la mejor opción, pero tenía el cuerpo y los sentidos tan embutidos que no podía articular palabra. Así que obedeció la orden de su hermana y cogió a Norah en brazos.

Cruzaron el portal sin saber qué habría al otro lado.

63

Sobrenatural

Llegaron a una amplia habitación en la que no había absolutamente nada, solo una puerta metálica con varios cerrojos que parecía blindar por completo la salida. Las paredes estaban pintadas de un tono gris anodino, igual que el suelo, que se asemejaba al pavimento pulido de una fábrica. Un fluorescente de tubo circular iluminaba la estancia; ese punto de luz y unas rejillas en el techo eran los únicos elementos decorativos. El ambiente no era ni frío ni caluroso y olía a desinfectante. No había ni una ventana. Tampoco ningún elemento que les pudiera indicar dónde estaban.

Apenas tuvieron tiempo de mirar a los lados para intentar ubicarse, la puerta acorazada se abrió con el extraño sonido de una descompresión, como si esa habitación estuviera aislada del resto, y empezaron a entrar desconocidos en la estancia.

Los primeros fueron dos hombres con una camilla que, con cuidado, ayudaron al señor Denson a dejar el cuerpo de Aaron sobre la tabla. Alguien sacó una manta de emergencia dorada y tapó con ella el cuerpo del muchacho. Lo último que Rhydian pudo ver de su amigo fue como le cubrían del todo la cabeza. El muchacho seguía sosteniendo a Norah y no podía dejar de mirar la escena; apenas oía los sollozos de Jenna, tampoco era capaz de atender a la conversación baja que el profesor mantenía con los recién llegados. Algo en su pecho se iba desgarrando a cámara lenta a medida que iba aceptando la realidad: Aaron estaba muerto.

Gritó un «no» desesperado y dio un par de pasos en su dirección cuando se dio cuenta de que se lo llevaban en la camilla, pero el señor Denson lo detuvo.

—Se ha ido, muchacho —le dijo con la mirada triste. Rhydian lo veía todo emborronado porque tenía los ojos llenos de lágrimas—. Obedeced las órdenes, por favor, y dejadnos hacer nuestro trabajo para que, como mínimo, podamos intentar arreglar lo que ha ocurrido esta noche.

Acto seguido, Rhydian vio que una mujer se le acercaba para coger a Norah y dejarla sobre la segunda camilla que había entrado.

—Podéis venir conmigo —le dijo la mujer cuando acomodó a Norah.

Rhydian se dio la vuelta para mirar a Jenna, que en ese momento le estaba devolviendo a Dexter su americana; no se había dado cuenta de que ella la llevaba entre las manos. La camisa blanca y los pantalones beis del profesor estaban llenos de sangre, al igual que sus manos. Rhydian bajó la mirada hasta su propia ropa y vio que también tenía algo húmedo y oscuro manchándole la sudadera. Le entraron náuseas, era la sangre de Aaron.

Rhydian y Jenna siguieron a la mujer por un largo pasillo de paredes de color gris oscuro, luz artificial y con puertas a ambos lados. No tardaron mucho en meterse de nuevo dentro de un pequeño cuarto. Tampoco tenía ventanas, pero les pareció una estancia más corriente porque se asemejaba a una habitación de hospital. Entre los tres, pusieron a Norah sobre la cama.

—¿Se pondrá bien? —preguntó Rhydian, que se había colocado al lado de su chica y le agarraba la mano.

—Enseguida lo sabremos —dijo la mujer, e intentó darle una sonrisa de ánimo.

La mujer hizo un exhaustivo reconocimiento médico a Norah. También le quitó la ropa, excepto las prendas íntimas, y buscó daños en todo su cuerpo. Lo que más les llamó la atención a los dos hermanos fue cuando la mujer se puso unas gafas cibernéticas y deslizó, por encima de Norah, un extraño objeto alargado y luminoso que, por el sonido que hacía, parecía estar haciendo un escáner a su cuerpo.

—Podéis estar tranquilos, está bastante bien —dijo cuando se quitó las gafas—. Tiene un golpe muy fuerte en la cabeza y otro en las costillas, pero no tiene nada roto. Seguramente, solo ha perdido el conocimiento.

—Pero ¿se va a recuperar? —insistió Jenna.

—Claro que sí, solo tenemos que esperar a que despierte. —La mujer les sonrió—. Intentad relajaros un poco. Ahora vuelvo.

Lo siguiente sucedió como si vieran un fotograma detrás de otro sin que pudieran intervenir demasiado: alguien se llevó la camilla y la mujer entró de nuevo para limpiar un poco a Norah y vestirla con una camiseta y unos pantalones de chándal demasiado grandes para ella. Luego fue su turno: les trajeron unas infusiones calientes, ropa limpia, una bolsa para guardar sus pertenencias y unas toallas húmedas para que se asearan un poco e intentaran quitarse el horror vivido que todavía podían sentir sobre la piel.

Los dejaron solos en la habitación, Rhydian y Jenna permanecieron sumidos en un silencio tenso hasta que Norah empezó a despertar. Fue un proceso lento, pero fue como si la primavera hubiera llegado, de repente, a la estancia. Rhydian se puso a llorar, abrazado a ella. Jenna lo siguió.

La habitación estaba monitorizada, así que la mujer regresó enseguida y empezó a hacer preguntas a Norah para evaluar el estado de la conmoción. Aunque la chica tenía otros planes y no estaba atenta a las preguntas, porque quería saber si todos sus amigos estaban bien. La mujer no se marchó hasta asegurarse del bienestar de la chica y descartar cualquier señal de peligro.

—Bébete esto, cielo —le dijo a Norah, y señaló la infusión que tenía en la mesita de noche. Luego añadió—: Tengo que pediros que enviéis un mensaje a vuestras familias para decirles que ya os habéis ido a dormir.

La mujer esperó a que los tres obedecieran la petición.

—Sé que tenéis muchas preguntas, pero no soy yo quien os las puede responder. Supongo que dentro de un rato podréis hablar con Dexter.

Dicho esto, volvió a desaparecer.

Norah se intentó incorporar para apoyarse en el cabezal de la cama y se quejó en cada movimiento porque le dolía el cuerpo como si un camión de alto tonelaje la hubiera atropellado. No tenía ni idea de dónde estaban y no terminaba de entender lo del mensaje, pero se imaginó que se encontraban a salvo en algún tipo de enfermería; no recordaba nada de lo sucedido después de intentar librarse del guardia.

Ambos hermanos la ayudaron y Rhydian le acercó la infusión para que se la bebiera; no sabía qué contenía la bebida, pero estaba seguro de que llevaba algo que a él le había ayudado a apaciguar las emociones más fuertes.

—¿Dónde estamos? ¿Y quiénes son toda esta gente? —preguntó Norah después de dar algunos sorbos—. Lo último que recuerdo es que ese tipo me empujó muy fuerte y, cuando caí, me di un golpe tremendo en la cabeza. ¿Cómo logramos salir del almacén?

Norah miró a ambos hermanos. El rostro de Jenna se descompuso y la chica empezó a llorar de nuevo. Rhydian tragó saliva porque tenía algo demasiado gordo que le ocupaba toda la garganta, se le metía dentro del pecho y le impedía respirar con normalidad. Sus ojos también se llenaron de lágrimas; saber que Norah estaba bien, lo llenaba de alivio, pero parte de su corazón seguía completamente desgarrado.

—¿Dónde está Aaron? —se atrevió a preguntar, pero lo hizo con la voz algo temblorosa porque intuía que había algo que iba terriblemente mal.

Jenna sollozó con más fuerza. Rhydian negó con la cabeza mientras las lágrimas se desbordaban de sus ojos. Norah también rompió a llorar cuando entendió que algo muy malo le había sucedido al muchacho.

—Nos dispararon, Norah. Tú estabas inconsciente y yo te intentaba proteger, pero el guardia apretó el gatillo —le contó Rhydian con la voz rota—. La bala iba hacia mí y Aaron se metió en medio.

Lloraron juntos la pérdida de Aaron hasta que Rhydian encontró la fuerza para contarles lo sucedido a las dos; necesitaba sacarlo fuera. Quería explicarles todo lo que había vivido porque el peso de lo ocurrido lo estaba destrozando por dentro. Cuando las emociones se serenaron un poco, él y Norah también le relataron a Jenna todo lo acontecido antes del desastre, y Jenna los puso al corriente de su breve encuentro con el señor Denson en el museo.

—Estaba muy cabreado cuando llegó. Ya sabía que estabais en El Congo y cuando le expliqué que era por Aaron McNeal todavía se enojó más —les contó Jenna con la voz apagada—. Me dijo que habíamos interferido en una misión secreta, que estabais en gran peligro y que teníais que regresar de inmediato. Me dio su americana, se arremangó la camisa y me hizo prometer que, pasara lo que pasara, no os dejaría volver atrás. Luego se sacó esa pistola de juguete de detrás de los pantalones y se metió dentro del portal.

Siguieron hablando, entre lágrimas, con momentos de silencio doloroso y voces apagadas y rotas, intentando dar forma al rompecabezas completo y comprender un poco más todo lo que había pasado. Pero les faltaban piezas. No sabían quién era

Dexter Denson, no sabían dónde se encontraban ni, mucho menos, en qué misión se habían entrometido.

Ninguno supo cuánto tiempo llevaban en la habitación cuando la mujer que los había atendido regresó con la orden de llevarlos con el señor Denson. Norah quiso intentar ponerse de pie y caminar y, a pesar del dolor, pudo hacer el corto recorrido por el pasillo gris por su propio pie. Los tres parecían criaturas desamparadas, avanzando tras la mujer, con el alma dañada, una simple bolsa de plástico con sus pertenencias y ropa vieja y desparejada que no era de su talla.

Dexter Denson los esperaba en una estancia que parecía salida de una película: había una mesa en el medio con tres sillas a un lado y una en el otro. El profesor ocupaba la solitaria silla y tenía lo que aparentaba ser una grabadora de mano encima de la mesa. Su expresión era severa. El hombre estaba recién duchado, su cabello todavía estaba húmedo y le caía alrededor del rostro. Su ropa era similar a la que ellos llevaban: camiseta blanca sencilla y pantalones oscuros de chándal. Todo muy corriente y anodino. Para nada se parecía al profesor bohemio que ellos conocían. Aunque lo que más destacaba del cuarto era la ventana negra que cubría casi el paño de una pared entera: se encontraban en una sala de interrogatorios.

—Sentaos —ordenó el profesor cuando la puerta se cerró tras ellos—. Tenemos muchas cosas de las que hablar.

Obedecieron sin rechistar y tomaron asiento delante suyo. El hombre puso en marcha la grabadora.

—¿Quién de vosotros empieza a contarme lo que ha sucedido hoy?

Y se lo explicaron todo. El señor Denson insistió con algunas preguntas, incluso les hizo repetir ciertos detalles de la conversación que habían oído en el museo, examinó la carpeta que les había dado Aaron, y también quiso saber cómo y quién había logrado mantener abierto el portal en El Congo después de que la directora y los padres del Consejo Escolar se fueran.

El profesor no tuvo suficiente con saber el relato sobre lo ocurrido esa noche y siguió haciendo más preguntas hasta que consiguió que los tres chicos narraran todo lo sucedido desde la desaparición de Aaron. Lo que recordaba Rhydian, el chantaje, el chat borrado y luego también la investigación que había empezado con Norah, los informes secretos con el unicornio de Aaron, el mapa y las coordenadas. Le detallaron cómo Norah y Jenna había descubierto el portal, el problema con el amuleto y todo lo que pasó hasta llegar a la noche de la fiesta de Navidad.

—Habéis retornado el amuleto con una nota de disculpa —dijo Dexter con cierto tono sorprendido en la voz.

—Si no nos hubiera amenazado con una pistola, lo habríamos devuelto a finales de noviembre —masculló Jenna.

—¿Y por qué no me lo distéis como os pedí? Os lo dejé muy claro, debíais dejar de ir al portal —dijo Dexter—. Para mí era muy simple devolverlo y encubrir cualquier pista.

—¿Y cómo íbamos a confiar en ti después de todas las amenazas? —soltó Norah, que hacía rato que había dejado de tratar con cortesía al profesor—. No eres solo un profesor, eso lo sé desde esa primera noche en el corredor de las hadas. Sabíamos que pasaba algo malo en el internado y tú parecías el más implicado de todos.

—Las cosas no siempre son como parecen ser a simple vista… —murmuró Dexter.

—¿Quién eres en realidad? ¿Eres profesor o ni eso? ¿Y dónde estamos? —Norah se sentía rota por todo lo sucedido, también muy enfadada, e iba lanzando una pregunta detrás de la otra—. ¿Y la pistola? No es normal. Tampoco lo es que puedas seguir nuestra ubicación. ¿Para quién trabajas?

—Es su turno, señor Denson —exigió Rhydian con un tono grave y oscuro—. Se lo hemos contado todo y ahora es usted quien nos debe la verdad.

El joven profesor puso en pausa la grabación y miró a los tres jóvenes entrometidos que tantos quebraderos de cabeza le habían dado durante las últimas semanas. Habían puesto en peligro la investigación y también a ellos mismos, sin embargo, no podía ignorar que las pistas y las pruebas que esa noche le habían dado esos chicos tenían un gran valor. Mucho más de lo que les había dejado entrever. Cogió la goma elástica que tenía en la muñeca, se ató los cabellos y dejó escapar un largo suspiro. No le era fácil explicar en qué consistía su trabajo, tampoco le gustaba hacerlo. Aunque pensó que, quizá, después de todo lo que habían visto esos chavales, podían llegar a comprenderlo mejor que muchos adultos con carreras y másteres universitarios.

Así fue como Norah, Rhydian y Jenna escucharon la historia más disparatada de su vida. Y, a pesar de ser un relato chocante, descabellado, imposible de creer, para ellos fue lo que le dio sentido a todo.

Dexter Denson no era un profesor, aunque, según él, esa era su segunda gran vocación. Era agente de una organización mundial secreta que se dedicaba a recopilar información y a controlar, o incluso ocultar, los eventos sobrenaturales. Para ello, disponía de una alta tecnología militar y clandestina, y de recursos que no estaban al alcance de la población corriente.

La mayoría de las situaciones extrañas e inexplicables que vivían las personas no pasaban más allá de ser una anécdota sorprendente. Sin embargo, existían eventos más peligrosos que ponían en verdadero riesgo la vida de las personas, o incluso había gente que se aprovechaba de la situación para hacer un uso criminal de lo sobrenatural. Era en estos casos, justamente, cuando ellos intervenían, y eso era lo que había ocurrido en Old Castle College.

Según les contó Dexter, hacía años que sospechaban que el castillo albergaba algo sobrenatural, pero nunca intervenían si no sucedía algo que alterara la vida natural de las personas; era humanamente imposible controlar todos los eventos sospechosos de ser sobrenaturales. Sin embargo, cuando les llegó la información de una inexplicable desaparición en el castillo, decidieron investigar un poco más y tomar cartas en el asunto. Lo enviaron a él para infiltrarse en el internado, descubrir qué elementos sobrenaturales eran peligrosos e intentar eliminar la amenaza. Pero allí el profesor también averiguó que alguien estaba utilizando la magia del castillo con fines delictivos. Así que ahora además de indagar en cómo terminar con la amenaza sobrenatural del portal del museo, Dexter Denson tenía la misión de encontrar la manera de incriminar a los delincuentes para acabar con el tráfico ilegal dentro del internado.

—Tenemos agentes infiltrados en muchos sitios —les contó Dexter—. En los cuerpos de seguridad, en la administración pública, en la empresa privada, incluso en el gobierno. Pero no podemos denunciar una trama criminal con pruebas sobrenaturales, siempre tenemos que conseguir algo ordinario, algo corriente, algo que pueda ser aceptado por cualquier juez.

—¿Y lo tiene? —preguntó Rhydian con un deje de rabia; quería venganza y la quería ya—. Porque tenemos que meter a esos hijos de puta en prisión de por vida.

—La carpeta de Aaron. Esta contiene pruebas, ¿verdad? —dijo Norah esperanzada.

—La carpeta es un buen comienzo. Aunque también quiero que me paséis todo lo que habéis recopilado vosotros: las fotos de los informes secretos, las coordenadas, el mapa, las fotos del almacén y los códigos de las cajas… Buscad cualquier otra cosa relacionada, por ridícula que os parezca, y me la hacéis llegar.

Dexter no quería inflar sus esperanzas porque, si bien consideraba que lo que había visto en la carpeta y que parte de lo que ellos le habían contado era información muy útil y valiosa, por experiencia propia sabía que era mejor ir paso a paso.

—Creo que, después de todo, lo que ha sucedido hoy no habrá sido en vano —admitió el agente.

—Júrame que no vas a parar hasta acabar con ellos —demandó Rhydian.

—Mi trabajo consiste justamente en eso, muchacho.

64

Un invierno y una primavera

Regresar a Old Castle fue fácil, aunque demasiado chocante para ellos. Nunca supieron a dónde los había llevado Dexter Denson, pero sí descubrieron que, en otra habitación acorazada, esa gente ocultaba un espejo hechizado similar al del museo. A pesar del parecido, ese era mucho más grande, también mucho más brillante y, según les dijo el agente, ese portal lo controlaban ellos y siempre permanecía abierto.

No pudieron preguntar sobre la naturaleza de los portales, ni cómo era posible que allí hubiera un portal que no fuera fruto de la magia del Grial. Sin embargo, después de todo lo que les había contado el falso profesor, eran conscientes de que lo sobrenatural podía estar en cualquier sitio y presentarse bajo cualquier forma, y que las leyendas, quizá, solo eran una manera de intentar dar sentido a lo inexplicable.

Volver resultó sencillo porque solo fue necesario cruzar por una puerta abierta en el espacio-tiempo, lo difícil para ellos vino después, cuando tuvieron que enfrentarse de nuevo a la realidad. Eran los únicos que sabían que el chico desaparecido ahora estaba muerto, que lo había matado un guardia sin nombre de una instalación criminal en El Congo y que, detrás de todo ese horror, estaban tres de los padres más prestigiosos del Consejo Escolar, con el consentimiento coaccionado de la directora.

El dolor, la rabia y la impotencia los acompañó durante todas las vacaciones de Navidad y también las semanas siguientes. No soportaban estar en presencia de la señora Foster y querían venganza cada vez que alguno veía o se cruzaba por casualidad con algún miembro del Consejo. Incluso, la mera presencia de Chester y Chelsea era un recordatorio lacerante y permanente de lo ocurrido. Pero Dexter Denson había sido muy claro: si no intentaban mantenerse serenos y comportarse como si nada hubiera pasado, iban a arruinar sus planes encubiertos y los culpables no pagarían por sus faltas.

Así que se agarraron con uñas y dientes a la rutina escolar, al estudio, los trabajos y las extraescolares. Pero también a sus encuentros para salir a correr; a sus momentos de intimidad, cuando podían escaparse para estar a solas y amarse sin barreras y susurrarse que, juntos, saldrían adelante; a los ratos de juego con Milkyway; a las charlas con Carlien y su grupo; o a los momentos que se reunían ellos tres para hablar, llorar o simplemente estar juntos y compartir en silencio esa carga que llevaban.

El primer suceso ocurrió una semana después del primer aniversario de la desaparición de Aaron McNeal. Fueron unos días especialmente duros para ellos y nadie puso en cuestión sus ganas de llorar o retraerse en su propio mundo, sin embargo, un día Jenna encontró una nota en uno de sus trabajos de Arte y Diseño recién corregidos: «Ahora podréis hacer vuestro duelo y cerrar la etapa».

La nota fue una sorpresa porque, aunque el profesor los trataba con la misma cordialidad que a los demás, siempre los dejaba con la palabra en la boca cuando intentaban hacerle alguna pregunta en secreto.

No terminaron de entender el mensaje de Dexter hasta el día siguiente, cuando todos los medios de comunicación dieron la noticia: habían hallado el cadáver de Aaron McNeal, un chico que llevaba más de un año desaparecido. El suceso impactó de manera profunda en la vida de todos los residentes del castillo y conmocionó a la mayoría de los estudiantes que lo habían conocido. La directora decretó tres días de duelo y se hicieron homenajes al estudiante fallecido.

A ellos tres, la noticia los pilló por sorpresa y la siguieron con incredulidad. Hacía más de un mes que Aaron estaba muerto y no entendían por qué la sacaban en ese momento, con un simple relato de haber localizado el cuerpo en los márgenes de un río. Sin embargo, a pesar de la mentira, Dexter Denson tuvo razón: por fin pudieron llorar su muerte sin esconderse y empezar a darle un final a todo lo vivido.

Fueron muchos los que asistieron al entierro del muchacho en Edimburgo, aunque ninguno pudo ver el cuerpo que había en el interior del ataúd. Según les dijeron, estaba demasiado desfigurado. La hipótesis que discutieron ellos era que, allí dentro, no estaba Aaron, sino otro pobre desgraciado fallecido al que le había tomado el cuerpo prestado para poder representar un papel. Hacía semanas que Aaron había muerto y seguramente estuviera enterrado en una tumba sin nombre, en el lugar donde esa organización secreta tuviera sus instalaciones.

Después del entierro, Rhydian y Norah también añadieron a su rutina volar a Edimburgo un fin de semana al mes para visitar a la abuela de Aaron; a veces, también les acompañaba Jenna. La mujer estaba desolada. Sin embargo, a pesar del dolor, las visitas la ayudaban a sentirse comprendida y arropada. Con ellos tenía a alguien con quien compartir el dolor, pero también el amor por su nieto, y hacer que los recuerdos del pasado pudieran sentirse vivos y bonitos durante un rato.

Los días pasaban y se convirtieron en semanas y después en meses. El invierno dio paso a la primavera y la vida volvió a prender en los jardines de Old Castle College y, un año más, alborotó la sangre y el ánimo de los estudiantes.

A pesar del avance del tiempo, que poco a poco había ido apaciguando la tristeza del castillo, Rhydian, Norah y Jenna no habían vuelto a recibir ninguna nota del señor Denson. Ellos seguían viviendo con pesar, inquietud e impotencia, y también con unas ganas, cada vez más rabiosas, de hacer justicia de una vez por todas.

El primer indicio de que algo estaba ocurriendo apareció al regresar de las vacaciones de primavera. Esa primera semana de junio empezó a correr la voz entre los residentes del castillo que la señora Foster estaba enferma y que estaría de baja, como mínimo, hasta finales de curso. Pero no fue hasta diez días después que a Jenna le llegó una nota del profesor Denson con un mensaje muy directo: «No os perdáis las noticias del sábado».

Y no se las perdieron, por supuesto. Ese sábado de mediados de junio era un día soleado y la mayoría de los estudiantes prefirieron salir a los jardines o irse de excursión a Oxford para gozar de la proximidad del verano. Sin embargo, ellos tres, junto con una Tawny desconcertada y molesta por la insistencia de Jenna de pasar el día encerrada en la sala común jugando a las cartas con Norah y Rhydian, se instalaron temprano en el Bridge of Sighs con el televisor y los móviles conectados a los canales de noticias principales del país.

Tuvieron que esperar cinco tediosas partidas de cartas, un enfado monumental de la pelirroja y su posterior marcha, y una hora inquieta navegando por las noticias de internet hasta que el presentador del canal de noticias nacionales dio el titular que impactaría al país entero durante semanas: «Cinco miembros de la aristocracia británica detenidos, con prisión preventiva con cargos, por organización criminal, tráfico ilegal de drogas y de personas y fraude fiscal». Las imágenes que acompañaban la noticia eran las secuencias de la detención policial del señor Davies, el señor y la señora Rogers y el señor y la señora Lennox.

—Ha sucedido… ¡Ha sucedido! —Norah se levantó de un salto con los ojos llenos de lágrimas—. ¡Lo hemos conseguido!

Se abrazó con Jenna, que también se había alzado por la emoción y estaba gritando una y otra vez: «¡Dios mío, lo hemos conseguido!». Luego ambas se lanzaron sobre Rhydian, que seguía sentado en el sofá con la vista fija en la pantalla, el cuerpo completamente tenso y los ojos húmedos por las lágrimas.

Los siguientes días también fueron duros para los habitantes del castillo. La directora seguía sin aparecer y fueron muchas las especulaciones de su implicación en la trama criminal junto con los padres del Consejo Escolar.

El prestigio del Old Castle College se vio manchado por el arresto de algunas de las familias más importantes de la institución, y la fundación administradora del internado empezó a hacer cambios profundos en la dirección del centro. Se designó un nuevo director, se reconstituyó el Consejo Escolar, se rescindieron los contratos con las empresas de las familias detenidas e incluso se despidieron a algunos trabajadores.

Por más seductor que fuera recrearse en la venganza, a Rhydian, Norah y Jenna no les parecía agradable ver como la vergüenza y la humillación perseguían a Chelsea y Chester por los pasillos. Al fin y al cabo, ellos no eran los que había cometido los delitos y su única falta consistía en pertenecer a esas familias.

Chelsea tuvo que marcharse antes de terminar el curso porque no soportaba las miradas acusatorias ni tampoco el desprecio evidente de todos sus compañeros, incluso de los que antes siempre la adulaban. Chester buscó otra estrategia de supervivencia y aprovechó la recién adquirida mala reputación de su padre para contar a la prensa del corazón el tipo de demonio que se escondía tras la imagen perfecta del señor Davies.

Y así fue como se vivió la llegada del verano en los terrenos de Old Castle College, como un vendaval que agitó los cimientos de la institución y arrasó con todo lo que ya no se podía sostener, ni siquiera con el poder o el dinero.

65

Algunas respuestas

Esa tarde, el juego incansable contra una bola de goma de un gato jaspeado con una cicatriz en el ojo era el centro de atención de un par de estudiantes de Old Castle College. O más bien, de solo uno de ellos, porque Rhydian no podía dejar de mirar a Norah y pensar que su chica estaba preciosa cuando se reía.

Llevaban un rato sentados en uno de los escalones más bajos de la escalinata de piedra de la biblioteca mientras esperaban, impacientes, la llegada de dos personas más.

—¿Ya has decidido qué harás con Milkyway cuando termine el curso? —le preguntó Rhydian.

Con un gesto inconsciente, el muchacho hizo rodar entre sus dedos el unicornio metálico que, desde hacía un tiempo, llevaba colgado de la muñeca con una fina tira de cuero. Le gustaba tenerlo cerca, era como si todavía tuviera un pedacito de Aaron con él. Norah suspiró, tomó el gato en brazos y le plantó un beso sonoro entre las orejas.

—El otro día estuve hablando con él —dijo ella, y sonrió con pillería con los labios pegados a la cabeza peluda del animal—. Le conté mis planes y creo que le gustaron, porque el Pequeño Bandido maulló con mucho entusiasmo.

Rhydian sonrió y negó con la cabeza. Conocía las contradicciones que tenía su chica y no iba a ser él quien la hiciera dudar de su decisión final.

—Y esto significa que…

—Que, estas vacaciones, vendrá con nosotros a Barcelona y, luego, si le gusta vivir conmigo, cuando regrese a Inglaterra lo voy a adoptar oficialmente.

La sonrisa de Norah era tan radiante que Rhydian no tuvo ninguna duda de que el gato iba a formar parte de la vida de su chica durante muchos años.

—Empiezo a pensar que vamos a tener demasiados inquilinos: Milkyway, Carlien y sus amigas que vendrán una semana, y Jenna, otra; incluso has invitado a Tawny.

—No sé si aceptará, aunque espero que lo haga, me gustaría empezar de nuevo con ella —dijo Norah, y lo decía de verdad, porque ahora que su amistad con Jenna era sólida, no quería convertirse en fuente de disputas entre dos buenas amigas—. Pero te has olvidado de que mi padre también vendrá a pasar una semana.

—No lo he olvidado, para nada, pero esa semana ya la había dejado fuera de mis planes —dijo Rhydian con un tono juguetón—. No creo que a tu padre le guste presenciar lo que tengo en mente…

—Oh, vaya, eso suena interesante —rio Norah, y luego añadió de forma coqueta—: No me has hablado de esos planes…

Rhydian torció una sonrisa un tanto traviesa. Luego se acercó a Norah, le rodeó los hombros con un brazo y aproximó los labios a su oído:

—Prefiero que sean sorpresa, pero implican poca ropa y mucha imaginación.

Norah sintió que el bello de la nuca se le erizaba de placer cuando él empezó a dejarle un reguero de besos cálidos debajo de la oreja y por el cuello. El gato maulló enfadado porque el muchacho invadía su espacio y tuvo que saltar del regazo de Norah, aunque ellos apenas lo notaron porque, en ese momento, se miraron a los ojos y la chispa del deseo estalló de inmediato. Se besaron con hambre e intensidad, siempre lo hacían, pero también con amor y ternura y esa complicidad que solo se da cuando uno se siente amado y querido.

—Cuando terminéis de comeros la boca, que sepáis que ya estoy aquí —bufó Jenna al llegar; no era la primera vez que los pillaba en medio de un acalorado beso.

Entre risas, Rhydian y Norah apaciguaron su entusiasmo y regresaron a esa realidad donde existían otras personas más allá de su burbuja íntima.

—¿Qué creéis que querrá el señor Denson? —preguntó Jenna de forma retórica al sentarse en el escalón.

Hacía un par de días, el profesor les había hecho llegar otra nota, pero esta era muy críptica porque en ella solo había escrito un lugar, una fecha y una hora. Habían elaborado muchas conjeturas e hipótesis, pero, en realidad, ninguno de ellos sabía para qué los había convocado.

No tuvieron que esperar mucho más. Cuando el profesor llegó a la escalinata, les pidió que, sin llamar la atención, se metieran dentro de la sala del archivo y que esperaran allí. Extrañados, pero también curiosos, siguieron sus órdenes. No habían vuelto a hablar con él desde el día de la muerte de Aaron y los tres tenían la esperanza de que el agente les iba a contar cómo habían conseguido detener a la banda criminal, qué había ocurrido en realidad con el cuerpo de Aaron y si las pruebas que ellos habían aportado habían sido determinantes.

Al cabo de un par de minutos, el profesor entró en la sala del archivo y no dudó en cerrar la puerta de la estancia con llave. Eso alarmó un poco a los muchachos, que no esperaban ese movimiento.

—Bien, tenemos como máximo una hora y media antes de que la señorita Plumridge cierre la biblioteca.

—¿Es necesario cerrar con llave? —preguntó Norah con un tono suspicaz.

—Señorita Halley, ya debería haber aprendido que siempre hay un motivo.

—Por eso lo pregunto, ¿no será sospechoso?

—La señorita Plumridge ha sido muy amable al dejarme la llave del archivo para que pueda aislarme y preparar una de mis últimas clases más artísticas. —Dexter torció una sonrisa enigmática—. Así que vamos a aprovechar bien este tiempo.

—Tenemos muchas preguntas, señor Denson —dijo Jenna, que había sido la que más veces había intentado hablar con él durante las últimas semanas y también la que más esquinazos había recibido—. Espero que hoy esté dispuesto a resolverlas.

—Hoy podréis hacer las preguntas que queráis, pero me reservo el derecho de no responderlas —matizó el profesor dejando de lado el trato cordial.

Los muchachos empezaron a protestar, pero él los detuvo.

—Estas son las condiciones, chicos. Sin embargo, antes de las preguntas, hay algo más urgente que debemos hacer.

Dicho esto, el profesor cruzó la estancia, se dirigió a una de las estanterías y empezó a sacar los libros de la esquina más inferior. Norah sintió un cosquilleo de anticipación y adivinó enseguida lo que iba a pasar a continuación: la pared del fondo se desencajó y dejó al descubierto una entrada secreta tras la pared de la muralla.

—Nunca llegué a encontrar este mecanismo… —murmuró Norah cuando el profesor la abrió por completo.

—¿Quieres que entremos en los pasadizos secretos? —preguntó Rhydian.

—Así es. —El profesor hizo un gesto cortés con mano—. Adelante.

Estaban sorprendidos por la petición: en ninguna de sus hipótesis se habían planteado la posibilidad de entrar dentro de los túneles con él, pero también se sentían expectantes. Así que se adentraron en los pasadizos secretos de lady Annabel y siguieron los pasos del profesor.

—Venga, preguntad —dijo el hombre mientras caminaban a paso lento; él iba al lado de Jenna, con Norah y Rhydian detrás.

—¿Seguirán en prisión esos cabrones? —soltó Rhydian de inmediato; quería verlos entre rejas de forma perpetua.

—De momento sí. Hemos conseguido dejarlos sin libertad bajo fianza, pero tienen derecho a un juicio justo y allí se decidirá su condena —les explicó Dexter, y luego giró la cabeza para mirar al muchacho—. Te lo prometí, Rhydian, haremos lo que esté en nuestras manos para que paguen por los delitos que han cometido, y te aseguro que son muchos más de los que han trascendido a la prensa.

—¿Y la directora Foster? —preguntó Jenna—. Nadie sabe nada de ella...

—Evelyn accedió a declarar ante la policía todo lo que sabía sobre la actividad criminal del Consejo Escolar y, a cambio, le prometimos que su caso se llevaría de manera muy discreta —les contó—. También tendrá un juicio porque, aunque estuviera bajo coacción, está implicada en la trama, y tendrá el atenuante de que su confesión nos aportó más pruebas concluyentes.

—Hay cosas sobre la señora Foster que no nos cuadran —dijo Norah—. ¿Por qué tenía el unicornio de Aaron si no sabía nada de su desaparición? ¿Y las coordenadas y el mapa? ¿De dónde lo sacó? Y también están esos informes secretos que Rhydian encontró en su despacho, ¿por qué Aaron y él tenían una carpeta allí?

—Podríamos decir que Evelyn Foster intentaba jugar con más cartas de las que los miembros del Consejo Escolar le ofrecían. Chicos, os voy a explicar una historia real, una que no saldrá en las noticias, pero que os ayudará a comprender —les dijo Dexter—. Pronto hará cuatro años que una trabajadora que estaba limpiando el museo se topó con el portal de teletransportación. Se asustó, por supuesto, y fue en busca de la directora, con la mala suerte de que, en ese momento, estaba reunida con el señor Davies, la señora Rogers y el señor Lennox.

—Pero... ¿cómo el portal pudo aparecer de repente allí? —preguntó Norah.

—Esa es otra historia, que ya veremos si os contaré. —Dexter se rio por las quejas inmediatas, pero continuó sin hacerles caso—: La directora ya conocía la existencia del espejo hechizado...

Los tres interrumpieron la narración con más preguntas exaltadas. Primero, porque Dexter acababa de reconocer, sin preámbulos, que el portal era el espejo hechizado de la leyenda, y, después, porque eso significaba que el internado había estado ocultando esa cosa durante mucho más tiempo del que ellos pensaban.

—Si queréis entender el rompecabezas entero, tendréis que escuchar y esperar —les aconsejó Dexter, y no retomó la palabra hasta que los chicos se callaron—. Bien, ahora mejor. La directora ya conocía la existencia del portal, pero no de ese portal en concreto, el del museo era reciente.

—¡Dios mío! ¿Eso quiere decir que hay más portales en Old Castle? —Jenna se tapó la boca cuando vio la mirada censuradora del profesor—. Vale, me callo.

—Se vio obligada a contarles a los tres miembros del Consejo lo que era esa superficie brillante. Y ahí fue cuando empezaron a idear el plan del tráfico ilegal —explicó Dexter—. Evelyn se opuso, pero la chantajearon con no aportar más fondos al internado, destruir su carrera y, también, buscaron su punto más débil: exponer ante su marido y ante la comunidad educativa sus infidelidades con chicas jóvenes.

—Por eso ella también me chantajeó a mí —dijo Rhydian—. Si yo contaba lo que sabía, su mundo se iba a la mierda.

—Lo has resumido bien. —Dexter rio de forma amarga—. Evelyn terminó por organizarlo todo para que pudieran entrar y salir del complejo sin que nadie sospechara nada. Pero ella, por su lado, fue recopilando información de lo que hacían: cuando se reunían intentaba sacar información y conseguir algún dato; cuando podía, revisaba a escondidas los portafolios o los maletines que traían; incluso, se atrevió a interrogar de manera sutil a los guardias y a los traficantes nocturnos. Y eso durante más de tres años. Quería tener un seguro de vida: si ella también tenía información comprometedora, podría llegar a amenazarlos a ellos.

—Jugaba a dos bandas... —murmuró Norah.

—Eso mismo —corroboró el profesor—. Pero los miembros del Consejo tenían un par de personas del servicio de limpieza vigilando a Evelyn. Estos trabajadores tenían acceso a su despacho, a su portátil y a sus documentos. Así fue como la descubrieron.

—¿Y por qué tenía el unicornio?

—Evelyn encontró el abalorio cerca del portal, poco después de la desaparición de Aaron y pensó en la posibilidad de que se lo hubieran llevado.

—Así que ella también estaba buscando el paradero de Aaron, como nosotros —dijo Rhydian.

—Y estuvo cerca de encontrarlo, pero la atraparon y fue cuando, en la fiesta de Navidad, la volvieron a chantajear.

—¿Y los informes secretos? ¿Qué relación tienen con la trama criminal? —insistió Norah.

—En realidad, ninguna. —Dexter se rio al ver sus expresiones de sorpresa—. La dirección del internado siempre ha sabido de la existencia del portal de teletransportación, y podríamos decir que, de alguna forma, los túneles de la muralla ayudan a protegerlo. Cuando sospechan que alguien ha descubierto alguno de los pasadizos, hacen un seguimiento de la persona para saber hasta qué punto ha averiguado los secretos ocultos del castillo y si se mantiene callado o, por lo contrario, lo hace público de alguna manera. Por encima de todo, quieren resguardar lo que se esconde en Old Castle.

—Espera, espera, espera. —Jenna se quedó parada e hizo que todos se detuvieran—. ¿Estás insinuando que, además del portal, hay otros secretos?

—¿Lo has dudado en algún momento? —se burló Dexter, y retomó el camino; les quedaba muy poco para llegar a su destino—. Creí que ya habíais llegado a esa conclusión.

—Esto quiere decir que las leyendas de Old Castle son ciertas —intervino Norah con manifiesta emoción en la voz—. No hay duda de que existen los pasadizos secretos de la leyenda de la dama perdida, sabemos que existe el espejo hechizado de la leyenda del Grial y... —Norah hizo una pausa, intentando asimilar la información—. Guau, esto significa que la armadura y el velo son reales y también están impregnados con la magia del Grial.

—Es una forma bonita de decirlo —rio Dexter—. Las leyendas son símbolos, cuentos y mitos que intentan dar forma a cosas que muchas veces son difíciles de explicar. La verdad que esconden esas historias no siempre es fiel ni literal a los textos que nos llegan a nosotros.

—Joder, pero hay más magia en el castillo y el internado lo sabe desde hace mucho tiempo —dijo Rhydian.

—¿Esto significa que también existe el fantasma de Henry Duval? —preguntó Jenna con la voz algo insegura.

—Esta pregunta no tiene nada que ver con el caso que estamos tratando.

—¿Has investigado si alguien más de la dirección del internado utiliza el portal para su beneficio? —preguntó Rhydian, que estaba de acuerdo con el profesor y él también quería seguir hablando del tema que les preocupaba.

—Sí, y no tengo pruebas concluyentes —dijo Dexter—. No parece ser que lleven a cabo ninguna actividad delictiva y su objetivo sigue siendo que nadie conozca el secreto. Así que, de momento, mis instrucciones son las de dar por terminado el caso.

—Espera, espera, espera —repitió Jenna de forma atropellada—. Tengo muchas preguntas sobre el caso y exijo una respuesta: ¿sabes dónde están la armadura y el velo translúcido? Y has dicho que hay otro portal, ¿no? ¡Dios mío! ¿Puede llevarnos al reino de las hadas?

Dexter soltó una carcajada grave y ronca y se detuvo delante de una puerta. Estaban tan inmersos en la conversación que apenas habían prestado atención al recorrido y se sorprendieron al ver que estaban ante la entrada secreta al museo.

—Puede que ahora no sea el momento de responder a estas preguntas —rio el profesor.

—¿Qué hacemos aquí? —preguntó Norah, que, aunque intuía qué significaba estar allí, no entendía el motivo—. ¿Vamos al portal?

—No estoy preparada para ir al reino de las hadas —farfulló Jenna—. Eso sí que no.

—Bien chicos, hoy vais a cruzar el portal por última vez —les anunció Dexter—. Tomaos esto como un agradecimiento a las pruebas que aportasteis en el caso, fueron realmente determinantes.

Dicho esto, el profesor entró en la oscuridad del museo y ellos lo siguieron con la emoción palpitando fuerte en sus venas.

66

Una rosa blanca

Lo último que se esperaban los chicos era cruzar el portal para terminar en lo que parecía ser el interior de un viejo mausoleo de piedra. La pequeña edificación era rectangular y sus paredes estaban llenas de nichos funerarios con lápidas de mármol; en algunos se podía leer el nombre de la persona enterrada, en otros no había ninguna inscripción, pero de todas ellas pendían telarañas. Una ventana de arco de medio punto con coloridos vitrales dejaba entrar los últimos rayos de sol de la tarde en el interior del sepulcro. En medio de la cámara, el portal abierto relucía con destellos nacarados.

Norah, Rhydian y Jenna apenas tuvieron tiempo de preguntarse qué hacían allí, tampoco pudieron atender demasiado a los detalles del lugar, porque Dexter Denson sacó una llave y, con un chirrido algo molesto, abrió la puerta de hierro forjado para que fueran al exterior.

Para Rhydian no fue del todo una sorpresa ver que estaban en una necrópolis, teletransportarse al interior de un mausoleo había sido una gran pista. Lo que le desconcertó fue que tanto él como Norah conocían muy bien ese lugar: era el cementerio de Edimburgo donde oficialmente estaba enterrado Aaron.

—¿Por qué estamos aquí? —preguntó el muchacho.

—He pensado que os gustaría despediros de vuestro amigo por última vez —respondió el profesor.

Los tres se miraron algo sorprendidos porque, cuando iban a visitar a la abuela de Aaron, solían acompañarla al cementerio a dejar flores. Dexter ignoró sus expresiones desconcertadas y cerró la puerta.

—¿Y el portal? ¿No se cerrará? —preguntó Norah, que, si bien sabía cómo abrirlo y cerrarlo, desconocía el tiempo que podía permanecer abierto.

—Creo que podemos darnos media hora sin ningún problema —dijo Dexter, sin entrar en más detalles.

Todos conocían el camino y, en silencio, tomaron el sendero que los llevaba a la lápida de Aaron. Era verano y las horas de sol cada día se estiraban un poco más, así que se cruzaron con otros visitantes que aprovechaban la tarde para pasear por los bellos jardines del cementerio o dedicar un tiempo a sus difuntos.

El nicho de Aaron McNeal era una lápida de piedra enterrada en un parterre de césped húmedo y muy cuidado. Encima de la placa, donde estaban grabados el nombre del muchacho y las fechas de nacimiento y muerte, reposaba el tallo esbelto de una simple rosa blanca. Era una flor fresca y Rhydian se preguntó si la señora McNeal la habría dejado esa misma tarde.

Los cuatro se detuvieron delante de la sepultura y Rhydian pensó que, de haberlo sabido, él también hubiera traído flores. Notó un ligero picor en la garganta y en los ojos; le seguía doliendo mucho la pérdida de su amigo. Habían pasado seis largos meses desde que lo vio morir con sus propios ojos y todavía tenía dificultad para tratar con algunas de las emociones que sentía. La culpabilidad era una de la más duras de afrontar porque no podía dejar de pensar en que, quizá, si esa noche hubieran hecho las cosas de manera distinta, Aaron no habría muerto. Al mismo tiempo, sabía que, gracias a esa maldita noche, habían conseguido desarticular la banda y llevar a juicio a todos esos criminales.

Notó que la mano de Norah buscaba la suya y se la apretó. Ella conocía bien cómo se sentía en ese momento. Había sido muy difícil seguir adelante, pero estar juntos y afrontar el dolor con Norah, y también con su hermana, había sido clave para ir aceptando lo ocurrido e intentar cerrar esa etapa. Ahora que todo había terminado, por fin comprendía que ya no podía seguir anclado al pasado; Aaron habría sido el primero en decirle que era un estúpido por no vivir de verdad su vida.

—En el fondo, creo que me habría gustado asistir a mi propio entierro —dijo una voz masculina y conocida detrás de ellos. Los tres se quedaron paralizados; a Rhydian se le erizó el bello—. Pero me tengo que conformar con el vídeo que grabó Dexter.

Los tres se dieron la vuelta casi a cámara lenta y permanecieron unos instantes observando con incredulidad al muchacho de piel oscura, rizos negros y sonrisa cálida que tenían justo delante. Sin barba y con ropa limpia, parecía el mismo muchacho de tiempo atrás.

—Joder —masculló Rhydian—. Jo-der —repitió porque no tenía claro si eso estaba ocurriendo de verdad o era una alucinación.

—Esperaba un poco más de efusividad —rio Aaron al ver que sus amigos seguían en shock.

Sin pensarlo más, Rhydian dio un paso adelante y se abrazó a él con fuerza; no pudo evitar dejar escapar un sollozo. Su interior era un revoltijo de emociones que no paraban de dar vueltas, aunque una de ellas predominaba por encima de todas: la alegría de saber que estaba vivo.

—Joder, maldito Dexter Denson —gruñó Rhydian, sin dejar de abrazar a su amigo—. Nos ha hecho creer durante meses que estabas muerto.

—Para el bien de la misión, tenía que apartaros del caso y lo mejor era que asumierais su muerte —explicó Dexter—. No podía dejaros pendiente de su posible supervivencia.

—Si te sirve como venganza, me he hartado de pedirles información sobre vosotros —le contó Aaron con la voz ronca y emocionada—. Creo que me he pasado de pesado y ahora me odian un poco.

—En eso tienes razón —dijo Dexter con un tono guasón—. No sabes cómo se alegran, en la base, de librarse ti.

El sollozo, mezclado con una carcajada de Jenna, hizo que Rhydian y Aaron se separaran. El muchacho se lanzó a abrazar a la hermana de su mejor amigo, la levantó del suelo y la hizo rodar por el aire entre risas divertidas. Luego, Aaron fijó su mirada en Norah. Apenas la conocía, solo habían intercambiado un par de frases cuando fueron a rescatarlo, pero le habían contado tantas cosas de ella que ya la sentía muy cercana.

—Hola, Norah, no tuvimos la oportunidad de conocernos de manera formal —empezó él, y luego añadió, en tono divertido—: Soy Aaron McNeal, el tipo que has estado buscando todo el año.

—Eh, ¿estás intentando ligar con mi chica? —rio Rhydian.

—En realidad, estoy intentando caerle bien —admitió él.

—Pero si hace meses que ya te considero mi amigo —rio Norah con los ojos húmedos, y ambos se fundieron en un abrazo muy sentido que hizo que algo dentro de ellos quedara conectado para siempre.

—Aaron, por favor, ahora intenta centrarte en tu misión —dijo Dexter cuando él y Norah se separaron.

—¿Qué misión? —preguntó Rhydian.

—Bueno, yo... —Aaron tragó saliva e intentó calmar sus emociones, tal como le habían enseñado en la base—. Estoy muerto, para todos. Mirad —señaló la lápida—, es mi nombre y mi fecha de defunción. Incluso he visto una copia de mi certificado de defunción.

—¡Pero tú estás vivo! —exclamó Jenna.

—De milagro —rio él—. Cuando llegamos a la base, me operaron de urgencia y estuve dos meses entre la vida y la muerte. Después vino una larga y tediosa recuperación. Apenas hace tres semanas que estoy más o menos presentable.

—Dos meses... —Rhydian hizo un cálculo rápido—. Anunciaron el hallazgo de tu cadáver cuando todavía tenías posibilidades de sobrevivir. ¿Por qué? —preguntó visiblemente molesto.

Aaron miró a Dexter buscando ayuda para explicar esa parte.

—Las probabilidades de que sobreviviera eran muy bajas y decidimos hacer pública su muerte para proteger a su abuela —les explicó el profesor—. Cuando irrumpimos en el almacén y nos lo llevamos, a los miembros del Consejo les quedó claro que alguien estaba siguiendo muy de cerca sus actividades delictivas. Se detuvieron durante un tiempo, supongo que esperando a si Aaron aparecía o a si alguien los denunciaba, y nos dimos cuenta de que acechaban a la señora McNeal.

—Hicisteis pública la aparición del cadáver para que ellos se relajaran y dejaran en paz a la abuela —dedujo Norah.

—Así es. Si el chico ya no existía, dejaba de ser considerado un problema —afirmó Dexter.

—No, joder —masculló Rhydian—, esto quiere decir que...

—Que soy otra persona —Aaron terminó la frase por él—. Me han dado una nueva identidad, y también la posibilidad de empezar de nuevo.

—Pero habrá personas que te van a reconocer... —dijo Jenna, sin querer aceptar lo implícito de las circunstancias.

—No, no lo harán —la contradijo Norah con el tono abatido y lágrimas en los ojos—. Porque esto es una despedida definitiva, ¿verdad? Te vas para siempre.

—Maldita sea, no. Tiene que haber otra manera —dijo Rhydian con la voz rota.

Aaron parpadeó un par de veces para alejar las lágrimas.

Había tenido varias semanas para ensayar ese momento, pero uno nunca está preparado para decir el adiós definitivo a aquellos a los que ama.

—No la hay. Estoy muerto, y legalmente no se puede resucitar a los muertos. —Aaron rio con cierta amargura—. Tengo que desaparecer y empezar de nuevo donde nadie sepa nada de mí.

—Pero podemos estar en contacto, ¿no?

Rhydian buscó la mirada de Dexter con la esperanza de que diera por buena su afirmación. Sin embargo, lo que vio en sus ojos lo rompió por dentro.

—Lo lamento, chicos, a partir de mañana, Aaron estará dentro de nuestro programa de protección y nunca se hacen excepciones en el protocolo. Daros la oportunidad de despediros, ya ha sido algo excepcional. —Dejó escapar un suspiro, prefería enfrentarse al peligro mil veces que tener que ver cómo se rompían los lazos y los corazones—. Y ya solo puedo daros cinco minutos más.

Dexter se apartó un poco para proporcionarles más privacidad y observó que el grupo se convertía en una amalgama de abrazos, besos y lágrimas.

—Apenas te conozco, pero creo que te voy a echar menos —le dijo Aaron a Norah cuando la abrazó—. Sé que eres «SU» chica, en mayúsculas. Joder, sed felices.

—¿Sabes? Tú nos uniste —dijo Norah entre lágrimas—. Gracias por tanto.

—Y vosotros no renunciasteis y me disteis la oportunidad de salir de allí —añadió él antes de deshacer el abrazo—. Eso nunca lo olvidaré.

Llegó el turno de Jenna y se despidieron con palabras y abrazos sentidos, cargados de todo ese cariño y amistad forjado a lo largo de los años. El último fue Rhydian que, por enésima vez, tenía que volver a despedirse de su amigo. Ya había perdido la cuenta de las veces que su corazón se había roto, se había recompuesto y se había vuelto romper. A pesar de que ahora sabía que su amigo iba a estar bien, el dolor le golpeaba muy profundo porque, aunque estuviera vivo, él nunca más lo volvería a ver.

—Dale esta carta a mi abuela, dile que la encontraste entre mis cosas. —Aaron tenía los ojos anegados de lágrimas mientras le entregaba un sobre—. La quiero tanto… Y solo me han dejado verla de lejos. Eso sí que me duele. Pero ella no podría entender que sigo vivo. Cuídala por mí, ¿vale?

—Lo haré, claro que lo haré —las lágrimas le rodaban por las mejillas—, como si fuera mi propia abuela.

Se abrazaron con fuerza; ninguno de los dos quería dar por terminado el momento. Fue el carraspeo de Dexter Denson el que puso fin al contacto.

—Te quiero, tío. Aunque tu nombre sea otro, siempre serás un hermano para mí —le dijo Rhydian, y luego se desabrochó la pulsera de cuero de la que pendía el unicornio metálico de su amigo—. Toma, esto es tuyo, llévatelo contigo.

Aaron sintió una fuerte emoción en el pecho y las lágrimas le emborronaron de nuevo la visión cuando cogió la pulsera. Era uno de sus bienes más preciados, un regalo de su abuela, un símbolo de su tierra y ahora también el recordatorio de sus amigos y todo lo que dejaba atrás para siempre.

—Te quiero, te voy a echar tanto de menos… —dijo con la voz cortada por la emoción—. Algún día, Rhy, quizá algún día, el destino vuelva a estar de nuestra parte.

Les fue difícil alejarse de la lápida de Aaron McNeal y del chico que una vez fue su amigo y ahora iba a ser un desconocido. Sin embargo, lo hicieron, con lágrimas en los ojos, el corazón lleno de pena, pero también de felicidad porque Aaron estaba vivo y, como ellos, tenía toda una vida por delante.

Regresar al museo y estar de nuevo en Old Castle fue extraño para ellos, como si esa media hora con Aaron hubiera sido tan solo una fantasía. Antes de que Dexter Denson cerrara el portal, Norah no pudo evitar tocar una última vez esa superficie flotante con destellos nacarados que tanto había cambiado su vida. Cuando el brillo desapareció, se sintió huérfana, como si le hubieran arrebatado algo muy importante para ella.

—¿Qué va a pasar con el portal? —le preguntó Norah a Dexter cuando salieron del museo y tomaron el camino de vuelta a la biblioteca.

Jenna y Rhydian iban unos pasos más avanzados; ella seguía llorando y su hermano le rodeaba los hombros para darle algo de consuelo y cariño.

—El del museo será destruido, no podemos dejar que algo así esté al alcance de cualquiera —le dijo el profesor.

—Así que es cierto… Hay más portales, ¿no? —dijo Norah, pero no esperó la confirmación—. ¿Por qué este lo podéis cerrar y los otros no? ¿Y cómo diantre se cierra un portal?

Dexter se rio. A pesar de los quebraderos de cabeza que le había traído Norah Halley, le gustaba cómo era esa chica, también su actitud frente a lo desconocido.

—Porque este no es el portal original —le confesó—. El original tiene que ser parecido al que visteis en la base. Mucho más grande y brillante. Los originales no se pueden cerrar y son más potentes que la fisura que habéis usado vosotros. Aunque creo saber dónde está el primario, no he podido acceder a él.

—¿Qué quieres decir con una fisura?

—Mira, tienes que imaginarte la Tierra como un ser vivo y con un aura electromagnética en movimiento. Existen líneas y puntos energéticos con mucho poder, y ahí se suelen dar fenómenos extraordinarios —le contó Dexter—. A veces, un terremoto, una erupción volcánica o cualquier otro evento de ese tipo provoca ligeros cambios en el halo electromagnético. Lo hemos visto muchas veces: donde hay un agujero dimensional, a veces se crean fisuras en el entorno, no muy lejos de la fuente original.

—Así que esto es solo una fisura, no es el espejo hechizado de verdad.

—Así es.

—¿Y cómo se cierra?

—Una fisura tiene poca fuerza y tenemos herramientas para… —Dexter hizo una pausa para buscar la mejor manera de explicarlo—. Volver a unir la fuerza electromagnética que ha quedado débil por la fisura. Casi es como si tuviéramos un hilo y una aguja especial para coser el desgarro en la energía.

—Vaya, esto solo hace que quiera hacerte más preguntas —murmuró Norah mientras intentaba procesar todo lo que el agente le contaba—. Oye, ¿y por qué me explicas todo esto? ¿No es información confidencial?

—Lo es, pero… —Dexter torció una sonrisa—, siempre hay un motivo, Norah.

Y dicho esto, empezó a buscar algo dentro del bolsillo interior de su americana.

—¿Qué vas a sacar esta vez? ¿La pistola luminosa o la mascota digital de mentira? —Norah se fijó en que el hombre sonreía—. Que sepas que no me engañaste, sé que esa pantalla que vi no era un juguete.

—Quizá por eso mismo te estoy contando todo esto, ¿no crees? —dijo con una sonrisa enigmática—. Toma. Memorízalo o guárdalo en secreto.

Norah parpadeó, sorprendida, al ver que Dexter le entregaba una tarjeta. La cogió y vio que únicamente había impreso un número de teléfono.

—¿Y esto qué es?

—Un billete de no retorno —respondió Dexter de forma críptica—. Antes lo he visto en tu mirada, Norah, ahora que sabes la verdad, este mundo se te ha quedado pequeño. Mira, no sé si es mejor la ignorancia o el saber, pero sí sé que, cuando sabes, difícilmente hay vuelta atrás.

—¿Qué me quieres decir con eso? —Aunque empezaba a

intuir el significado, quería que el señor Denson fuera del todo claro.

—Si en algún momento el mundo de la ilusión deja de ser satisfactorio para ti, puedes llamar a este número y probar otro camino, uno que entraña verdades que nadie puede ni siquiera imaginar. No es el más fácil, pero ¿qué camino lo es?

—¿Me estás invitando a unirme a tu organización? —preguntó, perpleja.

—No es una invitación, tómatelo como una puerta abierta. Cruzarla es tu elección, y quedarte al otro lado, también. —Dexter le dedicó una sonrisa comprensiva al ver su expresión turbada—. No hay prisa, Norah, no tienes que tomar ninguna decisión, ni ahora ni mañana ni pasado. La puerta siempre estará abierta.

No pudieron seguir con la conversación porque los hermanos se detuvieron y esperaron a que ellos dos los alcanzaran. Jenna parecía estar más tranquila y empezó a acribillar a preguntas al profesor mientras arrancaban de nuevo el paso por los túneles secretos de la muralla. Rhydian se detuvo unos momentos para observar la expresión algo atribulada de Norah.

—Eh, ¿estás bien? —La rodeó con los brazos y la estrechó contra él, ella asintió contra su pecho.

—¿Y tú? ¿Cómo lo llevas? —Norah se apartó un poco para poder ver la verdad en esos preciosos ojos verdes que, para ella, contenían la esencia de la campiña inglesa.

—No muy bien, pero supongo que necesito tiempo —reconoció el muchacho.

—Tú y yo tenemos por delante todo el tiempo del mundo. —Norah sonrió y sintió que el cuerpo se le llenaba de todo el amor que sentía por su chico—. Juntos, Rhy, como un equipo.

Rhydian se perdió unos instantes en su mirada. Lo que sentía por ella era tan grande que no le cabía en el pecho, así que buscó la manera de dejarlo salir y que se expandiera hasta el infinito. La besó como si quisiera fundirse con ella y crear juntos algo nuevo, algo muy grande y también muy fuerte.

Una ráfaga de aire agitó los mechones de Norah y enfrió la piel de Rhydian, pero apenas lo notaron; el beso los había llevado a una dimensión donde solo existían ellos y lo que sentían cuando estaban juntos.

Jenna y Dexter también notaron la corriente de aire y ambos se giraron para buscar el origen del movimiento, pero solo vieron el beso apasionado de la pareja.

—¿Qué ha sido eso? —preguntó Jenna.

Dexter no contestó y entrecerró los ojos para intentar vislumbrar algo un poco más allá del túnel, pero enseguida desistió. Aunque sabía lo que había ocurrido, seguía sin ser capaz de poder verlo con sus propios ojos. Sonrió para sus adentros, por más que Jenna insistiera, no le confirmaría sus sospechas de que todas las leyendas de Old Castle eran ciertas.

A pocos pasos de distancia, el cuerpo etéreo de un fantasma se deslizaba a toda velocidad por el pasadizo secreto de la muralla. Soltó un grito de júbilo que nadie escuchó cuando sus manos dieron con la forma redondeada de su cabeza. Henry Duval la alzó para conseguir unir, al fin, todas las partes de su cuerpo. Pero la cabeza estaba demasiado acostumbrada a ir a su aire y ella, muy decidida, se tambaleó y se resbaló del agarre del espectro. Volvió a ser libre y rodó y rodó y una vez más se perdió entre las estancias y los pasadizos del castillo.

El fantasma de Henry Duval soltó un alarido de rabia, seguía maldito, y emprendió de nuevo la eterna búsqueda de su cabeza decapitada.

Agradecimientos

Querido lector, muchas gracias por haber escogido leer esta historia. Deseo de corazón que la hayas disfrutado y que con ella hayas vivido una aventura emocionante. Ahora mismo, te querría dar un abrazo enorme, pero me contento con que sepas que me hace muy feliz tener un hueco en tu librería o en tu ebook.

Gracias a mi editora y a todo el equipo de Ediciones B por haber acogido y cuidado esta novela con tanto mimo y profesionalidad, sin vosotros esta maravilla no hubiera sido posible. Ana, gracias infinitas por haber confiado en mí, casi a ciegas, sin conocerme y sin tener el manuscrito definitivo. Saber que creías en mí me ha ayudado más de lo que imaginas. Esta historia brilla gracias a ti.

A mis agentes literarios y a todo el equipo de Editabundo, por su cariño y dedicación. Pablo, gracias por confiar en mí y no darme por perdida. David, un enorme gracias por tu paciencia y tus recomendaciones porque contigo la historia empezó a tomar forma de verdad.

A mis lectoras beta, por ser unas compañeras y amigas maravillosas y también por ayudarme a retocar lo que chirriaba. Tamara, gracias por leerte los dos manuscritos en tan poco tiempo y por compartir conmigo lo que vivías con la historia, contigo sentí que los personajes tenían vida propia y me hiciste llorar de emoción. Marina, gracias por implicarte sin dudarlo aunque tuvieras la agenda apretada, por tus aportaciones y también tu apoyo, ha sido una gozada compartir todo esto contigo.

A mis queridas *milenarias*, Tamara, Aitana, Erica, Isa y Sara, por estar siempre ahí. Por cierto, chicas, segundo reto cumplido en el capítulo 29 ;)

A Cristina, por las charlas, el apoyo y el camino compartido. (¡Y el que nos queda por recorrer!).

A mi comunidad en IG:@_aswinter. Chicas, mil gracias por todo el apoyo, sin vosotras este trabajo sería mucho más gris y solitario. Sois luz y color; a vuestro lado todo es mejor. Adriana, Nayam, Lena, María, Azaroa, Nuria, Rous, Paty, Emi, Maira, Mar, Lucía, Charlotte, Karina, Mara, Vanessa, Cristina, Rosana, Bibian, Carlota, Ana, Bea, Ester, Marta, Marina, Mari, Elena, Alba, Laura, Raquel, Lorenzo, Claudia, Manme... Y a todos los que estáis y vais llegando a mi pequeña casita virtual.

A mis amigas Eva, Anna y Mireia, gracias por tantos años juntas, por tantas cosas compartidas, por poder contar siempre con vosotras.

Un gracias inmenso a mi familia, por todo el apoyo y el amor que siempre me dan. Papá, mamá, este libro es para vosotros, gracias infinitas por todo. Carme y Ramón, gracias por ser como unos segundos padres para mí. Roger, que sepas que disfruto mucho con tu entusiasmo por la novela. Àlex y Vane, os admiro por vuestra capacidad de superación. Aina, inspiraste uno de los momentos más emocionantes de la historia; gracias por tantos años de juegos y diversión. Nunca te olvides de tus sueños y constrúyelos paso a paso. Se consiguen.

Es muy improbable que lo lean, pero da igual: mi agradecimiento más sincero a Dean y Sam Winchester (y a sus creadores y equipo), por ser fuente de inspiración.

A ti, JMC, ya sabes que en todas mis historias siempre estás tú. Gracias por creer en mí desde el principio, por darme la libertad que necesito, por compartir este maravilloso camino conmigo. *T'estimo.*

Puede que no sea habitual, pero también quiero darme las gracias a mí misma, por no desistir y aprender a jugar con la mano de cartas que me tocaron al inicio de la partida.

Y, por último, quiero hacer un homenaje a mi abuela, porque este libro siempre estará ligado a ella: que tengas un bonito viaje de regreso, *iaia*.

Índice